剑桥美国文学史

第四卷

〔美〕萨克文·伯科维奇／主编
李　增／主译

CAMBRIDGE HISTORY OF AMERICAN LITERATURE

19世纪诗歌
1800年—1910年

全国百佳出版社
中央编译出版社
CCTP
Central Compilation & Translation Press

本卷主译： 李　增

本卷翻译： 刘国清　金万锋　陈彦旭　霍盛亚
刘英杰　宋世彤　仇云龙　候　丹
裴　云　白　帆　梁庆峰

《美国剑桥文学史》一书为美国文学作品的各个分支提供了崭新的、已获得广泛认可的研究方向与宽广的研究领域，其中也包括许多学者与批评家的文章。正是由于他们不懈的努力，今天文论研究这一主要领域才得以形成。这些作者对在30年中美国文学批评所取得的成就均有涉猎，因此，他们的声音不仅仅体现了不同时代对文论的传承，也表现出了中断甚至颠覆。占据着较大比例的叙事作品能够立即使读者获得更加宽广的视角，并且对美国文学史形成一个全面的、彻底的认识，从前想要做到这一点则不太容易。而且，当传统批评的声音为这些叙事作品构建起背景的同时，它也与"兴趣的多样化"结为同盟，而这种多样化正代表了当代文学研究的特色。

本书涉猎广泛，以跨学科的视角记录了美国文学的各个流派与时期。近些年来，对过去被忽视的文本的重新挖掘这一趋势，在某种程度上丰富了美国文学的研究材料，同时，研究相应材料的学术方法的数目与种类也在激增，使得两者相得益彰。在《美国剑桥文学史》中蕴涵的学术意识与批判精神的进取心是通过多个方面表现出来的：社会的、文化的、知性的以及美学的。它在文学研究中所展现出的权威性是以往任何记载都不能够与之比肩的。

这是第一部关于19世纪美国诗歌的完整叙述史，始于独立革命，历经内战、汹涌澎湃的多元文化阶段以及世纪之交所出现的大众社会时期。芭芭拉·派克深入挖掘了早期联邦诗人所擅长的新古典主义风格与讽喻体之丰富内涵，一度辉煌、至今也非常引人注目的诗人如菲利普·弗瑞诺、约翰·格林利夫·惠蒂尔所带来的纵深影响，以及由拉尔夫·沃尔多·爱默生与其他超验主义者所发展起来的独特的抒情诗体。希拉·沃罗斯基以一种崭新的视角来重新审视这一时期内女性诗人的成就，同时也表达了对非裔美国诗人的高度赞赏，包括书写圣歌的集体民歌作家。她揭示了从奥立弗·温德尔·霍尔姆斯到乔治·桑塔亚纳所代表的"上流社会诗人"的艺术鉴别力与情感深度，并且对这个时期内所创作的主要作品作出了全新的、发人深省的分析，涉及的作家从坡到梅尔维尔与克莱恩，再到该世纪的两位诗歌泰斗——沃尔特·惠特曼与艾米莉·狄金森。本卷书的各位作者在谈论这些令人惊叹的文学成就时，既采用了规范的学术专业视角，也注重这些成就与不断变迁的社会与文化状况之间的关系。正是因为运用了这样的方法，他们得以对19世纪美国诗歌进行了再审视与阐释，为我们在21世纪的研究带来了愉悦、益处，提供了新的研究角度与方向。

目 录 CONTENTS

中文版序

能够把这部美国文学史介绍给中国读者，是本人莫大的荣幸——这种荣幸标志着两种文化富于戏剧性的会合。美国文学传说也许是世界上最年轻的，而中国文学传说则是非常古老的。但是美国文学在一个方面却比较年长：它是现代世界所诞生的第一个国家的产物。当然，在欧洲定居者到达以前，美国印第安人（或称土著美国人）已经在今天叫做美国的这片领土上居住了数千年之久，但是他们拥有的是口头文学而不是书面文学。按照我们现在的理解，美国文学传统基本是使用英语的作家们的产物。它始于16世纪末17世纪初，最初是由英国殖民者撰写的，它是这些新兴资本主义生活方式的先驱们创作的记叙文、布道文、日记和诗歌。19世纪，它随着工业资本主义在大西洋两岸的胜利而繁荣兴旺；在我们这个时代，它作为自由主义、自由经营和市场开放的西方主要国家的文学依然经久不衰。

美国文学发展的结果是形成了一个比历史悠久、方面众多、异彩纷呈的中国文学统一得多的作品主体；在对现代性的种种状况进行表述方面，它也是世界上年代最长久、内容最复杂的民族文学。它是一种富于个人主义和冒险精神的文学，一种扩张和探索的文学，一种蕴涵种族冲突和帝国征服的文学，一种折射大规模移民和种族关系紧张的文学，一种反映资产阶级家庭生活和个人自由与社会限制不断斗争的文学。这些文学作品从探讨自然和“自然人”方面的问题转向探讨异化、歧视、城市化和地区及种族暴力方面的问题。它们受到一种民主美学的启迪（与人们所理解的那种欧洲“旧世界”的精英统治论针锋相对）——这是一种“普通人”和“寻常事”的美学；不同凡响的是它们对建立在奴隶制、土地的剥夺和资本主义的贪婪等基础上的文化犯下的种种暴行进行了持续的批评（这种批评往往成为激烈的谴责）。最后，这是一种始终由于有关身份的双重焦点而著称的文学：一方面它把这个国家奉为未来的土地——“明天之国”，试图制造一种关于“美国”的救世神话；另一方面它又进行自我折磨，对于身为“美国人”意味着什么怀着一种极其痛苦的焦虑。对于中国作家来说，中国的概念是一个关于悠久历史的问题——关于绵延数千年之久的各种神话、传说和事件的问题。而美国作家所一心追求的是重新创造自己身份这个含义深刻的现代主义问题。

自 19 世纪初以来已有几部美国文学史问世，但是其中鸿篇巨制之作只有三部。这三部文学史实际上记录了美国的成长历程。第一部出版于第一次世界大战期间的 1917 年，当时美国在国际舞台上初露锋芒；第二部面世于第二次世界大战结束后不久的 1948 年，当时美国充分展现了其经济和军事大国的实力。我们这部文学史是 20 世纪末叶全球化的产物，此时民族主义的含义本身已经受到质疑，在美国，对文化内聚力的一些基本说法有了一种新的、**批判**的意识。

这种新的意识表现为两种形式，即历史的形式和知识的形式。在过去 30 年间，学者们揭露了这个国家历史上受到压抑或者被人忽视的各个方面。我们已经认识到妇女和少数民族作品的重要性，非裔美国文化中心地位的重要性以及“地域”作家们诸多贡献的重要性。我们也已经认识到某些包罗万象的概念（包括“美国人”和“文学经典”之类概念），与其说是揭示了美国的生成过程，毋宁说是掩盖了这一过程。在知识方面，我所说的新意识与文学批评中心权威的崩溃密切相关。过去的 30 年是众多激烈竞争的理论和批评流派繁荣兴盛的年代：解构主义、女权主义、“同性恋”理论、新马克思主义、读者反应理论、新历史主义、多元文化主义等等。这部八卷本美国文学史是第一部着力展示一个意见分歧的时代而不是特意表述一种正统观念的巨著。我们无意一劳永逸地为千秋万代提供一篇关于美国文学的故事；我们无意佯称发现了我们国家文学传统发展**独一无二**的真正关键。恰恰相反，这部文学史代表了一代美国学者的独特观点（一种多元主义，有时互相矛盾，常常变化无常的观点），一种已经从本质上对这个领域的边界加以拓展和重新确定的观点。

因此，这部文学史采用了与以前几部文学史不同的格式。我在本书的《序言》里比较详细地讨论了这种差别。为了适合这篇序言的目的，我要强调两点，第一点是关于分歧的问题。此前几部文学史不是基于有关文学、历史及其二者之间关系的一些共同的基本假定（即所有撰稿人一致赞同的文学—历史共识），就是基于权威“文学史名家”的某种宏论。而这两种选择对我们来说都是行不通的。如上所述，我们这部文学史反映了多种多样的评论方法和途径，其中不乏互相矛盾之处，但是每一种方法和途径都代表着当前文学研究领域的一个重要组成部分。

我要强调的第二点有关我们这部文学史每一部分（专论）不同寻常的篇幅。以前所有合作编写的文学史都要求专家就有关主题撰写较短的文稿：例如用 15 页篇幅论述南方小说家威廉·福克纳，用 5 页篇幅论述清教徒诗人安娜·布拉兹特里特，用30页篇幅论述18世纪启蒙主义散文。然后编辑们再将这一切组合起来，形成一个和谐的整体。我们的情况恰恰相反。每一位撰稿人都可以要求用足够的篇幅对他或她所采取的特殊途径进行解释。仅仅“充分地论述这个题目”（涵盖各种文本、运动和体裁等等）是不够的；我们必须考虑到不同见解的形成，其中每一种见解都是专家的声音，然而对于声称代表最终的权威又都持怀疑态度。所以，我们在每卷里提供的都不是一系列权威性的宣言，而是一组各不相同而又相互关联的叙述；它们一起构成了两种这个时期具有连贯性的对话式记叙文——一种没有确定答案的记叙文，其中的各个部分多彩多姿，有助于增进全书的深度和广度。

这是至今撰述得最为全面的美国文学史。它也是最具有挑战性的著作。读者将会发现他们自己在和各具特色的美国文学史专家对话，而与此同时，这些专家将就书中讨论的不同专题为他们提供内容最为丰富的论述。我们希望从这两个方面来看，中国学生不仅可以从阅读中获益，而且可以从中受到激励，用新的方式对美国文学进行思考，并且从总体上对文学研究进行思考。

萨克文·伯科维奇

致　谢

总编寄语

在这里我要感谢哈佛大学对本项目的支持，同时也要感谢剑桥大学出版社的雷·赖安在文字编辑上的指导。此外，我还要对我出色的研究助手——彼特·巴提几各致以谢意。从私人关系的层面来讲，我还要向我的妹妹尼乃奥·西格尔以及我的妹夫查理·西格尔表达一下自己的感激之情。

与前面几卷相同，本卷的《序言》可以分为两个部分。第一部分（1—5段）由我执笔，从总体上概括了这个以多卷本形式呈现的研究项目的构思与目标。第二部分（第5—8段）则描述了本卷的框架与主要内容，是我与尼尔·多兰（目前为多伦多大学的助理教授）合作的成果。他既是一位杰出的美国文化语言学家代表，同时也是本书理想读者群中的一员。我很荣幸他加入到这项工作中来。对于我们的这项合作成果，他是主要撰稿人。除此之外，他还完成了《大事年表》的编辑工作，在此我对他所做出的一切表示感谢。

萨克文·伯科维奇
哈佛大学

美国诗歌传统，1800—1855

在这里我要感谢加利福尼亚大学洛杉矶分校的研究学术评议委员会对本项目的认可与支持。在斯坦福大学的行为科学进修中心，我获得了为期一年的研究员基金，并在此期间开始了这项工作，并利用加大洛杉矶分校的假期将其完成。在加大洛杉矶分校的两位同事，保罗·希兹与托马斯·沃斯姆非常积极热情地与我讨论19世纪英美诗歌方面的问题，我对他们充满了感激之情。约翰·侯兰德与大卫·波奥姆威茨作为联络人员奉献了自己的大量时间，也提供了充足的信息。我的两个聪颖的助手，安妮·希汗与马丁·格瑞芬对我的帮助也很大。最后要提到的是萨克文·伯科维奇，他在全书的编写过程中既扮演了批评者的角色，同时又是鼓励者与建议者。

芭芭拉·派克

加利福尼亚大学洛杉矶分校

诗歌与公共话语，1820—1910

我在这里首先要感谢的、同时也是最后要感谢的人的都是萨克文·伯科维奇。在我们共同为本项目求新谋变的过程中，我深感与他共事合作是一次美妙的经历。我还要感谢哈罗德·布鲁姆，他始终都在引导着我体验诗歌。同样的谢意致予我从前学习诗歌与文化时的老师与同事，他们是：埃莫瑞·艾略特、罗伯特·菲格、约瑟夫·弗兰克、杰弗里·哈特曼、约翰·侯兰德、A. 沃顿·利兹、爱兰·川克坦博格。我也要感谢苏里·巴兹来、桑迪、艾米莉·巴迪克、塔瓦·赫伯特、贝弗莉·赫维兰德、迈克尔·克雷默、科瑞斯坦尼·米勒、伊拉那·帕蒂与杰弗瑞·珀尔，他们给了我很多建议和鼓励。在我编写这卷书的时候，非常高兴有他们的陪伴与支持。我还要感谢给我提供研究基金的以色列文理学院与给予我充裕假期的希伯来耶路撒冷大学。我还非常怀念逝去的哥哥加里·沃罗斯基，并且想对我的父母大卫·沃罗斯基和布兰奇·沃罗斯基，以及我的丈夫艾瑞尔·维斯，致以真心的谢意。我还希望把该卷的这一部分献给我的孩子：陶亚、伊拉扎、塔马和瑙米。

该卷中所用的材料曾被发表为：

“美国犹太象征学：艾玛·拉扎罗斯与耶稣形象”，《证据文本》16：2，1996 年 5 月，113—125 页。

“桑塔亚纳与哈佛形式主义”，《拉里坦河》18：4，1999 年春季号，51—67 页。

“女性的圣经”，《女性主义研究》，28：1，2002 年春季号。

“修辞的主张：朝向历史诗歌”，《美国文学史》，15：1，2003 年春季号，14—22 页。

“处于身体之中”，《剑桥艾米莉·狄金森指南》，温蒂·马丁主编，纽约：剑桥大学出版社，2002年，129—141页。

艾米莉·狄金森诗歌之重新印刷出版已经过阿默斯特学院的许可。该学院负责《艾米莉·狄金森诗歌》（三卷本，托马斯 H. 约翰逊主编，剑桥，马萨诸塞州：哈佛大学出版社。由哈佛大学校长与校务委员会委员授权，1951，1955，1979）与《艾米莉·狄金森诗歌》（拉尔夫·W. 弗兰克林主编，剑桥，马萨诸塞州：哈佛大学出版社之贝尔克纳坡出版社，由哈佛大学校长与校务委员会委员授权，版权1998）这两本书的印刷与托管。

希拉·沃罗斯基

希伯来耶路撒冷大学

序 言

这部多卷本《剑桥美国文学史》揭开了美国文学研究的新篇章。1917 年出版的第一卷《剑桥美国文学史》（*Cambridge History of American Literature*）帮助开辟了一种英文写作的新领域。30 年后由罗伯特·E. 斯皮勒（Robert E. Spiller）主持编写的《美国文学史》确立了一个崭新的学术研究领域。《剑桥美国文学史》（*The Literary History of the United States*）展现了一代美国人为重新划定文学研究领域的界限所付出的努力。20 世纪六七十年代培养出来的学者和批评家们，不仅成了美国写作领域中各个新兴的和业已确立的方向的代表人物，而且他们已经开辟了并且继续开辟现代文学研究中的一个主要领域。

过去的 30 年，美国式的文学批评已经从人文科学研究的边缘进入到中心。该领域的研究活力体现在全国乃至全球不断增长的对美国文学的兴趣上，体现在学术活动的规模上，体现在论辩的激烈程度上。更有意义的是，美国文学文本已经成为跨学科和交叉学科研究的焦点。性别研究、种族研究、大众文化研究和其他的研究都已经渗透至批评界的各个角落，但这些研究的唯一最大基础却是美国文学，对于有关多元文化和经典形成的争论也是如此：虽然争论是跨历史和跨文化的，但最后都促进了美国图书的繁荣。

尽管我们置身于这些辩论之中，但很清楚，它们所激发的活动，涉及到大规模地发现那些被忽略的和低估的文学作品，为思想的复兴和新研究领域的开辟提供了源泉。我们比以往任何时候都更清楚地知道复数形式的美国文学（American Literatures）的内涵，它植根于对美国的不同传统、不同美学甚至不同的文学观念的坚持。

上述的发展拓宽了美国文学的含义和题材。对这一代的批评家和学者而
言，美国文学史不再是一致认可的美国名著的历史，也不再是建立在一致认 *1*
可的美国写作历史视角基础上的历史。虽然对确定性和一致性的追求持续进
行，但是这种追求却是在目前批评的非中心化氛围中进行的，充满了争论、
派别以及不同阐释流派之间的对话。

这一冲突场面标志着学术权威结构的转变。自 18 世纪以来，所有文学

史的写作实践都取决于既定的对文学史本质的共识上。今天对这种共识的痴迷看起来更像是呼唤妥协、缅怀旧事。如今，美国文学史研究将自己确定为一种多义的、多元的学术、批评、教育事业。在这种情况下，权威就成为了一种调节既相异又相连的知识领域的功能。我们将其称为存异的权威。它一方面部分地存在于异质性能量之中：各种各样的竞争群体，各种各样的知识领域，各种各样的权威机构；另一方面又存在于批评家关联能力之中：将其方法的特殊性转换成一种挑战和交战的形式，结果它实际上获得了与其他阐释方式相关的内容与深度，虽然有时它与后者互相补充，有时与后者相互冲突。

这套新版《剑桥美国文学史》（*Cambridge History of American Literature*）无论是在强调差异还是在主张协作方面都称得上是权威。从某种意义上说，这种权威性使它成为描述专业化了的市场文化的代表。这本《剑桥美国文学史》从根本上讲是多元的：美国多民族文学联合史。值得关注的是，在很大程度上这种代表性质也充斥着矛盾。这本《剑桥美国文学史》是对文化模式和价值观学术领域内持续争论的一种表述。书中的一些叙述就它们所揭示的社会和美学成就之间的关联性来讲是令人赞佩的。其他的一些叙述则明显的与此背道而驰，甚至达到了把文学分析变成一种对自由多元化批判的程度。然而，赞成与反对的立场总是处于一种复杂的关系之中。事实上，可以说正是这种反对性立场展示了《剑桥美国文学史》一书中最传统的一面。反对性批评所摆出的道德高姿态——文学分析作为对抗和不同选择视角的领地——植根于我们从浪漫时代所继承的关于艺术的定义。早期的、高雅的文学观主张蕴含在伟大作品中的理想的普适性。因此，言下之意，在其所宣称的艺术自主性方面，在其直接抨击西方资本主义风俗习惯之中，这种文学观孕育出了一种宽泛的伦理—美学唯信仰论——用阿诺德的话来说，文学是对生活的
2 批评。到本世纪中叶，这样的批评一方面导致了“新批评”派对工业社会的抨击，另一方面导致了新马克思主义实践理论的产生。

这里对立和非对立方法之间的关系使得民族性的视角成了问题。人们采用了各种办法解决这个问题，其中包括后民族化（或者后美国）视角的提出。本书的一些分卷中暗示出了一些对这一视角的修正，或许可以预兆或影射未来的文学史。这里的“America”这个词大体上是指美利坚合众国，或者在历史上即将成为美国的那些领土。虽然撰稿者中的几个人采用比较文学式的、跨大西洋式的或者泛美式的框架，虽然他们中的有些人讨论了采用其他语言书写的作品，但是他们的关注焦点主要集中在这个国家中的英语创作的作品上面——即人们一直所普遍认为的具有民族含义的“美国文学”。对我们而

言，这种限定表示了一种深思熟虑后的选择。毫无疑问，这场选择在某种程度上反映出了时间、空间、训练以及可利用材料的局限性；但是必须补充说明的是，本书的撰稿者最大限度地利用了这些局限性。他们充分利用了时间、空间、训练和新近获得的材料把民族性变成了文学史研究中的一个问题。恰恰是因为他们关注的焦点是美国的英语文学，对他们而言，“America”既不是一个叙事的受惠人—— 一个假设、不可避免的或自然的前提，亦不是客观背景（民族历史）。恰恰相反，它是许多种类文学——历史探究的论争场所。一个过去声称中立、对所有权威派别都彬彬有礼的领域，细查之下，变成了一个过去和现在都胜负难料的战场。

本套书中的“美国”是一个历史实体，即美利坚合众国。同时也是一个社会群体的标记，一个民族的标记，由如下事物构成和维系的民族：口授法令，一套普遍原则，社会凝聚战略、社会抗议呼唤，一个预言，一个梦想，一个审美理想，一个现代性比喻（如“进步”、“机遇”、“新事物”），一个包容一切的符号学（“熔炉”、“拼贴被子”、“由多民族组成的民族”），一个排他的符号学，不仅排除了旧世界和南、北美洲的所有其他国家，而且排除了美国范围内的许多大型群体。一个被如此构思的民族性就是一个充满修辞色彩的战场。这套多卷本中的“美国”就是探索文本的历史性和历史的文本性的一个飘移不定、视角繁复的焦点。

无独有偶，文本的历史性和历史的文本性是当今文学研究中的两个最棘手的问题。文学研究领域中对于历史的理论化建设从来没有如此的敏锐深刻和普遍深入。毋需多言，能够把本领域内那些特别兴趣、把我们当前各种不 3
同学派连接在一起的是对历史的不可遏制的兴趣，这种兴趣既是思想、隐喻和神话的基础和结构，也是我们所阅读的文本实体，更是我们阐释文本的精神勇气。即使我们承认，那些伟大的作品，特别是由于其中的数处语言结构被提升到一种非凡的强度，已超越他们所处的时间和空间（而且即使我们也相信他们的持久魅力会成为反复争论的源泉），然而，经过反思，我们不难发现审美超越的概念本身也不能超越时间。如同其他的追求绝对性的主张（从信仰阐释学到科学的客观性）一样，关于高雅艺术的美学主张也是由历史塑造的。我们通过可辨认的历史意识来领略超越的特殊形式——如神圣灵感美学，含混、颠覆、不确定性美学。

对偶然性的承认渗透到历史写作之中。一些历史比另外一些历史更真实；一些历史一度被冠以“权威”和“全面”的庄严头衔；但是所有的历史都是对特定历史瞬间的叙述，所以本套书也不例外。这里，我们的意图就是把局限性变成无限性的泉源。以往所有的美国文学史不是总体式的，就是百科全书式的。他们或者对单一的观点提出武断的概括，或者提供一大堆简洁的、看上去很“权威”、“全面”的概述，仅仅是因为简洁、专业的综合这样的叙述阻碍了著者意见的发表。与此相反，在本套书里，美国文学史却通过复调式的大规模叙述展示出来。由于撰稿者的数量有限，他们每一个人都有机会详尽阐述与众不同的观点（前提、论点、分析）；因此，每个人的叙述都是通过实证而不是断言来使人信服；每个人都与其他人（尽管存在差别）通过主题、关注的焦点、忧虑与期望产生关联，因为它们是这一代美国人共同面临的问题。

本套书撰稿者的选择首先是因为他们杰出的学术成就，其次是因为他们在熟知他们著述的批评界的举足轻重的地位。他们展示出美国人文学批评过去30年的成就。他们对这套文学史的贡献显示了几代人之间的链接和隔阂。他们对现在被列入美国文学标题之下的许多题材都提出了自己的见解。他们所表达的与众不同的激动和倾向极大地拓展了美国文学研究领域。而且他们反映了构成我们时代文学研究兴趣的多样性和种族的多样性，自第二次世界大战、特别是20世纪60年代以来，种族的多样性成为我们的大学、教职人
4 员和学生的特色。

多样性特征也体现在本套《剑桥美国文学史》的编撰原则上面。其结构的灵活性旨在适应美国文学史的多样性。一些主要作家不止在一卷中出现，因为他们不仅属于一个时代。一些作品文本会在同一卷里的几篇叙述中被讨论，因为他们对于不同文化经验领域都很重要。有时，某个运动的历史从不同的角度重述，因为它需要多重视角，例如，它同时涉及边缘文化和主流文化，它既是一个时代的高潮，同时又是另一个时代的起点。这种重叠虽不是有意策划的，但是却是从一开始就受到鼓励的。这种随之而来的视角多样性正好与文学的丰富性和历史资料相吻合。同以往任何一部美国文学史相比，本套文学史对具体细节（作家、文本和运动）的叙述都更加丰富多彩、细致入微。

萨克文·伯科维奇（Sacvan Bercovitch）

本套书的每一卷都以其独特的方式展现着一些优势。而本卷通过强调19世纪美国诗人与当时主导思维模式、文化信仰尤其是高雅文化的意识形态之间的复杂的、冲突的关系，来展示自己的优势。这其中许多诗人的成就与现代主义文学的成功相比，显得黯然失色。当庞德和艾略特拒斥华兹华斯和丁尼生的浪漫方言为多愁善感、虚饰的和修辞膨胀的时候，他们同时含蓄地否定了出版于1800年至1910年间的大多数美国诗歌。本卷的撰稿人对19世纪

广大诗人——南方与北方，黑人与白人，女性与男性——予以特别的关注，借此提出了久被延误的判断。他们的方法既是形式主义的又是历史的。他们注意到当代读者不仅能从沃尔特·惠特曼（Walt Whitman）与艾米莉·狄金森（Emily Dickinson）的经典作品中获得乐趣，而且能从曾一度享有盛誉的朗费罗（Henry Wadsworth Longfellow）与惠蒂尔（John Greenleaf Whittier）的作品中获得乐趣，甚至还能从那些不太知名但却风趣十足的莉迪亚·西戈尼（Lydia Sigourney）和艾玛·拉扎罗斯（Emma Lazarus）的作品中获得乐趣。他们还详细描述了诗人所处、所体验和所依赖的丰富历史语境。

芭芭拉·派克（Barbara Packer）在试图更新我们对19世纪前半叶的新古典主义诗歌的欣赏力时承担了严峻的挑战。她不仅反对现代主义的审美取向，而且反对浪漫的民族主义叙事方式，按照她的观点，只有当美国文学停止仿效国外经典的时候，它才成熟起来。派克提醒我们，这个时期的美国诗人，5
往往会担心自身乡土气息太浓。精通古典的和英语的形式使他们更够参与一个更大的欧洲传统。19世纪初期，在美国，即使是像乔尔·巴洛（Joel Barlow）这样的政治上激进的诗人也采用得体的新古典主义的双行体来宣告启蒙主义的黄金时代在美国的降临。派克在乔尔诗中发现的机智和抒情的美感同样也存在于约翰·特朗布尔（John Trumbull）、约翰·昆西·亚当斯（John Quincy Adams）、休·亨利·布拉肯里奇（Hugh Henry Brackenridge）、菲利普·弗瑞诺（Philip Freneau）、约瑟夫·罗德曼·德雷克（Joseph Rodman Drake）和菲茨－格林·哈勒克（Fitz－Greene Halleck）的诗节之中，他们都深受奥古斯都时代讽刺诗风的影响。即使在当时以浪漫主义为主的抒情诗时代中（这些诗主要归功于华兹华斯的影响），派克发现诗人们一直努力把荒芜的美国风景融入到前华兹华斯似的格律与修辞结构之中。

爱默生的诗歌是体现英国形式和美国题材之间张力的最错综复杂的范例。19世纪30年代初期他对华兹华斯和柯勒律治的发现现改变了他的敏感性；在诸如《哈姆特利亚》（“*Hamtreya*”）和《马斯克特奎德》（“*Musketaquid*”）几首精美的诗中，他成功地采用了《丁登寺》（“*Tinten Abbey*”）中无韵体形式。然而派克指出，爱默生的大部分诗歌采用的是新古典主义双行体表达的浪漫主义主题和衍生于17世纪诗人赫伯特、密尔顿、约翰逊和马维尔的四行诗形式的特殊混合体。这位康科德城的贤哲可以为沃尔特·惠特曼的自由体诗喝彩，但却依然固守自己的承诺，坚持使用规范的词语模式。他对惠特曼的影响体现在哲理和灵感方面，而不是形式方面。从这个意义上讲，他最直接的继承人是艾米莉·狄金森。狄金森的诗不仅展示了超越主义者对自我界限的关注，而且具有爱默生的格言般的、紧凑的、几乎粗糙的压韵方式。从联邦制主义诗人①到爱默生再到惠蒂尔这段美国文学史，还从来没有受到过如此鲜明的关注和如此权威的阐释。

派克的文学观点显示出历史的延续性和变化性。希拉·沃罗斯基（Shira Wolosky）② 在强调广泛的社会问题基础上阐述了 19 世纪后半叶的诗歌。她注意到诗人以修辞方式参与了与流行文化形式的的谈判。在这方面尤为重要的是，这一时期的女性诗人对重塑女性谦恭品德、倡导女性返回家庭生活的义务所作出的努力。在现今被遗忘的或被低估的很多女性诗人的作品中，包括朱莉娅·沃德·豪（Julia Ward Howe）、弗朗西斯·哈珀（Frances Harper）、海伦·亨特·杰克逊（Helen Hunt Jackson）、爱伦·惠勒·威尔科克斯（Ellen Wheeler Wilcox）、夏洛特·帕金斯·吉尔曼（Charlotte Perkins Gilman）、露西·拉卡姆（Lucy Larcom）、爱丽丝（Alice）和菲比·凯里（Phoebe Cary）等，沃罗斯基追寻到一种微妙的逻辑：通过修正过的屈服实现自我主张。她指出，家庭生活中的权威只不过是一种权威的形式，主张谦恭的美德只不过
6 是一种主张。这些诗人在公开宣称家庭生活和谦逊之属于私人领域价值观念的矛盾的行动中，成功地获得了一种公共的发言权。艾米莉·狄金森比任何人都更加热切地探索了这种悖论。沃罗斯基在狄金森戏剧性的隐密生活和诗歌中发现了一种无限挥发性的“充满激情的顺从”。

这个时期间最强势的男性诗人们与文化普遍建立了同样复杂的关系。这一时期最深层冲突是南北文化的冲突，表现在诗人坡对朗费罗的沾沾自喜和道德说教的病态般敌视中。沃罗斯基指出，这两位诗人都对商业社会中诗歌所处的边缘地位表达出深切的失望，但他们的表达方式却是各具鲜明的区域特色。一方面，一种温和的、贵族似挽歌般的轻浮语调弥漫在朗费罗的诗歌之中，似乎在召唤已经死亡或正在垂死挣扎的旧式文化，另一方面，坡那备受折磨的社会与思想的边缘化处境在否定诗学中得以表达。在沃罗斯基随后的人物讨论中，她精辟地辨别出这种对立策略——怀旧与革新——的几个变体。出生于上流社会的作家，诸如奥立弗·温德尔·霍尔姆斯（Oliver Wendell Holmes）、詹姆斯·拉塞尔·洛厄尔（James Russell Lowell）和乔治·桑塔亚那（George Santayana）试图把诗歌语言从一个正在兴起的大众化社会中所呈现的急剧上升的多元化中分离出来。而赫尔曼·梅尔维尔、斯蒂芬·克

① 指美国内战期间支持北方政府的诗人。——译注

② 耶路撒冷希伯来大学的英美文学教授。著作有《狄金森：战争的声音》（1984）、《神秘语言》（1995）、《诗歌艺术》（2001）。——译注

莱恩和保罗·劳伦斯·邓巴①却与这个社会的分裂、矛盾、对立和异化的直面交锋中创作出永久充满痛苦的诗歌。黑人圣歌的那些民间作者在充满启示录般的希望的诗歌中表达了对资本主义剥削的最残暴形式的抗议。沃罗斯基在惠特曼那里发现，他一直在努力使用比喻手法来克服美国社会和政治生活中的核心冲突，即“消极的”个人主义自由和那种可被感知的社区联结的需要。她认为，像本卷书中所讨论的许多女性诗人一样，惠特曼在他创作的高潮时期，在感情浓厚的诗歌中，包括表达社会义务的悲悼情感、诗歌（例如，悼念林肯的诗歌），找到一种市民—公共意识来消解自由个人主义。

无论是个人自由主义原则的批评者还是拥护者，都常常会对受控于个人自由主义原则的社会情感生活忧心忡忡。双方都应该找到许多值得反思的地方。正像华兹华斯所指出的那样，如果诗歌是“情感的历史”，那么，我们这里就阐明人类的情感，因为人类情感在一个自由—个人主义日益增长的社会里正在遭遇体验的环境。后殖民主义与其文化根源的模棱两可的关系，公共领域和私人领域界限之间的困难交流，少数民族和女性的自我发现和对自己权利的坚持，民族主义的自豪感，资本主义的异化和寻求反消解的价值观，
多元主义的多重身份，以及随之而来的对更易理解的社区的怀念，所有这一 7
切被称为社会情感的问题都在19世纪美国诗歌中得到了阐述，并在本卷中进行了评论，而且，无论阐述还是评论都内容丰富、通俗易懂。派克从诗人们选择题材和形式过程中发现了这些问题，沃罗斯基则从诗人对流行文化修辞的适应过程中找到了这些问题。但两人在诗歌与其历史背景密切相关这一方面达成了共识，这样一来，他们在恢复和阐释了19世纪的美国诗歌传统中，
为21世纪的我们提供了乐趣、收益和最新的研究成果。 8

① Pawl Lawrence Dumbar（1872—1906），是美国第一位黑人职业作家，也是最早闻名全国的黑人作家之一。——译注

美国诗歌传统，1800—1855

芭芭拉·派克（Barbara Packer）

序言：崇敬与雄心

1854 年，在题为《诗歌与英语诗歌》（“Poetry and English Poetry”）的演讲中，拉尔夫·沃尔多·爱默生提到一个为人们所熟知的话题。“我们经常自问，为什么美国没有诗人？而别的国家早在硝烟未尽的建国初期，就已绽露出诗歌的花蕾，催生出让后人心醉不已的神话。我们具备各种能力：我们在战场上骁勇常胜，在生活中可以立法、交易、种植、建造、航行，且与别人一样能够融会贯通。但是我们缺少吟诗作赋的才华，我们既没有想象力和独创思维，也无催人奋进的书籍出版。”而 17 年前，他在《论美国学者》（“The American Scholar”）一文中的评论却似乎更加乐观些：“——也许这个时刻已经到来。多年来，全世界对美洲大陆一直有某种期望：美国人并非只有机械技术方面的能力，它们应该有更好的东西奉献给人类。美洲大陆的懒散智力，将要睁开它沉重的眼睑，来满足这个早该满足的希望了。”[①] 尽管布莱恩特、朗费罗、惠蒂尔、坡甚至爱默生本人（其《诗集》［*Poems*］于 1846 年问世）都在尽力地让美洲大陆那沉睡的心智睁开惺忪睡眼，但它却依然双眼紧闭。

类似的感慨随处可见，甚至出现在那些旨在唤起民族自豪感的书中。1842 年《美国诗人及诗歌》一书出版，纽约的编辑鲁弗斯·格里斯沃尔德[②]（Rufus Griswold，1815—1857）在该书中也提醒人们美国只是拥有了一个民族

---

① 选自爱默生著，孙宜学译：《爱默生演讲录》，北京：中国人民大学出版社，2004 年，第 116 页。——译注

② 美国著名编辑，他曾在《格雷厄姆》（*Graham's Magazine*）等知名杂志任职，他与爱伦·坡过往很密，在坡死后，他参与处理了很多坡的作品。——译注

文学的雏形。他从早期欧洲移民定居以来美国出版的500卷“韵律诗”中选
取最好的诗歌汇编成册，但同时又奉劝读者不要对此期望太高，因为他认为
“但凡卓越的成就，尤其是诗歌的成就，都要经过不断的默默耕耘方可实现”。
他还指出：“我们的诗人大多下笔匆忙，酝酿不足，所以无法名垂青史。”美
国诗人的急躁大抵有几种原因：由于美国没有“合理的版权制”，因此翻印英
国诗人的作品比起出版美国人的诗集来更有利可图；杂志和报纸编辑虽然有
时也会预付稿酬，但正如格里斯沃尔德所指出的那样：“写作的收入极不稳
11 定，只有少数人能够全身心致力于文学创作。”美国的诗人可以是牧师、律
师、医生、记者、政客，甚至是遇人不淑的家庭主妇或儿女众多的寡母遗孀。
约翰·昆西·亚当斯在写诗和翻译创作期间曾身兼数职：美国驻荷兰、柏林、
俄国以及圣詹姆士朝廷公使①；哈佛大学修辞与演讲术博伊尔斯顿讲座教授；
也曾任美国参议员、国务卿、总统，并且在人生最后17年中担任了马萨诸塞
州的国会议员。

格里斯沃尔德还指出了美国诗歌的另一个缺憾。他麾下的作家们很少能够摆脱那种邯郸学步的窘境，用他的话来说，“我们的语言、品味和举止皆承自英国，但长期研究英国文学的结果只会令我们的作品成为前者的附属品，不论主题还是文体。”爱默生对此也感慨万分，他说：“我们的诗歌让我想到瓦尔登湖边对着我歌唱的那只热情洋溢又自高自大的猫声鸟。”他还评论道：“多么甜美的韵律！变化多端！手法纯熟！又是多么故作姿态！简直一个表演者，除了最后那声喵喵，自己的音符一个也没有！”绝大多数的美国诗人并不承认自己附庸风雅，因为他们不像爱默生那样，既是诗人又是文化批评家，但是众多诗稿、书信、回忆录都证明他们早将英国诗人视为友人与知音，奉为圭臬甚至思想的解放者。来自康涅狄格州的诗人乔尔·巴洛（Joel Barlow, 1754—1812）因颠覆政府罪于1792年被英国政府驱逐出境，此前他曾去参观蒲柏位于特威克纳姆的洞室（grotto）②，以缅怀这位启发了他所有灵感的诗人。华盛顿·奥尔斯顿不仅写了一首十四行诗来赞美他的朋友塞缪尔·泰勒·柯勒律治，还为他画了两幅肖像。菲茨-格林·哈勒克幼年在康涅狄格州求学时，他最珍爱的收藏就是两本苏格兰诗人的诗集：罗伯特·彭斯（Robert Burns）的诗集和托马斯·坎贝尔（Thomas Campbell）的《希冀之乐》

① 驻英国公使的官方说法。——译注

② 1720—1725年间，蒲柏（A. Pope）在挖一条通向他在特威克纳姆所建的别墅与主花园之间的地下通道（tunnel）的工程中修建了这个洞室。根据当地博物馆的介绍，这个洞室被许多人看做是诗人模仿自然的艺术品。——译注

(*Pleasures of Hope*，1799)。移居纽约后，他很偶然地跟刚刚结识的朋友说起他心目中的天堂就是"读着托马斯·坎贝尔的诗，在彩虹上打秋千"。而这位新交，约瑟夫·罗德曼·德雷克也激动地握住哈勒克的手，由衷地表示赞成。两人旋即成为了至交与创作伙伴。威廉·卡伦·布莱恩特回忆说，他第一次读《抒情歌谣集》("Lyrical Ballads")时（正如一位朋友之后回忆的那样），感到"千眼泉水似乎一齐涌上心头，大自然的面孔突然充满了非同寻常的新鲜与活力"。

美国的诗人早就醉心于莎士比亚、密尔顿、德莱顿、蒲柏、汤姆森、柯林斯、格雷、扬、考珀和彭斯的诗。他们也渴望读到沃尔特·司各特爵士、坎贝尔和拜伦的新作。但最终他们还是花费了更多的时间学会去阅读和欣赏华兹华斯、柯勒律治、济慈和雪莱的作品。这一时期的美国人十分热衷于翻译外国诗作。约翰·昆西·亚当斯翻译了尤维纳利斯①的讽刺作品；为了自学德语，在任俄国公使期间，他又用斯宾塞诗体②翻译了维兰德③的《奥伯龙》(*Oberon*)；威廉·卡伦·布莱恩特（William Cullen Bryant）翻译了《伊利亚 12
特》(*Iliad*)和《奥德赛》(*Odyssey*)；超验主义④诗人克里斯托弗·皮尔斯·克兰奇（Christopher Pearce Cranch）翻译了《埃涅伊德》(*Aeneid*)；爱默生根据约瑟夫·冯·哈默的德语译本翻译了波斯诗歌；梭罗翻译了埃斯库罗斯和阿那克里翁的诗篇；1845年，亨利·瓦兹沃思·朗费罗出版了他从十种欧洲语言翻译过来的大部头译著《欧洲诗人与诗歌》(*The Poets and Poetry of Europe*)，又于1867年出版了更富盛名的译著《神曲》⑤ ("The Divine Comedy")。如果这个时期的美国诗人可以选择一句全国通用的座右铭的话，他们也许会引用密尔顿《英国史》(*History of Britain*)中的那句："我们从外国进口美酒和油，更要从外国的作品中，引进成熟的思想和公民的美德。"这句话

---

① Juvenal，罗马最后也是最有影响的一位讽刺诗人，作有《讽刺诗》。——译注

② Spenserian stanzas，斯宾塞诗体/诗节由斯宾塞（Edmund Spenser）写长诗《仙后》时创造，对英国诗影响很大。每节共9行，前8行用五音步的抑扬格；第9行用六音步抑扬格；韵脚为ababbcbcc。——译注

③ Christoph Martin Wieland (1733—1813)，德国洛可可时期的诗人和文学家。——译注

④ Transcendentalism，是一场文学、哲学运动，出现在19世纪上半叶的新英格兰。宣扬理想的精神现实超越现实和科学。代表人物有拉尔夫·沃尔多·爱默生和玛格里特·富勒等。——译注

⑤ 意大利诗人但丁（Dante Alighieri）的长诗。写于1307年至1321年，全诗分为三部分《地狱》(*Inferno*，*Hell*)、《炼狱》(*Purgatorio*，*Purgatory*)、《天堂》(*Paradiso*，*Paradise*)，谴责教会的统治，但仍然未摆脱基督教神学的观点。——译注

也被玛格里特·富勒引用在她的译作——埃克曼的《歌德谈话录》(*Conversations with Goethe*)① 的题词中。

美国人虽然热衷于引进外国诗歌，但它短暂的历史却阻碍了他们对外国诗歌的理解。独立战争时期，英国奥古斯都时代②的文风在美国蔚然成风。这些早被英国诗人所摒弃的诗歌之所以受到了美国人的喜爱，是因为它迎合了第一次民族主义精神高涨和国家独立的愿望。法国大革命的爆发起初也带给美国人一阵欣喜，从当时的情形来看，这个曾支持美国独立的国家也有可能追随大西洋彼岸的共和国而建立民众的政府。但美国人缺少英国年轻一代对革命的热忱，他们没有像英国浪漫派诗人那样因革命的爆发而欢欣鼓舞，也没有因它的失败而灰心沮丧。因此，当英国的浪漫主义抵达美国的海岸时，它就注定要被剥离原有的政治色彩。爱默生经常引用华兹华斯《郊游》(*Excursion*) 中的两句诗："漫游者提醒隐士道：'灵魂至福臻化境，却是高处不胜寒'。"但他从未提及过这两行诗句的语境，在他看来，这两句诗表现的是灵魂极乐的反复无常，而不是法国大革命的失败带给隐士的消沉苦闷。就像詹姆斯·盖茨·珀西瓦尔 (James Gates Percival) 把安德鲁·杰克逊总统③妖魔化那样，一些美国诗人在读了雪莱的作品后，就试图把美国总统描写为"恶魔般的压迫者"。然而在每个"恶魔般的压迫者"最多只有两届任期的国家中，这样的指控难以成立。在美国真正需要反抗压迫的阶层就是奴隶，但他们的愤怒与苦闷大多也只能在黑人圣歌中通过《圣经》的隐喻发泄出来。诗歌这种写给白人看的文学体裁虽然也描绘对自由的渴望，但绝不颂扬反叛的行动。

浪漫主义以其异国风情打动了美国诗人，同时也冲击了风靡于革命时期的讽刺派的诗风。不过，正如柯勒律治所言，美国人的诗歌并非出于"想象"
13 (Imagination)，而是发自"奇想"(Fancy)：他们描写哈德逊河上仙子停留的村庄，精灵萦绕的梦境幻象，神秘的东方传奇——关于仙女爱上人间少女的故事（并附有详实的注脚）。现在看来，这些诗多为华而不实的作品；但诗人

① 本书由歌德的私人秘书 J. P. 埃克曼（Johann Peter Eckermann）记录了歌德晚年有关文艺、美学、哲学、自然科学、政治、宗教以及一般文化的言论和活动。首次发表于 1836 年。——译注

② English Augustan Age，即 18 世纪英国文学，也称新古典主义时代或理性的时代。由于此时期许多作家自觉模仿奥古斯都作家维吉尔、贺拉斯而得名。代表作家有约翰·德莱顿、亚历山大·蒲柏等。——译注

③ Andrew Jackson（1767—1845），1829—1837 年在任的民主党总统，是美国历史上第一位平民出身的总统。——译注

们想通过这些作品来表明自己的世界和“金钱之奴（Mammon's Slaves）”① 的世界大相径庭，这一举动在今天看来虽略显浅薄，却也反映出美国诗人强烈的精神追求。他们以为重商主义在美国的盛行会让外国人嗤之以鼻，所以就想以无实用价值的诗歌创作来证明其精神世界的纯真。同时他们又在诗歌的情感和观念表达上作了许多尝试，比如，华盛顿·奥尔斯顿（Washington Allston）曾为世界油画名作写过一组杰出的十四行诗，詹姆斯·盖茨·珀西瓦尔也不吝笔墨地描写日光和月光在雾中和水面上的意境。

令人惊讶的是，尽管美国拥有蜚声国际的壮丽景观，但是一开始美国诗人并没有关注浪漫主义的自然派诗歌。布莱恩特成长在西马萨诸塞州边界②一处美丽的旷野上，从他创作成熟期的诗歌里，我们也可以看到他对自然的深深眷恋，但在读华兹华斯的《抒情歌谣集》之前，他却对周围的景观熟视无睹。华兹华斯同样也影响了爱默生、朗费罗和惠特曼的创作，尤其是惠特曼的《草叶集》（*Leaves of Grass*，1855），到处可见华兹华斯著名自传体史诗《序曲》（*The Prelude*，1850）的痕迹。在浪漫派诗人中，华兹华斯备受美国诗人的推崇，因为他所钟爱的自然中那荒凉萧索与雄奇壮观的景色在美国随处可见。19 世纪早期，诗人们开始描写美国本土的自然景色。诗人约翰·布莱纳德（John Brainard，1797—1828）在描写康涅狄格州的乡村景色时所使用的语言十分精炼，为罗伯特·弗罗斯特（Robert Frost）的简约诗风开了先河。

落叶覆盖林间小路，
野花凋零失色；
霜雪冻黑了枝条，
冰凉的露珠摇曳坠落。

《诗节》

布莱纳德也曾作诗歌颂新英格兰的秋季，“人们爱上拂面而来的微风/那明亮而湛蓝的天空/折煞了所有树林的骄傲”。渐渐的，诗人们开始如划分领地一般，作诗歌颂各自所钟情的景致。詹姆斯·希尔浩斯（James Hillhouse，1789—1841）写诗赞美纽黑文微红的峭壁陡崖——东岩（East Rock）和西岩

① Mammon 指在新旧约时代于犹太人中出现的恶魔名号，又名 Amaimon，是古叙利亚语“财富”之意。是财富的邪神，诱使人为财富互相杀戮。在《失乐园》中，被打入地狱的众天使们便在 Mammon 的指挥下发掘无数的珍宝以建造自己的圣殿。——译注

② 这里指肯明顿（Cummington）。——译注

（West Rock）。菲茨－格林·哈勒克（1790—1867）描绘从魏豪肯的山颠越过
哈德逊河遥望曼哈顿的点点灯光，那“高高的塔尖，闪光的屋顶，和层层雉
14 堞”的浪漫。而他的朋友罗德曼·德雷克则为美丽的布朗克斯河以及他在猎
人角（Hanter's Point）附近农场的田园生活而歌唱。

然而，不巧的是这种诗歌理念和风格的转换，却面临着一个美国诗人无法逾越的障碍。W. H. 奥登（W. H. Auden）在《美国诗歌》（“American Poetry”）这篇随笔中指出：“即便是最正式、最高雅的诗风也会受到群众口语的影响，且这种影响是最为显著的。”英、美语言语模式在个别词的发音上有显而易见的差异，在语言习惯上也有很明显的区别，奥登坦承：

> 我一直弄不明白是什么造成了两种语言的差异。威廉·卡洛斯·威廉斯对于这个问题做了最深入的研究，他指出“两种语言最大的区别之一在于节奏”，除此之外，音调也不同。虽说这种差别难以定义，但从那些用传统手法写就的英国诗歌和美国诗歌中，读者还是能迅速辨认出这种语言差异。

不过，在美国人看来，只要是以传统格律写就的诗行，无论它是英国人的作品还是美国人的作品，都带股“英国腔儿”。

19 世纪的大多数美国诗人还不能将日常口语的节奏与承自英国的格律相融合。虽然打油诗有口语的活力也富有节奏感，可以说是个例外，但它却不适合表达严肃的主题。美国诗人可以用莫纳德诺克山或沙斯塔山来代替赫尔韦林山，可以为斯旺那诺阿河而非杜德尔河写诗①，但是他们却无法自如地运用传统的格律创作出琅琅上口的诗歌。因为并不是所有诗人都能像惠特曼写《草叶集》那样，将格律和韵脚一并抛弃。

那么，是什么力量支撑着早期共和国的那些默默无闻、薪酬微薄的诗人坚持创作的呢？也许是为了建立民族文学传统这一强烈愿望吧。也正是在这一愿望的鼓舞下，约瑟夫·罗德曼·德雷克在少年时期就创作了诗歌《知更鸟》。美国的知更鸟，生命力极强，活得自由自在。知更鸟的叫声全部是从别的鸟儿那里偷学来的，但它快乐的歌声却让夜莺也黯然失色，让所有它模仿过的鸟都哑口无声。

---

① 莫纳德诺克山（Monadnock）、夏斯塔山（Mt. Shasta）、斯瓦那诺式河（the Swannanoa）地处美国，赫尔韦林山（Helvellyn）、杜德尔河（the River Duddon）在英国。——译注

知更鸟的歌声轻轻响起，
我几乎没有在意；
百鸟的音色尽在其中，
那忧郁的鸣啭出自三声夜鹰①的歌声。
麻雀的啁啾，猫声鸟的长鸣
红鸟的哨音，鸫鸟的叹息
黑鸟、青鸟、燕子、云雀， 15
鸟儿的歌唱各有特色，
但顷刻间都融入了
知更鸟嘹亮的歌声，
所有鸟儿都屏息静听，
在这奇鸟面前黯然噤声。

知更鸟青出于蓝而胜于蓝，它那撩人的音色被德雷克当作“韵诗的象征”。与知更鸟类似，诗人只能通过模仿来学习，他们必须先拨动前人的琴弦，才能唱出自己的歌声。

轻轻的他们低唱出歌儿
轻轻的他们拨动不同的琴弦，
擦出星星火花造就灵感来源
于是，马罗②或许歌唱
于是，密尔顿轻拨竖琴
于是，埃文河畔不朽的孩子③
于是，噢，司各特！浑如魔法般狂野的音符，
于是，蒲柏音色悦耳的诗琴
在荷马的灵火中响起优美的旋律，
于是，坎贝尔④发出战斗的吼声

① 因其嗜蚊习性，有的地方称其为蚊母鸟。——译注
② 这里可能指维吉尔（Virgil，公元前70—前19），古罗马诗人。——译注
③ 这里暗指莎士比亚（W. Shakespeare），他出生在埃文河上的斯特拉特福镇。——译注
④ 这里可能指托马斯·坎贝尔（Thomas Campbell）。——译注

在埃尔西诺城堡[1]的山颠回响
于是，他为士兵掘了坟墓
伊瑟河[2]！凭你紫色的波涛起誓！

19世纪早期的美国诗人并没有形成一个连续的传统。虽然他们的存在有如独立日庆典时夜空里相继绽放的焰火一样短暂，但他们仍然积极参与了那场席卷全国的诗歌创作尝试的风潮。在那样一个百业待兴、人口稀少的共和国里，他们的诗歌创作有可能成功吗？如果可能的话，他们创作出来的诗歌又将是什么样的呢？会像拜伦的诗还是蒲柏的诗？抑或如《反马基雅维利》[3]（*Anti - Jacobin*）的文章那样辛辣讽刺，或如穆尔的抒情诗一样甜蜜和缓？19世纪上半叶，美国诗人尝试了多种不同的诗歌风格。他们的实验具有探索的
16 新意，他们的佳作至今仍保持着震撼人心的魅力。

---

① Elsinore，即现在的赫尔辛格（Helsingr），是丹麦西兰岛东北岸的城市和海港。莎士比亚戏剧《哈姆雷特》中的埃尔西诺城堡即以此为背景。——译注

② 这里可能指伊瑟河（River Iser），位于英比交界的一条运河，“一战”期间比利时曾在此抵抗德军的入侵。——译注

③ 1797年11月至1798年7月运营的一份每周发行的杂志，由托利党（Tory）的政治家乔治·坎宁（George Cunning）创立，以反对法国大革命之后的激进的政治思潮为主旨。——译注

1 新古典主义：谐趣诗和讽刺诗

当联邦时期的建筑在美国仍广受青睐，当其先辈们的散文依然广为流传并被誉为不可超越之佳作时，源于同一文化的诗歌却备受冷漠，其境遇甚至比清教徒的新拉丁诗歌还要悲惨。新古典主义诗歌的华美与高雅似乎与平淡无奇的美国现实生活注定有着不可调和的矛盾。然而，在18、19世纪交替之际写新古典主义诗歌的诗人们非常善于将“进口”的传统手法加以改造以据为已用。比如说，巴洛的十卷本《哥伦比亚德》（“Columbiad”）① 中有一种强烈的、贯穿于全诗的自我满足感，尤其是在第一版《草叶集》出版后激起了强烈的反响。而对于那些想要了解惠特曼重写欧洲传统的人，巴洛的史诗是他们品读的首选。

在美国，新古典主义传统仍保持着经久不衰的魅力。在其背后是依然坚持致力于古典语言与文学的那种教育体制。华盛顿·奥尔斯顿②的小说《忧郁症患者》（*The Hypochondriac*）中的主人公曾不怀善意地指出，在他看来，人们宣称重视传统的唯一理由，是因为他们拒绝承认自己已经把一直延续到19世纪的一种认同感给丢弃掉了。要想进入大学学习需要具备拉丁语与希腊语的阅读能力，而且，学生们前两年的大学学习时间都被语言方面的练习占去了。这种教育，对于希望从事公众事务的人们来讲是极有益处的，因为这些

---

① 该书出版于1807年，书中包含数以百计的英雄双韵体，并塑造了大量的英雄人物形象。——译注

② Washington Allston（1779—1843），美国画家、诗人，主要作品有《季节的空气精灵》（1813）等，被誉为“美国的提香”。——译注

工作需要气势恢宏的演讲与写作功底。其他的读者对古典作品情有独钟，是因为这部分作品体现了亨利·大卫·梭罗所说的“人类最高贵的思想”。在《瓦尔登湖》[1]（“Walden”，1854）一书中的“阅读”这一章节中，他提出如果地方的方言可以被比喻成我们的“母语”的话，那么古典语言就可以被看成是我们的“父语”，“一种矜持的富有选择性的语言，它是如此的伟大以致我们不能用耳朵去聆听，唯有转世重生方能言之说之”。

对于那些时间紧张或是青睐于学习拉丁和希腊语的人来说，像17、18世
17 纪德莱顿、蒲柏所分别翻译的维吉尔和荷马史诗，对他们就敞开了方便之门。同时，这些译作加强了人们观念中希腊与罗马的古典主义与英国奥古斯都时代诗歌中的文体传统之间的联系。至少在18世纪20年代，于写作中采用抑扬格双行体[2]早已是司空见惯了。新古典主义双行体诗所传递的意义超出了作品本身。它们象征着文雅与权威，伦敦和罗马；是文明的表现，是对其欧洲文化身份的肯定；并减轻了由于地区性的想象所导致的两种最糟糕的恐惧，即边缘化恐惧与延迟性恐惧。那些曾被英国浪漫主义作家视为桎梏的传统，对于美国诗人而言，却可以用来抵制迷惑。当不断变化的文学潮流使得新古典主义在美国也显得有些落伍的时候，诗人们开始变得无所适从，不知如何弥补。

新古典主义诗歌具有公众性与政治性，尤其适合于颂词与讽刺诗。托克维尔[3]就十分欣赏由新共和国的市民所选出的、里面住着议会的那座建筑的“浮夸的名字”（国会山［the Capitol］）。而对于市民本身来讲，将他们的国家与罗马相提并论是十分值得骄傲的。他们希望美国的命运可以是罗马共和国严厉的操守与希腊帝国财富与权力的统一。当每一位卸任的美国总统让出政府操控权的时候，都会被人们赞扬为“辛辛纳图斯”[4]；人们总是期待每一

---

① 该书出版于1845年，讲的是从1845年7月4日美国独立69周年这一天，梭罗离开喧嚣的城市，搬进了离波士顿不远的瓦尔登湖湖畔的一片森林中，在这个森林中将近10年间他的生活经历和体验。梭罗在书中以其个人的独立精神，对自由的追寻和对现代工业文明与商业社会的批判，开始了身体力行地亲近自然、探索自然、使自己与自然融为一体的独特生活。——译注

② 双行体，又称英雄双行体（Heroic Couplet），每节两行，使用抑扬格五言步，押韵形式“aa”。——译注

③ Tocqueville（1805—1859），法国著名政治思想家、历史学家、社会学家，主要代表作有《论美国的民主》。——译注

④ Cincinnatus（公元前519—前430?），古罗马著名政治人物。当罗马城受困时曾临危受命为军队的统帅，大败敌军后本可登王位。他却将权印交回，解甲归田去了。因此被广泛称颂为古罗马道德的典范。——译注

届新的政府（无论如何，对于它的拥护者而言）是一段“黄金时代”的开始，并恳求正义女神阿斯特来亚①莅临凡间。宾夕法尼亚州的诗人休·亨利·布拉肯里奇（Hugh Henry Brackenridge，1748—1816），曾在他的作品《致杰斐逊②，论其对维吉尔的波利奥③的模仿》（“To Jefferson，in Imitation of Virgil's Pollio”），一文中赞扬了托马斯·杰斐逊的就职演说。杰斐逊对《客籍法和镇压叛乱法》的废除表现了他对“正义女神”重返尘世的诚挚的邀请。然而他大幅度地削减军队的预算和放弃海军的计划，似乎也在承诺着一个太平盛世政权的出现与一个美国人民所向往的黄金时代的到来。（一个私人保险箱里装着黄金的时代）。菲利普·弗瑞诺（1752—1832）是布拉肯里奇的好友，同时也是他在普林斯顿读书时的同窗。在杰斐逊作为第二任总统即将卸职时，他运用了类似的语言风格来称赞杰斐逊，将他比做辛辛纳图斯。贤人们只认可极少数人为他们的同伴，而杰斐逊就是其中之一。这些贤人们，“为了他们的祖国/英勇无比，捍卫法律/当他们隐退之时，流弊矫正/让他们独自度过余生罢！”在蒙蒂塞洛，他管理着他的农场、住所及作为奴隶的战俘，于是他提笔写下：“满腔尽是远古罗马的勇气、/去照亮即将到来的政治家的时代。”在这令人愉悦的隐退中，杰斐逊能够做到“怀着怜悯之情去审视国王们的关怀”，同时，他对自己为他的人民所带来的和平和繁荣的统治而欣喜。 18
“笑对平原上的大丰收/阿斯特来亚再次向这世界致敬。”

然而这种乐观的态度有可能会引起来自左翼和右翼这两方面的批评。乔尔·巴洛在他的《哥伦比亚德》一书中用去了将近半本书的篇幅去抨击奴隶制，认为奴隶制与美国人所声称的信念不一致，指出“人权的平等是大自然的安排/ 追随自然乃是人类的进程”。在所有的民族中，美利坚民族是最不能忍受奴隶制的，因为它从属于“一个折磨这个世界的野蛮体系/体系中社会阶层之分森明，且个人的出身决定着他这一生是饥寒交迫还是锦衣足食”。这便是杰斐逊穷尽一生精力与之抗争的贵族君主体系。巴洛告诫我们要铭记，当罗马人放弃了他们朴素的共和政体而去追求征服异邦的时候，他们是什么样的下场。

① Astraea，希腊神话中正义女神，为宙斯与巨人泰坦族的女神特米斯所生。她携带一个用来分辨世界善恶的天秤，被派到人间帮助人类扬善惩恶。——译注

② Thomas Jefferson（1743—1826），美国第三位总统，美国独立革命运动的一位积极领导者和组织者，著名的美国《独立宣言》的起草人。——译注

③ Pollio（公元前65—公元4），诗人、历史学家，曾在公元前40年任罗马的执政官，也是维吉尔的好朋友。——译注

看那罗马的粗鲁的贵人们，迈着独裁者的步伐，
将他们的暴君踩在脚下，并创下他们的国家；
他们的江山守住了，他们觉得这既勇敢又机智，
每一个自由的人都可以去指挥一个奴隶，
随之，营地与城镇的特权使他们面色潮红，
周游世界，四处征战，各国莫敢不从；
主子们与下人们都赢得了卑鄙无耻的灵魂，
罗马将这个世界扣上枷锁，却发现自己也为锁链所困。

巴洛对杰斐逊的革命严加斥责，是因为后者做得不够彻底。另一方面，杰斐逊在联邦政府的对手发现，他那卓有远见的统治方式似乎把那时的世界视作一片太平盛世，然而，当时拿破仑与英国都对这个国家的生存形成了巨大的威胁。在杰斐逊的敌人看来，杰斐逊所期望能够达成的伟大的政策只不过是欺骗与圈套罢了。在1801年，约翰·昆西·亚当斯由于他的父亲在近期的一次大选中被击败而耿耿于怀，于是翻译了尤维纳利斯的第十三首讽刺诗，并发给了费城的《文学周刊》（*Port Folio*）杂志，这是由他的朋友约瑟夫·丹尼（Joseph Dennie）所编的一本新杂志。尤维纳利斯所描述的这个时代绝不是黄金时代：

这些都是我们现代的恐怖，
它们将以往所有罪孽的黑暗都已洗除，
铁器时代早已不再复返，
而与之毗邻的四个时代却一个比一个更加黑暗；
与所有旧时代相比较，最黑暗的乃是第九个时代，
铁器时代即黄金时代，
自然甚至不曾赋予它名字，
19 也不曾用一块金属来诉说它的耻辱。

如果美德真的曾经存在过，那也是在农神①被迫离开自己的宝座之前很久

① Saturn，罗马神话中的农神，他由于阉了自己的父亲、吃了自己的后代而被朱比特废黜，最后在意大利被天门神杰纳斯（Janus）所收留。为了弥补过去的罪恶，农神住在卡匹托尔山（Capitoline Hill，罗马城建于其上的七山丘之一）上，着手于驯服野蛮的本地人。他制定了一项道德规范，教拉丁人从事农业。由于罗马大地无须驯服就能提供丰富的物产，从此春光永在，天下太平，人们无须辛劳，身体健康。意大利人迷恋这一太平盛世，称之为“黄金时代”。——译注

远的事了：

他把皇冠往旁边一抛，
然后自豪地拿起农家的镰刀，
艾达峰[①]的洞穴仍然令朱庇特[②]主神魂牵梦绕，
圣洁的朱诺[③]对他的偷情却毫不知晓。
……
阴郁的普路托[④]没有统治这片黑暗的领土
也没有夺走西西里人的女仆，
地狱不再有轮式的刑车，不再有坚硬的岩石，不再有愤怒，
没有一只秃鹫的爪上沾着幽灵般的血污。

这类新古典主义典范存在的意义远远不只局限于讽刺作品与颂文。美国诗人们还尝试了田园诗、戏仿史诗以及美国人独创的、以“崛起的荣耀”这一类主题而闻名的诗歌。在这些诗中，诗人们以不同的视角来全面地审视这个新生的国家，预言美国蒸蒸日上的荣耀必定会出现。最后，诗人们还尝试了史诗，人们把它当作是荣誉，并普遍认为如果没有史诗的话，一个民族就不能宣称自己是文明国度中的一员。如果想要在美国诗歌中寻找新古典主义的痕迹，那么最好是回溯一下乔尔·巴洛的文学生涯。他的史诗《哥伦比亚德》正像在它的前言中提到的那样，既要向美国的民众“反复灌输对于理性自由的热爱”，同时也要赋予这个新兴的国家所缺乏的诗性尊严。

巴洛于1754年出生于康涅狄格州的一个乡村里。他曾在耶鲁大学就读，向约瑟夫·巴克敏斯特[⑤]和蒂莫西·德怀特[⑥]这样的前辈学习诗歌。受他们的

① Ida，位于地中海东部的克里特岛（Crete）中部一山峰，海拔8058英尺。它是该岛的最高点，在古代它与人们对宙斯的崇拜密切相联。——译注

② Jove，罗马主神，即Supiter，对应希腊神话中的宙斯。他掌管天界，公牛和鹰是他的标志。——译注

③ Juno，罗马主神朱庇特的配偶，奥林巴斯山的女主神，是女性、婚姻和母性之神，集美貌、温柔、慈爱于一身，为人类掌管婚姻中的忠贞。——译注

④ Pluto，罗马神话中的冥王，相当于希腊神话中的哈帝斯（Hades）。——译注

⑤ Joseph Buckminster：波士顿一位极有影响力的一神教派（Unitarian）的传教士，是早期将德国的《圣经》高等文艺批评引入美国的先驱之一。——译注

⑥ Timothy Dwight：耶鲁大学第8任校长，被誉为耶鲁历史上最威严、影响最大的校长。他既是知名教师、牧师，又是北部联邦同盟盟员的“教皇”。其孙与其同姓同名，耶鲁大学第12任校长。——译注

影响，巴洛对规范的修辞学情有独钟，同时也对英语古典诗人产生了深深的敬仰之情，即使是他在成年后经历过了种种政治与宗教大变革后，这种情感也丝毫没有改变。人们对英国奥古斯丁时代的崇拜确确实实是在紧随独立战争之后的一段时期内广泛流行开来的。这场战争本身，正如一个学者所说的，“与其说它是一场革命倒不如称它为一场内战”。安妮女王与前两任乔治国王所统治的英格兰，为美国提供了一个希望可以效仿的模式。这个理想化的英格兰正如蒲柏在他的《温莎公爵—森林》（“Windsor - Forest”）中所描绘的那样。这首诗是巴洛的最爱，而且被认为是他所有诗歌创作的模板，包括他早期在独立战争期间写于耶鲁大学毕业典礼的诗《和平的前景》（“The Prospect of Peace”，1778），一直到恢宏有力、在充斥着焦虑的十年中所完成的《哥伦比亚德》。在那十年中，托马斯·杰斐逊仍然希望说服整个世界，让人们相信自由贸易与政治自由是对人类幸福的最稳固的保障。蒲柏本人也曾经在《温莎公爵—森林》的结尾暗示了这样一个时代的到来，当时这样的观点似乎立
20 即就得到了人们的认可，并迫切要求从大西洋彼岸得到回应的动力。

> 那个时代即将到来，那时会是像海或是风一样自由
> 无边无际的泰晤士河将会为全人类奔流，
> 其中，与每一个汹涌的浪头齐头并进的，是所有的国家，
> 大海只好把它所分隔开的地域又连为一家；
> 地球远处的尽头就有我们的荣耀，
> 新世界业已起航，将那旧世界寻找。
> ……
> 啊，扩展你的疆域吧，美好的和平！从此岸到彼岸，
> 直到征服的野心消失殆尽，直到奴隶制度不再复返。

蒲柏对正义与自由贸易的天堂的憧憬使得巴洛欢快的毕业典礼诗更富有生气。在诗中，他预言（其乐观性大于准确性）与英国的战争很快就会走到尽头，并且希望和平即将到来并在美国安家落户。在美国，“和平随处撒下祝愿，平静的年份装点着快乐地带/让祝福永恒”。在这个预言之后，巴洛还提到，这一系列的美好事物都将会来到这个有着启蒙运动和社会公正的人间天堂。奴隶们将会重获自由，海上尽是从事商业的舰队，女性诗人们将会站出来高唱《沙弗的甜蜜》（“Sapphic sweetness”），气象学家会去探索雨云之间的奥秘，封建剥削将会被废除（“贪婪的地主不可以压榨邻里的穷人”），形而

上学家们将会“与爱德华兹[①]一同升到那光亮的云彩上去”。

随后，巴洛声明放弃了被耶鲁大学前校长乔纳森·爱德华兹（Jonathan Edwards）推为典范和正统的基督教，并且开始憎恨耶鲁大学，因为它拒绝授予他大学导师的职位，而巴洛觉得这是自己理应得到的。巴洛牢牢抓住他在《和平的前景》中所表达过对幸福的看法。他成年以后的那段时光几乎都花在了说服别人来实现这一目标上面。在独立战争期间，他在军队里作为一名牧师服役（“在星期四的傍晚，我开始张开我的嘴巴，它肯定不是最小的，而且我用它制造噪音，这样军队就知道我确是在履行自己的职责了”，他在他的第一篇布道中如是说）。在此期间，他抽时间着手创作他的第一部史诗《哥伦布之视野》[②]（*The Vision of Columbus*，1787）。诗中，在一位天使（经过美国人加工和确认后的《失乐园》（Paradise Lost）[③] 中的亚当）的引导下，哥伦布看到了未来，看到了通过国际贸易往来人类所达成的逐步统一：

> 看见了，穿过整个历史进程，那同样激进的蓝图，
> 它勾画出了人们的相互援助，
> 从友人们到部落，又从部落上升到王国，
> 他们的力量、兴趣和激情被一股脑儿地混在一起，牢不可破。

海军的将领们，从事国际买卖的商人们，将会用维系人类大家庭的那友谊之链将“每个最遥远的国度”连接起来，“直到各个部落、国家和帝国都找到自己的位置，/同一个广泛的利益支配着人类”。 21

① Jonathan Edwards（1703—1758），美国新英格兰地区著名的清教牧师、哲学家、传教士、宗教复兴主义者和神学家，美洲殖民地知识分子的领导人物。他的思想代表了美国清教主义传统中理想主义的一面。——译注

② 该作品本质上是一首诗体的赞美歌，长达9卷。——译注

③ 该诗写于1667年，长约一万行，分12卷，故事取自《旧约》。夏娃和亚当因受撒旦引诱，偷吃知识树上的禁果，违背了上帝旨令，被逐出乐园。撒旦原是大天使，但他骄矜自满，纠合一部分天使，和上帝作战于是被打到地狱里遭受苦难。他这时已无力反攻天堂，才想出间接报复的办法，企图毁灭上帝创造的人类。诗人写这首诗的目的在于说明人类不幸的根源。他认为人类由于理性不强，意志薄弱，经不起外界的影响和引诱，因而感情冲动，走错道路，丧失了乐园。夏娃的堕落是由于盲目求知，妄想成神。亚当的堕落是由于溺爱妻子，感情用事。撒旦的堕落是由于野心勃勃，骄傲自满。诗人通过他们的遭遇，暗示英国资产阶级革命也由于道德堕落、骄奢淫逸而惨遭失败。——译注

“利益”这词在我们看来隐隐透出不祥之兆。然而，在18世纪的一个颇有名气的学派的政治思想的影响下，巴洛将“利益”一词视为人类个体的需求及欲望，这一观念与使人们与孤单和充满敌意的社会力量分庭抗礼。正是我们的利益使得这个社会的存在变得可能。没有利益，我们就会像一群孤独的野兽一样漫游并迷失在荒野之中。在另一首写于1781年的毕业典礼诗中，巴洛描绘了自己期望着那个太平盛世快些到来。理性将会代替战争，理智将会取代匹夫之勇，“共同的利益产生了相互的友谊”。个人利益与共同利益的完美结合将是永恒和平的唯一稳固保障，因为它的获得不需要改变人性。

国际商业的巨大魅力使巴洛沉醉不已。基督教启示录的信徒们总是乐于把各个国家的集会想象成一次硕果累累的大丰收。而巴洛则把千禧年[①]看做是一千艘商船“向俄罗斯的森林深处进发”的出航，并且所有国家的船队都加入了这一令人欢欣鼓舞的旅程当中：“从北方立即召集起海军的中队/形形色色的长条旗牵引着所有的国家前行/ 在不同的海岸上树起了难以计数的桅杆/将他们和平的帆升至蓝天”。越来越多的船只加入进来，它们列队前行，“直到远方只留下一个又一个模糊的影子/像云一般的缓缓前行/为暗淡的天堂加上些许点缀，为泛白的海洋留下数片阴影”。

《哥伦布之视野》一书表达了这样一种信念，即相信这个世界或许会得到完全的、自然的救赎。这促使巴洛在他的最后一部诗集中添加了很多的注脚。首先，他引用了理查德·普里斯[②]的论断（引自《对美国革命的观察》（“Observations on the American Revolution”[③]），即人类是在不断进行自我完善，所以我们有理由期待“改良的及令人愉悦的事物”将会“在所有事物终结之前”发生。巴洛同意这种说法：“作者一直都抱有这样的想法，即这样的和平及幸福早在《圣经》中有所预示，并被命名为千禧时代，因此不必将这看成是什么奇迹，而应该冷静理智地面对它。”针对这个时代的状况，他列出了三个前提：世界必须有大量的人口；不同的国家应该彼此相互了解；他们的“想象中的需求”必须高涨以激起对商业的热情。传统的道德学家们都认为，“想象中的需求”乃是社会所有腐败的源头，但是，对于巴洛来说，它是世界大同所不可或缺的使者。那些只有为了需求而产生的贸易往来，像是玉米、

---

① millennium，《启示录》（*Revelation*）第20章提到的神圣的一千年即千禧之年，在此期间耶稣及其信徒统治着世界。这里指幻想中的太平盛世、黄金时代。——译注

② Richard Price Hei（1723—1791），英国道德哲学家、政治经济理论家，著有《对美国革命的观察》等。——译注

③ 此处原文有误，应为“Observations on the Importance of the American”。——译注

皮革、木材等买卖是挣不到大钱的，因而不可能振兴商业。真正的商业好处多多，它使得“港口开放，船队在微光中翩翩起舞”。只有“想象中的需求”才可能使得商人不惜冒生命的危险来从事奢侈品的买卖。蒲柏认为贝琳达①的梳妆台即巴洛新宗教的祭台便属于这类奢侈品，并对它……作出了以下的描述： 22

> 打开这个小首饰盒，里面光彩夺目，乃是印度的宝石，
> 整个阿拉伯半岛的气息都来自于那个小盒子。
> 龟壳和象牙被组合到了一起，
> 做成了梳子，有的带斑，有的白皙。
>
> 《秀发劫》②（*The Rape of the Lock*）第一篇

在1788年，巴洛终于得到了一次机会，可以将他的形形色色的世界理论以商业的形式演绎出来。那年他是在俄亥俄州的一家公司工作，作为公司的代表被派到法国向一群即将离开的移民兜售该公司的股份。后来公司破产了，那些股票也随之变成了废纸。在这场诈骗中，巴洛显然是清白的，所以他继续留在法国，并且和招待他的法国人都相处得很好，之后又被卷入了几桩更有趣的事情之中。那时他的妻子鲁丝还留在美国，1789年7月20日，巴洛提笔给她写了一封信，信中洋溢着他的自豪和兴奋：“如今你所看到的所有的铅字都是真实的，不管它们多么可怕，多么高贵，多么值得铭记，影响如何深远，都是在我的眼皮底下发生的。我亲眼目睹了两次为自由而战的革命的全过程，这对我来讲是种莫大的满足。”

巴洛坚信自己处于历史变革长河中的浪头，也认为这场革命即将席卷这个文明世界。这样的信念贯穿于他移居英格兰后于1790年至1792年期间所著的作品之中。其中的第一部作品是《对特权阶级的命令的建议》（“Advice to the Privileged Orders”）（1792），该作品是对伯克的《对法国革命的思考》（“Reflections on the Revolution in France”）的回应。巴洛的很多英国朋友也写过类似的作品，都旨在争辩，然而却很快地被太平盛世的快乐所淹没了。巴洛对“特权阶级的命令”发出了警告，告诫它应当优雅地向“共和原则”投降。巴洛把“共和原则”定义为“自然赋予社会组织的最简单的东西”。他详细地描述了在罗马帝国覆灭以后的欧洲史，并确定了三种占统治地位的历史

---

① Blinda：《秀发劫》（*The Rape of the Lock*）一诗中的女主角。——译注

② 蒲柏的滑稽英雄体诗剧，用传统史诗的体裁描写微不足道的一撮头发的故事，描述夸张，叙述口吻口语化。——译注

精神，即等级观念、骑士精神与商业贸易。它们都有可能被厚颜无耻的政府所利用而成为压迫人民的手段。沙文主义①在充斥着等级观念与骑士精神的时代是有自己的市场的。但是，商业贸易在本质上来讲就是反沙文主义的。在商业贸易行为当中，我们发现我们所仇视的外国人实际上和我们是很相像的，而且意识到我们也需要他们的存在和繁荣，正如他们也需要我们一样。商业贸易的精神不可能中止战争，却可以证明战争实际上是无益的。没有哪两个国家天生就是对头，它们之间相互的这种仇恨实际上是“各自的政府为了统治者的私利永久性地加到彼此身上的”无耻的欺骗。

英国的读者们也看过《对特权阶级的命令的建议》。在1792年，巴洛曾经得到过一次向革命同志提建议的机会。法国议会在1791年草草地制定了宪法，后来决定对其作一些修订。巴洛向议会的代表宣读了《致法兰西全国代
23 表大会的信》（“Letter to the National Convention of France”），指出了原宪法框架的一些缺陷，并提出了改进的办法。每个人都注意到，巴洛的建议实际上是旨在将法国的议会向美国式的制度推进，因为他倡导废除君主制和国家教会。他在其作品集中所表现出的态度则更加明显。《对特权阶级的命令的建议》带有好战、傲慢与讽刺的味道。相对来讲，《致法兰西全国代表大会的信》则显得和缓一些。巴洛突然意识到法国革命已经把这个世界上最年轻的国家变成了现存的最古老的共和国。以此为典范，其他共和国或许也会受其激励而变革它们的宪法和法律。（法国的大会代表们似乎没有采纳巴洛的任何建议。尽管如此，他们对他的公开演讲还是感到很高兴，并因此授予了他法国荣誉市民的称号。）

这种难得的追求平衡的心态，这种希冀在新旧两个世界之间保持中立的情感贯穿在巴洛写于1793年的著名作品《急火布丁》（*Hasty - Pudding*）中，这是一部世人公认的杰作。巴洛决定在新并入的萨亚地区竞选法国议员，随后在尚贝里②的一个小饭店里品尝到了一盘玉米糊，他觉得这和他年轻时在康涅狄格州吃的“急火布丁”是一样的。关于这首诗的传统记载通常会略去它的政治背景不谈，始于“法国人的旗帜在他们的头顶上飘舞/ 忍受国王的死亡和这个世界的自由”，到它对英国人狂想症的轻蔑（其中一个注脚提醒我们，“当写这首诗的时候，有这么一个国王正在发表宣言，目的就是阻止美国的那套规矩在他的国家里大行其道”），一直到它最后对富有而主张平等的

① chauvinism，原指极端的、不合理的、过分的爱国主义。如今的含义也囊括其他领域，主要指盲目热爱自己所处的团体，并经常对其他团体怀有恶意与仇恨。——译注

② Chambéry，法国东南部城市，萨亚地区的首府。——译注

“美国佬”的赞美，他们的“丰盛的大餐，/ 简单的布置，平实的打扮，/众多的后人聚集在甲板上，/仆人与贵族齐声欢呼”。但是，与这首诗的重要主题相比，以上这些都不过是附带的点缀罢了。它歌颂了一个令人欣喜的商业世界，它是建立在新世界的原材料（这里主要是指印度玉米）和旧世界精心打造的诗体比喻的完整系统之上的。因此，巴洛恳请女神缪斯来协助他追溯玉米餐的起源：

> 首先请帮助我，带着虔诚的辛劳，去追溯
> 穿越时间残骸的你的后裔及你的民族；
> 宣告在往昔的日子里你那可爱的妻，
> （早于伟大的哥伦布寻觅到你祖国的岸堤）
> 将你交给了这世界；她杰作的名气，
> 确是流传于世，但它的名字却无人知晓。

如果说欧洲是诗歌的发源地的话，那么美国当算是发明玉米餐的先驱了；
巴洛起先选择了与转喻完美结合的新古典主义传统，后来则将农民的朴实与 24
宫廷的奢华结合起来。这种模仿是如此的逼真，所以诗中写得最好的一处就像是从德莱顿所译的《农事诗集》（*Georgics*）中直接截取出来的一样：

> 放慢春天的脚步，它被冰冷的雨水所遏制，
> 而太阳事先就盘踞了巨蟹座的位子；
> 但是当它用最愤怒的火焰将大地点燃，
> 汁液涌出，根茎蔓窜；
> 宛如科林斯式①的模型圆柱，
> 叶柄向上鼓起，叶片展露；
> 灌木丛生的枝叶布满山间，
> 它们的臂膀紧合，吻遍群山。

① Corinthian，科林斯柱式（Corinthian Order）是希腊古典建筑的第三个系统，公元前5世纪由建筑师卡利漫裘斯（Callimachus）发明于科林斯（Corinth），此亦为其名称之由来。其毛茛叶层叠交错环绕，并以卷须花蕾夹杂其间，看起来像是一个花枝招展的筐篮被置于圆柱顶端。其优点是，在华丽美观之余还可置于建筑物的任何部位，柱头图案呈环绕状，因而适应各种观赏角度，从而在日后的希腊化时期和罗马时期备受欢迎，成为三大柱式之一。——译注

在当时，许多英国诗人在革命情操与爱国主义之间难以抉择，备受折磨，而巴洛作为一名美国人，可以轻松地置身事外。在他看来，数个世纪的压迫定会导致野蛮主义，法国的恐怖事件只不过是这一真理的表现罢了。而法国对自身革命的背叛则是另外一回事，巴洛曾在写于1802年的几封信中十分沮丧地提过这一点。他提到有一位波兰女士曾向他发出邀请，请他去参加波兰议会成立周年的庆典，但他认为波兰议会早就不复存在了。而且，他还说："我猜想，下一次的文德米艾尔①，我们应当被召集起来去庆祝法兰西共和国的周年庆典，尽管这个共和国从未存在过。"有一次他在一袋玉米面里找到了一只老鼠，他声称他想要让他的厨师把剩下的玉米面都留下来，这样就可以为他做"一碗玉米粥，正如这个伟大的国家的那些野蛮、自负的纨绔子弟所称呼的那样，而这些人对急火布丁的做法与共和制度都是一无所知"。后来，他又因为人们对拿破仑的生日兴师动众而颇有微词，"从日出开始，铃声与礼炮声就响个不停，震耳欲聋；到处都播放着大弥撒曲②与感恩赞美诗；消耗的火药去征服半个欧洲都用不了；这即将征服法国人民！"拿破仑权力的上升最终逼迫巴洛离开欧洲并产生了重返美国的想法。那时，与1793年相比，他对世界革命的乐观程度或许已经大大地减弱了，但是，也是因为这个原因，他对这个唯一还在坚持清白原则的国家更为热爱了。他带回来了各种各样的机械配件、农业用具、充满生机的植物种子，还有伟大的史诗的成稿，他希望可以通过史诗促使美国加入文明国度的行列。

霍雷肖·格里诺③有一荒诞的雕像作品：半裸体的华盛顿如菲迪亚斯④所雕刻的宙斯一般端坐着，它曾受到人们的嘲讽，而《哥伦比亚德》这部作品则受到比这更多的奚落。毫无疑问，对于巴洛的诗的批评确是事出有因。他关于历史的篇章长篇累牍，读起来十分沉闷，用词生硬，使用的奇喻矫揉造作。然而，让人敬畏的弗朗西斯·杰弗里在阅读巴洛于1809年发表在爱丁堡
25 评论（*Edinburgh Review*）的诗作之后，还真把这首诗的词句当回事，他可是

① Vendemiaire，法国共和历法中的一月份。——译注

② high mass：一种庄严肃穆的、高贵优雅的、带有伴乐的弥撒曲。——译注

③ Horatio Greenough（1805—1852），美国著名新古典主义雕刻家，早期功能主义建筑代表，于1833至1841年间塑造华盛顿大理石巨雕，将他表现为菲迪亚斯·宙斯，上半身赤裸，穿着垂过膝盖的托加袍，横握着一把剑坐在一张罗马椅子上。——译注

④ Phidias（公元前480—前430），希腊雕刻家。欧洲古典雕刻艺术的代表。他曾为奥林匹亚宙斯神庙制作过高达20米的黄金象牙宙斯神像，可惜早已被毁，只能在罗马时代的钱币上窥见其艺术风貌。此外，藏于雅典的大理石仿制品《雅典娜》是他的代表作。——译注

最后几个能认真对待这首诗本身的批评家之一了。他对这首诗的评价褒贬参半。杰弗里先是嘲笑巴洛就是个美国的中产阶级，但却总摆出一副贵族的架势。同时，他也指出，在诗的亲缘关系上，巴洛和伊拉斯马斯·达尔文①更近一些，而不是和荷马（甚至都不是蒲柏的荷马）更近。但是，他也认为巴洛作为一个"哲学诗人"是值得赞扬的，他甚至说巴洛是继密尔顿之后的最出色的哲学诗人。

对于那些沉浸在《哥伦比亚德》第九卷的读者来说，他们会理解杰弗里说的是什么意思。巴洛先是讲述了创世纪的故事，从大自然混沌的"黑色的胸膛"的世界中挣扎出来，一直到了一个遥远的不可想象的时刻——大自然中最终进化的生物，即人类，用智慧统治着这个世界，而且"世界洋溢着幸福与和平"。贯穿于这两者之间的则是漫长的令人痛苦的自然史（"数以百万代的生物受尽苦累，最终死去/珊瑚被覆盖，海水变咸"），以及人类历史的一座座废墟上更加饱受煎熬的、痛苦扭曲的人之灵魂。巴洛曾翻译过他的朋友沃尔尼的作品《废墟、对于帝国革命的沉思录》（*Les Ruines, ou méditations sur les révolutions des empires*），从中他忧伤地综览了人类的荣耀和蠢行的诸多细节。他怀疑，究竟有多少个帝国可以使这个"世界蒸蒸日上/成为太阳的伴侣，像天空那样永恒"，它们最终只不过像巴比伦②和尼尼微③一样消亡而已。但是巴洛也赞同沃尔尼的观点，即人类的历史不论如何大体上都是在进步的；并且，一旦这个世界摆脱了这对自欺欺人的孪生兄弟——君主制和神职者的谋略之后，是可以成为一个和平、幸福的大同世界的。从这个最高境界来看，这个"睿智且显赫的"男人（巴洛恶作剧般的如此称呼密尔顿，表达了对他的蔑视）回顾往事时，会因自己在错误与悲悯中迷茫地漫步而大吃一惊。《哥伦比亚德》是在一场欢愉的典礼中结束的，其间各国的代表都心甘情愿地放弃了各国宗教与政治的霸权符号。

所有具有毁灭性的事物都处于这个脚凳下方，

---

① Erasmus Darwin（1731—1802），英国医学家、诗人、发明家。在多门自然科学领域中都有贡献，并且在诗作中融入了自然界的事物以及早期的演化思想。——译注

② Babylon，古巴比伦王国的首都，作为首都大约建于公元前 1750 年，在它被亚述人毁灭后（公元前 689 年），它又被尼布甲尼撒二世重建于王室显赫之时，巴比伦是世界七大奇观之一的空中花园所在地。——译注

③ Nineveh，亚述帝国的一座古城，该城在公元前 612 年被巴比伦尼亚及其盟国占领并毁坏。——译注

神父的面具与国王的权杖
都在尘土中被践踏；因为在这里，最终
所有的欺骗、愚蠢及错误和它们的象征物都会被摒弃一空。
在这儿的每一个外交使节都会疲倦地放手
放开的是来自本国的古老的神偶；
有的人把东方神像①掷到了一大堆杂物之中，
有的人放下了新月形物②，有的人则丢下十字架，軿声隆隆。

巴洛对这一段场景的描写特别精心，并且为它特地附上了插图，随诗一同印刷出版。毫无疑问，在这个他本想要歌颂的国家里，这首诗给他招惹了无穷无尽的麻烦。他的老朋友诺亚·韦伯斯特认为巴洛堕落成了一个“无
26 神论者”，令他十分生气，因而拒绝评论这首诗；当时主要的出版社都斥责巴洛是个异教徒。后来，布洛瓦的主教，同时也是巴洛在法国的革命时期交下的一个朋友，公开发表了一封信，对这首诗进行了赞扬但同时也声明了对巴洛侮辱基督教信仰的抗议。对此，巴洛给予了非常温和的回复，他说他只是在践行清教徒推翻偶像的这一传统，清教徒就总是喜欢贬低有着象征意义的事物。

当巴洛从他长期推崇的国际商业领域中隐退以后，麦迪逊（Madison）总统于1811年在他华盛顿的住所聘请他为法国的外交公使。在此之前，法国就一直在截留美国与英国来往的贸易商船，并时常在法国的港口扰乱美国人的生意。美国的前一任外交公使一直都在抱怨，可是无济于事。为了避免与法国的战争，麦迪逊决定最后再尝试一下谈判，而巴洛一直以卓越的外交技能来对付变幻无常的独裁者而闻名（他曾经有一次成功地从能言善辩的阿尔及利亚总督那里赎回了一群美国海军俘虏），所以说派他去接近那个他私下里蔑视的皇帝是个非常理智的选择。

巴洛于1811年9月抵达法国，但是那时拿破仑正在紧锣密鼓地筹划入侵俄罗斯的事宜，对与美国谈判这件事毫无兴趣。一年过去了，正当事态丝毫没有进展的时候，身在莫斯科的拿破仑捎信给巴洛，声称愿意和他在威尔纳（Wilna）的东城进行最后一次会晤。于是，巴洛于1812年10月25日偕同他的侄子共同奔赴威尔纳，并于11月18日到达，发现城中到处都是生病与受伤的士兵，并且听说拿破仑已经被迫撤出莫斯科了。他们希望他可以在冬天

① pagod，18世纪用来指东方神像的术语。——译注

② 新月，伊斯兰教的象征。——译注

的时候撤退到威尔纳，但是，12 月 4 日传来快报，说拿破仑已经在别列津纳战役中被击败，已全线撤回巴黎。巴洛和他的侄子只好坐车掉头向西走，其间穿越了波兰，目睹了尸横遍野的惨景，人和马的尸体冻得硬梆梆的，连嗜好腐食的禽类也啄不动。他们好不容易到了华沙，但是，当他们继续向西南行进的时候，巴洛在一次伤寒中感染了肺炎，后来于圣诞前夜死在了波兰的札尔诺维茨村，并被埋葬在那里。

在他去世之前，他写下了最后一首诗，即《给俄国的乌鸦的建议》（“Advice to a Raven in Russia”），痛苦中夹杂着粗暴。该诗故作友好地向啄食僵硬尸体的可怜的大乌鸦提出了建议：“黑色的傻瓜，冬天在这儿待着干吗?”巴洛问道。去南方吧，去南方吧；在那里你们不会因为缺少猎物而发愁。拿破仑的大屠杀遍布全世界。法国的军队“用每一个国家的淤血来玷污清风/伊比利亚人，路希安人，不列颠人都被打散/但是在更加广阔，资源更加丰富的地区仍有着他们的同裔”。他运用一些令人不安的优美诗行描述了垂死的士兵们是如何变为倒下的冰雕的。拿破仑的士兵“无掩蔽之所，被严寒冻得像大 27
理石一般的硬/当他们不再呼吸的时候，又像是变成了水晶”。接下来，他用那些可怕的细节来向大乌鸦们解释为什么在波兰的尸体是如此糟糕的晚餐：

> ……当他们躺着的时候，从他们深陷的眼窝里，
> 绝挖不出一只眼睛，尽管你们喙尖爪利。
> 那冻僵的眼珠，丝毫未碎，
> 它藐视你的利爪，面对着风暴，英勇无畏。
> 它就在那儿直勾勾地瞪着上帝，似乎想要知晓
> 在地狱里，多少人已被邪恶之手所笼罩。

在最痛苦的一次自嘲中，巴洛把拿破仑与他的皇家食腐动物之间的关系定义为一种完美的利益共生关系，他把这种关系视为维护长期国际和平的基础。“看看你贡献了什么样的共同利益啊！/（互相之间交朋友最稳妥的方式）/当他的队伍被大面积屠杀的时候，你们的种族都被喂饱了/你把他的营地洗劫一空，又摘下了他的脑袋。”只有当“人类重新找回他们的灵魂”，把帝王从他满是鲜血的宝座上赶下去的时候，大乌鸦与屠夫之间的合伙关系才能终结，这个“衰竭的世界”才能够带着尊严与和平再次冉冉升起。

在美国，谐趣的传统一向是和严肃的讽刺诗并存的，而且与后者相比更受欢迎一些。

约翰·特朗布尔[1]的讽刺诗《麦克芬格尔》（“*M'Fingal*”）（1775）在美国19世纪的前50年是最流行的，并且在英国得以再版。谐趣诗通常都是与时事问题相联系，这一事实可以部分解释它为什么在最初有着那么大的吸引力。而且，谐趣诗的意象经常会给人留下深刻的印象，即使它带着愤慨所抨击的对象已消逝好久过后也是如此。革命党的暴徒将芬格全身都涂满柏油和羽毛，倒霉的托利党人守卫着他。突然，他胡须上的焦油凝结成柱并脱落了下来，在落日的余辉下闪闪发亮，产生了一种奇异的美，使得他看起来“像是在冬日的天空下被雾凇包裹着的树/又像是拉普兰德[2]偶像的冰雕”。菲茨－格林·哈勒克曾为一位年迈的纽约雇佣文人写过一篇颂词，其中对这位老人的形象描写特别传神，他正像是诗人自己，

> 成熟得像夏日收割后的谷束
> 又如秋天的落叶一般萎缩干枯——
> 迫近，起航，发出信号。
> 已逝去的人在那里静静停靠，
> 《刑事法官》，（“The Recorder”）

而更值得称道的一点则是谐趣诗韵律的流畅性。如果我们将爱默生的四音步诗的刻板与特朗布尔或是布拉肯里奇[3]的闲谈般的轻松对比一下就能
28 够看到，忽略格言诗的戒律后，所换得的是相当程度上的优雅。谐趣诗在其他方面也是具有解放意义的。将旧世界的文化与新世界不够完美的艺术相比通常使人感到很压抑。但是谐趣诗就可以将这种文化上的不和谐作为诗的主题。罗伯特·彭斯[4]会如何评论在西部的宾夕法尼亚州边境上的宅地

---

① John Trumbull（1756—1843），美国著名诗人，也是一位描绘独立战争中的英雄业绩的著名油画家。在他的画上充满着豪迈的英雄气概与美国历史人物的伟大精神，主要作品有《沃伦将军在邦克山战役之死》和《独立宣言》。——译注

② Lapland，包括了挪威、瑞典、芬兰和俄罗斯的科拉半岛在北极圈内的地区。占芬兰总面积的四分之一。——译注

③ Hugh Hchry Brackenridge（1748—1816），著名美国作家、法理学家、法官，匹兹堡大学的创始人。——译注

④ Robert Burns，苏格兰杰出诗人，主要用苏格兰方言进行诗歌创作，在英国文学史上占有特殊重要的地位。他复活并丰富了苏格兰民歌；他的诗歌富有音乐性，可以歌唱。彭斯生于苏格兰民族面临被异族征服的时代，因此，他的诗歌充满了激进的民主、自由的思想。——译注

呢？拜伦[①]会对华尔街有何看法呢？某份州报上曾刊登了几篇已经被人遗忘的关于政治争论的诗，各个诗节中所透露出的那种忧郁与自信在20世纪以前的美国诗歌中已是难寻踪迹了。

来看看休·亨利·布拉肯里奇的诗吧，他曾经给杰斐逊寄过自己的作品，是比较刻板地模仿维吉尔的"第四田园诗"来写的。布拉肯里奇出生在苏格兰，在他5岁时随父母移民到宾夕法尼亚州的边疆地区。18世纪90年代末期与19世纪初期，他时常与一个叫做大卫·布鲁斯的移民交换诗作，最初是相互恭维，后来（由于在政治观点上的分歧）就变成互相谩骂了。他们相互交流的信件起初是在报纸上发表，后来两人则把各自的诗作分别整理后出版成书。他们都对苏格兰表达了浓郁的思乡之情，而且都认为他们所处的这片新土地是一块黑暗阴郁、严酷无情的蛮夷之地。在这些诗中，边疆是事物消逝之处，而非开创之地。起先，布拉肯里奇声称将布鲁斯视为阿伦·拉姆齐[②]（他最喜欢的诗人）的转世之人。但是后来，诚实迫使他对这一溢美之词加以限制：

> 但是啊！你的歌声绝不让人战栗颤抖
> 你的笛声也不够温柔：
> 你的嗓音如钟声一般，振聋发聩，
> 其中的意思我们却无法领会。

每样事物在这西方世界的边疆都会变得衰弱。就连在苏格兰较长的夏日余晖也因纬度关系在宾夕法尼亚州变得短暂。难怪诗人无法创作。

> 在这西边还能期待看到什么更好的东西，
> 黑夜已褪下背心，步步迫近，
> 阴沉着它那灰白的脸，回去休息罢，
> 　　那长长的白昼，
> 至少也要减出去几个小时，

① George Gorden Byron（1788—1828），英国浪漫主义诗人，代表作《恰尔德·哈洛尔德游记》、《唐璜》等。——译注

② Allan Ramsay（1713—1784），苏格兰洛可可时代画家，出生于爱丁堡，曾在伦敦学艺，后赴罗马学习，1739年定居伦敦后，他创作的肖像画使英国闻名世界。——译注

不再停留在泰河①上。

布鲁斯对此表示完全赞同。谁能在如此悲惨的景色下写诗呢？在这地方尽是牧羊人、羊群和“荒芜的山坡”，除了那“高大的树”，根本就没有赏心悦目
29 的东西。难怪诗人宁可选择沉默。

黎明时既没有云雀的歌唱，
灌木丛中也听不到歌鸫啼啭，
万籁俱寂，除了一条溪流沙沙作响
　　在叶丛中——
传出了乐声，将他的歌声推向寂凉
　　她衰弱，她悲痛。

布拉肯里奇所著的最佳的苏格兰诗作都是和这种默想的静谧相关的。题为《致苏格兰的爱尔兰人》（“To the Scots Irishman”）的诗作首先是发表在匹兹堡的一份报纸上。布拉肯里奇和布鲁斯这两个移民在杰斐逊当选之前那段难熬的日子里公开敌对，而他们之前的互相恭维早已成了对骂。但当杰斐逊的当选大局已定，布拉肯里奇的心情变得好很多，于是在他的另一首有趣的自传体诗《道德罗》（“Dogrel”）中对他的对手进行了一番不带恶意的凋侃。这首诗由四音步双行体写成，记录了这位年轻的移民在新大陆遭受过的三次重大失望。第一次是他试图去抚弄一只黑色动物光滑的皮毛——白色的斑纹从它的脊背上延伸下来——却被它突然袭击，这使得他惊怵不已。第二次是由于他找不到任何拉丁文教材所描绘的神话人物而感到失落。最后一次的忧伤是源自他与一个曾经友人的争吵，这使他觉得自己童年时的不幸在成年后又重演了。他误以为布鲁斯是只友好的动物，于是伸手去抚摸它，却遭到了“恶臭的排泄物”以及聚会上人们的污言秽语。这首诗的自然主义风格及文雅的幽默使人耳目一新，特别是诗中对男孩见到新景色时好奇心的描述，以及他到处都寻觅不到教科书中所描绘的神和仙女时那种可以理解的困惑。他最后下结论说，之所以找不到宾夕法尼亚州森林女神②，一定和人们近乎疯狂地在西部边疆定居有关。

① 泰河，位于英国苏格兰中部。——译注

② dryads，希腊神话中的森林仙女，她们昼眠夜出，吹奏牧笛而活跃在森林之中。——译注

很快，从此以后，我便开始了拉丁语的学习，
读这一本书，我开始了解其中所谈及的
书中所说的在灌木丛中疾飞的东西，
树神，树精，缪斯
在山丘顶上像槲鸫一般啼咏，
在林荫下，在山洞中。
我想，必须把这些邪恶之物根除掉，
于是将树木连根拔起，并高声尖叫。
将这些东西吓得六神无主，
将它们从我们的牧场和田地赶出。
现在谁看到了，或已经捉住，
一个荒野地里的神或是仙姑，
他是栖止在树上，或是在溪水中跋涉行进？

布拉肯里奇对自己周围的景观感到十分失望。除他之外，那些生在美洲而且从未离开过的诗人们也表达过类似的情绪。在美国诗歌史上，人们一次又一次地发出悲叹，认为在一块毫无诗性的土地上创作诗歌是不可能的。而新古典主义早就针对这种缺失感提出了反面的辩护，认为通过制订一个普遍的描述规律就可以保证把地区性作家从孤立中解放出来。像是罗马人、伊萨卡人、锡拉库扎人在美国荒野中不合适宜地搞种植业一样，文学新古典主义的规约将未开化的现在与文明的过去放在一个宏大的对话体系之中。但是新古典主义最后仍然恋恋不舍地离去了，于是苏格兰诗歌在美国的发展前景变得很有限，也就是在周年庆典那样的场合能有一点用武之地，如居住在匹兹堡的苏格兰后裔举办的“圣安德鲁周年庆”① 的活动。这场集会促使布拉肯里奇写下自己的第一首苏格兰诗歌。然而，如果说布拉肯里奇的苏格兰诗不是一个起点而是一个终点，那么它们就是对充满期望与困惑的移民经历的一种风趣而温和的再现。

那位百折不挠的作家菲利普·弗瑞诺（1752—1832）在1815年时仍是精力充沛，并发表了另一部诗集。当时与英国的战争促使大量的爱国主义诗歌应运而生。当然了，其中包括弗朗西斯·斯科特·基（Francis Scott Key）的《麦金利要塞保卫战》（“The Defense of Fort McHenry”）。弗瑞诺曾目睹英国海

---

① 圣安德鲁是苏格兰的守护神。在苏格兰，每年的11月30日是圣安德鲁日。这是一个庆祝苏格兰文化、美食和凯利舞的节日。——译注

军向康涅狄格沿海城镇发动的一次失败的攻击，由此得以看到敌人在战争中所体现出的缺乏机智与强壮有力和英国本土诗歌如出一辙。“斯托宁顿之战”正如诗歌向我们暗示的一样，记载了三艘全副武装的英国战船企图夺取斯托宁顿镇[1]，结果遭到了城中民兵和“只有两支枪的一小股势力”的抵抗事件。每节诗都是以小城强硬而坚决的名字结尾，弗瑞诺一方面对英国枪炮所攻击的小得可怜的目标而感到好笑——

带着炸弹和子弹的投弹战士，
瞬间炸倒了一个农夫的的破屋子，
一间牛棚也悲惨地被劈撕
　　它远在斯托宁顿一英里外。

另一方面也因“两门美国大炮”给传说中不可战胜的英国海军以重击而高兴。每艘船都轮流冲上前去在要塞处开火，但是后来却不得不“一瘸一拐地，满身是孔地”并且“悲惨绝望地”偷偷溜走。这首诗以一段奚落言词结尾，美国人对此十分满意。

但是，有些人断言，基于一些确凿的事实，
（除了被毁坏的财物及伤员之外）
国王花了一万英镑
31 　　只为了突袭斯托宁顿镇。

人们很少知道有总统创作过诗篇，而约翰·昆西·亚当斯就写过让自己深感骄傲的原创诗歌。他死后出版的诗集（1848）中有两首诗很快就获得了人们的惊喜与追捧。《致萨莉》（“To Sally”）引用了贺拉斯[2]颂歌的著名开场白作为它的引语——“正直与清白的人/不需要摩尔人的长予与弓箭”。亚当斯的诗是一种狂热的自由模仿。而要弄明白亚当斯通过模仿来嘲讽什么，就得参看年幼的威廉·卡伦·布莱恩特在中学时对同一首颂歌的译文。下面是它的前两节：

---

① Stonington：美国康涅狄格州东南部城镇，濒临长岛湾。——译注

② Horace（公元前65—前18），罗马杰出诗人、文艺批评家，后为奥古斯都的宫廷诗人，提出罗马帝国的文艺法则，代表作《诗艺》。——译注

如果一个人的生活里，没有诡诈，
可以保持单纯，远离犯罪与激情罪恶的话，
那么他不需要摩尔人的技能，
也不需要这弓，这箭，还有这浸毒的飞镖。

他是否顶着狂风的炎热，
穿过利比亚沙洲，一片人迹鲜至的沙漠，
探索粗犷冷酷的高加索，
还是，在海德斯泊金色的海岸上踏过。

亚当斯的《致萨莉》在开头显得极为幼稚。“正直的人排好队伍/ 一颗纯洁清白的肝脏”，由于它那宏大的抑扬格和蹩脚的押韵“肝脏”，使这听上去像是一个模仿贺拉斯的乡村赞美诗作家。但伴随着诗一步步发展，我们才意识到，《致萨莉》正像是刘易斯·卡罗尔①对艾萨克·瓦茨②的滑稽的模仿一样，模仿得越是糟糕越好。亚当斯是一个拉丁语造词的爱好者；与巴洛一样，他也决心把新世界的地名写进他的诗歌里。

虽然他深深地犁过崎岖之地
　　披星戴月，
迎着西蒙风③的肆虐横扫，
　　或是面对冰山，处于极地之穴。
在纵深而阴湿的沼泽泥潭，
　　他绝不会驻足不前；
他登上布兰卡山④之巅，
　　抑或是婆婆卡塔卑特尔山⑤。

---

① Lewis Carroll（1832—1898），数学家，长期在牛津大学任基督堂学院数学讲师。兴趣广泛，对小说、诗歌、逻辑都颇有造诣，还是一位优秀的儿童作家。著有《爱丽丝漫游奇境》。——译注

② Isaac Watts（1674—1748），英国诗人，圣歌作家，被历代教会推崇为“圣诗之父”。——译注

③ Simoon，沙漠地区的干热风。——译注

④ Blanca，Cordillera：南美洲安第斯山西脉的东段，在秘鲁中西部，延伸 180 公里，顶部长年积雪。——译注

⑤ Popocatapetl，墨西哥的一座火山，位于墨西哥城东南，该名由阿兹特克语的 papocani（冒烟）与 tepetle（山）两词组成，意即“冒烟的山”。——译注

当亚当斯吹嘘被他一巴掌就吓跑的那条恶狼比跌落的那条大蟒蛇更为穷凶极恶时，数十年来的诗歌倒置终于否极泰来了。

《人的需求》（“The Wants of Man”）是一首由 25 个诗节所组成的诗歌，它表现出来的是另一种幽默。这首诗的每一节都写在一张单独的纸上（故事就是这样逐渐发展起来的）以满足几位年轻女士想要他的手稿的要求。这首
32 诗也同样以一段引语开篇，这次是引自戈德史密斯[①]：“人在尘世总想把什么都拥有/并且越久越好 。”但是亚当斯引用戈德史密斯的句子仅仅是为了让自己显得与众不同。“它对我来讲并不是全然如此”，他说，并进一步解释了他是如何的“欲壑难填”：

每日的面包，是我首先所挂牵，
　　油画与美酒紧随其后；
大自然将它所有的疆域展现
　　在我用餐时，它在我面前铺开画轴。

这些“需求”在诗节中膨胀，于是他文思泉涌，笔随心动。那么亚当斯适度的需求是什么呢？晚宴、珠宝、精致的服装、名画、一个贞洁的妻子、堪称典范的孩子、忠诚的朋友、重要的事业、恒久的健康、公认的天赋、来自于祖国的感激，还有永远的名望：

我想要听到最诚实的颂扬
　　紧随在我的身后，
要在未来的日子里被回想
　　是善良人们的朋友；
多年以后，当他们起身，
　　雀跃，欢呼
在唱诗声中冉冉上升，
　　是他们对我的名字的祈福。

亚当斯描述他自身欲望的这种能力改变了从前的以模仿为主的修辞典范，而且这似乎是专门为解释爱默生“每个人早上醒来都有像吃蛋糕一样吃掉整个

① Olive Goldsmith（1730—1774），英国著名小说家、诗人、散文家、戏剧家，尤其以写喜剧作品见长。——译注

太阳系的胃口”这句话而设计的。这位自满的、“人的需求”的叙述者在英美喜剧中唱了主角：一个理智的人，一个讲道理的人，他的沉着绝不会因他自身的傲慢或他周围环境的疯狂而有所变化。

另一种智慧——城市浪荡子的无礼傲慢与犬儒主义——出现在两个年轻的纽约人的诗里，他们是在亚当斯之后的十年内出生的。约瑟夫·罗德曼·德雷克生于纽约市；他的朋友菲茨－格林·哈勒克在他20岁出头的时候从康涅狄格州来到了纽约。他们两个都乍意识到在这个复杂的城市里谋生的必要性，并试图将它与诗的激情结合起来。他们的“严肃”诗作成了司各特、穆尔、坎贝尔的浪漫主义抒情诗与叙事诗的样板。

但是，在德雷克从苏格兰寄回家给哈勒克的一封信中，里面有一些谐趣诗就显得轻快一些了。它们值得关注，一方面是因为它们显示了一种文学模仿的才能，另一方面是因为它们与布拉肯里奇的苏格兰诗歌形成了如此整齐 33
有序的对照。

正像每个阅读苏格兰诗歌的美国读者一样，德雷克对苏格兰的印象是带有浪漫色彩的。但现实中的苏格兰似乎与想象中的相距甚远。在他的记忆里，彭斯的诗作片断中混杂着一些苏格兰英语，这被他所用，去辱骂那些发育不良的树、“灰暗而又污浊的气候”还有糟糕的溪流。

> 寻觅溪流，你只能找到一个泥水坑，小得可怜
> 甚至漂不起一只缓慢行进的渔船；
> 一只跛足的动物仍可能在附近蹒跚
> 　　越过这干涸无用的废物；
> 几块峭壁上滑落的岩片令它冒泡连连，
> 　　一条河流，出现在那处。

德雷克回到纽约后，在1819年一个周日早晨，他和哈勒克决定给《纽约邮报》(*New York Post*) 的主编威廉·科尔曼寄一些有关时事的谐趣诗作。他们根据戈德史密斯的喜剧中的一个人物将他们的写作合作关系称为“克洛克和科”。很令他们欣喜的是，科尔曼发表了这些诗作，并且克洛克诗歌很快就风靡了整个纽约。(哈勒克给他在康涅狄格州的妹妹玛莉娅寄去了几本印刷品，并提醒她：“诗作大多数的题材都是纯地方性的，对你来说自然会显得难以捉摸，但这儿的每个人都能理解得很好。”)

德雷克写诗的速度总是很快，最先发表的22首“克洛克”诗歌中有15首就是他独自完成的。但由于多数作品的题材地方性太强，所以也只能激发

起一些有关历史方面的兴趣罢了：在一个坦慕尼会所的宴会上，尊贵的客人杰克逊将军向他们不共戴天的敌人克林顿州长敬酒，使所有人大吃一惊；还有一段滑稽的描写，纽约的那个外科主任医生试图在他的年度报告中给“民兵”和“格洛格酒[1]”这样的词下定义；当德雷克作品涉及文学或艺术题材时，他的才智仍有同样的锋芒。詹姆斯·柯克·波尔丁[2]（1779—1860）曾经在他的爱国主义叙事诗中——《边远地区的人》（*The Backwoodsman*，1818）——使用了一个著名的比喻：

我曾在肥沃而快乐的菜园里看见
一棵高贵的卷心菜的丰腴日渐明显
不像树上生机勃勃的树叶，
它偏执的菜叶从不在夏日的微风中摇曳。

波尔丁的卷心菜是德雷克最爱嘲弄的一个对象；他还喜欢拿流行诗《桶》（“*The Bucket*”，现在一般称《旧橡木桶》）的作者塞缪尔·伍德华斯[3]开玩笑。德雷克在一首诗中嘲弄了这两位诗人，并把这诗赠给了约翰·敏舒尔
34 (John Minshull)，一位当时正在英格兰旅游的、没什么名气的蹩脚诗人。

噢！西方的流浪诗人，自大不列颠匆匆回来，
　　我们的竖琴萎靡在琴架上，坚韧的琴弦寂静无声；
我们中什么样的诗人配坐在，
　　那把椅子上，那美好的垫子都因为你而变得神圣，
飘逸的云朵在我们山顶上徒劳地徘徊，
　　我们的河流悲伤地流淌，我们的丛林也被夺走了；
他们迷失了，永久地迷失了，他们的诗人，他们的挚爱！
　　我们只剩下伍德华斯和波尔丁了。
　　《致约翰·敏舒尔先生》（“To John Minshull，Esp.”）

一首原题为《独立宣言》（“The Declaration of Independence”）的诗表现了另

① 用朗姆酒或威士忌酒稀释而成。——译注
② James Kirke Paulding（1778—1860），美国作家、政治家，美国海军部长。——译注
③ Samuel Woodworth（1784—1842），美国诗人、剧作家和编辑，代表作《旧橡木桶》（1818）流传至今。——译注

一种幽默，而这标题正是德雷克所厌恶的约翰·特朗布尔的著名画作的题目，科尔曼觉得这首诗有报复倾向而拒绝出版它，但另一个与他竞争的编辑很快就以《国家油画》为题发表了这首诗。诗中德雷克攻击了特朗布尔的意识形态以及他的行为，因为他试图把所有美国《独立宣言》署名人的脑袋都画在他为国会圆顶大厦所创作的一幅画当中。不论它在政治上有什么样的好处，这同样的东西用在艺术中就是灾难。而且特朗布尔明显是让房中所有就座的人物都一般高矮（以及他描绘人物面部表情技术的拙劣），让署名者们看上去像一排煮过的豌豆。“每个脑袋上的头发是多么光溜啊！/每张不朽的脸庞是多么木讷啊！”

空洞无物也是德雷克和哈勒克合写的一首诗的主题。这首诗便是《西米恩·德威特颂》（“Ode to Simeon DeWitt，Esq.，Surveyor—General of the State of New York”），它挖苦德威特给纽约州西部的新乡镇取了像“罗马”和“伊莎卡岛”[①] 这样的浮夸的经典名字。

受过施洗礼的西方的教父！
　　你创造奇迹的力量
已经把诗人们与保佑旧欧洲的领袖精英
从他们永恒的休眠中唤醒
　　正是他们保佑着古欧洲的快乐时光。
你给予那些伟人，虽然他们业已被埋入墓陵
一个公民的证明，
异族的观念已清扫一空，
每一个古镇上的孩童，
都应当效仿他们流芳千古的祖宗，
在科学中，智慧中，或战争中。

“克洛克”（“Croaker”）诗作家原创系列中的最后一首诗发表于1819年7月17日。德雷克次年死于结核病，他的朋友在《约瑟夫·罗德曼·德雷克之死》（“Verses on the Death of Joseph Rodman Drake”）中纪念他道：“草根土覆盖在你的身上，/与我共度生命中好时光的朋友！/没有人了解你，但却热爱你，/没有人给你冠名，但却都赞颂你。”此后这些年来哈勒克不断地创作克洛克式的诗歌，他后来把这些诗都收集到了一起并加上了注解，起名叫《克 35

① 伊莎卡岛，希腊西部爱奥尼亚海中群岛之一，为希腊神话中 Vlyssts 的故乡。——译注

洛克诗歌》（“The Croakers”），并准备在1859年由纽约的布拉德福俱乐部出版发行。很多补充的《克洛克诗歌》都是为庆祝特别的大事而写的。在当时，全国人都喜欢滔滔不绝地自夸，哈勒克在这些诗中对这种低级趣味给予了讽刺。1812年，在新派克剧院的落成庆典上（旧剧院毁于一场大火），哈勒克献上了一次颂扬性的演说，使庆典趋于完美，“胜利心灵的现代模式/还有在政治中和艺术中的权力及荣誉”。纽约州的外科主任米特彻尔医生在对美国大学优等生荣誉学会做演讲时问，我们如何知道我们的民族是“睿智、博学和快乐的”？亚当斯先生在他的7月第四次做演讲的时候问道，谁已经“说服这个世界，我们有这样的人，/首先舞剑，然后挥凿，最后动笔”？事实上，正如德威特·克林顿州长（1769—1828）在他1825年2月于纽约州议会开幕式上那篇冗长演说中指出的一样，对我们社会状况的祈福怎么奇思异想都不为过。

看上去，这似乎是普遍认可的一个真理，
　　作为一个民族，我们的发展稳定而又繁荣：
在这绝佳的环境里，
　　商业交易进行着，建筑物拔地而起，人头攒动；
每个人都无所畏惧，相互倚傍
　　在他的“无花果树和葡萄树”① 下方。
（哲人的梦幻），
　　一切都如基督教徒的安息日般寂然，
从奥尔良到芬迪湾，
　　从比尔谢巴到丹。
　　　《克林顿州长的演说》（“*Governor Clinton's Speech*”）

对华尔街财富得与失的近距离观察，使我们发现了在这一片繁荣景象下的几处阴影。在这篇州长演说的五年多以前，即1819年12月，哈勒克的《芬妮》（*Fanny*）发表了。这是一首叙事诗，诗作追溯了一个纽约商人和他雄心勃勃的女儿起初发迹后来却陡然没落的故事。他们从昏暗的查沙姆街一直奋斗到一座金碧辉煌百老汇大厦之中，最后却只得眼睁睁看着他们的美梦破碎，家财散尽，重债压身。如其他的“克洛克”诗一样，《芬妮》是匿名发表的；同样，像这些诗一样，它很快成为“全纽约”（*le tout New York*）的

---

① 该词条源自弥迦书的第四章。原句是“We beat our swords into plowshares and everyone dnells satlly under their own vine & FigTree”。——译注

点名需求的读物。事实上，它的名声很快传至奥尔巴尼①。在那儿，在他住的那所旅店里，哈勒克很高兴碰巧听到刘易斯②长官向他的同伴们大声朗读这首诗。当一个认识哈勒克的参议员有一次说他怀疑哈勒克就是《芬妮》和“克洛克”诗歌的作者时，哈勒克突然发现自己已经是个闻名遐迩的人物了。 36

《芬妮》在当时看上去之所以如此引人注目，需归功于哈勒克的发现。他在拜伦的《培柏》（*Beppo*）中找到一段诗节，并认为可以把它用在一首关于纽约金融世界和随之而来的财富的诗篇里。拜伦的坦率、傲慢和偶尔流露出来的温柔给哈勒克提供了一系列的、多样的启迪，并以此来表现美国资本主义商业的复杂性与其悲剧性的曲折变化。在故事的开头，我们女主人公的父亲，一个鳏夫，是查沙姆街上一家普通的干货店的老板，通过娴熟地经营他们的“微薄利润”，他终于能够搬到珍珠大街③并在哈那弗广场④发展他的生意了。他已经体会到了金钱具有改变事物的力量，过去人们称他为一个“迟钝的，/善良的，诚实的人”，—— 一个“长着卷心菜脑袋的人”，而在他搬到城镇住宅区之后，同样是这些人则认为他“很有头脑，/天资聪颖，明白事理，像数不清的色彩/在孔雀的羽衣上”。同一时刻，年轻的芬妮仅仅是个“空想者”，坐在她“孤独平庸的炉边”，听着远处时尚的宴会中传来的音乐声，梦想着有一天她父亲的财富能使她成为舞会花魁。叙述者告诉我们，生命中如此快乐的时刻，“像狂风一般闯入脑中/它来自远处的音乐”，而且，“它们的力量/虽短暂，却无限”。从那时起芬妮的生活就被财富之梦改变了。然而，与那群政治阴谋家相比起来，她的理想并不算得上疯狂。那些人希望可以乘坐“宴会上巨大的气球”，一直升到首府奥尔巴尼的财富与权力的宝座上去。而芬妮的老爸确实有钱，可以“装满半个火车皮的闪闪发亮的时尚用品”。他也时常光顾纽约的夜间宴会，“他们踏上布鲁塞尔地毯上时都很快乐/他们吃牡蛎时还要显出自己很有见识”。

过了几年，芬妮的父亲成了一家银行和六家保险公司的主管，一个股票交易所里的“行星般的明星”，他与股东们维持着股票交易的兄弟关系，“每个人都竭尽全力发挥他的才智/去欺骗他的邻居——当然是合法的”。他“被

---

① Albany，是纽约州首府。位于该州东部，哈德逊河西岸，南距纽约 225 公里。——译注

② Lewis Morris（1726—1798），纽约州的大法官，新泽西州州长，纽约州莫利桑尼亚庄园的主人。——译注

③ Pearl Street，街名，位于科罗拉多州波尔德地区的商业区。——译注

④ Hanover Square，美国 19 世纪早期的时尚居住区。——译注

一群小行星包围着”，他们不仅沾他的光也借他的钱，这些他都不介意，只要他们不断向他阿谀奉承。唉！他不满足于现有的荣光，结果被“宝石的野心”所蛊惑。她佩戴着坦慕尼协会的徽章，到他的梦境中去拜访他：“她的额被鹿尾毛花冠盖住，/她胸前戴着水龟样的胸针。”尽管他缺乏正规教育（他从未接受过“哥伦比亚大学所传授的深奥的知识”），芬妮的父亲的确开始认为
37 “自然/至少将他造就成一位市议员”——甚至有可能是州议员。他学会了坦慕尼会堂①所有的把戏（“何时鼓掌，何时投票”），并被邀请到霍波肯②去参加他们非常著名的海龟汤晚宴。第二天一早，他俨然觉得自己是个大人物了，他在百老汇大街预定了一套住宅，买了马和车，在他的房中安排了“好多仆人，和一切/‘生活在上流社会的人’所必需的东西”。

芬妮此时已成为一个时尚美人，她渴求“在仙境里去统治仙女王后”——这里的仙境指百老汇或商业区。而且在那一刻，她期望：

　　她的愿望之星，她梦想的天国，
她请了好多的教师
　　穷尽财力，并学到多多
那千种不知名的优雅的礼数
这些能使女人显得出身高贵而富庶。

她学了声乐、舞蹈还有外语（每门课都是一周两次并持续两个月）；她对最新的小说和克洛克诗“当他们在新潮中”（“When they were in fashion”）都扫了那么几眼；她参加了当时很受欢迎的科学讲座，在讲座上，这个“彩虹团体”中的来自纽约的女佣和女保姆学习像“水力学、流体静力学和气体力学”一类的词汇，并弄清了“为什么青蛙为了吸气先要吐气；/还有如何把塔潘海③点燃”。如果说她美丽的脸上似乎露出了“一点厚颜无耻的样子”，如果说她先前的举止很纯真，而学习后则使自身的行为变得注重起来，那只是因为她想要“被所有她遇见的人尊重”——在这样一个城市里——花花公子和美女一样的以自我为中心，他们来到晚会上向美人们大献殷勤，却“带着得体的

① Tammany Hall，坦慕尼是美国纽约市一民主党实力派组织，坦慕尼会堂为该协会总部所在地。——译注

② Hoboken，美国新泽西州东北部一城市，位于哈德逊河畔且与曼哈顿对望。现在是铁路中枢和繁忙海港，19世纪中期前是纽约人的度假胜地和娱乐中心。——译注

③ Tappan Sea，哈德逊河的广阔延伸部，在美国纽约州的东南部。——译注

姿态闲逛，但同时被每双美丽的眼睛所关注”。

芬妮漫不经心地拒绝了来自“中等阶级男人”的求婚。她的父亲现在不是“大富豪”了吗？他与那些“血统纯正的——这片土地上的权贵们”（那就是说，他们的财富比他自己还要多一些）交往。他成为一个艺术赞助人和慈善家。他“慷慨地在他的丝质帆布上花钱/像威尔士王子一般铺张挥霍”。她几乎无法相信这个事实，那天他向她坦白他已开始为自己的偿付能力担忧。她吃惊地问道：“一个人怎么会走上毁灭的道路/当所有银行家都是他的密友？”如果他所有的债权人都变得缠扰不休，她告诉他，他要做的就是“开一个‘派对’”——来吓吓他们。

就这样，芬妮从查塔姆街就开始梦想的“午夜狂欢”终于变成了现实。
地毯被卷起，艺术家被招来在地板上画花朵。当时“最黑的骗子”被“放在 *38*
上宾的位置上，仿佛提摩斯[1]高高在上”。请来的都是社会上层人物——美女、纨绔子弟、军官，每个人都“从头/至脚都透着高贵”。

> 当千盏鲸油的灯明照
> 　　像一片阳光倾泻下来——而飘逸的发丝，
> 当那些脑袋摇摆时，显得十分狂躁，
> 　　配上那些美丽的，最新的巴黎服饰
> 在房中像神一样漫步，
> 它，就如我被告知的那样，非常地酷。

在那一刻，金钱看上去似乎已经制造了这样一种幻觉，即只要依靠金钱本身就可以取得纯粹的成功。然而，就在那时，一盏巨大的枝形吊灯落在了地上，伴随着可怕的爆裂声，客人与乐师们惊恐地四处逃散。第二天一早，又只剩下了芬妮和她的父亲。

> 绝望地散播着肆意的怨语
> 　　与清晨一同到来，还有和它一道的坏天气；
> 风向是东北偏东，天下着雨，
> 　　下了一整天，与之伴随的是，
> 一个记忆，它终生紧随我们，萦绕不去，
> 就像是大法官法庭上的制服，或是像一个妻子。

---

① Timotheus（大约公元前446—前357），古希腊音乐家与诗人。——译注

当一个公证员带着票据到来，说芬妮的父亲已经停止付款了，更大的“崩溃”发生了——他们财富的毁灭。关于这事，整个镇子谈论了两天，到第三天就忘了。至于芬妮，有人说最近看见她在大街上强忍住泪水，穿着一件廉价的披肩。他们在百老汇的豪宅现在“对外出租”，而芬妮和她的父亲被驱逐到了被人遗忘的地方，和那些虽然贫穷却很傲气的人住在一起。至于这位父亲，最近有人看见他沿着百老汇大街流浪，带着一颗“枯萎的心灵的痛苦/以‘恶鬼’这个古怪的名字来命名”。他想起了曾经臣服于他的那些权贵——“巴拿马和贝里萨留斯，/庞培，伯尔上校，还有盖厄斯·马略”。他很悲伤，于是给了一个卖艺的一个先令，透过他的望远镜来看看木星，一霎那间他幻想自己听到了来自宇宙的乐声。但那乐声原来只是附近一支乐队在演奏《美国佬傻瓜》（“Yankee Doodle”）[1] 这首曲子。芬妮的父亲创作出了他自己的悲伤的民谣，讲述出世间倏逝的希望与快乐，伴着他的歌谣，这首诗结束了。

仅仅给出《芬妮》的情节，而不提及使它一度出名的那些令人振奋的题外话——关于美国文化、政治和权利要求的题外话——那就是对它的不公正。《芬妮》是一首谐趣诗，它的题外话主要在于《克洛克诗歌》的无忧无虑的精神而不是在于诗歌结尾的悲痛。多数的这种题外话都是有些不敬的，比如
39 说哈勒克在某些诗节里将古人描述为“无知者至上”，并解释了为什么不再需要阅读这些诗节了。

> 他们的不幸就在于出生太早，
> 　　早了几个世纪，也降临在错误之地，
> 他们对汽船或是气球都毫不知晓
> 　　也没有看过三轮脚踏车或是季刊评论；
> 也没穿过百尔的黑色绸缎裤子，
> 也没有读过任何一本年鉴，更没听过克林顿的演讲辞。

这里有许多离题的东西，需要尽可能多的注脚来使它易懂一些。蒲柏就在《愚人记》（*Dunciad*）中开玩笑地说“伟大的西伯[2]没头脑，厚颜无耻的兄弟

---

① 美国独立战争时期流行的一首民间歌曲。——译注

② Colley Cibber（1671—1757），英国桂冠诗人，著名演员、剧作家。他的剧本《爱情的最后一著；或时髦的傻瓜》（1696）一般认为是第一部感伤戏剧，这种形式的戏剧曾流行于英国剧院近一个世纪。——译注

们”或“用镰刀猛砍本特利[1]”。那值得吗？哈勒克生平诗作最后一次出版时，他为《克洛克诗歌》、《芬妮》以及《刑事法官》（“The Recorders”）（他所作的政治诗中最长最好的一首）准备了注解。他从《愚人记》中摘录了对“刑事法官”的嘲弄性引语——“再让他在赛特尔的诗中多活一天!”——并由我们来决定把他放在哪个受关注的诗人流派里面，他是与蒲柏近呢，还是与艾尔卡纳·赛特尔近呢？

就如事态发展的那样，“托马斯·凯斯特利”，即《刑事法官》中的那个城市诗人，他将他的请愿书呈给里查德·里克（后来的刑事法官，再后来是纽约市市长），确实有着一股子美国式的艾尔卡纳·赛特尔的劲：那一批在美国蹲大牢的诗人大概有 37 个左右，关押在纽约市的 14 个牢房里，他是其中之一。凯斯特利想成为整个城市的桂冠诗人，并且，很自然的，他想要投靠“有毛病的”里克，从他那儿找份活干干，因为里克是个王子，养了很多的政客。“我们给签了合同的人付工钱/我们最后珍贵的六便士作为税款，/像在希拉日一般自由/罗马在它扈从的斧下流血。”当凯斯特利感到他在树皮上的绘画愈来愈接近了那伟大的“不竭不眠的大海”时，他承认他越来越乐意用不朽的声望来换得哈勒克曾在《克洛克诗歌》中定义为可以让人马上得到满足的“昭著的臭名”：“挽歌在勇士的坟茔上空响起，/在世界对他的英勇致敬之前，/但臭名昭著的羽衣的羽毛，/是在阳光下拔除的，只要我们活着，它们也存在。”因此，凯斯特利对自己的恳求做一结语，以表达他以声誉换取当前荣耀的愿望。

> 我不为我的后裔写诗，
> 虽然对我的子嗣可能是乐事，
> 　　即那诗词颂扬所散发出的芬芳，
> 当我，作为他们的祖先已撒手人寰，
> 债务也已经归还，
> 　　一个诗人曾经偿还过的唯一的债账。

---

① Bentley Richard（1662—1742），英国牧师和古典学者，以其《致约翰·穆勒书》和《图斯库路姆论辩集》著称。——译注

2 早期的叙事诗和抒情诗

虽然谐趣诗又开始大范围地登载在报纸上，虽然新古典主义诗在典礼这种场合下出现的次数越来越多（像是大学学位授予典礼、大学优等生荣誉学会的集会上等）。但是，在19世纪前期，多数严肃的美国诗人主要从事叙事诗、抒情诗与祈祷诗的写作：他们中有的在文体方面效仿赫伯特[①]的“神殿”的宗教赞美诗和忏悔诗以及多恩[②]的神学十四行诗；有的模仿格雷[③]的挽歌四行体诗；有的则偏爱以考珀[④]的笔法写成的赞美诗；有的则钟情于与《静夜思》（*Night Thoughts*）及《丁登寺》（*Tintern Abbey*）颇为相像的无韵诗沉思录。美国广袤的领土面积以及不发达的交通系统意味着诗人通常会独立写作，相互之间很少有往来，而且主要是受他们的家庭、学校或者乡镇图书馆所能够提供的书的影响。大学文学社团经常会订阅那些重要的季刊，虽然好多年轻作家都如饥似渴地去阅读刊登在上面的有关诗集的评论，但是想要亲自读到那些诗集则绝非易事。一个费城的书商可以发行盗版的华兹华斯诗集，但是除非是偶然碰见，否则一个马萨诸塞州的诗人又怎么会知道它的存在？一

---

① George Herbert（1593—1633），英国玄学派诗人，牧师。著有诗集《寺庙》和散文集《寺庙的牧师》等宗教作品。——译注

② John Donne（1572—1631），英国玄学派诗歌（Metaphysical poets）的代表及奠基人，死后第一部诗集出版，长期受人争议，直到20世纪才被公认为大师。作品包括爱情诗、讽刺诗、格言诗、宗教诗以及布道文等。——译注

③ Thomas Gray（1716—1771），英国18世纪著名诗人，浪漫主义的先驱作家，剑桥大学历史学教授。——译注

④ William Cowper（1731—1800），英国著名诗人、圣歌作者。——译注

个波士顿的年轻大臣可能读了一本雪莱的诗集，并且在他编辑的《路易斯维尔》[1] 杂志上对其做过评论，但南北卡罗莱纳州和佐治亚洲的人也不会因此就知道这本作品。美国的文化生活是纷杂的、随意的，碰运气与偶然性的成分很大，但是也因此让人兴奋，而这种情绪是英国或者欧洲城市居民或许永远都体会不到的。偶然遇到的一本书可以改变人的一生，赠书或是借书给别人也是一种特别尊重他人的表现。在拉尔夫·沃尔多·爱默生的第一次中西部地区巡讲途中，他在一艘密西西比的汽船上遇见了一位叫艾米莉·默文·特鲁里（Emily Mervine Drury）的聪颖少妇，他回家后立即寄给她一本《福者之歌》（*Bhagavadgita*）；1871 年当他在加利福尼亚州遇见约翰·缪尔时，他送了他一本撒布森·里德（Sampson Reed）的《思想的成长》（*The Growth of the Mind*）。

因为这些原因，那些出生前后相差一年而且居住相隔不到 50 英里的美国诗人往往表现得好像生活在完全不同的文学时代一样。因此，如果想要对任何一个在 19 世纪早期写作的诗人有所了解，对他的研究一定要建立在一些诗以外的准则上。接下来，是关于生于 18 世纪后期而在 19 世纪早期开始写作的诗人的概况：最初始于新英格兰的北部与西部地区，后来转移到北部的主要港口——波士顿和纽约，它们（像爱丁堡和伦敦一样）吸引来了众多的雄心勃勃的诗歌实验者们。 *41*

新英格兰的北部和西部地区，由于仍然毗邻野生森林并且鲜有人定居，产生了许多明显地继承了清教主义遗风的诗人。莫那·鲍德曼（Manoah Bodman，1765—1850）生于马萨诸塞州一个叫桑德兰的小村，年轻时就搬到了威廉姆斯堡，那是位于康涅狄格河向西 7 英里处的一个小村庄，非常荒凉和偏僻，只有沼泽地里的一条羊肠小道把它和另一个小村落连接起来。与很多早期共和国的诗人一样，鲍德曼原本是一个律师，但他发表的四次演说均与法律毫不相干。相反，它们反映出一种强烈的灵性，这似乎是康涅狄格河特别赋予他的。四次演说中最长的一篇，是那个长达 300 页的《关于死亡的演讲，脱离灵魂状态的幸福，抑或天国的快乐》（*Oration on Death, and the Happiness of the Separate State, or the Pleasures of Paradise*，1817），是一本包含部分诗作的散文专著，这些作品都来源于鲍德曼自 1789 年以来所体验到的特殊的、来自于神的启示。鲍德曼已经“皈依”了，也就是说，他感到自己的罪过已经被宽恕，并且将会获得永生的保证。他相信，如果来生的各种幸福对人们真实可见，那么人们就有可能更加真诚地渴求灵魂的救赎。传教士们

① Louisville，美国肯塔基州北部一城市名，此处为一杂志名称。——译注

相信地狱之火会惩罚有罪之人，因此喋喋不休地要人们去想象地狱的痛苦，而鲍德曼则鼓励他的读者们把自己放在天使的位置上去享受天堂的极度快乐：

醒来，坐起，掸去你的畏缩，
在更美妙的思维中描绘，
勇敢的六翼天使在每一刻听到了什么
在那天国庄严的山巍。

他飞越无际的大海，在高处翱翔直翀，
然后带着极大的幸福飞离；
在幸福的所有迷宫中
在数不尽的日子的洪流里。

鲍德曼提醒他的读者们：

> 上帝这个造物主，似乎是在这个物产丰富的世界里自得其乐……让我们在这里稍稍停留，安静地站着，并且仔细瞧瞧由他的智慧中所溢出的丰饶，这只是他广袤无垠的领土上的一小块弹丸之地而已。就是这个我们赖以生存的地球；然后我就可以想象上面的那些世界，也就是所有被我们叫做行星或恒星的星球，它们一定与地球同样丰饶与
> 42 多样。

那些宗教作家们把天堂想象成是一个枯燥乏味、事事千篇一律的地方，那里有一排排天使没完没了地唱着同样的赞歌，这种观点是不正确的。既然神在地球上表现出了对差异性的喜爱之情，那么在天堂自然也有同样的品味。鲍德曼赞同这种观点，并在他的演讲稿内加入了他最好的诗，这首诗看起来是把乔治·赫伯特的复杂深奥的风格与克里斯托弗·斯马特的梦幻甜美的风格融为一体了。

这里万物是多么的丰富，
分布在各个地方，
让我们又爱又憎恶，
对上帝既服从又信仰。

他的赞美辞响彻云天，
穿越每一块地洲，
恒久不变，
直至时间的尽头。

那巨大的怪兽，栖息在海洋
那牡蛎和鳗鲕，
那狮子和羔羊，
每个的本性都已感知，
应该去广阔之地
寻找食物，
依赖于上帝，
有莫大的好处。

这些闪闪的碎块泥土，
有的黄、有的红，有的金灿灿，
大步行进，在它们光明的路途，
白昼在黑夜中舒展，
如此明亮地闪耀着，
它们自得其乐，
带着光泽，
离开了自己的室舍。

萤火虫，像炽天使①一样，在自我愉悦和自我照明。它用光亮驱散夜晚，就像上帝向生灵广布仁慈。

另一个颇为虔诚的新英格兰诗人卡洛斯·威尔科克斯（Carlos Wilcox，1794—1827）也对仁慈这一主题情有独钟。虽然威尔科克斯第一首发表的诗仅仅比鲍德曼的《关于死亡的演讲》晚5年，但他们近30年的年龄差距似乎将我们直接从17世纪带进了感性年代②。威尔科克斯于1794年生于汉普郡的纽波特。他的父亲是一个富庶的农民，18世纪90年代末的时候，他携全家迁

① Seraph：基督教九级天使中的最高位天使。——译注

② 感性年代，又常常被称做约翰逊时代，主要指从18世纪中叶到1798年之间的文学创作时期。——译注

至西佛蒙特州的奥维尔，一个靠近尚普兰湖①南端的地方。威尔科克斯9岁时，一次重伤使他无法再从事农耕活动并且影响了他一生的健康。由于他小
43 时候就对书很感兴趣，他的父母决定把他送去学校接受教育。1809年，当他15岁的时候，他进了佛蒙特州的密道布锐大学（Middlebury College）。该大学的一个历史学家指出，虽然这所大学并没有和宗教有正式的联系，但它早期的校长们及大多数的教员都是公理会的牧师，并且它早些年的毕业生中有百分之四十都进了牧师这个行业。

威尔科克斯进密道布锐大学后并没有想过要进入教堂工作。他那时已经开始了诗歌写作并且如饥似渴地追求他的古典文艺研究。就如他后来所回忆的，“我对庞大的人类知识宝库十分渴求，世俗的名誉与金钱使我焦虑，心变得炽热”。在他大一的时候，校园内兴起了一次宗教复兴运动，而他并没有参与。虽然有时也担心自己灵魂的救赎，他还是决定等到“时机成熟”的时候再转变自己的信仰——尽管他也担忧这样的迟疑可能会激怒上帝。因此，他决定回奥维尔的家中待几个星期，而这需要校方领导的批准。当他去请假时，那位教授问了他好多的问题来查究他的思想状况，而威尔科克斯的回答并不让他十分满意。结果，他告诉威尔科克斯，他可以获准得到两周回家的假期，但条件是他必须要宣布“已经下定决心走这条罪孽之路，并且最终一定会走向灭亡”。威尔科克斯很吃惊，这时候突然有两首《圣经》中的诗跳到了他的脑海中，于是他回到自己的房间把它们找了出来：《申命记》（“Deuteronomy”）32：35（“对我来说，复仇与补偿：他们应该在适当的时候偷偷溜走；因为灾难一定会降临，注定要来的那些事情加快了脚步”）和《箴言篇》（“Proverbs”）1：25（“因为我已经呼喊了，而你拒绝了；我已经伸出了我的手，却没有人理会”）。

在那一刻他急切地渴求灵魂的救赎，他竭尽全力去压制自己的叛逆之心，结果却是徒劳。最终他彻底地向他的救世主投降了，坦白他的无助，并且恳求保护。他去小教堂祈祷，并且第一次发现在那一刻自己有着“一颗祈祷的心，我的精神负担消失了”。怀着满腔的喜悦和感激之情，他写道：“现在对于我而言，如果说生活中有任何幸福，那就是生活在上帝的身边。”他向自己的父母宣布，他希望从事牧师这一行业。1813年从密道布锐大学毕业后，他和他在乔治亚的叔叔一起度过一段时光（这段经历使得他近距离地目睹到了奴隶制度）。此后，在1814年，他回到马萨诸塞州，开始在安道华神学院从事神学研究。

---

① Lake Champlain，北美洲淡水湖。美国第六大淡水湖，位于美国纽约州、佛蒙特州和加拿大魁北克省之间。——译注

安道华神学院①建立的初衷是为了捍卫新英格兰的正统信仰，使之不受神学自由主义影响。神学自由主义（在它的创建者眼中）曾彻彻底底地腐化过哈佛大学。在他的研究过程中，威尔科克斯反复地遭受病痛的侵袭，也经历过几次巨大的消沉。他手头的那一点点钱远远不够用来偿还他欠密道布锐大学的学费；他还觉得自己并不适合做牧师，有“一种深深的无法描述的悲惨” 44
和“沮丧的感觉”。他写道：“我的大脑如放松的弦，松弛到直至几乎失去回弹的能力；任何一点小小的劳动，都像大力神赫拉克勒斯的任务一样艰难，任何一点小小的障碍，都像一座山那样难于逾越。”威廉·考珀是他在诗作上和精神上的双重榜样，于是以考珀为榜样，威尔科克斯借助长时间的漫步和对大自然的近距离研究来寻求慰藉，并将他所看到的事物详尽描述，填满了一本札记簿。一本 1828 年版的讲述他生平的《传记》（*A Memoir*）是这样评论这本札记的：

> 它里面都是关于大量的不同事物的描绘，描写的是如此地细致和生动，使得读者阅读后情不自尽地心悦诚服。他观看大自然，用眼睛去观察她的多姿，用心灵去感受她的力量。他把在这个宝库中遇到的所有的东西都储存了起来，作为一个作家，尤其是一个写诗的作家，这些东西很可能会对他有用。

1817 年是他在安杜佛的最后一年，在那之前他已经雄心勃勃地开始着手一首无韵体诗的创作，即《仁慈时代》（*The Age of Benevolence*），该诗的第一章是于 1822 年在纽黑文出版，而第二、三、四章的部分仅在他死后出版的《遗稿》（*Remains*）（1828）中出现过。

《仁慈时代》是一部有关神正论②的著作。主要论点是从《失乐园》第三卷和第七卷中提取的。毫无疑问，密道布锐大学和安杜佛学院的加尔文派教授们对他们的这个学生都很满意，一方面是由于他的正统信仰，另一方面是因为他有时还对波士顿自由主义宗教有所洞见。（“噢，友谊是多么虚伪啊，它联合起了/在这毁灭性的工作中的传道士和听众们/在互相谄媚!”）然而威尔科克斯诗中的上帝并不像密尔顿的上帝那般愤怒地复仇。他的上帝在创造

① Andover，这里所指的是菲利普斯·安道华神学院（Phillips Andover Academy），在马萨诸塞州东北劳伦斯以南的一个城镇上。——译注

② theodicy，这个词来源于两个希腊词：“神”（theo）和正义（dibe），它的意思是：面临着恶的存在，而显示出上帝的正义。奥古斯丁关于恶的起源和性质是最早的神正论，莱布尼茨用以解决恶的存在与上帝的全能全善的矛盾理论亦被称为神正论。——译注

万物与欢乐中得到快乐并且把这作为他的荣光的最完美的表现形式。他所有创造物的幸福证明了他的仁慈，这一点甚至在微观世界中都能看见：

> 看它有可能在哪儿，这睁开的虔诚的眼
> 凝视着那充溢的仁慈，
> 它经常满溢，如甘露一般
> 落进大海，落在贫瘠的岩石和沙地上；
> 落在荒野里有益心智的果子上，
> 年年都在生长，不结果的终会消亡——
> 无数的活跃原子，
> 在每一块草皮、树叶和空气的气息中，
> 裸眼观这世界，觉得它实在太小，
> 但还不是那么小，还能感到它们特别地美好。

基督教对于灵魂救赎的计划仅仅是对上帝仁慈的最高表述，而诗的结尾所提
45 到的“仁慈的大胜利”才是那个计划的目的与目标。

> 爱是永恒的思想之源泉，
> 它的成就都源于爱的精心制作。
> 爱使得上帝在创世纪之前便与人立约，
> 爱让契约在约定的一刻实现。

这个支撑着宇宙和掌控着它的历史进程的上帝体贴地考虑着他创造的万物的康乐：“他的手，把海洋握在他掌心，/掌控着天气，包围着我的生活，/守卫着穷苦之人，使得他们能够轻松地从死亡的爆炸中逃脱。”

《仁慈时代》的卷一、卷二都用了很长的篇幅，试图在自然景观的特征中找寻上帝仁慈的证据。鲁弗斯·格里斯沃尔德从中节选了部分片断，以《新英格兰的春天》（“Spring in New England”）、《一个夏季的午夜》（“A Summer Noon”）等为题写了几首诗，选录在《美国诗人及诗歌》里（*The Poets and Poetry of America*）并发表。这使威尔科克斯看起来俨然是个美国的汤姆森。威尔科克斯喜欢描述当地的气候和动物群，这些描写显得他的家乡既美丽又与众不同。

他描绘新英格兰春天以迅雷不及掩耳的速度到来，在一周之内阳光就洒满光秃秃的树林，很快阳光又被生长伸展出来的叶子遮住，树林里又变得阴

暗起来：

在第一个黎明，
整片的林地看起来就像是一片开阔的平原，它洒满阳光，
阳光从没有遮蔽的顶空倾泻下来，落在下面黄叶上，
和着强烈的反射，直到最后，暗下来了，
因它长成了的叶，荫蔽着所有的
果园的花蕾，仅仅花了短短的一周。

每天都有新来的鸟儿们："寂寞的鹬"在阴霾的天空中飞翔，"看不清楚，却能听到微弱的，颤抖的音调，/徘徊或是嬉戏在聆听者的头顶"，夜晚的鹰，飞上日落的天空，一支白色的羽毛忽然从黑色的翅膀中显露出来，夜鹰的叫声萦绕不断，"她的名字是她唯一的歌"。在夏季，寂静笼罩着大地：成熟的秸杆挑着沉甸甸的谷穗，"像橡树那样一动不动"，空中满是柔软的飘絮，缓缓地落下。对忧郁的人们来说，九月同样很迷人，是"慢慢逝去的一年中柔和的黄昏"。他乘着小船，顺流而下，"树的黄、红、紫"反射光将他与船团团围住。周围的树林寂静无声，除了"松鼠丢下坚果壳的声音/从某棵高高的山毛榉上穿过层层的叶子快速坠落"。

但是，对大自然的热爱倘若"又崇高又持久/但缺乏信仰的把控"，就会导致懒散、恣意挥霍甚至得疑心病。1824 年，威尔科克斯向耶鲁大学优等生荣誉会①朗读了《品位的宗教》（"The Religion of Taste"），用这首诗来告诫人 46
们以上的道理，该诗由 207 个斯宾塞体的诗节组成。"信仰的虔诚"将自然之美理解为上帝之爱的表现，而"情趣的虔诚"却主要在壮丽的景观中找寻乐趣，"那里能看见辉煌杰出的力量"：

在天堂清澈的蓝色与大地映衬的绿色，
在高山之巅和缭绕它们的云朵，

① Phi Beta Kappa，是三个希腊字母 ρ，β，γ 的音读，优等生荣誉会是美国的一个荣誉团体的名称。该团体的格言是"哲学是人生的导引"，凡在大学学习成绩非常优异的学生，将被选入该团体做成员。它是美国第一个兄弟会兼荣誉团体，于 1776 年成立。美国的许多开国元老也都是其中的会员。随着时代的变迁，优等生荣誉会褪去了兄弟会的外衣，除了开始接受女性会员，也转变成富有学术、思想性质的荣誉团体。——译注

> 在无垠的大海，高悬的星辰，和夜晚面色苍白的女王，
> 在黎明和傍晚的所有的音调与色泽。

真正热爱上帝的人一定会把自己的想法付诸行动，变感受仁慈为施行善举。在引人入胜的诗行中，威尔科克斯叙述了他的一个梦境，梦里，他发现自己降落在一个神圣的王国的海岸上，和一大群灵魂在一起，那是一群已获救赎的灵魂，他们在找寻那些帮助过他们找到天堂之路的朋友们。他孤零零的，谁也不认识，而这种孤单的本身就是一种严厉的责罚："就好像我被带去天堂定居/良心上觉得可能自己干过地狱中的各种坏事儿"。他从梦中醒来，发现自己仍然活着并且能有机会转变，不由松了一口气。他发誓会为友情的快乐而活着，并且鼓励耶鲁大学的年轻人们也这样做："做点什么——马上就做——使出全力：/如果休息时间过长，天使的翅膀也会低垂，/而上帝自己要是怠惰，人们也不会给他祈福。"

整个19世纪20年代早期，威尔科克斯都居无定所。他在康涅狄格州与不同的朋友一起居住。只要他的健康允许，他不是写诗，就是去不同的教堂祈祷，希望能够得到一个永久的住所。终于，康涅狄格州的哈特福德的北部教堂给了他一个机会，他于1824年起开始在那儿担任牧师的工作。他的布道准备细致、意味深长并饱含情感。然而他虚弱的身体无法胜任这个工作，因而在1826年春，他被迫辞职，去休养、旅行，想通过这样的方法使自己的健康有所起色，这也确实起了一定的效果。于是他又在1826年秋天接受了一份来自康涅狄格州丹伯里市的一个教堂的工作，可惜好景不长：次年春天，他的健康状况又恶化了。1827年5月29日，威尔科克斯撒手人寰。

《仁慈时代》在他去世之时仍未完成，但卷三的某些片断，关于"我们的世界对仁慈的需要"的那部分，是刊登在他的《遗稿》中的。虽然威尔科克斯喜欢颂扬忏悔的快乐，他也谈及了各式各样的酷刑和罪孽来吓唬那些顽固的家伙。而当他谈到美国奴隶制问题时，他的诗作中才会充斥着真正意义上的愤怒。有些家伙大肆宣扬这个国家对所有人都是民主的和平等的，他每次听到这种话的时候就火冒三丈，因为"在这个国家里每出生或死亡的五个人里面就有一个是奴隶"。这种愤怒是与悲哀夹杂在一起的。因为威尔科克斯深信他所生活的这个年代应该是一个仁慈的时代，而那些倒行逆施的、针对奴
47 隶的残酷做法将美国从"幸福之地"拉回到野蛮状态。每次当聒噪的爱国主义者们聚在一起庆祝国庆日，他们的祝酒词通常都是用来讥讽那些奴隶们的敌人，而那些人往往坐在一旁，沉默不语。事实上，他们"想要反驳却不敢说出来"。毕竟，与每天忍受鞭打与非人折磨而不得有任何怨言的奴隶们相

比，那些向乔治国王[1]造反的殖民地居民[2]吃的那些苦头又算得了什么呢？奴隶用自己的劳动挣得的每一个便士都要“交税”；如果他们胆敢举手反对压迫他们的人，那么等待他们的惩罚便是死亡。普遍的反对意见都认为奴隶们是不可能被“安全地”解放的，对此，威尔科克斯给予激烈的回击：

> 做这件事理所应当；可能的话，确保安全，
> 即使有危险，也一定要去做。
> 我们的名声会受损，如果我们遇到困难便退缩不前，
> 我们攫取了他们秋天的收获
> 这样的人多么地自私
> 难道我们不应该对他们重获自由的那天充满期待吗？

奴隶的解放终将使沾满血污的肮脏的“哥伦比亚大地”成为上苍的真正女儿，而整个民族都将享受“自由、平等、共同的笑容，正如我们都能享受空气”。会有谁真的希望推延这种幸福，或是希望它迟些到来呢？“望着这样美好的一个前景，任何人/只要他心中还有雄雄大火后仅存的一颗火星儿，/谁不感到内心有喜悦在燃烧呢？”

康涅狄格州的诗人和他们的邻居——马萨诸塞州的诗人拥有一样的激情，但他们的风格和写诗的目的却更多样化。约翰·布莱纳德（John Brainard，1796—1828）出生于新伦敦，那儿是泰晤士河的入海口。作为康涅狄格州最高法院法官的儿子，布莱纳德于1815年进入耶鲁大学学习法律。他获准进入了律师界并搬去了米德尔顿市，期望在那儿开一家律师事务所。然而，由于大学期间整日的空想与懒散，他在律师业务方面表现平平。就如约翰·格林利夫·惠蒂尔日后所指出的：“他总是很欢迎他的朋友们，除了他们作为诉讼委托人来找他的时候。”1822年他放弃了事务所迁至哈特福德，当上了《康涅狄格之镜》（*Connecticut Mirror*）的编辑，并在上面发表了许多他自己的诗作。他把这些诗作中的一部分整理到一本集子里并于1825年出版。在序言中，他别出心裁地向读者坦白，说此次出版诗集不是应朋友之求而是出于自己的虚荣心和获取利益的期望。这本书很受公众的认可，而他也备受鼓舞，决定开始再写一部更长的作品。但在1827年，他身上开始出现感染结核病的症状。于是他辞去了编辑一职并返回新伦敦，次年病逝于那里。 48

① 这里的乔治国王实指英王乔治五世（George V，1865—1936）。——译注

② 这里主要指反英国殖民统治的印度人民。——译注

布莱纳德之所以能够吸引与他同一时代人的主要原因——除了他抒情诗的优美和几首军事诗歌偶尔显露出来的宏大气魄之外——在于他坚持在诗文中使用本土的背景和传统。就如惠蒂尔指出的，布莱纳德是“地地道道的美国人……在他应该描述粗糙的橡树和灰暗的铁杉的时候他不会提及棕榈树和落羽柏。与别的地方的华丽的林兰花和橙色的凉亭相比，他更喜欢新英格兰大地上那些最卑微的花朵”。惠蒂尔在这儿暗指布莱纳德最优秀的诗作，即《诗节》（“Stanzas”），以“凋零的叶子铺盖住了林中的小路”开头的那首。诗中，诗人神采奕奕，虽然知道严冬即将来临，但也压制住想要逃走的诱惑。他不是别无选择才爱新英格兰的气候的，他爱它，恰恰是因为它的严寒，其他人可能会去寻找温暖的南部气候及其特有的花朵与花蕾，布莱纳德却无法想象去喜爱这样的风景：

林中的树没有剥落秃顶，
冰下的溪水都在奔流，
没有一座山顶有雨凇的零星，
向白雪低下它高贵的头。

对每年冬天与他分别、前去南方的朋友，布莱纳德祝他们一路平安：

去那儿，和所有的鸟儿一起，——去寻踏
一个更加愉悦的气候，伴着更加轻快的飞翔，
和太阳一同，亲吻傍晚的脸颊，
剩我独自一人与黑夜同行。

康涅狄格州的诗人中最快乐的一位当数詹姆斯·希尔浩斯（1789—1841）。他生于纽黑文，他的父亲是美国革命战争时期的一个上尉，后来又做过美国参议员，州立学校基金会委员以及耶鲁大学的司库（在他的管理下，所有的财务收入都十分可观）。1808 年从耶鲁大学毕业后，詹姆斯·希尔浩斯在波士顿又住了两三年才返回了纽黑文。他在纽约市还经过商，不过时间不长，他后来娶了一个纽约富商的女儿，之后便退出了商界。婚后的第二年他就返回了纽黑文。在那里，他过着一种悠闲的知识分子的生活，这在美国诗人中可是很少见的。除了在纽约市过冬之外，一年中其他时间就在他在纽黑文的房产——海伍德那儿度过。

1836 年，他在布鲁克林吕克昂学府做了一次演讲，题为《论文学与共

和国政府的关系》（“On the Relations of Literature to a Republican Government”）像探讨这个话题的多数演说者一样，希尔浩斯哀叹美国缺少在文化上的成就。

> 在这个强大的帝国中，图书馆在哪儿呢……一个卑微的德国官吏都会因自己祖国的名字而自豪？——哪个州的历史档案馆里记载着我们的历史呢？——我们的天文台在哪儿？——我们的研究员基金在哪儿？——探索与发现所需的款项又在哪儿？作为一个民族，对于那些高等教育机构，我们又给予了多少全国性的关怀或是恩惠？ *49*

他认为有必要在美国开一门文化休闲课，专给那些父辈已经发家致富的人们上课。这样的一门课能够使贵族阶级在没有那些“无法容忍的依附物”的情况下实现自己的文化职能。创造一个国家当前缺少的文化是赋予那些富家子弟的一项很有意义的工作。他们觉得自己无用，因为与拥有财富相比，这个社会更看重的是积聚财富。（奥登提到过一种在20世纪盛行的价值标准。在《万能的美元》（“The Almighty Dollar”）一文中，他争辩说，“一个美国人所看重的……不是说看你挣了多少钱，而是通过挣钱所表现出来的男人气概；一旦他做到了，挣钱的目的达到了，钱的使命也结束了，就可以把它扔掉了。虽然在历史上还没有哪个富人丢掉过这么大的一笔财产。”）

在行近生命尽头之时，希尔浩斯写了一首关于海伍德的欢快的诗歌。诗中，他提议将庄园更名为“酋长之林”来纪念他的父亲。他的父亲因自身的睿智和强健的印第安人似的体魄而被昵称为“酋长”。但庄园最终并没有像希尔浩斯所提议的那样更名。1838年该诗作发表，当时正值纽黑文市成立两百年庆典，希尔浩斯提议以纽黑文历史上的重要人物为其最壮观的自然景观（东岩和西岩）更名。他建议根据佩科特族酋长的姓将东岩命名为瑟撒克斯①，而西岩命名其为“弑君者”，因为传说这块岩石底部的一个洞穴曾保护过弑君法官（威廉·戈夫②和爱德华·惠利③），他们两个是在王朝复辟后从

---

① Sassacus（1560—1637），英文译为fierce，为历史上有名的佩科特人酋长。——译注

② William Goffe（1605？—1679?），英国内战期间军队领袖，弑君者之一，处死了英格兰查尔斯国王一世。——译注

③ Edward Whalley（约1607—1675），同威廉·戈夫一样，他也是英国内战期间军队领袖与弑君者之一。——译注

英国逃亡到美国的。城市位于这两个勇气的象征物的包围之中。当太阳掠过它们的时候，这两个象征物的样子会发生变化。

看！守护巨人之塔怎样
随着时间改变它的模样！——
那儿，阴暗处和光亮下的瑟撒克斯，
随着正午而炽热，随着雪片而白皙，
变暗，在破晓，在傍晚的红霞中
或是在环绕他头顶的滚滚蒸汽中
矗立在那儿，非常壮观，
这出自上帝的双手，优雅而和善！

在柔美的西边，当白昼渐渐退撤，
弑君者，他的对手，变得显赫，
他高贵的轮廓，出现在天空之巅
吸引住无数的目光流连，
瞧着游荡在那儿的，黄昏的群马，
雪花从它们红润的鼻孔内掉下。

与希尔浩斯的春风得意形成鲜明对比的是他耶鲁大学同期毕业生詹姆斯·盖茨·珀西瓦尔（James Gates Percival，1795—1856），他这一生都饱受
50 痛苦。他于1795年生于康涅狄格州的柏林市，起初他决定追随他父亲从事医药方面的职业。1810年从耶鲁大学毕业后，他又于1815年在那里取得了医学博士学位，但是他在这个职业的实习经历却很少。孩提时一次严重的伤寒发烧使他的喉部神经受损，所以他只能以很低的嗓音说话。由于极度的害羞和病态的敏感，他数次企图自杀。但是他在纽黑文的一份医学杂志上发表的一些诗作备受人们喜爱，于是他在1821年自费出版了一本小诗集，而这本小诗集再次受到了广泛的关注。后来，他于1822年又接连出版了三卷诗集。

作为诗人，他的名气越来越大，可这似乎使他更消沉了。正如詹姆斯·奥德堂科（James Onderdonk）在他的《美国诗史》（*History of American Verse*，1901）中提到的，珀西瓦尔“决心去写作，但当人们阅读并爱上他的诗作的时候，他又发誓说他将不再写了”。30岁的时候他已经是一位隐士，靠各种各样的文学创作和编辑工作来养活自己。19世纪20年代末至19世纪30年代初，他开始研究外国语言和文学，将外国诗歌译成英文，并试着用外国诗歌

的韵律，用德语、法语和意大利语来创作自己的诗歌。他出版的最后一本诗集《一日之梦及其他的诗》（*The Dream of a Day and Other Poems*，1843）中就收集了他尝试外国诗韵与诗节形式的成果，所有这些诗作都已经摆脱了他早期作品中无穷无尽的连成串的无韵体诗。

现在看起来，珀西瓦尔的早期诗作在他的同辈人中引起的轰动实际上很令人费解。那些诗作大多是华兹华斯、雪莱或拜伦作品的模仿。他那无休止的无韵体诗避开了每行一句的诗体，非要把读者弄得眼花缭乱。然而正是那种醉酒般的感觉，对于刚刚脱离了抑扬格五音步闭合双行体的一代人来说，却是另有一番颓废的魅力。珀西瓦尔最好的诗作都是纯描写性的，像《山间清晨》（“Morning among the Hills”）或者《致塞内卡湖》（“To Seneca Lake”），或是一块海下暗礁的奇特可爱的肖像画《珊瑚丛》（“The Coral Grove”）：

> 那有一片珊瑚林，藏在浪底，
> 紫色的胭脂鱼和金鲫鱼在那儿缓缓地游弋，
> 那儿有海花展开湛蓝的叶子，
> 从不会被掉落的露珠而打湿，
> 在美丽阳光下，明亮而变化多姿，
> 它长在碧绿明净的深海里。
>
> 在那儿，伴随着轻轻而流畅的一动，
> 扇形的珊瑚掠过清澈深沉的大海，
> 这些黄的猩红的海洋林丛，
> 就像高处草地上的玉米一样弯下腰来。 51

他最钟爱的景致糅合了复杂的大气效果——太阳从雾霭笼罩的海上升起，在那一霎那形成了一条金子般的河流，同时也驱散了雾气，湖水映着阳光：

> 多么美妙啊，去观赏日落，
> 你金的镜子铺展开了，
> 然后看见雾霭上覆盖着一层蔚蓝，
> 在远处的山边上漂浮着。
>
> 《致塞内卡湖》

珀西瓦尔坚持认为诗具有韵律与格律之外的东西，那是“一种神秘的感受，/用一条锁链，将人与他周围的世界，结合在一起/织出花朵”（《诗的流行》［“*Prevalence of Poetry*”］）。因此，他的作品为那些期望从英国浪漫主义或是欧陆浪漫主义的沉闷的说教诗歌中解脱出来的诗人们提供了另一种选择。

居住在波士顿和纽约这两个北部主要港口城市的诗人们更容易接近出版商、各种期刊以及大量的读者；这两个城市还提供了在小城市或是乡村无法获得的提高知识水平与文化修养的机会。于是诗人们纷纷迁至波士顿地区或是纽约市，以摆脱狭隘的农村生活并寻找地方性城市所不能给予他们的知识分子之间的友情。通常情况下，他们一旦到了这两个城市，很快就会得到肯定。（布莱恩特曾在一份纽约极有影响力的报纸做编辑长达50年，他第一个提议在市区内建一座大型中央公园。他积极地参与游行活动，并成功地说服纽约州立法机构拨出一块土地用于建设该项目。）

华盛顿·奥尔斯顿（Washington Allston，1779—1843）是一个画家和艺术理论家，同时他也写诗。作为一个诗人，他最好的诗作往往都与有着复杂的视觉艺术表现的作品有关。他生于南卡罗莱纳州的一个显赫的种植园家庭，并在北方接受了教育：首先是在罗得岛州的纽波特市，在那儿他结交了威廉·埃勒利·钱宁[1]等其他朋友，此后又去哈佛大学学习。他很早就开始学习素描与绘画：他喜欢画阴郁的风景，其中还有众多的歹徒，他也喜欢读描写哥特式的浪漫与超自然能力的传说。对于诗歌，他很欣赏汤姆森[2]的《季节》（*Seasons*）（他后来画出了诗中的两个人物，即戴蒙和穆西多拉）。他也很钦佩查尔斯·丘吉尔[3]，一个18世纪的英国讽刺作家，认为他具有男子气概的粗犷；而罗伯特·骚塞[4]的史诗《弧形的琼》（*Joan of Arc*）更对他想要成为一个历史画家的雄心壮志起到了推波助澜的作用。

虽说历史绘画是最高雅的文艺作品样式，但是它同时也是最不赚钱的。
52 在美国，没有这类作品立足的市场：在美国唯一有望以绘画谋生的画家只有

① William Ellery Channing（1680—1748），19世纪上半叶著名唯一神教派的传教者。——译注

② James Thomson（1700—1748），英国著名感伤主义诗人，代表作自然诗《四季》（1730）。——译注

③ Charles Churchill（1731—1764），英国讽刺诗人，著名的诗作有《鬼魂》和《饥荒的预言》等。——译注

④ Robert Southey（1774—1843），英国浪漫主义诗人，桂冠诗人，湖畔诗人之一。——译注

像约翰·科普利或是吉尔伯特·斯图尔特这样的肖像画画家，如果奥尔斯顿想要学习历史画或者为他的油画找到赞助人，他将不得不离开家乡。因此他于1801年坐船前往伦敦（他变卖了卡罗莱纳州的祖传家产才筹够了这次远行的费用），在那儿他申请进入英国皇家学院学习并立即被录取了。三年来他在导师本杰明·韦斯特[①]（Benjamin West）的指导下学习绘画。本杰明也是一名移居国外的美国人。他给予了奥尔斯顿充分的鼓励，于是后来奥尔斯顿在一首题为《致我最敬爱的朋友，英国皇家学院院长》（"To My Venerable Friend, the President of the Royal Academy"）的十四行诗中表达了对他的感激之情。（韦斯特的画像也是奥尔斯顿最好的肖像画之一，那是一幅题为《充沛的精力》（"Vigorous Powers"）的习作。这幅画给予了这位老年人以年轻的活力。）

1803年奥尔斯顿和一位朋友一同离开伦敦，途经低地国家[②]，最终到了巴黎。在巴黎，他们发现卢浮宫和卢森堡美术馆最近展出了拿破仑所有的战利品中的艺术品。他很欣赏伟大的威尼斯色彩画家提香[③]和丁托列托[④]的作品。于是他立志学习他们着色和上光的诀窍。1804年，他离开巴黎奔赴罗马，在那儿他继续他对提香的研究，并对拉斐尔的平实以及米开朗基罗非凡的描绘技艺表现出了深深的崇敬。当在罗马居住时他也和一些文学人士结下了长久的友谊，其中最值得一提的是华盛顿·欧文和柯勒律治这两个朋友，他们两个是在1805年的最后一天才从马耳他来到罗马的。

柯勒律治时年33岁，到罗马的时候他正值人生最低谷，远离他的妻子，健康状况很差，并且吸食鸦片成瘾，他无法养活自己和家人。在惹恼了他在马耳他的最后一位捐助人后，他就离开了。奥尔斯顿此时则恰好相反，26岁的他，慷慨大方且才华横溢，看起来他的前途似乎一片光明。但事实上，他与柯勒律治在气质上甚至比日后所显露出来的更为相近。奥尔斯顿做事情总是磨磨蹭蹭而因此遭了不少罪，而且这种拖沓最终导致了他一件最大的憾事：

---

① Benjamin West（1738—1820），美国新古典主义历史画和肖像画家，美国绘画的奠基人之一。——译注

② Low Countries，指荷兰、比利时、卢森堡。——译注

③ Tiziano Vecelli（1478—1576），是意大利文艺复兴后期的伟大画家，"现代油画之父"，威尼斯画派的代表。作品充分体现了威尼斯市民阶层的生活理想和文艺复兴的时代精神。——译注

④ Tintoretto（1518—1594），16世纪意大利威尼斯画派著名画家，威尼斯画派的代表人物。丁托列托曾在提香画室学画，深受提香影响。代表作有《圣马可解救奴隶的奇迹》、《圣母参拜神庙》、《基督受刑》、《最后晚餐》等。——译注

花了他 20 年时间来绘制的油画《伯沙撒[1]的盛宴》（“Belshazzar's Feast”）至他临死之前仍未完成。但对柯勒律治来说，1806 年则遇到了天上掉馅饼的好事，奥尔斯顿活脱脱就是他自己年轻时候的翻版，而且同时也是一个可以代替华兹华斯的朋友。

奥尔斯顿喜欢探讨艺术理论——就如柯勒律治所说，他显然是“一个天才”。但他主要的兴趣在绘画而不在诗歌上，柯勒律治可以扮演一个智力捐助者的角色而丝毫没有“可恶的、痛苦的‘留一手’的想法和来自内心的退怯”。但是，以前当华兹华斯采纳了他的建议而作成一首新诗的时候，他承认自己有以上的感觉。1806 年冬季和初春时，这两个人一起在城中四处闲逛：一次他们结伴去罗马，在那儿旅行了三周。1805 年奥勒斯顿曾画过一幅自画像，画中他是一个非常英俊的年轻人，一袭黑衣，以一种令人困惑却又略带
53 挑战性的目光直视看画的人。他现在又开始画一幅柯勒律治的肖像，它的布景、色调和表情上都与他的自画像十分相似，以至于现代研究奥尔斯顿的人们认为这两幅肖像可以被看做是“姊妹篇，是对他们建立不久但却已经很亲密的私人关系的一种纪念”。这层关系因柯勒律治 1806 年 5 月突然离开罗马而中断（柯勒律治的肖像也没有完成）。但是他们的友谊已经在两人身上留下了深刻的烙印，奥尔斯顿后来宣称他“在知性这个方面”，柯勒律治对他的帮助比任何一个人都多，这是他在逝世后出版的《艺术的讲演》（“Discourses on Art”）中所吐露的事实。而对柯勒律治来说，他告诉奥尔斯顿：“所有人中我爱你仅次于华兹华斯：如果我没有认识过他，我最爱的将是你。”

1808 年奥尔斯顿返回欧洲，和他已订婚八年并且一直耐心等候他的未婚妻安·钱宁（Ann Channing）结婚，同时他也把有关湖畔诗人的消息带回到对 18 世纪依旧恋恋不舍的波士顿。而在那时，像司各特、彭斯、穆尔等浪漫主义诗人早已红遍全美了。但华兹华斯和柯勒律治则是例外。诗作的晦涩、朦胧、超自然，或是其他的（根据新古典主义标准）反复出现的过分伤感与无病呻吟，使他们备受评论家的嘲讽。而奥尔斯顿与当时波士顿的那些有头有脸的文人关系都十分密切，在他的引见下，华兹华斯及柯勒律治比其他的浪漫主义诗人更早几年进入了波士顿的文学圈。

1813 年他再次离开波士顿前往英格兰。在离开之前，他一直忙于一本诗集的编撰工作。他这次回家还是很开心的，但由于在美国找不到他想画的那种画的买主（当地肖像画作家的收入只能维持个人勉强过活），他又和安一起回到了伦敦，《季节的空气精灵》（*The Sylphs of the Seasons*）于 1813 年首次出

① Belshazzar，尼布甲尼撒（Nebuchadnezzar）之子，巴比伦的最后一位国王。——译注

版（同年，它的美国版本也随之发行了）。这首诗的标题含义隽永，作为一首叙事诗，它是以梦的视角来进行叙述的。他的散文故事《忧郁症患者》（“The Hypochondriack”）也稍带了一些自嘲的语气，诗人自嘲自己要比“金钱的奴隶”还要懒惰。“金钱的奴隶”十分庸俗，只关心他的劳动能换来多少钱。诗人坚信一个人只要“胸怀世界”就可以不需要任何外界的慰藉，不久他就进入了梦乡。

突然，场景转到了一个梦幻般的平原，平原上有石洞、城堡、大门、眩目的灯，还有人说话的声音。他被领到了他在将来某个时刻将要继承的王座上，然后有人把“四位仙境的姑娘”引见给他。她们四个都在争着讨他的欢心，而他则聆听着她们每个人的话，回想她们曾给他带来过怎样的快乐。每个季节所展现出来的赏心悦目的幻景争芳斗艳。因此夏天没有把她怠惰愉快 54
的天赋作为赢得他欢心的筹码，而是用她“亲和的影响力/使身体变得慵懒/使头脑充满活力”。但冬季既拥有可怕的刺骨的寒风，能够把海洋的浪冻得“像收割工人弯折的稻束/挺立在冰冷的死亡中”，同时它也具备午后美丽的阳光，将冰雪包裹的枝干变成一道五颜六色的彩虹。她断言，只有她能够赐予那种来自于“灵魂的创造力”的“更高贵的力量”。春、夏、秋这几个季节通过各种感官的知觉最终被大脑所感知，因而都可以宣称自己是“仙境神奇力量”的一部分。但是在黑夜的寂静和白雪的空寂之中，冬季将一年中已经过去的那段时光中的所有意象都召集起来，并教导诗人用“罕见的组合方法”处理它们，用创造力造出的浑然天成的新世界来填补这浩大的空旷。诗人被迫在四个给了他这么多财富的仙女中作出选择，他举棋不定，无助地开始祈求，最终一阵疼痛将他从困境中解救出来，并把他从梦中拉回到现实：“这是什么时候了！阳光如洪水般地倾泻下来/太强烈了，刺得我的眼睛发痛，/我从光华的梦境中摔落/在疼痛中苏醒过来。”

《季节的空气精灵》与约瑟夫·罗德曼·德雷克后来的作品《负罪仙女》（“The Culprit Fay”）一样，是如此的纯真以至于它现在看起来就给人一种单薄且透明的感觉。这两首诗都曾经因对理想王国所展开的想象而备受推崇，认为那里面住满了想象的生灵。《负罪仙女》在整个 19 世纪不断地再版，一般都带有小插图，因此很多的年轻读者也把它当做礼品书。它们所使用的十分丰富的意象（这些意象常常是来自《仲夏夜之梦》［*A Midsummer Night's Dream*］和《暴风雪》［*The Tempest*］或是来自《仙境女神》［“*The Faerie Queene*”］）使这些诗作都充斥着丰富的想象力。由此，人们惊喜地意识到这个国家已经对多样性有了足够的宽容，能够接受一种仅以消遣为目的的语言了。的确，正如华兹华斯提到的，人们被赋予幻想，只是去“加速或剥夺我们的本性中稍纵即逝的那一部分”，但是他又急忙补充道，幻想“虽然本身是活跃的，但是也会遵守自己的规矩，而且在她的精神里有一种创造性的本领”。除此之外，幻想的创造性的本领能够反映自我的欲望，而想象力则是做不到的。即使是最微不足道的关于幻想的诗歌也会被爱默生称为奇想。

作为一个画家和视觉艺术理论家，奥尔斯顿对虚构的现实与感观的现实之间的联系痴迷一生。19 世纪 30 年代，他写了五篇《关于艺术的讲座》（“Lectures on Art”），在其中他接纳了柯勒律治坚持采用如“形式”和“布局”这样熟悉的话题的建议。他以纯粹的理想主义为视角，细致说明了审美观念在通篇中起了什么样的作用。通过描述人的目光在一幅有着错综复杂布局的巨画上的穿梭过程，奥尔斯顿对艺术家在形式上的选择与观赏者的审美
55 体验之间的交点作出了推测。自文艺复兴以来的理论家一直在猜测绘画的透视效果的奥秘，为何二维的素描能显示出三维的真实感。奥尔斯顿想要弄清楚画家是如何成功地表现出这些与画像并不相和谐的概念的。他以这些思索为主题，写了一系列优秀的十四行诗，收录在《季节的空气精灵》中。

这一系列诗以一首题为《论迈克尔·安格鲁的最终审判中的一群堕落的人，于西斯廷教堂》（“On a Falling Group in the Last Judgment of Michael Angelo，in the Capella Sistina”）的十四行诗开头。令奥尔斯顿感兴趣的是艺术家创造的坠落方式中显示出的、令观赏者惊恐的“空间无尽”的观念，正像是艺术家的“巨手”，（这里他取代了神，并表现了神的愤怒），丢下“人的躯体，带着他们凡人的重量/沉入骇人的空间”，“像他们无尽头的命运一般”，做自由下落。事实上我们在西斯廷教堂墙上看到的是一组形象在瞬间的定格，但是观看者的想象力被激发起来了，想象出短暂的一系列的画面，定格画面之前与之后的景象都包含在其间。“他们现在似乎已经从一个世界到了另一个世界/随着岁月的流走”。这种下落看起来似乎是永无止尽的，将我们脑中填满了诅咒所带来的永久的痛苦与恐惧，这比任何对地狱折磨的描写都更深刻。

《亚伯拉罕营帐前的三个天使，拉斐尔于罗马教廷》（“On the Group of Three Angels before the Tent of Abraham，by Raffaelle，in the Vatican”）探索了另一种神秘。如果说米开朗基罗提出让一系列的感觉向无限的空间扩展，那么拉斐尔则创造了一种无限，注重自身三位一体的和谐统一，是与神的三位一体一样神秘的样式：

> 噢，现在我似乎体会到另一感觉，
> 来自天堂，我的灵魂已经了解：
> 我感到那让人愉悦的，已经完全在我的掌控之中的

优雅，和谐，自由和热烈。
你们这天上的诸神，体现了生命的
那微妙的神秘；那言词给予了
它自己以决心：精华结合了
不息的动作，达成了统一。
像生于温柔的旋风中的树叶，
我的眼，受制于这美妙的魔力，
转着圈，从一方看到另一方，
却似乎仍未意识到这运动的力量；
在不尽的变化中，从一处线条跃到另一处
浏览了无数的图形，却似乎只凝视着一处。

在《关于艺术的讲座》中，奥尔斯顿认为优雅是我们艺术统一性的经历，他将其得体性描述成了一种由重复所引发的狂喜。站在一幅巨画前面，“不需要肌肉的运动，也几乎没有动作的意识，静静地体验它所有和谐的变化”。我们终于回到了我们意象之旅的起点。“那时——‘仿佛感觉到我们都没有眼睛’——那种魔力整个都灌注到我们身上，在一种摄魂的狂喜之中证明了它的真理”。奥尔斯顿的目光“像一片树叶”一样总是围绕在拉斐尔画的线条周围“不停地运动”。而这“不停地运动”乍一听好像是但丁《地狱篇》(*Inferno*) 中第五诗章讲述的被罚入地狱的轮回，或是米开朗基罗注定的罪人的不断坠落。但是拉斐尔设计的和谐统一性征服了奥尔斯顿的灵魂，使其陷入了一种狂喜。他想起了《天堂篇》(*Paradiso*) 的结尾，在结尾但丁的欲望与理智因爱合为一体，撼动了太阳和其他星辰。“我感到那让人愉悦的，已经完全在我的掌控之中的，优雅，和谐，无限和热切。” 56

对于奥尔斯顿接下来所考虑的三个艺术家，他们的经历对观者来说就显得不那么震撼了。然而他们每个人都各自针对绘画的本质而提出了悖论。《派勒格里诺·蒂巴尔迪观赏埃俄罗斯之画，于波伦亚学院》(“On Seeing the Picture of Aeolus by Pellegrino Tibaldi, in the Institute at Bologna”) 称颂蒂巴尔迪为受米开朗基罗影响的真正继承人。

它是你的，诠释自然的神秘的叶子，
抓住与看不见的风之间的奇异的交谈，
看见它的灵魂，在物化的躯壳中，
在微风与旋风中，在飓风与暴风雨中，

看哪！顺从你的旨意，
高涨的愤怒改变了他们船尾的方向，无情的上帝。

更奇特的是这两首前后相继的十四行诗。《关于伦布兰特[1]：由他的画作雅各[2]之梦所引发的》 “On Rembrandt：Occasioned by his Picture of Jacob's Dream”）与伊尔特·德·格尔德（Aert de Gelder）的画作密切相关，目前认为他是伦布兰特一个学生。1811 年该画作为彼得·弗朗西斯·布尔茹瓦先生巨大收藏的代表作被赠予伦敦达尔维什画廊。很快，它就成了整个画廊中最受欢迎的画作之一。奥尔斯顿后来（1817 年）绘制了他自己的《雅各之梦》（“*Jacob's Dream*”）。但是他的油画高度紧凑，画上天使的唱诗班整齐地退后，飞升到他所说的“无边无际的空间”中去，这与德·格尔德画作的简单与朦胧在各个方面都大相径庭。一幅阴暗的油画展现了雅各正在安睡，而两个天使（一个在云端，一个正在下落）被耀眼的光环所笼罩。它构图非常简洁，并且很轻松地就将人间与天国结合到了一起。这使得奥尔斯顿回忆起了这个想法产生的年代，“当一切都超越了狭窄的思维的控制/似乎充盈着天国的旨意”，还有那些研究宇宙奥秘的伟大的科学家们仍然“带着崇敬聆听丑陋怪孩[3]的传说”。至此，奥尔斯顿的十四行诗是一种耳熟能详的浪漫主义对脱离感受力之前的岁月的哀悼。而接下来的部分则令人十分惊讶。

即使这样，你是所有奇异事物中最奇特的！
即使我向你梦幻的景象如此欢呼；
那，就如一个愚人天马行空的演讲，
57 没有勾勒出地球上一件事物的肖像。
没有什么重要的思想可用理性来衡量，
然而在他们偶尔可见的阴影中却绽放，
来自其他世界的思想与事件，
使灵魂变得饱满，让理智一声不响。

---

① Rembrandt（1606—1669），欧洲 17 世纪最伟大的画家之一，也是荷兰历史上最伟大的画家。——译注

② Jacob，希伯人来人族长，以撒之子，亚伯拉罕之孙，以色列人传统上以他为祖先，其事迹记载于《创世纪》。——译注

③ changeling，民间故事中被仙女偷换后留下的婴孩。—— 译注

德·格尔德画作色调的单一，作品明与暗的僵硬对比，与奥尔斯顿所崇尚的并在自己画作中加以模仿的意大利大师的明快色彩和光亮着釉形成了鲜明的对照。他对德·格尔德画作最初的反感，一方面很明显地表现在他那丑恶的比喻（说那画作就像一个傻瓜的的演说词）中，另一方面也是因为他坚持认为德·格尔德的画作不能够表现出意象和思想。但事实上，德·格尔德拒绝意象的这一做法能够使他“暗示出”普通的画家所无法表现的东西——“来自其他世界的思想与言语”。就像莎士比亚作品中的愚人一样，德·格尔德通过无条理性实现了超越，用惊讶这一手段击败了别人对他的批判。

感受过情感激荡的《雅各之梦》十四行诗过后，让我们转向另一首十四行诗《关于卢森堡美术馆》（“On the Luxembourg Gallery”），体会一下其中的深情的智慧，应该算是一种放松吧。在这首诗中，奥尔斯顿道出了鲁本斯画家之间所能给予的最高赞扬。这首十四行诗与前一首一样，都涉及判断与赞赏之间的冲突，但是这并不是卓越与理性的冲突，而是粗俗与暗自赞赏之间的矛盾。诗的前八行中，这种冲突表现在鲁本斯与观赏者之间的某个事件，鲁本斯“诱人的魅力”控制了“挣扎的凝视者”无力的意愿，直至他的理智被击溃。诗的后六行很大胆地将鲁本斯的画作比做暴风雨中的海洋，每一个汹涌澎湃的浪头越过高大的岩石，轰隆巨响，陆地似乎顷刻间就要被这洪流所淹没，但在最后一刻落潮将巨浪拉回了大海。

你无法无天的风格，从怯懦的体制中挣脱，
像波涛汹涌的大海一般翻腾，气势磅礴，
跃过边缘理性高耸的岩石
几近停止
然而，在汹涌奔腾，冲破界线之前
体验到衰退的落潮，这废物般的水被迫从岸边撤退。

大量的事实证明本杰明·韦斯特帮助比自己年少的艺术家而丝毫不带嫉妒之心，并且他对艺术的爱就源于艺术本身，他为这一系列的十四行诗画上了句号。

奥尔斯顿在1814年绘制的那幅著名的柯勒律治肖像现在悬挂在英国国家美术馆。它不仅代表了对他们友谊的一种赞颂，也是对奥尔斯顿这一段的生活的一个小结，在这期间，他的诗歌、绘画和理论齐头并进，互为灵感，并都取得了长足的进步。

但是奥尔斯顿的事业很快就被悲剧击垮了。1815年，他的妻子突然过世。 58

他悲痛得几乎发疯。他被“恐惧的想法”折磨着，并感到“恶魔般的诅咒”强行闯进他的头脑。柯勒律治从前曾有过类似的经历，因而能够在奥尔斯顿最受折磨的时候安慰他，并试图说服他，让他相信，只要意念不允许恶魔作怪，这些仅仅出现在头脑中的邪恶的想法就不会构成罪恶。

但奥尔斯顿的消沉仍挥之不去，这种情绪一直持续到九月一个暗淡的夜晚，那时他一个人走在伦敦的大街上，“大雾环绕着街灯，以至于每一个看起来都像一包巨大的棉花；空气令人很不舒服，我的灵魂甚至比外界的景色还要阴郁，我的心灵和我的头脑都沉甸甸的”。他最怕的是“自我的永久监禁”的骇人景象。他感到“如果能离开这个地牢，哪怕迎接他的是寒冷的、阴湿的肮脏的空气，那也将会是一种解脱”。突然连串的想法以诗句的形式闯入他的脑海，就好像“有个精灵真实地对我的灵魂耳语过”一般。

这些妙手偶得的诗句后来就成了奥尔斯顿的诗歌《救赎》（“The Atonement”）。诗中他宣称他已经彻底转变成了一个基督教三位一体的信奉者，相信耶稣的救赎力量，并且他在英国教堂接受了基督教的坚信礼[1]来表明这一信仰。《救赎》一诗中几处有明显的省略，其目的是为了建构一种隐私。（这首诗在奥尔斯顿在世时并没有发表。它和《季节的空气精灵》之后的诗歌一起发表在1850年出版的他的一部作品集中。）该诗反映了奥尔斯顿对曾经折磨他的恐怖思想的深深畏惧。如果那个被奥尔斯顿称做“永远清醒的我”的自我除了在“引领意志的思想”外，于别处并不存在；如果这些思想（包括一些亵渎神灵的想法）是永恒的，自我又如何能从它们中解脱出来？“在坟墓的边上，邪恶的想法可能会重现，并把他们自身拴在“自我与自我形成的有生命的链条上，／它捆绑了灵魂”。奥尔斯顿害怕他已丢掉的思想会苏醒，就像《失乐园》中的撒旦一样。（“但如果我能够忏悔并能得到宽恕/凭着我先前优雅的姿态：多久/将唤醒崇高的思想，多久会收回/虚构的归顺的誓言。”）撒旦拒绝考虑任何形式的悔悟，但在《救赎》中奥尔斯顿将这种强制性的趋势转向了救世主雄辩的必要性。他恳求耶稣介入，不要再去强行给头脑戴上枷锁。他承认他无法彻底地解释耶稣在十字架上的受难如何能去除人类的罪孽。“然而谁使得我去怀疑一个我所需要的真理呢?”传统基督教信仰所给予奥尔斯顿的平静曾一度将他从悲伤与负罪感的痛苦中解脱出来。他病愈后的第一幅重要画作——《把圣保罗从监狱释放出来的天使》（“The Angel Liberating St. Paul from Prison”）——可以被解读为他个人的象征，同时也表达了他的感
59 激之情。

---

[1] Conformation，在某些基督教会中，是一种增强受洗礼者信心的宗教仪式。——译注

虽然他仍继续作画并在英格兰成功地举办了画展，在那儿也引起了重要资助人的兴趣，并且传闻说他很有可能会成为英国皇家学院院长本杰明·韦斯特的接班人，但是他仍然决定回到美国。他的朋友告诫他，这个决定将意味着他以后不可能再以历史与宗教为主题作画了。尽管如此，他依旧于1818年启航回到了波士顿，随身只带着一幅他已开始绘制的巨幅油画卷。《伯沙撒的盛宴》对任何持有挑剔的审美标准的画家来说可能都是一个危险的主题，它有一种自我批判的倾向，也能看出拖沓的习惯。这个故事被人广泛地引用，艾米莉·狄金森后来就讲述过这个故事：

伯沙撒有一封信——
他只有这么一封信——
和伯沙撒通信的人
下了结论
在那不朽的手抄本中
我们所有人的良知
无须戴眼镜，就可以
在《启示录》的墙上阅读——

但是，奥尔斯顿于1820年9月向他的少数朋友为这副巨画（16英尺×20英尺）揭幕的时候，这幅画已接近完工了。吉尔伯特·斯图亚特（Gilbert Stuart）——一个肖像画家对这幅画的透视法作了一些批评，奥尔斯顿也同意他的观点，觉得这个错误是需要修正的。

接下来发生的是美国文化史上最奇特和最悲哀的传说，奥尔斯顿几乎是马上就着手开始对“伯沙撒”进行修改。他入神地工作几个月，拒绝任何其他的工作，他甚至接受了一笔高达1万美元的捐赠。这笔捐赠由在波士顿富有的艺术爱好者筹集，以便他在创作这幅伟大作品时得以从债务和经济忧虑中解脱出来。然后，曾经有一段时间这幅巨画被卷起，放在他的工作室里几年未动。即使是他的第二次婚姻过后（他的第二任妻子玛撒，诗人理查德·戴纳的妹妹），为了一个条件更好的画室，他搬迁到剑桥港，仍然不能忍受别人提及这幅画。每当有人拜访他的画室的时候，他总是把这幅画蒙起来。他的一个传记作家写道，“他不停地吸烟，变得焦虑，担惊受怕，怕他的杰作的水准与他的鼎鼎大名不相称”，然而他又不能放弃它。他最后于1843年去世，在去世之前还在这幅画上工作了近7个小时。

在他的葬礼过后，他的几个朋友和亲人一起进了他的工作室。在那里，

《伯沙撒的盛宴》仍立在幕布之后，他们感觉就好像是要揭开一本神圣的预言 60 书上的封印一般。小理查德·亨利·戴纳[①]后来回忆说他几乎很难让自己去扭动工作室门上的钥匙。“我的心头有一种敬畏，就好像我将进入一个既神圣又神秘的地方。”他们已经努力准备好看到最糟糕的结果，但他们仍然为自己的所见而震惊了。“展现在我们面前的是一幅巨大的油画，——但看不清楚，尘土和粉笔所画的记号和线条使整个画面非常地模糊。人们的目光在巨画上扫视，寻找那些重要人物。先知丹尼尔笔直地站着。王后也在那儿。但是，丹尼尔目光锁住的地方本应该是国王所在的位置，现在却是一件寿衣，一件着了浓彩的外衣，损伤了整幅画的美感。”他们静静地伫立了一会儿，后来年长的戴纳说：“这是他的寿衣。”奥尔斯顿的遗嘱执行人后来雇了一位修补匠，把那层遮住了国王的厚厚的颜料去除了。因此现在挂在底特律美术博物馆的这幅画就没有1843年呈现在戴纳面前的那件巨大的黑色寿衣了。虽然画作的主要人物并不齐全，但至少还能辨认出来。但这幅画还经受了一系列没完没了的修改和透视角度与比例的变换，这似乎也证实了戴纳的观点，工作室已变成一个奥尔斯顿忍受折磨的地方。“他在这儿所忍受的极端的痛苦无法用言语来表述！”

奥尔斯顿的《关于艺术的讲座》带有一种美丽的宁静。他曾经向他的一小部分朋友大声朗读过它，但是从来没有公开发表过。这一害怕失败的想法使他更加痛苦。他所期望取得的成就可以从他为“高贵的托斯卡纳人”所写的优美诗句中体现出来。他在罗马时曾带着极度的崇敬研究过他们的作品。米开朗基罗对“人类所不见、地球所未知的形式”的描绘，使奥尔斯顿成了一个真正的预言家——不仅他自己是预言家，而且也激发了其他人的想象力：“所以，通过伊丽莎的信仰，希伯来的年轻人/看那薄薄的淡蓝空气中长出了燃烧的凯旋车。”

理查德·亨利·戴纳[②]（1787—1879）是奥尔斯顿的朋友同时也是他的妹夫。他作诗的天分与奥尔斯顿相差甚远，但正因为如此，他的诗作对研究英国浪漫主义传统在到达美洲以后是如何变化的显得更有帮助。戴纳经常以一种怪诞而又发人深省的方式去曲解他所读到的作品。戴纳生于剑桥[③]，在他年幼时搬去了罗得岛州纽波特市并一直在那儿居住直至他进入哈佛大学。1807

① Richard Henry Dana, Jr.（1815—1882），美国作家、律师，著有《航海两年》。——译注

② Richard Henry Dana, Sr.（1707—1879），美国诗人、编辑、批评家，《北美评论》（1815）的创办人之一。——译注

③ 美国城市，哈佛大学所在地。——译注

年离开大学后，他又花了两年学习拉丁文和文学，然后搬至巴尔的摩，并在 R. G. 哈珀将军的办公室学习法律。此后他回到剑桥开了一家律师事务所，他甚至成了州议会成员。但最终还是放弃了他的事务所和政治生涯，潜心于文学创作。他开始为新创刊的《北美评论》（*North American Review*）写文章（在文章里他提出，华兹华斯和柯勒律治将会比约翰逊和蒲柏更受青睐，这样的观点很让读者震惊），同时他也为新英格兰和纽约的许多期刊写作诗歌。 61

1821 年，虽然《北美评论》的主编职位空缺，但他却未得到这个职位，失望和气愤之余，戴纳创办了他那短命的期刊——《闲人》（*The Idle Man*）。1827 年，他所写的诗歌被收集并发表在一本名为《海盗和其他的诗》（*The Buccaneer and Other Poems*）的书中；随后，1833 年，他的新书《诗歌与散文创作》（Poems and Prose Writings）又被出版，其中包括了他的一些新诗以及他用来填补期刊空白所写的一些短篇故事和散文。他最长的诗名为《海盗》（The Buccaneer），这是一首血腥和浪漫并存的诗，曾一度极受推崇，一位英国评论家称其为“美国诗歌中最强有力和最具原创性的作品”。但现在看来，它却是一种怪异的混合：三分之一的柯勒律治（《古舟子咏》［*The Rime and the Ancient Mariner*］），三分之一的克拉布（《彼得·格赖姆斯的传说》“*The tale of Peter Grimes*”）和三分之一的拜伦（《海盗船》*The Corsair*）。诗的主人公是一个海盗，却有着一个极不相称的华兹华斯式的名字——马休·李，他在大西洋的两岸烧杀掠夺，直到一匹精神之马（李从其船上赶入海中的一匹西班牙战马的鬼魂）将他带入永恒的痛苦折磨之中。诗中有一些难忘的意象，大部分出现在描绘大海的章节中。诗中也有一些意想不到的滑稽情节：例如李突然决定从海盗转行为商人，很明显，在他的眼中，这两种职业不存在太大差别。但是总体上这个有关屠杀及蓄意强暴的传奇主要致力于展现新英格兰[1]想象中黑暗的一面，那种隐性的暴力倾向和深深的负罪感使戴纳觉得诚惶诚恐。

幸运的是，在多数诗歌里，戴纳的情绪都比较稳定，这深受华兹华斯的影响。他通常引用两三段华兹华斯的名言警句来装点自己的诗歌和文章。我们可以从戴纳的诗句中看到华兹华斯无韵诗的影子。戴纳的《家庭生活》（“Domestic Life”）中有几页就是以华兹华斯所描述的童年生活为基础进行创作的。在那篇文章中，有一处戴纳引用了华兹华斯那句“幼年时天堂在我们的周围”来提醒读者：儿童是如何以不同的方式来体验时间的。

---

① 美国城市，哈佛大学所在地。——译注

我们这些饱足无忧、思想麻木的人早已忘了，当孩子们躺在那儿看起来慵懒沉闷的时候，他们却在感受着一切，他们张开身体，陶醉于在我们看来再平凡不过的阳光和空气中，他们的耳朵注意着每一种声音，他们匮倦的眼睛捕捉到每一个浮光掠影；对于他们来说，每一件小事都值得他们学习，而这周围的世界就是他们最好的学校。

纯粹的快乐在戴纳的诗中很少见。他不断地回忆起《丁登寺》（“Tintern Abbey”）和《不朽颂》（Immortality Ode）是为了证实他的所失，而不是为了
62 证明华兹华斯曾经告诉过我们的——“丰富的赔偿”。在一首题为《家的变化》（“The Changes of Home”）的长诗中，他描述了一次旅行，而所游历的山谷正是他的出生之地。但他发现那儿所剩下的只是人的堕落和自然的美，而自然美与“呆滞的、静止的思想荒漠”之间形成的对比则让他痛苦不已。只有当他记起年轻时的快乐时光，那些全神贯注于爱情的日子，那些“奇怪而令人愉悦的争吵”和那些“使思想变的活跃的美丽的梦幻”时，这首诗才使人们觉得不那么伤感。但爱会有所失，失则导致疯狂。戴纳的妻子鲁思于1822年逝世，他就像奥尔斯顿在失去第一个妻子安时一样悲痛。后来他的儿子认为自己读过的任何“未及疯狂的哀痛”都无法与其相比。在《家的变化》中，这种痛苦表现在两个人物身上：青年时代失去至爱的诗人，他伤痛之极（“令人麻木的伤痛和恐惧充满了我的胸腔：/黑暗的死亡，淡淡的悲伤，模糊的恐怖）；一个疯女人，强忍着爱人葬身海底的悲痛游荡于山野之中：“那是一种更深刻、更具毁灭性的悲伤，/让你感到春天的花朵中竟然隐匿着死亡——/花朵在太阳下亭亭玉立，却被一片奇怪的黑暗围绕着。”和这种“恐怖的生之毁灭”相比，死亡竟然变成一种怜悯。静静的山谷变成了一座坟墓，而回忆也淡化为告别之语：“我曾走过这些旧时熟知的地方，/而现在它们却像墓穴般萦绕着我。”一位老人邀请他再次搬到这个山谷居住，但诗人回绝了他的邀请，决定再一次离开山谷去海边，诗歌到这里结束。

在另一首题为《灵魂之思》（“Thoughts on the Soul”）的诗中，戴纳更加沉溺于奥尔斯顿的《补偿》（“The Atonement”）。华兹华斯和柯勒律治认为，有些思想具有一种洞悉宇宙的力量，对此，他们大为赞赏。但从戴纳的言语来看，他认为思想就像斯维登堡①所定义的天堂或地狱中的某个精灵，不断生

① Swedenborg（1688—1772），原名斯维堡，瑞典科学家、基督教神秘主义者、哲学家和神学家，将《圣经》解释为上帝直接的圣言。他死后不久，其忠实信徒创立斯维登堡学会，致力于研究他的思想。这些学会形成新耶路撒冷教会（亦称新教会）的核心，亦称斯维登堡派。——译注

产出它所感知的现实。这种生产能力是灵魂天生所固有的，它不能回忆，“它必须创造”。如果灵魂开心，整个世界会像湖水一样折射出快乐；如果不开心，灵魂就会发现它被自己创造的地狱包围：“一切皆如此，/恰如你害怕自我，恰如一个人害怕永恒。”一些人认为死可以终结这种过程，他们认为死可以收回灵魂来慰藉人的整体（Whole），戴纳对此嗤之以鼻。死只会使那些被普通生活隐藏的热情更加平庸化：“让占据你的欲望绽放生命，/像一场猛烈的森林之火熊熊燃烧。/而后，就像一片火海，喘息、咆哮、毁灭，更加卷起他波浪最深层的力量，而后闪烁。更加被一场狂暴的灾难包围，好似它自身的不幸。”从这种内心地狱解脱的唯一办法是耶稣的拯救力：“谦卑地来吧，他会帮助你。”戴纳与奥尔斯顿曾经一样迫切地需要救赎者，这种需要引导他得出一样的结论。英格兰公理会中的一场争议曾经把唯一神教徒从三位一体 *63*
教徒中分离出来，在这场争议中，戴纳坚决支持三位一体教派。最终，他加入了圣公会。

然而，戴纳抨击超验主义，但他没意识到自己与超验主义者有很多相同之处。《灵魂之思》主张对基督的虔诚顺从，但其结尾却异乎寻常，戴纳开始深思如果能和上帝一样永恒，能让自己的思想成为永恒，那会是怎样的一番景象。他发现自己处于一种近乎亵渎的思想中：“我，就像上帝一样，将会永远**存在**。”他以一段对人类的呼吁结束了诗篇，其狂喜程度不亚于爱默生《论自然》（*Nature*，1836）中关于奥菲斯神话①的结尾：

伟大造物承继光明，
破土而出抚育生灵，
圣山之上，玉座辉煌，
遥远星辰，闪耀光芒，
俯视！圣山之下亦显晶莹。

《灵魂之思》试图表现顺从，结束于对力量的馋涎；始于恐惧，却以赞美人类的崇高结束。

① 这是一个古老而又美丽的希腊传说。在古希腊有一个叫奥菲斯的人，他最爱的妻子离他而去了，他非常伤心，于是就把他的伤心编在音乐里到处弹给别人听。上帝为他的真情所动容，决定再给他妻子一次生存的机会。可上帝的条件是奥菲斯的妻子没出地狱前他不可以回头看，但奥菲斯违背了诺言，他妻子无法超生。奥菲斯后悔莫及，从此他便在天上播撒着悲伤的音乐来纪念最爱。——译注

异性爱情的圆满结局是美国诗歌中罕见的主题，而只有当戴纳处理这类主题时，他的风格才称得上近乎雄辩。他的妻子在他们结婚9年后就去世了，之后戴纳一直单身，直至92岁去世。在《家的变化》一诗中，他对爱情的回忆成为他仅存的幸福时刻，正如他曾经断言的那样，只有那些处在真爱中的人才真正活着："当一种内在的、温柔的感觉/笼罩着我们的时候；当我们从中感受到/无以言表的愉悦思想并向世俗世界抛下神圣的光明之际，/我们才能体会到生命的真谛。"即使《夫妻之墓》（"The Husband and Wife's Grave"）之类充满感伤的诗也颂扬着感情的和睦，因为他将坟墓的寂静比做婚床上欢愉的宁静，"你曾经在那里快乐地安睡/无声却意味深长，当心灵/与心灵对话时，你神秘的身体/与心跳的节拍相和，每一次敏感的心跳/都温柔地触动着爱的音符。"戴纳想象着天堂里的这对夫妇融入到彼此之中（像密尔顿的天使那样），享受着"一切感觉和弥漫的思想，/以及感觉和思想的交融"。如此强烈地感受生命，"就像两个人拥有同样的意识，/看似两分，却合二为一"。对于戴纳来说，这是一个谜，他从思索及期望这个谜的过程中汲取欢乐。"这就是爱，这就是生命！"——这种信念使他不同寻常地延续了一种文学传统，其中最令人兴奋的交流发生在我与自我之间。

如果说奥尔斯顿通过研究欧洲艺术品为想象中的情欲找到了一条通道，
64 那么来自波士顿地区的另外一名诗人——玛丽亚·高恩·布鲁克斯（Maria Gowen Brooks，1794—1845）则在两个不太可能的地方找到了情欲的快感——一个是古巴的咖啡种植园，另一个是达特茅斯学院①图书馆。布鲁克斯出生在马萨诸塞州麦德福德，其父是当地一位富有的铁匠。她父亲的朋友中有位哈佛的教授，他鼓励布鲁克斯要热爱学习。布鲁克斯9岁时已能背诵出密尔顿的《科马斯》（*Comus*）和爱迪生（Addison）的《加图》（*Cato*）中的篇章。1809年，她父亲生意失败，死于破产，这位乡村少女的快乐生活突然结束了。她年仅14岁就有了婚约，对方是她已故姐姐的丈夫——一位年龄几乎是他三倍的波士顿商人。他供她读书，布鲁克斯不到16岁时就和他结了婚。她为他生了两个儿子。（至于她对自己这段早年的婚姻有何看法，可以从她的长篇叙事诗《犹菲勒》（*Zophiël*）的注脚中猜测一二。在注脚中，她提及斯巴达人禁止妇女20岁前结婚，并且认为正是由于这样的政策他们才有了"民族的力量与美的形体"。）生意上的亏损不仅促使她的丈夫返回缅因州的波特兰，也使他们不曾幸福的婚姻变得更加惨淡。她被迫与波士顿地区的文化生活隔离开

① 该学院成立于1769年，它是美国第9所历史最悠久的学院，也是闻名遐迩的常青藤学院之一，座落于新罕布什尔州的汉诺威小镇。——译注

来，而且又不得不与她那随着财产的减少而脾气变得更坏的丈夫待在一起，于是她便通过作诗来缓解孤独、表达愤懑。19 岁时，她写出了第一部诗体浪漫传奇，这是一部包含七个诗章的诗歌，但它从未被发表也并未流传下来。1820 年，当布鲁克斯 26 岁时，她收集了自己的部分诗作，辑成一部诗集：《一位艺术爱好者所作的〈朱迪思〉、〈以斯帖〉及其他》（*Judith*, *Esther*, *and Other Poems*, *by a Lover of the Arts*）。从布鲁克斯的成熟诗作可以看出，她对《圣经》中的女性人物很感兴趣，而无论是刚毅勇敢还是温柔顺从，她们都可以将男性制服。据《圣经》记载，朱迪思[①]在帐中砍下了喝醉的荷罗孚尼的头颅，布鲁克斯对这个场景进行了描述，字里行间流露着喜悦之情：

> 鲜血奔流时她迎面一击，
> 面容抽搐后他身体分离，
> 擦拭过后玉臂上热血全无，
> 稍作停歇她带走高贵头颅。
> ……
> 朱迪思的声音划破夜空：
> “降落吧，哦看啊，快来赞美这伟大的神圣！
> 有她相助，哭泣的朱迪亚必会马到成功！
> 升起啊！升起！敌人面前你百战百胜！”

布鲁克斯的丈夫于 1823 年去世，她从缅因州的放逐生活中解脱出来，舅舅邀请她去古巴的咖啡园一起生活。在她为 19 世纪 40 年代出版的自传体小说《爱的门》（*Idomen*）一书所作的序言中，布鲁克斯回忆到，这突来的转变就像“一个陌生人，刚从北方的冰天雪地来到古巴海岸附近的广场，即使他缺乏感性，也会为这里的温暖和芬芳而沉醉”。与华莱士·史蒂文斯（Wallace 65
Stevens）在佛罗里达时一样，布鲁克斯突然发觉她置身于乐园之中，尽管新英格兰人认为这一乐园早已随着亚当被放逐而消失了。在那个咖啡种植园里一个爬满葡萄藤的避暑别墅里，她完成了《犹菲勒》的第一章。《犹菲勒》是一部模仿罗伯特·骚塞（Robert Southey）的《克哈马的诅咒》（*Curse of Kehama*）或者《破坏者萨拉巴》（*Thalaba the Destroyer*）风格的长篇神话史诗，

① 《圣经旧约》中的女英雄，她杀死了侵略军的将领荷罗孚尼，拯救了全族的人民。——译注

它于1825年在波士顿出版发行。时隔不久，富有的舅舅过世，布鲁克斯继承了田产。而后她回到了美国，住在儿子读书的达特茅斯附近。她充分运用达特茅斯学院图书馆来获取古代世界历史与宗教研究的知识。如果说古巴唤醒了她的激情，那么达特茅斯则鼓励她大胆地进行思考。她在这里完成了对《犹菲勒》一诗的注释，注释中尽显其渊博的知识。这些注脚涉及宗教卖淫和异端学说等主题，它们无声地昭示着布鲁克斯对于思想自由的向往，而在当时的妇女中，这种想法并不多见。同在她之后出现的一位更加知名的诗人一样，布鲁克斯经常一袭白衣，不过她在金色的头发上插了一朵鲜花，这使她的衣着更显风采。1831年，她游历了伦敦和湖区并遇到了罗伯特·骚塞，骚塞很欣赏她并帮她出版了完整的六章版《犹菲勒》。

《犹菲勒》，或《七人之妻》（*The Bride of Seven*）的情节来自于伪托比书[①]。故事中一个名为阿斯蒙蒂斯的魔鬼仰慕女主人公，他出于嫉妒，在女子新婚之夜害死了她的丈夫，为此，这个女子一共失去了七个丈夫。后来一位年轻人听从天使长拉斐尔的建议，在新婚房中焚烧一条鱼的心和肝，从而将这个魔鬼驱逐，而拯救了这名女子。在一段叙事诗中，阿斯蒙蒂斯戍了布鲁克斯的犹菲勒（这个名字源于密尔顿诗中一名堕落的天使）。这篇巴洛克风格的长诗结构复杂，布鲁克斯对一系列的事情作出了评论，从战场强暴到这个普通天使的做事动机。（她对天使说："在反抗的漩涡中，他和其他天使一样加入了光荣的行列。"）

这首诗给人带来的震撼部分地源自她对情欲坦白而直接的描写。骚塞曾提醒作者，诗中的某些地方需要"冷静"处理，而凯瑟琳·鲍尔斯[②]小姐在收到骚塞寄来的一份抄本之后，问道："如果你已经实施了这个冷冻的过程，天啊，那么之前它是在多少度的高温之下？"《犹菲勒》也因对重述了《失乐园》的异端故事而让人震惊不已。虽然《犹菲勒》并未涉及亚当和上帝之间的关系，但它与密尔顿的那部史诗很类似，只不过它呈现了一个夏娃和恶魔的故事而已。布鲁克斯在她的乞灵[③]中明显地表现出这种挑战倾向："精灵，盘旋于幼发拉底河之上/当人类第一位美丽的母亲/在第一束光下睁开她温和
66 的双眼时，/第一次在清澈的涟漪中看见自己美丽的脸庞时……"在《失乐园》第四卷中，密尔顿笔下的夏娃在池塘里"不真实的天空"中看到了自己的脸庞，而布鲁克斯则在"清澈的涟漪"中看到了自己的脸庞；而且，当布

① 罗马教廷认定的一本旧约圣书。——译注

② Catherine Bowles（1786—1854），骚塞的第二任妻子。——译注

③ 乞灵的行动或事例，尤指祈求一种更高的力量给予帮助。——译注

鲁克斯对人类起源娓娓道来时，她并没有提到亚当和上帝。她与密尔顿的争辩贯穿于诗的始终，在诗的开篇，犹菲勒从“悲切之歌”唱到了“壮志之曲”，夏娃是作为人类野心的受害者而列于那些天使之后的：“灼灼火焰穿过了她的血脉，/这美丽的人类之祖第一次呼吸到你的气息。”这种判断非常的密尔顿化。但布鲁克斯继续把夏娃塑造成所有踌躇满志的艺术家和发明家的祖先。密尔顿将夏娃比做潘多拉，而布鲁克斯认为夏娃和普罗米修斯更相似，因为没有她，“火焰不会升起，歌声不会延续；/美玉，矿石、呼吸的大理石，/还有铅笔的颜色都会沉睡”。

布鲁克斯的创造力永远是惊人的，她的叙事诗生动活泼，每个诗章后的注释都展现了她令人惊叹的学识。有时她会辛辣一些，她用柏拉图《斐德罗篇》（*Phaedrus*）中的阿里斯托芬神话解释婚姻中的不幸，她惊人地预测并暗示了梅尔维尔（Melville）《欢乐宴会之后》（“After the Pleasure Party”）的问世；但是更多的时候，我们可以感觉到，布鲁克斯是满心欢娱而富有好奇心的。她的感观描写细致入微，她的注脚内容翔实丰富，整首诗透着诗人的自信。在第五章，她用一小节描述了那些被带到米利塔神庙①参加宗教卖淫的年轻叙利亚妇女的各种情感。有一个注脚，并没有用恐惧的口吻贬低这种做法，只是平静地提供给我们更多的关于希罗多德②的信息，并且“完整而幽默地叙述”了一个和《安忒诺尔的海上之旅》（“Les Voyages d'Antenor”）③同样的主题。

这种学术性的注脚有着悠久的历史，到了布鲁克斯时代，它已经实现了在表达颠覆意图时的细微差别。在18世纪，一些德国学者在给《圣经》做注时注意到，犹太人的叙事作品和宗教仪式与周围民族之间有某些相似之处。他们的本意可能在于解释《圣经》中不明确的地方，但这样一来，他们就减弱了对《圣经》经文独特性的正统信仰，将神圣的经文降级为（其中有一个学者观察到）东方文学的范本。想象力丰富的作家们并没有花费太长的时间去探索这种新的混合文类（带有学术性注脚的东方诗歌）。骚塞于1801年创作了史诗《破坏者萨拉巴》（*Thalaba the Destroyer*），其中，故事本身充满了神话般的想象，而其令人怀疑的注脚却揭穿了这种想象。这些注脚颠覆了文

① 朝圣丰饶和生育女神米利塔（Mylitta）的神庙。——译注

② Herodetus（公元前484—前425），伟大的古希腊历史学家，被称为“历史之父”，著有《历史》等。——译注

③ E.-F. 兰蒂儿（Lantier）的译著，该书是根据在赫尔库拉涅乌姆（Herculanum）发现的希腊文手抄本翻译的。——译注

本，却取悦了读者。读者被视为一个思想进步者，他发现所有原始民族的那些迷信刺激着想象力但却与理性相悖。像《破坏者萨拉巴》一样，加了注脚
67 的东方故事（《犹菲勒》属于这种文类）意在创造刺激效果和满足感。布鲁克斯作品中的注脚发挥的作用远胜于骚塞作品中的注脚。她经常运用注脚展示古巴与古代近东的相似之处，或者通过比较西班牙文化和野蛮的新英格兰习俗来突显西班牙文化的高雅。她提到，《圣经》中的名字用英语说起来非常难听，然而用希伯来语和西班牙语说起来却很悦耳。（她的朋友们记得她总是用标准的西班牙语发“古巴”这个词。）

《应一位女士之邀描述她的感情》（“Composed at the Request of a Lady, and Descriptive of Her Feelings”）是布鲁克斯最好的抒情诗之一，它带有一个不祥的副标题《她回北方后不久就去世了》（“She Returned to the North, and Died Soon After”）。这首诗歌讲述的是一位北方女士看到“故乡的雪”时表现出的忧伤。在她古巴的种植园里，处处赏心悦目，缕缕清风满载着香气和乐曲。岛上的女人眼睛黑亮，鲜红的石榴花在她“乌黑发亮的头发”上燃烧；夜晚，牧骡人回家途中哼着“轻快的塞吉迪亚舞曲”，重复着情人的名字。一丛柑橘树上挂满了开花的葡萄藤，听起来像所罗门之歌中的花园。

> 柑橘树开花结果，
> 　　石榴树叶茂枝舒，
> 那挂满凉亭上头的一朵一朵，
> 　　恰似布满泰雅族织布机上的流苏。

布鲁克斯笔下的种植园是美丽的，然而，它也有令人生畏的一面。当时盛行于古巴的热带病夺走了她一个儿子和一个继子的性命。而后在1845年，她自己也死于这种疾病。在她逝世时，她在美国文学史上已经占据了一席之地。约翰·昆西·亚当斯很喜欢她的诗歌，鲁弗斯·格里斯沃尔德在他的《美国女诗人》（*Female Poets of America*，1856）中花了大量的篇幅来评论她的诗歌。在这本书中，鲁弗斯评论道：“很多女作家都通过作品阐释和证明了女性的才智和地位，但很少有人能出玛丽亚·德尔·奥西坦德（布鲁克斯的笔名，据说是骚塞所赐）之右。”

那些出生于纽约或被纽约所吸引的诗人们远不像同时期的新英格兰诗人那样抑郁。布鲁克斯是个外来客，她热衷于声色描写，而纽约诗人则对叙事作品和乐曲更感兴趣。约瑟夫·罗德曼·德雷克所作的诗《布朗克斯》

(*Bronx*) 中提及的河流可能是指任何一条浪漫的河流(尽管现代读者很难用“浪漫的”这个词来形容“布朗克斯”,那时这里仍然是一片田园景象),即使在德雷克的长篇幻想诗歌《负罪仙女》的开头,他也几乎没有描写河流流淌的场景(西点附近的哈德逊河),而只用了一些句子来命名附近的一座山:“月亮照着一位老人,/使他浓密的胸毛变得发软。”德雷克从苏格兰寄给哈勒克一封喜剧般的诗体信,从这封信中我们不难看出,当德雷克态度认真时,他能够将事物描绘得极其逼真。但通常来说,他的严肃诗歌不过是行文流畅,而不具纪念价值。 68

哈勒克最好的描述性诗歌通常混有讽刺或者滑稽的元素,而如何处理这种混合手法决定了诗歌是深奥微妙的还是令人恼怒的。埃德加·爱伦·坡总是追求美学感受的纯净,讨厌这些含有混合风格的诗歌。在一篇发表在1836年《南方文学信使》(*Southern Literary Messenger*)上的关于哈勒克诗歌的评论中,坡认为任何将“低俗的荒诞剧与完美”相联系的尝试都会产生一种“不协调”和“亵渎”的效果。但在一首题为《安尼克城堡》(“Alnwick Castle”)的诗中,不协调和亵渎却是诗的主题。哈勒克写这首诗之前拜访过珀西家族的老宅子,希望看到他想象中的城堡。他一见到城堡就感觉到,这正是他要找的地方:

> 它与小山相依,
> 目睹着英格兰的郁郁葱葱,
> 它与小河相栖,
> 耳闻着淙淙流水的来去匆匆,
> 依然是这样的安静甜美,
> 依然是夜色下的青山绿水,
> 一千年前的夏日里,
> 山间的微风泛起,
> 勇敢的豪特斯英姿迷人,
> 新娘凯瑟琳小鸟依人。

令他懊恼的是,不久他便发现,一些原来的英格兰贵族家庭摇身一变成了商人或者债务人:

> 斯坦福大人挖煤采盐,
> 诺福克公爵卖酒赚钱,

> 道格拉斯贩红鲱鱼；
> 贵族的称号和文化之地，
> 宫殿和公园还有封侯之地，
> 在罗斯恰尔德和巴林手中，
> 消失得没有剩余。

安尼克城堡完全变样，只有一个曲意逢迎的仆人在那里，为了“16便士的银币”鞠躬迎客。

哈勒克在两首以美国为主题的冥想诗中运用了同样的混杂性语调。一首是《红衫》（“Red Jacket”），这首诗的创作灵感源于一幅现代油画。另一首
69 为《康涅狄格》（“Connecticut”），他至死也未能完成这部作品。在这些诗歌中，严肃与讽刺的交织使文本达到令人惊奇的复杂。红衫是塔斯卡洛拉族一位有名的酋长，是画家本杰明·韦尔笔下的一位被浪漫化了的主题人物。在韦尔肖像画展览会开幕之际，哈勒克对美国作家和艺术家进行了一番评述，他认为美国作家和艺术家有一种创作倾向，那就是，将印第安人刻画成极其高贵的野蛮人：“与地球上最初的国王一样高，一样魁梧，一样强壮。”白人们希望祖先们都具有“英雄气概”，所以便对红衫的形象进行了艺术处理，哈勒克可以想到真正的红衫对这种处理持有怎样的态度。实际上，红衫是一位勇于进取的勇士，他极度憎恨“传教士和凉水”，因为正是这些白人盗取了他们的土地。

在《康涅狄格》中，哈勒克对本州记载的传奇和历史也采取了一种类似的历史怀疑主义态度。诗的开始部分热烈地歌颂了康涅狄格光荣的历史及其远近闻名的倔强居民。在康涅狄格这片土地上，“没有人下跪，除非他们向天祈祷，即便是祈祷，他们也只以自己的方式下跪”。然而，当哈勒克将注意力转向新英格兰最有名的历史学家的著作时，诗歌的语调有所变化。起初，他认为科顿·马瑟①是那种纯真而浪漫的寓言作家，“他把林中的梦编织成离奇的散文，而我们的祖先成了他的主人公”。但马瑟所作的《基督在北美的辉煌》（*Magnalia*）中记载了一系列残暴的历史片段，这似乎是在为清教徒赢得一个“屠夫”的名声：

---

① Cotton Mather（1663—1728），新英格兰清教徒、神学家，他创办了耶鲁大学，并努力推广疫苗接种以预防天花。同时，他还是一位作家，著有《为善散文集》等书。——译注

加利利[1]的希律王[2]屠婴无数，
惨绝人寰，令世人羞愧不尽，
天空下受害者血流如注，
罄竹难书，拉马斯难抑呻吟。

如果那些清教徒——那些信念的忠实拥护者，那些个人自由主义的残暴的捍卫者——如马瑟所说的任意屠杀印第安人的话，我们又怎么能向他们表示敬意呢？但如果他们是残酷的屠夫，为什么他们建立起来的城邦看似那么满含欢乐又富有正义呢？在这一点上这首诗便一分为二，哈勒克尝试（很奇怪地）贬低马瑟关于征服的记载，认为它是“一场雨水和冰雹肆虐的与生俱来的梦”，就像密尔顿关于离婚的小册子上的坏脾气和但丁的肆意发泄一样。通过否定所描述的历史事件的现实性来总结历史阅读是一种极端的策略，但哈勒克采纳了这种策略，因为他促使我们原谅这些朝圣者：“忘记了他们故事中的残忍和错误，/忘记了他们故事中的叙述者，或者相信/他的故事不过是吟游诗人的民歌。”康涅狄格的美丽给人一种愉悦之感：“这不是滕蓓谷[3]或者阿卡狄亚[4]的春天，/也不是中国山谷的夏天。”但是，这里的严寒酷暑带来了健康，并且“在秋日里，/地球上没有比这更清爽宜人的气候了”。 70

威廉·卡伦·布莱恩特（William Cullen Bryant，1795—1878）和菲茨-格林·哈勒克一样，都是从新英格兰来到纽约并在那里长期从事写作。在纽约，他远近闻名；到去世之时，他被认为是美国最重要的文学人物之一。当查尔斯·狄更斯于1842年访问纽约时，他向布莱恩特发送请柬约他共进早餐：“我家里有一本经常翻看的书，已经磨损到后面的封页只能看清一个镀金的字母‘B’和隐约能辨认出的字母‘y’了。我发自内心地欣赏它优美的内容。”许多年之后，当布莱恩特从韦拉克鲁斯[5]旅行至墨西哥城时（冒着那时乘坐公共马车会被土匪打劫的危险），他出席了一次由高层政府官员、最高法

① Galilee，属以色列北方的地区，土地肥沃，气候温和，环境优美。在旧约时代，加利利不算一处重要的地方，但到了新约时代，则是犹太人的一处主要聚居之地。——译注

② Herod，公元前40年至公元4年统治加利利和犹太的君主，他曾想杀害幼年耶稣。——译注

③ Tempe，古希腊提萨里（Thessaly）的溪谷。——译注

④ Arcadia，古希腊的一个区域，位于伯罗奔尼撒，其居民与其他著名文明世界相对隔绝，以过着简朴和田园式的生活著称。——译注

⑤ Vara Cruz，位于墨西哥东南沿海坎佩切湾的西南岸的城市，它濒临墨西哥湾的西南侧，是墨西哥东岸的最大港口，素有墨西哥的东方门户之美称。——译注

院法官和文人参加的招待会，并在会上受到嘉奖。总统胡阿雷斯（Benito Juárez）于第二天接见了他，并派军队护送他们一行人返回韦拉克鲁斯。布莱恩特终生热爱西班牙文学并一直致力于西班牙文学作品的翻译。《塞万提斯》（"Cervantes"）是他平生的最后一首诗，该诗是为纪念塞万提斯诞辰日所作的。除了《伊利亚特》（*Iliad*）（1870）和《奥德赛》（*Odyssey*）（1871）以外，他还译过普罗旺斯语、西班牙语和德语的诗歌。他是个精力充沛的漫步者，也是位频频冒险的旅行家。1845 年，他乘坐一艘由印第安人掌舵的桦树皮小船沿河流行驶数里至苏圣玛丽①。1853 年，他骑着骆驼从开罗附近的一个小村庄出发，经过 20 天的跋涉到达耶路撒冷。

他出生于马萨诸塞州西部一个叫卡明顿的小村庄，这个村子座落于威斯特菲尔德河沿岸（该河是康涅狄格河的一条支流）。他的母亲教他读《圣经》，让他背诵瓦茨的圣歌和那些写给小孩的道德诗。他的父亲是一位医生，会拉小提琴，而且很崇拜亚历山大·蒲柏，布莱恩特的父亲有时会以比较特别的方式将一些城市化的元素带到他的乡村之家里。他用借来的钱做了一笔失败的投资，结果不得不为了躲债和免受牢狱之苦而离开家乡。他在一艘从纽约开往莫桑比克的船上做医生，希望赚够钱还债。结果这艘船被法国人截获，布莱恩特医生被困在毛里求斯岛达一年之久，其间他在岛上的医院工作。一年后他回到了家，仍然身无分文，但是却学会了说法语。在他岳父的好心帮助下他终于有了偿付的能力（那些钱他最终又还给了他岳父），这时他被选为汉普县在波士顿马萨诸塞州议会的代表。他去波士顿的旅行使他能够收集到大批好书，他的儿子们便在冬日的夜晚里围坐在火炉旁如饥似渴地阅读这些书。在波士顿，布莱恩特医生成了一个唯一神教徒。在家时，他按时去当地的公理会教堂参加礼拜活动，但是当公理会成员起立唱赞美诗时，他依然
71 坐着。

布莱恩特医生本人是一位苛刻的批评家，他批评任何自己认为浅薄拙劣或夸大其词的作品，但他仍然鼓励儿子要从小便开始写诗。卡伦写了一首 244 行的讽刺诗来攻击托马斯·杰斐逊于 1807 年颁布的《禁止贸易法案》②（该法在新英格兰极受憎恨，因为新英格兰的经济严重依赖外贸），布莱恩特医生

---

① Sault Ste. Marie，加拿大安大略省中部圣玛丽河北岸城市，与美国密歇根州的苏圣玛丽隔岸相望，有铁路桥梁相连。两城是北美洲苏必利尔湖同休伦湖之间的双联市，共扼水陆交通要冲。——译注

② Embargo Act，由美国国会于 1807 年 12 月 22 日通过的旨在反击英、法限制的法案，英国限制中立船只，而法国拿破仑政府则采取了限制性的大陆政策。——译注

对该诗赞赏至极，将其传给他州议会的朋友们欣赏，并在他们的帮助之下对其进行修改。1808 年 2 月，该诗以小册子的形式出版，共 12 页。事实证明，《禁止贸易令》（*The Embargo*）非常流行，以致第二年它得以扩版并再次发行。这次的扩版包括了这位 14 岁作家所写的其他诗歌和译作，其中一首诗的题目是《西班牙革命》（“The Spanish Revolution”），它赞扬了西班牙人民对约瑟夫·波拿巴的反抗。

1809 年末，布莱恩特被家人从卡明顿送至马萨诸塞州北部布鲁克菲尔德，跟随他的舅舅——托马斯·斯内尔牧师学习拉丁语，准备上大学。在乡村学校待了多年后，布莱恩特对拉丁语十分痴迷并有很大进步。斯内尔牧师觉得他很聪明，便督促他在语法练习之外阅读贺拉斯和维吉尔的作品。第二个暑假，他回到了家乡卡明顿，并到农场里做了一段短期工。随后，布莱恩特去普兰菲尔德追随另一位老师——牧师摩西·希勒克学习希腊语，这位老师每周收 1 美元的学费，但提供给学生牛奶和面包，并教他们学习希腊语和数学。在这种严格的教导下，布莱恩特表现十分出色。因此，到了 1810 年秋季，老师们认为他已经有资格进入马萨诸塞州威廉姆斯镇的威廉姆斯学院攻读二年级课程。

然而，事实证明，他的老师对他所进行的辅导比后来他在学院受到的教育还好，而且学费也低得多。布莱恩特在这所学院待得时间很短，他和那个时期大多数美国大学生一样，在无聊的课堂背诵之余，便参加学生文学社团（语言爱好者协会和工艺爱好者协会）的活动，以此来寻求慰藉，同时也为一些集体活动作诗。他翻译过一首阿那克里翁所作的颂和《俄狄浦斯王》（*Oedipus Tyrannus*）合唱诗，写过一首滑稽诗，嘲讽泥泞的威廉姆斯镇和它凌乱的学院，他将它们描绘成哥特式的恐怖地窖：

> 那是阴森恐怖的大厅，
> 脸色苍白的学生沮丧爬行，
> 好似在古怪的墓地中哀惋，
> 又像在肮脏的牢房里狰狞，
> 那里尘土遍布、蛛网横行，
> 那里潮湿阴暗、肮脏凄惨。
>
> 《古里尔姆城邦描述》（*Descriptio Gulielmpolis*）

他请求父亲同意自己退出威廉姆斯学院并回家准备耶鲁大学的入学考试。 *72*
1811 年，他用了一个夏天学习数学，并用他父亲制药剂的设备做化学实验。

他钻研林奈[1]植物学，阅读诗歌。当他父亲向他坦言已经无法挣到足够的钱供他读耶鲁大学时，这短暂的快乐时光结束了。16岁时，布莱恩特的正式教育结束了，他离开卡明顿到他父亲的一个朋友塞缪尔·豪的公司学习法律。几年之后，他转到布利基沃特继续深造，这时的他当起了别人的助手，他的老板既是一名出色的律师又是一位国会议员——威廉·贝利斯。威廉·贝利斯在国会开会期间把自己的事务交给布莱恩特打理。威廉意识到布莱恩特的诗才雄心，但警告他说："诗歌是一种商品，但我知道这种商品不适合美国市场，它不能帮助人获得财富亦或一官半职。"

布莱恩特知道贝利斯给他的警告是正确的：在美国，诗人很可能在卑贱中饿死；但是，他的诗才雄心并未减弱。后来他记得，当他只有八九岁时，他就在祷告时希望"自己有诗人的天赋并能写出流传千古的诗句"。孩提时代，他就模仿自己喜爱的文学巨匠进行写作：密尔顿、瓦茨、蒲柏，具有感受性的英国诗人。之后，他译过贺拉斯、维吉尔、西蒙尼德斯、阿那克里翁和索福克勒斯等为美国人所认可的大师的诗作。在他做律师学徒期间，他的诗歌开始反映出《抒情民谣》（*Lyrical Ballads*）对他的影响。（他的第一位法律老师塞缪尔·豪有一天发现他在看那本书，便告诉他不要再浪费时间。）华兹华斯的无韵诗对布莱恩特的诗歌创作有较大影响，我们不难从他作于1813年的一些无题诗中看出这一点。那首四十九行的诗歌片断开头很突然，犹如一种声音让过路人停下并传送以下的警示：

——然而几天之后
在它全天的行程中，
那无所不见的太阳将再也看不到你，
你的身影也将不会出现在寒冷的大地上，
人们看着你那苍白的躯体潸然泪下，
你的面庞再也不会浮现在海洋的怀抱里。
大地养育了你，你回归她的怀抱中，
失去了人类的足迹，脱离了你的个体存在，
你将与自然永恒地联系在一起，
你变成了静止的岩石的兄弟，
抑或是被鲁莽少年踩踏过的僵硬泥土，
橡树的根四散开来，将你的模子穿刺。

① Linnean（1707—1778），瑞典生物学家，生物分类法的创立者。——译注

四年之后，布莱恩特移居到马萨诸塞州的格利巴陵顿开始独立从事律师行业，他的父亲在他的一堆作品中发现了这些片断，并将它们和一些别的诗歌一起送至波士顿，他的一些熟人正在那里筹办一本新期刊——《北美评论》。 73

爱德华·T. 钱宁是期刊的编辑之一，他对着理查德·亨利·戴纳大声朗诵布莱恩特的诗歌，戴纳认为这是个骗局，他觉得这些是当代英国诗歌，只是人们将其误认为美国本土的作品罢了。正如他对钱宁说的那样："这不可能是出自大西洋这边的作品。"

我们不难猜出为什么戴纳会对这些诗歌的出处产生怀疑。美国的无韵诗很少表现出这样的自信。而且美国关于死亡的诗歌（当其没有打算用末日审判的幻景制造恐慌时）通常是虔诚而充满慰藉的。在布莱恩特的诗歌中没有提及任何有关来世的生活。至于人类那不朽的灵魂，布莱恩特也从未提及。诗人没有为我们承诺不朽的精神，反而让我们从自己的坟墓中体味美感、寻得安慰：

群　峰

石峰棱角分明，日久天长，
山谷忧愁寂聊，延于丛林，
森林庄严神圣，
河流雄伟壮丽，
小溪哀哀泣泣；
浇绿了芳草地，
洗刷了大洋古迹
冲淡了感伤污渍；
造美丽坟墓，
呈天然装饰。

由于这首诗没有题目，所以当《北美评论》的编辑们把这首诗和布莱恩特的其他诗作及译诗于 1817 年 9 月同期发表时，他们将其称为《死亡随想》（"Thanatopsis"）。布莱恩特或许不会同意，因为他的诗作题目都很简单。但是这首诗一发表就蜚声四起，因而布莱恩特索性就保留了这个题目，并将其收录在 1821 年再版的《诗歌》（*Poems*）里。在《行人止步》（*siste viator*）中，他用十六行半的篇幅记录了自己对于死亡的深入思考，这种思考传递了大自然的心声；在结尾处，他提出了"人总有一死"的想法，并劝诫我们要从容地面对死亡，而不应该有所恐惧。但是他还是没有对死后的生活作任何描述，这一省略招来了一位评论家的贬斥。这位评论家认为，这只不过是一例教条，“最终将导致无神论和灭绝论”。

布莱恩特在一个小山村长大，儿时的历练使他能够在磕磕绊绊的纽约新闻界精神矍铄地度过晚年（当他80高龄时，他仍然坚持每天步行3英里来到《晚间邮报》（*Evening Post*）的大厦，走楼梯爬上10楼的办公室，他忽略了电梯的存在）。他中途辍学，期望离开穷乡僻壤去沿海闯荡一番，然而，父亲
74 的穷困使他未能得偿所愿，并且被迫选择了一个自己并不喜欢的职业。正如他于1817年、1818年发表在《北美评论》上的两首诗所说的那样，他始终喜爱马萨诸塞州西部的地貌景色。《黄色紫罗兰》（“The Yellow Violet”）赞扬的是一朵坚强的小花，它在雪堤旁自由开花，多姿多彩，并“照亮了四月的森林”。

黄褐田野重披绿装，
我爱稀世旷野奇葩，
美丽小花溢满芬芳，
清新空气笑迎吾花。

《黄色紫罗兰》充满了亲切和稚气，而布莱恩特最著名的诗歌《致水鸟》（“To a Waterfowl”）则包含了消沉的情愫——恐惧、焦虑和失落。在一幅图画里，水鸟映衬在傍晚的天空下，这使布莱恩特回想起了鸟儿的脆弱，也同时想到了大自然所赋予它的求生本能。

日色已晚光芒尽，
露珠滴处觅归途，
眼望红霞知远近，
冲入云天品孤独，
猎者寻踪徒劳事，
身形模糊飞不停，
漫天绯红映双翅，
黑幕来临汝远行。

布莱恩特鼓励鸟儿展翅高飞，在天空里，这远道而来的鸟儿便不会感到孤单而会觉得快乐：“很快，你就会找到温暖的家安然休息了，/在你的同伴中高呼吧；/芦苇正在翩翩起舞，/很快你就会在那儿找到自己的栖身之所了。”他

羡慕水鸟，他也察觉到，有一种力量支撑着水鸟在辽阔的天空中孤独地飞行，有了这种力量，鸟儿“虽在独行，却从未迷失方向”。看着鸟儿的身影消失于天际，诗人欣喜地感到自己和鸟儿有一种默契，受同一种力量指引，而且这种力量在默默地守护着他：

> 你穿越天际飞个不停，
> 他跨越时空为你导航，
> 我漫漫求索孤独前行，
> 他默默指引助我飞扬。

布莱恩特在《致水鸟》诸诗节中采用的写作形式并非他的首创，这一形式最早出现在骚塞所作的名为《希望》（“Hope”）的诗中，但是他却用得恰到好处。他将 abba 与 abab 的押韵形式相结合，产生了稍稍有些不规则的效应，这 75
恰能反映该诗的特点——焦虑和确信并存。甚至韵律本身也是这样，从三音步到五音步，接着再回到三音步，反映出了从焦虑到确信的变化过程。

布莱恩特将律师事务所建在了巴灵顿，该城位于休萨托尼克河畔，靠近马萨诸塞州的西部边界，格林河流入该河。1819 年，布莱恩特在这里写了一首诗，这首诗中使用的音步与他作于同年的一篇散文里使用的音步是一样的，这篇散文是《论在抑扬格诗中使用三音节韵脚》（“On the Use of Trisyllabic Feet in Iambic Verse”）。他讲道，抑扬音步通过偶尔的抑扬格变化能够产生一种强烈的节奏变换。司各特认为，如果这种节奏被用在像《末代行吟诗人之歌》（*The Lay of the Last Minstrel*）这样的叙述诗中是最完美的。在布莱恩特的《格林河》（“*Green River*”）中，这种节奏变换的作用是最明显的，它突显了诗歌希望表现的生机与活力。

> 噢，看这盛开的繁花和满园的春色，
> 鸟儿和蜜蜂也愉悦地歌唱着欢乐；
> 夏日的花朵是最美丽的，
> 夏日的空气是最清新的；
> 金秋时节最温馨，
> 绚丽阳光流若金。

布莱恩特的律师事务所经营不景气，使得他像一个“斗争之子”一样又开始“用粗野的笔墨潦草地书写奇异的单词”。他回到了“既孤独又可爱”的家乡河畔，在这里，他能找到内心所企望的平静。

他在《北美评论》上发表的诗歌引起了广泛的注意，因此，他于1821年应邀出席哈佛大学的毕业典礼并宣读他在美国大学优等生荣誉协会里所作的诗歌。同时，他运用斯宾塞诗体写完了人类历史简介《时代》（“The Ages”），并在一位朋友的帮助下，于1821年将其在一本名为《诗歌》（“Poems”）的小册子中首次发表。这位朋友是布莱恩特新近结识的，他在《北美评论》工作。在这本只有44页的书里，除了《时代》、《致水鸟》、《黄色紫罗兰》、《格林河》和《死亡随想》之外，还有他年轻时的作品《西蒙尼特斯篇章之翻译》（“Translation of a Fragment of Simonides”）、《歌》（“Song”）和《森林入口的题词》（“Inscription for the Entrance to a Wood”）。所有这些都提醒着我们，尽管这个世界在沦陷，但

> ……这些树荫，
> 依然是欢乐的温床，
> 绿叶如垫，树枝摇曳，
> 鸟儿愉悦，婉转鸣叫，
> 轻灵舞姿尽显曼妙。
> ……
> 树荫中昆虫成群，
> 76 它们展开双翅，伴热浪起舞，
> 它们欢呼雀跃，与绿树齐呼，
> 它们在微风中翩翩起舞，
> 日光透过云端向这里张望，
> 对着这优美的景致道一声祝福。

“俯卧着的、笨拙的老树干”铺成的堤道给我们一种宁静之感而不是腐朽之态，小溪则“傍着岩石，满带欢笑，为他的生命欢呼”。如果我们能够学会轻柔地踩在河水中，而不至于惊吓了来此喝水的鹪鹩，布莱恩特承诺给我们一个奖赏：

> 微风吹荡溪水，
> 向你轻轻走来
> 似恋人般不忍让你离去，
> 却又给你拥抱期盼下次的相聚。

1821年，布莱恩特的《诗歌》问世，该诗集虽被认为是美国文学史上首批最重要的作品之一，但是他连发表的成本都没收回来。布莱恩特整天忙于律师事务所的工作，曾一度停笔两年。接下来，波士顿一家期刊——《美国文学学报》（“United States Literary Gazette”）的编辑为他提供了200美元的年薪让他每月为该报写100行诗。作为一个辛勤奔波的律师每年的收入也不过500美元，这丰厚的薪酬对他的写作有巨大的刺激作用，尽管他这时写的诗没多少是知名的。《夏之风》（“Summer Wind”）描述的是被热浪冲击的乡村景象，其中不乏生动的细节描写，比如对新英格兰丛林上空美丽白云的描写。

刺眼强光照耀在远处的山顶上，
茂密森林静静地生长着，
就好像它们喜爱炙热的酷暑、眩目的阳光。
天堂里不动的柱子扎根在这山顶上，
而柱顶则直冲云霄闪耀其中，
它用反射的光焰将空气点燃。

布莱恩特写过几首有关印第安题材的诗歌，《印第安人在祖先们的坟前》（“An Indian at the Burying－Place of His Fathers”）便是其中一首。在这首诗里，作者挑战了白人后代对美国历史的看法——在他们眼里，历史就是进步的神话，累累硕果和肥沃的平原取代了阴暗的森林和荒芜的沼泽。这首诗是以一个印第安人的口吻来写的，叙事者热爱他的祖先。白人们喜欢吹嘘大自然是如何如何屈服于人类意愿的，而印第安人在这征服的背后看到的却是生态灾难的逼近。在树木被砍倒、土地被开垦以前，森林中流淌着 77
无数的小溪。但是现在：

悦耳声音聆听不见，
日下泉水保持沉默，
烤焦堤岸衰败已现，
干枯小河缓缓流过。

印第安人警告白人征服者们，除非他们改变自己的方式方法，否则白人对土著部落的所谓胜利也许会得不偿失。“我们向新的领地开拓，/或许它已是变黑的沙漠。”

因为与《美国文学学报》有约在身，所以，布莱恩特在几乎准备放弃写作的一段时间里仍在写作（正如他告诉戴纳的那样）。他开始考虑离开本行去寻找其他的更加适合自己兴趣和天分的生活。当然他并没有想到仅仅靠写诗就能够养家糊口。但是他的朋友们却鼓励他在纽约文学界、新闻界谋生，当个新期刊的编辑或许也是个不错的选择。1825 年，他搬到纽约后便雄心勃勃地与朋友创办了一本新期刊——《纽约周刊及雅典娜神庙杂志》（*New York Review and Athenaeum Magazine*）。杂志的“评论”部分主要是对新近书籍加以介绍，并同时登载一些诗歌、故事、书信和笔记。给布莱恩特写自传的作者注意到，布莱恩特专门对一部再版不久的法国作品写了一篇超过 8500 字的评论文章，该作品作于 16 世纪，内容是有关行吟诗人的。（布莱恩特将其引用的所有诗歌都给出了译文。）《纽约周刊及雅典娜神庙杂志》仅仅出了 8 期就倒闭了；因此，布莱恩特不得不拿出律师事务许可证在纽约重操旧业。接着，在 1826 年 7 月，纽约《晚间邮报》的编辑威廉姆·科勒曼被甩出了自己的轻便马车，并严重受伤。布莱恩特作为临时的编辑来到了该报。在 1829 年威廉姆·科勒曼去世后，布莱恩特出任该报的编辑，并一直工作到 1878 年离世之日。

除了每天为报纸写评论性文章以外，他还从事诗歌写作和翻译工作。但是在 1829 年以后，他将主要精力投入到新闻评论之中。他于 1831 年发行了首个个人诗集。以后发行的诗集里收录的通常是他的名诗加上些许新诗，亦或是对其早期名诗的翻译。《大草原》（“The Prairies”）是布莱恩特创作的名诗之一，它记录了布莱恩特在 1832 年第一次去伊利诺伊（Illinois）时的印
78 象，那时他的哥哥已经搬走了。在那里，他第一次感受到了那令东部各州游客们常常感到不安的“可怕的孤独”，“无边无际的荒原”（正如他在写给妻子的信中所说的那样）——那宽广、翠绿、一望无垠的平原在地平线上四面伸展开来。开头的几行记录了布莱恩特置身奇异地貌中的欢喜，也记录了他描述这些地貌时的困惑。

这是沙漠里的花园，
这是待开垦的田园，
它们一望无际，它们无比美丽，
英国人没有给出这片土地的名字。
初见草原，怦然心动；
放眼四望，豁然开朗。
它们延向远方，微微起伏，

似海洋中最轻柔的波涛，
静止了，所有翻腾的波浪被锁定了，
永远地静止了。静止了吗？
不，它们又都获释了，
白云扫过了它们的阴影，
地面上，草原翻腾起伏，涌入我的双眼。

这奇异的地貌实属上天所赐，而稀少的人烟使这广阔的伊甸园在天空的映衬下更显珍贵、可爱：

这美景着实惹人喜爱，
连广阔的天空也驻足观看，
与弯向东方的群山比较，
这拱顶更近，蓝色愈柔。

奥登[①]观察到了美国诗人与欧洲诗人的不同，因为美国诗人能够很轻松地联想到无人区的景象。或许《大草原》或布莱恩特所作的十四行诗《致科勒，去欧洲的画家》（“To Cole，the Painter，Departing for Europe”）（1830）给了他灵感，使他联想到此事。托马斯·科勒是一名诗人，也是一位山水画家，他打算上欧洲学习欧洲的艺术。布莱恩特赞同此举，但是提醒他即使身临欧洲最美的景色里，也要在脑海里存有“自己国度的鲜活画面”。

孤湖旁，稀疏草原上，野牛在漫游；
乱石边，夏日花簇里，溪水在漂流；
天空上，沙漠之鹰尽情遨游，
春去秋来，茂盛树林和绚丽花朵尽展风流。

欧洲同样也有森林和山脉，但是从它的低洼峡谷到空气稀薄的阿尔卑斯山麓，
“人类的足迹”随处可见。美国艺术家有特别的天赋，他们不需要探询人类的 79
足迹便能知道大地的模样，布莱恩特提醒科勒要对“早些时候提到的，更野性的画面”铭记在心。

① W. H. Auden（1907—1973），英国杰出的诗人和评论家，1946 年加入美籍。英美诗坛曾有“20 年代是艾略特时代，30 年代是奥顿时代”之说。——译注

布莱恩特成了一个很有公众影响的文学巨匠，在向国人介绍欧洲文学和拉美文学的同时，他也使得美国文学中的荒原意象为世人所熟知。他对同代人所做的贡献源自他在半个世纪里对新闻事业的不懈追求——为自由贸易忙于活动，为工人阶级的权利辛勤奔波，对奴隶制的扩张强烈反对，并为黑奴的解放和黑奴选举权的获得殚精竭虑。当然，作为一名诗人及翻译家，他受到了人们的普遍尊敬；同时，他的社会地位也显著提高。尽管他的晚期作品并不很有想象力，但在一些早期诗歌中，他发现了“田间的小草，在我们的脚下萌生春意”，那些“耀眼的根茎，长出维持我们生命的小麦与谷物”（《但丁》“Dante”），这使得他同史前的那些掀起农业革命的天才一样重要。

从一开始，美国南方诗歌就是以高度重视旋律为标志的。如果说北方的诗人是在模仿汤姆森或华兹华斯的话，南方诗人则是在模仿拜伦或者托马斯·穆尔，他们最好的作品便是歌曲。理查德·亨利·王尔德（Richard Henry Walde 1789—1847）是一位诗人兼翻译家，《俘虏的哀伤》（“The Lament of the Captive”）是他最著名的抒情诗，该诗被几个著名的作曲家谱成了乐曲。王尔德出生在爱尔兰，于1796年随家人迁往美国的巴尔的摩，随后迁到佐治亚州的奥古斯特。他的父亲于1802年早逝，这意味着他并没有太多的时间接受正规教育，他不得不靠在几家商店打工来养活全家。一家商店的店主有一书架法律方面的书籍，书架放在一些棉花、丝帛、香烟、雪茄以及火药等日用商品旁边。那时，王尔德每晚阅读5小时的法学书籍；后来，他又与一位有名的律师一起读书，并最终与其成为合伙人。19岁的时候，王尔德通过了一个为期三天的佐治亚州律师从业考试。到1811年，他已经成为佐治亚中级法院的大律师并且顺其自然地成为了本州的大法官。随后他被选入美国国会五个任期（1815—1817，1827—1835），并与后来的律师伙伴约瑟夫·M. 怀特合伙在佛罗里达开了一个甘蔗园。

王尔德身高超过6英尺，路人对他的印象是“性情温和，言语谦恭，和蔼可亲，处事满盈，机智敏捷，演讲给人雄辩之感，动作予人深刻印象”。在1813年或1814年，他开始创作一部“史诗”的几个部分，并以此来为在佛罗里达与西米诺尔人[①]交战的哥哥解闷。在第四部分，基于加尔基拉梭·德·

① Seminoles，由各个早期的克里克部落组成的北美印第安人，从18到19世纪迁入佛罗里达州北部，后来也居住在埃弗格莱兹地区，现在居住在俄克拉荷马州和佛罗里达州南部。——译注

拉·维加[①]的《佛罗里达的历史》(*Historia de la Florida*)的一个片断，一个不知姓名的印第安人回忆到：贪婪的白人向印第安人发起攻击，在战斗中只有一个白人没有被杀："在众多犯错的人们中间，他是唯一正确的。/我们喜 80
爱他的坚决，/不论活在何时，他都是友善的。"印第安人试图去安慰他，但是他却始终不能得到慰藉。他坐望大海，大海把他与祖国分割开来，他敏锐地感到虽然自己与花簇、树叶以及海岸的脚印可以有短暂的接触，但他与大自然所赐的怜悯是无缘的：

我的生命像夏日的玫瑰，
在清晨里，向着天空尽情绽放，
又在夜幕降临前，凋零如灰，
纷撒一地，静静等待着死亡；
在那简陋的玫瑰花床上，
夜间柔和的露珠在流淌，
似乎她都为这样的陨落哭泣，
但却没人为我的不幸而叹气。

尽管王尔德从未发表过《俘虏的哀伤》，但是他将其摘抄版交给了朋友们，这首诗很快便被发表，时间大约是在1815年或1816年。在此之后，王尔德饱受非议之苦。一位名叫帕特里克·奥凯利的爱尔兰诗人将王尔德有关"特拉帕的沙滩"的诗句改成了"莱因奇的沙滩"并宣称是他自己在"克莱尔县美丽的莱因奇沙滩上写下该诗的"。一家纽约周刊——《天主教记录和日记》(*The Catholic Register and Diary*)自豪地宣称它要把"备受尊敬的佐治亚抄袭者的桂冠摘下来"，把这一桂冠赠给奥凯利。王尔德默默地承受着这样的责难，但却毫不留情地回应了来自另外一头的责难。1834年的一天，英国驻萨瓦纳的领事亚历山大·巴克利在家招待了一些美国朋友。席间，有关王尔德抄袭的话题开始了，巴克利的一位牧师朋友觉得有一些古希腊诗歌跟王尔德的诗歌很相像。那天晚些时候，巴克利将王尔德的诗歌粗略地翻译成希腊的散文体，并在一页纸上重新安排了一下结构使之看起来像诗。他设计了一个希腊语"原稿"，交给了天真的牧师，接着牧师就自信地宣称《俘虏的哀

① Garcilasso de la Vega (1539—1617)，秘鲁历史学家，出身名门，他的著作具有重要历史意义，是人们对于解读古代秘鲁文明的重要文献资料。——译注

伤》确实是从希腊诗人阿尔凯奥斯[1]的诗作翻译而来的。牧师甚至还直接将巴克利的摘抄稿寄给了佐治亚大学的校长，而这位校长认为这诗是“纯正的和古老的”。王尔德觉得有必要公开否认这些指责了，接着他在纽约给巴克利写了一封非常善意的信解释了这其中所发生的一切，并要求如果真的是巴克利作了该诗就请他承认自己是该诗的作者。巴克利欣然接受，而且表示出惊讶，
81 因为他的“粗糙翻译”的散文居然被误认为是诗歌。他意识到了“不严谨发表文章”的不当，并为这种开玩笑的方式而后悔。1835 年，《纽约镜像》（*New-York Mirror*）上同时发表了这两封信。

在国会任职的最后一届里，王尔德开始厌倦政治生活。他决定到国外旅游，在接下来的六年里，他基本上都待在佛罗伦萨。在移居意大利以前的很长一段时间里，他就已经对传奇文学相当感兴趣。就像华盛顿·阿尔斯顿[2]在 15 世纪的绘画者身上找到了灵感一样，王尔德在葡萄牙、西班牙还有意大利的诗歌里找到了他想转加到自己诗歌里面的力量和甜美，并在 16 世纪英国诗人的身上发现了同样的特质。他翻译喀摩恩斯（Camoëns）的十四行诗《他们赞扬天鹅，尽管整个一生都没有说出声》（“They say the swan, though mute his whole life long”），并在 1821 年 12 月以“萨里”的笔名在《奥古斯提尔时志》（*Augusta Chronicle*）上将其发表。萨里和喀摩恩斯是同一时代的人，但是王尔德选择的笔名很可能表明了一种更深的涵义。（后来，在他的长篇叙事诗《赫斯皮瑞》（*Hesperia*）里，他抱怨道，英国文学史中出现过萨里这样灿若星辰的诗人，而在美国文学史中就不曾有过。）

在佛罗伦萨期间，王尔德潜心钻研意大利文学。在此期间，他仅仅发表了一篇文章，该文章是对陀奎托·塔索[3]监禁生活的学术性研究（《有关陀奎托·塔索的爱情，疯狂和监禁的猜想及研究》[*Conjectures and Researches Concerning the Love, Madness, and Imprisonment of Torquato Tasso*] 二卷本，纽约，1842）。他设想完成一部名为《意大利抒情诗人》（*The Italian Lyric Poets*）的巨作，在其中包含一些简短的传记介绍和大量的意大利抒情诗译文。尽管他没有完成此项工程，但是存留下来的手稿足以证明王尔德有潜力成为一名出

① Alcaeus（公元前 620？—前 570？），累斯博斯岛米利蒂尼城的贵族，希腊抒情诗人，主要作品有《饮酒歌》等。——译注

② Washington Allston（1779—1843），美国著名画家、诗人，浪漫主义运动的先驱，主要作品有《荷密雅和海伦娜》（*Hermia and Helena*）等。——译注

③ Torquato Tasso（1544—1595），意大利诗人，文艺复兴运动晚期的代表，其代表作有长诗《被解放的耶路撒冷》等。——译注

色的翻译家。他翻译的有关彼特拉克以及塔索的作品可以说是他最棒的作品。很明显，他被意大利诗歌中所表现出的力量和激情深深吸引，而他所选译的诗歌正反映了他对意大利文化的热情。在他的诗歌里，但丁可以邀请卡维尔坎特（Cavalcanti）航行到另一个令人陶醉的岛屿，塔索可以贬损瓜拉尼人[①]，卜伽丘可以哀悼彼特拉克的死，或者是写一首十四行诗让但丁读出自己的墓志铭。诗人被这种文化交融深深地吸引着，而他的同辈们在千里海岸线上挣扎着。王尔德的确与许多有名的美国诗人有过交往，比如爱德华·埃弗里特、霍雷肖·格里诺、亨利·瓦兹沃思·朗费罗，但是他们都是在意大利相遇的，或者说是在那儿建立起友谊的。

1841 年，王尔德回到奥古斯特，他发现自己的庄园每况愈下，而他在那里以律师为业谋生的机会又比较小。一位新奥尔良的朋友鼓励他说没准儿在路易斯安纳的机会会更好一些。于是，他于 1843 年迁至新奥尔良，路费都是靠卖了 22 个奴隶筹得的。在那里，他又当起了律师并在当地小有名气，同时 82
帮助图勒大学建起了法学院。但是，在人生最后的几年里，他的财产逐渐减少。剩下的几个奴隶白天尽力为他挣钱，晚上却只能睡在事务所的地板上。1847 年，王尔德死于黄热病，这种病在蚊虫繁多的新奥尔良非常普遍。他最后留下了一首长诗的手稿——《赫斯皮瑞》。该诗包括 4 节，每一节分别描述了北美大陆的一大部分（他的儿子编辑了此诗并于 1867 年出版）。其中，至少有一段能反映出布莱恩特对他的影响。

> 我穿越了大草原的寂寥之地，
> 那里沃野千里，那里无边无垠；
> 我躺在阳光下呼吸新鲜空气，
> 这里微风轻拂，这里绿草如茵；
> 清风掠过草甸玩耍嬉戏，
> 到处波涛起伏，到处生机不尽。
> 而远方孤零零的小屋和小树，
> 好似行于海上的孤舟，找寻着归路。

放逐主题在一位南方诗人的作品中也较为突出，他就是萨缪尔·亨利·狄金森（Samuel Henry Dickson，1798—1872）。萨缪尔是一位为美国医学做出

① Guarini，南美巴拉圭的主要居民。原称“卡里约人”或“卡里霍人”，17 世纪通用现名。——译注

过重大贡献的内科医生。他生于加州南部的查尔斯顿，在耶鲁大学获得学士学位，在宾夕法尼亚大学获得医学硕士学位；他帮助建立了南部加州医学院，并于1824—1858年执教于此，后来他又到费城的杰弗逊医学院任教。他的34首诗歌收录在1844年自费出版的诗集里边。1845年，他最招人喜爱的诗——《写在北方的歌》（“Song - Written at the North”）在威廉姆·吉尔摩·西姆斯的选集——《查尔斯顿诗选》（*The Charleston Book*，1845）里出版。

> 我为塞布瑞斯和派因的土地慨叹，
> 那里，茉莉花盛开，耐寒植物烂漫；
> 那里，橡树上的苔藓低低下垂
> 哦，这宽广的土地恰与我相随。
> ……
> 在那里，回声整天地震漾，
> 学舌的鸟儿不住地歌唱，
> 夜晚这里静穆安宁，
> 扬鞭放牧者吟唱独行。

像布莱恩特一样，狄金森也使用三音节的韵脚，平衡抑扬格的节奏。在一首名为《茉莉花吹到何方》（“Where the Jessamine Blows”）的诗作中，狄金森在每行里都用了很多的重读单音节词，诸如：“moss droops low”和“green oak
83 tree”。和王尔德的《我的生命像夏日的玫瑰》（“My Life is Like a Summer Rose”）一样，狄金森的诗歌也被谱成了知名的歌曲。

威廉姆·吉尔摩·西姆斯（William Gilmore Simms，1806—1870）是狄金森在查尔斯顿时的同事，他是一位多产的诗人、小说家和编辑，他热衷于繁荣南方文学。在他的《查尔斯顿的杂记》（*Charleston Miscellany*）里，西姆斯发表了丹尼尔·K. 惠特克（Daniel K. Whittaker）的一篇散文《南方文学的必要性》（“The Necessity of a Southern Literature”）。文章写道，“南方就像北方一样，属于整个国家，国家的天才和学者们应该像太阳当空一样去放射光芒，并照亮广阔祖国的每一个部分。”他的有些诗歌赞扬人们所熟悉的自然美，像在《可爱的斯旺尼洛》（“lively Swanannoa”）里面，作者像一个学生一样在宁静的山间小路上跳跃。而另外一些诗歌则称赞南方的气候，他认为那里的气候能与意大利或者法兰西南部相媲美：“我们蓝蓝的天空/轻柔地向下俯视着。”这里的优美和闲适使这里的居民相信，“我们拥有自己的伊甸园”。当然，我们记得，伊甸园是高高地悬挂在黑暗的地域之上的，它有着像魔鬼一样的地貌风景，酷似密尔顿在《失乐园》中所描述的伊甸园：

> 这是个充满死亡的世界，
> 上帝诅咒起，万物邪恶生，
> 生命有时尽，死亡无绝期，
> 自然附兽体，万恶不停息……

卡罗莱纳式的伊甸园也有着类似的地域风貌，西姆斯欢喜地在《沼泽边缘》（“The Edge of the Swamp”）里描述了一番。在这个衰败的地区，没有鸟声，水草的滋长也会使接近他们的“毫不留心的双手”沾上有毒的露珠。

> 破败的树木像重犯的魂魄，
> 恶臭的灌木使四周氛围倒错，
> 浓重的黑影化做一团流过，
> 它们看似云彩，又似魔鬼。

在沼泽的边缘令人生厌的鳄鱼出现了，

> 它半身倦伏在苔草丛中，
> 在它栖身的绿色淤泥旁安睡，
> 一只鹤挺起嶙峋的身躯，
> 尖叫着飞走了。

也许是被游人的出现吓呆了，鳄鱼“慢慢地挪动着身子，向绿油油的沼泽爬去”。它把脑袋浮于水面上，甚至连头都不抬，当它突然下沉时，停在它眉头的蝴蝶（就像密尔顿笔下的水手停泊在海中怪兽身边一样）纷纷惊起，明亮的翅膀沾上了泥水。游人们明智地决定选一个更美的地方露宿。 *84*

在通常情况下，传统的英式美国诗体被南方黑人所采用，他们希望借助歌曲来赢得自由。乔治·摩西·霍顿（George Moses Horton，1797？—1883？）出生于卡罗莱纳北部一座名为威廉姆霍顿的烟草农庄，他生下来就是一个奴隶。在很小的时候，他便能阅读和写作。星期天，他便自学一本破旧的拼写书籍，在灯芯草蜡烛下学到深夜。1814 年，农场主威廉姆霍顿离世，他把乔治转给了自己的儿子使唤。于是，乔治·摩西·霍顿每天要步行很远到北卡罗莱纳教会山校区去卖水果，那里的学生们很快就发觉了他的才能，并请他做演讲。霍顿很快就发现，向同学们出售情书收入颇丰，因为同学们都想把情书送到自己心爱的人手中去，于是他便以每封情书25美分的价格向外出售。他也开始接受教育，学生们给他书，校长对他也很关注。小说家卡罗琳·李·亨茨①（一位教授的妻子）教他诗体论而且转录他的诗歌。为了赚更多的钱以赎回自己的自由（尽管主人很不情愿），他的朋友于1829年以《自由的希望》（*The Hope of Liberty*）为书名帮他印刷了一本小册子。《奴隶的抱怨》（“The Slave's Complaint”）听起来有点像王尔德的抒情诗，或者是从塔索那里翻译出来的诗，但是诗中传递出来的像“粗糙的潮水”一样的不幸是真实的，而且真实的奴役经历远远超过一本构思精美的小说里的描述。在《论听闻一先生想买得诗人的自由之打算》（“On Hearing the Intention of a Gentleman to Purchase the Poet's Freedom”）里，霍顿讲到：当他得知自己有可能重获自由时，自己重获了早期诗歌创作时的快乐。他对摆脱奴役产生了绝望，因此他像巴比伦的以色列人一样保持沉默，然而既然他的自由临近了，那么他的歌声也重生了。在圣歌137《在巴比伦河河畔》（“By the River of Babylon”）里，以色列人将他们的竖琴系在了杨树上，并不唱巴比伦主人们命令自己去唱的歌。霍顿尽情地歌唱着自由，而这从杨树上摘下来的竖琴，奏出了更美的音符：

竖琴已挂在柳树上，
轻抚此琴自由歌唱，
恐惧乌云随风而去，
音乐诉我谢天情绪。

虽然北卡罗莱纳的州长都曾出面要买下诗人的自由，但是霍顿的主人仍然不愿意放走他。而后来政治环境的变化则将奴隶的解放推得更迟。在《自由的希望》出版后不久，纳特·特纳②所领导的奴隶暴乱就爆发了。这场发生于1831年的暴乱引发了一系列压迫奴隶的法案的出台和实施。此时，即使奴隶
85 解放是合法的，那么它也不再受欢迎了。霍顿在大学里又工作了30年，但直

① Caroline Lee Hentz（1800—1856），美国作家、小说家，她反对废奴运动并以驳斥《汤姆叔叔的小屋》闻名。——译注

② Nat Turner（1800—1831），美国黑人起义领袖，其领导的起义导致了55名白人的死亡，成为美国最著名的黑奴起义之一。——译注

到联邦军队于1865年占领罗利市时他才获得了人身自由。一位富有同情心的联军上尉帮助这位新获自由的诗人出版了一本新诗集，题名为《赤裸天才》(*Naked Genius*)。其中的一些诗取自霍顿发表于1845年一本书，但多数诗歌仍为新作，其中最为著名的当属《乔治·摩西·霍顿，我自己》（“George Moses Horton，Myself”)。他表达了对残酷奴隶制度的愤慨，因为正是这种制度使他没有机会获取他梦寐以求的古代智慧：

> 我幼时所有的天资，
> 如鸟儿在我心中翩然起舞；
> 但我却无法让她尽显身姿，
> 只好让她承受离别之苦。 86

3 超验主义

生于19世纪一二十年代的美国诗人与前代诗人有共同之处，那就是，他们都不能单单依靠写诗来维持生计；同时，这些诗人在某些方面又与前代诗人有些不同，几十年前诗中所传递出的地区性落后特征日渐消散，发表于19世纪三四十年代的诗作日益显示出华兹华斯、丁尼生、汤姆森、考珀及彭斯等人对美国诗歌的影响。美国诗人不仅借鉴在世英国诗人的创作风格，也在竭力追寻17世纪英国诗人的创作踪迹。17世纪的英国诗人富有活力并给人轻灵之感，这些风格在后代诗人的作品中日渐消逝。美国诗人在一个拜金之风盛行、正直和真理不在的社会中深感无所适从，他们将17世纪诗人看做是文风的典范和学品的楷模。奥立弗·温德尔·霍尔姆斯（Oliver Wendell Holmes）将爱默生于1837年在哈佛对美国大学优等生荣誉学会发表的演说称为“美国文学的独立宣言”。在演讲中，爱默生也对当时的美国社会有所评价：“公众和个人的贪婪使我们所呼吸的空气变得压抑而混浊。学者附庸风雅、倦怠懒散、乐于顺从。我们已经看到了悲剧性的结局：国民追求低级趣味，日渐自我吞噬。”（正如美国人从卡莱尔的书中了解到的那样，当时的英国社会也好不到哪儿去。）新英格兰的青年作家们转向17世纪的英国文学寻求灵感之源。爱默生最推崇的作家是赫伯特、密尔顿和培根。但是令他引以为豪的是自己又给玛格里特·富勒①介绍了一批其他的17世纪作家：查普曼、

① Margaret Fuller（1810—1850），美国女散文家，曾与爱默生共事于《日晷》（*The Dial*）杂志，她对女性问题非常关注，著有《19世纪的妇女》（*Woman in the Nineteenth Century*）。——译注

约翰·福特、博蒙特、弗莱彻、托马斯·布朗爵士。富勒独自翻译了乔治·赫伯特的兄长切尔伯里公爵赫伯特的拉丁诗，并想象了一段他们两者之间的对话。在对话中，他们探讨积极入世和沉思自省之间的微妙关系以及各自优长。梭罗在大学毕业后花了三年时间潜心研究已经编排完成的英国诗史。他的笔记本里记满了摘自本·琼森（Ben Jonson）和托马斯·卡鲁（Thomas Carew）所写的假面剧中的语句。他后来将这些语句用在了《康科德和梅里马克河上的一周》（*A Week on the Concord and Merrimack*）（1849）和《瓦尔登
湖》（*Walden*）（1854）中。琼斯·威利[1]的神秘十四行诗令人想起沃恩 87
（Vaughan）的《燧石中擦出的火花》（*Silex Scintillans*）和多恩（Donne）的《神圣十四行诗》（"Holy Sonnets"）。

这种有极强宗教性质的冥想诗充满了对自然之美的赞赏。在冥想诗盛行的时代里，乌托邦式幻想盛行，不同利益集团之间的斗争也日益激烈。作家们开始用本来通常用于对付世传仇敌的恶意批评来互相讽刺。这种行为从关于吞并德克萨斯的辩论开始，于墨西哥战争[2]期间加剧，并随着1850年《追捕逃亡奴隶法》[3]（"Fugitive Slave Law"）的通过而发展成公开的仇恨。在北方的诗作中我们能看到手拿带血鞭子的种植园主；在南方的诗作中我们能看到这样一些伪君子：他们一面感伤于奴隶制的罪恶，一面让衣衫褴褛的工人们忍饥挨饿。诗人应该参加这场战争吗？或者是否会像爱默生警告的那样，诗歌将被拖进一个充满"牧师的空话/和政客的狂言"的角斗场进而走向毁灭呢？诗歌关注的是内在的和美好的事物，可能会让人觉得它与充满仇恨和暴

---

① Jones Very（1813—1880），美国著名预言家、诗人，他对钱宁等影响很大，其代表作有《花园》（*The Garden*）等。——译注

② 1845年7月，美国总统詹姆斯·波尔克正式宣布把德克萨斯并入美国的版图。当年11月，波尔克以墨西哥应归还美国300万美元债务为要挟，要求墨西哥承认以格兰德河为两国边界，美国以1500万—4000万美元"购买"新墨西哥和加利福尼亚地区，遭到墨西哥政府断然拒绝。1846年5月13日，美国政府向墨西哥宣战，美墨战争正式爆发了。1847年9月15日，美军完全控制了墨西哥城。1848年2月2日，美墨双方签订了《瓜达卢佩·伊达尔戈条约》。美国攫取了墨西哥近一半的领土，合计约230万平方公里。这就是今天美国的加利福尼亚州、内华达州、犹他州、亚利桑那州和新墨西哥州的大部，以及科罗拉多州和怀俄明州的一部分。美国仅仅付给墨西哥1500万美元作为"补偿"。通过美墨战争，美国一跃成为地跨大西洋和太平洋的大国，而且从此成为美洲的主宰。就连亲自参与了战争的美国名将格兰特也不得不承认："这场战争乃是强大民族对弱小民族所进行的最不正义的战争之一。"——译注

③ 美国国会于1850年通过的旨在促使对逃逸黑奴进行遣返的法律。——译注

力的政治格格不入；而另一方面，报纸上的一些诗句却反映了政治圈内的明争暗斗和人与人之间的恶意相向，这种描述似乎使诗歌卷入了它所不悦的对“丑恶”的描述之中。在较为宽松的时代里，德雷克和哈勒克可以在幽默和严肃的主题之间自由转换。但时至19世纪中叶，诗人无论决定写何种诗都会感到懊恼。通俗讽刺家和政治作家都明白他们的诗本来就是短暂的，与朗费罗坦言曾希望建立的有着高高护墙的诗歌之塔相去甚远。另一方面，严肃的叙事诗和抒情诗好像只能为读者提供可鄙的逃避之乐。幸运的是，该世纪中叶进行创作的诗人并非全为顾虑所困；他们也创作出了或欢快平和或悲伤痛苦的诗歌。但是这阶段的诗歌都经常带有一丝连作者本人也无法解释的伤感。

这个世纪是在希望中而非在怀疑和绝望中开始的。11岁时，拉尔夫·沃尔多·爱默生写了一首四音部双行体的赞美诗，他在诗中既赞美了上帝也愉悦地赞美了灵魂中心性：

> 哦，我的灵魂四处张望，
> 多少事物因你来到世上，
> 为了你谷物布满沃野，
> 为了你收成装满粮仓，
> ……
> 溪流传唱着上帝的功绩，
> 88 哦，我也要赞美这伟大神力。

在这之后，爱默生便希望有朝一日成为一名诗人。他在哈佛四年级时参加了一个命题为《印度迷信》（“Indian Superstition”）的作诗比赛。他的作品可以说是名副其实的哥特式东方主义的代表。诗中有丑得可怕的崇拜物，有克利须那神庙①（有个游客说，庙中的秃鹫“惊人的温顺”）和殉夫自焚。而且这次写作（除了为他赢得10美元外）使他能读到泰格姆斯一世男爵的《威廉·琼斯爵士的一生》（*Life of Sir William Jones*）和罗伯特.骚塞的《克哈马的诅咒》（*The Curse of Kehama*）。骚塞的史诗中提到了这样一名男子，他品德高尚，却背负着“水永远不流向他，火也永远不烧向他”的诅咒。这首史诗深深地打动了爱默生，以至于他在《经验》（“Experience”）中把那个命运多舛

---

① 印度教的神庙，是为尊敬的守护神毗湿奴而建。——译注

的印度人称为“我们中的一员”。骚塞内容丰富的注脚中长篇引用了《薄迦梵经》[①]（*Bhagavadgita*）中的内容，而从这些引用中爱默生也发现了通向西方二元神学的另一途径。另一个吸引他的印度学说是他在日记中所提到的，关于“眼睛着迷”的说法。他用这个词来解释他为什么对马丁·盖伊那般着迷。马丁是他的同龄人；爱默生上三年级时，马丁是哈佛的新生。在一个标题为《奉献》（“Dedication”）的手稿中（诗前的维吉尔风格的引言比诗本身更能表达他的渴望），他回想起：在与这个年轻人“冷漠的目光”对视时，他感到“毛发悚然”。他用炽烈的语言表达了这种特殊的感觉：

> 你的感觉不言自明。
> 你的回视令我不安，
> 我只能将我的默默热情，
> 奉献给勃勃燃烧的祭坛。
>
> 《日记》（*Journals*），1821 年 11 月 19 日

其实，他从来没有鼓起勇气和马丁多说几句话。他们在校园中的相遇变成了精心设计的偶遇和匆忙的临阵脱逃。17 岁的爱默生发现他的着迷来自想象也同样来自欲望。他有一篇满是勾画的文章，但在应该写朋友名字的地方他却空着。在文章中他承认：

> 在见到我的朋友（　　）之前我希望他和我见过的任何人都不同。他应该心绪凝重，充满诗意，既珍视友谊又善于沉思。当我见到那苍白但富含表情的脸庞和大大的眼睛时，我立即就将他视为我想象中的那个人。 89

他不久后将发现自己有“对某些特别类型的人有种偏爱，也许像詹姆斯国王那样的溺爱”。詹姆斯的一系列对男性的迷恋已经给“自己和自己的后代带来了痛苦”。这种赋予新朋友一种想象中的完美仍然是爱默生日后社会交往的重要特征。

在 1882 年爱默生死后，他的一位叫做塞缪尔·格雷·沃德（Samuel Gray Ward）的挚友向詹姆士·艾略特·卡伯特（James Elliot Cabot）解释道，虽然

① 印度古代宗教和文学名著，也是古代印度经典史诗《摩诃婆罗多》中最精彩的哲理插话和印度教最负盛名的经典。《薄迦梵经》全意为《神之歌》，堪称古印度的《神曲》。——译注

他和爱默生一直联系紧密，但他更愿与爱默生保持一定距离："他能将我抱离地面并吸吮着我的魂灵，以至于如果和他待久了我便会丧失自我……你知道他总是以友谊的激情将其年轻朋友的潜能理想化。"

离开哈佛后的日子里，爱默生变成了一个"无望的校长"，他在一个他不感兴趣也一无所知的岗位上饱受折磨。疾病困扰着他，贫困及其带来的窘迫使他觉得出头之日更是遥遥无期。最后，他开始在哈佛新建的神学院学习，但由于眼病，他不得不中断了学业。他的姑妈玛丽·穆迪·爱默生竭力安慰他说失明可能使他成为另一个密尔顿。结业后，他获得了布道的资格，但不幸的是，他又得了髋关节炎，也有了肺病的症状。他的一个叔叔很同情他，出钱让他去南方旅行。他先去了查尔斯顿，然后到了圣·奥古斯丁。然而在他写的无韵诗中，这次旅行更像是一次远征而非病人的疗养。

在十五个冬日里，
背向北方诸星和闪闪大熊，
我游弋于深海之中，
大熊小熊迅速移向极地，
冷峻的双眸被天际诸星所吸引，
伴随着星移星转它们转向海洋。

《圣·奥古斯丁》(St. Augustine)

在"满是橘树和香橼凉亭"的城市里，甚至"粗鲁的大海"都是友好的，向着"满是贝壳的海滩上泼洒着温暖的大浪"。但是尽管他很感激那里有着疗养作用的温润的气候，但是他还想回新英格兰去接受那个只要他健康允许即可上任的教会职务。他回来后，首先去了他家祖居过的康科德村。他在那里度过了那个夏天的大部分周末；在星期天，他到各个西马萨诸塞小镇布道。他
90 为庆祝自己归来而写的无韵诗里体现了他的成熟，也暗含着他的失落。"我又一次惊惧地看到，/熟悉的旧物在萦绕"，他惊讶于小时候仰慕的康科德河还保持着原样，"看，在这里，他没什么改变；/他只是用多余的波涛/冲破了堤岸，淹没了山谷"。静谧的康科德河（后来爱默生更喜欢用印第安语 Musketaquid 来称呼它）竟能冲破堤岸，淹没周围的山谷，拥有巨大的力量。然而不变的风景和周边的岩石、花朵、田野以及挂在头顶的树枝却仅仅在提醒他：人难免一死。

他们像父亲，对我了如指掌，

他们像先辈，对我关怀备至；
时光如水，忘不了，少年时的深情厚谊，
岁月如梭，只盼望，离世后化尘土共飞扬。

此诗的重要意义在于：它揭示了爱默生对这个他迟早要回来安居的村庄的依恋，也揭示了他对华兹华斯更加地着迷，而在此之前他并不是华兹华斯的崇拜者。他在大学时曾写道："我最近渴望大骂华兹华斯诗歌的风格，他是写蚂蚁的诗人，他的灵感已经是衰弱的灯光。"和拜伦不同，华兹华斯"仅用表现上的忠实"就将忠实与自然混淆。甚至有些诗句开始萦绕着爱默生，到了1824年，他在日记本中已经记满了几页华兹华斯的诗句，这些是从一个刚刚在波士顿出版的四卷本《华兹华斯诗作》（*The Poetical Works of William Wordsworth*，1824）中摘抄下来的。此时，他似乎主要为华兹华斯精神上的升华所吸引，为其永生的颂词所吸引：《留在紫杉树座上的诗》（"Lines: Left upon a Seat in a Yew—Tree"）、《戴恩》（"Dion"）以及《莱尔斯通的白色雌鹿》（*The White Doe of Rylestone*）。爱默生阅读了柯勒律治所作的《朋友》（*The Friend*），该书是出版于1831年的詹姆斯·玛什版本，它引用了华兹华斯并未出版的一些关于自己生活的诗作，这些为爱默生展示了华兹华斯的另一面。华兹华斯能将日常生活变成自己思想的能力和他顽强地拒绝追随他人风格的理念赢得了爱默生直言不讳的赞美。在滑冰的场景中（不久后在《序曲》[*Prelude*]第一部中出版），他写道："真正描写一件事物需要多少的自主自立啊，比如华兹华斯滑冰时的画面，他向后倾斜而又中间急停，这些事实如此简单，但常人却不会将其分离为思想。"

1827年，爱默生应一位哈佛朋友之邀到新罕布什尔的康科德布道，那年的圣诞节他见到了这位朋友的漂亮继女爱伦·塔克。他当时只是教士的候选人，在新英格兰到处布道，从而积累讲道的经验。他的健康不容乐观，然而 *91*
他在显赫的波士顿第二教堂里仍频繁布道，其前途可谓一片大好。1828年他和爱伦订婚，次年3月他被任命为第二教堂的初级牧师，7月升为牧师并获得很可观的1200美元年薪的待遇，1829年9月他和爱伦结婚。当他把订婚的消息告诉兄弟威廉时，他写道他"现在既有安全感又有幸福感"。的确，在很长时期内这对夫妻非常幸福。但是在结婚之前爱伦便得了结核病，在几次发作后，她的健康每况愈下。1831年2月8日，爱伦死于波士顿的家中，那时她年仅19岁，他27岁。尽管爱伦"与他在精神上同在"的承诺让他经受住了第一周的悲痛，但是他仍然越来越感到失落。他打起精神写给爱伦的诗都减弱成了可怕的痛苦的呼号。

他用阅读新的书籍的方式来转移注意力。在爱默生的一生中，每逢苦难，他便去书中寻找慰藉，这便不难解释为什么每经磨难之后爱默生的知识便会得到大幅扩充。他开始阅读维克多·库辛（Victor Cousin）的《历史哲学》（*Cours de L'histoire de la Philosophie*）。这部书同情地对印度哲学和宗教表示赞同，这使得爱默生对印度哲学和宗教有了比他匆忙研究“印度迷信”（“*Indian Superstition*”）时更好的了解。他对唯一神教派[1]和基督教的不满也一直在增长。基督教错就错在它在天堂、《圣经》和耶稣所创的奇迹中到处寻找上帝却不到灵魂中去寻找。更优越的宗教应该是建立在普遍性和直觉必然性的基础上，正如《薄迦梵经》）中的一篇文章所说：“灵魂是自己的见证人，自己的避难所，不要触犯你那有意识的灵魂，它是人类内心至高无上的见证人！”还有：“哦，那通向真理的朋友！那至高无上的精神，你相信他和你自己是一体的。他永久藏于你的体内，是一个全知的检察官审查着你的美德和邪恶。”

1831年7月，他在日记里写了一首不同寻常的诗，该诗用以庆祝自己新的信仰。该诗名为《诺提索顿》（*Gnotbi Seauton*），它是爱默生对自己（也是对读者）的劝诫，他劝诫人们发现自己心中的“被遮盖和被笼罩的上帝的样子”。

如果你能理解那些简单真理中的丰富要旨，
如果你敢将我的词语与你年轻的思绪相比，
那么请将如下事实铭记心底，
92 上帝与你同在，
……
你是法则，
直到从你的内心深处有所回应之时，
福音中没有任何关于和平和希望的启示。

在这种容光的普照下，整个世界都显得非凡而神圣：

---

① 唯一神教派或称一位论派、独神主义等，是否认三位一体和基督的神圣的基督教派别。此派别强调上帝只有一位，并不如传统基督教相信上帝由三个位格。16—17世纪，有组织的一神论派运动出现于匈牙利和波兰，之后传到英国、美国和其他地方。——译注

世间只有上帝，
在我目光所及之处，
万物皆随其引领，
灯光只是他身影。

次年，他辞去了在第二教堂的职务。在国外旅居的一年里，他的病情有所好转。回来之后，他当上了学堂讲师，这是一个受成人教育运动的推动而新兴起来的职业。尽管他仍然作为一个“牧师代理人”在唯一神教的讲坛上布道，但是他越来越把自己看做是乡间学堂或市政讲堂中参与世俗集会的一员，他是世界的探索者。这种新的自由让他兴奋不已；然而，他同时意识到，应该多多感谢成长过程中受到的训练。在一篇名为《优雅》（“Grace”）的短诗中，他对节制的力量表示赞赏。当时，他在布道中经常谈及一种不好的世风，那就是，节制的美德为世人所弃。在形式和音调上，这首诗能让人想到乔治·赫伯特的诗，而赫伯特正是爱默生最推崇的17世纪诗人。

庇护我的主啊！我对您是多么亏欠，
多亏您为我搭建了如此多的护墙：
典范、规则、敬畏，机会的缓慢出现，
这些备受嘲笑的“奴隶”就是我的护墙。
我不敢用目光来测量，
波涛呼啸的海面；
我已深陷罪恶的深潭，
全身而退难上加难。

1834年，爱默生移居康科德，他很快就学会了赞美那里的乡村美景。《紫杜鹃》（“The Rhodora”，张爱玲译）描写的是诗人在潮湿的角落里突然见到的一朵杜鹃花。在这角落里，紫色的花瓣，落入池中，使黑色的潭水富有艳丽之美。如果杜鹃花被问到为何在无人的角落里浪费美丽，诗人告诉杜鹃花应该这样回答：“美丽本身就是它存在的原因。”康科德的冬天有一种含蓄之美，这种美是不逊于春天池塘中的外露之美的。在《暴风雪》（“The Snow Storm”）中，诗人赞美了新英格兰暴风雪的艺术性，这暴风雪用“密集的雪片”“为花园末端的农舍戴上了面纱”，然后，将它的绝对权威强加给村庄里的人们： 93

行客、雪橇不现农场，
邮差、朋友不来拜访，
家人围坐在火炉旁畅谈，
分享着被风暴隔开的私密世界。

第二天早上，当室友们醒来时，他们发现外面的景色都改变了：

快来欣赏北风这石匠般的手艺，
他是个狂暴的石匠，
……
在他的采石场里，砖瓦取之不尽，
每处向风的木桩、树和门都变成了白色的堡垒，
他还给这些堡垒添上了向外凸出的房顶。

暴风雪似乎在玩耍，它给鸡笼和狗窝挂上了大理石般纯净的花环，它把荆棘变成天鹅的模样，它将村中的小路填满，然后神秘地消失，只留下

惊愕的“艺术”，
只能一块石头一块石头地缓慢模仿，
用一个时代来复制狂风一晚的杰作，
这是雪的游戏之作，这是风的随性雕刻。

1835年，爱默生向莉迪亚·杰克逊（Lydian Jackson）求婚。爱默生曾在莉迪亚的家乡普利茅斯做过讲座，讲座期间二人相识。当时，莉迪亚并不愿意离开他的家庭和朋友，但爱默生在他们订婚后不久给莉迪亚写了一封信，信中含蓄地表达了他对康科德的依恋：“亲爱的朋友，清晨的阳光美丽而温暖，我想我很难离开康科德，我必须说服你，让你爱上它。”他还说：

我天生就是个诗人，虽然属于低层次的诗人，但毫无疑问，我是一个诗人。这是我的本质也是我的职业。我的诗歌确实很粗糙而且我的大部分散文也同样如此，但是作为一个观察者和一个热爱灵魂及物质中和谐部分的人，尤其作为热爱两者之间的相似之处的人，我还是一个诗人。和许多朋友相比，日落、森林、暴雪、河景对我来说更有意义，而且通常

情况下，它们与书籍便构成了我一天的生活。所以，不论我到哪里，我都小心翼翼地保持我学习和散步的习惯。虽然这对很多人来说很可笑，但对于我而言，这是保持心声的一种方式。

爱默生在康科德的郊区买了一所房子。1835 年 9 月 12 日，他应当地居民之邀出席该镇二百周年纪念日并在庆典上致辞。爱默生为此精心准备了一篇长篇演说辞——《历史的演说》（"Historical Discourse"），在演说辞中他将该镇的起源一直追溯到 1775 年 4 月 19 日的康科德战役。一些曾经亲历那场战役 94
的老兵也到场倾听了爱默生的演说，这篇演说辞中饱含着一种感谢——感谢那些为了争取人们现在所享有的自由而曾经努力拼搏的人们。但是老兵们的日益衰老也在提醒人们：这革命的一代将很快成为过去。1837 年 7 月 4 日落成的战役纪念碑正是为了将这段记忆保存得更久些而建的。爱默生答应为纪念碑落成仪式写一首赞美诗，尽管他不能亲耳听见人们将它唱出来。《康科德纪念碑落成仪式上的赞美诗（"Hymn Sung at the Completion of the Concord Monument"）（现在被称做《康科德颂》"Concord Hymn"）里包含了他所写过的最著名的段落：

河上那座简陋的木桥旁，
旗帜随着四月春风飞扬；
农夫们在这里换上戎装，
他们的枪声让世界惊狂。

只知道这首诗第一节的人可能会惊讶于后面的段落，因为这些段落给人一种宁静之感，它们不是强调人们的反抗，而是强调时间的胜利：

敌人早已在幽寂中安睡，
胜利者也在幽寂中沉埋；
湮灭的时光里桥已倾颓，
随深暗的河水归向大海。

战役纪念碑使人永久地记住了那段历史；但在那些无法抗拒的破坏性力量（如洪水）面前，它也显得无能为力。爱默生最后向唯一能超越时间与变化的力量祈祷，结束了这首赞美诗：

灵啊，你赐给他们勇敢，
为后代的自由慷慨赴死，
别让碑石在岁月里凋残：
它属于他们，也属于你。

1836—1850年之间，爱默生主要从事公开演讲和论文集的创作，这使他非常出名。几乎每个冬天他都开设系列讲座讲授一门新课程，然后他把讲课的部分内容收集到出版的书籍里。在这些年里，他出版的主要书籍和演说包括《论自然》（*Nature*）（1836）、《论美国学者》（“The American Scholar”）（1837）、《神学院致辞》（“Divinity School Address”）（1838）、《随笔集》（*Essays*）（1841）、《随笔集：第二辑》（*Essays*：*Second Series*）（1844）、《英属西印度群岛的解放》（“Emancipation in the British West Indies”）（1844）以及《代表人物》（*Representative Men*）（1850）。他教授“历史哲学”（“The Philosophy of History”）（1836—1837）、“人类文化”（“Human Culture”）（1837—1838）、“人类生活”（“Human Life”）（1838—1839）、“当今时代”（“The Present Age”）（1839—1840）、“时代”（“The Times”）（1841—1842）、
95 “新英格兰”（“New England”）（1843—1844）、“代表人物”（“Representative Men”）（1845—1846）以及“19世纪的思想及行为”（“Mind and Manners of the Nineteenth Century”）（1848—1849）。

在这些繁忙的日子里，他并没有间断诗歌创作。在1846年的圣诞节期间，他的诗集《诗歌》（*Poems*）在波士顿出版；不久，该书又在伦敦问世。此书包括了57首原创诗歌和两首翻译哈菲兹（Hafiz）的诗。哈菲兹是14世纪的波斯诗人，他的作品（被翻译成德文，共两册）是爱默生于1846年春天在伊丽莎白·皮博迪的书店里发现的。《诗歌》以那首因难于理解而出名的《斯芬克司》①（“The Sphinx”）开始，以《康科德颂》结束。似乎爱默生早就决定了要先选拔出他潜在的读者。读者们只有证实了自己能耐得住难诗的考验之后，爱默生才能让他们读到熟悉的诗篇作为奖赏。

在整卷诗集中，爱默生试着使用不同的格律和形式。这些诗包括他作于19世纪30年代早期至1846年夏天的诗。许多押韵短篇情诗是他写给第一位妻子爱伦的。在《你的眼眸仍在我面前闪烁》（“Thine Eyes Still Shined”）中，那个情人发现到处都能发现他爱人的影踪，在小山坡的薄雾和露水里，在一抹一闪而过的鲜明色彩中，比如“红雀展开它深色的翅膀，/露出它两肋的火

① 希腊神话中有翼的狮身女怪，传说她常叫过路人猜谜，猜不出者即遭杀害。——译注

红”。《护身符》（“The Amulet”）中的情人开始时玩笑般地希望得到爱人的信物，那也许能让他跟上爱人变化莫测的情绪。在最后一段里，我们领悟到，这个情人的要求并不能完全实现：

> 唉！不论契约还是誓言，
> 都不能证明拥有；
> 我想从最后的表白中知道，
> 爱情是否会天长地久。

在一首题为《房子》（“The House”）的诗中，爱默生预见了艾米莉·狄金森所写的那种关于诗歌的诗。《房子》把缪斯女神①描写成一位建筑师，她在各大洲寻找经久不变的材料来建造永恒不变的建筑：

> 她慢慢地精挑细选，
> 那些可以做椽的材料，
> 不死的松树或不腐的香柏，
> 都是她的真正需要。
> ……
> 她仔细地搜寻着矿井和矿脉，
> 开采每一块岩石，
> 筛选出精固材料，
> 确保每座大厦都坚若磐石。 96

1846年卷的其他诗歌都是无韵诗或五音步双行诗。爱默生将他的早期作品《紫杜鹃》（“The Rhodora”）和《暴风雪》也收入其中，并且对其进行了几次新的有趣的试验。《克塞诺芬尼》（“Xenophanes”）（爱默生最喜欢的前苏格拉底时代的哲学家之一）中的说话者满心抱怨，他认为单个事物中的自然价值掩盖了单调的同一性。但他用辨证的方法获得了这样的一个认识：“知道一个要素，探究另一个，/而在第二个之中又会出现第一个”。在《枯萎》（“Blight”）中，爱默生提到，一些年轻的学者们给他们拔掉的植物取拉丁名字，但他们却从没发现这些植物与人类的密切关系；然而，一些慷慨大气并

① 天神宙斯的9个女儿，这9个女神在希腊神话中被称为缪斯女神，每人分管从绘画到音乐等诸多艺术中的一种，这些女神最能激发艺术家创作灵感。——译注

寻求科学统一性的老科学家却正在被这样一群自信的青年学者所取代，爱默生对此表示痛惜。当我们对自然充满敌意的时候，大自然也对我们充满敌意："而且高傲地以眼还眼"。

所以对于我们患病的眼睛来说，
矮木看起来有病，夏天看起来很短，
云彩遮住了太阳，太阳晒不到稻草，
所有的生物都不再渴望茁壮成长。

《枯萎》问世之后，爱默生又写了《草甸河》（"Musketaquid"），该诗的基调与前者相左。在这首诗中，爱默生亲昵地赞扬了流速极慢的康科德河，还歌颂了他在河畔所度过的悠闲自在的生活。

因为我满足于这些贫瘠的土地，
低洼而开阔的草甸，细小而缓慢的河流，
我在他人看不上的地方建一所房子，
树林之神便更加地眷顾我，
准我留守这片自由的土地。

月亮和行星投射出柔和的光辉，他孤独思考时的背影与这冷峻的光辉相映成趣。他体味着新英格兰的春寒料峭：

在雨中，在洗刷一切的雨中，
春天光临了山谷，冲破了云彩，
而我则呼吸着早晨清新的空气。

他从自己的花园中学到的点滴小事也能给他带来快乐，因为"梨或梅子在一棵树上感情日增"，如同"蜜蜂们在一个大果园中共鸣"一样开心。对于他而言，最好的感觉在于他发现"淳朴的自然给了"他"真正的自由"。

《哈马特拉亚》（*Hamatreya*）中有爱默生写的"毗湿奴往世书"[①]（*Vishnu Purana*）里毗湿奴与马特拉亚的对话，其中毗湿奴在反复咏唱大地战胜贪婪

① 印度古代著作，是毗湿奴教派的主要经典。全书是梵文的诗体作品，中间夹杂片断散文，内容包括宇宙起源、帝王世系直至对未来的预言。——译注

而愚蠢的王子们的那段唱词。在爱默生的这个版本里，王子们已经成了康科德的农夫——“迈诺特、李、威拉德、霍斯默、梅里亚姆、弗林特”——他们的名字都是单音节词或在第一个音节重读的词，当这些词嵌在抑扬格的句子里就像有许多犁铧一样。而让他们引以为豪的作物也有同样铿锵有力的名字：“干草、玉米、根、大麻、亚麻、苹果、羊毛以及树木。”当这些朴实的 97
撒克逊农民们反复歌唱着那些自己拥有的东西所带来的快乐时，他们都饱含热情：

“西风在我的树林里听起来多么甜蜜！
影子在我的山上多么优雅地盘绕！
我猜想那纯净的水和旗子，
如同我的狗一样了解我；我们惺惺相惜；
而且，我肯定，我的行动带有泥土的味道。”

同时，女神也在冥冥中咏唱，等待着农夫们的聆听。但是，这些自鸣得意的农夫们却听不进女神所唱的《大地之歌》（“Earth－Song”）：

在花朵里，大地笑看这些自吹自擂的孩子，
大地很骄傲，它的骄傲并非因他们而起；
他们驾车和犁地，但他们不能使自己的脚
远离坟墓。

大地之歌以短行诗写成，听起来像咒语或有魔力的句子：

我的和你的，
我的不是你的。
大地永存，
星光依旧，
照向古老的大海。

大地依旧，但农民、律师和继承人都消失了，“像洪水的泡沫一样”从大地上被彻底地冲走了。在《大地之歌》的末尾，爱默生加上了自己的四行诗。语调既不像自由叙事诗那样的怜悯式嘲讽，也不像《大地之歌》那样的怪诞可怖：

我听到大地之歌时，
我不再勇敢；
我的贪欲冷却了
它在冰冷的棺材里一冻不缓。

爱默生很少承认自己犯有不可饶恕的罪行，他在《论自立》（“Self－Reliance”）中写道：“如果我是魔鬼的孩子，那我就从魔鬼那里获取源头活水。”在这里，传统的语言是准确的。与通常的欲望不同，对土地的渴求不会随岁月的推移而减退——确实，过去传统的贪念只会增长对土地的渴求。《哈马特拉亚》使我们想起，最大胆的房地产买主也会发现最后他将埋于自己的土地之
98 下，而一个陌生人正在他的躯干之上犁出一道道新的垄沟。

《大地之歌》里不规则的诗句使它与另一组重要的诗歌联系起来：《斯芬克司》（“The Sphinx”）、《巴克斯[①]》（“Bacchus”）、《萨迪》（“Saadi”）、《墨林》（“Merlin”）诗二首以及《献给 W. H. 钱宁的颂歌》（“Ode：Inscribed to W. H. Channing”）。这些诗节包括不同长度的诗行（四音步、三音步、二音步甚至一音步）。虽然有时诗行没有开头，因此成为扬抑格，但通常都是抑扬格。在一个诗段中采用的韵可能在下一段不再使用，可这些诗是押韵的。爱默生用这种诗歌形式书写重要的诗歌，阐述政治和神学的观点，这表明：与中规中矩的诗歌以及自由体诗相比，爱默生更青睐这种形式的诗歌，因为它更加灵活多样，更加富有表现力。

虽然爱默生在《诗集》的开篇诗《斯芬克司》中向勇敢的读者们提出谜语来挑战，但《斯芬克司》仍然是这些诗中最规则的一首。该诗共有十七个诗节，每个诗节有八行。其中的十四个诗节是用二音步抑扬—抑抑格写成的，其余的三节和一个四行的完结部都是三音步。

不断烦扰人们的恶魔，
是衷情最好。
龙穴的豁口，
也被祝福的光辉照耀；
自然的遗忘也不能让人恍惚，
灵魂力求完美，
眼睛徒劳追逐。

---

① 希腊神话中的酒神。——译注

正如前面几个诗节告诉我们的那样，斯芬克司的谜语很明显地把自然的、普遍的快乐排除在外。但是，在上面这一节诗中，诗人明确地回答了斯芬克司，真正困扰人类的是我们“衷情最好”。对完美的渴望会使人类永不满足：“我有一个高尚而自由的爱人吗？/我希望他爱我，/但我更期盼他高尚至极。”但是，这同样意味着生活中不停交替出现的快乐与悲伤也是爱情计划的一部分：“永不停息的交替，/一时跟随，一时远离；/痛苦之下是快乐，/快乐之下是痛苦。”但是尽管我们不高兴，我们还是相信爱是宇宙变化的中心，发出它“强烈的脉动，/直到白日的尽头”。斯芬克司对这种轻蔑的回答不以为然，这很出乎人们的意料：她非但没有纵身跳下悬崖（俄狄浦斯解开了斯芬克司的谜语后，她跳崖而死），反而突然变化出上千种美丽的模样： 99

> 斯芬克司不再蹲伏于石上，
> 而是快乐地站了起来；
> 她融进紫霞里飞翔，
> 她融进银月里变白；
> 她摇身一跃变成黄色火焰；
> 又化做红色与花朵同绽放；
> 她流进了翻着泡沫的波浪；
> 她站在莫那那克的山顶上。

斯芬克司最后给我们留下了这样的信息：“谁能解读我所说的任何一个意思，/谁就是我的主人。”

爱默生许多诗作都以神话传说或历史人物命名，如《巴克斯》、《萨迪》、《墨林》，这些人都关注诗歌的创作。《巴克斯》就把创作诗歌与神的醉酒联系在一起。

> 给我葡萄酒，但不是葡萄的腹中
> 生长出的那种饮料，
> 也不是源于藤蔓，深深的根延伸无穷，
> 从安第斯山向下直达好望角，
> 保存了大地的全部味道。
> ……
> 那酒就像
> 地平线上

日光的瀑布，
或是像不绝的海流奔涌在大西洋，
朝着呼唤它们的南方归宿。

受到这样的启发，诗人追溯古文化留给自己的灰烬和残酒，并用它们取代真实的事物而成为意象。该诗最后以向神祈祷结束，在祈祷中，他企求大自然给我们带来一种新气象：

斟出你神奇的葡萄酒，巴克斯！
找回失去的我，失去的旧日！
……
为古旧的画布重新上色，
将磨蚀的印版重新雕刻，
用钢笔在蓝色的书板上
描绘我昔日的传奇，
追溯人类的第一日，
刻画那跳舞的神祇和不朽的英雄。

普勒阿得斯七姐妹是希腊神话中巨人阿特拉斯和海洋女神普勒俄涅所生的7个女儿。他们变成了星座，其中有一个看不见的星星：梅罗珀（Merope）。她因为爱上一个凡人而感到羞愧，所以便将自己的光辉隐藏起来。丢失普勒阿
100 得斯的神话很吸引爱默生；对于他来说，这象征了智慧的丧失。“每一位诗人都在小山上数普勒阿得斯星座的星星，并为缺失了一颗而感到难过。啊，这不就是记忆和想象的衰退以及思维的退化嘛！”

有获得已经丧失的灵感的方法吗？在1846年4月，爱默生买了约瑟夫·冯·海默（Joseph von Hammer）翻译的两卷本德文版《哈菲兹诗集》（*Der Diwan von Mohammed Schemsed—din Hafis*）（1812—1813），诗集的作者是波斯诗人哈菲兹。不久，他就对这位14世纪的神秘诗人着了迷，并开始把这部德文译作翻译成英文。最后，他写成了一部250页的书，包括他翻译的哈菲兹的诗以及他在海默的《波斯史诗》（*Geschichte der schönen Redekünste Persiens*，1818）中看到的其他诗人的诗，其中的两篇译作收入了他发表于1847年的《诗歌》（*Poems*）里。正如《巴克斯》的作者一样，爱默生译诗里的哈菲兹也同样是一个追求灵感和梦想的人：

管家，拿红葡萄酒，
用一时的伟大来添满我们；
给我倒酒，
我的灵魂里缺少勇气和精神。
……
快些，用你的方式，
我打开了运气与生活之门。
给我左罗斯特的火焰，
我要将他在灰尘里寻找的火焰拥有：
……
把它给我，用它的力量，
我就可以像詹姆斯奇德一样看破红尘。
《来自波斯的哈菲兹》（“From the Persian of Hafiz”）

詹姆斯奇德是传说中的波斯国王。他有一个魔杯，这个杯子的底部能反射出整个世界。在爱默生的译诗里，这位国王变成了诗人（就像他在《诗歌与想象》［“Poetry and Imagination”］一文中提到的那样），他们“把世界变成了玻璃，让我们看到事物正确的序列和进程”。另一位波斯诗人塞阿迪也得到了爱默生的赞誉，因为“带者悲伤眼神的托钵僧……不停地唱着哀歌将要死去”，他给了塞阿迪一杯苦艾酒，但塞阿迪拒绝了他，表示更希望得到快乐中的智慧：“在他的心中，阳光变了，/它照亮了每个透明的文字”。（《萨迪》）

爱默生关于墨林①（亚瑟王宫廷里法术强大的巫师）的两首诗在基调上比他的波斯诗更忧郁一些。这两首诗表达了他肯定个性而不是消磨个性的态度。在《墨林》的第一首诗中，巫师想用韵律给人带来命运的打击，这样的话，这首诗便应该“用冰冻的洪水的喘息和呻吟”来奏鸣，应该和“战争中的大炮声”一起回荡。哈菲兹在关于神秘之酒的诗稿中并未使用严格的韵律， 101
爱默生也不在所有的诗歌里都使用韵律：

“进来，进来，”天使说，
“进入最上面的门里，
不要数下面的层级，
沿着那奇异的楼梯，

① 亚瑟王传说中亚瑟王的顾问，是一个魔术师和预言家。——译注

一级级走向极乐的天地。”

在这些诗中，即使有超乎想象的自由，爱默生笔下的神游诗人也没有完全放弃格律和韵律；但是，他十分希望看到别人用自由体进行创作，因为当惠特曼 1855 年出版《草叶集》（*Leaves of Grass*）之时，爱默生给予了热情的回应。韵诗对于爱默生来说具有形而上的意义，因为（正如《墨林》中的第二首诗解释的那样）：“自然崇尚平衡，/它成对地创造万物。”宇宙本身是对称的：“像鹰的双翼那样完美成对，/万物的韵在于平衡搭配。”甚至奈米西斯[①]就是韵律与对称之神：她给犯错误的人以惩罚，这惩罚“让音符尽善尽美，/让歌曲浑然天成”。

《乌列》（“*Uriel*”）虽然在它介绍性的四行诗之后，使用的是规则的四音步双行体，但在总体风格上还是与其他神话诗相似。乌列是密尔顿笔下撒旦所见的站在太阳下的大天使。他在爱默生诗中变成了一个因讲出自己的想法而犯错的天使。当天上的“年轻的诸神”正在讨论“形式的法则，格律的标准，/天体，本质，太阳的光芒，/哪些是实体，哪些是幻象”时，乌列插入自己的观点：

自然界根本没有线，
个体和宇宙都是圆，
所有光线的旅行都徒劳，
恶会赐福，冰会燃烧。

善中有恶，恶中有善（爱默生的论文《补偿》［“Compensation”］中体现的观点）打破了传统模式所推崇的永恒的惩罚与永恒的奖赏。

对于天堂的居民们来说，
莽撞的话语将带来灾祸，
命运天平的横梁突然折断，
善与恶的界限突然洞穿。

“严厉的老战神”（“stern old war-gods”）纷纷摇头而周围的一切全都向着混乱的深渊沉沦。乌列是这场灾难的煽动者，但他自己却被难以控制的混乱

① Nemesis，希腊神话中的复仇女神。——译注

所吞没：

乌列意识到了自己的处境，
他的美瞬间像枯叶般凋零；
他曾是天界的神，尊荣非凡，
此刻却退到云后掩盖羞惭。 102

现在，乌列说明真相时“尖利而且充满蔑视的声音”通过自然界的瞬息万变传递给我们：“从太阳的轨道里，/从化学反应的结果里，”“尖利的充满蔑视”的声音，不论怎样隐藏和矫饰，仍旧有使云朵羞愧、使老战神们在宝座上不寒而栗的威力。《神学院致辞》发表后引起了公众论战，很多评论家认为《乌列》恰是爱默生对这场论战的回应，它在其中既表达了轻蔑之情也传递了落寞之意。和乌列一样，爱默生从未放弃过，但当他“意识到自己的处境”后，他不再单纯，其实正是这种单纯让他毫无顾忌地说出他的想法。

正如题目所示，《献给 W. H. 钱宁的颂歌》使人们回想起英国 17、18 世纪的品达尔体颂歌①以及它迅速变化的基调和氛围。这首颂歌指向一个具体事件，即墨西哥战争的开端。爱默生（和这首诗所歌颂的主张废除奴隶制的大臣一样）认为这场战争是奴隶主的侵略战争。“看那些有名的州，舞刀弄枪，侵扰着墨西哥！”但爱默生并不赞同 W. H. 钱宁以及加里森派废奴主义者②们所主张的自由州应和蓄奴州脱离的观点。这与他对联邦的依恋无关；相反，它来自于一种令人怀疑的信念（虽然北方联盟与奴隶制毫无瓜葛）：“波士顿湾和邦克山，仍旧会一如既往；事情总是迂回前进。”

这是奴隶的生活，
忙于织网磨玉米；

---

① “the English Pindaric odes”，公元前 5 世纪希腊职业竖琴师品达尔所写的或按照他的风格写出的仪理歌。品达使用了斯特西科罗斯（Stesichorus，公元前 7 和前 6 世纪）的三部结构，这三部分相当于合唱队的动作，他们先在舞台的一侧，然后又走到舞台的另一侧，最后站在舞台中央吟咏结句。——译注

② 因其首领威廉·加里森而得名，他们反对参加政治斗争，认为这意味着丧失原则；他们反对按美国宪法选举总统，认为宪法是一个亲奴隶制的文件；他们有些人甚至号召各自由州脱离这个维护奴隶制（或“拐骗人口制”）的联邦；他们对一些大的教会组织拒绝接受激进的废奴主义主张十分不满，攻击这些组织是“贼窟”，他们还主张男女平等。——译注

东西往马鞍里摞，
人们往马背上骑。

聪明的人不愿插手这些事情，他们会把这些问题留给“至上之神”去解决，就像《墨林》（二）中的奈米西斯。

男对女，偶数对奇数，
至上之神将权利摆布，
万物之主控制人口增减，
他让强大种族
消灭弱小种族，
他让白色人种
消灭黑色人种，
他知道怎样从狮子那里拿到蜂蜜，
103 他能在强盗和土耳其人的树上嫁接最嫩的树枝。

这些诗行是为种族灭绝赔罪，还是为异族通婚辩护？1846 年，爱默生日益渴求的是高贵的上帝能以某种方式从历史的躯壳中炼出蜜来，但是他确信这一过程将比钱宁那样的和平主义者们想象和希望得更加残忍。

其他写于 1846 年卷中的大部分诗歌是散乱的四音步双行体。对于这种形式，爱默生写得并不十分流畅。但即使这样，爱默生有时也表现出了他的雄辩。在《访问》（“Visit”）一诗中，不耐烦的主人希望赶走一位来客，诗的最后两行以一个令人难忘的对句结束：“如果是爱让他留得太久，/恨便急于将他赶走。”《问题》（“The Problem”）一诗是关于信仰的，这种信仰激发广大的基督教教会回忆起爱默生所敬仰的 17 世纪的大师：密尔顿、琼森、马维尔，其中几行如下：

多才的手弄圆了圣彼得堂的圆顶
弄穹了罗马各教堂的弧棱，
显出来一种阴沉沉的虔诚气息，
他没有办法摆脱上帝；
他自己也不知道怎么造得这样好，
那灵醒石头变得如此美妙。

（张爱玲译）

1846 年卷的倒数第二首诗是《哀歌》（“Threnody”），这是爱默生为死于 1842 年的年幼长子所作的挽歌。这首诗把不同长度的诗行和四音步双行体长句结合在一起。各诗行长度参差不齐以表达悲伤情绪：

> 啊，乐园的小孩，
> 你使你父亲的家成为可亲的，
> 在你深沉的眼睛里
> 人们看到幸福的未来——
> 我太灰心了
>
> （张爱玲译）

另一方面，那颗“深沉的心”却以无情的四音步双行体谴责爱默生的悲痛：那颗心提醒他：“我教导你的心/难于用仪式、圣经和语言表达。”他现在是用“悲伤的亵渎”来偿还这个小拯救者的债务吗？造物主的世界总昙花一现的。

> 他的天堂不是用坚石与金子造成，
> 僵硬而寒冷；
> 而是柔软的芦苇的窠巢，
> 草花，与芳香的杂草；
> 或是像旅途中几乎被风吹跑的帐篷，
> 或是像风暴上面弯弯的一条虹； 104
>
> （张爱玲译）

匆忙的上帝把世界的种子播撒下来，使之生长在由人类生命与爱构成的“荒芜的体系”之中。“房子和住户转入地下，/在上帝中消失，在神性中再现。”

爱默生在整个 19 世纪 40 年代和 50 年代继续写作和发表诗歌，虽然他直到 1867 年才推出另一本诗歌全集《五月节及其他》（*May—Day and Other Pieces*）。随着 1844 年《随笔：第二集》（*Essays*：*Second Series*）的发表，他开始为单篇随笔撰写诗体警句。他为 1847 年重印的 1841 年版的《随笔》和 1860 年的《生活的准则》（*The Conduct of Life*）中的随笔写了警句。他的警句带有一种他所尊崇的哈菲兹波斯诗的格言般的紧凑。这些附加在随笔中的警句使爱默生同时扮演两种角色：预言者和解说者。他将 13 段这样的警句加进《五月节及其他》（1867）中。为《补偿》（Compensation）（《随笔：第一集》[*Essays*：*First Series*]）所写的第一组警句让我们想起自然事务也要像人类一样服从于烦扰人类的经济规律。

山高耸，海深悬
把颤抖的平衡保周全。
随着月亮和潮汐的变化
穷人与富人的仇恨在迸发。

第二组警句以人的主体为对象，对之轻声鼓励，提醒他财富和成功会粘住进取心，就像藤蔓会缠住榆树一样：“人是榆树，财富是藤蔓；/那枝蔓把你牢固地绕盘。”然而财富并不能为一个人或政府买来幸福，正如《政治》（“Politics”）一文的警句所警告的那样：“恐惧、狡诈和贪婪/不能建立一个政府。”

华盛顿的政客们为了贪占土地而导致了墨西哥战争，他们并没有注意爱默生的警告，甚至在战争结束之前他们就争论是否应在从墨西哥瓜分的领土上禁止奴隶制。建议从别国掠夺土地然后再传播奴隶制的做法似乎把美国政治带入一个新的低谷。在写了一个对句（这个对句后来成为他诗集中一首新诗稿的一部分）——“正如鸟儿向着劲风梳理自己/我向着时代的暴风雨梳理自己”之后，爱默生紧接着在随笔中用了一个从句，仿佛他的厌恶极大，来不及用韵律的灵感表达。他写道：“我将要在我最后的一次心跳中找到一丝愉悦，以使我摆脱卑贱的政治。”他所作的这首诗最后以《终点》（“Terminus”）为题发表于《大西洋月刊》（*The Atlantic Monthly*）1867年1月那一期，随后
105 又收入《五月节及其他》。《终点》的手稿夹在送给出版商的1846至1850年诗歌的草稿之间，《终点》的前几行紧接在诗歌《巴克斯》（“Bacchus”，发表于1846年）唯一的手稿之后。换句话说，爱默生这首关于老年的著名诗歌可能在他年仅43岁时就开始构思了。《巴克斯》提倡通过狂喜获得创新；在《终点》中，爱默生从另一个神那里收到了一项命令：

该是老去的时候了，
该是收帆的时候了，
神划出了界限，
设定了陆地。
他在命运的巡视中来到我身边，
说：“到此为止！”

此刻，诗人一定在节俭地使用衰退中的生命力。他首先愤怒地责备他的祖先，

他们留给他“一种逐渐消褪的才智作为遗产，/反复无常的热浪和无力的控制”，因此使他既不能适应诗歌创作也不能适合从事政治：“在缪斯中，独你又聋又哑，/在斗士中，独你又呆又傻。”

随着那些为公众利益而抗争的天生斗士们在邪恶面前低头，爱默生作为旁观者的困惑感与日俱增。1852 年夏，他在日记中写下了一则关于丹尼尔·韦伯斯特（Daniel Webster）的警句，这个本是他眼中英雄的人物，如今成了《追捕逃亡奴隶法》的热心支持者：“为什么韦伯斯特刚勇的天赋已消失？/他把它们写在自然最庄严的眉毛上出售。”为韦伯斯特辩护的波士顿人受到相似的嘲笑。在一份 19 世纪 50 年代诗稿的残篇中，爱默生对这座生养他的城市如此说道：

> 啊，波士顿城，听我的斥责，
> 啊，虔诚的唯一神论者。
> 但我更怕的是，你的敌人糟粕；
> ……
> 你的缺点是太过礼貌，
> 你的祸根，是高尚情操。

他先是写上然后又删去了温思罗普（Winthrop）和埃弗里特（Everett）的名字，作为这种过多礼貌会导致向邪恶力量妥协的例子。当内战爆发时，他甚至拒绝他早期在《美国奴隶制》（“American Slavery”，1855）一文中提出的主张，即通过购买所有奴隶而和平地结束奴隶制。1863 年 1 月 1 日《解放奴隶宣言》发布当天，他在波士顿音乐厅（the Music Hall）中宣读了《波士顿圣歌》（“Boston Hymn”）中一节很有名的诗，在诗中他敦促同城市民“向主人偿付赎金/并把袋子装满”。但奴隶主并不是应该得到补偿的人：“谁是主 *106*
人？奴隶是主人，/永远都是。偿付他吧。”

爱默生的第二部诗集《五月节及其他》，发表于 1867 年。题头诗是因村庄庆祝五月节而引起，在这个节日里“姑娘们剥着芳香的柳树皮”，小伙子们欢快的喊叫声回荡在空气中。但“五月节”很快有了变化，因为大地回暖对冰冻的新英格兰产生了奇迹，产生了洪水。爱默生对这种温暖的热情讴歌听来颇似苏非派（Sufi）[1] 赞美诗：

---

① 指伊斯兰教泛神论神秘主义者。——译注

地球恢复了那火一样热情的力量，
丰富的形体，绚丽的红光，
欢乐到处落进玫瑰色的波浪中
主啊，在您的爱心中流动。

《阿的龙戴克斯》（The Adirondacks）是《五月节及其他》之后的一首无韵体叙事诗，完全是又一首重要诗歌，它也是颂扬自然的创新之力。1858 年 8 月，十位学者（包括爱默生）随向导按周详的计划到阿的龙戴克斯度假。所有的重活都由向导们来做：划船、搭帐篷、煮饭、在学者们轮番打枪或采集自然标本时给以指导。因为有一种孩子嬉耍表演的感觉，所有的度假者都感到十分快活："我们像是黄道带的居民，/呼吸着阿尔卑斯山的气息，/如此轻盈，如此高昂，来来往往充满诗情画意。"人们享受着远离文明困扰的快意，可当他们从外部世界获悉大西洋海底电缆已铺抵北美海岸时，他们"得意地大声欢呼"庆祝这个好消息。他们为何如此高兴？是因为"长久以来得不到控制的"闪电现在已经服务于人的目的了吗？是因为"被操纵的舌头拼写着人类的讯息/瞬间穿过汹涌的大洋洋底"吗？有可能。或者就像爱默生在《斯芬克司》中暗示的那样，是自然本身，游客们可怕的拦路者，乐于展示她的神秘？当他们离开荒野时，

……自然，无声而不可思议，
她无尽的宁静容许
几乎用一个偷偷的微笑激励她的儿子，
宛如猜斯芬克司的一个谜语。

《五月节及其他》中"自然与生命"（"Nature and Life"）题下有一首感人至深的送别诗，由爱默生英俊聪颖的弟弟爱德华（Edward）所作，后者 29 岁即离世。《最后的别离》（"The Last Farewell"）写于（如批注所示）本诗作
107 者"1832 年驶离波士顿港，前往波多黎各岛"之时。表面上看，他是寻求更温暖的气候以期恢复健康，但是他清楚地知道再也不会回来了：

再会，你那高高的塔尖
你们曾向神圣之光呼喊！
再会，温馨的火焰
你们曾打破夜的幽暗！

那些塔尖消失得太快，
我们太早就离开了海湾，
被海洋摇荡得太快，
太早地远离了家园。
远离，远离。

在这首诗之后，爱默生写了一首诗，意图纪念“弟弟那颗短暂而耀眼的星”！在《纪念 E. B. E.》（“In Memoriam, E. B. E.”）中，爱默生以悼念康科德战场开始——尽管不是为了那些“愤怒的农民”，他们“穿着邋遢的套裙，队形散乱”来抵抗入侵英军。现在，他的注意力被那“坚硬的基石”所吸引，敌军阵亡者那“无依无靠的坟墓”以它来标示。对这块无人问津的墓地的同情使他想到在遥远的波多黎各的弟弟的坟墓。然而照在康科德纪念碑上的阳光守卫着英军的死者，那“自然的无尽的微笑”陪伴在爱德华长眠的地方。

造物主从何处又怎样找到
自由的灵魂，这又有何重要?
正如你的记忆保存完好
在橘林，在长满棕榈树的小道，
这些可爱的堤岸，这里橡枝粗大
树根在古代英雄的血液中深扎。

对于美国文学传统的发展，爱默生的诗歌只是构成了一部分贡献，尽管是很重要的一部分。爱默生从 1836 年开始为波士顿版卡莱尔（Carlyle）的《旧衣新裁》（*Sator Resartus*）（第一次以书的形式出版）撰写前言，他以出版商、编辑、翻译、文学主持人和慷慨的赞助人等多重身份开始了第二次生涯。他致力于使卡莱尔的作品在美国授权出版，这使他接触到出版业的方方面面——商签合同，促销订阅，文本编辑，与售纸商和装订商议价，与印刷商打交道，校阅，为远地书商供货，累积账户，与银行家谈判，因为卡莱尔的版税要由美元兑换为英镑才能从美国寄到英国。

爱默生自封为卡莱尔在美国的不领报酬的文学代理商，由此他找到了一个既有时间去做又能显示才干的新职业。1832 年辞去波士顿第二教堂牧师职
位后，他集学术会堂讲演人、唯一神教代理传教士、作家和康科德住户于一 108
身，过着令人惬意的乡村生活。（与所有新近结婚的人一样，他于 1836 年被选为村里的养猪监控官，负责对饲养劫掠来的生猪的主人处以罚金。）但是似

乎有必要为别人做一些更艰巨的工作。在《论美国学者》中，他讲道：“行动对学者而言是次要的，但却是基本的。没有它，他还不能算做人……思想的开端，通过它实现从无意识到意识的过渡，就是行动。”然而在19世纪30年代末，与接受义务相比，爱默生则更快地摆脱义务。1838年春，他结束了与东莱克星顿圣会的关系，此前他一直支持这里的讲坛；同年夏季，他在哈佛神学院向毕业生发表了恶名昭著的讲演，这个讲演使他与哈佛大学断绝了30年的关系。

爱默生1836年为卡莱尔所做的编辑工作几乎是属于偶然情况，但却开始了他生命中的新阶段。这段时间他作为非官方的中心人物，为一个新的作家集会服务，这些作家向他寻求鼓励、建议，希望他帮助联系出版商——有时是为了谋职或赚钱。从一封1842年由纽约写给玛格里特·富勒的信中可以看出这个角色对他是多么重要。繁忙纽约人的景象更确定了他关于诗人重要的信仰：“华尔街的气氛、挤在百老汇大街上的男男女女的表情、不断翻报纸的沙沙声使我感到的不是他们阶级的价值，而是我自己的阶级的价值——那少数缪斯崇拜者的最高需求——狂野而神圣——作为对这个瞬息即逝的物质世界的反击。”在《论自立》（“Self—Reliance”）中，他自豪地说道：“有这样一类人，我与他们达到了精神上的契合；为了他们，需要时坐牢我也在所不惜。”尽力帮助其他作家并没有使他坐牢，但却使他付出了时间、金钱和同情心。

这些导师般的亲近关系中的第一例最为奇特。1837年，作家、教育家、奥尔科特（Alcott）和爱默生共同的朋友伊丽莎白·皮博迪（Elizabeth Peabody）听说一个叫琼斯·威利（Jones Very，1813—1880）的年轻人在萨勒姆学会（the Salem Lyceum）发表演说。威利，萨勒姆当地人，1836年毕业于哈佛大学，当时在那里学习神学并做希腊语家教。《为何不能再有一部史诗》（“Why There Cannot Be Another Epic Poem”）令皮博迪钦羡不已，她向爱默生建议应该让康科德学会（the Concord Lyceum）也聆听该演说。爱默生转告皮博迪说，他已正式通知康科德学会的负责人邀请威利演讲，并且该负责人已“允诺尽其最大职责”促成此事。4月4日威利在康科德演讲后，爱默生夫妇邀请他在家中共进晚餐。看起来爱默生对这位优秀的年轻人印象很深。他在
109 1839年4月19日的日记中提到威利这样一个年轻人让他开始“对共和国感到了希望”。然而，9月就传来了不幸的消息，爱默生把这个消息马上转告玛格里特·富勒：“你听说了可怜的威利，那个剑桥助教的不幸了吗？他在查尔斯顿精神病院（Charlestown Asylum），病情不容乐观。”

尽管爱默生并不知情，威利还是经历了长期的精神斗争。1836年，他经

历了一次信仰转变，一次使他感觉到上帝的存在与怜悯的心灵转变。由于他坚信只有个人的意志才能使他与上帝分离，威利开始消除他自己的意志，使自己完全服从上帝的意志。到 1838 年秋，威利感到他的个人意志已经被根除，他“与基督的认同”最终完成。9 月 18 日，他贸然走进了神学院教授小亨利·韦尔（Henry Ware，Jr.）的书房。韦尔当时正与一群学生谈话。一个学生后来回忆，威利突然闯入，提出要对《马太福音》第二十四章（即耶稣对门徒预言即将到来的世界末日）进行“精神”诠释。第二天，威利告诉他的学生“逃进深山，因为所有的一切即将到达末日”。哈佛大学校长乔赛亚·昆西（Josiah Quincy）获悉此事后，很快解除了威利的职务并且让威利的哥哥把他从学校接回在萨勒姆的家。

威利想在康科德停留并与爱默生交谈。他的访问被阻止了，但允许送给爱默生一份随笔手稿及一封信宣告令人高兴的消息：“丰收的时节已经到来，硕果正在地球的广阔平原上收获。这里，即使在这里，上帝的意志也像在天上一样行使。我的朋友，我告诉你这些我所确知的事情。”威利曾是爱默生在《论自然》（*Nature*，1836）的千年预言的热心读者，他在这本书上划了粗重的下划线，我们藉此可以清楚地看出这一点。爱默生发表《神学院致辞》（1838 年 7 月 15 日）力主学生抛弃传统“使人直接认识神性”时，威利也曾到场。事实上，威利突然闯进小亨利·韦尔的书房对《马太福音》第二十四章进行即兴解释时，韦尔正致力于完成一篇重要的布道（《神性的品格》“The Personality of the Deity”）以回应爱默生的演说。

爱默生的演说被许多人看做是亵渎神明的；现在人们开始认为它也要为威利的精神错乱负责任。威利到达萨勒姆后的行为方式也于事无补。他拜访了伊丽莎白·皮博迪，他把手放在她的头上，严肃地告诉她他“用圣灵与火”为她洗礼。他要来《圣经》并宣称：“我第二次降临。”她吓坏了，但尽量保持镇静直到他安静地离开。当晚他又返回，给了她“一张巨大的对开纸，上 110
面有四首双栏十四行诗——他说这是圣灵促使他写成的，他把这些当作圣灵的言语留给我来读”。

被威利以这种方式接受洗礼的萨勒姆的牧师们感到忍无可忍；他们坚持要把他送到麦克利恩精神病院（McLean Asylum）。在那里平静地度过一个月后，他被放了出来。他没有放弃自己的任何信仰，但医生断定他对自己和别人不构成任何威胁。一周后，他来到康科德对爱默生夫妇进行五天的访问。为什么爱默生夫妇愿意招待这样一位与众不同的客人呢？爱默生曾与短期的精神失常者打过交道。十年前，他的弟弟爱德华曾经受一段严重的精神错乱并不得不用皮带绑上，送到威利刚出来的那家精神病院。（尽管爱德华最终恢复了神智，却没有恢复健康：他于1834年死于肺结核。）

威利想要什么？正如爱默生后来所回忆的："看起来他期望我完全承认他的使命并参与同一种使命。"尽管他敬重威利的绝对自信，却未能给予这种承认。他发现自己对这位客人吐露了真情，就像对为数不多的其他人一样。

> 我告诉J. L.（琼斯·威利）我从没有遭受痛苦，我很少关注自己密友的安全和生活，因此很难令他们满意：我清楚如果我的妻子、孩子、母亲从我的生命中被夺走，我将依然以一种从所有事情中获得的同样的粗鄙的欣赏能力保持自我之完整。我不会过于悲伤，尽管我爱他们。

由于对那些诽谤他的《神学院致辞》的牧师们依然耿耿于怀，爱默生获悉威利在康科德的教师集会上与主持牧师对质后很是高兴，并"让他惊叹于爱，这种爱迫使他坐在椅子上谈论他一无所知的事情"。威利走后，爱默生致信伊丽莎白·皮博迪：

> 我希望整个世界都像他一样疯狂。我可以说他以某种思想和言辞的暴力使自己蒙羞；但这是很肤浅的；他非常清醒，我想，一旦他的思想从当前的兴奋回到更自然的状态，所有的人就都会意识到这一点。如果这可以证明他的特性是坚定不移的，他所表达的真理与启示则永远不会改变，如果你以完全的真诚和他交往。

威利并不满足于爱默生的认可；他想要的是完全的赞同。他以一种令人陶醉的真诚告诉爱默生夫妇他曾一度恨他们，那是他的"恨日"，他能够辨识
111 他所遇到的每一个人的缺点。然而，他让爱默生感到他是一个"有礼貌的人"。威利认为洗净面部是一项荣誉，"因为它是圣灵的殿堂"。访问结束后，爱默生送他一程来到剑桥，在这里他希望恢复在哈佛的职位。哈佛当局拒绝恢复他的旧职，威利便回到萨勒姆，在家中过起了隐居生活。他继续写十四行诗，一些诗作发表于萨勒姆的《观察家》（*Observer*）上。他把一些极好的诗寄给爱默生。

爱默生为这些上乘的诗作所吸引，力劝他继续写作并考虑发表他的作品集。"我喜欢这些诗，"他在回信中写道，"并把它们读给真正能鉴赏的人听。"而威利极力要求爱默生无条件地拥抱圣灵："你必须抛弃你所生活的这个世界，如同你刚来到这个世界时一样赤裸（即无意愿）……你甚至不应当企望你当前的所在，而是沉浸在绝对赤裸的快乐中。"六个月后，他寄给爱默

生一个包裹，含有他所作的所有诗歌和随笔，并让爱默生决定哪些可以发表。在1839年7月9日的一封信中，爱默生告知玛格里特·富勒："我正在编辑威利的一小本书：诗歌及3篇随笔。我从200首诗中选出了66首颇具诗才的作品。"1839年9月《琼斯·威利的随笔和诗歌集》（*Essays and Poems by Jones Very*）由查尔斯·C. 利特尔（Charles C. Little）和詹姆斯·布朗（James Brown）在波士顿出版发行。尽管这本书没太引起公众的注意，却得到了一些诗人的青睐，如资历较深的理查德·亨利·戴纳（Richard Henry Dana），如威廉·卡伦·布莱恩特（William Cullen Bryant）、玛格里特·富勒和詹姆斯·拉塞尔·洛厄尔（James Russell Lowell，他注意到威利这本书中的诗歌成就超过已在美国发表的其他诗歌）。鲁弗斯·格里斯沃尔德在他很有影响的文选《美国诗人与诗歌》（*Poets and Poetry of America*，1842）再版时收录了他的11首诗，并附有由爱默生提供了大部分资料的作者小传。（该小传提到了他的"宗教热情"，但未提及他在麦克利恩精神病院住院一事。）

不难看出，威利的十四行诗为何得到了其他诗人的赞扬。即使是一位年轻人，威利也能以戈德史密斯（Goldsmith）、汤姆森（Thomson）、柯林斯（Collins）或彭斯（Burns）的诗风写作，其流畅与灵活在美国诗歌中别具一格。他大多数的早期诗作以五音步双韵体、无韵体各种不同形式的诗节写成。然而1837年，他开始在十四行诗的写作方面加以实验——写出了如《美苦草》（"The Sabbatia"，模仿爱默生的《紫杜鹃》["The Rhodora"]所写）或《耧斗菜》（"The Columbine"）那样的关于树木与鲜花的快乐诗作。在这些诗中，诗人渴望凝视花朵，直到他在花朵旁带着友好的情谊生根：

> 我们的生命应该通过这陡峭的石山，
> 这生命中有夏天的日子和夏天的欢乐，
> 在顺从的青草中摇曳着我们的蜜冠， 112
> 在其中蜜蜂把他所用时间的一半藏着；
> 在这里我们将张开干渴的毛孔吮吸雨露，
> 带着露珠转向冉冉升起的太阳，
> 当一片火红穿过它的西去之路，
> 让我们看他的球体，看他的路通过天堂。

1838年9月，他开始感到宗教信仰带来的快乐在心中汹涌澎湃，所作的十四行诗也发生了明显的改变。有些诗作描述了他经历精神再生时的感受，狂喜似乎与恐怖混合在一起：

这是新生活——思想的运行并不是
以缓慢不定的脚步走过我的心灵，
在拥挤匆忙中快速向前，它们迫使
大门开向毫无景致的风中；
那没有来，除了当自豪的桂冠
被放在灰尘中，虚饰每个凡人的眉毛，
在人类的远见逐渐消失之前，天与地之间
模糊了——它们之间的障碍现在开始消退掉——
每一种思想牢牢挤满，强烈要求表达出心声，
风暴掀起的波浪飞快冲到岸边
从大海中传来它们的呼喊声声，
穿过洞穴遍布的岩石，它们的隆隆声咆哮回返，
我，上帝的孩子，借基督获得自由，
从死亡的沉睡开始，直到永久。

《新生》（“The New Birth”）

随着诗中的叙述者从怀疑转变为确信，天与地在他的视野中似乎也融为一体。然而他的思想变成了言语，这言语就像波浪拍打着海岸——直到说话人从再生之前的生中之死中，也从这首十四行诗本身中戛然醒来为止。现在他所见的周围的世界已完全理想化了。

圣父啊！赞美您的名，我真正活在您的身边，
每一个动作中，我都更加富足，
当我所有能给予的只是匆匆看一眼，
如果我只是看到，那是一个王国的财富。

《在上帝中我们生活、运动、拥有自我》
（“In him we live，& move，& have our being”）

他的目光被一个具有反映能力的世界所折回：“我经过的花儿用眼睛看着我/鸟儿用耳朵聆听我精神的声音。”他现在与自然世界有了一种互惠互爱的新关系。

当我从旁走过，汩汩的小溪欢呼跳跃，
因为我的脚步找到了拍子，应和着它的呼唤；

113

当它们所爱的朋友来到附近，鸟儿们就会察觉，
因为不论大小，它们都对我熟谙；
花儿，长在可爱的山坡，
期待我的到来，春天一来它们就花开繁盛；
许多树丛对我的漫游也很了解，
甚至是天上的云彩和无言的群星。
因为他，与他的造物主一起正确前进，
会是它们的主，正如亚当在此之前，
他的耳朵会带着新的喜悦听到每一个声音，
每一个物体穿着它当时穿的衣衫；
而他，当他在灵魂中站得笔直，
从他天父的口中听到，一切都很合适。

《自然》(“Nature”)

甚至他在萨勒姆那孤独的房间也因上帝之爱而熠熠生辉，因为他的为数不多的物品显出了密尔顿助人天使的特征。

我坐在房中，愉快地看到
颇具爱心的你与我同在这里，
我也从未被你抛弃掉，
但你独自一直与我保持亲密；
与你同在时，我看到炉火烧得更有亮度，
似乎是送给我的更良善的仆从；
我用更快乐的心阅读你的圣书，
因你是我观察一切的眼睛；
这古老的椅子，这桌子、手表还有门
都在这里等待，准备为我奉献；
我也不能再向你要一个仆人，
把我的巨大财产达到极点，
因为你自己，以及所有的天父的爱，
不管我朝向何方，都永远与我同在。

《存在》(“The Presence”)

把这种狂喜的潮水带给他的同胞分享是威利预言的使命：

圣父啊！我等你的教诲——太阳是站在
天与地融合的那条线下方，
倾听的仆人在等您的安排
把欣喜铺在它寂静的路上；
时间的钟舌等候着约定的时刻，
直到它庄严的警告落入我们的耳朵里；
浓重的乌云阻滞着急雨的倾泻，
然后每个雨滴按你的命令飞速而至；
鸟儿栖息于柔顺的枝干，
歌声如潮，胸脯却不鼓起；
我的灵魂现在也等着你的出现，
在活跃的生活中高声赞美你，
用神性的声音斥责人类太长的睡眠，
围绕着未说出口的话与爱，他们保持着守夜的习惯。

114 《圣子》（“The Son”）

然而世界拒绝倾听他的预言。哈佛开除了他，萨勒姆的牧师把他送到精神病院，甚至在爱默生的家里，他看到的也只是亲切和耐心，而不是令人愉快的接待。在一首名为《早班执勤①》（“The Morning Watch”）的十四行诗中，威利把那些不愿倾听他宣传的人比做新英格兰村庄中懒倦的村民，不能够也不愿意承认日光已照进他们的窗子。

快到早班执勤的时间了，昏黄的灯被点亮，
但是几乎看不出沉睡的大街有多黑暗；
寂静的市场没有生命的回响；
邻居亲友之间彼此也不问安；
这是死亡的沉睡；更深沉的睡眠，
比人类垂下眼睑之前更为深沉；
在他们这阴郁之地，上空没有星光耀眼；
没有忠诚的守夜人宣告清晨的来临；
然而他们依然沉睡，尽管初生的黎明
已穿过他们的窗子，倾泻警醒的光线；

① 航海用语，指水手早晨4时至8时的执勤。——译注

或在他们慵懒的恍惚中转过头，说——
“还有许多时间把黑夜填满；”
他们还是不起来；而新郎来了
直到他来到，白昼光亮的大门永远为他们关着！

基督寓言中的新郎在午夜到来；威利的新英格兰新郎在黎明到来，渴望在拯救的大门永远关闭之前唤醒懒惰者。《早班执勤》提供的仍是拯救的可能性。然而在其他的诗中，不悔改者看起来则受到谴责，不可救药，像一片终归荒芜的树丛：“干枯光秃的树木，没有秋风将它们展开”：

没有树液流过他们哗啦啦作响的树干，
当新生的树叶与花朵鲜艳夺目；
现存的上帝便不再了解他们的心愿，
他把春季给了充满期望的年度。

《死者》(“The Dead”)

除非听众能像威利那样经历重生，否则为大众预言就毫无意义。如果不像威利那样极端地忘我，没有人能够领悟他学说的真谛：“我不能告诉你我为何而活，”他在一首题为《神圣中的神圣》(“The Holy of Holies”)的诗中如是说：

去，清洗你的灵魂，抹去秘密的罪愆，
脱下你的鞋，因为这是神圣的场所；
你会看到王国，若你来到里面，
在它神圣的领地内，你也会有所收获。
任何从心灵的圣殿中驱逐出虚假的偶像的人，上帝都给他父爱。 115
醒来，你已占据这神圣的地方太久长，
用你的心把偶像高高提升，
把每一个魔鬼驱赶出我纯洁的圣堂，
然后，我的灵魂将靠近你的心灵；
你将是我的太阳，而我是你的上帝，
以你主人行走的方式，引导你。

《神圣中的神圣》(“The Holy of Holies”)

上帝的声音也出现在《诺言》(“The Promise”)，(“我变成摇撼此地的疾风/

这里坐着那些曾用火舌说话的人”）和《创造》（“The Creation”）中。

我设想古时候，黑暗笼罩四方，
在一片汪洋之上，你
立刻轻轻宣称，圣子欢欣坚强，
来驱走夜的神秘。

这种在黑暗和原罪的世界中与上帝亲近的保证，激发威利写出了或许是最奇怪也最优美的诗《乐园》（“The Garden”）。

我看到我们最早的祖先居住的地点；
然而在我看来，它没有任何变化之态，
因为每当我置身于这里的田地和林中，我便有此感，
仿佛我没有罪过，也不认为奇怪；
每一种景象，我似乎只能看到一部分，
每一个声音，我能从中听到音乐，
每一种感觉，永远可以找到新的欢欣，
例如只有心灵的视野所知的；
每一幕都表现出某种常富变化的新欢喜，
都为我准备天父的爱；
我的永远的新职业就是把这儿整理，
在荣耀的整体中与上帝分享；
不再迷失，即使没有火焰之门，
不再因罪孽的污点而用死亡来还债。

诗人在白日梦中像亚当那样走进了乐园。密尔顿在《失乐园》中展示的尚未堕落的亚当和夏娃的“甜蜜的劳动”是威利“永远的新工作”，正如这首十四行诗所谓的孤独的快乐一样，本诗回顾了亚当在早晨对夏娃高歌一曲，歌唱这个世界单凭注视就足以使人愉悦不已：

醒来，清晨的光辉，新鲜的大地，
叫醒我们，我们失去了黎明，来标示在春天
如何照管我们的植物，风如何吹过柑橘林，
什么使没药滴下树脂，什么使芦苇充满香气，

自然怎样为她涂上颜色，蜜蜂怎样
坐在花儿上，吸取蜜露。 116

威利十四行诗中的其他细节较少带有密尔顿的风格。在《失乐园》中，亚当需要与人分享快乐是他必要的第一次人性考验。他反问上帝："在孤独中/有何快乐，孰能独享/抑或共享，何得满足?"在威利的十四行诗中，上帝之爱是一个由神爱与世人感激形成的回路，一份不寻求友谊与交际的孤独。那么，如果威利的乐园也"不带有变化的外观"，为何它的大门被描绘为"火焰翻飞"? 在《失乐园》的最后，亚当和夏娃回头看伊甸园的东边"朝那片火焰挥手，大门/拥挤着可怕的面孔和着火的手臂"。但是，大门变得火焰翻滚并非太初伊始，而是他们犯罪的结果。如果威利情不自禁把伊甸园门外的世界想象成充满罪孽与死亡，那么即使一首十四行诗想要赞美尚未堕落的快乐，也暗示着伊甸园的变化已经不可逆转。

1838 年至 1840 年期间，威利急迫地对任何想成为他听众的人演说：比如对超验主义俱乐部的成员演说，他有时参加俱乐部的聚会；对卓越的唯一神教牧师威廉·埃勒利·钱宁演说；对废奴主义者温德尔·菲利普斯（Wendell Phillips）演说；对利迪安·爱默生（Lidian Emerson）演说，她比爱默生更同情威利服从上帝意志的学说。然而这些睿智人士中没有一个愿随他进入天国。他现在意识到，他们礼貌的拒绝是他在世上不得不承受的苦恼。

我无法讲述我感到的忧伤，
借着夜的黑暗，借着监舍的阴郁模糊；
死亡不能表现任何风光，
在世上活生生的坟墓中，精神承受着痛苦。
《他熟知忧伤》（"He Was Acquainted With Grief"）

现在使他聊以自慰的是上帝所做的永恒安息的许诺，上帝创造了他自己不需要的安息日①，这是创世纪一周中最后的仁慈姿态。

你无须休息，那些光亮的天体属于你，
它们以沉静的方式，转个不停；
我确切地讲述你永恒的统治；

① 大多数基督教徒把一周的第一天——星期日作为休息和拜神的日子即安息日。——译注

用你赋予我的那神圣的声音，
你一开始创造的最早的树叶，
采集绿色，改变秋的色调；
对于你，世上的漫长岁月只是短暂的一瞬，
正如春天会恢复新鲜的色彩；
你无须人类短暂的生命岁月，
除非他从他们的一切中收集智慧；
在你的恐惧中，他失去了所有其他的恐惧，
117 在你的感召中，他不再留心所有其他的感召；
然后，他会是你的孩子，牢记你的关爱，
在你辉煌的自我中，分享永恒的安息日。

《劳动与休息》("Labor and Rest")

1840年春季某一时间，威利持续近两年的宗教喜悦逐渐消退。圣灵不再向他直接讲话，尽管他有时仍试图采用它的权威语气。他停止了写诗。重新动笔后，他的诗作（一如他的早期诗歌）优美但不具想象力。他写了关于自然的诗歌，如《普利茅斯的野玫瑰》（"The Wild Rose of Plymouth"）和《野漆树》（"The Woodwax"）；关于政治的十四行诗，愤怒抨击奴隶制及奴隶制的政治危害；圣歌；虔诚的冥思；挽歌；应景诗（"occasional verses"）等。他对上帝的信仰依然坚定不移；他甚至成了当地唯一神教教堂的代理传教士。但他没有再试图作为上帝话语的直接信使来演说。

爱默生已经发现了一个新的关怀对象并为之编辑作品。1837年他遇到亨利·大卫·梭罗（Henry David Thoreau，1817—1816），一个新近从哈佛学院毕业的康科德居民，此刻正在通过教书和在他父亲的铅笔厂里打工谋生。梭罗日记（这份日记最后发展为近200万字）的第一条记录了很可能是爱默生问过的一个问题："'你现在在干什么？'他问道。'你记日记吗？'——于是我今天记了第一次日记。"1838年初，爱默生提到与梭罗的一次散步。他们的友谊在整个春季继续发展。爱默生从哲学或普遍意义上书写自然；梭罗向爱默生介绍康科德当地森林之美。"今天下午与H.（亨利）D.（大卫）在一片很浓密的树林里。梭罗让我看一丛野月桂，这是我在康科德第一次见到，松树、铁杉、橡树的枝干，几乎像打火镰一样闪烁着激动的目光。"1841年爱默生邀请梭罗搬出自己的家，住进他家。在这里梭罗可以做园丁和干杂活，还可以获得一分宁静以有时间写作。他在爱默生家一直住到1843年4月，然后他离开去斯特登岛①（Staten Island）给爱默生的侄子做家教。

在这几年中，梭罗在日记中加入了一些诗的草稿和散文段落，如《沮丧》（“Despondency”）或《勇敢》（Bravery）等：“无处可为沮丧辩解。始终把握生活——正确地活着，即是一种神性的满足”；“我们生活中每时每刻都站在斗争的前列；有勇士的地方就有最激烈的战斗——有光荣的岗位——”爱默生通常从日记中摘取段落移入演说稿或散文稿中，使得日记本身不尽完整。118
梭罗则不然，他把整页的日记抄写进新的文章中。他经常精选早期的日记攫取精华、抛弃原作。即便如此，这一时期遗留的材料足以表现出这位年轻作者给人的印象。像密尔顿一样，梭罗雄心勃勃，在二十几岁时他就已经开始担心不能写出具有永恒价值的诗作。1840 年的日记中记录了梭罗的《倏忽而逝的时间，青年的狡猾窃贼》（“How soon hath Time, the subtle thief of youth”）：

二十二年已经飞逝——
它们吝啬的时间已丢掉，
人的这些财产臂膀已长起，
但男子气概的舌头不能需要。

在这无限的外部财富间
我依然感到内心的贫瘠；
鸟儿已高唱它们的夏天，
而我的春天仍未开始。

自然中的一切都不受阻滞，即便最小的鸟儿都本能地知道如何歌唱和创造。那么为什么独有诗人匮乏艺术、不善表达呢？

麻雀在大清早歌唱
毫不延迟筑巢建房间；
万物都准备好听她把歌儿唱响，
现在到了完美的一天。

我是否要等秋风

① 位于纽约长岛以东。——译注

被迫寻求更温和的光线，
不遗留空巢，
没有树木回应我的曲调。

自我谴责只是梭罗早期日记的一种基调，并非是主导性的。“一丝快乐充溢我们，犹如阳光拂过大地。”他写道。他又补充说，“社会是芬芳馥郁的。”他把阿那克里翁①（Anacreon）的三首诗译为无韵诗，即《春颂》（“To Spring”）、《爱颂》（“To Love”）和令人愉快的《蝉颂》（“Ode to the Cicada”）：“我们认为你很快乐，蝉，/因你高居树端，/吮吸甘露/像高高在上的君王你放声吟唱。”缪斯女神喜爱蝉，日神（Phoebus）还亲自为它高歌一曲：“岁月不会摧毁你，/灵巧的你，土里生，爱歌唱，/不受冷酷之苦；你几乎就像众神”（该诗后来收入《马萨诸塞自然史》［“The Natural History of Massachusetts”］）。他在每个季节都找到了快乐的理由。2月里康科德河水解
119 冻，河面上升，住在岸边洞中的麝鼠被迫迁出，梭罗注意到“从草地上吹来的风满载着浓浓的麝香气息，芬芳的幽香向我们宣讲尚未开发的荒野”。他把这一经历写成一首诗（后来收入《马萨诸塞自然史》）：

河水上涨，越来越高，
像某种温柔的势力，渐渐
弥散过驯服的城镇；每一株丛生草
很快变成了一座小岛，
某座友好的阿勒山②上，在这里
疲倦的河鼠在休息。

洪水把康科德变成了一幅壮美的山水画：

我们的村庄呈现出乡村的威尼斯景观，
远处的沼泽是它那宽广的海滩，
那边枫林之中的小峡谷平静清幽，
远比那不勒斯湾更加美不胜收，

① 公元前6世纪的古希腊抒情诗人。——译注

② Ararat，位于土耳其东部，一译“亚拉腊”，据基督教《圣经》载，大洪水后诺亚方舟即停于此。——译注

在我邻居的玉米地之中，
我看见了金色的号角吹动。

像美一样，爱在梭罗所见的景色中似乎也无处不在：“爱是所有自然颂诗的主题——鸟儿的鸣啭是一曲颂歌——一曲婚礼颂歌。草地上，花儿在举行婚礼，用珍珠和钻石装饰着树篱。”他试写了一些关于新英格兰的阿那克里翁风格的诗，写烟、写霾、写雾。清晨急速上升的炊烟成了“翅膀轻展的烟啊，伊卡洛斯[1]之鸟，/向上升腾，你的翅膀就要消融掉，/悄然无声的云雀，黎明的信使啊”[2]。夏日的阴霾是“拍击着地面的大气之浪/空中的河口，光的海峡/气流的碎浪，热力的波涛/内陆之海的夏日细水花”[3]。即使聚集在河底的忧郁的雾霭和沼泽也被赞美为一个“变化多端的上帝”带着敬意宣称：“你是天空中清风吹拂的草地。”

如果说领悟带来了一种喜悦，记忆则增强了领悟的快乐。在1840年日记中他开始写作一首无标题的无韵诗（《在这单调乏味的生活循环中》[“Within the circuit of this plodding life”]），后来这首诗发表在《日晷》和《马萨诸塞自然史》上。梭罗在该诗中解释了感悟到的景物之美如何能通过不同季节的回忆加以强化。

在冬天到来的时候，
霜浓之夜，我高栖在小楼上，
愉快的月亮寂静的光辉中，
每一根树枝，阑干，突出的水管上，
冰枪越来越长， 120
映出日出的光箭；
当时我记起去夏流火的正午，
一线日光无人注意，悄悄地斜穿过
高地上长着约翰草的牧场。

（张爱玲译）

---

① Icarian，希腊神话中建筑家和雕刻家代达罗斯的儿子，他乘着他父亲做的人工翅膀逃离克里特时，由于离太阳太近以致粘翅膀用的蜡融化了，而掉进了爱琴海。——译注
② 此处为徐迟译文。
③ 此处为黄杲炘译文。

冰冻的小溪使他想到它欢快流淌时的潺潺声。深埋在“皑皑白雪下的”苍茫大地令他想到新犁的垄沟如何在春天的阳光下熠熠闪光，田鸫如何在农夫身后啄着泥土。于是，“通过上帝廉价的经济，重新丰富起来”，梭罗找到了力量继续冬天的任务。

他也以不同的语气写了一些自然诗，充满滑稽和轻松的幽默。在日记中他描绘了“一条小溪被正午的太阳从霜冻的镣铐中解放出来——而冰柱正在苹果树上融化，到处充满生机，币鸟飞来飞去”。紧接着是二十节二音步的诗行——第一部分写早春，第二部分写在此之前的冬季。梭罗在日记中评述道：“简洁即是丰富。”这些诗行使人想到，他已经学会感受到他周围一切的勃勃生机。

现在冰消雪融
在这温暖的日光里
草原在流动
小河奔流不息。
……
苹果冻消
乌鸦啼叫
松鼠啃咬
僵硬的水果。
我循着老鼠的脚步
来到它们栖身之处
在这里，它们正将苹果核
吃饱满满一肚
……
雪花飘落
水獭爬过
鹧鸪高歌
在远处的树林
游客带着梦想
树上的冰闪着光
蓝色的鹣鸟尖声叫嚷
用愤怒的语气
……

斧声回响清脆
猎犬连声狂吠
叮当之声荡回
是寒冷的声誉
猎人的号声
唤醒黎明
田野上的孤零
吓坏了猎物。

空气的叮当声里
回声被荡起
带到兔子窝里
带着可怕的嘈杂

她嗅着空气
远远地进食
又回到原地
她开始的地方。

在另外一首作于1842年秋的抒情短诗《鲑鱼溪》（"Salmon Brook"）中，梭罗谈到了他渴望回到（哪怕是在记忆中）新罕布什尔的两处溪水旁，它们的名字跨越语言障碍，韵律十分和谐。

鲑鱼溪泊，
潘尼楚克，
记忆中你甜甜的溪水流淌，
何时我会再次看着
或是再将钓索
投进你的波浪？

梭罗在1839年与弟弟约翰到怀特山区（the White Mountains）游览了这些小溪，并花两周时间泛舟和徒步旅行。这次旅行后来记在他出版的第一本书《康科德和梅里马克河上的一周》（*A Week on the Concord and Merrimack Rivers*，1849）中。但是约翰于1842年1月英年早逝，梭罗头脑中甜甜的河水并非由于路途遥远无法接近。

正是梭罗对诗歌的认真程度使得无论是约翰的早逝还是随之而来的重病都不能阻止他在1841年开始的一项计划：写一部计划已久的英国诗歌史。他于1841年11月从爱默生家搬出，与一位老朋友一起住进离哈佛图书馆更近的剑桥。在他看来撒克逊诗歌（the Saxon poetry）“比任何能称做英语的写作都更具哲学倾向”，于是他从撒克逊诗歌开始，一直钻研到17世纪的英格兰和苏格兰诗集：韵文传奇（metrical romances）、民谣（ballads）、乔叟（Chaucer）、高尔（Gower）、邓巴（Dunbar）、加文·道格拉斯（Gavin Douglas）、詹姆斯一世（King James I）、利德盖特（Lydgate）、丹尼尔（Daniel）、悉尼（Sidney）、斯宾塞（Spenser）、罗利（Raleigh）、马洛（Marlowe）、皮尔（Peele）、莎士比亚（Shakespeare）、琼森（Jonson）、赫伯特（Herbert）、马韦尔（Marvell）、卡鲁（Carew）、夸尔斯（Quarles）、多恩（Donne）及洛夫
122 莱斯（Lovelace）等。他并不很在意平衡或比例；他写高尔与写乔叟笔墨相差无几，写夸尔斯比写赫伯特和多恩着墨更多。他所感兴趣的是强烈的诗歌效能——描述力、公正或者只是令人信服的常识——使得诗人与读者之间的时空距离被消除的时刻。“听到古老的苏格兰诗人道格拉斯描写的日落——就如我见过一样——从那些令人厌烦的陈旧的苏格兰语书页中我得到了补偿。没有什么能像发现古老和当代之间一些自然的和谐能使古老恢复和具有人性，并令人愉悦。”故而夸尔斯以其诗歌之“强烈自然之感”吸引着他：“他所用的词语都取自他真实的生活，并非为了艺术目的而空话连篇。它们有着生命的气息…… 聆听和品味他所发出的每一个音是一种愉快。其诗力之坚实应永远受到尊重。”

他对单个诗人的评断常常很尖刻，但他对英国诗歌总体上的评价可能令人吃惊。读赫伯特使他意识到：“在我们的英国语言中，我们很少发现有表达对上帝之爱的言语。对上帝之爱，普遍之爱的情感极为缺乏。赫伯特几乎是唯一的例外。”梭罗一直没有完成他对英国诗歌的研究，尽管有个别密尔顿和卡鲁所作的17世纪的假面剧片段进入了《瓦尔登湖》（*Walden*，1854）。集中研究英国诗歌的真正价值在于它促进了对想象活动总体上的思考，尤其是对自己创作的思考。从整个这一时期的日记中，人们可以描画出一种模式：梭罗对一个英国诗人的评论主要是一些箴言，或是关于诗或想象的，或是关于原创诗歌或描述性散文的段落的。例如，在1842年的一篇日记中，梭罗相当详尽地谈到了14世纪的诗人约翰·高尔（John Gower）：

> 高尔像一个具有常识的人用自己卓越才华写作，他采用平和的而非高雅

> 的方式创作叙事诗…… 他叙述的事物有时乔叟也歌颂过。他以对原作公正的理解讲述着自己的故事——有时在他的手中以直接和中肯——或者我应该说率直的平易，使故事更加完美。

在讨论高尔之后紧接着是一段关于诗人立场的论述：“诗人是与宇宙中心法则有亲缘关系的思想平和的参与者——他的行为模式中没有激动——他泰然自若，仿佛静止在宇宙的中轴上。”对乔叟的诗《女修道院长的故事》（*Prioress's Tale*）和《修女的故事》（*Nun's Priest's Tale*）的讨论直接进入了《在这单调乏味的生活循环中》这首诗。第二天梭罗写到一些关于在冬季阅读自然史的快乐的句子，这些句子很快成了《马萨诸塞自然史》的开头。阅读英国诗歌激励了他，他振作精神进行新的创作。 *123*

此外，16、17 世纪的诗人——以他们的幽默、喜用悖论和对人类情欲的复杂处理——使梭罗找到了一种比他的前辈诗人所能提供的更加适合他性情的内心生活表达方式。在一首以《同情》（“Sympathy”）为题的早期诗歌中，他表达了自己的悲哀，即彼此含蓄阻碍了与一个“文雅的孩子，/他的容貌皆由美德之模塑成”的更融洽的相处：

> 每一次，当我们走近对方，
> 苛刻的尊重将我们阻止在更远处，
> 于是我们似乎无法来到彼此身旁，
> 比初见时更加生疏。

现在这个孩子离开了，梭罗只能悲叹他错过了机会，宛如他是田园挽歌的歌者。

> 快点庆祝我的悲剧；
> 用适宜的旋律回荡在你的山林和田地；
> 在这种情况下，悲哀要比其他场合的
> 所有快乐，对我更值得珍惜。

尽管他渴望爱，并且在日记中不断地提到爱，梭罗内心的匮乏有时很强烈。他在 1841 年写道：“我为朋友能做的最多的仅仅是成为他的朋友。我没有财富赠与他——如果他知道我因爱他而幸福——他将不再需要其他的回报。”他感到困窘、隔膜："我的灵魂和身体像笨拙的连体婴儿，彼此①磕磕绊绊、互相干扰、摇摇欲坠。"他沮丧地写道。《我是一个徒劳挣扎的包裹》（"I am a parcel of vain strivings tied"）这首诗最初发表于1841年7月的《日晷》，后来刊印于《康科德和梅里马克河上的一周》的"星期五"这一章，他把自己比做一束用稻草捆在一起的小花和香草：

我是一个徒劳挣扎的包裹
一次偶然，我被包在了一起
左摇右晃，它们的纽带
无力而又宽松，
在我看来，
是为了更狂野的天气。
一束无根的紫罗兰，
酢浆草混杂其中，
用一缕稻草包绕
一旦它们的嫩枝被盘卷，
规则就被定好
我则被它固定，不动。
124 ……
在这里，我曾短暂开花无人见，
我将汁液向上吮吸，
虽然土地中没有根脉，
只为保持我绿色的枝干，
但是却站在
一个空空的杯子里。

这里，17世纪诗节形式的复杂性以机智调节哀婉，说话者的不统一造成了自我贬抑这种情势。但是《我是一个徒劳挣扎的包裹》的无助并不是梭罗唯一的性爱取向。1841年10月发表于《日晷》上的一首诗把高贵的男子气概的友谊想象得如此带有敌意以至于达到了致命的边缘——仿佛一个帐篷要盖住的不是阿基里斯（Achilles）和普特洛克勒斯（Patroclus），而是阿基里斯

① 原文为oneanother，英文中无此词，根据上下文，应是"彼此"即one another之意。——译注

和阿伽门农（Agamemnon）。① 从莎士比亚的一段铭文展开——“诸位罗马人，朋友们，同志们”——梭罗讲出了这番为了理想爱情的奇怪祷文：

让这纯洁的恨依然支撑
我们的爱，我们也许是
彼此的良知，
并且大体上从此
拥有我们的怜惜。
我们对待彼此就如对神，
在美德和真理中，
我们所有的忠贞，
给予对方，怀疑留给
下面的神。

他把这首诗发表于《康科德和梅里马克河上的一周》“星期三”章，在这里他重复了关于友谊的长篇讨论——这份颂词既是送给死去的弟弟约翰，他曾是他 1839 年河上旅行的同伴；又是送给爱默生，他曾敦促他写一篇关于这次旅行的记述。“在我们与世人的交往中有情感的交流，例如没有神的启示教会我们期待，它超越我们尘世的生活、为我们预期天国，”梭罗写道，“我们的生活如果没有爱就是焦炭和灰烬。”但是他也警告说：“如果我看朋友的美德比别人看得更清楚的话，他的缺点也因此而更明显，我们没有这么好的权利来恨我们的朋友。”如果真正的朋友是“肉相连、骨相牵”，那么我们之间的任何争论将是“致命的、持久的”。朋友“注定不愿像仇敌一样互相辩解和探讨（问题）…… 其自身有解释的必要性，——什么解释能够弥补它呢”？ 125

19 世纪 50 年代初，梭罗一度与爱默生疏远，他在日记中推测他们之间的联系现在成了痛苦之源：“我与他之间的那种世人所称的友谊已经持续了 14 年，对他的爱使我的想象力得到了满足；然而我们之间的恨却比爱更强烈。为什么我们被如此不尽人意地联系在一起？”在一系列痛苦的日记诗中，他既

---

① 这三个人物均出自希腊神话。阿基里斯：荷马史诗《伊利亚特》中的英雄，是珀琉斯和西蒂斯之子，杀害赫克托耳的人。普特洛克勒斯：希腊一勇士，阿基里斯的仆从和朋友，在特洛伊战争中被赫克托耳杀死。阿伽门农：迈锡尼的国王，特洛伊战争中的希腊联军统帅，阿特柔斯的儿子，俄瑞斯忒斯、伊莱克特拉以及依菲琴尼亚的父亲。他刚从特洛伊返回就被其妻克吕泰尼丝特拉杀害。——译注

写了一种“乐意消灭”对方的恨，又写了违背他意志的重复出现的爱。爱默生与梭罗为平息他们之间的不快而进行的会面在梭罗看来就像北方与南方之间在立法问题上所表现的无尽的冲突一样：

爱的船上，政府的船上
每一个都用恨来压舱。
我们拥有的每一届国会，
都意味着联盟之愿未遂。

《日记》(Journal，September 1852)

他们之间的不和尽管结束了他们早年亲密无间的友谊，并没有使他们永远断绝联系。19 世纪 50 年代中期，爱默生的日记中又包含了他们一起散步的叙述：

昨天与亨利去索密尔溪（Sawmill Brook)。他在寻找黄色紫罗兰（短柔毛）和睡菜，他进入水中，然后找到了。(他）已在外查看五天了。已经找到了他的花，他从前胸口袋里拿出日记读所有应该在 5 月 20 日这一天开花的植物的名字，对此他像一个银行家记录票据何时到期一样记载着。

又一次与亨利散步，并找到了芳香一枝黄花[1]，叶片上有着透明的尖端；找到了两株带有鹿蹄草香味的远志[2]……但是我为森林的美景陶醉了，想到尼罗（Nero)[3]宣扬林中散步应是一种享受。这是躲避年老的秘密之一。

爱默生还有另一位老朋友，是一位诗人，他同时也是梭罗密友。爱默生与他一起舒心、愉快地散步。威廉·埃勒利·钱宁（William Ellery Channing，1818—1901)，生于富有的商人之家，是一位著名的唯一神教牧师的侄子。他写的诗在爱默生看来表现了“超乎寻常的诗歌气质和思想感情的乐观美妙”。钱宁的一位朋友沃德（Ward）曾给爱默生看过钱宁的诗。对于尚未谋面的钱宁，爱默生写道：

---

① 芳香一枝黄花（Solidago Odora)：花名。——译注
② 远志（polygalas)：花名。——译注
③ Nero（37—68)，古罗马暴君。——译注

在美国我还没有见过具有如此内省力的诗作。我当然珍视完美的诗作，你的诗不是完美的。最好的诗歌能使人的视觉、听觉、心灵和思想得到美的享受。然而我如此珍视这种诗歌的激情，每当这种激情出现，我可以轻易原谅诗中的破格和疏忽，尽管没有这些问题诗会变得更平庸起来。 *126*

爱默生给1840年10月那期的《日晷》写了一篇评论“新诗”的文章，当期的《日晷》编入了12首钱宁的诗。他曾劝说钱宁让他改正诗的标点、调整诗的韵律以使之顺畅、删去错误的语法使用等，但他发现诗人很固执，并不听劝。他大为恼火（正如他告诉一位朋友），钱宁似乎认为他的“错误的语法和胡言乱语”都“借助于他忠实的灵感而神圣化。诗的灵感是用来美化苍蝇和蜘蛛并使之不朽的吗?”但是在《日晷》上他为钱宁诗句上的失误辩解却冒犯了不止一位读者：“作家并不怕写得不完美；他的心中有太多的伟大意义来代替琐屑之事，并且要孤傲地为他的同等地位的公民写作。”

1843年，当钱宁（在爱默生的协助与塞缪尔·沃德的资助下）出版了一小卷《诗集》(*Poems*）时，一位与波士顿和康科德均无关联的批评家详细研究了这本书，他把爱默生对钱宁诗歌的吹捧看做文学民族主义对批评判断力的不利影响。埃德加·爱伦·坡（Edgar Allan Poe）在1843年8月这一期的《格雷厄姆杂志》(*Graham's Magazine*）上以《我们的业余诗人》（“Our Amateur Poets”）这个轻蔑的标题评论了钱宁的《诗集》。他试图表明钱宁的诗歌极其糟糕—— 语法不通、韵律不合、夸夸其谈、意义空洞。他特别蔑视钱宁写不出一行能划分音步的诗。

绝对的放任①，——迷人的随便的衣着②——节奏的全然松散是C先生的最引人注目的当然也是他的最与众不同的特点之一。例如，第3页中的一行诗，听他来读或划分音步抑或听任何人读或划分音步，都是一桩乐事：

Masculine, almost though softly carv'd in grace,

在这里，“masculine”要读成扬抑格，而“almost”要读成抑扬格……再如第18页中的这一行：

I leave thee, the maid spoke to *the* true youth,

在这里，两个“the”都需要重读以保持抑扬格的诗律……又如第

① “放任”是坡引用的钱宁诗中的一个词“abandon”。——译注

② “随便的衣着”也是坡引用的钱宁诗中的一个词“négligé”。——译注

32 页的这一行：

The *serene* azure *the* keen stars are now

还有本页中另一行：

Sometime of sorrow，joy to *thy* Future.

但是钱宁的蹩脚的韵律只是他的问题中的一部分。他空幻的多愁善感并不难理解，而坡禁不住用嘲讽的离题之语贬低它们。当钱宁看到睡着的女主人而反问自己：“啊！若你夜夜得安眠/凭那少女的贞节/难道不会令你舒闲?”坡回答道：“是的，我们认为基本上会的。”当钱宁宣称“与其失去平衡/不如被彻底遗忘”，坡表示同意：“举例来说，与其在弹塔顶上失去自身平衡，不如
127 被彻底遗忘。”

爱默生对劣质诗歌的赞扬在坡看来是他经常为之哀叹的民族主义倾向的一个惊人的实例：过分赞扬美国作家，只因为他们是美国人。如此片面只能导致美国的文学处于持续的平庸状态。为不能遵循语法和韵律规则的诗人开脱就是承认美国诗人写不出更好的诗歌。文学民族主义导致文学无能。詹姆斯·拉塞尔·洛厄尔在纵览 70 年来为建立美国文学传统而产生的思想贫乏之作时也得出了相似的结论。“为了体面而认为绝对有必要建立我们自己文学的那种情绪一直在伤害着我们已有的文学。”

爱默生没有因坡的批评而气馁，他继续努力帮助钱宁。1843 年他成为《日晷》的编辑后，发表了一大批钱宁的诗歌——如此多的诗歌，以至于钱宁在《日晷》上发表了比其他任何投稿者都要多的作品。当钱宁的第二辑《诗集》（*Poems*，1847）付梓时，爱默生将一本新书样本寄给朗费罗（Longfellow），暗示他如果在《波士顿信使报》（*Boston Courier*）写一些友好的话将对这本书的发行有很大帮助。朗费罗礼貌地谢绝了（他的要求）：“我并非对许多美好的东西视而不见，但这并不影响我如此乐于感受的发自内心的赞美。”

爱默生在钱宁身上看到了什么呢？他曾坦言诗歌中有一些魔咒一般的诗行，而他特别容易对其中的“魔力”动感情。钱宁有一种才能，能够写出吸引他的诗行。“用匆匆日光的织机/我织出了天空的寿衣”；“失明大地的沉默伙伴/白昼的回想，时间的敌人”；“我在这巨大的生命之河中漂流”；“如果我的轻舟沉没，那是去另一处海洋”。他的随笔中夹杂着钱宁的诗句，甚至用轻舟沉没这一行作为他的随笔《论蒙田》（“Montaigne”，1850）的结尾句。

孤立的诗行几乎不足以建立钱宁作为严肃诗人的声望，即使在极富雅量的爱默生看来，1843 年版《诗集》遭到坡的尖锐嘲讽也是理所当然的。但是钱宁很少固守任何定式或完善任何计划。在随后的岁月里，他认真雕琢着自

己的诗艺，学习写作音步规范的诗行，并寻找新的主题和形式以更加适合他的诗才，以此超越在第一部不成功的诗集中那些仿雪莱式的抒情诗。他接下来的三本诗集包括了更好的诗歌，其中最好的是描述新英格兰的风景和居民的诗。这些用五音步写成的低调的叙事诗，无论是押韵的还是不押韵的，都反映了钱宁对新英格兰乡村的热爱。在此他曾每天与梭罗或爱默生结伴散步。 *128*
这些诗也反映了他英明果敢地从周围生活中寻求想象素材的能力。

《诗集：第二辑》（*Poems*: *Second Series*, 1847）中的一首诗《教堂司事[①]的故事》（"The Sexton's Story"）是关于一名兼做教堂司事的樵夫的故事，他既打棺材又挖墓穴。一个寒冷的冬日下午，他满怀欣喜地出发去送一口刚做好的棺材。对于那些丧失亲人的痛苦，他既非冷淡无情也非视而不见，而是由于长期接触使他对死亡熟视无睹。"教堂司事忘记了什么是死亡，/他经营着坟墓，就像人们经营着农庄。"当他准备越过一条狭窄而又深深的小溪时，田里的光辉使他扭头去看落日：

> 走近桥时，他转过头，因为
> 这样的红光徘徊在雪上，地上，
> 如此灼热，就像夏天的火，他的心
> 跳动着迎接那一天最后的金色光辉

他把棺材送到那个悲伤的家庭。在归途中，空中忽然布满了雪花编成的花环，回荡着寒风吹过树林的哗啦声：

> 从围绕着草地的平静的小山里，
> 教堂司事听到了悲哀的音乐声，
> 这是一个突如其来的声音，当一群
> 受惊的鸟儿振翅飞过空中，
> 从飞快振动的翅膀中投下光线。

雪封住了路，盖住了路标。但是教堂司事告诫自己，他已经忍耐过更糟的情况。他坚毅地面对风雪，在胸前拍打双臂温暖自己。他试图在一片模糊的白色中找到那座小桥。突然，他的脚在雪中踩到什么光滑的东西滑到了。那正是小溪像玻璃一样的冰面。还没等站稳，他就滑进小溪并沉入水中。他惊骇

① 教堂司事担任管理教堂、敲钟、挖掘墓地等工作。——译注

至极、大呼救命。附近一户农家听到喊声，在风雪中跑来将他救上岸。第二天，受到惩戒的教堂司事回到他走过的原路，发现“刺骨的严寒”只是在奔流的小溪上形成了一个冰拱而已，他前一天正是从这个冰拱上走过的。

1847 年诗集的另外两首诗描述了钱宁自己见到的新英格兰风景。《孤独之路》（“The Lonely Road”）以经过一座废弃的家宅起笔—— 一棵果树从地窖
129 裂口处长出来，一个古老的苹果园围绕着一座小花园：

> 一堵摇摇欲坠的小墙，围成一个方形，
> 这里上等的果树展示着花园的自豪，
> 现在又被漆树染红，那红红的球果
> 取代了人工种植的颜色。

此地极为荒凉，甚至是在离开很久以后，这些场景还留在诗人的脑海中，尽管他的悲哀来自于一种生活方式的放弃而不是一种悲剧。想到这里充满活力的过去，诗人在想象中建起一座房子，里面住满了人。想象有孩子们在嬉戏。然后他意识到“我们称为生活的那种东西停留在”幻想的交织中。他离开前默默祷告，这个“阴暗静寂的地方”只有“立誓冥思的人，/依然是我们自己，过去的创造者”才会来到这里。

《瓦褚塞特山》（“Wachusett”）是 1847 年诗集中最长的一首诗。这首诗用并不严格的五音步双行体写成，韵脚有时需要新英格兰式的发音。例如，当“before”与“Noah”押韵时或“adorn”与“Lawn”押韵时。瓦褚塞特山并不高；现代地图册中估计它不过两千英尺高。（钱宁说瓦褚塞特山“不像萨勒姆海滩一样平坦，/而一个身体虚弱的人能够登攀”。）如果说它缺少怀特山脉（White Hills）的庄严或者凯兹吉尔斯（Catskills）的激流和银色的小溪，它却提供了点缀着惬意的小村庄的人居风景。正如梭罗攀登同一座山时所注意到的：“在每一侧，都可以看到连绵起伏的城镇，就像梯田一样，直到在地平线上消失。”钱宁饶有兴趣地注意到，他眼中的每个村庄至少有三个尖塔：“浸礼会教堂、卫理公会教堂、东正教堂”，有时也有一座唯一神教的教堂尖顶。村民们如此关心的不同教义对钱宁而言则意义不大。在每一种教义中他看到了同样的真理，但是这景色依然令他赏心悦目：

> 但是我深爱将它们俯视一通，
> 在像耶路撒冷那样的多石风景中。
> 漆成白色的村庄微光闪耀，

房子光亮，就像纸制的城堡，
山谷中每一阵风吹来，
或许可以使它们像飘雪一样散开。

这虽是乡村风景却几乎不具田园风光，因为美国人（Yankees）在每一条河流中看到的仅仅是活力之源：

穿过小小河谷的小河流，
成了镰刀和斧子，把所有的工厂赶走，
池塘被毁灭，甚至微不足道的小溪
也变成了水门，在河湾高高涨起。 130

这勤劳的景象反映了当地居民的性情，在那神秘的被称为“竞争”的斗争中，在武士战争的现代替代物中，他们每天都要对照吝啬的自然与邻居的睿智检验自己的智慧。年轻的钱宁很快便对贪欲之神[1]的奴隶们大加嘲弄，但是现在他在对乡村生活的尖刻评价中看到了更可敬的一面：“有手艺的人，得到人们的尊敬，/笨手拙脚的人，美德也消失无影/由于他真实的水平。”这严格的清算账目，依然使得繁忙的乡村以及它的家畜展览会和图书室成为一个民风淳朴的地方。“甜甜的面包、浓浓的牛奶，还有压在饭桌上的大苹果。”当霜冻使橡树叶的颜色“像红酒，/红色在温暖的马德拉[2]的生产线上熟透”，当一缕残阳照在湖面，湖面“像萨拉丁[3]明亮的刀刃”闪闪发光，在夏日的印第安空气中，风景本身也不想再富丽堂皇。这就是寒冷、阴沉、荒凉的新英格兰，还是温暖的非洲海岸？在落日的余晖中很难辨明：“这是远处的丹吉尔[4]，是模糊高大的擎天神[5]；/还是毛利塔尼亚[6]以及她的黑貂皮，/富含金泥的河流、大象和国王。”

1849 年的《樵夫及其他》（*The Woodman and Other Poems*）诗集中有一首

---

① Mammon，新约圣经中将财富、贪欲和世俗追求人格化的一个凶神。——译注

② Madeira，大西洋的群岛名，该地产烈性的甜葡萄酒。——译注

③ Saladin，埃及和叙利亚的苏丹，1187 年占领耶路撒冷，抗击第三次十字军东征期间（1189—1192）保卫此城。——译注

④ 摩洛哥北部港市。——译注

⑤ 即阿特拉斯神，被宙斯降罪来用双肩支撑苍天的一个擎天神。——译注

⑥ Mauritania，北非古国。——译注

题为《落日湖》（“*The Sunset Lakes*”）的短小、有趣的诗。这首诗描述了在一个阴云密布的日子，钱宁穿过美丽的原野看到的新奇景色。他每走一段就能遇到一个新的湖泊。他感谢自然创造了“三个湖，三次令我赏心悦目/漫不经心的眼睛慢慢地寻找愉悦”。

当我在柔顺的苔藓上沉思，
白昼里闪过的最后一道荣光落下，
以意想不到的灿烂，穿过幽暗，
斜洒过寂静、孤独的群山，
直到在这火焰中，此地也像社会一样。

钱宁自己孤独的一生是一部错过机遇和玩忽职责的悲哀的编年史，但是他坚持在自然中找到提供给每一个人的“新鲜、丰富、永葆生机的恩惠”的证据。在《离家不远》（“Near Home”，1858）中，他力劝读者每天黎明前出门去欣赏世界的诞生。那么他们会在各方面找到乐趣，就如他们观看清晨的薄雾从草场上退去，聆听潜水鸟的叫声，或斜倚小舟观看水中昆虫“自得其乐，用它们微暗的躯体/在水塘上连续地编织圆圈”。其中最好的是前一个夏天寻找
131 新英格兰特别美味的水果——蓝莓，生于高地的蓝莓丛是每次搜寻的目的：

这里是西方人塑造的花园，
难得的隐秘之处，白桦和蕨类的庙宇，
浅绿色漆树的保护区，藤蔓浓密，
古老的石墙摇摇欲坠。

超验主义文艺圈的其他诗人也在《日晷》上发表作品。卡罗琳·斯特吉斯（［Caroline Sturgis］，即后来的威廉·塔潘夫人［Mrs. William Tappan，1819—1888］），一位富有的波士顿商人之女，于1836年由玛格里特·富勒（Margaret Fuller）介绍给爱默生。斯特吉斯的狂热、明显的藐视常规以及她那黑色而娇美的面容吸引着爱默生，他开始与之书信来往，以至于后来深化为真正的友谊。与所有的超验主义者一样，在一个沉迷于各种社会改革运动的时代里，她主张诗歌与艺术的重要性。在一首题为《英雄》（The Hero）的诗中，她指出文化对人类的尊严与对改革者的工作一样是绝对必要的：“不奋力解除奴隶的桎梏，/不思考让劳动者休息；/除非华美在平原遍布/自由人依然不幸流离。”她的姐姐埃伦·斯特吉斯·胡珀（Ellen Sturgis Hooper，1815—

1848）为《日晷》写了11首诗，其中3首后来被爱默生收入他的《诗坛》（*Parnassus*，1874）。胡珀的《致R. W. E》（“To R. . W. E.”①）一诗显示了在爱默生的熟人中常见的矛盾情绪，她经常为他的崇高而激励，然而却为他的超然态度所困惑。诗歌赞扬爱默生对朋友而言既是一座想象力的山峰又是遮蔽他们的天空：“你是深邃而晶莹剔透的冬日晴空。/这里寂静无声，闪耀着一颗颗耀眼的星。”但是，第三节诗却暗示爱默生专注于精神世界的宁静是缺乏激情的表现：

> 也许是巴克斯在你出生时，忘记了
> 从紫色的葡萄里挤出那一滴
> 那是他给人类的礼物，于是你的血
> 经常缺少额外滋养的热力。

埃伦·胡珀对爱默生的不耐烦只是她对一个以美德为名义满足于驱走人类本能的社会进行控诉的一部分。她写道：“一种决意不对任何人犯错的罪过/也比这内心中沉寂的冷漠要好。”没有恶意的罪过要比没有人性的美德好；上帝“建造了冷峻的新英格兰的土地，/它的清冷的河水和它的清冷的灵魂”，也创造了“热带的气候和年轻的心脏”。如果诗人未能教会自己的灵魂忍耐，那么她宁愿被抛弃也不做法利赛人②：“让我深受罪孽，这样或许我不被铸为石头。”

克里斯托弗·皮尔斯·克兰奇（Christopher Pearse Cranch，1813—1892），开始是一位唯一神教牧师，但是后来他离开了神坛成为一名风景画家。如果他对爱默生怀有任何矛盾情绪，他把这种情绪限制在他在路易斯维尔（Louisville）帮助詹姆斯·弗里曼·克拉克（James Freeman Clark）编辑《西部信 132
使》（*The Western Messenger*）时所画的系列钢笔漫画上。爱默生并不是克兰奇钢笔画的唯一目标；埃勒利·钱宁、西奥多·帕克（Theodore Parker）和乔治·里普利（George Ripley）等每人都被画了一幅漫画。但是他充满深情地探究、充分地阐释着爱默生的作品。单是这些漫画由《论自然》所启发的这一点，就可以看出爱默生是一块和谐的南瓜地中的一棵粗壮的树干；是大腿上的一个巨大的眼球；是温和的阳光下正在长大的一个大甜瓜；是一位平静的

① R. W. E是爱默生名字的英文首字母。——译注

② 古代犹太法利赛教派的教徒，该派标榜墨守传统礼仪，《圣经》中称他们为言行不一的伪善者。——译注

哲学家，在圣灵涌入前观察着各种各样的歹徒、监狱和精神病院正迅速消失。回到波士顿之后，克兰奇参加了超验主义俱乐部的一些聚会，并寄了一些诗歌给《日晷》。《和谐》（“Correspondences”）于1841年1月在《日晷》上发表，该诗阐释了超验主义思想的中心原则：和谐的学说。正如爱默生在《论自然》中所言：“每一自然事实都是某一精神事实的象征。自然中每一现象都对应着某种心境。”克兰奇的《和谐》用六音步长短格的无韵诗扩展了这一思想。其相互交替的阳韵和阴韵词尾，使人想到了双行体挽歌：“自然中之万物对于能读懂它们的人都是美丽的化身；/一切存于尘世，皆为不可言说之目的。”原罪降临尘世之前，一切“就如一种常见语言中的字母和单词一样持久”。现在只有天使才能清楚地读懂上帝的语言。人类痛苦地试图到处辨别一个字母，却意识不到我们依然拥有的一种未曾留意的智慧形式——我们无意中每时每刻都在使用的修辞格，它们自身带有的线索表明它们具有现实的象征性：“神秘的光泽静静地落在我们身上，尽管大部分已被遗忘，/通过我们最普通的言语，照亮了我们思想的道路。”

> 就这样闪亮的河水流动，给沙漠以欢乐，
> 伟大的生命之泉向干旱敞开了自我。
> 就这样上帝的话语在浓缩，像雨像露珠，
> 就这样暖风仿佛轻轻吹向上帝的灵，
> 青草和鲜花是新生的征兆。

从各种和谐中得出的结论来看，克兰奇的诗在神学上要比爱默生的《论自然》更为正统。对于爱默生的俄耳普斯[1]诗人（Orphic poet），和谐标志着我们已背弃自己的神性，离开我们周围的广阔的自然外壳。对克兰奇而言，和谐是来自造物主的信息，其意义的碎片“在亚当单纯地生活在伊甸园中时”曾是透明的。只有在修辞格中，我们才感受到我们居住的象征世界中的多重意义。

> 啊，你真理的精神；重访我们的心灵，
> 133 让我们用光的字母阅读天国的语言，
> 它们写在全地，写在全天——
> 这样我们可以用我们的心，再次认识我们的造物主，
> 在所有的事物中，看到心灵的各种类型。

① 俄耳普斯是希腊神话中的歌手，善弹竖琴，传说他奏的音乐可感动鸟兽木石。——译注

像布莱克（Blake）的《四佐亚》（*The Four Zoas*）一样，《和谐》以快乐的语调结尾，想象获得救赎的人类生活在一个透明的世界里。但是克兰奇也经受过反复出现的沮丧，这使得即便在朋友中间，他也沉默寡言。在一首题为《沟通》（“Enosis”）的诗中，“Enosis”是“Communion”即“沟通”一词的希腊语用法，他描绘了阻止甚至是最亲近的人走到一起的障碍。

思想比语言更深沉，
感情比所有的思想更深邃；
灵魂永远无法教授灵魂，
它们要自学自为。
我们是蒙着面纱的精灵；
人们永远看不清彼此；
我们所有的深入的交流，都不能
除去那层模糊的遮蔽。
心与心永不能会合；
意与意永无法相知；
我们是寺庙建成了
就无人搭理的柱子。

不完整的四音步，扬抑格的节奏，又加上了克兰奇最后的否定姿态：人与人永远无法彼此看清，心与心永远不能相互会合。我们自吹自擂的个性是提早崩溃的产物。分裂的自我还有重新愈合的希望吗？唯有爱能融化“四处分散的思想之星”。

只有我们的灵魂得到满足，
在诞生它们的泉源旁，
由灵感引路，
它们在尘世永不会消亡，
我们喜欢分散的雨滴，
不断增大，直到它们相遇又跑开，
它们将再次合并到一起，
溶解，流成一脉。

玛格里特·富勒 1840—1842 年任《日晷》编辑，即使在 1844 年爱默生停办该杂志之前，她就已经开始脱离超验主义文艺圈和超验主义的文学形式。1843 年 5 月，她获得机会离开新英格兰。一位朋友资助她游览大湖区，这次旅行使她经过尼亚加拉瀑布（Niagara Falls），穿过芝加哥来到伊利诺伊大草
134 原，一直到西部的密尔沃基（Milwaukee），回来后，她写了一本关于自己经历的书——不是传统的游记，由旅途中所写的笔记和信件推断，这是一系列的观察资料。《1843 年湖区之夏》（*Summer on the Lakes in* 1843）综合了游记、小品文和诗歌手稿。伊利诺伊的洛克河（Rock River）河湾有一处美丽的庄园，那里成群的鸽子每天下午掠过草坪，这美景使富勒写出了如下颂词：

美景宜人，令人愉悦而神圣；
小河弯弯，装点着和谐的美丽，
壮丽的灌木丛，下面小径草色青青，
清晰孤独的小树，每一棵都长在合适的位置，
那些树丛常有鹿儿嬉戏；
惊得成群的鸟儿飞过草地。

7 月 4 日，仍然在洛克河上，她作了一首诗《在称为鹰巢的高地上》（“On the height called the Eagle's Nest”），作为我们熟悉的《加尼米德[1]致它的鹰》（“Ganymede to his Eagle”）的题词。她在信中表明她从加尼米德身上看到了自己，她渴望鹰飞来将他再一次带到主神的宫殿。加尼米德回忆在青年时代他就向自然询问自己的出身。山脉和天空都对他不予理睬，但是他在风暴中发现了自己身份的线索：

但是，从那微风中的紫罗兰，
有时传来一个答案，回答我的希冀，
我的天性似乎在分享那些出生的闪电，
它们讲述着它火一样骨架的奥秘，
恨与爱的飞快信使，
那武装朱庇特之手的霹雳，
有时击中神圣的塔尖，有时把神圣的树林震击。

来也匆匆，去也匆匆，

---

① 希腊神话中，主神宙斯化为鹰将美少年加尼米德带去为众神司酒。——译注

它们回答我，而后仍置我于更加孤独之中。

在诗的最后，加尼米德仍然拿着杯子等待着，杯中的泉水要给天上的诗人喝。他祈祷着能在夜幕降临之前被允许带着“纯净的圣水”走向天国。

当富勒与她的同伴们从乡间回到芝加哥时，她获悉华盛顿·奥尔斯顿（Washington Allston）已经过世。四年半以前第一次与他会面时，富勒就为他“天才的微笑”和他谈论艺术的风采所倾倒，迸发成“一系列柏拉图式的精神恋爱”。她为《日晷》的第一期写了《1839 年夏奥尔斯顿先生画展印象录》（A Record of Impressions Produced by the Exhibition of Mr. Allston's Pictures in the Summer of 1839）。她自己最好的十四行诗《弗拉克斯曼》（“Flaxman”），是写给以经典的浅浮雕和版画而闻名的浪漫主义雕塑家和画家弗拉克斯曼的。这首诗就是模仿奥尔斯顿写米开朗基罗、拉斐尔和鲁宾斯（Rubens）的读画诗（ekphrastic sonnets）而作的。在芝加哥的那天傍晚，日落“平静壮观，超 135
过西部所见的一切”。看来这是听到“美国提坦”① （Titian）（人们如是称呼奥尔斯顿）已经离开尘世的适合背景。尽管奥尔斯顿信奉的三位一体基督教使他对超验主义的背叛思想充满恐惧，但许多超验主义者对他一生忠于艺术、对他由于未完成的杰作《伯沙撒的盛宴》所经受的痛苦所打动。富勒祈祷奥尔斯顿的灵魂如今在一个地方，那里“爱会使他摆脱恐惧的控制”。

在西部旅行所经历的自由与兴奋之后，富勒回到新英格兰，感到一种沮丧。尽管爱默生鼓励她写《湖区之夏》（*Summer on the Lakes*），并帮她找了一位出版商，她对他还是有些不高兴，厌倦了爱默生把她指定为女先知或缪斯的角色，对新英格兰的文化局限也很恼火。她 1844 年的日记包括她所写的最后的诗歌，也包括了那年夏天她访问康科德时的叙述。在那里，爱默生给她读了他所作的一篇新随笔《论生活》（Life），后来作为《经验》（“Experience”）[《随笔，第二辑》，(*Essays: Second Series*)] 出版。她写道：“他给我读了他关于生活的随笔，极为美妙、丰满、令人钦佩。但是啊，是那样冷漠。只有宇宙中的真理，没有爱，没有多样的现实。”然后她突然住嘴。“然而因为他向我指明一切存在的意义，我便为他伤心是多么的愚蠢。”在两天后写给爱默生本人的一封信中，她简要地解释了他们之间的不同：“你是才智，我是生活。”她想要一个比康科德更大、更多样化的世界，想要比一位才华横溢的

① 提坦是希腊神话中一个巨人家族的一位成员，这个家族是乌拉诺斯和盖亚的子女，他们试图统治天国，但被宙斯家族推翻并取代。——译注

学者的来信更充满激情的关怀。《叉铃[1]》（“Sistrum”）一诗写的是纪念女神伊希斯[2]（Isis）的仪式上所用的类似拨浪鼓的乐器。在这首诗中，她宣称需要达到内心和谐而不牺牲支撑她的精力：“我刚出生时生命的流淌/我不会厌弃你的力量/直到在你声音的变化中/和声的三个音部清晰可听。”六年后，已是短暂而辉煌的罗马革命中一位老兵的她已经有了一个儿子。她从一艘在直布罗陀港被隔离的船上给她的朋友马库斯·斯普林（Marcus Spring）写了一封信。她已与丈夫和孩子在佛罗伦萨登上了伊丽莎白号双桅船，但是他们计划的美国旅程因天花爆发而受阻，伊丽莎白号的船长死于此病。她描述了船长的海上葬礼的凄美——海上的船只旗幡招展，赫尔克里士[3]（Hercules）的船尾柱包裹在玫瑰色的水汽中。但是一种不祥之兆使她又写道：“是啊，是很
136 美，但是我们为这世界的诗篇付出了多么珍贵的代价啊！”

① 叉铃是古埃及打击乐器，由金属棒附在金属框上组成。——译注

② 伊希斯是古代埃及司生育和繁殖的女神。——译注

③ 赫尔克里士是希腊神话中宙斯与阿尔克墨涅之子，力大无比的英雄，因完成赫拉要求的12项任务而获得永生。——译注

4 约翰·格林利夫·惠蒂尔

当约翰·格林利夫·惠蒂尔（John Greenleaf Whittier，1807—1892）在1826年发表第一首诗的时候，卡洛斯·威尔科克斯（Carlos Wilcox）和约翰·布莱纳德（John Brainard）还依然健在，当他1892年发表最后一首诗时，罗伯特·弗罗斯特（Robert Frost）还在上中学，埃兹拉·庞德（Ezra Pound）才7岁。19世纪的美国没有其他任何一位诗人横跨如此的时间段或者以如此多样化的方式写作。惠蒂尔是一位新英格兰风景和传统知识的热爱者；一位政治活动家，他的诗歌要唤醒人们的良知；一位非凡的讽刺家；一位贵格会①教徒（Quaker），其诗篇谈及忍耐与忠诚。作为一名地方和全国废奴团体中的积极一员，他30多年来致力于反对奴隶制的斗争。这一时代的事件为他的诗歌提供了很多主题——有时是关于奴隶主的残暴，更多的则是关于当他和朋友试图举行公共集会讨论奴隶制的时候，北方商人和反对废奴的暴民用臭鸡蛋、棍棒、轻型投掷物等袭击他们的经历。他可以饶有兴趣地写到臭鸡蛋，但对于1835年在波士顿凡纽尔会堂（Faneuil Hall）举行的支持奴隶制的会议，他并未持此种口吻，这次会议对公民自由形成了威胁，在那里（用惠蒂尔的话说）“提出了一项要求，要禁止自由言论，以防危及商业社会的基础”，也没有以这种口吻写1836年爱德华·埃弗里特总督（Governor Edward Everett）就职演说所带来的威胁，这份演说强调公民不要谈论奴隶制。这份演说促使惠蒂尔在《哈沃黑尔报》（*Haverhill Gazette*）上向埃弗里特提出了一个愤怒的问题：“这是一个共和党的地方官向自由的公众提出的建议吗？”或者如

① 基督教教派，反对暴力，宗教仪式简单且无神职人员。——译注

他在《时代的诗篇》（“Stanzas for the Times”，1835）中所言，难道美国农民必须“要弄清楚，除了耕田，/何时何式何所能言？”

惠蒂尔的童年在一个新英格兰的农场上度过，这使他能够从自然中获得愉悦，一位富有同情心的校长借给他一卷罗伯特·彭斯（Robert Burns）的诗集，使他陶醉在诗歌之中。他所受的正式教育只是在当地的哈沃黑尔学院（Haverhill Academy）就读的两个学期，但是由于他后来在新英格兰不同城市的报社工作，使他得以大量阅读和写作诗歌。在哈特福德（Hartford）编辑《新英格兰每周评论》（*New England Weekly Review*）时，他结识了莉迪亚·西
137 戈尼（Lydia Sigourney），从此不断写信给她，甚至是在不利的健康状况迫使他辞去编辑一职回到故乡之后。他承认“事实是，我热爱诗歌，这种爱就像任何一位更具才智的缪斯神庙崇拜者一样热诚、强烈、真挚”。他满怀赞许地引用了哈勒克（Halleck）的诗句，反对身后的声誉。

> 人们用唇和笔告诉世界
> 在这世上我生存又告别，
> 这会对我有任何用处吗？
> 不——如果一支花环放在我的额头，
> 它正在生长——让我现在就将它拥有
> 在我活着的时候戴上它。
>
> 《恶名》（“Notoriety”）

到1832年，惠蒂尔已经在报纸和杂志上发表了两百多首诗，这些诗主要受拜伦、司各特、彭斯、理查德·亨利·戴纳（Richard Henry Dana）、费利西娅·赫门兹（Felicia Hemans）和西戈尼个人的影响。如果我们从他在1831年写的一封信来判断，他生活的这个早期阶段还几乎不能被看做是一个废奴主义者。这封信是关于发生在哈特福德的一件事：

> 星期五夜里我们这里有一场可怕的骚乱。大约11点钟，一伙黑人到我们的街道上游行，他们打倒了所能见到的每一个白人。八个或十个人受了伤——其中两人恐怕很难痊愈。我恨这些黑人，我想我赞成约翰·伦道夫（John Randolph）的提议，即毫不客气地射杀他们。

在每年的贵格会集会上对奴隶制的讨论帮助他改变了自己的信仰，阅读本杰明·伦迪（Benjamin Lundy）的多期废奴主义报纸《全体解放之精神》

(*The Genius of Universal Emancipation*)对他也很有助益。伦迪的门徒威廉·劳埃德·加里森(William Lloyd Garrison)说服他积极投入到废奴运动中。加里森是最早注意到惠蒂尔才干的人之一;1826年,他在自己的报纸《纽伯里波特自由报》(*Newburyport Free Press*)上刊载了惠蒂尔的17首诗。到1833年,加里森已迁到波士顿,创办了《解放者》(*Liberator*),在其中宣扬奴隶直接解放的思想。听到惠蒂尔辞去哈特福德编辑职位且无所适从的消息后,加里森给他写了一封信呼吁他加入新的运动:"惠蒂尔,加入吧!——你的才干、热情、影响——都是我们所需要的!"(1833年3月22日)到1833年5月,惠蒂尔已经写出一本反对奴隶制的小册子《论正义和权宜》(*Justice and Expediency*),并参加了在费城举行的美国废奴协会(the American Anti-Slavery Society)的成立大会。在费城,他与加里森和塞缪尔·梅(Samuel May)一起帮助起草了协会的原则宣言。在此后的一些年中,他在纽约和费城帮助编辑废奴主义报纸(在费城,他的报社被一群反对废奴主义的暴民所焚毁,他们决心要毁掉报社所在的办公大楼)。当长期的不佳健康状况迫使他最终辞去编辑工作回到马萨诸塞后,他继续给意气相投的期刊写反对奴隶制的诗歌和文章。在一首庆 *138*
祝世界废奴大会在伦敦召开的诗中,他赞美现代媒体的能力,它能成千上万地增加它的预言:"它的巫师离开媒体将要急行/从它那钢铁的翅膀飞个不停。"

罗伯特·佩恩·沃伦(Robert Penn Warren)认为惠蒂尔作为废奴辩论家的生涯使他摆脱了早期诗作的那种索然无味的传播方式。撰写社论和在公开信中攻讦对手使他学会了严密论证;辩论的意图使他的诗歌简洁而又尖刻。用诗歌推进奴隶解放事业也应被认可为一种斗争方式。可以看出惠蒂尔不仅仅读过《曼弗雷德》(*Manfred*)或《恰尔德·哈罗德》(*Childe Harold*),而且读过更多拜伦的诗。惠蒂尔最好的废奴诗是欢快的,如《人们的猎人》("The Hunters of Men"),用疾驰的抑抑扬格写猎狐。(他在1834年写了这首诗来嘲讽殖民社会对奴隶解放的反对,除非把解放了的奴隶运到非洲;这首诗特别符合1850年后可怕的新形势,这一年国会通过了《追捕逃亡奴隶法》,使得抓捕奴隶成为联邦政府的职责,即使是在自由的各州。)

> 你听过我们打猎吗?越过大山高耸,走过峡谷幽深,
> 穿过藤蔓树丛和那茂密的森林,——我们去猎人?
> 在我们的土地上打猎的主人已经离开,
> 猎狐者追踪着号角的节拍。
> ……
> 在这"勇敢的土地和自由的家园",

啊，我们打猎的场面盛大而壮观。
从佐治亚到缅因，牧师、勇士和政治精英，
都跨上马鞍，握起缰绳；
极其愉快地猎捕黑人，他的罪责
是卷曲的头发和皮肤的颜色！

第二年，惠蒂尔引用弗朗西斯·斯科特·基（Francis Scott Key）的《麦金利要塞保卫战》（“Defense of Fort McHenry”），并赋予它新的讽刺。当时基（时任华盛顿特区检察官）起诉了一位名叫鲁宾·克兰德尔（Reuben Crandall）的贵格会医生，因为他把一本惠蒂尔的《论正义与权宜》借给了一位朋友。克兰德尔最终被无罪释放，但是由于审判前在监狱度过了 8 个月使他患肺结核而死。惠蒂尔后来把克兰德尔看做是一个经受了“因为说出了我单纯的话语，/而过于热爱自由”的人。

激起惠蒂尔强烈蔑视的是北方人有时表现出的伪善和软弱，他们本应该捍卫自由，但是相反，他们却试图废止自由言论。1837 年，马萨诸塞州的公理会①牧师们由于对反对奴隶制的辩论引发的日益激烈的争论和对格里姆克姐妹（Grimké sisters）最近的废奴演讲十分反感，在布鲁克菲尔德集会并发表了
139 一封牧师函，规劝牧师们要避免谈及“令人费解的和煽动性的话题”并警告女性不要在公共场合演说。惠蒂尔在《牧师函》（“The Pastoral Letter”）中嘲讽他们不仅软弱而且患有历史健忘症：

于是，这就是一切——束缚思想的牧师权力
所能达到的最大极限！
普通信徒思考时，妇女们讲道时，
一场言语的战争，一封“牧师函”
现在，羞耻加于你身，教区的主教先生！
难道你们的前辈也是如此，
他们用刑架、用烈火、用绳索密封
他们对罪人的仁慈？

格里姆克姐妹应该像米里亚姆（Miriam）和德伯拉（Deborah）那样被拥戴为

① Congregational Church，基督教宗派之一，在教会组织体制上主张各个堂会独立，会众实行自治。——译注

女先知而不应被胆怯得不敢听（更不用说谈论）真理的牧师们用嘘声赶回起居室。惠蒂尔在一首充满激情的诗歌结尾处对这些卑劣的牧师说：

> 你是什么？竟与上帝斗争，
> 反对他拯救的方舟载渡；
> 他为到处祷告的低语所感动，
> 要给一个垂死的国家祝福。
> 除了残株和干草，还有什么
> 要消亡？正如亚麻
> 要在他降临的辉煌之前
> 和他荣耀之路上的一切障碍一起枯萎

幸运的是，新英格兰的美德并不在于她的牧师的颤抖而在于普通公民的勇气。1842 年波士顿拘捕了一个名叫乔治·拉蒂默（George Latimer）的逃亡奴隶，这激起了弗吉尼亚州的愤怒而要求把他归还给原来的主人。自由同志会（the Friends of Liberty）在整个马萨诸塞集会试图阻止此事。惠蒂尔为其中一次集会写了《马萨诸塞致弗吉尼亚》（“Massachusetts to Virginia”）一诗，在这首诗中，北方的这个州[①]提醒她的南方姐妹[②]，她们过去曾共同革命，但是现在绝不屈服于她的胁迫。

> 汹涌的海浪拍打着圣乔治海岸的礁石；
> 冰冷的拉布拉多海滨白雾阴湿；
> 尽管风暴、海浪还有模糊的雾气，但我们内心勇敢
> 它操纵着马波海德[③]的小渔舟，安海角[④]的海船。
>
> 北方冰冷的阳光闪耀在它们冰冷的形体上，
> 阴沉地向它们变形的曲线俯下身，或用风暴与它们争强；
> 它们像自由的风在前面驱赶，像汹涌的海浪游历，

---

① 指马萨诸塞。——译注

② 指弗吉尼亚。——译注

③ Marblehead，美国马萨诸塞州东北部一小镇，位于波士顿东北部。建立于 17 世纪，是划船游乐中心和度假胜地。——译注

④ Cape Ann，美国马萨诸塞州东北部的一个半岛，伸入格洛斯特东北的大西洋中。——译注

140 它们讥笑奴隶主对它们家乡的威胁，这里坚如磐石。

在这些以及类似的诗歌中，惠蒂尔把对废奴事业的奉献和对故乡的热爱结合在一起。但写那么多的讽刺诗有时令他很疲倦，正如他在《全景》（“Panarama”，1856）这首长篇政治诗的结尾处所承认的那样：

啊，我离开歌中那生机勃勃的绿荫小路，
选择了公众主题并非是个错误，
温和甜美的话语把尖刻的指责
与恶意的讥笑，削弱并使之生色。
对我更珍贵的是某曲歌来表现个人美德，
某个北方家乡的朴实的牧歌，
某个她内地山谷的夏日田园诗，
或者，她冬日的炉边故事，可怕而神秘，
故事中有去无回的航行鬼魂嬉戏
迷失的轻舟离开时从船首到船舵都挂附
爱的祈祷，像维吉尔梦见的榆树。

甚至在繁忙的19世纪40年代和50年代，他也找时间写一些这样的诗歌。一首关于一个17世纪的印第安婚礼的叙事诗，名为《潘纳库克的婚礼》（“the Bridal of Pennacook”，1844—1845）以当代新英格兰人穿过一个依然带有美丽的印第安名字的景色宜人之地观光为故事框架，惠蒂尔熟练地把令人生畏的多音节词放进无韵诗的诗行中，就像华兹华斯处理Loughrigg，Skiddaw和Glaramara[①]等词那样：

……我们走过了
蜿蜒的派米格瓦塞特，这里倒悬着
山毛榉的树影，使下面的岩石变白，
或懒洋洋地滑过它的间隙，
从波浪般的黑麦田反射出
阳光下波光粼粼的水面。我们看到月亮
从乌姆巴高格东边的松林升起，

① 这三个词都是英国浪漫主义诗人华兹华斯生活过的湖区的地名。——译注

像一团巨大的印第安营火；它午夜的光束
像一座银桥跨越
乌恩卡努努克瀑布旁的马里马克。

婚礼叙事本身使他得以描绘新英格兰那所有的令人惊惧的冬季美景。当韦塔木（Weetamoo）——潘纳库克的巴沙巴（Bashaba）之女嫁给萨乌古斯的温妮珀凯特（Winnepurkit of Saugus）时，她发现一处无比荒凉的风景：

冷杉刺向，荒凉破败的景致，
毛糙了阴冷的地平线北部边缘
陡峭多穴的山坡，这里黑色的山毛榉短枝
和迎风的岩脊上那灰色的碎片
刺破了薄薄的冰霜，或直直竖起
在这里冰冷的天边下沉到雪地 141
向东的寒冷，宽广的沼泽伸展开，
冰冷的小溪横穿过阴暗沉郁的沼地，
没有一丛树木，这是月亮吸引的大海
一天中海水汩汩流过两次；
随着被压制的咆哮传来，远处变得暗淡，
波浪忧郁地拍打在低低的海岸。

雪、冰和冷杉；沼泽、泥浆和潮水——惠蒂尔的心思本能地转向这些诗歌题材。在1840年的一首诗《流放者》（“The Exiles”）中，他赞扬了威廉·梅西（William Macy）——第一批楠塔基特岛（Nantucket[1]）的白人殖民者之一，不仅是因为激发起他保护一个流浪的贵格会教徒不受马萨诸塞清教徒迫害的道义勇气，而且因为他选择了一个避难之岛，那里“自由就像微风拂过/她灌木不生的沙山，/自由就像波浪拍打/她逆来顺受的海岸”。在《塞缪尔·斯沃尔的预言》（“The Prophecy of Samuel Sewall”，1859）中，显然，他愉快地审视着一个世纪之前迎接斯沃尔法官（Justice Sewall）的海岸。

① 美国马萨诸塞东南一岛屿，位于科德角以南。从科德角被大西洋的臂弯楠塔基特湾分开，该岛于1659年开始有人居住，该岛从1660年至1692年属于纽约的一部分，当时它被割让给马萨诸塞。直到19世纪50年代中期都是一个捕鲸业中心，现今是受人欢迎的游览胜地。——译注

长长的普拉姆岛低垂，覆盖矮树青青
就像一头搁浅的鲸，就像一块石头
抛过时声音轻轻。
在内地，目力所及的景象中，
群山就像一张拉满的弓。

惠蒂尔在描绘方面的天赋在《大雪封门》（“*Snow-Bound*”）一诗中得到了充分展现，这首诗发表于内战结束后的一年。它生动地描写了一个 19 世纪 20 年代的一个新英格兰农家因为暴风雪而被切断了与外部世界的联系。令他惊讶的是，这首诗使惠蒂尔突然出名（在最初的几个月中就卖出了两万册）。他以美国诗人难以媲美的流畅，用四音步双行体描述了即将到来的暴风雪：

十二月那个短暂的一天，太阳
阴郁地爬上灰色的山岗，
到中午变成朦胧的圆圈，
放出比残月更悲凉的光线。
它不祥的预示默不做声，
慢慢走过乌云密布的天空。

在屋里，男孩们和他们的父亲生起一大堆火等待狂怒的暴风雪结束，这堆火使得“古老的、装饰粗陋的房间/突然像玫瑰花般鲜艳”。暴风雪过后，他们向外望去，夜色中充满了“可见的寒冷”：

圆圆的月亮把光线洒满
在东边的树林上；伫立的群山
142 在银色的潮水中更显美观，
风吹起的雪掠过，透着刺骨严寒，
一片惨白，除了在某个清晰的山涧
投下阴影，或把暗绿的铁杉
变成一片无法穿透的漆黑。

不管景象多么可怕，家人和朋友聚集在“大烟囱口”周围，既不怕黑夜也不怕炉边风的咆哮。他们重复着古老的家庭故事，做游戏，背诵废奴诗歌，或者听在家里搭伙的村里年轻的校长讲滑稽的希腊和罗马传说。但是《时代与变化》（“Time and Change”）表达了暴风雪中无法表达的意境，正如惠蒂尔悲哀地承认，家庭的圈子随着死亡、流放和年老而分散。1866 年的巡回校长们必须循着“战争的血腥踪迹”外出漫游。对于内战的这个简短的暗示（诗中唯一的一处）是意味深长的，因为惠蒂尔谈论了国家需要能够“以相同的方式提高黑人与白人的文化水平”的教师。正如他在《群山间》（*Among the Hills*，1869）的序言中所言，甚至是在他童年时代的新英格兰，也有许多家庭没有他自己的家庭那样幸运，许多长满杂草的、邋遢的家宅中满是“尖声喊叫、牢骚满腹的妇女和脾气暴躁、愁眉不展的男人”。害怕末日审判却对慈善的声音听而不闻，这些不幸的人永远看不到神的爱在他们周围无所不在：五月的鲜花在他们脚下，麻雀的歌声，新英格兰每年的“圣典的神秘”闪耀着金色的和深红色的光彩。为了唤醒他的同胞，为了“使眼睛看到使心灵感受到/他们力所能及的美丽与欢乐”，必须行使诗歌的职责，它的教化的使命：“在变化中找到它新近的满足，/通过更广阔的文化，更优雅的方式，通过爱/像橡树生长一样缓慢，将勇气提升”。支撑了惠蒂尔经历废奴运动和内战的信念给了他信心，使他相信他个人的重建工作也能够成功。在 1865 年的一首诗（《湖滨之墓》“The Grave by the Lake”）中，他声称真正的信念将不会怀疑，拯救可以延伸到埋葬在湖滨印第安荒冢中的人们那里：

爱河在永恒地流淌，
不是伴着恨的回头浪；
束缚住灵魂的每一根锁链，
在祷告的低语中化为碎片；
而那些忏悔的愿望，
在每个火焰之门开放。

像惠蒂尔那样对想象力的教化力量所具有的坚定信仰，从一开始就支撑着美国诗歌。它激励了乔尔·巴洛（Joel Barlow）对理智最终必胜的信仰，琼 143
斯·威利对十四行诗可以促成信仰转变的信赖，以及拉尔夫·沃尔多·爱默生对个人思想中包含所有的神性的矢志不渝的信念。但是想象力中的信念也激励了约翰·昆西·亚当斯（John Quincy Adams）的幽默，菲茨-格林·哈勒克（Fitz-Greene Halleck）的文雅，玛丽亚·高恩·布鲁克斯（Maria Gowen Brooks）的无畏，华盛顿·奥尔斯顿（Washington Allston）对鲁宾斯（Rubens）和拉斐尔（Raphael）的崇敬及亨利·梭罗对虽小却优美的风景表现出
的亲切。其他的美国诗人也正在以新的不寻常的方式综合着这些品质。 144

诗歌与公共话语，1820—1910

希拉·沃罗斯基（Shira Wolosky）

序言：修辞的主张

修辞是一门提出主张的艺术。因此，人们经常怀疑它仅仅是策略性或偏见性的，如果不是歪曲性的。但也可以认为，修辞不是仅仅提出某个特别的主张，而是广泛建构以语言为媒介并通过语言来表达的经历。于是，研究修辞就是研究一种文化的基本模式，因为文化要通过各种话语来寻求和显明。在此意义上，修辞提供了一个文学与其他各种形式的话语——而不仅仅是公共话语——之间交汇的场所。一种文化的修辞模式渗透进文学描写之中，而文学通过这些修辞源头获取素材，但是以更自觉、自省和直接的方式达到自己的目的。

对 19 世纪美国诗歌的研究证实了文学作品与其他修辞模式之间的相互借鉴。在 19 世纪，诗歌在界定美国及其文化取向的持久争论中起了积极而鲜明的作用，出现了各种新的观念，例如：诗歌作为一个自我封闭的美学王国的观念，由一个或多或少要通过形式分析的独特范畴来处理的形式客体所构成的观念，作为元历史的超验诗作来理解的观念，以及配置一种独特的“纯”诗歌语言的观念等。这些观念似乎在 19 世纪末才刚刚出现，而这个特殊的形成过程适应了社会、历史甚至美学发展趋势。在 19 世纪的美国发展进程中，人们并没有把诗歌看成是一个封闭的王国，倒把它看成是表达了美国文化内部的焦虑和隐约的威胁。而诗歌直接参与并处理了这个新生国家面临的急迫问题。

本书的第二部分，“诗歌与公共话语”，把诗歌作为一个独特的形式领域加以探讨，在此基础上，加强对美国 19 世纪文化修辞的表现、集中、反思和掌握。一个作家的文学活力，不用说其天才，经常需要他/她掌握文化环境中广泛可用的修辞结构。诗的再现力可能以既强化又批判的方式，不仅反映出
147 总的修辞结构，也赋予修辞结构一种强化的确定性和自我意识。本章研究的一个观点是诗歌通过与围绕其周围的修辞的转换，不仅获得了历史的基础而且也获得了美学意义上的完美和顿悟。这并不是要瓦解或否认所有的美学差异。掌握诗艺的较多与较少之间存在着差别，其自身的阐释是通过考察相互之间的位置并为互相阅读提供必要的基质。这也不是把文学作品简化为对社会经验的历史的或观念的再生产。而是说文学产生于并参照于一系列广泛的历史和文化经验，它要通过包括修辞学在内的其他因素的调整。社会上一般的价值观、看法、趣味及文化取向通过修辞学的比喻来表达，它们进而在诗歌中重现，以声音、意象、背景、自我再现和称谓来具体标示诗歌结构。与之相对，诗的再现突出和加强了一种文化修辞结构的地位。因此，修辞语境绝非否定诗歌文本的特定文学性质，而是阐释和证实了诗歌的文化地位和美学力量。

当然，沃尔特·惠特曼（Walt Whitman）认为最杰出的诗歌应该参与美国的公共和文化生活。而他作为一个最伟大的榜样，只是从根本上推动了19世纪诗歌事业。同时，就如担心美国的希望会破灭一样，对美国文化发展过程中艺术地位的忧虑是反复困扰这一时期许多作家的问题。在这种压力之下，诗人们做出了一系列的反应。然而这些反应一成不变地将诗歌问题看成是政治、社会、宗教、道德及美学问题。诗歌应该积极地参与国家生活，这种观念极大地形成了诗人对自身的看法，形成了他/她在社会中的角色。

在本章研究中，修辞提供了一个文学与各种不同的公共话语相互交叉的场所。我已经集中探讨了一套跨文学与文化历史效力的修辞论题。在每一种情况下，通过诗歌与它所处社会领域共有的修辞模式，美国来着手亟为关注的一个问题。第一个论题研究朴实的修辞，因为这适合于19世纪的美国女诗人。这是一个大部分19世纪历史和文学研究所假定的事实，即妇女的生活被以某种方式限制在家庭范围之内，这些方式几乎延伸到她们的社会角色和个人身份的每一个方面。因此，人们看来是严格地区分了公共与个人之间所产生的差别，通过许多控制政治、社会和个人的行为规范而将这些差别加以实
148 施——正如在整个这一时期急速发展的行为指南文学所明确表达的一样，这种文学教导女性在一个社会急剧变化的世界中要遵守适合的礼节，而在这个世界里，这些礼节则变得越来越模糊。

然而随着这些范畴应用到女性（和男性）经验，女性所写的诗打破了公

共与个人之间的区分并使之复杂化。大量女性所写的诗歌涉及公共事务。诚然，随着这些范畴应用到男性和女性两个方面，何为公共何为个人的观念也由于女诗人的著作而受到挑战。在这一点上，诗歌反映了一种历史模棱。此前，人们公认女性生活模式是个人的，而它使这种观念复杂化。从历史角度看，妇女实际上广泛参与了超越其家庭空间的活动和事件。它们从总体上将女性活动领域的延伸概念化，而非对之提出挑战。然而，尽管有些工作是女性在家庭之外所做的，看起来却更像是在家庭之内所做——照料病人、老人、穷人、移民、孩子——其他活动则不然。这些包括在废奴、印第安人权利、城市规划、卫生和妇女选举权等方面直接的政治活动。的确，在整个世纪，大多数社会服务工作（如我们所称的那样）都是由女性所履行的。把这称为“个人的”，而将“公共的”这个词作为男性活动的专门用语——他们唯我独尊地从事经济事务，尽管这发生在家庭之外，最终却服务于个人利益和个人经济目的——是用已经固定的方式来使用“公共的”和“个人的”这两个词。也就是说，只是因为女性进行某些活动和社区服务时，这些活动和服务归为个人的。只是因为男性从事和控制经济生产，这些才成为公共的。

这些公共事务在女性诗作中有所反映。除了许多关注社会的诗歌，包括照顾儿童（其本身可以看做是社会的而不仅仅是个人的责任），大量诗歌明确关注公共事务和政见论争。作为女性表达具有中心文化意义的问题与事件的一个重要途径，诗歌可以说是在任何情况下都绝对不会放弃这种角色。这种女性诗歌至多是一种修辞反映，记录和组织其外在的语言和修辞模式。这些修辞经常表现为不同性别的声音，它们饶有兴趣地彼此反对，作为每一种文化价值观在日益异化和混乱中表现出的形式。这些诗歌的题材经常是体现女性能动性的：奴隶制、贫穷、卖淫等。她们更广泛地参与美国社会面临的突出问题，例如，在这个世纪中，与个人利害关系相比，经济利益似乎日益挑战和限制对早期共和政体的承诺和团体价值。这一时期的女性诗歌有着双重 149
标准的紧迫感——其自身是性别意识中反复出现的形象，而且是作为美国的性别分化社会和对立冲突的价值观的一个显著表现。

这种诗歌不仅作为女性生活的再现很有价值，而且也提出了十分值得考虑的美学问题。这一时期的大部分女性诗歌并不亚于不断发行的二流男诗人所写的诗歌——这些诗歌被编入文选、重印、选入文学史。而诗歌经常不提供自省的语言和自觉的形式（也如大多数男性诗歌不提供这些一样），它所能努力做到的是再现、揭示和运用其周围文化的修辞，使这些修辞显现、自觉。这些诗歌与其说属于不朽的艺术，不如说属于文学史。但这就是说，——正如二流男诗人的情况也是如此——她们既在语言又在历史中展现了她们的社会地位，语言和历史形成了她们所处时期的美学和文化经验。

妇女诗歌并非是独特地参与了这种更广阔的文化话语。宗教修辞代表了诗歌与公共表达相交汇的另一个领域。在这里，宗教话语不仅表达神学而且也表达政治和地域、性别和种族利益。在诗歌中，就如同在演说、布道、小说和报纸中一样，19 世纪美国自我定义的努力通过宗教主张及与之对立的主张而形成。作为美国民族特性的根本典籍，《圣经》提供了表达和争论美国责任的许多不同方面所需的语言。这里突出的特征是《圣经》以其特别的方式，而且是以一系列的宗教传统与理解，成为共享的修辞基础，即便是激烈对立的利益集团。在一系列广泛的争论中，每一种争论都坚持自己的见解，而在共同的宗教修辞中反对其他见解。在某种意义上说，这种以《圣经》和宗教为判断标准的相互对峙使得争论更加强烈。然而，在另外一种意义上，宗教修辞允许不同观点甚至激烈的争执在共享的文化遗产所衍生出的共同语言中彼此对峙。宗教语言同样深入于这一时期的诗歌，将之变为主张与反主张的领域，在这里词与词相冲突，然而也有所有人都懂的共同的用法：保守与自由、宗教与世俗、北方与南方、白人与黑人。在很大程度上，宗教的动力在美国公开话语和反独裁的个人主义传统中取得地位，使宗教成为保持各种自由经验的文化传统的一部分。作为一种诗歌的表达模式，宗教语言得以表达
150 不同的意义：在奴隶的圣歌中，在女性的诗歌中，甚至在如赫尔曼·梅尔维尔（Herman Melville）的作品中，作为一种拒绝完全主张绝对确定性的模式。

一种共同语中这样的意义多样性在整个世纪的男性诗人所写的诗歌中可以强烈地感受到——一种诗歌在许多方面恰恰集中于这一问题，即美国诗歌语言可能是什么样的，它能做出何种主张，一方面，是针对基本上共用同种语言的英国，另一方面，是在一个显然是关注实用而非美学作品的社会中。在这里，不但局部冲突而且文化差别也随着美国自身特性问题的悬而未决被强有力地表达出来。北部和南部的情形皆是如此。这些地区的诗歌提供的几乎是挥之不去的分裂国家的形象，正如每一方都继承了一种当时以矛盾的方式坚持的革命话语。但是无论是在内战之前还是之后，在亨利·瓦兹沃思·朗费罗（Henry Wadsworth Longfellow）、埃德加·爱伦·坡（Edgar Allan Poe）和斯蒂芬·克莱恩（Stephen Crane）的诗中，美国诗歌语言的问题体现在令人焦虑的论争中，这种论争反对随着日益尖锐的矛盾而出现的物质—商业化倾向。特别是坡创立了一种针对美国状况（总体上的真实）的否定诗学，这是一种表现正面的美国希望的极端诗学。到世纪末，随着对美国价值的界定，

狂热追求物质繁荣所产生的令人焦虑的怀疑和移位感成为以哈佛特别是乔治·桑塔亚纳（George Santayana）为中心的新美学的基础，这种新美学决心在公共空间中捍卫诗歌的地位。诗行重新拟定为针对能动世界的界限，这样，诗歌开始被定义为自我封闭的美学对象，在世纪末出现的形式主义美学中找到其根源。

战后社会出现了新的认同感以及保证、表达、塑造这种认同感的新诗学。与小说一样，也出现了各种不同的地方诗歌和种族诗歌，这些诗歌以同样的方式反映并试图明确表达地理分布和联邦定义之间的关系转换。与性别认同一起，人们可以感受到一种新的战后地理、种族、民族和宗教的多元状态。女性写作实际上不是基本上处于美国文学边缘的一种单独的亚类，而是美国诗歌事业的一个必不可少的部分，尽管不同性别引起了特有的文本问题与表达方式。在这诗中争论的既有美国作为一个国家框架的新观念，又有其中个人地位的新观念。然而，这种诗歌不是强调把群体认同作为决定因素（群体认同通过群体之间的相互作用以多元性衡量），它使人想到在许多群体中多重参与的可能性，并带有相当高程度的唯意志论和渗透性。在这个意义上，认同本身即成为多重的。自我代表了不同群体之间可以以不同方式协商的场所。151
在诗歌中，结构的中心意义在于几种不同身份的表现，作为和谐地结合在一起的声音在原文中出现。在与方言、地域、性别、种族和社会阶级等所有的重要因素相互联系与碰撞中，自我的差异感出现并展开。文本本身成了一个多元场所，多元论成为一种协商模式，这种模式不仅存在于不同的群体之间，而且存在于个人参加一个更大的复杂政治组织时其自身不同的要素、特性和信奉之间。

沃尔特·惠特曼和艾米莉·狄金森是从19世纪文化和修辞韵律学中涌现出来的两个主要人物：而在许多方面他们看起来截然相反。这两个人看起来是，在一些方面也的确是，最具公共性和最具个人性的诗人。就惠特曼而论，我质疑那种强调对自我之罪恶的解读方式，相反，我把惠特曼的自我性置于他自己一丝不苟进行探索的政治个人主义的视野中。在这个模式中，个人作为一个铸造场所存在；的确，惠特曼作为一个美国诗人的伟大之处相当重要地是他对个人无尽的希望、创造力、无穷的潜力和对追求幸福的强烈热爱。惠特曼呼吁每位读者认识到并实现自己的这些财富——在他的方案中，这将是号召每位读者自己都成为一位诗人。然而惠特曼这样做时，并没有把自己作为一个具有绝对个性的唯我论的、自我引导的典范。相反，他坚持认为，在一个前进中的政治和社会认识中，个人的自我认识不可避免地与地位感有关并以此为基础。没有每个人的贡献，没有每个人积极地努力和参与创建这样的个人潜能得以实现的政体，美国的试验将会失败。诗人和读者都作为一个潜在公民的身份为国家服务，然而在这种服务自身所真正规定的领寻角色中，是诗人将其他公民召集到这项权利和责任中。

这一想象中的个人共同体的希望对惠特曼而言是美国的象征和美国的前途。如果美国对他来说是一首最伟大的诗，这是因为它代表了创造性的个人潜能，这种潜能在每一层次的经验中得以表现，然而它的多样性贯穿在一个共同风险之中。惠特曼将这些多层次的意义铭刻在自己的诗歌创作中，为多样性的个人和公共体验提供了极为复杂的形式。然而，惠特曼对于美国实现自身希望的明显失败而深感不安。他的诗歌产生于并反映了对于美国不同组成力量的分裂所带来的深深的疑虑和惊恐：最具爆炸性的是在内战中，在与
152 美国对自由之承诺相矛盾的奴隶制度中，但是随后是在战争的后果中，美国的希望有退回狭隘、单调、受限的物质繁荣和排外的自私自利中的危险。

艾米莉·狄金森以不可思议的方式表现了惠特曼的对立面。这并不意味着她只关注个人世界。相反，狄金森为惠特曼对美国实现希望的焦虑和怀疑发出了有力的回音。她的作品像惠特曼的一样，回顾了不同层次的美国经验，包括性别、宗教、历史和经济秩序等。狄金森独特的诗学提出和挑战了这些领域中每种不同的主张。在她细致的研究下，这些不同领域和谐而又相互支撑的文化设想如果没被推翻，则至少被削弱。她的诗文成为一个体验秩序之间互相对抗、经常是互相冲突的场所，这些秩序证明是矛盾的而非相互肯定的。这一对抗是按照她的个人身份描述的，其身份也同样互相抵触或颠覆。她作为女人、作为诗人、在宗教传统中和作为美国人的角色在其作品中都得以表现，然而是以打开它们之间的裂缝并将之戏剧化的方式表现的。特别是她作为女人的身份使她很难参与美国文化。她作品的隐秘性—— 一生大部分时间隐居并默默无闻地写作，作品在有生之年未得发表——是对她所生活的社会中女性的所能选择与期待的批判性反映。这里，其他女诗人的作品成为理解艾米莉·狄金森高超艺术的重要背景，不仅是像一直强调的那样，女性被限制在家庭之内，而且在批评女性自主自立的神话方面的独特声音中，也越来越与美国自身的身份相称——这就是狄金森的作品同时运用和颠覆的身份模式。在狄金森的诗中，由于受男性和女性的自我中心模式的影响，质朴的文化标准得以热切和强烈地表达。其结果是对许多基本美国设想的批评，接受了一套极其华丽的语言，它的多重意义和内涵与复杂激烈的感情力量相冲突。

在本章研究中，诗歌保持着自己的身份，通过它自身的结构特点、自身的语言运用、自省的动力来阐释。然而，我把这些文学形式看做是它们通过交叉的修辞来指示、塑造、表现重要的文化关系，而诗歌要提出、运用、批评、转换这些修辞。文学作为一门艺术和一门学科因此参与了也反映了通过修辞塑造的历史以及在历史中塑造的修辞。在19世纪浩瀚的诗作之中，我对 153
诗歌情有独钟，因其表现出并反映出对多方面问题的文化规约与文化关怀，如性别结构问题、宗教使命感与民族认同感间的互通关系、种族性与地区性冲突与归属性问题之争以及针对民族传统的所有权所提出的要求等。本人的研究主题将根据19世纪诗歌自身所独有的地位，通过其特有的自我反思的模式，来调查并言说它对美国生活的塑造与形成所起的举足轻重的作用。 154

1 谦逊的诉求

写作规范

安妮·布拉德斯特里特（Anne Bradstreet）[①] 以一纸不愿承担任何责任的声明开创了美国诗歌的历史。在为其著作写的《序言》中，她承认，作为一位女诗人，她可能被那些热衷于“鄙视……女性智慧”的读者“所厌恶”。但她继续写到，与男性如“闪光的金子”般的作品相比，她的作品永远只是“未经锤炼的矿石”。她的全部追求只是适合她身份的荣誉，在厨房中做出最美味的珍馐佳肴：“请给予我百里香或欧芹，我不企及桂冠。”

持着这种温和的态度，她不仅雄心勃勃地开始了她自己的诗歌创作生涯，同时她的诗风也为下一个世纪的女作家们垂立典范。在其经典之作《诗辩》（*apologia*）（为了保护诗歌或为诗歌的存在找出正当的理由而进行的辩解）中，布拉德斯特里特谦逊地否定了自己的能力。但她这样做，恰恰维护了自己在那些不给予她发言权的人面前反驳的权利。通过安慰读者，她明示不会逾越自己该在的位置，她使自己至少能够在这些强加在她身上的严厉指责的约束之内行使她的权力。

那时，谦逊被当做是束缚、制约与界限的象征。但它又代表了这种界限的不稳定性，随着“女性写作风格”的羽翼渐丰，它可能被修改，甚至会被逾越。基于这种双重意义，谦逊成为女性作品中最主要的传统主题和态度。

① （1617—1672），美国诗人，是美国殖民时期第一位用英语创作的女诗人。——译注

(男性也有相对的文学创作的传统主题，尤其是在布道中所讲的宗教上的谦恭。尽管如此，我还是认为在这些文学创作在传统主题的使用上有着明显的性别差异。总体上讲，男性的谦恭是神学意义上的。男性只愿意在上帝或在教会等级制中代表上帝的人面前屈尊；而对女性而言，谦逊早已经高度社会化，也更具有代表性了。社会引导女性在其他人如男性面前降低自己的身份。）19 世纪的女性诗歌作品几乎一直被忽略在美国文学史之外。直到最近一段时间，即使在最近的讨论中，大多数情况下它只会引起人们的惋惜之情，
因为它为美国文学增加了一批以塑造缺乏雄心、惧怕荣誉以及软弱的形象为 *155*
特点的感伤诗歌。而谦逊则几乎完全被当做女性顺从的标志。但谦逊的文学创作的传统主题并不仅仅只是一种消极的姿态。它还反映了女性自身的努力。女性作家想要代表女性讲述她们的经历并以此为诫。她们要找到一种与女性身份相一致的文学表现形式，甚至要清清楚楚地表达她们特殊的价值观与责任感。在 19 世纪女性文化的背景下，谦逊没有被单纯地视为消极的自我抹杀，或它的对立面，即彻底的坚持自我。我们可以认为它代表了在这两种极端之间的一种辨证的调和，这种调和使前面两种极端都得到了重新定义。既不进行纯粹的自我否定，又不无限度地坚持自我，对于当时这些女性而言，这便是个人生活与公共生活最理想的状态。在各种形式的掩护下，谦逊标志着她们寻找自我的努力。此时，各种反对力量正在威胁着要粉碎她们作为女人甚至作为美国人的自我意识。从安妮·布拉德斯特里特的殖民地诗歌到玛丽安娜·穆尔①和伊丽莎白·毕晓普②这样的 20 世纪诗人，在美国女性作家的身上清晰可见鲜明的“谦逊”色彩。在 19 世纪，谦逊构筑了女性诗歌作品的基本框架，大众诗歌、精英作品、成名作品和不太知名的作品都受到了“谦逊”这一主题的影响。在这些作品中，“谦逊”扮演了不同的角色，产生了不同的影响。莉迪亚·西戈尼与艾米莉·狄金森看待“谦逊”的角度就大相径庭。尽管有着这些不同，“谦逊”为研究 19 世纪女性作家所创造的异彩纷呈的诗歌作品提供了一个全新的视角。同时，它也是联系文学创作与社会现实、文化模式的一条纽带。

---

① Marianne Moore（1887—1972），美国诗人，其描述性作品，发表于《诗歌》（1921 年）、《诗歌全集》（1967 年）和其他一些集子中，以机智、讽刺和不因袭格律为特点。——译注

② ELiza bath Bishop（1911—1979），美国诗人，以其大量的、描述性的著作闻名，如《加油站》（1965 年）。——译注

“谦逊”，很显然，它并不仅仅是一种文学的态度，或许它最突出的特点就是它从传统意义上定义了女性的本质。科顿·马瑟[1]在他的《天堂女儿们的饰物》（*Ornaments for the Daughters of Zion*）一书中把“谦逊”说成是理想中女性每天所穿戴的“虔诚的丝绸，圣洁的绸缎和谦虚的紫袍”上不可或缺的装饰物。一本早期的劝导类图书这样写到，谦逊“是一种非常概括、综合的品质。它延伸到女性生活的所有方面：言谈，书籍，绘画，态度，举止，发音”。事实上，在18世纪末期和19世纪出版的无数礼仪规范图书中，谦逊的意义已经大大超出了仅与女性性别有关的范围。一本劝导书中有这样的话：“谦逊存在于女性所有的经历当中。”它“规定了一条完美的规则，指导你在活动或对话中如何表现：每个动作、手势和仪态都要奉行谦逊的准则”。作为“一位女性最不可缺少的特点”，谦逊被视为“这一性别最本质、最自然的品质”。它的含义是“应该对自己的形象、言谈和所有的行为保持一种是否谦逊的怀疑”。

156 可以说，谦逊明显地标志着“分裂的两性世界”与“真正的女性圈子”的复杂结构。它们在很多方面塑造了19世纪美国的性别角色和两性关系。在这种结构内，女性和男性的生活是截然不同的：一方负责私人和家庭生活，另一方主宰公共、政治和经济领域。这种差别已约定俗成。加强了这种社会生活中两性分裂的是法律和政治对女性的限制。法律不允许（已婚的）女性继承或实际上拥有财产，即使是她们个人的或家庭的财产也不例外。同时不允许她们拥有银行账户，不允许她们签署支票（因此女性社团的资助者一定是单身女性或寡妇；）不允许她们在政府工作或参与投票。法律以外的社会规范进一步强化了法律对妇女的约束。例如，当时的社会规范认为，妇女在公共场合与社会地位混杂（“不加选择的”）的人谈话甚至在无人监护或着装不适宜的情况下出现在公共场合都是很不得体的。这些社会规范造成的限制或许比法律的限制更具有威力，因为这些规范不仅被强加在她们身上，并且已被她们所接受了。在这层意义上来说，对女性谦逊举止、地位和可能的一些要求变成了对她们的束缚和驾驭。

“谦逊”是通往女性自我世界的障碍，但它同时也是一条通道。在谦逊毫无疑问地把女性变为家庭生活的囚徒（又称“守护者”［guardians］）的同时，它还作为连接女性个人生活与公共生活的媒介桥梁。谦逊的限制性特点

---

① 科顿·马瑟与其父英克里斯·马瑟对马萨诸塞殖民地在神学和政治上产生极大的影响。——译注

并没有阻止它成为一种把女性带出个人家庭生活的圈子进而引导她们进入更广阔的公众空间以及出版业的手段。至少对于女性作家来说是这样的。因此，“谦逊”作为一种文学传统主题，与它的社会功能产生了十分复杂的关系。事实上，在社会和文学的交往中，它不仅仅表现了一种自我抹杀的态度，也表现了一种可以用来增大或加强自我表达的自我呈现与自我代表的态度。这些在文学艺术家的笔下得以呈现。

此时，“谦逊”已不仅仅是一种自我和社会封闭的形式。它同时也为女性大胆尝试走入世界的行为确定了限度。分割家庭生活和社会生活、个人生活与公众生活的边界不像女性世界所确立的思想观念那样绝对和固定。19 世纪，行为的规范并不能让人们十分信服，特别容易受到攻击，并时常变化不定。礼仪手册的大量涌现本身就说明了这一问题。人们需要这么多的指导，就是因为他们不确定什么样的行为是人们所期待的或可以被接受的。19 世纪的美国正处在一段非常时期。这段时期充满了非凡的动力，几乎社会的每一个阶层都能感受到改革带来的巨变，包括人口和经济的飞速增长，以及社会与政治结构的变革。城市化、工业化与民主化都或多或少地从根本上改变了人们的工作与理财方式，家庭生活、社会的阶层分化、城市与政治发展各方面的行为规范与组织形式。向城市的迁徙取代了熟悉、亲切的乡村生活，取而代
之的是人与人之间的陌生感、人口流动的灵活，以及对城市空间的创造与消 157
耗。在众多的陌生人周围生活，需要新的行为规范，以便建立或避免社交关系。在商业界和家庭生活中，人们都有一种强烈的想法（与欲望）以社会地位为交往关系的媒介。传统意义上，绅士是由世袭的头衔与称号形成的阶层。在工业化的美国，绅士的称号成为了中产阶级的远大抱负。由于新的社会情况和社会角色使上流社会的行为方式发生了变化，并且人们有想要控制这种行为方式的欲望。因此为适合上流社会的行为下定义和进行规范就成了当务之急。与此同时，通讯、交通、材料生产与印刷业各方面的新技术为传播带有这种定义和规范提供了便捷，进而来指导文学。

大批量生产的礼仪规范用书涌现出来服务于这种全新的对尊重的需求。绅士和淑女、教育家、编辑和记者，这些人都乐此不疲地告之中产阶级年轻女性，在什么时间、由谁陪伴、穿什么样的服装、用什么样的声调和嗓音谈论什么话题对于她们向所谓的世界展示她们自己来说是合适的。正如多次再版的《少女的新年礼物》（*Lady's New Year's Gift*）一书中所阐述的，冒险走出“你的屋子进入世界”是：

> “危险的”一步：你的冒险行为并不能确保你的安全，除非你加以十二分的谨慎。你必须找到你的监护人，他们不在的时候不能惹麻烦。你的敌人是外面的世界，如果别人发现你在外面挣扎谋生，你无疑会被征服。因此你的行为应倾向于内敛……这个时代奢华成风的特点使得小心谨慎变得更加必要……谨慎的言行最易得到美德的青睐。

除了作为自我宣传，这则忠告还展现了谦逊的双重特性。谦逊不仅告诫女性警惕“外部”不为她们所了解的世界，劝告她们要审慎、保守、“谨言慎行”，它还在社会规范所允许的前提下，为女性概括了应对外部世界危险的对策。这种微妙的平衡在众多的实用礼仪指导书中一再出现。对素雅简朴的服装的严格要求（萨拉·J. 黑尔[1]写到“绝不能炫耀”），与“大众的衣着”保持一致以达到“不显眼”的目的，以及对在公众场合大声谈话或嬉笑的警告（伊莱扎·韦尔·法勒［ELiza Ware Farrar］在她的一本畅销书《年轻女性的朋友》（*Young Lady's Friend*）中写到“一位少女在公众集会时绝不能使自己显得光彩夺目”。）这些都隐藏着当时女性出现在公众场合的新环境和新机会。女性过去一直被限制在家庭的范围内，现在，虽然她们的活动依旧被特意划分出的半公共地区、被众多维护公共秩序的条例严格
158 地限制和监视着，但她们至少有了城市街道这一新的活动场所。虽然明文规定女性不许在没有监护人的情况下独自“闯入”街道，尽管还要受到诸多限制，但她们至少得到了一个特定的活动空间。对于中产阶级女性来说尤其是这样。她们的活动还为国内经济做出了贡献，比如上街购物。一种新型的都市化产物——百货商场，又使纽约市中心产生了“淑女一条街”，在那里，女性甚至被允许独自漫步。因此，伊莱扎·法勒下面的话表达了双重含义：“时刻记住商场是公共场所，你经常要与陌生人对话，因此，在你的言行中要保持一定的谨慎……交易的时候要尽量保持安静、礼貌。同时不要显得傲慢或过于亲切。”

在公共场合这样高雅的行为，主要是为了使中产阶级女性从她们的工人阶级姐妹当中脱颖而出，当然，妓女阶层是不在考虑范围之内的。行为的规

① Sarah J. Hale（1788—1879），美国作家，《戈迪妇女杂志》的主编（1837—1877），该杂志在当时是美国最流行的妇女杂志。她自己的作品包括诗《玛丽有一只小羊羔》（1830）。——译注

范一直十分严格。但正如托克维尔①的评论，相对于欧洲的中产阶级妇女，美国的中产阶级妇女仍旧享有更大的活动自由（大家只需回想一下声名狼藉客死意大利的戴西·密勒［Daisy Miller］就一目了然了。）越来越多的人认为，虽然没有得到那些"极端的"女权政治活动者所预想并为之奋斗的权力，中产阶级的社会角色仍旧加强了女性对自我身份的认定，增加了女性的活动及其影响力。抑制女性表达和促进女性表达作为谦逊的二重性，从某种意义上来说，反映了分裂的世界结构本身内在的分歧与不稳定。在女性的世界，女性的活动受到了思想意识和现实生活的限制，而这些限制同时也促进了冲破这些限制的活动的发展。女性主义历史学家认为这种特定的独立的女性世界的发展创造了一种与众不同的文化。在这种文化氛围中，19 世纪的女性分享各自的经历，结成了亲密无间的、高度互助的友谊。在 19 世纪早期的家庭中，妇女们结成了新型的友谊，同时也得到了新的认可和力量。女性合理掌控的家庭生活，给了她们至少部分享有权威的领域。由于受到家庭规模这样的因素的限制，在家庭结构内，女性总体上更为有力的控制就更显而易见了，这一现象被称做"家庭女性主义"。在这种意义上，家庭不仅是社会变革的阻力，同时也变成了社会变革发生的场所。相似的，19 世纪家庭对女性的束缚构筑了女性在书信与日记中发展出来的友谊。与此同时，这也成为女性文学实践的素材之一。

不仅如此，家庭范围内活动的增强自相矛盾地成为了女性参加家庭以外活动的基础。即两性世界的分离加强了性别意识和对女性追求的限制，同时它作为女性追求公众事业的基础，也对这个严格的性别界限产生了反作用。 159
可以说，由于 19 世纪的女性广泛地参加各种社团活动，家庭生活具有了公众性的一面。这些活动包括传教活动、救济贫民、护理、教育、戒酒、更加激进的还有废奴运动和为妇女争取权利的法律改革。这些妇女组织标志着妇女们进入了表面上排斥她们的公共生活领域。除了设立一些包括筹集资金、发放工资、组织公司和利益分配的复杂的商业机构，妇女"志愿者"还直接参加一些政治活动，如游说、请愿、为竞选筹集资金等。

这些政治经济活动被认为是可以接受的女性社会角色的合理延伸，而没有受到限制。虽然妇女能够进入以家庭生活为基础的社会领域，但她们并没有从家庭生活中完全解放出来。人们普遍认为她们所从事的社会与政治活动

---

① De Tocqueville（1805—1859），法国政治思想家和历史学家，著有《论美国的民主》。——译注

是以公众与个人的全部（性别）差异为基础的，并非对这一差异进行抨击。女性新的探索与权利仍旧是妻子和母亲这些传统形象的延伸，并非将它们取而代之。妇女在新的经济角色中所取得的成就、受教育程度的增加以及与各种改革活动联系在一起的社会活动的增加，从根本上来说都是以家庭价值观为基础而产生的。女性接受教育的合理理由是为了使她们能够教育孩子和更好地陪伴丈夫。社会活动的主要目的是提高穷人、移民群体以及以家庭农场为生的人的物质生活和道德标准。或许除了以上这些，就是针对男性易被酗酒、嫖娼和赌博等腐化所进行的社会活动。当时社会谴责酒吧，不仅仅因为它是进行不法活动的场所，更因为它是一个男人逃避家庭责任的避难所。

女性可以为了保卫家庭免受邪恶的污染而参加这些社会活动，即使这样做把她们带出了家庭的小天地。而且，妇女的社会活动保持着与循循善诱、自我牺牲、道德高尚这些女性形象的一致性。比较不受欢迎的较激进的女权主义者的目标，如获得选举权，对当时分裂的世界的威胁要更大，因为它含蓄地将女性定义为个体，而非家庭中的一员。与这些目标相比，前面提到的改革活动表现出本质上的保守因素。与针对男性的禁酒运动相比，即使是通常以奴隶制度对家庭的破坏为合理名义的废奴运动，其受欢迎程度也大大不如前者。

尽管女性在教育和经济方面获得的权利以及社会改革仅仅是家庭生活的
160 一种延伸，但变化正在悄然发生，即使开创改革的人也预料不到。举一个著名的例子，凯瑟琳·比彻[①]对于女性教育、健康、服饰和家庭经济这些性别问题的贡献，植根于她把家庭当做一个远离市场的私人价值观领域这一观点。尽管比彻的工作和著作始终遵循家庭身份是女性特殊身份这一观念，最终它们还是超越并冲破了这个观念。通过加强女性的身份认同感，坚持女性对教育和报酬的需求和权利，并确立女性对于过去不曾涉足的家庭内部问题的权威，比彻最终还是对限制女性自主权的家庭观念提出了质疑。她的父亲莱曼·比彻[②]在对她的书进行指导性地批评时说，她的公共主张只有以“女性的纤弱为代价才能实现，而这正是最大的代价”。因此，尽管被现代女权主义者

① Catherine Beecher（1800—1878），美国哲学工作者，研究哲学及道德哲学。——译注

② Lyman Beecher（1775—1863），美国牧师，热情的传道士、不激进的加尔文派神学家和坚定的废奴主义者。他的四个子女，凯瑟琳·埃丝特·比彻（1800—1878），她倡导了向妇女提供平等的受教育机会；爱德华·比彻（1803—1895），牧师和教育家，以其废奴主义观点和著作而闻名；亨利·沃德·比彻（1813—1887），牧师和报刊编辑，以其废奴主义演讲而著名。哈里特·比彻·斯托是莱曼的另一个孩子。——译注

抨击为保守，比彻的主张还是可以被视为妇女权利发展的另一个阶段。

类似地，萨拉·J. 黑尔——不囿于传统的儿歌《玛丽有一只小羊羔》的作者，在全国各地取得成功的杂志《歌妮女士之书》（*Godey's Lady's Book*）的编辑——对于女性可以涉足的领域基本上持保守态度，这一点成为她受欢迎的部分原因。但保守的价值观却成为她支持女性接受教育、拥有财产权、发展高超的体育竞技能力和道德威慑力的言论的立足点。因此，她的《给女儿的忠告》（*Advice to a Daughter*）一文敦促少女们要“谦逊地接受礼节范围内的他人的关注”。但忠告她们不可不适宜地过度表现自己，也不能对异性“巧妙地献媚”。她大胆地支持给予妇女继续拥有在结婚时“所拥有的财产包括不动产和个人财产”权利的新财产法。在她 1862 年出版的劝导类图书当中，她谴责了“早熟的女性主义”对妇女进行“健康、纯洁的体育活动”的不正当限制。并且，为了更好地服务于她们的“家庭科学”（这是黑尔为了提高家务活动的重要性而精心设计的一个术语），女性应当得到一份帮助她们实现雄心壮志的教育计划：“难道现在不该开始为女性提供教育以使她们更加适应自己的工作吗？女性所从事的工作，有一些是与社会的幸福息息相关的。难道合众国的女儿们不愿获得比普通学校的基础教育更多的知识吗？医学在属于男性的同时也同样毋庸质疑地属于女性。”

最终，黑尔的观点更加赞成女性对社会的间接影响，而反对直接影响，尽管她自己（和比彻一样）都投身于对妇女进行劝导的事业。这样，她只给予了妇女对“家庭、孩子和社会生活的控制力”——一个谦逊的角色，这个角色在“涉及自己最少的时候最伟大；这种力量在使（男性）发自内心改变自己意愿的时候最强大”。 *161*

在社会中，对于这种间接的影响和女性世界总体上的矛盾最终起到了多大的适得其反的效果，一直存在着争议。增加间接的影响，而不是直接的经济、就业和政治方面的机会使女性丧失了更多的权力。煽动性地将女性的实际力量限制为道德上的、内在的、个人的呼吁，而非一致地、公开地、有组织地向社会施加压力，这样只会增加所需解决的问题和分歧。在文学这一具体领域，相似地，对于个人内心的表现也仅仅是对过去人们真正思想意识的一种情感上的替代。但女性的谦逊广泛地被认为起到了一种为新的力量辩解的作用。结合了权力意识的增长和局限，谦逊的要求更多地保护了女性的身份认同感与自治权，而非破坏它们。从历史的角度，它们在重新定义个人与公共生活空间及其角色的持续过程中扮演了至关重要的角色。

这种重新定义在出版业尤为引人注目。作为一种在大众面前展示的方式，出版显而易见地与谦逊联系在了一起。因此，一位与安妮·布拉德斯特里特同时代的新教徒在批判自己的姐妹著书立说时写到："你那违背习俗的出书行为必将使你遗臭万年。"布拉德斯特里特自己坚持说她的诗歌的出版违背了自己的意愿，并且她事先对此事全然不知。这样的说法（即使是真实的）是相当符合当时和后来一段时间的标准的。推脱责任以及通过笔名或匿名隐藏作者的真实身份反映了当时人们对于出版的敏感。被指责为不适当的出版物的危险就更不用说了，因为人们认为出版自己的作品是一种不谦逊的表现。一本诗集的《前言》这样解释到，"如果不是谦逊禁止她这样做"，年轻的女作家们会为作品署名的。《一篇为女性辩护的论文》（*An Essay in Defence of the Female Sex*，1696）的女作家指出："无论如何我都不会将自己的姓名公之于众……我们性别的名誉如此不堪一击……使得我在把我的姓名展现在这片毒气之中时，必须谨慎地选择安全的方式。"这种对于公开出版的警告实际上演变成更加普遍的对于言论自由的限制。理查德·阿莱斯特里（Richard Allestree）以"关于谦逊"这一章节开始了或许是17世纪最有影响力的行为指导书籍——《女性的声音》（*The Ladies Calling*）。在其间，他对女孩子"过于外向、谈吐过于自信"提出了警告。同样，理查德·布莱斯怀特在他的《英国淑女》（*The English Gentlewoman*）中总结到："女性的'谦逊的性格'促使她们在公共生活中细致观察而非高谈阔论。"

这里的谦逊已经接近了压抑表达的边缘，这是女性作家们从定义上反对
162 的一种极端。有趣的是，她们不仅仅避开了谦逊的限制，还利用了它们，把它们融合进复杂的文学人物角色、主题和新尝试当中。比如莉迪亚·西戈尼，和许多女性小说家、劝导类图书的女作家一样，是以匿名的方式开始出版她的作品的。但隐藏作者的身份，经常引起"探索"的风波，使女作家的名誉和利益受到损失。对于西戈尼来说，她有一个明显是精心策划好的计划。"我希望，"她郑重其是地写到，"能够避免有损声誉。"但她解释到，"这样做，有些我不得不讨好的人就会不同意"，比如急于利用她名字的市场价值的出版商。凭着这个借口，她成功地在匿名的基础上达到宣传自己的目的。在她事业发展的过程中，她毫不犹豫、毫无保留地开发了她姓名的商业价值。朱莉娅·沃德·豪①也同样精心策划了她名字的公开。她在关于近期出版的一卷诗

① Julia Ward Howe（1819—1910），美国作家和女权主义者，积极参与了争取妇女选举权的运动。她著有《共和国战斗颂》（1862年出版），并曾担任《妇女杂志》的编辑（1870—1890）。——译注

集给纽约的一位朋友写信时说："现在，作者的身份当然要保密，但你最好尽可能地公开谈论它，因为这样可以促进这本书在纽约的销售。"

问题的关键并不是最近的讨论所关注的谦逊的态度是伪善，还是一种新教教徒"真正内心"的、对立于仅仅"表面上的"态度。尤其是在社会和文学当中，谦逊是一种传统，这种传统的展现就是它的存在和标志。也就是说，在一种社会和文学的准则体系中，谦逊是一种在自己和他人面前表现和展示的模式。这样一来，与这种传统的一致性以及对这种传统的控制和违背相比，内心和外表上的区别就显得无关紧要了。如果缄默被用来表达无视与安静的状态，那么谦逊也并不是缄默自身在起作用。谦逊是由多方面因素构成的，并不能简化地缩略为女性的自我抹杀、服从或软弱无能。对于忠贞也是如此。在维多利亚时代的美国，如果忠贞是与"没有激情"联系在一起的，那么谦逊则截然相反，一直被作为一种性爱模式，其中部分的掩饰表明了部分地对性爱影响的展现。类似的，作为一种文学演进，谦逊的传统主题不能简化为女性的无形和顺从。它也是一种提出主张的途径：对公共生活中的机会这样分配，使得处于特定文化氛围内的女性也能够得到一些机会。随着谦逊在"被分裂的世界"中广泛地成为一种要求，它的结构也具有了多样性：它是一种强加于女性的思想，但又是一种女性自己所创造的文化；它是一种压抑和限制因素，但又是女性价值、活动和身份得以展示的舞台。谦逊保持着这些双重属性，特别是在文学创作中，这些双重属性使女性作家得以把复杂的女性人物、写作风格、各种意象和写作技巧综合在一起。

文学中谦逊的自我展示实际上重新定义了公众生活空间和私人生活空间的边界。它划分出了一个特别的舞台，在那里私人生活与公众生活有了交叉，让步造就了坚持，放弃是拥有的开始。谦逊已经成为一种复杂的修辞模式。 163
无论鸿篇巨制或短小精悍的文本，都受到了谦逊的影响。类似的，作为一种思维方式，它不仅仅是强加给女性的，同时也是被女性所采纳的：一种是滔滔不绝变为缄默无言的自我坚持的要求；一种为了写作而对谴责写作的篡改；一种坚定的暴露自己的秘密的号召。最终，它成为一种真正影响到妇女自我身份认同感的价值观。它把妇女的精力从单纯的自我关注与自我断言引向了公共的责任，即实际上的公共活动。正是在这种意义上，爱迪生和斯蒂尔把谦逊定义为"使人更加关注公共事业而非他们的个人利益的美德"。

这样，谦逊既是一种需要跨越的障碍，同时也是一种自我表达的途径；是女性表达自我的一种挑战，也是一种媒介。但它并不完全是一种精心策划的策略。作为 19 世纪女性自我定义的一部分，谦逊的表达真正确立了女性的价值。尽管女性的价值经常遭到社会上广泛的批评，但它却是一种从历史角度构建女性身份的真实声音。在女性特别是女性作家的身份认同中，存在着完全相对地顺从他人与坚持自我。谦逊提供了调和这两个极端的途径，批判性地重新给它们下定义。虽然谦逊体现了社会对于女性的压力，它同时也是女性发展和表达自己复杂声音的一种模式。

莉迪亚·西戈尼的女性世界

莉迪亚·西戈尼的传记读起来好像是19世纪流行的女性小说中的情节。她于1791年出生在康涅狄格州诺里奇的一个贫民家庭。富有的拉斯罗普夫人雇佣她的父亲做花匠和杂务工，因此注意到了莉迪亚。这位贵族夫人资助莉迪亚接受教育，出版她的第一部书，莉迪亚在哈特福德女子学校执教，最终嫁入哈特福德一个商人家庭成为中产阶级。但这最后的胜利，损害了过去的那些成功。她的这位新婚丈夫不希望她在出版物上炫耀他的姓氏。莉迪亚写到婚姻时，她是这样说的："还有你，我的竖琴！难道我真的要和你告别了吗?"但丈夫生意上的失败帮助了她。和许多19世纪的女作家一样，文学创作的动力来自于财务上的需要。当她丈夫的生意日益颓废时，西戈尼开始通过她的作品补贴家用：开始时是匿名出版，不久她的出版物有了更大的商业价值（除了她自己的书极为畅销外，各大杂志还纷纷以重金邀请她撰写特写，最后，她还出售她名字的使用权，同意萨拉·J. 黑尔在《歌妮女士之书》中使用她的名字。这一商业安排直到一次争吵之后才结束。）她的工作给她的婚
164 姻生活带来的紧张和压力在她成为寡妇之后最终得到了解决。在她长期而愉悦的寡居生活期间，她过去的学生始终在她身边关心她，尊称她为"哈特福德悦耳的歌声"，一直到1865年西戈尼去世。

尽管西戈尼在世时，她的作品非常出名，但随着她的与世长辞，她的作品也悄然退出了美国文学舞台。即使是最近的一些讨论，也只是把她从完全丧失威望的状态中挖掘出来，并给予她一个"情绪化，令人倒胃口的作家"的委婉称谓——"毫无价值，陈词滥调"——她的诗中弥漫着她近乎恋尸狂般的对死人的喜爱。但另一些人已经开始积极地从另一个角度认识西戈尼。他们并不在意西戈尼在她当时所处的历史背景下有多大的影响，而是把她当做一位构筑了一种公共世界观念并积极地进行评论的历史学家来认识她。事实上，和朗费罗一样，西戈尼成功地成为了一位诗集畅销的诗人，尽管这对

于我们来说好像是矛盾修饰法（Oxymoron）①。我们最好把她放在与她类似的畅销小说女作家当中。这些女作家也被贬低为情绪化——即霍桑所说的一帮胡乱涂鸦的乌合之众。和她们一样，西戈尼能够清楚地表达中产阶级读者的价值观，并反映当时的社会准则和社会形象。与小说相比，尽管诗歌相对来说缺少明显的语境，但西戈尼的哀悼诗和关于死亡场面的描写，以及她的家庭性、描绘性、社会性和说教性的诗歌，都时常成为当时女性文化错综复杂的代表。对于当时的文化，研究19世纪女性的历史学家正在逐步地进行挖掘与揭示。即使作为文学艺术，她的诗歌所展现的层面也要比人们预料得要多。西戈尼的诗既不是羽毛丰满的女性主义作品，也不是精心设计的流传千古的讽刺。但在她的作品中，总有表面以外更深层、更丰富的含义。这些深层含义揭示了当时社会和性别结构，并且蕴含着对它们的批判性思考。

首先，西戈尼的诗歌具有丰富的有关家庭生活的比喻和女性化的形象。她的《致华盛顿的母亲》（“The Mother of Washington”）的颂词把自然描绘成一位家庭主妇，“展开她那春天的薄纱”，而另一方面，善良的母亲们开始在她们的孩子身上“种下美好的种子”。众天神不再像古希腊神话中描写的那样无视人间疾苦地统治着万物，相反地，天国变成了天上的大家庭，在那里花草围绕着星星翩翩起舞，“就像孩子们围绕在火炉边”。（《星星》［“The Stars”］）星星们凝视着高山，仿佛“是婴儿带着羞怯而纯真的表情在凝视”。（《阿莱干尼的日落》［“Sunset on the Alleghany”］）死亡在家庭题材的诗中也有体现，笼罩着婴儿“无瑕的前额”，捆绑着“窗帘似的眼睑”上“丝绸般的睫毛”。（《一个婴儿的死亡》［“Death of an Infant”］）《孤独的教堂》［“The Lonely Church”］上“尖尖的塔楼指引着人的心灵应去的方向”，它可以作为孤独的伫立在教堂院子里“充满哀思的母亲”的呼应形象。正如在另外一首诗中，教堂被比做具有母性的“神圣思想的守护者”。《冬天》（“Winter”）仿佛一位家庭主妇，在“炉火边与人进行着温馨快乐，令人难忘的心与心的交流”，以这种方式度过那“漫漫长夜”。 165

埃德加·爱伦·坡凭借这些形象指责西戈尼“是作为一个女人而不是一位女作家来写诗的”，而且“对于家庭的关注显得重复没有新意”（尽管她可能是受到爱伦·坡自己最喜爱的主题，即死去的女人的启发）。尽管如此，西戈尼也有像《致一片破碎的亚麻布》（“To a Shred of Linen”）这样的诗歌，

① 一种把互相矛盾或不调和的词合在一起的修辞手法，如“震耳欲聋的沉默”和“悲伤的乐观”。——译注

它们不仅以充满了智慧与自觉艺术性的目光对家庭生活进行了思考，同时也把主题扩大到从多重视角表现出来的有关历史与社会的思考：

> ……这有一堆凌乱的碎片，
> 是没人要的亚麻布——一种可耻的侮辱
> 对于所有勤劳的家庭主妇。我却很高兴，
> 那些受过古典礼节熏陶的、热爱整洁的少女，
> 她们精通厨艺与刺绣，
> 她们圣洁的对家庭的照料无微不至，
> 没有这样的人到这儿监视你。
> 那喜欢透过眼睛观察的人无疑会说，
> “这是从读书中得来的”：——或者衣冠楚楚的情人，
> 手捧着芳香四溢的百合花，如果他冒险
> 审视你瘦弱的外表，那么他会说，
> “这是从写诗中得来的”。

这首诗将西戈尼自己来之不易且并不稳定的文学前途置于反对传统女性角色的位置上。反对传统女性的角色，一方面表现为不赞同她的“受过古典礼节熏陶的”形象，另一方面表现为她使“衣冠楚楚的情人”自愿地“手捧着百合花”拜倒在可以使他从家务中解脱的女人的石榴裙下。亚麻布的碎片在全诗中一直作为西戈尼对于她现在的地位和她雄心勃勃的目标的历史性思考的中介，其中包括亚麻布自身的历史。它成为女性化的麻布，支持着生儿育女和对病人的护理。最终，它又被“造纸厂”重新加工，成为记载“智慧与真理”的“洁净纸张”。亚麻布已经成为女性诗歌的物质基础与主题。

事实上，亚麻布被比喻为“论述的思路”，象征着西戈尼自己的诗歌创作活动。它标志着即将到来的一场女性角色的革命，尽管它也意味着还要不断受到限制。结果是一种结构复杂的嘲讽。正如西戈尼的传记作者描述的那样，这首诗远非对于西戈尼“光辉灿烂的世界里那些没有生命的物体忙着从事家庭活动”的琐碎描写，它是作者精心设计用来反映自身地位，进而反映更广泛的女性主题的。这样看来，尽管这首诗是以幽默的模式呈现的，它从根本
166 上讲是模糊的。这首诗既讽刺了那些要把女性诗人限制在卑微的家务劳动中的人，同时也嘲笑了她自己要超越家庭生活的雄心壮志。通过这些嘲讽，这

首诗表现出了默许与批判、蔑视与顺从的情感，同时也表现出了女性诗人拥有的更多的机会和遇到的局限。这些双重冲击最终被作者统一到诗歌结尾的谦逊的态度中。在结尾，作者希望那些亚麻布会在比她自己“更优秀的诗人”手中得到比“你的诞生还要好的结局”。

《致一片破碎的亚麻布》在表现作者自我认识程度方面是一首非同寻常的诗。它代表了西戈尼在当时的文化背景下作为一名女作家所面临的进退维谷的困境。这首诗所记录的矛盾的感情在她的作品中有广泛的体现。西戈尼的作品总体上反映了深深地植根于“分裂的世界”文化当中的自相矛盾的方面。考虑到女性世界的规范，西戈尼实际上是很保守的。她在当时受到了全国人民的拥护，她的诗歌与散文的流行，部分原因归结为它们扮演了家庭生活指南的作用。并且西戈尼从根本上接受了与女性世界的要求相一致的传统女性角色和职业。但她主张相对于另一部分人，即男性的世界，或“外部世界”，女性的工作要受到尊敬与重视。而且，她所关心的范围超越了家庭的院墙，进入了公共领域，包括社会福利、道德与社会改革以及政治问题，她尤其关心印第安土著人的命运问题。但这些冒险的尝试，对于西戈尼和那个阶段的所有女性来说，仍旧被限制在通过家庭生活建立起来的性别角色之内。因此，西戈尼的诗在女性世界的意识限定的边界之内引起了根本性的变化。在这个边界之内的世界里，更多的人赞成女性走出家庭的个人空间进入公共领域这一观点，及其价值体系和身份认同。但人们并没有直接对女性相对于男性、家庭相对于公共场合的分裂这一根本的观念提出挑战。

西戈尼的家庭生活情景总体上来说是用来暗指它以外的世界的。例如，有一些诗直接反映或描绘了 19 世纪美国经济形式的变化。在一些抒情诗（《母亲》[“The Mother”]，《水手》[“The Sea—Boy”]，《孝顺的要求》[“Filial Claims”]）中，母亲由于为离开她们的儿子焦虑痛苦而变得憔悴不堪。这些诗反映了新的经济形式使得年纪尚小的儿子不得不背井离乡到西部或城市或海上去谋生，在家乡他们已经无法生存下去。在诗歌中被高度珍视的家庭对社会的灵活性来说是一个反面形象。社会灵活性消极的一面是，由于城市和工业对传统家庭结构的压力使人们普遍产生一种不安全感。西戈尼风格化的家庭情景经常含沙射影地批判外部世界的市场经济，并指出这种邪恶势力侵犯到家庭圣地的危险。由“新英格兰的祖先们”建立起来的价值观正在受到威胁，“如果过分利欲熏心，那么财富只会招致傲慢的奢华”。国民 167
的价值观念，无论是字面意义还是引申意义，都同样地处在危险之中，就像《死在林中》（“Death among the Trees”）是人们渴望“肮脏的收获”的结果。

这种市场经济价值的腐化甚至威胁了虔诚的母亲，她只有在照顾她那《生病的孩子》（“The Sick Child”）的时候才意识到“时尚的享受”、“艳丽的烛台”和无聊的舞会中“醉人琴声”的危险。

尽管如此，西戈尼对市场的批判并不激进。她的批判把家庭作为竞争日益激烈的工业社会的避难所，但并没有用明显的经济或政治术语与她想要避开的这种价值进行直接的争辩。就像在《小屋一景》（“A Cottage Scene”）中，西戈尼笔下的家庭成了“远离与无情的世界进行的令人身心疲惫的交易”的避难所。在这一点上，西戈尼和当时基本的社会改革思潮保持一致：变化确实会到来，但不是通过政治手段，而是通过人内心道德情操的提升。这种提升主要来自家庭和妻子、母亲的指导。西戈尼的诗是歌颂女性友好社会的。当时出现了很多以时事和公众热点问题为主题的诗歌，但西戈尼对它们的处理一直坚定地保持着非政治性。在她那个时代，她那个阶层有些妇女参加了志愿者团体并承担了很多不同的社会工作，西戈尼的事实性诗歌使她们对公众热点问题和公共事业产生了兴趣，甚至她会介入其中。但这些诗都只是通过向外扩张家庭的界限，而非越过家庭的边界直接进入外部世界。

因此，如果西戈尼写到国家的西进运动①，或者奴隶制及其带来的国内冲突，她都是从家庭内部寻找这些活动的合理性的。像《西行者》（“The Western Emigrant”）和《移民者之死》（“Death of the Emigrant”），这些诗都是通过偏僻的家庭中发生的对话、疾病与死亡来展现新一代移民背井离乡所遇到的挑战的。西戈尼作为一个联邦主义者，把国家比喻成一个《繁荣昌盛的大家庭》（“Thriving Family”），她反对党派的冲突，因为“分裂这样一个和睦的家庭将会是可耻的”。《致第一艘奴隶船》（“To the First Slave Ship”）把奴隶们所遭受的痛苦拟人化地写成“没有孩子的母亲的痛加重了孤儿的痛苦”。战争和男性对战争的痴迷被她谴责为反家庭。《志愿者》（“The Volunteer”）妙趣横生地把战场描绘成一个男性的世界，在那里粗暴的同伴“一起享受这样的乐趣”，如“战鼓的激励人心，军队行进的壮观，与身穿制服的荣耀”。但男性对于这些荣誉的追求与沉溺使他们的家人倍受饥饿与痛苦的折磨。

像许多19世纪的女性一样，西戈尼有关仁爱的诗歌是多角度的。她写关于禁酒运动的诗，如关于只喝一次酒也算喝得太多的《只有这一次》（“Only

---

① 18世纪末至19世纪末的美国西进运动是美国国内的一次大规模移民拓殖运动，是美国人对西部的开发过程，也是美国城市化、工业化和美利坚民族大融合的过程。这场西进运动对美国的经济、政治和社会都产生了重大而深远的影响。——译注

This Once”）和《盲人的申诉》（“Appeal of the Blind”）诗集中的诗。她概括性地赞扬“仁慈”是最好的投资，它可以“给饥饿的人食物，给囚犯自由，给黑暗的心灵光明，给迷失的灵魂天堂”。西戈尼一直特别关注印第安土著居民，她为他们写作短文和诗歌，同时创作了史诗《波卡洪塔斯》（*Pocahontas*）① 和各种短小的抒情诗。她为了保护印第安人的权利和土地所做的义愤填膺的游说工作最终没有成功。虽然西戈尼的诗并不具有很高的美学价值，但她把诗歌作为一种表达类似的社会与政治立场的手段，这一事实至少说明了人们对于女性和诗歌的地位与意义有了美学价值以外的不同认识。她关心印第安人这一点进一步阐明了对于西戈尼来说，个人的领域已经延伸到了公众领域之中。《萨斯奎哈纳与拉卡瓦纳之汇》（“Meeting of the Susquehanna with the Lackawanna”）这首诗从政治和家庭两方面解读了美国的自然风光，对两条河的描写代表了白人和印第安人在婚礼的“誓言”和“圣歌”中和睦相处的愿望。在《马曾的葬礼》（“Funeral of Mazeen”）这首诗中，印第安人流露出对白人的基督教观念的背叛，挑起了政治文化与人内心神圣世界的战争。《印第安女孩的葬礼》（“Indian Girl's Burial”）表现了母亲对女儿的哀悼，在母亲眼里，女儿是印第安的荣耀，却被白人熟视无睹。 168

西戈尼的亲社会诗歌一直保持着女性社会角色与家庭角色的平衡。但这种平衡时常是不稳定的。西戈尼在一本劝导图书里写道：“女性的力量，不在于反抗，而在于顺从。”（《新婚礼物》[*The Wedding Gift*]）这说明她基本上接受女性对社会的支配和影响只是间接的这一学说。她所鼓励妇女参与的唯一政治角色就是为孩子提供教育以便于孩子们可以学会更好地行使他们的民主权利。女性的这一角色也已经逐渐被社会所认可。散布在西戈尼诗歌中的各种家庭物品通常用来代表母亲们这一家庭教师的角色。每件物品都有它的教育意义，通常是关于物质追求的虚幻（即使是非常珍贵的物品也只是有诱惑力）。《家里的古董钟》（“The Ancient Family Clock”），《破碎的花瓶》（“The Broken Vase”），《忠诚的狗》（“The Faithful Dog”）都具有教育性。在某种意义上，这些诗道出了《母亲的忠告》（“Mother's Counsels”），它们是关于宏扬虔诚、谦虚和奉献主题的母亲的《圣书》（“Book Divine”）。

虽然她的诗歌代表的是心灵内部的空间与状态，但西戈尼给了他们新的评价，甚至把它们定义为人类文化中更真实的承诺。西戈尼在她的《给少女

① 波瓦坦人部落的公主，她与詹姆斯敦的英国殖民者交好，而且据说曾搭救过约翰·史密斯上尉，使其未被她的族人处死。——译注

的信》（*Letters to Young Ladies*）中写到："有人指责我们'每天只做无关紧要的琐碎事务'。我们的事业确实比较琐碎。对于致力于高尚的科学研究的男人们来说，家务活是显得有些琐碎。但正是这些琐碎的事情支撑着人类社会。"在承认女性每天活动的琐碎性质的同时，西戈尼明确地指出它们是生活中的必要组成部分，并嘲讽了男性们所处的"高尚"领域并非比女性的琐碎事务
169 更有价值。她把整个国家视为一个家庭、把每个历史事件都置于家庭的情景之下的视角，一方面表现了她对政治退避三舍，另一方面它建立了一种将政治与国家大事女性化的家庭领域。这一领域真正意义上为女性确定了活动范围。这种家庭的视角在西戈尼的《密执安加入联邦》（"On the Admission of Michigan into the Union"）这首诗中得到了淋漓尽致的表现。

回来吧，小妹妹，你是那么健康，那么美丽，
来分享我们父亲最舒适的客厅。
你已经在保姆那儿待得太久了，
那里河流湍急，北风呼啸。
回来吧，我们有一个美好的大家庭，真的。
这二十五个姐妹都欢迎你。
坐在高高的沙发上的那些女士，
是我们这个家庭最可敬的淑女。
她们是你的十三个大姐姐，不要轻视她们，
在你出生之前，她们已是受人尊敬的姑娘。
她们知道很多意味深长的故事，
来吧，亲爱的小妹妹，向她们行个礼，让她们高兴。

这首诗把加入联邦这一政治事件用礼仪手册中的词语进行了详细的重新阐释。密执安被比做一个"小妹妹"，离开了她的"保姆"进入了"我们父亲最舒适的客厅"，她还带来了自然之美与城市风光作为丰厚的嫁妆。虽然她一直嫉妒她们作为国家最初的建立者的身份和地位，但有人嘱咐她，要尊敬"我们这个家庭最可敬的淑女，你的十三个大姐姐"。把美国之父转化为"年长并自豪的"姑娘这一现象表现了女性组织希望将男性组织女性化的倾向。例如，建立乔治·华盛顿联合会的女性化对应物——玛莎·华盛顿联合会。与其说这首妙趣横生的诗辅助了女性，倒不如说它颠覆甚至取代了当时的社会规范。在这首诗中，诗人将国家大事尽可能地用女性的形象和关系重现出

来，这样家庭生活成为了政治活动的舞台，而非避免政治活动的避风港。

西戈尼最模式化的女性形象和最缺乏审美价值的诗歌是她的吊唁诗，即有关死亡的诗歌。马克·吐温在《哈克贝利·费恩历险记》（*Huckleberry Finn*）中曾经通过埃米琳这个写讣告诗的淑女诗人的形象嘲讽了这一类诗歌。这位淑女诗人因为殡仪员来得早而匆匆死去。对于我们来说，西戈尼认为天国避难所是人类最终的归宿，这和她描绘的温柔、伤感的死亡场面一样不引人注目。但由于社会状况的总体上的改变，特别是19世纪女性文化方面的具体改变，死亡成为了由这些改变引起的焦虑和责任的复杂比喻。首先，哀悼诗表现了当时普遍存在的婴儿夭折的现象（由于夭折，西戈尼自己也失去了3 *170*
个孩子）和女性作为哺育者的角色。哺育婴儿的过程总体上还是在家里完成的，当时的医院还没有提供这项服务。随着后代数目的减少和女性更多地扮演了之前被认为应由父亲扮演的教育者的角色，人们将更多的感情和关注给予了孩子。这些诗歌的影响进一步反映了总体上更加紧张的家庭生活。这些诗歌在女性作家和她们的读者之中的流行，验证了描绘女性经历已经广泛地成为了一种新的文学动向。

死亡的场景还被作为焦虑、价值观与观念的比喻。这种比喻已超出了她们所直接描绘的事件本身。和西戈尼诗歌中总体的女性形象一样，吊唁诗唤醒了那个时期隐居在女性世界中的女性。对于当时社会生活中性别差异的极端程度，历史学家间还存在着争议。但在很大程度上，女性每天的生活中接触的主要还是其他女性：母亲、女儿、姐妹、朋友，这些人在家中共同生活，在女子学院、女性宗教团体与女性改革组织中共同活动。西戈尼的哀悼诗从各种有威胁性的角度唤醒了这个亲密的女性世界。在这种威胁中，死亡通过其他形式的分离、伤害和冲突的意象表现出来。在大多数情况下，西戈尼诗中的哀悼者和被哀悼者的形象都是女性。（除了无须区分性别的婴儿）诗歌中死去的女儿、姐妹、同窗好友和母亲是除了死去的婴儿之外在西戈尼的诗中出现最多的形象。就像女性在写书信时一样，在这些诗中，西戈尼用最夸张的词语描绘了女性之间亲密的关系：《死去的最爱》（“The Lost Darling”）（“她是我的偶像”）；《献给死者的玫瑰》（“Rose to the Dead”）（“那永不消失的爱的最后象征”）；《新娘》（“The Bride”）（“即使是游手好闲的人都能体会到女人爱的强烈与美好”）；《丧钟》（“The Knell”）是献给一个有着“碧蓝的眼睛……雪白的小手……和红宝石般双唇”的女性化了的“宠儿”的。诗人渴望她，没有她“我就变得支离破碎”。西戈尼的纪念性的诗歌大多是关于公众哀悼与纪念仪式的。从比喻意义上讲，这些诗通常只悼念这些事物：

不仅仅是失去的亲人朋友，还有失去的部分自我、失去的机会与失去的内心冲突。作为家庭结构主体的女性化结构遭到侵犯并使家庭破裂，备受重视的女性理想化家庭形象内部产生的冲突和所有关于这个世纪社会状况与女性地位变化的矛盾的记录是这些诗歌的中心议题。

西戈尼的诗有一个显著的特点，相同的意象和比喻既用来指死亡，又用来指婚姻，这样读者经常很难分辨诗歌到底是为纪念哪一项活动而作的。《致
171 缺席的女儿》（“To an Absent Daughter”）就是这样一个例子：

唱着歌的鸟儿你在哪里？
你是最明亮，最可爱的一只？
在旁的树丛中，
其他的鸟儿都为你欢呼。
你那啁啾
让每一个听到它的人都感到甜美。
但你是最甜美的，
对于读得懂你的心的人。

小羊羔，你在哪里休息？
是在那陌生而又熟悉的地方吗？
装饰着你必经之路的花儿，
还没来得及修剪，便已枯萎。
你徜徉过的小溪，
即使没有你，也在不停地哼唱。
你的家人还爱你吗？
你的母亲会怀疑你吗？

寻找救世主的羊群，
向他的神圣的羊拦走去，
寻找那沉重的岩石，
那里流淌着我们的平静。
不管你发生了什么事情，
爱都会回来。
那牧羊人的声音，

会始终指引着你。

在这里，我们几乎不可能确定这个女儿离开家要去的“另外的巢穴”是指死后的阴间还是她自己的新家；在诗的结尾处，母亲委托女儿去“寻找”的“救世主的羊群”暗示着来世的救赎还是今生的指引。无论哪一种情况，死亡和婚姻都互为比喻，至少在母亲的角度是这样的。在任何一种情况下，家庭都被笼罩在“若有所失”的阴影下，那些“没修剪的”花都已经枯萎，小溪象征着女儿的离去。在任何一种情况下，文本持续的模糊使婚姻与死亡这对奇特的相互暗示更具戏剧性，同时也显示出作者运用的相当多的文学技巧。

这种婚姻与死亡互为意象的处理在其他诗歌中也有体现，甚至有时它们之间的模糊已经被清除。比如，《献给新娘的被遗忘的鲜花》（“Forgotten Flowers to a Bride”）是与婚礼有关，而并不是丧礼上的鲜花。但死亡的象征仍然主宰着全诗。被比拟成为一位妇人的鲜花，代表了失去亲人的母亲在经受一段漫长恐怖的旅行后终于来到了女儿的新家。母亲“祝福的一吻”象征了他们在那里死去。《新娘》（“The Bride”）这首诗更加极端。它开头是一句冷酷无情的“我来了，可她却离开了”，接下来是一串现在已被遗弃的熟悉的随身物品。尽管诗歌描绘的并不是死亡的场景，而是婚姻的圣殿，但它的意象与庆典无关，而是与死亡有关。新娘被她的丈夫带走，“那个陌生人”让她 172
“忘了其他的一切”。她“母亲的双唇呈现出毫无血色的苍白”，并最终把新娘交给了“死亡之神”。

死亡在西戈尼的诗中被作为女性在婚姻之外冒险的比喻。《没有去学校的妹妹之死》（“On the Death of a Sister while Absent at School”）这首诗描绘的悲痛不仅仅来自于妹妹的死，还来自于她离开家到学校去。遥远的学校里“陌生人的枕头”表明了离家求学与传统的对家庭生活的忠诚的敌对状态，最终给那些敢于离开家庭去培养自己的女性投下了矛盾的阴影。尽管西戈尼十分热衷于女性教育——她是当时著名的哈特福德女子学院的一名尽职尽责的教师——但她的诗歌却记录了女性对于这种新机会与新的自我定义的焦虑。《纪念一位少女》（“To the Memory of a Young Lady”）这首诗表达对一位具有“崇高而活跃的”天赋、智慧与知识的“光彩照人的美丽”少女的纪念。尽管她“对女性无声职责尊敬地敬礼”缓和了人们对她“高超的天赋”的“恐惧”，人们对于这个女孩的死似乎还是充满着复杂的感情。类似地，《少女的学校》（“School of Young Ladies”）这首诗中也充满着复杂的感情。它以对如鲜花绽放般走向成功的女孩的赞美开篇，最后却承认“知识是一片神圣的沼泽”。这首诗告诫女性，和所有世俗的事物一样，知识也是一个“气泡”，最终会随着生活中“不断的苦难，无情的遭遇和背叛的巨蟒冷酷无情的呻吟”而破灭。有一些墨守成规的女性担心过于相信受教育的机会可能会影响到传统的基督教观念和女性的观念。因此，诗歌这样总结到，“女性深刻，持久的爱”和“坚定不移的信仰”最终只给予上帝。

《悲痛的女儿》（“The Mourning Daughter”）这首诗有些不同，很明显，诗中被哀悼的人是父亲——尽管母亲的早逝为全诗设置了舞台。但这首诗的重点是悲痛的女儿所处的位置与困境，而非她对父亲的哀思。一方面，她（又一次）身处遥远的学校，“在远方……为得到知识的果实而刻苦读书”。因此当她回到父亲病床前时，已经“太晚了”。她父亲的死同时威胁到了她的社会地位，在这种情况下，自我实现与孝顺父母的冲突进一步加深了。

哀悼者那死一般平静的面部表情，
对于那不法的的窃窃私语的谣言，
是一个难猜的谜。
他们大胆地注视着她那没有泪痕的双颊，并且低语道，
“他的葬礼办得这么草率，这太奇怪了。”
噢，总是被误解的女人！纯净的珍珠
在你心里秘密的井中埋藏得太深了，
173 那些不耐烦的不肯停歇的手，
无法找到它们。在这少女谦逊的胸膛，
痛苦与寂寞深深地埋藏，
尽管那苍白的双唇没有吐露出喧闹的叹息，
也没有普通的悲伤。

女儿的沉默寡言在这里起到了消极的作用，使她被误解为对他父亲的死漠不关心。这是一个注定的败局：西戈尼在这里把谦逊解释为力量，但这种力量并没有实现它的女性社会功能。最终，女儿沦为“窃窃私语的谣言”的牺牲品，由于她内心的悲痛被一群毫无同情心的“好奇的村民”和“冷酷世俗的人”所误解，她几乎成了社会的弃儿。

女性充满压迫与斗争的经历最终成为西戈尼最主要的文学主题。这个主题主要是以隐私的方式表现的。隐私以简朴、谦卑与克制的不同方式一次又一次地作为女性本质的代表，在西戈尼的诗中出现。为了与当时盛行的社会

思潮——谦逊保持一致，西戈尼诗中的女性形象以谦逊、彬彬有礼和沉静著称。她们是“卑微世界里的神圣劳动者”，以“谦逊”、“平和的心态”，带着“朴实，愉悦”的心情工作着，并用“朴实的心灵为他人疗伤”。她们永远是无私的，“为别人着想”就是她们的“快乐”。但正如《悲痛的女儿》，谦逊在西戈尼的作品中具有复杂的内涵。正如诗中所描写的那位女儿“死一般平静地”伫立着，像一座“大理石雕像”。沉默寡言在诗中显示着女性的力量与自我克制，而远非表达一种模式化的感伤。也就是说，她既完成了同时又抗拒了社会对她的期望。但为此她付出了沉重的代价。正因为她“那少女谦逊的胸膛”没有向外界表露它的“痛苦与孤独”，她“那苍白的双唇没有吐露出喧闹的叹息，也没有普通的悲痛”，她才被误解、被怀疑。

这种对于谦逊的规范的矛盾思考最终成为西戈尼自身和作家职业生涯不可或缺的组成部分。西戈尼的丈夫曾抱怨在西戈尼出版她的作品时，她已经抛开了“原本应永远遮蔽女性的谦逊的披风”。她作为一个作家的成功最终依赖于她维持谦逊的期待并与之斗争的能力。只有作为一个谦逊的女人，他的出版商才会接受她。正如萨拉·J. 黑尔（Sarah J. Hale）所说的：“诗歌的道路，正如生活中的其他任一条道路，对于女性的脚步，都布满了限制。就像造物主一样，她不能陶醉在丰富的幻想、意象与思想之中，也不能自己随心所欲地选择主题。”当然，在这条道路上，批评家有权利提拔或埋没一个作家。鲁弗斯·格里斯沃尔德十分谨慎，并不给他的《美国女诗人》选编集中的女作家下断言，只是在前言中警告人们不要因男性真正的“头脑上的优势” 174
而误解女性“对感情的自然渴望”。虽然西戈尼的这篇《论道德》（“Moral Pieces”）只是“短小的教育性文章，并没有体现出她的最高成就”，他还是赞扬了西戈尼这一“谦逊的标题”。西戈尼在很多方面同意这条有局限性的评价。在她的诗作中，她不止一次地承认她的地位“在整个人类范围内是无足轻重的”，“用我们充满谬误的双唇随便地谈论高尚的事物几乎是违法的”。并且她敦促我们只用“谦逊的沉默”来寻求神的庇佑。她在《一生的信》中为她的诗作了辩解：“我的诗的文学意义可能十分渺小，（但）它的道德和宗教基调可以弥补这个不足。”

这种和解恰恰证明了西戈尼对她可以利用的机会作出了自觉的评价，这种评价接近于批判的讽刺。西戈尼写到：“如果在巴那塞斯山[①]设有厨房，我

① Parnassus，希腊中部一座海拔约2458米（8060英尺）的山，位于科林斯海湾的北边。古时候是阿波罗、狄俄尼索斯和缪斯的圣地。——译注

的缪斯一定会做好一个女人要做的一切工作，做一个系着围裙的作家。”把缪斯的形象重塑为要做许多家务的家庭主妇，西戈尼以这种带有一丝复仇心理的方式让人们知道了她所处的地位。在这里和其他地方，女性的私人领域成为公众的话题和艺术表现的对象。这并不是自相矛盾，而是坚持自我。谦逊的态度扮演了与世隔绝的女性世界和女性作家的新机遇之间的中介。有些价值观念西戈尼似乎很支持，但她也静静地批判它们，暗示着女性的价值结构是与蒸蒸日上的美国渴望权利与竞争的社会思潮背道而驰的。有时，西戈尼对于天国的虔诚的姿态也是与她的痛苦相伴的。她几乎要提出对于艾米莉·狄金森来说只是一种神圣的拮据的问题：“但我希望我没有看见那扭曲她身体的剧痛，也没有看见她那如魔鬼缠身般苍白的双唇。”（《死去的最爱》）在一篇关于“诗歌”的诗中，她几乎指出世俗的艺术是不亚于来世生命的“神圣的事物”。

一系列言论，即使没有更加直接，却是更加肯定地把男人贬低为傲慢的，而把女人提升为谦逊的。即使“温室中的名花”会对小小的“野花”不屑一顾，神圣的公正最终会“注意到那些虽然地位低微但却不卑不亢的人”。当西戈尼写到“人寻求别人的尊敬。他要求那些为他服务的人惧怕他。他那傲慢的精神热衷于看到别人低眉顺眼，卑躬屈膝”时，这里的“人”是带有性别趋向的，而非泛指的人类。

正如她纪念的《少女》（“Young Lady”），西戈尼一直保持着她那“甜美的礼貌，锤炼着她的天赋”，漠视那些“惧怕她的才华横溢”的人。正如那位少女，她掌握着自己“稀薄的智慧之光”。这些都没有使她成为现代社会的批评家，或一位野心勃勃的女权主义者，或像狄金森那样的讽刺家。西戈尼的
175 诗歌反映了她那个时代的女性社会化过程中的矛盾。虽然她的诗并没有起到转化这些矛盾的作用，但她的作品中所包含的女性审美与讽刺的要素却可能再次出现在其他女性诗人的作品中。在像艾米莉·狄金森这样更加大胆、激进的作家笔下，西戈尼谦逊的讽刺变得更加引人注目，成为人们争论的焦点。

关于公共与个人的再思考

19 世纪女性诗歌处在一个尴尬的位置。虽然城市的中产阶级女性被公然地束缚在个人的世界当中，但那个时代的女性诗歌已经涉及妇女们正跃跃欲试的公共世界。很多女性的诗歌延续着合适的女性题材。女诗人通常不得不对她们自己和其他人保证她们的文学创作真实地反映了她们的家庭角色。在

某种程度上，她们的作品仍旧把孤立的个人生活作为结构框架。这在很多方面与前文提到的“间接的影响”很类似，社会把女性个体孤立起来，这样她们的影响只能是个人的努力，而达不到通过政治组织形成的集体活动的效果。女性诗人的形象保持着谦逊和缄默，这反映了女性话语权与其实现形式在一定程度上得不到保障，同时也反映了女性在寻找自己声音的时候遇到的根深蒂固的阻碍。

但女性作品中的典型人物在其身份与拥有的机会方面表现出了动态的变化。家庭的背景不仅仅是女性在公众面前表现她们个人生活的一个自相矛盾的例证，诗人笔下谦逊的人物所表现的也不仅仅是各种各样的软弱无能。相反地，个人与谦逊被作为女性与飞速变化的历史环境进行磨合的复杂多变的比喻。事实上，这个世纪中，不论从社会还是审美的角度来看，公共世界与个人世界的平衡都是不稳定的。诗歌面向公众这一事实使得女性间关于个人生活的诗歌有了公众性的一面。不管女性诗歌的背景多么私人化，女性诗人都是在一个公众范围内讲述她的经历与现状，与那些阅读女性杂志、年鉴汇编与家庭诗歌的读者分享对社会现象的不满。女性诗歌的出版本身也具有历史性的意义。在女性作家面向女性读者的同时，她们为自己创造了一种新的专业角色，同时也开拓了一片与她们的读者共有的文化领地。

在女性诗歌中，个人问题与公众事件的界限是可以相互转换、相互渗透的。女性紧密的社会关系与她们家庭中的角色为女性诗歌拓展到更大的主题提供了途径。家庭内部和外部社会是相互反映的。通过谦逊态度的掩 176
护，有关家庭内部的主题和情节使用了公众的语言。并且，公众关注的主题也在女性诗歌中有直接的表现。在这方面，有一点很引人注目，那就是，为数不多的在文学界享有持久盛誉的女诗人（除了情况复杂的艾米莉·狄金森之外）都是通过对公众事务的描述取得成功的。朱莉娅·沃德·豪的情况是这样，她的《激情的花朵》（*Passion of Flowers*）并没有博得她所预期的人们的关注，却是她的《合众国战歌》（“Battle Hymn of the Republic”）使她成为无人不晓的诗人。艾玛·拉扎罗斯（Emma Lazarus）[①] 的情况也是这样，她因爱默生没有把她的诗收录在他的诗歌选集《诗坛》（*Parnassus*）当中而十分痛苦，但她的《新巨像》（“New Colossus”）却为她在美国诗坛树立了一座纪念碑。

① Emma Lazarus（1849—1887），她的诗歌《新巨像》被镌刻在矗立于纽约湾北部的自由女神像基座上。——译注

19 世纪的女性诗歌与社会和政治问题相联系的程度十分惊人。回顾 19 世纪的女性诗歌，我们得到的结论不仅对当时女性被封闭在自己个人世界的程度提出了质疑，同时也对当时整体的公众和个人世界的形势提出了挑战。事实上，这个时期的女性诗歌并不支持公众世界与个人世界的分裂这一理论，尽管这个理论不仅主宰着对当时女性文学的研究，同时也主宰着 19 世纪女性历史与政治方面的理论化研究。这一观点并没有质疑 19 世纪女性的文化和政治活动被禁止在个人世界这一历史事实。实际上，在 19 世纪之前情况便是如此。公众世界与个人世界的分裂与差异可以追溯到早期的政治与社会历史。而且，19 世纪的女性自己在很大程度上接受这种分裂与差异，并在这种约束下思考与描述自己的状况。但当时的诗歌表现出了公共/个人分裂状况的不稳定性，这种状况亟待修改与重组。分裂世界的边界在这些诗中十分不确定。诗歌对与公共世界对立的个人世界的范围提出了质疑。同时这些诗也提议重新分配男性与女性角色，公共世界与个人世界的社会、政治、经济权益以及公民权。事实上，上述的每一种思想所影响到的活动区域都是在两个世界的交叉处，同时未必表现男性和女性之间的对立关系。女性诗歌并不是一篇实现公众/个人分裂与差异的纲领性文件，而是对两性之间的差异提出质疑。

最近的讨论重新回顾并审视了感伤小说的问题——事实上，感伤小说大部分是女性作品——对这类小说是否是单纯从个人世界的角度对家庭生活和感情世界进行描写提出了质疑。得出的结论是这类小说已被女性作家作为批评美国社会并试图改变它的一种意识上的积极的表现模式。这些对于小说的争论与 19 世纪女性诗歌也有着密不可分的关系。诗歌中表现出的伤感并不是
177 简单的从公众世界退回个人情感的领域。相反地，感伤主义试图涉及公众问题，这一主题一直是她们关注的焦点。也就是说，尽管女性诗歌被限制在家庭背景与个人情感体验之中，但仍然会经常涉及一些具有公众性的话题：呼吁改革，提倡教育，为盲人、聋哑人、孤儿、穷人和奴隶争取权益等。这些诗的写作目的是公众性的，但诗歌是通过打动每位读者、激起他们个人内心的同情与怜悯的方法实现其目的的。

不论感伤主义作为一种策略最终是否成功，不论以情动人的方法在思想方面是否十分有效，有一点十分清楚，即感伤诗歌不仅仅局限在个人世界。在分裂世界的意识形态范围内进行的活动总体上具有矛盾性这一特点，它们支持并延伸某些性别角色，伤感诗歌也不例外。以个人世界为基础的努力在发挥功效时受到了多方面的限制，其中包括它排斥集体行动的性质，有利于个人道德醒悟的政治运动和女性道德改革运动的模式。但这正说明以家庭或

情感为基础的写作模式缺少的是力量，而不是大众的关注。当时的诗歌不仅毋庸质疑地具有公众性，它还恰恰反映了某种大众的参与同这种诗歌所具有的力量本身之间的分裂。我们应该重新定位公众世界与个人世界。女性诗歌定义并构想了新的“公众世界”本身，这种重新定义与过去的那种以当时与日俱增的经济发展为定位标准的定义截然不同。女性的作品，包括诗歌，坚定不移地批判了当时被简化为经济关系、经济目标与经济价值的生活观念。女性诗歌想说明的问题是基于个人利益之上的经济投机实际上是一种个人追求的形式，正与“私人企业”这一术语相一致。相反的，女性在家庭中和社会上的活动，都涉及公众以及更广泛的群体的利益，应该说这种活动是公众性的。在这种意义上，是女性在从事公众事业，并作为公众利益的代表。她们的关注并没有忽视公众的利益，而是缺少政治与经济力量。

在几乎所有的女性诗歌中，谦逊的传统主题一直处于中心地位。但即使是在同一个作家的不同作品中，它的表现形式也是不同的。这不仅仅是进步和退步的问题。谦逊不是一种静止的思维方式。它丰富的表现形式超越了压抑女性的固定模式与社会压力，也超越了女性和诗人这两个角色的社会地位之间的冲突。大多数女性诗歌保持着传统的女性特征。在作家们处理诗歌与其传统的社会属性之间的协调一致的问题时，独立的新观点也随其发展，并在主题和结构的重要问题上与传统形式处于紧张的状态之中。在这种情况下，谦逊的角色并没有表现出绝望无助的沉默，而是在传统女性特征经历变化时起到了协调作用。谦逊作为一种掩饰的形式表现出服从 *178*
于社会对女性的限制这一过于真实的特点，但同时具有谦逊品格的人物角色也表达了女性化的评判性观点。通过这种方式，女性能够进行自我表达。自我表现形式的变换经历表现出那个时期所展示出的自我身份认同体系的改变。她标志着女性在生活、艺术和社会中不断对自身的认识、评价、再定义和整合的尝试。作为女性自我表现的必要元素，谦逊这一术语显示出复杂、动态的特征。

朱莉娅·沃德·豪（1819—1910）就是典型的例子。豪的第一卷诗集《激情的花朵》（1854），实际上读起来像是一部冗长的、极其痛苦的以谦逊为主题的诗集。无论特定的主题是什么，她的诗集中充满了为自己辩护的诗歌。从开篇的“祝词”开始，豪在其他女性诗人面前仅仅把自己称为“未受教育的朝圣者”，她的话向人们保证，“她从不觊觎男性获得的荣誉”：

还是坐在卑微的火炉边吧

那里可以隐藏她们所有的秘密。
不要敲那穹隆形的大门
渴望那大厅中的倾诉。

这种绝望无助的语气（尽管“穹隆形的”这个形容词带有“性别差异”）一直延续在豪对“主人”（有人认为指的是艾米莉·狄金森）的乞求中。在一首诗中，豪这样写到，没有什么“恩赐”比“你用赞成的手轻抚我的头”和你对我的评价“谦逊但很壮丽……‘你做得很好’”更加重要的了。在另一首诗中，豪对自己“迷途的诗行”感到十分悲痛，并总结到她对她的主人最好的礼赞（“我对你如此感激”）是她诗歌创作的巅峰。她所写的诗，“没有一个字是我的创作”，而是“窃窃私语并点头赞成她”的主人给她带来了灵感。当豪继续着表现真实的“缓慢而艰难的演讲时”，他像一位“皇家的贵客”来到她的身边：

那时想起你，无论何时你来到我身边
告别过去伟大的壮举和高尚的艰辛，开始休息
我的思想是柔弱的，与你的思想相比简直微不足道
但这破旧的楼房可以给你提供最好的。

这些诗中表现出的卑躬屈膝的态度足以使人窒息。这种态度与男性的谦卑有着明显的差异。男性有时也表现出谦卑并否定自己的价值，尤其是在宗教的约束下。但他们主要只是在上帝面前这样做。对女性而言谦逊是一种社会规范（尽管宗教观念无疑加强了这种规范）。男性只在上帝面前卑躬屈膝，
179 而并不在其他男性（或女性）面前表示谦卑。女性则要在男性面前卑躬屈膝。在豪的作品中，如果一首诗歌是写给男性读者的，那么她自我降低身份的现象便会变本加厉，以求与权利在两性间明显的分配不均保持一致。“歌德的格莱辛”（Gretchen）[1] 十分清楚“你高高在上的”但对他保证，要把她“懂得感激的心”给他。在给她兄弟的信中，豪把自己比做“一个乞丐”，“在他那高耸的楼房中的一个卑微的房客”。但在另一些诗中，权利的分配发生了颠倒。《望海窗》（“The Seaward Window”）为我们展现了一轮女性化的明月，证明了“女性的太阳同样也能光芒四射”，并且回忆了女性之间的友谊，其中

① 歌德的《浮士德》中，浮士德爱上了格莱辛并诱与之通奸，有孕。——译注

“两个灵魂相遇/并立下诚挚的誓言要重视对方”。《磨坊边的小溪》(“The Mill-Stream”)通过女性化的河流对磨坊主阻碍她的企图所表现出的愤怒表明女性对男性权威的公然的厌恶：“把磨坊主的面粉/扔到他的脸上。”在《女算命师》(“Sibyl”)、《诗歌的快乐》（“The Joy of Poesy”）和《诗节》（“Stanzas”）这几首诗中，豪即使在心中挣扎是否应该坦承自己对诗歌的贡献时，依旧对诗歌的积极力量表现出敬意。这样，我们可以确定女算命师“的头脑中充满了书本”时，她的“心是善良恳切的”。在关于男性缪斯“主人”的诗歌中，女算命师有着一种高于诗人的驾驭诗歌的能力。作为“女性神灵”，女算命师同诗人分享着这种力量，这样，尽管“人类是从自然中产生的”，但她是由“神圣的女算命师创造的”。

在豪的《后期抒情诗》(*Later Lyrics*，1866）中，她在总体上讨论并发展了早期的对于女性诗歌的重新认识。在《激情的花朵》中，大部分的诗歌背景设置在了诗人的卧室，用日记和通信的方式记录了诗人内心的思想。但这一类的背景使诗人豪陷入困境。她发现以一种放弃者的身份为她自己辩解不是一件好办的事情。但在外界她还没有找到支持她的基础和力量源泉。她自己已经认识到了这一点。《激情的花朵》的背景首先设置在意大利。在她婚姻的最初几年里，豪躲避自己的丈夫，把大一点的孩子留在波士顿，只身去了意大利。在异国的环境中，她开始思索美国的公共问题，特别是因奴隶制而即将发生的战争。对于将要发生的一切，最灵敏的信号应该是这首题为《歉意》(Apology）的诗。在这首诗中，她为自己贸然地发表不谦逊的诗作而道歉。对于“一个成长在谦逊的环境中的人”来说，确实是一个难题。她为自己辩护，她找不到“经过训练的头脑”来帮助她。她对不公平的愤怒和因“我的国家和我的种族”而感到的痛苦使她放弃了“谦逊的微笑”。

豪在她的《后期抒情诗》中继续否定谦卑，她的诗表现出一种要冲破封闭的闺房、闯入广阔的世界的真诚的努力。事实上，有一章名为《浪漫抒情诗》(“A Lyrical Romance”)，使谦卑更靠近羞辱的含义。(在《等待》 *180*
[“Waiting”]中，诗人合上“谦逊的手”，像一个喷泉，等待着在她的上帝“到来时”，就“喷薄而出”。)但和这首诗写在一起的是《战争的诗歌》(“Poems of the War”)——包括《战役赞美诗》（“Battle—Hymn”）——和《街道抒情诗》（“Lyrics of the Street”）。最后，尽管这些诗是以女性形式的措词写成的，但它们展示了城市世界不稳定的一面，在那里，陌生人见到彼此，很快又迷失在人群中（《在角落里》[“At a Corner”]）。一位老人拜访他“在

牢房里痛苦地服刑的儿子”。仁慈的淑女走出房间，进入城市“令人迷惑的小巷”，那是一个充满诅咒和怒骂的世界，她真实地描绘了酗酒和虐待儿童的现象。这种描绘超越了仁爱形象的固定模式。在她的诗中充满了悲剧，它们并不是无病呻吟，而是描写真正的悲剧。

豪并没有否认谦逊在女性身份认证中的核心作用。但谦逊正在经历着重新定义。在《后期抒情诗》中，即使豪在劝说大家要谦逊，她也没有再为自己的断言辩护。谦逊和女性纯粹的服从是截然不同的。谦逊同时也表现出女性要协调自我实现的形式与作为一个（19 世纪）女人的自我感觉之间的关系而付出的各种复杂的努力，包括家庭和社会的责任。这种要创造出一个新生的和谐自我的努力在艺术中有所暗示。像豪这样的诗人并没有为自己的女性身份而辩护，而更重视平衡她各种不同的能力。在这方面，《拜访 C. H.》（“A Visit to C. H.”）是一首很有趣的诗。这首诗以女性世界为背景，穿越了阶级和民族的界限。在诗中，诗人拜访一个“姐妹”，她坐在“单薄的破地毯上”，“穿着白棉布的衣服，头发凌乱地卷曲着”。但这次拜访并不是一种仁慈的同情，它本身就是缪斯：这位缪斯的力量正来源于女性的生活。这首诗几乎成为了女性诗歌主题的集大成者——她们的诗歌是在“洗衣盆前胡思乱想”或面对死去的孩子悲痛万分、“放下针线，拿起笔”时创作的。这些诗歌对女性的生活和她们对他人的奉献十分敬重。但这并不是自我抹杀的诗歌。相反，豪为了“认识（她的）亲戚”，去找她的“作为诗人的姐妹”。

朱莉娅·沃德·豪的诗歌事业标志着中世纪女性和女性诗歌的转变。作为著名的纽约银行家的继承人，她在纽约市一所环境优越的住宅里享受了一个独立、优雅、充满文化气息的童年。她受益于女性通过私人家教和女子精英学校得到的新的接受教育的机会。她个人也亲身经历了女性财产权的问题。她在 1843 年嫁给了塞缪尔·（Chev）① 格里德利·豪，而给予已婚女性独立继承权的《纽约法案》（New York Bill）直到 1848 年才正式颁布。这使她失去了控制她在曼哈顿北部的大量地产的权利。他的丈夫把这些财产当作毫无
181 价值的房地产变卖了。直到 1875 年成为寡妇，她才重新夺回了她已经丧失殆尽的财产，还有她自己写作和做讲座的自由——在这些年充满激情又激烈的婚姻中，他的丈夫坚决反对她参加这些活动。塞缪尔·豪是一个魅力超凡但又十分专制的男人，他投身于多种改革运动和极端的政治运动（他领导一个

① “Chev”是朱莉娅·沃德·豪对其丈夫塞缪尔·豪的特别称呼。——译注

为盲人服务的组织，并支持约翰·布朗[①]的极端的废奴主义），但当他遇到女权问题和自己家里的问题时，便变得相当保守。正如朱莉娅所说的：“即使她同弗洛伦斯·南丁格尔[②]订了婚，并且十分爱她，他还是会在她开始在公众面前抛头露面时就抛弃她。”谈及她自己的写作、出版、做讲座以及最终的布道写作（她在唯一神教派中很活跃），她这样说：“在我们22年的婚姻生活中，我的丈夫从来没有赞同过我所重视的任何一项工作。”她的一些早期诗歌运用了婚姻和死亡的类比，这样具体而又带有个人感受的类比贯穿着那个年代的女性诗歌：“在我被推倒在新婚的床上时/我的希望便死了。”在她1844年作的一首诗中，她把婚姻叫做“最黑暗的时刻”。在1846年的另一首诗中，她这样写到：“婚姻，就像死亡一样，是我们欠自然的债。”起初她还因女权运动的政治色彩而犹豫是否参加这项活动，在1868年参加了她的第一次争取选举权的集会后（《我与你们同在》［“I am with you!”］），她成为了一名积极的女权主义者。接着，她还担任了新英格兰支部的主席。但在她的讲座中，她始终坚持“女性是社会道德的自然守护人”，恰如《母亲的职责》（“Duty of Women”）中所传达的要继续建立在女性作为“人类的母亲，无助婴儿的守护者，最早的老师，最热心的监护人，以及家庭的管理者”的一系列角色上。

像豪的传记中记载的一样，她的诗歌反映了对于女性传统角色的反叛和维护之间的紧张。这种紧张对于那个世纪的女性诗歌十分关键。在某种程度上，这关系到个人的成就。以名誉、抱负、机会与渴望为主题的诗歌大量涌现。这些诗的含义经常十分模糊，它们仍然是以双视角的谦逊主题为结构基础的。爱丽丝·凯里（Alice Cary，1820—1870）在《名誉》（“Fame”）中指责那种“靠把别人踩下去”的沽名钓誉的人，还有那些即使“不能提升自己，也要把别人拉下来的人”。诗歌结尾时呼吁人们“让天才醒过来/然后坚定地扬帆远航”。艾达·艾萨克斯·门肯（Adah Isaacs Menken，1839？—1868）[③]的《渴望》（“Aspiration”）谴责了“不虔诚的灵魂”拥有的“过高的希望”，但最终因为认识到天上的星星是“它们就是自己永恒的倒影”。在亨丽埃塔·

① John Brown（1800—1859），美国废奴主义者。1859年他与21名跟随者在哈珀斯渡口占领了美国军火库，是美国人民群众用武器斗争消灭奴隶制的一次英勇尝试。他的集团失败后，布朗在审判后被判处绞刑，因此他作为废奴运动中的烈士而赢得同情。——译注

② Florence Nlightingale（1820—1910），护士职业创始人、英国护理学先驱和现代护理奠基人。——译注

③ Adah Isaacs Menken（1839？—1868），美国演员、画家、诗人。——译注

考狄莉亚·雷（Henrietta Cordelia Ray，1850？—1916）的诗《抱负》（“Ambition”）中，把抱负谴责为“不安和失败”，但却承认它的诱惑：“美丽的，幻想的和甜蜜的。”类似地，艾达·艾萨克斯·门肯的诗《渴望》否定了“内心冲突的不和谐让我们产生了离开的请求”这一说法，并谴责这一请求会在“随之而来的悲哀中”被击碎。海伦·亨特·杰克逊（Helen Hunt Jackson）的《机会》（“Opportunity”）是关于对这种机会必将无法实现的认识。这种机
182 会就像“金色的大门”突然在岩石中打开，但女性还没来得及走进去它就又关上了。她的《皇后的回忆录》（“Memoir of a Queen”）缔造了一个女性权力大于男性政权“虚假的权力”的神话。但女皇的名字一直是未知的，也没有任何关于她神圣伟大的统治的“文字或石刻”的记载。埃拉·惠勒·威尔科克斯（Ella Wheeler Wilcox）在她的诗《机会》（“Opportunity”）中似乎在向那些有能力掌握它的人、那些“渴望机会并会为之努力和等待的人”保证，机会一定会到来。但在诗歌《追忆》（“Retrospection”）中，诗人阐明通往“抱负”的是“一条崎岖的责任之路”。《生命之屋》（“The House of Life”）一诗中的“女主人”指出通往幸福的大道上充满了责任、艰辛、痛苦和信心。艾玛·拉扎罗斯的诗《成功》（“Success”）的原型是“勇敢、伟大、成功的人”。当时这些女性作家内在的矛盾心理是对当时的女性文化规范的一种回应。这种矛盾心理在《无名诗集》（“*No Name Series*”）中表现得十分典型。《无名诗集》是匿名出版的一部女性作品集。（它的编辑海伦·亨特·杰克逊曾再三向艾米莉·狄金森索要捐款，但都没有成功。）

但这些对于抱负的矛盾的思考也不仅仅是对个人情感的关心。她们关心的是在美国价值观下形成的社会体系和这种社会体系在美国政府机构中的实现情况。一方面，谦逊限制了女性的渴望和抱负，另一方面，它给予女性一种批判途径，这种批判不仅仅针对社会对女性的限制。谦逊不仅是一种消极的价值观，同时也是一种引导女性发现并反对当时的文化发展趋势的积极因素。女性对于附加在她们世界的限制的抗议，并不表明她们认可抱负很快在男性世界或者说整个“世界”之中变成至高无上的定义人的标准这一价值观。相反，她们把世界描绘成人与人之间肆无忌惮的相互竞争。同时，她们也感受到了美国社会中腐败、剥削与贫穷的与日俱增。

美国社会的现状已经远远背离了当初建国时的承诺。保守的和激进的女性作家都就这一点对美国社会进行批判，这样政治上处于两个极端的两派女性终于有了共同的话题。比如，豪在作品中抨击中产阶级女性终日做无意义的拜访、追求时尚并大开派对的生活方式。她认为轻浮和虚荣是限制女性活

动的两大错误的价值观。但这种想法是基于过去女性自我牺牲的理想母亲形象的。同时，要用一种更全面的眼光把女性看做有个性的个体。在这样一个金钱万能的社会里，她拒绝把自己贬低为一件商品。因此，在一首诗中，豪嘲笑舞厅里的妖艳的女郎有一张“大理石般的面孔”，同时要求她穿上“忏悔的服装”以表现出“令人满意的谦逊”（《对比》[“*Contrasts*”]）。豪有一首诗被鲁弗斯·格里斯沃尔德编入他的《美国女诗人》一书。在这首诗中，她痛斥那些作为“美丽的雕像”的女性，“缺乏理智/埋葬在你那苍白无语的美丽之中”。格里斯沃尔德选编的另一首诗《女人》（“Woman”）为我们提供了一个真正女人的概述。在这首诗中，豪使她自己摆脱了“纯洁的女祭司，/ 183
谦逊、安静的精灵”这一形象（在这首诗的结尾，她把这种形象叫做“小孩子的梦境”，并承认自己不是这样的女人）。但豪提供的代替形象一直是模糊的，被笼罩在女性固定的期待的阴影之下。这说明豪对自己到底激进到什么程度还不确定。这种困惑在《茶会》（“The Tea—Party”）这首诗中表现得特别明显。这首诗谴责了那些只会一起参加派对、传播谣言的女性：“我一直在生活中为自己奋力争取比你们更广阔的空间。”但这首诗也表现出自己同更激进的“新兴的女性标准”的差距。作者在诗中发出警告：“保持一定的限度，——不要妄想主宰世界。”

对于建立女性的积极的政治组织，弗朗西斯·哈珀（Frances Harper 1825—1911）① 在她的作品中没有表现出丝毫的犹豫。但哈珀还是经常通过对私人和家庭进行感性化的描写来表达自己对公众事务的关心。出生在巴尔的摩一个自由黑人家庭，哈珀享受了不同寻常的教育机会。她3岁时父母相继去世，之后她与一位为自由黑人提供教育的舅舅住在一起，在他那里接受教育。19世纪40年代，她已经开始了诗歌和文学创作。马里兰州的一个自由黑人被绑架并被当做奴隶出售的事件促使她参加了地下交通网（Underground Railroad）② 政治。1854年，她出版了第一卷诗集《杂诗集》（*Poems on Miscellaneous Subjects*）。这卷诗集共有20种版本，在接下来的20年中共售出5万册。弗朗西斯·哈珀毕生致力于解放奴隶和为女性权利而奋斗的事业中，除了新婚期间（1860—1864），她一直积极地在南北两地讲学。在丈夫去世后，她又回到了讲坛上。在1871年又出版了新的诗集《诗歌》（*Poems*），1872

① Frances Harper（1825—1911），美国诗人。——译注

② Underground Railroad，19世纪由废奴主义者建立的帮助黑奴逃往加拿大和自由州的秘密网络。——译注

年，她出版了《阿拉巴马州的殉道者及其他诗歌》（*The Martyrs of Alabama and Other Poems*），和一首题为《摩西：尼罗河的故事》（*Moses: A Story of the Nile*）的叙事长诗。

整体上看，哈珀描绘了美国公共生活阴暗的一面。正如弗雷德里克·道格拉斯在他的演讲中提出的质疑："对于奴隶七月四日意味着什么?"哈珀的诗表现出了庆祝国庆只是美国白人的事，对于奴隶来说只不过是花言巧语的欺骗。哈珀引用了代表美国自我形象的标语，让人们看到这一形象在真实的历史中是背离其初衷的。奴隶制使美国的自由成为一个矛盾——一个"骄傲的国家的耻辱"——"星条旗带着嘲讽"飘荡在逃亡的黑人母亲的头顶。(《伊莱扎·哈里斯》["Eliza Harris"])。在《自由劳动力》("Free Labor")这首诗中，哈珀揭露出自由劳动力仅仅是在美国各行各业做工的奴隶的一个倒影："艰辛的奴隶不许流下痛苦无助的眼泪"；"不许向上帝哭诉"，"不许流下泪与血的痕迹"。美国人对"伊甸园"和"天国"的期待窒息在"奴隶
184 制灼热的岩浆"之中（《诗行》[Lines]），"用铰链束缚贫穷虚弱的奴隶"并"追捕他们"的特权使这个期待化为泡影。(《统治的结束》["The Dismissal of Tyng"])。哈珀使用了美国传教士的语言——"上帝说，为我建造一个国家"——但接下来诗人又展示了美国社会现状对于这一神谕的背叛："人们争权夺利，国家变得强大但自负/这些罪恶与谬误诅咒着这片土地"（《那时和现在》[Then and Now]）。从她口中说出的"把我埋葬在一片自由的土壤中"是对以"自由之国"自居的美国的极大讽刺。她愿死后被埋葬在除美国之外的任何一片卑微的土地上："把我的灵魂安置在任何一座卑微的坟墓中，但……不要把我埋葬在存在奴隶制的土地上。"

弗朗西斯·哈珀的作品对社会现状以及形成这种现状的基础——等级差异——发起了挑战。正如感伤作品的惯常表现手法——实际上，在废奴运动中也用到了这一手法——哈珀的作品也是通过奴隶制对家庭整体性的损害这一角度入手表现奴隶制的恐怖性质的。因此，她的很多诗歌是以"家庭"为背景的，通过对个人情感以及家庭关系的破裂表达主题。在奴隶被拍卖、鞭打、囚禁以及被逼出逃这些场景中都贯穿着奴隶对于自己所爱的人的扭曲情感。在《奴隶拍卖》("The Slave Auction")这首诗中，年轻的女孩对于自己"悲惨的命运毫无反抗能力"，而"母亲们站在一边泪流成河/看着最亲爱的孩子被拍卖"。在诗歌版《汤姆叔叔的小屋》（*Uncle Tom's Cabin*）——《伊莱扎·哈里斯》一诗中，哈珀把逃跑的伊莱扎·哈里斯描述为这样一个坚定的母亲："一位母亲——她的孩子是奴隶——她要给孩子自由，如果做不到，就

带他走进坟墓!"《奴隶母亲》("The Slave Mother")以一声"尖叫"和"令人心碎的痛苦"开篇,"她的儿子正紧紧靠在她身边"。

但哈珀表现奴隶家庭的感情这一写法实际上是一篇激进的政治宣言。作为一个可被买卖的奴隶从本质上决定了他们的经济地位低到只能受制于整体的经济形势。哈珀坚持描述奴隶的个人地位、感情和对家庭的奉献已经否定了奴隶只是经济财产这一观念,并维护了奴隶作为文化意义上的人的权力。也就是说,把黑人的居住地描写为家庭,一个私人的家庭领地,这本身就是一场宣扬奴隶制在极力否定黑人人权的政治运动。当哈珀义无反顾地写到:"她是一个母亲,由于恐惧而面色苍白",实际上,她是在给予奴隶母亲家庭和个人的地位。这已经成为了一项政治宣言,揭露了把黑人贬低为财产是一种扭曲人性的做法:"他并不属于她,尽管她生了他/因为他是妈妈的痛。"

哈珀把反对奴隶制与颂扬家庭生活的神圣不可侵犯以及对性道德的维护相结合,这些策略总体上改变了工人和作家,包括哈里特·比彻·斯托本人。上流社会的中产阶级白人女性,以及反对奴隶制的男性诗人如朗费罗、惠蒂尔和詹姆斯·拉塞尔·洛厄尔,这些诗人都创作伤感的改革诗。玛丽亚·怀特·洛厄尔(詹姆斯·拉塞尔的妻子)曾写过关于《奴隶母亲》的诗,朱莉 *185*
娅·沃德·豪的作品包括一些以家庭为背景的反对奴隶制的诗,如《问题》("The Question")和《奴隶刘易斯之死》("The Death of Slave Lewis")。这些诗同哈珀的诗在修辞上存在的相同点使人们对哈珀提出了质疑。有人指责哈珀调整自己的写作风格以适应中产阶级白人女性的上流社会规范,适应她们对内在美德、正确的思想、感觉和感情、言谈的优雅和自我约束的保守的坚持。虽然哈珀的作品在一定程度上保持了对中产阶级白人女性规范的尊重,但她的作品也表现出潜在的复杂性,以及其作品与社会的重要联系。比如,她的诗中包括许多对于当代女性诗歌的变异作出重大贡献的诗歌。尽管她信仰基督,但她对美国基督教的态度与她对美国自由神话的批判立场是如出一辙的。美国没有能够按照他原定的基督教价值观发展这一事实为她的很多诗歌奠定了基调。《阿拉巴马的殉道者》讲述了一个黑人男孩因拒绝在教堂前跳舞而被处以私刑的故事。《统治的结束》讽刺了一个把《圣经》送往"异教国家"的美国传教士却没能完成自己对基督的承诺。《对我国女同胞的呼吁》("An Appeal to My Country Women")一诗指出美国女性更关心异国的"眼中充满悲伤的亚美尼亚人"和"被流放的俄国人",而对自己国家的奴隶制不闻不问,更不用说有实际行动了。仅仅以"高雅的仪态"表现出"叹息"、"哀悼"、"怜悯"和"悲痛"是不够的,这样做可能会遭到"上帝的惩罚"。

哈珀的作品反映了改革运动成为女性介入更广阔的社会问题的跳板，同时它也把女性限制在描绘上流社会的情感和道义上的劝说这个范围内。但这个两难的局面不仅仅只包含了更多的关于写作策略的问题或不能以充分的激进主义反对社会规范的现实。它还在更广泛的意义上反映了美国社会中存在的远远超越女性问题的分歧。对于分裂的世界的接受不仅包括接受分配给女性的家庭功能，同时也意味着对于这种分裂道德观本身的接受。女性作品展现的是分裂世界的界限在更深层次、更大范围上给美国带来的后果。分裂加剧了道德在公共领域中的丧失，不仅在个人举止方面，还有对于病人、贫穷者、移民和少数民族的责任方面。如果女性被当做道德的一部分，那么女性对于社会的责任就不只是个人的，而是带有社会性的。事实上，把道德关怀划入个人范畴本身存在问题。这样做会对公共生活有怎样潜移默化的影响？如果女性的世界是道德的，那么男性的世界呢？

即使像海伦·菲斯克·亨特·杰克逊（Helen Fiske Hunt Jackson，1830—1885）这样保守的女性也曾间接地提出过上述问题。尽管她支持19世纪80
186 年代印第安人争取权利的活动，但她一生始终与女性选举运动划清界线。她与艾米莉·狄金森同年出生在阿姆赫斯特（Amherst），但杰克逊直到1865年才开始她的写作生涯。在第一任丈夫去世后，带着两个孩子的她不得不开始考虑维持生计的手段，同时她心理上受到的创伤也需要用事业来弥合（在她第二次婚姻之前，她提出条件要求丈夫保证不干涉她继续从事文学创作；这个条件显然很大程度上造成了夫妻不和）。她写的短文、故事和小说十分著名，1870年，她又出版了《诗集》（*Verses*）。《十四行诗与抒情诗》（*Sonnets and Lyrics*，1886）和《诗歌》（*Poems*，1891）都是在她逝世后出版的。

海伦·亨特·杰克逊的诗歌包括对自然、四季和来世的信仰的惯常沉思。但这些沉思经常带有性别意识，并且表现出分裂的世界。杰克逊把女性作为她的主题，直接或间接地反对男性的视角和男性指称世界。在《饥荒之时》（“In Time of Famine”）这首诗中，她为一位被指责为“没有爱心的女人”辩护，向人们坚定地表示，相反地，她拥有神秘的力量和内在的正直。这首诗微妙地反驳了传统的女性形象，把坚毅塑造为女性英勇的美德。这种反驳在《女性的战斗》（“A Woman's Battle”）这首诗中得到了充分表现，并对女性注定的命运提出了公开的挑战，毫不含糊地将性别这一主题放在了中心位置。叙述者清楚地知道“你将获胜/我知道你叫嚣的声音比我大”。但她不会把她的伤口或痛苦表现给她的“亲爱的敌人”看。承认失败的同时，她表现出对敌人的不屑：

命运主宰着我们。——我只属于漫漫长夜，
你却拥有灿烂的海洋和阳光；
但你不要以为我会这样死去，
我会和你一起扬帆远航！

两性之间的敌对一直在加深，直到男性和女性似乎生活在两个分裂的世界，讲着两种不同的语言。在《两种真理》（“Two Truths”）一诗中，男性“我永远不想伤害你”的保证得到了女性“忘记我自私的眼泪”这样的回应。但

在她的内心深处，
总是有这样一个念头在怒吼，
“当爱达到了极点，
一个人永远也不会忘记自己的爱人。”

正如其他女性诗歌通常展现的，这里，诗被隐藏的或被压抑了的女性观点和声音成为了诗歌的主题。但性别并不是唯一的话题。它是与战争价值的影像以及权力的争夺联系在一起的。《一片玫瑰花瓣》（“A Rose Leaf”）谴责了一个随心所欲死王后的国王。但《王子之死》（“The Prince is Dead”）这首 187
诗的矛盾并不是男性与女性之间的，而是宫殿与茅屋之间的，实际上，是公共与私人之间的。

王宫里的一扇门紧锁着。
国王和王后身着黑色的丧服。
哭泣着的仆人整天侍侯在他们身边
但王后的心总是缺点什么
国王的眼睛溢满了泪水，就是不能流出来……
廷臣对全国宣布王子去世了，
他只能默默地忍受悲痛。

茅草屋有一扇门，但铁链已经不再结实，
今天风把它吹开了；
两个人坐在屋子里沉默不语；

他们乞求了几片黑布。
他们十分努力地工作，尽管他们的眼睛湿润了
流下不应流的泪水；
他们不敢看放摇篮的地方……
他们觉得自己被变成了石头，
他们希望邻居们此刻不要来打扰。
王子去世了。

在这首诗中，夭折的婴孩这一典型的主题经历了转化和考验。哀悼把两个家庭联系起来，但社会秩序又将他们分开。这首诗戏剧化地表现了一个家庭的痛苦被另一个家庭的痛苦所缩小甚至掩盖。诗人通过确立他们的平等的尊严和重要性来抗议这种抹杀。通过把个人和社会联系起来，这首诗将个人的悲痛转化为检验社会分层的背景。皇家的孩子去世全国都要哀悼，而穷人家的孩子去世就只是自己家的事。家庭与公共世界的整个边界都改变了。在某种程度上，《王子之死》讨论了家庭诗歌与社会问题之间的关系。社会秩序渗透到家庭领域；对家庭的关心也延伸到社会领域。

《王子之死》在美国社会中几乎已经失去了实用的价值。但杰克逊的《唯利是图者》（“The Money—Seeker”）给予人们的启发更接近家庭生活：

他在这光辉灿烂的世界拥有什么？
为了获得利润，他付出了无法计算的代价，
他体会到了无法计算的羞辱，
188 他不知在何处涂炭了无数生灵。

这首诗的主题是金钱以及它是怎样统治美国社会的。这一主题在女性诗人中广泛流传。在爱丽丝·凯里的诗《致富》（“Growing Rich”）中，男性世界的繁荣被女性与家庭持续不断的联系所损害。她们走后家里依然一贫如洗——“兄弟菲尔”仍然在煤窑中工作，莫利的手“在工厂被截肢”。美国的经济扩张所付出的代价在这些诗中被描绘得淋漓尽致。爱丽丝·凯里（《西部乡村》[“The West Country”]），弗朗西斯·哈珀（《向东走》[“Going East”]），莉迪亚·西戈尼（《西行者》[“The Western Emigrant”]）这些诗人都写过西进运动中开发边疆的女性艰难的生活。有关城市的诗歌描写了“《无家可归的人》（“The Homeless”）”（爱丽丝·凯里）“独自在熙熙攘攘的城市中”飘

荡，或跟随着一位“《慷慨的拜访者》（“Charitable Visitor”）”（朱莉娅·沃德·豪）的脚步，离开“城市的宫殿”进入“一条使人迷惑的小巷，到处是扬起的烟灰和灰尘”，这里充斥着被毒打的儿童、喝得醉醺醺的男人以及饥饿愤怒的妻子。在哈珀的《狂欢》（“The Revel”）中，死者的灵魂在“明亮的灯光”旁现身，愉快的舞会上的“葡萄酒”和“美味佳肴”展示着物质的富足。

分裂的世界这一形象——不止男性和女性的分裂，还有富翁与贫民之间的分裂，使这些范畴和他们之间的关系复杂化——在埃拉·惠勒·威尔科克斯（1850—1919）的作品中再次出现。威尔科克斯在19世纪末创作的作品直接表现出对女性主义范例的更改。威尔科克斯因写了一首直接表现女性激情的诗而遭诽谤。她主张对于性的大胆表现在当时既受到了赞誉，又遭到了抨击，尽管她的诗有时还不够大胆。威尔科克斯出生在威斯康星州的一所农场中，她进入公共学校学习，接着进入了威斯康星州立大学。15岁时她便开始出版诗歌。在被一个出版商以内容淫秽的理由拒绝后的两年中（或者正是被人拒绝这个原因），她的《激情诗集》（*Poems of Passion*，1883）售出了6万册。接着她继续出版诗歌，一生共出版46部书。她于1884年结婚，一些现代读者似乎无法接受她世俗式的婚姻，也不能理解她“一直坚持的自我克制与自我奉献的理想”。但这个世俗与改变着的规范的混合体正是她的主题。威尔科克斯在许多方面是一位新时代的女性，但在另外一些方面，她仍保持着守旧的态度。仅仅关注使她名声扫地的描写性爱的诗歌会使我们不能清晰地把握她的诗（包括一些描写性爱的诗歌）中蕴涵着的对社会文化的思考。她出版的第一部书《水滴》（*Drops of Water*，1872）是赞颂禁酒运动的。后来的诗卷特别是《进步诗集》（“Poems of Progress”）从多个角度描绘了妇女们分裂的生活以及男性对这种生活的言论。在《假日》（“A Holiday”）这首诗中妻子和丈夫的对话，妻子催促丈夫加入家庭假日的活动（“我想花匠应该到场/在他的崇拜者中间走过”），她希望丈夫能陪自己用丈夫“辛苦工作”赚来的钱购买圣诞礼物。丈夫这样回答她： *189*

这不可能！你们女人不知道
在外边干一番事业是多么不容易……
我当然很爱你，也爱孩子们：
亲爱的，理智些，我是为了你
才这样辛苦地工作赚钱。

好好地管理家务；享受节日吧。

这仍旧是一首描写分裂的世界的诗。但这首诗中的女性世界少了一些限制，而多了一些攻击性。威尔科克斯这样写是为了批判男性的世界。在她的讽刺诗《共和国赞歌》（“Hymn of the Republic”）中，她写到：“我看见那些赚钱的人在路上无声无息地经过……我很吃惊，很好奇，他们贪婪、冷酷、愚钝的耳朵到底能听见什么。”威尔科克斯的作品轻微地倾向于道德教育，尽管责任和工作过去所具有的美德在新的社会和经济背景下有了不同的意义，但她的想法仍是很大胆的见解。在《上帝，再说一次》（“Lord, Speak Again”）这首诗中，她认为上帝在创造世界时犯下了一些根本性的错误。根据作者改编的创世纪，上帝特别任命“女性”来代表他“无论何时都要向前进……像我希望的样子改造世界”。但世界出了一些“差错”，“世界是为了女性而开始运转的”，但现在女性为了达到“它们神圣的目的”必须改变自己的角色。

很特别的是，这“神圣的目的”并没有抛弃女性作为道德守护神的观点。即使说威尔科克斯想要对女性的角色发起挑战，对于用她不健全的女性价值观来代替男性价值观，她还是充满疑虑的。在《代价》（“The Cost”）这首诗中，一个女人反叛了分裂的世界，成功地进入了男性的世界：

她不再哭泣。新的抱负在她胸中激荡
她要走出自己的世界，到陌生广漠的地区去……
她一直坚持着，进入更广阔的世界，
直到布满荆棘的道路上开满了声誉的玫瑰花……
在那胜利的时刻，她神采飞扬，
她是可以与男性智慧相媲美的竞争者。

但接下来，这首诗的发展出乎意料。它并没有欢喜地赞美这种改变，而是突然反对这种改变所要付出的“代价”：

但是，哎，这要付出惨重的代价！
她的心中已没有爱的力量——
爱的引人注目的力量。

这里出现经济术语并不很偶然。女性得到的是用她所付出的代价换来的，她

必须服从金钱的衡量。 190

埃拉·惠勒·威尔科克斯的诗与当时的社会评论背道而驰，但却没有超出女性的界限。她的作品开始表现与日俱增的复杂的欲望和选择。这些欲望和选择是不能轻易妥协的，并暗示着远远超出女性问题的总体的社会秩序被精确地定义了。在很多诗中，身份认证的冲突集中在作品选取的意象本身，其中女性诗人和女性艺术家的职业威胁着女性的身份认证，反之亦然。在《个性》（“Individuality”）这首诗中，叙述者一方面宣称她对她的“国王，我的主人”的爱“胜过对我钟爱的艺术的爱”。但她又补充到：“当我知道自己并没有完完全全臣服于你的时候？我觉得十分兴奋。”有一件事是不变的：“我艺术的杰出的精髓……是你永远也无法企及的；它只属于我自己。”在《公寓中的音乐》（“Music in the Flat”）这首诗中，她的家庭状况使她不能继续她的音乐事业。但在《负担》（“Burdened”）这首诗中，最悲惨的命运就是“你被负担重压以至于不能/坐下来满足地享受平凡的/幸福的母亲和无私奉献的妻子的乐趣”。根据她的记载，接下来，威尔科克斯开始反对女性对于听见“别人大声在公共场合提起自己名字”的“热望”。在《一个雕塑家》（“A Sculptor”）一诗中，被塑造的雕塑品正是艺术家本身。但这首诗古怪地把这种自我创造引向女性自身“自私”、“易怒”、“虚荣”的毁灭。这位“满腔抱负的雕塑家”创造了她自己，但她并没有超越传统女性达到的艺术境界。

在某种程度上，威尔科克斯作品所表现的日益紧迫、明显的冲突感贯穿19世纪的女性诗歌，并且一直持续到现在。就诗歌来说，将不同的角色统一起来的困难可以部分解释那些不太知名的女诗人的诗歌中存在的缺陷，同时它也变成了为女性定义的自我叙述者寻找自己的声音的障碍。但很多有趣的作品把这一问题变为清晰的主题。女性诗人似乎有意识地、热切地对为女性发言并作为女性发言，表现女性的生活、经历而不仅仅是女性的价值观。海伦·亨特·杰克逊关于女性的诗歌经常表现女性作为发言者的感觉和从遗忘中挖掘她们自己和其他女性的声音。她们坚持发挥女性诗歌的力量去记录那些被抹杀的历史，做那些没有发言机会的女性的代言人，海伦·亨特·杰克逊认为自己的“语言会成为一把双刃剑”（《饥荒之时》）。她讨论的当然是个人的经历，但这些个人经历却被赋予英雄般传奇色彩，例如她的一首关于一个女人“被冻僵了”的诗歌。这首诗超越了对一个沉默无语、与世隔绝、被他周围的（男）人视若无物的女人的生活和死亡的简单描写，在诗的结尾处，诗人骄傲地宣称只有她的诗歌“我，第一个爱她，最后一个爱她，始终爱她”才可以成为这个女人生命的记录。这样，个人的故事被载入了史册。像《皇

后的回忆录》这样的诗歌是明显地与公共的记录有关：皇后的被抑制和她地
191 位的恢复。诗人在“诗行中”补充上了被历史遗忘的无名皇后。

在威尔科克斯的作品中，对于女性历史和声音的挖掘转变为对于性的自我表达的质问。《被禁止的言论》（“Forbidden Speech”）一诗，用语言表达了这种质问：“你禁止我说出的激情/不会因压抑而沉没。”不仅仅是描写情欲的作品处于危机之中。她的诗《老虎》（“The Tiger”）是一篇成熟复杂的文字，描写了老虎用被唤醒的激情攻击猎人的故事，充满了隐含意义：

> 在沉静的森林中，
> 躺着一只熟睡的老虎，直到有一天
> 一位勇敢的青年来到了它的身边。
>
> “这巨兽睡得好安静，”他说，
> “我想要把它弄醒！”……
> 瞧！老虎醒了，它转过身来……
>
> 他曾经尝过人类的肉，啊！
> 这是鲁莽的人们给自己闯的祸，
> 被吵醒的老虎不会再次沉睡。

尽管这首诗经常被认为带有女性的性爱倾向，但相反地，我们可以把它当做女性的愤怒情绪。这样，它更多地表达了女性的愤怒，而不是性欲。或者给这首诗加上特定的性别倾向，使老虎和猎人成为男性的代表，这样它便表现了男性无意识地施加给世界的强烈的性欲，这种欲望足以毁灭世界。诗人在认识到内心世界力量的同时，也意识到了要有一种适当的道德约束制约这种力量。

威尔科克斯作品中有关性的描写在某种意义上来说是具有创新意义的，为女性的自我表达提供了新的可能。但在另一种意义上，威尔科克斯从个人情感的角度处理有关性的描写在19世纪女性诗歌中是循环出现的。对于这种描写角度的关注并不是因为它针对个人感情，而是因为它针对更广阔的社会和经济结构。事实上，性的问题在19世纪得到了广泛的关注：对于女性来说，这种关注并没有带来一种新的自由，而是对她们的背叛，社会指责她们通过卖淫等方式破坏社会秩序。也就是说，整个19世纪，女性的性欲被认为是一个所谓的“个人的”道德世界和“公共的”经济体系的交叉点。问题的焦点集中在当时的双重标准上。正如基思·托马斯（Keith Thomas）表明的那样，这种双重标准深深植根于长期的把女性的贞洁作为父亲或丈夫的财产的法律和经济的历史。这场反对束缚女性、放纵男性这一双重标准的战役在19世纪30年代以纯净社会（Social Purity）运动和后来的道德改革（Moral Reform）运动的形式展开。这些运动把矛头直指因城市化、移民和工业化而愈演愈烈的卖淫嫖娼现象。这样，道德改革运动保持着一种浓厚的保守倾向，尽力用法律规范性道德，同时继续坚持分裂的世界的观念。他们把女性定义为道德的守护者，并且认为女性介入公共事务是为了保护家庭圣洁的合理行为。这种对于传统性别差异的维护削弱了这些运动的最终效果；这些运动在法律层面上也没有取得成功。 192

但在19世纪的女性活动中，保守的因素始终与激进的因素相联系。对于道德改革的热情在19世纪女性的政治崛起中扮演了重要的角色，同时也作为一种女性参与公众讨论和立法活动的途径。这种热情演变成女性争取就业权利的基础。争取到了就业权，生活痛苦、窘迫的女性就不会被迫去做妓女。从法律上讲，道德改革运动计划激进的隐含意义表现在它坚持不仅是妓女就连妓女的监护人也要受到法律的制裁。但从最根本的意义上讲，道德改革运动提出的问题不仅包括性的双重标准，而且还包括更广泛的社会权利分配上的性别歧视。此次运动开始探索并最终指出性的规范不止关系到个人的道德水平，而且还关系到女性总体上的社会经济地位。它提出了美国社会和经济生活中的不平等问题，并指出这一现象违背了美国人自己的愿望，并且违背了过去社会中的公共责任感和集体利益。

在诗歌方面，许多关于性的双重标准的诗歌探讨了这种形象背后隐藏的经济因素。这些诗歌反对堕落的女人和引诱她们的风流倜傥的男人之间的不平等，同时也反对独立者和依赖者之间的不平等，贫穷者与富裕者之间的不平等。这些诗将引诱、背叛和堕落以戏剧化的形式表现出来，以女性的名义为评判性的攻击社会上的不公提供了一个引人注目的舞台。朱莉娅·沃德·豪的《灵魂捕手》（“The Soul—Hunter”）描绘了一个在夜晚出没的可憎的猎手，他专门给“纯洁”的少女设置“魔鬼的诱饵”。在豪的《舞会大厅之外》（“Outside the Party”）中，一个女孩在聚会大厅外面徘徊，她向里面看

> 那面明亮的玻璃窗轻轻地向我敞开，
> 在窗子里我看到了那令人痴迷的面孔：
> 优雅的绅士在里面，身着光辉灿烂的盛装

那位绅士正在和“漂亮的女士”翩翩起舞，而她怀里抱着“他的孩子，被他抛弃在舞会大厅之外”。爱丽丝·凯里把这种诗歌主题限制在她偏爱的歌特式民谣传统之中。她的《魔鬼女人》(“Spectre Women”)穿着葬礼的服装不停地
193 在墓地里徘徊，哀悼引诱她的人，同时“她多情地弯下身子，但丝毫不带有母亲的骄傲/俯看她胸中抱着的小东西，她的头发掩饰不了这小东西的存在”。弗朗西斯·哈珀的《对比》把命运已无可就药的“被破坏、毁灭了的”女孩：

他们嘲笑她所犯的罪过，
对于她的堕落横加指责，
并不伸出怜悯的手
帮她打破仇恨的束缚

与“玷污了/她曾经完美无瑕的名誉”的男人进行对比，但现在

他穿着长靴，心中充满骄傲
穿过财富与时尚的大厅
将一位美丽可爱的少女
领入婚礼的圣殿。

在她的诗《双重标准》（“A Double Standard”）中，哈珀把这种罪恶和引诱与女性最终堕落为妓女的结果联系起来。这首诗用第一人称写成，目的是博得中产阶级女性读者更广泛的同情。它由一系列责难的问题构成，直接针对作者要声讨的对象。那堕落的女孩，没有看到“他热烈的吻之下/隐藏着毒蛇般的诡计”，这时她尖锐地问：

当我从被引诱的人变为引诱别人的人
当我的心冷了，你们能责怪我吗
当他参加别人的聚会、与别人亲热时
我却被冷冷地拒之门外？

这些关于引诱的诗歌大部分属于传统的伤感的戏剧性的女性作品，但通过这种写法，女性作家把伤感本身的要素清楚地表现出来。正如大多数的感伤作品，这些诗从个人经历的角度来表现城市、社会和政治问题。但这并不

否定她们对于社会秩序的表现，尤其是一个日益缺乏道德和集体责任感的社会，一个不仅把女性甚至把所有美国人都贬低为被社会利用、被社会冷落的对象的社会。这些诗中描绘的社会生活似乎与日俱增地与美国梦的原则相背离。这种背离绝不仅仅是女性所需要关注的对象。在另一些的作品中，如《瓦尔登湖》（*Walden*）和《亨利·亚当斯的教导》（*The Education of Henry Adams*）中，它仍然是中心议题。但在女性诗歌中，这一主题带有明显的性别色彩。分裂的世界为美国文化总体上提供了空间框架。社会对于男性和女性的双重标准不仅仅表现在性别歧视方面，还表现在经济政治生活从道德和公共责任中分离出来这一方面。 *194*

夏洛特·帕金斯·吉尔曼（Charlotte Perkins Gilman，1860—1935）在她公开的思想诗中直接地提出了这些问题。现在她最出名的作品是《黄色的墙纸》（“The Yellow Wallpaper”），这个故事揭露了家庭对女性的限制其实是一种近似疯狂的形式。吉尔曼在她自己的那个时代，最出名的作品是她的小册子《女人与经济》（*Women and Economics*）。在这部作品中，她描绘了两性角色和经济间的联系，以及这种联系对社会产生的更广泛的影响。她争辩说现在的男性与女性之间的关系是建立在经济基础之上的，在这种情况下“女性的经济利益是建立在自己的吸引力上的”。这使“公开的恶性市场”只是和婚姻相对来说有一定区别。婚姻“使妻子和丈夫永远享有共同的经济地位，被法律承认，被宗教认可并尊崇，婚礼的殿堂铺满鲜花，飘满熏香，充满了积淀已久的感情”。女性在经济上对于男性的依赖在“性经济的花朵——从事肉体交易”这一现象达到了顶峰。《女人与经济》这本书以《序言》（“Proem”）开篇，她改写了创世纪和堕落的故事。和吉尔曼写的其他诗歌一样（收集在《在我们的世界中》[*In This Our World*，1893]），这首诗复述并攻击了传统的性别角色。吉尔曼的作品将男性和女性在性别、心理和社会方面所受到的束缚都表现了出来。《序言》指出人堕落的原因是经济剥削和性别区分，这使所有“盲人、跛脚的人都误入歧途”。

吉尔曼最主要的诗歌技巧是对于声音和修辞的控制。她用特别的方式表达了社会的主流声音，以此表现并削弱了主流声音的位置。另一方面，她表达了被压抑的沉默的女性声音。她用公众诗歌的形式记录了女性的生活，并记录了女性自己将统治、束缚她们的观点内化的程度。《难于言说的事》（“Unmentionable”）这首诗模仿这个主题，但并没有提到妓女，只是记录了对于这一现实的回避：

有一件事我不得不说，
或回避事实；
以免那些读到此诗的人
偏着脸争论得面红耳赤。

这件事在我们眼中十分平常
就像灰尘或青草一样；
那些穿着裙子轻轻走过的淑女
十分痛恨这件事。

在吉尔曼的诗《家：六节诗》（“Homes：A Sestina”）中，她充分使用了修辞，将分裂的世界表现得淋漓尽致，用《家》这首诗表现了她们对于自己所得到
195 的待遇自鸣得意。家对女性说：

难道我们不是女性完美的世界吗，
这是自然的指示，是上帝的命令，
在家之外，她不能有合适的欲望
除了家里，别的地方不需要她的服务？

与此同时，男性在生活中没有别的需要

除了走出家门在外面的世界工作，
同其他男性痛苦地竞争？
女性不为其他男性服务，也不为他的上帝服务，
只要把家人照顾好？

通过它们自己的修辞手法，世界在社会和个人两方面被分裂开。他们对彼此来说是一种削减和背叛，对于整个社会来说，是一种破坏力量。社会中，为他人奉献的人和自私地为自己生存的人，这两种人交叉存在——一个充满性别差异但也受经济因素影响的框架。吉尔曼的解决方法是从经济和社会入手。像《不区分性别》（“Unsexed”）和《女性》（“Females”）这样的诗坚持只有完全参与经济生活才能改革和改变男性和女性。但她的目的只停留在社会参与这个层面，并不是个人的唯利是图。她的诗《民族主义》（“Nationalism”）保证在一个典型的杰斐逊式的共和国中尽量减少个人参与经济。美国需要的是：

……我们所有的公民，
要求我们共同劳动创造出产品……
我们的自由属于我们每一个人；
国家保证这一点；作为报答
我们为国家服务，也就是为我们自己服务。

夏洛特·帕金斯·吉尔曼坚决反对女性的家庭角色，这使她在生活中遭受了精神崩溃，并把它记录在《黄色的墙纸》中。经过了多年的犹豫（在她的日记中，她问到：“噢上帝我希望/使我的生活保持最高最好的状态！……这样我还能做别人的妻子吗?”），她确实结婚了，但结果只是使自己崩溃。她为自己的性别角色“歇斯底里症（hysteria）”找到了良药，即离家出走与丈夫离婚。她把自己的全部奉献给了女权事业，她再婚的条件是她不用做家务、不用生养，并保留出游、讲学和写作的自由。在她前夫与她的好朋友结婚后，她还决定要把孩子的监护权给了前夫，这件事在她有生之年招致了诽谤与诋毁。在某种意义上，吉尔曼只是将19世纪其他女性中明显存在的家庭责任和职业责任之间的冲突激烈化了。人们一定会注意到著名女性诗人的婚姻和文学创作之间的矛盾关系：菲比·凯里（Phoebe Cary）、艾米莉·狄金森、露
西·拉卡姆（Lucy Larcom）、里斯特·瑞兹（Lizette Reeze）、路易丝·伊莫 196
金·吉尼（Louise Imogen Guiney）和艾玛·拉扎罗斯都没有结婚。那些结了婚的女诗人大多数不是寡居，就是不顾丈夫的反对继续写作。无论如何，在19世纪的背景下，颇有争议的人物，比如在《身为女人》（“Of Woman Born”）中描绘的阿德里安娜·瑞奇，就不符合以上的情况。瑞奇代表着在作为一种反自我形象的“不自由的女性，即殉教者”和“个性化的自由的”女性之间的“女性自我分裂的形象”。但19世纪女性的自我意识并不是简单地拒绝服务社会的殉教者，也不是单纯的提升个人自由。就像当时的女性作家在她们的作品中所反映的一样，19世纪女性最根本的身份意识包含着和家庭和社会的联系。即使在威尔科克斯的一首反对扮演“男性的仆人的”优雅的“淑女”形象的诗《女人》（“Woman”）中，也有这样的诗句——“充满了杰出的力量，坚强，美丽和坚忍，/能够完成唇舌和笔的最高尚的使命。”——这就是“母亲，妻子，和姐妹的定义”。这句诗为我们提供了真实的“女人”

的形象。当时的女性不止想要保持这种对于社会和家庭的责任，而且还想要为女性的这种责任辩护。事实上，这是她们批评一个日益商业化、道德逐渐成为空话的社会的一种方式。她们坚持的为他人负责这一价值观起到了反对孤立的个体之间为了自己的经济利益而进行的不可调协的的竞争的作用。这一价值观同时也将她们传统的自我定义转化为对于发展中的美国工业、城市和政治文化的一种攻击。

玛丽·沃斯通克拉夫特（“Mary Wollstonecraft”）在她的《女权辩护》（*Vindication of the Rights of Woman*）中用一部分专门阐述“应综合地理解谦逊的含义，它并不单纯指女性忠贞的美德”，她这样写的目的是反驳那些劝导类图书关于举止方面的规定。这里，沃斯通克拉夫特首先将谦逊与忠贞区别开；然后又将谦逊与卑微（“一种自我贬低”）区分开；最后将其与害羞、胆怯、天真与无知区分开。相反地，谦逊对于玛丽来说代表着“谨慎的理智”，有能力构想“一个伟大的计划，并尝试性地坚持这个计划。时刻意识到自己的力量”，概括地说：“谦逊是一种带领女性建构关于自己的公正的观点，同时远离虚荣和成见的朴素的性格。它是让女性对自己的尊严产生一种崇高的认识。”沃斯通克拉夫特在这里试图把谦逊从一种限制女性的象征转变成为一种强有力的自我定义，这种转变既反对无限制的自我夸大，也反对无限制的自我贬低。关于谦逊的争论，焦点不再停留在它是否是一种特别的、具有限制性的女性美德，而发展为它是否是一种与政治历史上称之为公民美德息息相
197 关的普遍的道德标准。从这个角度看，19世纪女性所参加的社会活动、改革运动、慈善活动和其他服务社会的活动不仅仅表现了女性的角色从个人的、家庭的世界延伸到公众的世界。相反的，女性所从事的这些活动可以被看做是公共的、实际上是公众性质的工作。这些活动表现了与美国独立战争时期的意识形态相关的无私的公众美德这一传统。我们可以说，是19世纪的女性继承了这一传统，而男性在这个世纪逐渐开始追求经济利益，我们可以称这种追求为个人的追求。但女性对于公民美德的继承同时也标志着美国在与日俱增地投身于经济利益和个人物质追求的同时贬低了社会和公共美德的价值。

艾玛·拉扎罗斯的创作在很多方面描绘并概述了女性文学所表现的个人与公众之间的复杂的而且不断变化着的关系。她早期的作品表现出她作为一名女性作家所特有的谦逊。在像《回声》（“Echoes”）这样的诗中，她承认作为一位诗人，她“是晚辈并且是女性……用女性的面纱遮住了自己”。但即使是在同一首诗中，放弃者的形象向坚持者转变。她不能克制“男性的现代的激情的力量”，并退回到封闭如“海底的洞穴”的家庭背景之中。但她的诗

提供给我们的“回声”表现出一种对于“孤独的歌唱”的热爱。这一点表明她是一个浪漫主义者，她所用的修辞要比“配备了精锐武器的勇士……战争的危险，伤痛和胜利”更加丰富。

拉扎罗斯的这种把限制作为力量、将谦虚作为一种坚持的意识对于拉扎罗丝的自由女神像十四行诗《新巨像》十分关键，这首诗在很多方面代表着19世纪女性形象的概括，并作为谦逊主题最伟大的象征和革新。这首十四行诗的开篇前八行以女性化的美国的形象批判了欧洲不谦逊的自负。自由女神像矗立着

> 一尊雄伟坚毅的自由女神，
> 虽然不像希腊巨大的铜像，
> 以压倒一切的形体雄视四方，
> 却别具一格，将屹立浪涌霞飞的海岸。

而是像这样

> 她的名字是流亡之母，她的火炬，
> 是牢笼之光。灯塔般的巨臂，
> 燃烧着世界的希望，柔和的目光，
> 号令两大都市港口的空中桥梁。
>
> （傅正明译）

这个女人的力量建立在一种根深蒂固的具有性别差异的矛盾修饰法上，“一尊雄伟坚毅的自由女神”，她的火焰却被禁锢，她的命令只能通过“柔和的目光”来传达。与欧洲傲慢的“名声”相反，她“静穆的双唇”、“呼喊着”，在坚持自己声音的同时，她只能默念着。这种形象既表明她的存在，同时又表明她的奉献。

她所得到的名字是“流亡者的母亲”，以普渡众生的姿态，从美国家庭的
角度“欢迎全世界的人”。这首十四行诗著名的结尾——“那疲倦的，贫困 198
的，渴望自由空气的人们……把那些无家可归，经受暴风骤雨的人们送到我
这儿来”——典型地反映了这个世纪女性参与社会事务的情况。美国作为一
位热情的女主人的形象不仅代表着女性在社会活动中的强有力的角色，同时
也代表着由公共的公民价值观定义的国家生活景象。 199

2 借助《圣经》

奴隶歌曲和黑人象征学①

尽管在奴隶的历史中，奴隶歌曲可以追溯到很久以前，但美国内战在很多方面标志着奴隶歌曲在全国范围内的兴起。国内的分裂可以作为阐释这种歌曲的强大的背景，特别在歌曲的语言和意象方面。奴隶歌曲的音乐总体上首先得到了大众的关注与欣赏。但这些歌曲的歌词记录的文化力量对于影响黑人文学传统的发展和它在美国文化中的地位来说也是十分重要的。这些歌曲无疑是在新教的美国被奴役的非洲人的创作，但它们却呈现出多重的交叉互动的复杂的作用：非洲的审美观和美国白人的审美观以及基督教的形式之间的相互作用；宗教的和世俗的功能和意义之间的相互作用；神学的和社会/政治的责任之间的相互作用。

《圣经》对于阐释这些相互作用和相互竞争的元素，包括奴隶歌曲本身和它在美国文化中的地位，都起到了重要的作用。这里，两个相关的但又截然不同的问题出现了：奴隶歌曲对于《圣经》的处理和奴隶歌曲演唱者对于《圣经》的接触。在最广泛的意义上，奴隶歌曲对于《圣经》引用的处理使在美国文化背景下阐释《圣经》所带有的强大的政治含义戏剧化了。这种阐释包含着对美国人身份的探索，而这些探索又使美国人的身份复杂化了。

① 指美国黑人歌曲，或与《圣经》有关的歌曲——圣歌（spirituals）反映《圣经》中的象征意义。——译注

关于奴隶歌曲的历史和建构还存在许多问题：它们的发展，它们的作者，以及确定歌词的文本和它们所带有的宗教和政治的含义。对于奴隶歌曲的文本分析由于它们的产生、流传和抄写而变得复杂。现在可以得到的版本通常是经过了坚苦卓绝的搜集和对于不同形式歌词的整理工作。在19世纪70年代，由菲斯克黑人歌手组合（the Fiske Jubilee Singers）[①] 承担了音乐编排和演出的重要工作。经过研究20世纪早期的前奴隶的口头历史，最终得出了奴隶歌曲的版本。历史学家生动地指出了要挖掘早期奴隶歌曲会遇到的困难，那 200
就是缺乏书面记录。奴隶歌曲的集体创作和即兴创作性质使任何对于它的记录都只是暂时的。而且，奴隶歌曲总体上反映了美国黑人文化调和冲突的性质。用威廉·杜波伊斯（W. E. B. Du. Bois）的话来说，就是奴隶歌曲在非洲文化、美国黑人文化和美国本土文化中都汲取了发展的养料。因为他们使非洲祖先的信仰和实践发展为与盎格鲁血统的美国人有着密切关系的新的信仰和实践，最近的讨论愈加强调美国黑人文化的混合性。这两种文化愈加相互渗透，这就要求阐释其中一种文化，也要在两种文化共同的背景下进行。在这种意义上，宗教融合主义不仅仅充斥在灵歌的创作和记录之中，同时也表现了跨文化的接触。对于歌词和音乐的阐释都需要对于这两种相互竞争的文化体系和它们的相互调和的认识，它们之间并不是强加于彼此或一种文化作为另一种文化的范例的关系。

在灵歌的音乐方面，人们对于宗教融合主义早就有了认识。这些歌曲的交换轮唱结构和即兴创作，这些显著的特点与西部非洲而不是西欧的音乐和表演风格相似。但说到歌词，前面所提到的特点主要被认为是派生的、偶然的和无条理的。歌词文本总体上被认为是次重要的——正如一位评论员的评价："歌词是口述的，它们节奏和声音上的作用要远远超出文字所表达的意义。"合唱队的轮唱被认为"缺乏逻辑连贯性……就像缝制起来的各色布片，有一种剪切粘贴的性质"，"在一节的各行之间，在一节与副歌之间，在不同的节之间"几乎没有"思想的连贯性"。这种明显的不连贯性最终延伸到灵歌的主要主题，即《圣经》。正如托马斯·温特沃斯·希金森（Thomas Wentworth Higginson）最先注意到的，灵歌不仅在对《圣经》的援引方面是有选择性的——还表现出对于《旧约》的人物和《启示录》有所侧重，"中间没有耶稣的叙述"；同时他们用歌词来表现"犹太人的历史和传记中记述的大量的令人费解的混乱"，其中，"过去大多数的重大事件，一直追溯到美国独立战

① 19世纪美国黑人歌手组合，得名于歌手所在的菲斯克大学和《旧约全书》中的"大赦年"（Jubilee）。——译注

争，都被他们本能地归结到摩西的领导”。因此这些歌曲被形容为“不顾《圣经》历史年代，甚至不顾整体《圣经》故事的准确性的”援引，“把《新约》和《旧约》的故事混为一谈”。谈到这个问题时，詹姆斯·韦尔登·约翰逊（James Weldon Johnson）是这样说的：“这种援引是对于大多数来源于《圣经》的文本材料的误解和误读。”

灵歌对于《圣经》的使用反映了在美国传统背景下给《圣经》做注解的传统。这在当时给所谓的美国黑人象征学提供了独一无二的指引。《去吧，摩西》
201 （Go Down，*Moses*）对于主旨的整合可以作为一个例证。在这首歌详尽的细节中，引人注意、令人费解的是它在组织《圣经》文本时所表现出来的高度的复杂性和对《圣经》的掌握程度。第一次是以《逃入北方的黑人之歌》（“The Song of the Contraband[1]”）这个名字出版，这首歌表现黑奴逃到北方军队的门罗要塞（Fort Monroe）的过程，这是奴隶歌曲第一次拥有广泛的美国听众。这首歌的歌词全文被印在1861年12月出版的《美国反对奴隶制标准》（*National Anti-Slavery Standard*）一书中。歌词以详尽的细节再现了《圣经》中的故事，大大超出了概括性地表现古希伯来奴隶的困境与现在的黑人奴隶的相同点的作用。歌词中《出埃及记》（“The Exodus”）的故事大部分是想象的，特别强调了上帝对于埃及人复仇的开始和刚刚解放的奴隶取得了埃及人的财富：

> 上帝这样对摩西说，（解放我的人民）
> 如果你不从，我会赐死你的第一个孩子（解放我的人民）
> 他们不应再忍受劳苦的束缚（解放我的人民）
> 让他们带着埃及的战利品走出埃及。（解放我的人民）

这些诗行看起来有直接的历史参考，特别是在内战本身的希望和目的这方面。但这首歌继续着讲到了将来，既是历史性的，又是预言性的，是一首具有指导意义的黑人歌曲，其中含有神意的干涉、基督教的救赎和最终对于胜利的判决。这样，它把摩西穿越红海（并适时地溺死了“埃及法老和他的主人”）改为在野外休息，然后继续前进，跨越了《旧约》所记载的历史，穿过约旦河，来到了约书亚[2]的耶利哥[3]城墙前。歌词最终提到了《新约》中基督拯救

---

① Contraband，美国内战时期逃入北军战线内的黑人。——译注

② Joshua，《圣经·旧约》中希伯来人的领袖，继摩西作为以色列的领袖。——译注

③ Jericho，巴勒斯坦古城，临近死海西北海岸。是扼守约旦河下游河谷的要塞，据《圣经·旧约》所述，它被约书亚征服并毁灭。——译注

人类的景象，在象征世界末日的《启示录》(*Apocalypse*) 中达到高潮：

你不会在荒野中迷路（解放我的人民）
在你的胸前有一秉燃烧着的蜡烛（解放我的人民）

约旦河会成为一道墙（解放我的人民）
而耶利哥的城墙会倒塌（解放我的人民）

你的敌人不能站到你的面前（解放我的人民）
你会拥有迦南[1]富饶的土地（解放我的人民）

现在那儿正是丰收的季节（解放我的人民）
当约书亚带领着他神圣的主人（解放我的人民）

哦，让我们逃离所有的束缚（解放我的人民）
让我们在上帝那里得到解放（解放我的人民）

我们不需要总是哭泣和哀悼（解放我的人民）
也不需要总带着这些奴隶的脚镣，绝望无助（解放我的人民） 202

这个世界是悲痛的荒原（解放我的人民）
哦，让我们到迦南去（解放我的人民）

那里会有多么美丽的早晨！（解放我的人民）
当时间打破永远。（解放我的人民）

这首歌的歌词详尽地表现了从《圣经》所记述的时代的历史到现在的现实再到充满希望的未来的景象。综观全文，直接的引用持续到具体的奴隶制的现状，以及现代奴隶的心理经历。因此，《圣经》中的荒原成为了一种历史的、精神的舞台，通过神圣的“黑夜之火”的指引，成为“在你胸前的一只点燃的蜡烛”；在这个世界的“悲伤的荒原中”，这只蜡烛成了永恒的现实经

① Canaan，由巴勒斯坦或其位于约旦河和地中海之间的部分组成的一个古代地区。按《旧约全书》，这里被认为属于“应许之地”、“乐土”、“希望之乡”。——译注

历。同样，将奴隶从奴隶制中拯救出来也需要一个很长时间的过程，这个过程是历史的、精神的、有寓言性的，只能在遥远的将来的一个早晨实现，“当时间打破永远”。

这种对于历史复杂谨慎的安排可以追溯到在美国文化中强有力的对于《圣经》的类型学阐释传统。但奴隶歌手接触这种传统的机会和他们接触《圣经》本身的机会都向我们提出了历史方面的问题。奴隶们对于基督教总体的感受和他们对《圣经》文本的接触机会都充满了复杂性。由于白人种植园主不肯承认他们的奴隶也有灵魂，对奴隶传播基督教这一事业充满了复杂性。惧怕奴隶一接受洗礼就会要求法律上的解放，奴隶主们匆忙地通过立法明确地否定奴隶转变信仰需要先得到解放，但反对奴隶表达自己的宗教主张却一直延续下来，奴隶主怀疑宗教活动会减少他们使用奴隶的权利。奴隶制本身的最根本的状况，包括对奴隶的性侵犯和奴隶市场对奴隶的买卖对家庭生活的破坏，明显地与基督教的最根本的原则背道而驰。奴隶主总体上对于宗教的冷淡，奴隶们在大种植园上分散居住的状况和南方牧师的缺少，这些因素结合在一起，阻碍了基督教的传播，这在总体上与南方的奴隶政策有关。尽管传教的努力受到阻挠，美国基督教自身被白人和黑人的相互作用所影响，黑人宗教的历史也记录了各种不同形式的教堂。这些宗教活动小到“矮树丛集会”或避免被主人发现的秘密的树荫处祈祷，大到全黑人教堂、在白人领导和监督下的教堂以及黑人和白人都能去的混合式教堂的建立。在这些过程中，非洲的和欧洲的宗教形式相互交织，在不同程度上影响着彼此。在它们
203 的相互作用之下，形成了南方基督教特有的混合文化。但从奴隶制局限了黑人基督教的发展这个方面来讲，主宰和限制的政治氛围仍然存在。这既导致了对于黑人宗教崇拜的控制和限制，同时白人形成了所谓的“白人神学”的观念，试图把白人的统治强加在黑人的生活当中。

文化水平这一问题使黑人接受《圣经》的困难程度增大了。弗雷德里克·道格拉斯（Frederick Douglass）讲述了颂经班的领导人“野蛮地冲进我们的主日学校”并且“禁止我们再到这儿集会，如果我们违背他的命令，他就会用鞭子把我们的后背打出血”。（因为“如果奴隶们学会了阅读，他们就会学会其他的一些东西，一些更糟的东西”。）这不仅仅是奇闻轶事。这个故事表明了奴隶主们阻止黑人学习阅读与写作的尝试，进而阻止黑人对他们的奴役进行反抗。另一方面，一套综合性的反对黑人接受教育的法律体系在南方出台了。从 1654 年和 1723 年的禁止黑人集会的法令，到 1740 年的奴隶法案禁止教授奴隶阅读，到 1800 年南卡罗莱纳州法律禁止黑人从日落到日出的任何“以进行教育或宗教祷告为目的”的集会。一条北卡罗莱纳州的法律声称：

"教授或企图教授奴隶读书或写作是违法的……因为这样做可能会在奴隶的心中激起不满，并产生起义或叛乱。"如果任何奴隶被发现写字，他就要承担如"切下右手食指"的惩罚。

这些禁令有一些读写能力之外的内涵，它被发展为针对非洲人的象征性和政治上的限制，实际上是对他们作为人的最基本的权利的限制。这些抑制黑人接受教育的措施的有效程度还有待于调查。虽然确切的数字还很难确定，但很大部分奴隶的证词不仅描绘了学习字母的困难，同时也有排除万难学会书写的成功。威廉·杜波伊斯用了百分之五这个数字，估计有百分之五到百分之十的黑人有读写能力。无论法律的限制有多么残忍，它并没有一律实施；面对着危险和困难，学习所取得的成就是引人注目的。

所有这些说明证实求知的欲望是在宗教的背景之下产生的。对于知识的追求，和某种程度上对这种追求的反对，都是《圣经》的主要内容。奴隶主试图修改《圣经》，强调那些约翰·布拉森盖姆（John Blassingame）所谓的奴隶至福（the Slave Beatitudes）："那些耐心的、忠诚的、愉快的、服从的、努力工作的，最重要的是顺从的奴隶，才能得到祝福。"霍华德·瑟曼（Howard Thurman）描述了他曾经做过奴隶的祖母对于精选的保罗版《圣经》的憎恶， 204
这版《圣经》中充斥着这样的文字："让所有的人都遵守同样的规定"；"仆人应满怀恐惧地服从于他的主人"；或"仆人要遵循主人吩咐的一切"。另一些奴隶的证词也提出了相似的典型的布道文章："仆人要服从主人。"为了反对白人控制《圣经》的企图，黑人自己把学习阅读当做一种宗教使命。那些成功地学会阅读的人通常享有领袖地位，把《圣经》中的信息传递给黑人教徒，起到了传教士的核心作用。

文化水平低下的问题通过其他一些方式得到规避。文化水平低下成为转化奴隶的一大障碍，特别是在新英格兰福音传道会的早期传教过程中，这一问题更为突出。这一教派采取的问答式的学经方式依赖于书面经文，这使它很难接近文化水平低下的群体。因为大觉醒运动（the Great Awakening）① 的

① 在18世纪开始时，商业的发展和日益增加的财富，导致物质主义的诞生，同时，自然神论与唯理主义在英国扼杀了宗教生活，也使美洲的教会沉睡。就在18世纪30年代和40年代，教会开始了复兴运动，带给教会新生。这股清新空气来自欧洲的"敬虔运动"和"清教徒主义"，这个运动在英国叫做"福音复兴"或"循道复兴"，在北美殖民地叫做"大觉醒运动"。——译注

发展，浸信会教徒（Baptist）[1] 和卫斯理公会宗信徒（Methodist）[2] 通过“帐篷集会”使黑人参与宗教活动成为可能，进而使美国基督教在不同种族的相互接触中发展了新的形式。福音派新教会的传教也从指导的形式转变为转化的形式；从问答教学法转化为上演罪恶与救赎的戏剧；从严格的等级制度转化为民主式的布道；所有这些都是针对奴隶的，同时也欢迎他们来参加。为了抵抗与日俱增的对于黑人获得知识的反对，一种新的口头传教的方式——“不用文字的宗教”——被采纳了，主要依赖于简化了的问答，对问题及答案的重复以及对于灵歌有着重要影响的颂经。

赞美诗最终为大多数黑人和《圣经》遗产之间架起了一座重要的桥梁，尽管布道保持着最为重要的地位。这种奴隶歌曲与赞美诗的联系绝不是过去的不真实的关于灵歌仅仅是白人福音歌的衍生物这一断言的佐证。在这两个民族相互影响的宗教信仰复兴背景下，白人和黑人祈祷的形式总体上影响着对方。特别是以歌曲作为媒介，白人把他们的忏悔的方式教给黑人，同时黑人的宗教歌曲使祈祷对于白人来说更富有感情，更即兴化。赞美诗几乎立刻经历了这样的调和似的转化。正如托马斯·希金森所指出的，刚刚解放的奴隶只是犹豫地唱着“他们的赞美诗集中或长或短的韵律诗，总是放弃他们自己的更能激起兴奋的‘圣歌’”。

赞美诗这一联系的重要性不仅仅在于模仿或衍生的问题，而在于材料的来源和文化的交流。赞美诗为奴隶提供了接触基督教结构特别是经文阐释方法的机会，除此之外，奴隶几乎没有机会接触到这些。这些赞美诗填补了由于文字记录的缺乏而造成的空白，为追踪黑人诗歌的发展和进化提供了帮助。更重要的是，赞美诗在奴隶社区和《圣经》中阐释过的复杂社会结构之间建
205 立了桥梁，奴隶们以此为契机建构了他们自己的基督教历史和身份。

传教记录不断显示，对于一个不能阅读却极具歌唱天赋的民族来说，赞美诗是最早并且最有效的一种传教方式。查尔斯·C. 琼斯（Charles C. Jones）在其《美国黑人的宗教教育》（*The Religious Instruction of the Negroes in the United States*）中指出读出或朗读赞美诗的重要性，它可以让无法接触到书面文字的宗教信徒参与到教会中来。在教会活动中，牧师逐句领唱，参加集

---

① 基督教新教一派的教徒，主张成年后方可洗礼，受洗者应全身浸入水中。使用改革的祈祷传统，崇尚个人自由、政教分离和自愿洗礼、理智信仰。——译注

② 基督教新教路德教会的成员，此教会建立在英格兰的约翰和查尔斯·卫斯理在18世纪初期提出的原则之上，以积极关心社会福利和公众道德为特点。——译注

会的人逐句跟唱。在早期长老会（Presbyterian）① 向弗吉尼亚黑奴传教过程中，塞缪尔·戴维斯牧师（The Reverend Samuel Davies）曾写到："书记虽然很容易被人们接受，但对于奴隶们来说，没有什么比赞美诗和圣歌更容易被接受的了，因为它们满足了奴隶对赞美诗的独特的欣赏口味。"在把基督教文化传播给非裔美国人的过程中，赞美诗起到了比任何其他形式的文本都重要的作用。记录进一步显示，在所有赞美诗集中，艾萨克·瓦茨（Isaac Watts）的《赞美诗和灵歌》（*Hymns and Spiritual Songs*）是流传范围最广的一部。例如，戴维斯牧师就明确地要求过给奴隶提供更多的《圣经》和瓦茨的赞美诗；查尔斯·考库克·琼斯（Charles Colcock Jones）作为对奴隶进行传教的领军人物，推荐了瓦茨的第一、二部问答集②，"因为奴隶们尤其喜欢音乐，所以瓦茨会提供大量适合他们的圣歌和赞美诗"。保罗·彼得罗维奇·斯维尼（Paul Petrovich Svinin）在1811年的旅行日志中提到《圣经》如何以（瓦茨）的"大卫仿歌"（Watts's Psalms of David Imitated）的形式得以传播。牧师在宗教集会上逐行朗读这首赞美诗，这样原本不识字的会众就可以跟着歌唱了。其他有关奴隶的记载中也描述了在内战前的教会礼拜中，集会者"极度热情地演唱圣歌……这其中大部分都是艾萨克·瓦茨的作品"。作为白人文化和黑人文化相互渗透的众多方式中的一种，瓦茨的作品对于这两个民族的广泛影响跨越了整个大觉醒时代。

瓦茨圣歌的盛行具有特殊的意义。瓦茨把奴隶歌谣和传统的新英格兰诗歌联系在一起，并且比较了两者的不同点。瓦茨使传统的新英格兰诗歌在当代得到了发展，使它不仅仅局限于过去的清教徒时代。正是在瓦茨圣歌的基础之上，艾米莉·狄金森根据自己丰富的灵感和即兴发挥的能力，创造了她诗歌中的韵律、比喻、意象以及诗行。在新英格兰的教堂里，瓦茨的圣歌被作为宗教仪式中最重要的歌曲时代传唱。最后，瓦茨为研究《圣经》向奴隶的普及历史以及奴隶在他们的圣歌中对《圣经》的再创作提供了坚实的基础。

瓦茨的圣歌与卫斯理公会圣诗集不同，后者倾向于戏剧化地表现对自我拯救的内心呼唤，而前者则主要集中在《圣经》史上。瓦茨在提供了大量的赞美诗译文的同时，还提供了许多以《圣经》为基础的赞美诗。更重要的是，他明显遵循了解释学的形式，有时，他把这种形式解释为是一种象征学，它 206
在美国确立了自己的一席之地，因此可以说是清教文化中特别有力的一种文

① 由基督教长老会牧师和特定地区的长老代表组成的评议会。——译注

② 教义问答手册（catechism），以问答形式简要说明基督教的基本教义的书。——译注

化样式。类型学不仅仅是一种对《圣经》文本的解释方法，它还提供了一个全面的历史全景，其中富含广泛的社会和政治寓意。作为一种对《圣经》历史的解读，它是在《圣经》起到了确立美国人身份这一作用的前提下进行的。这种解读开始于北美的清教徒时代。新英格兰的祖先们进入美洲荒野的使命被称为《出埃及记》。他们把自己比做犹太人，认为自己是上帝神圣的选民，在温思罗普/摩西（Winthrop/Moses）的带领下穿越大西洋/红海，逃避英格兰君主法老式的奴役，来到美洲这个新世界寻找新的耶路撒冷。这种类比并不是一种笼统的对应或概括性的比喻，而是一种严格的对于《圣经》的象征学解释。这种象征学解释尤为系统地被清教徒团体所采纳。在这种对从天主教延传下来的预示和实现的结构严密的注释中，《旧约》中的事件像真实事件一样具有历史性；同时在《新约》中作为事件的预示找到了其真正的意义。尤其是为耶稣的一生——他的热情、逝世和复活提供了一种模式，要是缺少了它，《旧约》中的事件就隐晦模糊了。只有依赖《新约》的揭示，《旧约》的事件才以其完整的意义呈现出来。

在弥漫清教气氛的美国，这种古老的对《圣经》的注释方式经历了更进一步独特的发展。在整个早期和中世纪的基督教中，这种模式不仅被用来详尽地阐述《旧约》和《新约》的关系，同时还被用来解释每个基督徒的内心世界，因为基督徒的内心世界（在比喻的层面上）与耶稣的牺牲与复活相一致。而且这种阐释（在神秘解释层面上）还适用于解释世界末日，在那时，整个世界在天启（apocalypse）[1] 中被毁灭和重建。也就是说中世纪的传统是把《圣经》模式的力量内化和升华，使其远离历史事件而转向信徒的内心的精神生活或他们希望死后升入天堂的愿望。新教的清教徒们在处理这样一个象征学时，重新引入了一个激进的历史因素。不仅仅个人的内心生活，而且一个团体的社会生活，都根据《旧约》和《新约》的模式来解读。不仅仅是永恒，就连具有历史意义的当下，也是通过一种预示性的模式进行解读的。这种模式就是上帝通过《圣经》向人类传达的天意。这就是清教徒在山上建立他们的城市所依赖的想象中的基石。这就等于把一种文本翻译和精神自省的模式转换成一种完全的历史和政治的视角，并且伴随着对使命、权利和合法性的要求。

象征学作为清教徒来到美国的基本使命和思想，后来引发了美国的一个
207 基本矛盾。随着美国领土的扩张和人口的增长，每一个初来乍到的组织或群

① 一种作者不详的、公元前2世纪至公元2世纪左右的犹太教或基督教启示文学作品，包含预言或象征景象，尤指世界末日迫近和正义者救世的内容。——译注

体都声称自己拥有对《圣经》注释的绝对权威。清教中的象征形象为所有可能成为美国公民的人提供了模范。《出埃及记》成为美国的一个主旋律，本杰明·富兰克林（Benjamin Franklin）甚至主张把红海分开的图像刻在官方印章上。每个族群都声称自己是上帝神授的选民。一方面，对《出埃及记》的接纳标志着不同族群都被这一作为美国文化核心的神话所同化。另一方面，它起到了背道而驰的分化作用，因为每个组织都声称比其他的组织更有权力对《圣经》的基本结构和叙述重点作出自己的解释。也就是说，为了争取它们在这个初具雏形的美国的特殊地位，各个族群纷纷强调自己对于《圣经》的解释权。因此，对于《圣经》的阐释和对于其教义的应用成为一种具有文化色彩的政治活动，并产生了意义深远的反响和结果。

这种情况为《圣经》成为美国各个族群所共有的话题提供了可能性，但同时也可能造成了很多分歧和冲突。这种潜在的对于《圣经》阐释的分歧和冲突在内战前的一段时期表现得十分集中，几乎令人感到吃惊。因为在这段时期，不同的意识形态团体相互竞争，几乎达到了分裂对立的程度。对《圣经》经文的不同解读使不同的教派相互对立。北方与南方的对立，不仅表现在教会内部，同时还表现在世俗事务上。最终，冲突达到顶点，在教会中产生了教派的分裂，这就预示着更大的民族危机。最重要的是，在这些因《圣经》引起的冲突中，许多黑人反对白人。冲突中主要表现在黑人对于白人所确立的对于《圣经》的阐释表示反对，尤其是在关于圣歌的出现这个问题上。圣歌本身就是反对白人在《圣经》阐释这方面的权威地位的有力工具，同时，这种反抗还带有政治经济的色彩。奴隶们也加入到争取《圣经》解释权的战斗中，并承担了获取黑人接受、选择和再现《圣经》的资料的任务。因此，圣歌既代表了美国文化中的差异性，又展示了其持续性；对《圣经》的解读是美国人确认其政治方面的身份的一个主要的原动力。

对于美国黑人群体来说，瓦茨的赞美诗集在他们进入美国人身份确定这一特殊模式的过程中起到了历史性的联结作用。同时，象征学阐明了圣歌本身的文本结构和附加在它们身上的特定历史观。瓦茨的《圣歌和赞美诗》提供了从上帝创造天地到世界末日、从亚当到耶稣这些《圣经》中的英雄的相似性比较。在《圣经》中经常发生的是在一个单独的文本中引用了许多历史上的典故。但是，这并不是由于混乱所致。相反，它把这些不同时刻的密切的融合投射在一个神似的、永恒的模式中。瓦茨把耶稣作为救世主（Redeemer）和摩西联系起来；作为一个原型人物，和第一个亚当联系起来；作为一 *208*
个神父和亚伦联系起来；作为牺牲者和逾越节用来祭神的羊羔联系起来。巴别塔（Babel）①、埃及和巴比伦具有一定的联系；诺亚洪水和世界末日相类似；而旧约的法令则是福音书的前身。《圣歌和赞美诗》甚至提供了注脚解释，比如说，摩西的法令和亚伦神父的训教必须被放弃，因为“约书亚……领导你们的部落去休息”，这样“约书亚如同耶稣一样象征着救世主”，或者明确地表明了《旧约》人物就是“耶稣之子的影子”。在圣歌中，瓦茨直接使用了“象征”、“影子”之类的术语。耶稣以“真正的救世主”的形象出现，在他面前，所有的象征都退避之舍，就像“在黎明之前/放飞影子和星星”。在瓦茨赞美诗选集的第七首诗中，《圣经·旧约》中的“象征和人物”是观察耶稣作为“复活节的牺牲品”的“一扇窗”，透过它可以看到耶稣“复活的牺牲”，僧侣似的“羊羔和鸽子”，“替罪羊”，每一个“类型都被理解”。自始至终，《新约》的事件都被看做是已经揭示了。事实上，它们是被认为发生在以色列的历史进程之中。很多人物的特点被附加在一个人身上，这个人物与历史的联系与对照十分紧密，这样，整体上体现了神的目的与意志。

联想到作者瓦茨，圣歌中的大量的人物都不再是随便的堆积，而成为了一个黑人《圣经》/历史观的表述。引人注目的是，这些圣歌从开头部分就一直不断地介绍一系列相联系的人物。这些联系可能或多或少地有些复杂。但是，即使是明显的偶然的典故，比如说许多关于约旦河的祷文，仍然是深深地根植于一个更为广泛的理解和概念范畴之中的。透过这些联系，我们可以看到一种更广大、更复杂的观念。在《我们攀登雅各的梯子，十字架的战士》（“We am clim'in Jacob's Ladder, Soldiers of de Cross”）中，十字架和梯子的意象彼此影射。但是，这样的形象可以在其他的地方找到外延。在《看上帝流血的羔羊》（“To See God's Bleeding Lam”）中，人们看到耶稣的羔羊由天使陪伴着走下雅各的梯子，因此导致了一场灾难，“生灵涂炭，血肉模糊”。在这里，新旧约被添加了内容，与世界末日的幻想交织在一起，最终回归到当下的灵魂存在的问题上来：“那么提高你的嗓音/你听到的就只有圣歌。”

尽管在不同的版本中存在着对诗句翻译不完整这一制约因素，但是还有很多圣歌共同表现了一个非常系统、复杂的象征结构。比如说，《老法老没有迷失方向》（“Didn't Old Pharaoh Get Los't”）这首诗直接地把以撒、婴孩期的摩西、约瑟和塞缪尔（Samuel）② 并置一起：

① 在《旧约全书》中希纳的一个城市（现在被认为是巴比伦），当建筑者们不能理解彼此之间的语言时，通天塔建筑被迫中断了。——译注

② 公元前 11 世纪希伯来的法官和先知，立索尔为王。——译注

以撒是燔祭，被缚于圣坛，
摩西是弃婴，被法老的女儿发现，
约瑟被虚伪的兄长所卖，
上帝抬升了他们，
并告知了汉娜的孩子，伊莱的房屋如何坍塌。 209

当然，《旧约》中的每个人物都是耶稣的一种类型，每一个都再现了耶稣甘愿受苦的激情和他光荣的赎罪。但是，这些对比的表述并不仅仅通过它们之间笼统的相关性，还在于这一系列的角色最后形成了那个耶稣的原型。以撒唤起了牺牲。摩西既代表着神权，又代表着皇权，就像约瑟夫一样。尽管在这里，这两个人都处在十分危险的境地——不是襁褓中的婴儿，就是被别人贩卖的奴隶——但在这种情况下，他们都被奇迹般地拯救了，这就突出了耶稣式救赎的重要性。汉纳之子塞缪尔援引了一个神谕，接着，这曲歌便向着更完整的方向发展。通过添加的韵文，这首歌集中在摩西与法老的冲突，并且包括了又一个非常具体的"隐匿的神赐之物"，使《圣经》中的面包成为耶稣身体的化身。正如诗的题目和诗中反复出现的许诺："法老和他的部下/在红海中迷失。"

法老的战败作为中心事件当然不是偶然的。在《圣经》记载的所有历史中，希伯来人被奴役和最终获得解放的故事与读者产生了最强烈的共鸣。但是，这个几乎是不证自明的联系在美国黑人对待共享符号以及建构自己与历史的关系的过程中也表现出了细节上的差异。最明显的差异是对于这个引人注目的事实，类型的作用和角色被彻底颠倒了。这首先是受历史的发展的推动。非洲黑人是独特的，因为他们来到美国并非是出于自愿，而且也并没有被给予从奴役中解放出来并获得自由的机会。去往美国的旅途充满了被奴役的屈辱。清教的传统声称美国是一个希望之土，这种传统南方和北方都接受（尽管接受的程度有所差异）。在圣歌中，南方不是新以色列，而是埃及。美国是一个法老们的国度。一个明显的、系统的类型和角色的重新安排出现了，这就形成了奴隶所要求的对喜爱的人物和事件的选择和处理。比如说，丹尼尔（Daniel）① 与其他的人物和事件一道出现：

难道上帝不是释放了丹尼尔，
为什么不是别人，

① 在《圣经·旧约》中，丹尼尔是公元前6世纪时的希伯来先知。——译注

他把丹尼尔从狮穴中释放，
把约拿书从鲸腹中救出，
把希伯来人从火炉中释放，
为什么偏偏不是别人。

从狮穴的逃脱戏剧化地表现了上帝的选民们所感到的绝望和面临的困难。这正如约拿书从鲸鱼那里死里逃生，又如希伯来人的孩子从愤怒之火熊熊燃烧
210 的火炉——地狱中逃脱出来，不是以相反的形象从埃及逃脱出来。这种受困和释放之间强烈的对比，表达出奴隶们被拯救的希望虽然渺小，但也并不是没有任何希望。并且，丹尼尔、约拿书和希伯来人的后裔所代表的正是反抗白人新教主人的奴隶，他们是上帝的先知者和特选者，而那些主人现在正被贬为狮子、鲸和火炉；他们白人不是上帝的选民，而是凶猛的魔鬼。

圣歌还成功地把《圣经》历史的教训延伸至圣歌创作的时代。圣歌既然可以感染丹尼尔、约拿书和希伯来人，为什么不能够感染黑人奴隶们呢？歌曲本身就体现了这种历史的现时性：

年轻的大卫①弹着竖琴，哈啦鲁鲁
年轻的大卫还是个牧童，
他杀死了歌莉亚，高兴地欢呼，哈啦鲁鲁
约书亚是嫩的儿子，他在工作完成之前
从来不会休息，哈啦鲁鲁。

角色的颠倒又一次使歌唱者大卫来代表黑人，而歌莉亚这个充满邪恶力量的巨人，则代表美国白人。于是这种黑人圣歌立刻就既具有了历史性，又具有了预言性，既是个人的，又是共有的。不仅是大卫自己，甚至是整个以色列，都由于他的王权的关系，就这样被上帝拯救了。不仅仅是约书亚，而且整个敌邦，都被预言的力量被打倒了，即使他们有坚固的城墙也无济于事。

根据一些非裔美国神学家的看法，这种差异性造成了“一些术语的意义的逆转”，甚至造就了另一个基督教。这样的说法有些言过其实。但是，由于涉及到他们自身的利益，非裔美国群体对于《圣经》的接受和理解确实与白

① David，犹太和以色列的第二任国王，据《旧约》记载，他杀死了腓力斯巨人歌莉亚，并且接替索尔任国王，他是许多赞美诗的据说的作者。——译注

人存在本质上的区别。并且，象征学又进一步为许多的圣歌反抗性特征提供了一个理论框架。关于圣歌是神圣的还是世俗的，是现世的还是来世的，是政治的还是神学的，是非洲人的还是美国人的，这些争论都可以在类型学上重新框定。圣歌在神圣领域和世俗领域之间，在世俗的体验和神的存在之间，在过去、现在和将来的经验之间起到了强大的联系作用。非洲宗教的敏感性与这种联系作用有着密切的联系。但是这些也是类型学的特征，可以在类型的相关性中找到合适的形式。尘世成为了在圣歌中和在早期的清教事件中展示神的关注和存在的舞台。即使在最平凡的环境中也有神的无形的手，比如铁轨上奔驰着神的火车。圣歌独具特色地将终极的关怀贯穿在当下的时刻，正如象征学一样，试图拉近二者的距离。意义从现世穿越到神圣的领域。这不仅仅反映在单个的圣歌文本之中，更体现在生活中的劳动歌曲向教堂中的祈祷歌曲的顺利转换中——收集歌曲的人能更深刻地感受到这两种歌曲之间的区别，而歌唱者自己却感受不到。 *211*

但是，把日常活动和永恒的现实通过《圣经》的模式相联系起来并不仅仅是深化了日常生存的精神性。建立这种从现世到来世的联系同样也是一个政治行为，为当下的事务争取神的批准和支持。因此，《圣经》诉诸过去，将现在合法化，并使未来充满希望。这是所有清教徒为之奋斗的事业。在非裔美国人的历史中，奴隶反抗的实例就戏剧化地反映了这一点。白人害怕《圣经》传播到黑人之中，这种担心被诸如 1739 年的史唐诺起义（Stono Rebellion）、1800 年的加布里埃尔起义（Gabriel's Rebellion）、登马克·维西领导的暴动和特纳等起义所验证。在上面的每个事例中，黑人领导者都声称自己是再现了《圣经》中的典故和人物，例如起义领导者加布里埃尔宣称，他的人民就像是以色列人民，有了他们，“五个人可以打败一百人”。特纳把自己看做是摩西、撒迦利亚（Zachariah）① 和约书亚，并宣称：“等着看上帝到来的那一天吧。”正是在黑人叛乱后不久，反文化法（anti - literacy law）被重新起草，内容更加严格苛刻。

在有关《圣经》阐释学的著作中，《圣经》中隐含的关于政治结构的内容体现得很隐晦，而奴隶起义运动的斗争纲领则强调了这种政治结构。黑人群体的特定政治环境使黑人对于《圣经》的象征学解释发生了根本性的变化。这些变化包括对于过去、现在和将来关系的处理，以及圣歌歌手在集体生活中典范的作用。圣歌的演唱者和听众按照上述方式理解《圣经》，这种理解与其他族群对于《圣经》的解释是对立的。而且，区别之大使得每个对《圣

① 施洗者约翰之父。——译注

经》作出解释的群体都对它所宣扬的预言的历史保持相对的状态。最重要的是，作出不同的解释代表着一种权力。例如，奴隶群体的社会和政治地位与17世纪的清教徒是完全不同的，这一点反映在各个族群所建构的《圣经》的基本象征学结构上。清教徒，至少在新英格兰，很早就把自己确立为统治群体。在经济上、宗教上，确立定居这个定义的正是清教徒，其他的群体都要与其保持一致。在象征学的修辞中，尽管耶利米（Jeremiad）的警告预示了神的惩罚，在现在的境况和未来的实现还隐约存在着持续感。预言的承诺，至少在某种程度上，在现在的神意中已被明显地感知到了。

但是，奴隶群体不能对其经济、宗教甚至个人境况方面进行政治上的控制。这种处境的差异明显地变换了象征学所调和的两极的平衡。比起中世纪
212 天主教的强调内心和来世的传统，清教使得象征学更加具有世俗性和历史性。清教徒对他们自己历史的确切事件的强调，在某种程度上创造了一种新的、现时代的写实层面。这种向历史的转向，拓展了基督徒的生活模式，使之从内在的精神经验转向了外在的社会/历史经验。个人和社群都需要遵从耶稣的指示。内心领域和精神上的终极体验被严格地与外在的历史和政治这两个领域区分开来——奥古斯丁（Augustine）[①]的《上帝之城》（“City of God”）和《人类之城》（“City of Man”）之间就存在着这样的区分——而对于清教徒来说，这两个领域被合并起来。对神的计划的遵从现在明显地体现在清教殖民地的历史和政治中。这种向历史的转向并没有消除神秘的因素。而恰恰相反，在某种程度上，把两者融合了。清教徒的政治可以说已经完好地实现了《圣经》中的模式，因为在这种政治中，上帝的旨意已经趋向了最后的实现。在山上的清教之城（The Puritan City on the Hill）不仅仅是历史上的一个事件，而且是上帝意旨的最终实现，是历史的终点。

黑人的象征学主张以更加激进的方式向历史转向，历史在其中代表着一种更加独立的经历。首先，这种主张强调历史事件的字面意义，这种强调通常建立在圣歌中的当下与《圣经》历史的一种十分直接的“确认”、“对照”、“对应”或“字面翻译”上的。（尽管，这种联系通常被看做是建立在明显的经验对比上而不是对于《圣经》的解释上。）过去离人们更近了，它不仅仅是作为一种解释的典范，同时也是当下的人们活生生的经历。奴隶制既是一个意象，又是一个现实。

接下来，就是象征学中现在与过去的坍塌。同时，一个明显的鸿沟隐约

---

① Augustine（354—430），早期基督教教父及哲学家，曾任希波勒吉斯地区（现阿尔及利亚）主教（396—430），著有自传体作品《忏悔录》（397）。——译注

出现在了当前的条件和《圣经》中许诺的赎罪之梦的构建之间。区分并不是表现在白人与“新以色列人”身份的认同和黑人与“旧以色列人”身份的认同上。新以色列人和旧以色列人在类型学的概念中是互为表里的。不同点在于在调和双方的过程中作用力的强度。过去是更加直接的现在，但过去与这种调和的形式会引起一些麻烦。近期的历史呼吁一种尚未明显的救赎的模式，同时又对其发起挑战。但在这层意思上说，不同的象征层面是中断的。近期的奴隶制体现了一种悲剧力量，反抗未来的对于信仰的穿透。但是，它的许诺还没有实现，现在还没有被明显的融进救赎的模式中。也就是说，这种将来可能实现的许诺在现在的境况中实际上并不明显，而且远离现实，甚至与现实矛盾。尽管这种矛盾指的是神的计划，这计划现在还让人感觉遥远而悲伤，但正是这种矛盾使历史的真实情况与现状统一起来。历史是根据将来的 213
实现状况来解读的，但是，尽管相信将来的胜利结局，历史仍然保持着它当下的可怕的状况。出现的不是一个持续的借着过去从现在走到未来的世界，而是以过去的名义对将来的一个剧烈的、最终天启的影响，它塑造了同时也消灭了现在。

这种历史的断裂常出现在这样的圣歌中，如《神今日依旧》（“He's Jus' De Same Today”）：

当摩西和他的战士们，从埃及的土地上逃离，
后有追兵，前有大海，
神掀起海水，像一堵墙，为他们开路，
摩西时代的神今日依旧。
当虔诚的丹尼尔，不肯向人弯下腰，
他就被神的敌人困在狮子的巢穴，
神封住了狮子的下巴，我们诵读他的猎物，
丹尼尔时代的神今日依旧。

摩西和丹尼尔所遭受到的巨大的困境最终以神奇的解放而告终，他们推翻了与其对立的当权者。因此，每个《圣经》的事件都与其他的事件相联系，揭示了一个起作用的永恒的模式，穿越了所有的时间，当然也包括“今天”。但是，这个今天到底指的是何时？唉，它指的并不是创造圣歌的地点和时间，圣歌是在敌人与海洋之间被创造出来的。确实，尽管今天重现了过去的痛苦，但是，它还没有参与未来的救赎。在圣歌《谁是我主的见证者》（“Who'll Be a Witness for My Lord”）中，引用了一系列的《圣经》见证者，从麦赛尔到参

孙再到丹尼尔，每个都作为今天人类灵魂的典范和意象。但是他们所见证的解放在现在的历史中还是没有被揭示出来。这种圣歌，一方面，把解救的许诺作为真实的典范带到了现在，但是，另一方面，赎罪离持续着的真正的奴役还很遥远，这种奴役还没有结束。

这里所实践的象征学接近天启。引人注目的是，许多圣歌介绍了审判、号角、沉星和耶稣为世界献身的情景。这个模式从丹尼尔和约拿书推广到耶稣基督，如在《难道上帝不是释放了丹尼尔》（“Didn't my Lord Deliver Daniel”）的结尾处一样。他出现时像“月亮落入紫色的水流，太阳收起了它的光辉，群星隐匿不见”，历史忍受着它最后的剧痛。《我的主，多好的早晨》（“My Lord What a Mornin”）这首诗赞美了那样一个黎明，“当群星落下……/
214 当你听到鼓声……/来唤醒地下的国度”。《哦，石头，不要砸在我身上》（“O Rocks Don't Fall On Me”），描绘了石落山塌，像“耶利哥的墙”那样，只砸在有罪的人身上，“当鼓声响起时/灵魂将飞升”。在这样的圣歌中，主要力量集中在对过去和未来的描绘上，现在的奴隶制度则被省略了。但是，奴隶制在所有的人类历史中都无疑是会给奴隶带来痛苦的。尽管当下的历史被断言为一种控制中心的模式，但它并没有出现在人们的视野当中，被人们忽略了。因此，奴隶的政治环境催生了一种诠释模式。政治立场的脆弱性使得《圣经》的过去不再是一套典范，而更像一个悬而未决的危机和戏剧。尽管历史被诠释成一个包含的模式，但是它仍然在它所有的痛苦的断断续续的过程中被再次确认。奴隶制和赎罪互相分离的同时也彼此趋向，不要求现在就实现救赎，而要求未来把现在消除。这个张力增加了在圣歌文本中引用的平行事件的联系。它要求对《圣经》进行更激进的解释，伴随着明显的张力和跳跃，这就暗示着不仅要求特选的赎罪，而且还暗示了相反的断定，尤其针对他们在《圣经》历史方面的劲敌——蓄奴者。

最终正是这个政治语境中，使得奴隶适应于象征学传统，这需要对于一部动态的、集体创作的作品在其意义和非连贯性方面作出强烈的转变。在这里，可以看到圣歌的另一个引人关注的特征。圣歌经常被称做是编码的信息，在这其中，宗教意象清晰地呈现为特定的具体的典故。这种双重的意义可以从最早的文字记录中得到证实，正如弗雷德里克·道格拉斯所说的那样，“北方就是我们的迦南”。类似的，希金森曾写到一个黑人战士的解释：“他们认为上帝要说的是美国人。”对编码的信息的需要反过来被奴隶主的解码所满足。正如一个曾经是奴隶的人解释说：当他们歌唱着“骑在耶稣的身上，没人敢阻碍你”的时候，他们被警告马上住口，不然就要给他们点颜色看，看看他们是不是真的“没人敢阻碍”。

但是，所有的象征学在某种程度上都是一个代码。每个解释的层面都指向本身之外的另一物，在它们之间以相互联系的方式保持着平衡。在最根本的意义上说，整个象征学所关注的就是调和当下的历史和包含并指导这种历史的模式之间的关系。在它的多元的结构中，象征学被用于确定这样一些事物之间的联系：世俗的事业和神圣的观点，公共的命运和个人的拯救，历史和永恒，现在和穿越过去和将来的永恒的计划。在圣歌中，象征学继续它的使命，它的编码仍然是互相指涉的。最终，这些编码既不具有纯粹政治上或现世的意义，也不是对于彼岸世界单纯的期待。相反，多重 215
的意义贯穿其中，成为象征学诠释的对象。

但是，黑人的象征学中的相互作用的确是很有特色的，并且在迎来之后的黑人文学实践的途径上仍是这样独特。如果说传统的象征学回避历史，指向永恒的模式，那么，美裔非洲人的象征学既坚持又挑战当下的历史。也就是说，历史不仅仅是作用为一个能指，被融入永恒计划的所指之中。在黑人象征学中，所指和能指的关系被动摇了。这样，历史中具有张力的文字力量与最终胜利的遥远的距离也被极端明显化了。这种动摇不仅作用于圣歌的象征型结构中，也作用于它与其他《圣经》的解读的复杂的关系中。奴隶歌曲最重要的作用是在其周围的文化中试图提取《圣经》的一个版本，以此来对抗被白人主子所鼓吹的版本。和其他的美裔非洲文学实践一样，它们在他们自己的群体中以特定转换方式，既增加了又取代了周边文化的因素。

黑人象征学的独特的特征最终导致了《圣经》作为美国的一个潜在的权威和权力的中心，被不同的群体竞相索求。圣歌代表着奴隶群体和他们的主人之间关于哪一种对于《圣经》的解释可以作为范例的争执，主张顺从和主张解放是争执中对立的两方面。应该给予《圣经》哪一种神学解释——是一种纯粹内在的和彼世的解释，还是一种宣扬从过去到将来并以当下的历史为参照的救赎的解释。最终，哪个群体可以向往神的奖赏，哪个群体会受到永世的惩罚。

因此，象征学的出现不仅是作为一套固定的实践，而且是作为一个具有原动力的、互相作用的多元的政治文本模式。作为美国历史意识和文学实践的基本形式，象征学反映了正在经历迅速转型的美国社会的变动的状况。象征学不是一个清晰或统一的预言式的固定参照，而是以一个高度融合的方式、在不同的相互反射并互相竞争的群体中来回作用，因为每个群体都在《圣经》的魔镜之前寻找自己的影像，以此来将选择的未来投射在过去的意象和文本之中。

女性的《圣经》

1895 年，伊丽莎白·凯迪·斯坦顿出版了《女性圣经》（*The Woman's Bible*）一书，旨在反驳《圣经》中从《创世纪》到《启示录》中无数次提到的女性从属地位的观点。即使对于进步的全美妇女投票权协会来说，斯坦顿的
216 《女性圣经》也太过极端并被拒绝接受。但它仍被广泛阅读，因其已成为一个世纪里宗教、学术、政治领域里关于《圣经》之争的巅峰之作。《圣经》的这些争论触及到 19 世纪美国众多群体，并且绝不仅仅限于女性问题。但斯坦顿作为权威从女性主义角度解读《圣经》，阐释了政治、法律和社会权利对 19 世纪的女性作家特别是女性诗人的具体的影响。在 19 世纪美国女性诗歌中，《圣经》修订已明显成为文学支流。即使没有像斯坦顿表达的政治纲领那样（她写道：一场发生在各个现存机构的彻底革命已不可避免），很多女性诗人也敏锐地意识到《圣经》界定规范、道德和社会结构的能力。她们对《圣经》文本的探索也反映出她们对自己在社会中身份和地位的理解。

女性诗人对《圣经》阐释研究表明她们已广泛参与到宗教、社会和政治领域。她们或虔诚，或怀疑，或保守，或激进，或各种情绪交织一起。她们对宗教的虔诚程度以及她们与世俗或宗教机构的关系都是因人而异的。这些不同的立场通过多种多样的文学手法表现出来。即使某个特定的女性观点仍然不很明显，经常引用的故事和人物也可以从不同侧重点入手重新解读。标准权威的文本可以从一个特定的女性主义视角加以解读。同时，那些被忽视的或被抵制的文本重新获得重视，尤其是那些在官方的宗教文化中曾一度被忽略了的女性文本。（伊丽莎白·凯迪·斯坦顿曾抱怨道："我们从来没有听到过有任何布道指出女性有底波拉[1]英雄主义美德并且是值得模仿的。"）这种对被忽略文本的重视本身暗示了同给予其他作品的关注所不同的价值。当伴随女性视角出现时，这种情况尤为明显。因此，女性主义的意图在政治上是女权主义的，在宗教观上是自由的。或者她们仍然保持保守与虔诚，或时隐时现地体现女权主义观点，或许她们要表明自己反对和蔑视保守体制这一立场。

自女性进入《圣经》阐释领域之始就已经带有女权主义色彩。这即与 19 世纪美国的宗教权威有关又与她们的政治角色有关。这种带有政治性的《圣经》阐释蕴含在女性文学的手法之中并延伸至任何一种对于具体内容的解读。

① 《圣经·士师记》中的希伯来女先知。——译注

在一系列复杂的判定和行动之中，对于具体文本的阐释仅仅是一个因素而已。阐释本身是按计划进行的。首先要决定应选择哪些文本来进行阐释，哪些人物、事件、意象要重点阐释。其次，这种选择暗示了优先选择哪些人物作为 217
行为模范、哪些文本作为争论的范本以及例证的原则。也就是说，这些选好的文本已经使特定的价值和行为获得了典型的特权。再者，这种选择又来源于对《圣经》所教导的基本理解——对《圣经》中心思想的看法，而这种看法又是通过对她们有力的篇章加以引用展示的。

广义而言，围绕奴隶制和女性权利问题，就《圣经》的中心思想和基本教义出现了相对立的两种理解。一方面，女性从属地位说的解读者把《圣经》看成一本有着等级权威的书，从文本延伸至教会，强调耐心地接受上帝在一个固定的秩序中授予人的地位。这种解读方式主张上帝的神圣权利通过教会机构统治全世界，成为一个等级森严社会中的权威。在这样一个社会里，男人统治女人，主人统治奴隶。与此相对的是被称做自由阐释的观点，它把《圣经》的中心教义定义为自由、解放、个人意志原则，每个神圣的心灵都是由上帝平等创造的。

最终，与广义解读原则密不可分的问题是谁有阐释《圣经》的权利。女性从属原则或自由阐释原则涉及的不仅是《圣经》思想问题还有权利阐释问题。如果《圣经》宣称两性平等，那么经传本身就赋予女性阐释的权利，而不仅仅是被社会承认的男性——白人牧师（他们把斯坦顿的《女性圣经》诋毁为女人和恶魔的作品）。因此，《圣经》的阐释问题从对其内容的解释到以下一系列问题：哪些《圣经》文本需要强调，哪些人物应该被确定为典型的范例，应采取哪种阐释标准，谁有阐释权。

女性《圣经》阐释始于众多种解读的广阔图景中，这些解读在美国有很多不同来源。其中赞同与排斥交织于《圣经》文本之中。从一开始，美国的宗教史就削弱了已建立起的任何一种单一的统治性宗教权威。任何教会欲在排挤其他教会的同时确立自己的权威地位的失败，美国的新教对把内心的声音和意识作为宗教经历的最终基础的强调，领土扩张的相对无政府时期大多数教会严格等级制度的缺乏，在开放的宗教背景中，各教派间的竞争，政府约束力的丧失，这一切促进了美国宗教经验的增多和宗教权威的多元化发展。 218
这一趋势又被《圣经》的新教传统所强化：强调《圣经》文本与个人的结合，贬低高教会派中盛行的教义问答和服从牧师的原则。高等批评又进一步区分了《圣经》文本和《圣经》解读方法。它的历史主义批评家并不认为《圣经》是非历史的解释，而是在不同的历史条件下，被众多的作者或群体所书写、记录和编纂的一系列文件。

《圣经》传播的多样化背景确保了19世纪美国女性包括女性诗人参与到《圣经》的阐释活动中来。她们的诗歌进一步强调了《圣经》阐释中的特点，即不同观点的融合。一方面，多样性和女性阐释对宗教权威排他性的传统解读方式提出了质疑。另一方面，她们继续把《圣经》作为权威的参考文献。斯坦顿本人也体现了这两方面的融合。斯坦顿谴责《圣经》教堂话语传统地位中的政治性和压迫性。她的作品就是揭露这一现象。她宣称：“自女性解放运动之始，《圣经·新旧约全书》中就把女性定义在‘神所设定的范围之内’。”同时，斯坦顿并不认为《圣经》无足轻重。她的理想就是从女性角度重新解读《圣经》，并用它解答女性权利问题，承认《圣经》的持久性。正如她自己所说，“既然《圣经》每年数以万计的出版，销量遍布所有有人居住的地方，所有讲英语国家的人们都将它奉为上帝之言，那么所有小觑它的影响的行为都是徒劳的。但是，这些充满矛盾的因素本身也强调了《圣经》为美国社会中充满竞争的各个派别提供一个共同话语。无论目的多么不同，意见多么相异，女性诗歌的阐释都强调一个共同的《圣经》话语作为个人身份和美国文化群体基础。它展示了《圣经》的阐释方式既强调了传统又为不同意见和抗议之声提供了竞技之所。在这种意义上，即使是激烈的争执也是在这种共同平台上进行的。因此，《圣经》满足的是双方的利益：无论是传统的还是激进的，保守的还是革命的，都是基于《圣经》这一共同的基础。在这一基础上，对立的意识形态相互碰撞，然而它们又继续参与到一个融合的美国群体之中。

莉迪亚·西戈尼（1791—1865）为我们提供了一个保守对待《圣经》的
219 例子。西戈尼的虔诚、符合预期的女性角色使她以这种方式迅速流行起来，也正因为她的作品感情脆弱而在今天被人遗忘。不过，她通过女性的声音介绍了一种女性的观点。在诗歌《方舟和鸽子》（The Ark and Dove）中，她提供了一个女性家庭教育的典型场景：一位母亲被她的女儿（称之为“我的小女孩”）要求讲述一个睡前故事。起初，诗中的性别化是微妙的。方舟显示为一个田园诗般的西戈尼式的住所。其中丈夫和妻子、孩子以及所有的动物夫妇“在他们寂静的船中安心居住”。这首诗没有着重描写诺亚，而是转向了系所有人的命运于一身的“温顺的鸽子”。这只鸽子不仅温和，而且极具冒险精神和胆量，它独自出发（在这个译本中的鸽子与《圣经》中的不同，它逃出了方舟），“用她单薄的羽翼，独自面对洪水的荒凉，英勇的冒险，与此同时她的伴侣却遥遥在后，带着悲伤的呻吟惊讶地看着她消失”。

正如故事中的女儿所说，西戈尼确实使诺亚和洪水出现在《方舟和鸽子》的故事中。鸽子不是唯一的主人公。这首诗把讲述故事本身也插进《圣经》

故事之中，母亲以此启发女儿遵循一条具有神圣智慧的女性路线。于是，她提供了一种女孩自己未来生活的模式，当她“像探险的鸽子一样”将要“敢于挑战这个世界的惊涛骇浪”的时候，母亲自己就是个领路人。事实上，母亲就成了这首诗的隐含的中心人物。如果诺亚仍然保持着“正直的人”的角色，他在《旧约》版本中收留了“那只流浪的鸽子”，那么这首诗的相应的结论，符合目前的重点，即是诺亚的相反的象征，母亲自身的形象并不逊色于诺亚。这首诗的结尾是这样的：

> 母亲可以知道多久
> 祈祷从心灵深处从紧闭的唇
> 升起，轻柔地与恐怖的传说所传达的教训交织在一起，
> 无声的希冀，当怯懦的灵魂
> 在孩童的粉红襁褓中焕然一新，
> 将会恐惧世界的巨浪，
> 就像徘徊的鸽子，找不到窝，
> 一只善良的，慈悲的，挽救之手
> 将会引导你走进平静的诺亚舟。

诗中，耶稣是最后的救世主。但是，作为一个怜悯温顺的向导，他更以一种母性的身份而不是男性的身份出现。母亲或诗人正代表了他/她的形象。

在西戈尼的文本中，女子的天性被描述为“羞怯的”，就如同鸽子自身是温顺的一样。但是，尽管这一点几乎是诗人支配诗歌的前提，也成为挑战和探索的基础，至少在保护共同的方舟和书写上是这样的。尽管诗人描写母亲对于女儿“沉默”的愿望，但是她自己的双唇也不是紧闭的。尽管是描写家 220
庭生活，主张女性温顺，西戈尼作为诗人也不是沉默的。虽然她思想保守，虔诚于宗教传统和女性领域，西戈尼仍按照她自己的想法理解《圣经》，为女性的经历和救赎力量讲话。

因此，尽管一些文本倾向于传统的基督信仰和社会价值，但新的女性解读者通过自己的声音并从自身的经历讲述，还是有很多进步意义的。一些文本通常代表了不同利益之间多变的结合，这些结合受到来自不同倾向甚至不相协调的方式的控制。这样一个错综复杂的力量交点在某种程度上使朱莉娅·沃德·豪（Julia Ward Howe）的《合众国战歌》（Battle Hymn of the Republic）成为一部重要的美国作品。其富有远见的言辞使《圣经》的影响力发展成为美国政治、历史的中心，实际上，这些确实经常处于相互对立中。豪

在处理《圣经》模式中显示出了技巧高超的艺术鉴赏力，她的诗可以看成是象征学的绝技。《合众国战歌》一诗基于《圣经》之《启示录》的第14、19、20节的诗句，而这些又反过来写成了《但以理书》（Daniel）、《约珥书》（Joel）、《以赛亚书》（Isaiah）和《以西结书》（Ezekiel）①。然后使《圣经》的四个层面融合为一体，随着历史展开，从《旧约》到《新约》，成为当代的事件，处于美国启示录的最终的预言结构中。这样的荣誉在现在、过去乃至时间终结都能看到。这个结局既是种判断也作为历史的结论出现。那愤怒的收获（《约珥书》3章1节/《启示录》14章19节）作为第二次到来的光亮（《启示录》19章15节）被揭示出来，它发生在充满"营火"的战争时代，是内战营房中的"露珠和湿气"。

正如所有注释的《圣经》一样，无论是在角色的分配还是在它的工作原则上，这里的解释都不是中立的。作为白人和北方唯一神教教徒，朱莉娅·沃德·豪按照她所忠贞的信仰来散布启示的力量。

> 我已在一排排磨光的利剑里读到一篇炽热的福音书；
> "因为你在对付轻侮我的人，所以我要为你祝福；
> 让人间的英雄用他的脚跟踩死毒蛇，
> 因为上帝近在前。"
>
> （林本椿　译）

《战歌》集中体现了反映暗示世界末日到来的话语的若干典型特征。即时、特定的事件变成了具有普遍意义的"戏剧"，在这出"戏"中，"至恶"与"至善"作对。当时间永远地停留在来世的实现的那一刻，一切都面临着"终结"，即最终的判决和历史的终结。所以，在此，历史之枪的"磨光的利剑"书写了一篇"炽热的福音书"，这个"福音书"讲述的是主人公（象征
221 北方）不仅在这一刻而且是永远地战胜了蛇（象征南方）。上帝在美国的历史长河中大步向前迈进。

《战歌》当中没有什么明显的性别标志。巾帼英雄似乎在提醒我们，据说将罪恶降临到这个世界上的性也会拯救这个世界。被称为耶稣出生地的"百合之美"或许也暗示一些女性特征。其他关于战争的诗篇确实说明朱莉娅·沃德·豪比她在这首诗里更加直接关注性别。《我们的命令》（Our Orders）号召妇女们远离制作丝绸服装，而去制作丝绸旗帜和"家常衣物"（用它们包裹

---

① 以上四书均源自《旧约》中《先知书》部分。——译注

尸体，用做孤儿的衣服）。这样也将战争从军事目的转移到了社会服务上来了，同时艺术本身就被“征召”进来致力于号召勇气。这首诗的标题本身是一个复杂的双关语。妇女们响应拯救的命令而不是参军的命令，以此暗示了女性对世界秩序的重组更新的愿望。

但是，尽管《战歌》中缺乏具体的性别倾向，这首诗还是极大地强调了叙说者的地位。该诗不仅仅局限于按照当代文学所采用的暗示世界末日可能到来的叙事模式展开叙事，而是聚焦于对《圣经》的阐释——即亲眼所见的预见性行为。“我的眼睛已经看见了”、“我已经看见了”、“我能用我灰暗闪烁的灯读出他正义的判决”、“我读了一篇炽热的福音书，它写在磨光的利剑上”，豪强调了她自己具有预见性的能力。在多种事件的高潮部分，当上帝“筛选出某些人”进行审判，她向自己呼喊道：“让我的灵魂快快响应他吧！”诗歌最后宣告作者不仅看到了神灵的力量，而且被赋予了看透世界纷纭事件以及揭示这些事件本质永恒的含义的力量。尽管作者没有直接提及她的性别，却坚信自己具有审视受当时政治势力影响的历史的能力。

豪阐释《圣经》的权威性，如同她诗歌里蕴含的暗示世界末日出现的预见力一样，悄然引起轩然大波。它将美国文化动力的横断一面引入了文本，揭示了动力之间既彼此合作又潜在冲突的关系。一方面，《战歌》抒发的爱国情怀是传统的，甚至是保守的。这种爱国热情是通过他们坚信美国是上帝意志和上帝关怀的终极阶段抒发的。《战歌》坚定地捍卫着美国政治/宗教话语。其暗示世界末日到来的语言总体上体现了美国内战话语特征——不仅体现在布道文和报纸里，还体现在大量的爱国诗文中。从这个意义上说，正如豪自己所宣称的那样，与其说她似乎是被一种更高的权力所征服，不如说是被那个时期具有统治地位的话语所征服。

然而，《战歌》这首诗是以在美国同样很传统的解放主义意识形态的名义揭示有关宗教和爱国主题的。甚至保守的思想从本质上也是在自由的美国政治个人主义的框架内辩护的。这首诗体现的正是这种独特的美国形式，其信 222
奉的教义为以自由真理为中心的美国全民宗教的另一种版本罢了：

在百合的至美里基督在大海出生，
心中怀着荣耀改变了你和我：
他死去以使人类神圣，让我们去死以使人类自由，上帝正在前进。[1]

耶稣身上所体现的所有的个人灵魂神圣归一性在这里被宣布为真正的美国信念。这首诗是以个人道德良心的声音叙说的并且催促每一个灵魂都迅速给出回答。但是这样反过来又暗示了每个人都有对发生在他（她）自己身上的事件和他（她）本人所持的价值观评定的权力。这种暗示体现在语言中，出于团体氛围、集体价值和超越个人拯救之外的社会救赎。最后，本诗的叙说者是一个女人，她承担起美国预言家的角色：这种角色既置身于美国自由精神之内又置身于美国自由精神之外（这种美国自由精神不包括女性，然而同时还致力于解决女性仍然正式被排除在外但事实上仍旧在其中生活、工作、从事服务的公共领域）。

隶属于美国共同《圣经》话语圈的关于《圣经》阐释的诸多话语百家争鸣，在此框架内的《圣经》阐释学能走多远？这个问题由美国内战推向了高潮。从女性诗歌历史的视角来看，尤为引人注目的是该诗对公共领域积极明显的关注，而不是仅仅在《圣经》阐释方面。通过只是阐释《圣经》，该诗就已经揭示了阻碍女性参与公共和政治活动的诸多因素。这种在公共和政治领域内阐释《圣经》的话语权已经被偏激的和保守的女性所认可。在《1837年美国妇女反奴隶条约》（1837 Anti-Slavery Convention of American Women）通过了一项决议，该协议明确地把《圣经》阐释和女性从政联系起来：“被曲解的《圣经》为广大妇女们制定了桎梏般的社会习俗，妇女们却在这种习俗中一直随遇而安。现在是妇女们在伟大的造物主给她们分配的更为广阔的空间里施展自我的时候了。”甚至一贯保守的基督教妇女禁酒联合会[2]主席弗朗西斯·韦拉（Frances Willard）在《布道坛上的妇女》（*Woman in the Pulpit*）中也号召“女性评论员们作出对《圣经》的女性阐释”。

《圣经》的政治影响力，诸多诗人从激进、保守和宗教视角对其作出的不同定位，以及其使妇女参与公共生活的用途，成为弗朗西斯·爱伦·哈珀
223 （Frances Watkins Harper，1825—1911）的作品中的重头戏。哈珀的作品强烈地反映了宗教虔诚所具有的潜在的激进化倾向。哈珀很可能是本世纪最偏激

① 译文引自刘海平、王守仁主编《新编美国文学史》，上海：上海外语教学出版社，第2卷，第494页。

② 19世纪美国改革年代及妇女运动蓬勃发展年代的产物。它继承前一个年代禁酒浪潮，将禁酒再一次推向高潮，产生了深刻的社会影响。禁酒运动虽然以失败告终，但WC-TU对美国及其美国妇女的发展产生了积极作用：促进《禁酒法》通过，加强了妇女之间的团结；提高了妇女的能力和地位；形成了早期女权思想。——译注

的女性诗人。她是自由黑人的女儿，在位于巴尔的摩的舅舅的学校接受教育，长大后成了一名废除奴隶制和捍卫女权的活动家。她的诗处于这些运动的语境当中。她的诗中反映的关于奴隶制和选举权的争论经常是在《圣经》的范围内援引《圣经》的故事展开的。而争论的正反方都把《圣经》的文本作为辩驳对方的武器。

引发争议的是《圣经》阐释以及它所起的具体作用，尽管这种差别或许让各路阐释者很少意识到。另一方面，传统的利益群体把《圣经》作为他们自己霸权的基础。《圣经》校准版文本被保守者们不仅拿来宣称为他们的权力是神授的证据，而且还攻击那些与他们意见相左的人并且谴责他们反叛人类和上帝。再者，正如莉迪亚·查尔德（Lydia Child）所说："基督教福音派是女性问题最早的煽动者"，尽管他们的行为违背了对他们的女性改革者失去支配力的基督教会的意愿。因此，奴隶制废除者和选举派人士援引《圣经》校准版中的相关文字与保守权力派抗争。例如，安吉丽娜·格里姆克（Angelina Grimke）在其《呼吁美国南部基督教妇女》（*Appeal to the Christian Women of the South*）中号召南方妇女"阅读《圣经》"与当权派抗争推翻奴隶制，"它（《圣经》）含有耶稣的话……你们自己来断定下吧他是否赞同这样一种压迫和犯罪体制"。她的妹妹莎拉·格里姆克（Sarah Grimke）进一步将《圣经》原理引申到了女性权力。在她的《关于两性平等和妇女权益的书信》（*Letters on the Equality of the Sexes and the Condition of the Woman*）一文中，她也发表了类似的观点："我将只根据《圣经》中所设定的女性活动范围行事。"这样就等于她对她所谓的"对《圣经》的曲解"发起了挑战（"对《圣经》的曲解"在那之前就被用来替违背《圣经》精神的腐朽机制辩护）。相反，她认为《圣经》作为向世人传达"拯救"讯息的文本，她对《圣经》的诠释是一种自由主义阐释。因而，她谴责"人们被灌输由男性制定的反基督教传统教义而非上帝口谕的'律令'：男人和女人生而平等，他们均为有道德的可以为自己负责的生物，不管什么事只要男人做的是对的女人做了也是对的"。

哈珀参与了白人妇女组织，因此也参与了这些讨论。但是，她在怀有一颗高度的基督虔诚之心的同时参与政治，以及她与黑人妇女组织关系密切，使其与黑人基督群体话语圈发生联系，尤其是与黑人女性传教士和活动家发生了联系。福音基督教中的民主化、大众化、宣扬平等的思想在女性参与者之中播下了始料未及的种子。这些女性参与者发现她们被上帝召唤——正如她们自己所强烈声明的那样，她们由衷地极不情愿地被上帝召唤——去为那些还没有皈依 *224*
基督教的人布道。贾瑞纳·李（Jarena Lee）、兹尔法·艾劳（Zilpha Elaw）和朱丽亚·福特（Julia Foote）等人的自传叙述展示了有趣而不稳定的特征，这些特征以让人回想起莉迪亚·西戈尼的作品：尽管作者们声称在上帝的权威面前自己感到由衷的卑微，但她们还是觉得不得不逾越世俗的成规。她们的这种激进表现是极不情愿的，是被一种强大的力量强加上去的。她们不得不与一个蔑视她们的更高的律令作艰苦抗争，以维护她们作为女性的角色地位。但是，她们还是自觉地反思性别和种族平等问题，这些问题不仅反映在上帝召唤她们的意志中，也体现在以自由主义观来解读宗教原则和《圣经》文本的作品中。这些自传作者隐晦的激进主义思想到了玛丽亚·斯图尔特（Maria Stewart）那里就明显地被政治化和斗争化了。玛丽亚·斯图尔特是美国历史上第一位（不论黑人白人）面对公众站在一群男女混杂的听众面前讲话的女性。斯图尔特可能与弗朗西斯·爱伦·哈珀的政治意识最接近。如同哈珀一样，她的激进政治思想完全建立在她宗教使命的觉悟之上，而对于这种宗教使命，宗教自身就是作为一场几乎是革命式的政治活动的中心和必要基础。

哈珀的作品直接地把《圣经》阐释看成权力的工具。她明确地把这一点作为《奴隶制的圣经辩护》（Bible Defense of Slavery）的论题。白人教会的官方发言人“用带有讽刺的赞扬……侮辱着上帝威严的宝座”。

传教者，他的光辉应该是
老幼的向导，
带他们到奴隶制的祭坛，
做真理的祭品。

为了人类犯下的滔天大错，
索多的恐惧的呐喊，
生命之词已经打开，
对你的上帝诉说不实之词。

对基督教有限度的颠覆和改动本身就是一种背叛，它们体现了一种索多式的怯懦。基督真理成了服务于奴隶利益的谎言，直到在诗的末尾才揭示真相——白人基督徒才是真正的“异教徒”。

哈珀代表了虔诚和激进的合一。她不赞成高等批评的方法，因为高等批评给文本的权威性和无误性带来了挑战，使《圣经》产生了新的解读，《圣经》的地位也发生了改变。在这点上，她与伊丽莎白·凯迪·斯坦顿的观点不同。斯坦顿认为《圣经》文本“在起源上完全是为人着想的，《圣经》的
225 产生是由于历史学家对统治有一种天生的热爱而产生的”。对斯坦顿而言，“上帝之言”（她经常引用这样的话）和人们对它的解释是人类历史和人类努

力的结果。因此，《圣经》的经文必须得从某个特定的阐释《圣经》的群体的利益角度进行评论。鉴于有些《圣经》读者（包括女性在内）不经批判地接受《圣经》当中每个字，从而忽视了各章节中那些最具争议的特征，斯坦顿对这种“顶礼膜拜”的行为显然不赞同。同时，她还谴责了剥夺“妇女们参与教会和国家事务”的权利的“使徒权威”。这样，斯坦顿毫不犹豫地致力于自由化《圣经》阐释的运动中，这些运动在19世纪期间就一直得以发展，削弱了任何一家关于《圣经》阐释的垄断性言论。斯坦顿在写作其著作《女性圣经》过程中求助于《圣经》评论家，并从一系列解经传统中参考了《米德拉什》（Midrashic）[①] 和其他方面的书籍，她指出她写作此书的目的是“阅读（《圣经》）就应该跟我们读其他所有的书一样，取其精华，去其糟粕”。通过这样的言论，她声称自己更加忠诚于神的真理。修正委员会（The Revising Committee）在否定人们是得到上帝的灵感才拥有这些颠覆性的观点时，表现出对上帝伟大精神的崇拜比其对教堂的崇拜来更胜一筹”。

哈珀阐释《圣经》的指导原则和斯坦顿的不谋而合，都主张人人平等。“伟大的理想的第一次尝试……手握着陆地、海洋和星球……各居其位，诸星合力歌唱。”但是，哈珀的出发点和斯坦顿的不同。在她看来，正如她在《杂诗集》的后记中写的，“上帝之言”是“独特超群的，它的结构精妙，让人接受起来十分愉快，富含连孩童都能理解的真理”。即使诋毁《圣经》而维护奴隶制也不会威胁到它作为上帝真理的地位。它在诗中仍然是“对上帝说谎”的“生命之词”。她的责任就是“揭示”上帝的真理，反击对《圣经》不怀好意的滥用。

哈珀的作品与精神传统有着密切的关系。在她的诗《释放》（Deliverance）中，她实际上书写的是一首她自己的赞美诗。在诗中，她不仅引用《出埃及记》的故事，还娴熟使用复杂的象征学结构，将她的故事和她们国家的人民联系起来。这首诗时间跨度大，从逾越节的献祭作为为在《新约》中身为羔羊的耶稣献祭的一种象征，到给未来的儿童讲述为“未出生”的年月而准备的晚宴，然后跳至未来的某一时期，回望过去，给读者们一幅如此的意象：担心世界末日可能到来的同时，期待着悬置在过去的救赎和仍需等待的未来的实现之中的犹太五十年节的到来。

---

① 《米德拉什》或《米德拉西》是犹太教对律法和伦理进行通俗阐述的经籍。《米德拉什》是希伯来文מדרש的音译，意思是解释、阐释，即《圣经注释》。雏形在公元2世纪时已出现，全部在公元6—10世纪成书。犹太拉比们通过《米德拉什》将不同的观念引入犹太教，声称乃揭示早已存在经卷内的观念。——译注

在《奴隶制的圣经辩护》和《释放》这些诗中，哈珀认为种族身份问题
226 重于性别问题。而在她的其他篇目中，二者各有侧重。她对象征学技巧的掌握在她一部长篇叙事诗《摩西：尼罗河的故事》（*Moses*: *A Story of the Nile*）中充分表现出来。这首诗是基于《出埃及记》故事创作出来的。如同她的更为有名的小说《伊奥拉·乐里》（*Iola Leroy*）一样，这是一部讲述出埃及的故事：最初，摩西向埃及人奔去，后来却选择加入了他的奴隶同胞的行列。诗人描述了摩西在南部的奴隶茅屋收割庄稼的情景。在本诗的象征学结构中，摩西把自己的牺牲比做亚伯拉罕、以撒和基督的牺牲，把自己的长子身份看做与雅各布和约瑟等同。

他是从他母亲那里得知这个《圣经》传说的。这首诗从不同角度，运用奇妙的想象力，把焦点从男主角转移到了法老的女儿身上（法老的女儿讲述了一个发现希伯来婴儿能使自己再次做母亲的故事），又转移到了摩西的母亲身上。摩西这个人物事实上是通过这两位女性的视角反映的，正是对她们俩摩西讲述了他的决定和意图。诗人也给玛丽安——摩西的姐姐赋予了崇高的地位，通过红海时，是她唱起了胜利之歌。

哈珀对《圣经》的阐释明显坚持了对《圣经》传达出的讯息的自由主义解读。在《摩西》中，她利用西奈半岛的神启宣扬了“一个普遍性的原则，即上帝的统一性”，因为它“把我们和我们的同胞团结在和平与自由中……而不是契约、鞭子和镣铐”。哈珀激进的平等主义观念使她把《圣经》中的典型人物——尤其是传统上被忽视或驱逐了的负面人物——包括在她的作品中，并设法救赎她们。《摩西》这首诗的主要人物是法老的女儿和尤弛维特（Yocheved）。哈珀的《献辞诗》（Dedication Poem）着重刻画了与萨拉作斗争的海格尔[①]（Hagar）这个人物，通过海格尔形象，诗人展示了上帝拯救苦难者的神威。是海格尔——亚伯拉罕的被剥夺继承权的妾——成为“心情沉重、悲痛欲绝”的怜爱孩子的母亲的化身。为了受上帝关照的海格尔，荒漠中涌出喷泉。海格尔就是见证“在我们的路途中源源不断的清流”的预言家。

在此，哈珀并不质疑《圣经》的权威性。恰恰相反，她赞同此说。然而，通过展现她自己理解的《圣经》故事系列，她投身于大量的《圣经》阐释活动中，她的这种行为折射出她对《圣经》权威性的挑战。她的作品展示了一种矛盾情绪，这种矛盾情绪植根于19世纪美国女性展现自我这一运动的全发展过程当中。一方面，她仍然传统地认为《圣经》的地位是神圣的，在某些

---

① 《圣经·创世纪》中萨拉的侍女，后来成为亚伯拉罕的第二任妻子，与其生有一子，名为以塞玛利——阿拉伯人的先祖。——译注

有关基督教和女性活动权限的观点上甚至也显得很温和。比如，在她的《后记》当中，她再次声明基督教信仰“是一个统一、崇高而纯洁的体系”，这种信仰“赋予女性脆弱、狭隘的心灵以高尚而神圣的力量”。尽管如此，在她所致力的黑人和女性权利的事业上，她却强调反传统，这暗示着潜在的破坏性。227

这些各不相同相互抵触的观点汇集到梵诗提（Vashti）这个人物身上，继而产生了特别的反响。于是，不仅是哈珀，就连19世纪许多女性诗人，都竞相探讨这个人物。梵诗提是亚哈随鲁德（Ahasveros）的第一个王后，她的被废，为以斯帖（Esther）按上帝的指派成为亚哈随鲁德的第二位王后铺平了道路。在传统的解读中，梵诗提被描绘成一个介于妓女和巫婆之间的人物。在《以斯帖卷》（*Scroll of Esther*）中，梵诗提拒绝按照国王的命令在一个醉酒晚会上揭去面纱（有的评论中写的是“脱光衣服”）。这引发了一场对叛逆妻子的批判，指责她们威胁到了王国的基本秩序。这个故事非常吸引人。梵诗提不仅成了广为人知的人物，而且在19世纪的女性话语中成了英雄人物。斯坦顿在众多的人物中唯独对她作出了褒奖（同时得到赞赏的还有玛丽安、底波拉和哈尔达，与她们形成对照的是萨拉、瑞贝卡和瑞秋），她说：“哈尔达和梵诗提为她们的时代和那一代人增添了荣耀，前者靠的是学识，后者凭借的是反叛精神。”与露辛达·钱德勒（Lucinda Chandler）一样，安娜·霍华德·肖（Ana Howard Shaw）也在一篇题名为《上帝的女人》（God's Women）的文章中对梵诗提给予了类似的赞美。对她来说，梵诗提代表了“人类发展中的这样一个时刻，即女性开始强调自我，并且开始反抗和挣脱肉欲与专制的羁绊”。梵诗提之所以引人注目，是因为她的反叛是在谦逊的名义下进行的。在许多方面，谦逊是家庭崇拜和女性定义的核心。梵诗提一方面具有女性的气质，拥有特定的女性美德。另一方面，她又具有反抗精神，从而使这些女性美德成为独立和自治的基础。

哈珀的诗歌《梵诗提》强调了追求女性身份的过程中潜在的激进或者矛盾的倾向。在国王命令她揭下面纱、露出她动人的面庞以供同他共宴的贵族（并且喝醉了的）男子观看时，梵诗提骄傲地回答道：

> 我会把王冠从头上取下，
> 扔在脚下践踏，
> 但与如此粗鲁的眼神交汇，
> 我的眼睛感到畏缩难堪

通过一组集中表现颠覆和揭露的形象系统，梵诗提把她头上的皇冠踩在脚下，在诗中，这皇冠代表了她作为王后的经济和社会地位。梵诗提拒绝露出自己的面容，从而使得谦逊成为一种遵从自我意志的象征。梵诗提以“回避的目光”与粗鲁、可能淫荡的男性的“注视”进行“对峙”。公然对抗会给她带
228 来“羞辱”，但她却让国王暴露了他自己的可耻行为。这首诗同时也强调了梵诗提的反抗给男性权威带来的威胁和女性恐惧。

那些女人，在我们的统治下难于控制
她们将学我们的名讳
从她对我们所做的
给我们带来了烈火般燃烧的耻辱

在这个文本中“名字”的意象被精心编排。最初的时候，梵诗提力图避免让自己的名字受到玷污。到了最后，她放弃了“她的高位，为自己赢得了作为一个女人而不是作为一个王后的独立的社会地位”。这样，她为自己创造了“没有污点的名声”，肯定了自己女性的纯洁和独立。在这里，“自我的名望”可以作为一个有力的隐喻。

谦逊既意味着顺从，又意味着独断。类似的矛盾及其转化，在海伦·亨特·杰克逊（Helen Hunt Jackson）对梵诗提的艺术处理上再次体现出来。她文中的王后在典型的性别意象中也是“纯洁、忠诚和美丽的”。但是爱情使她“勇敢地挑战或拒绝男性施加给她的屈辱”。她在强调已婚女性和独立女性的地位时说“我是他的王后，来自王室血统”，正是梵诗提宣告了什么是适当的皇家准则。在一个名为《以斯帖》的十四行诗的姊妹篇里，海伦·亨特·杰克逊对自我从主动性方面进行了定义，以此来反抗社会结构安排给女性的义务。在这首诗中，作者对梵诗提这个传统上被看做有缺陷的人物大加赞赏，而给予以斯帖这个传统意义上的英雄人物以批判：

善于思考的心灵啊，慢慢深沉徘徊的心灵啊，
最终发现对复仇的犹豫是缘于你，
你把你的种族看得那么重，把自己看得那么轻飘，
除了真理的所在，请你不要留恋其他的地方。

在这个自由主义批判中，以斯帖被对于自己所属的“种族”的责任所束缚，并且以牺牲自我发展（即“真理”）为代价像传统女性那样过多地自我否定。正如斯坦顿所写的那样，“我们的格言是自我发展高于自我牺牲。”然而，即使是斯坦顿在把梵诗提塑造成反叛象征的同时，却把梵诗提对大臣的回答设

想成为："去禀报国王我不会去的，我的谦逊和尊严禁止我去。"谦逊和叛逆、限制和反抗，始终处于一个摇摆不定的关系。

然而，关于"梵诗提的反抗"，埃拉·惠勒·威尔科克斯（Ella Wheeler Wilcox）在她的作品《以斯帖卷》（*Scroll of Esther*）中，作了更进一步的处理。这是一部明显的女性主义作品。威尔科克斯笔下的梵诗提不仅仅"拒绝揭下面纱"，并且"拒绝保持缄默"。从而揭露了女性的谦虚，以及她们的经济、社会和性别地位： 229

我只是一个舞娘，
在皇宫跳舞卖笑的舞娘，
我将会揭掉面纱，张嘴说话，
听我说，先生们，我的主人和国王，
让你们的王子和宫殿也听着，
这一次，所有人都听得到梵诗提感到多么屈辱。

梵诗提诗中提到的"屈辱"指的是她把自己的身份降低，成为国王的妾室与财产。她把这一点以谦逊之名义提出以获得公众的关注。这种行为实际上和法庭前的公共演讲所起的作用是一样的。然后在父权性别秩序之外她继续宣称她的自我定位和自我评价，也就是给自己命名。

我曾是公主，曾是王后，
但我应该拥有更好的名字，
放在那里的王冠使我被称做王后，
站在这里的是女人，妻子是她唯一的名字，
不是皇后，也不是妻子，仅仅是个女人，
啊，是一个强壮到可以
为自己报仇的女人

诗中再一次提出的有关命名的意象。梵诗提对王后和妻子头衔的拒绝态度，而对女人这种称呼的接受态度，表明了梵诗提对其自我定位与自我力量的看法。

梵诗提是个值得特别关注的人物。因为她在女性的定义上提出了相互矛盾的观点。然而她仅仅是《圣经》诸多历经改变的人物中的一个。根据诸多作者不同而又复杂的意图，这些人物分别表现出了不同的女性特征。玛丽亚·高恩·布鲁克斯最为著名的作品是她的长篇叙事诗《犹菲勒》，这首长诗是对托比特之书的改写。这首诗与原著联系很少，取而代之的是诗歌介绍了作者自己编写的人物与事件。从多角度综合来看，这首长诗是性爱幻想诗歌。在鲁弗斯·格里斯沃尔德 1948 年出版的《美国女诗人》（*Female Poets of America*）对这首长诗给予格外关注。《美国女诗人》这部作品总的来说是一本保守的选集，其中包括大量的诗歌种类：描述型、纪念型、民谣型、家庭题材型、追悼题材型、审美型；但是几乎没有诗歌是关于《圣经》题材的。但是布鲁克斯曾经出版了一部更早的作品《〈朱迪思〉，〈以斯帖〉及其他》（*Judith*，*Esther and Other Poems*，*1820*），这部作品完全在《圣经》中取材。在这部作品中，朱迪思和以斯帖这两个人物的描述基本上以传统描写为主。
231 然而如果谦逊这种美德是人物决定性的特征，那么谦逊也成为一种英雄力量和勇气。所以，尽管以斯帖温柔、温和、顺从，当故事被重述，以斯帖仍然是故事的中心人物。布鲁克斯透过以斯帖的恐惧和矛盾，影射了一种女性的英雄主义，截留了女性人物的低等地位。布鲁克斯表现出了一种女性英雄主义，并且探究出了一种内在的女性角色。同时她也提供了一种女性化的批评方法。这种批评方法评价了梵诗提受到的对待的方式。她尽管美丽动人，但是却因为一次小小的抵抗玷污了名誉。布鲁克斯笔下的朱迪思也带有相似的特征，被其描述为骄傲的顺从，但是同时她也是狡猾大胆的。她依靠情色的力量，这种力量后来成为多种群体的领导力量。就像朱迪思所说的：“哭泣的朱迪思：他用力拥你入怀，出现了，出现了，你的敌人。”

布鲁克斯把传统女主人公的传统美德赋予不同的视角。埃拉·惠勒·威尔科克斯更喜欢塑造不合乎传统的女主人公，目的是用坚定自信的叛逆的品质来代替传统女性美德。举个例子，她写过一首叫做《大利拉》（Delilah）的诗歌。这首诗歌描写的女人甚至连伊丽莎白·凯迪·斯坦顿都觉得是罪无可恕的女性。这首诗反复变换叙述者，给了参孙说话的机会来讲述故事。然而，这一点只贬低了大利拉这个人物，仅仅作为一个在文化上塑造的人物，缺乏人物自我的声音及看法。（这里大利拉是“懒惰的”，是参孙欲望的象征。）这一点可能没有得到大利拉的观点，但是它确实至少揭露了这个事实。

这里，一个反传统的女主人公成为反传统题材的人物。在其他的例子当中，传统的女主人公用反传统的方法被重新定义。像玛丽亚·布鲁克斯一样，艾达·艾萨克斯·门肯（Adah Isaacs Menken）改写了《朱迪思》（Judith），但是她清晰彻底地重新定义了英雄主义。因为门肯的多次情事和婚姻（她声称自己结过 6 次婚），擅自更改自己的宗教信仰（可能于 1839 年生于新奥尔良州，父母都是自由黑人。她嫁给亚历山大·艾萨克斯·门肯之后，皈依了犹太教，并声称自己的祖先是犹太人），在欧洲和美国拥有多处住宅以及她从事引人关注的演员职业，所以在她的时代她是个臭名昭著的女人。当人们读过她写的《朱迪思》这首诗，看起来奇怪的是这首诗是如何把一个大胆狡猾的女人描写成贞洁和谦逊的象征，而不是诱惑和骄傲的象征。门肯笔下的朱迪思是无法无天的战士、善辩的预言家，在灵魂与肉体上都具有侵略性。她在表现情节上是精益求精的，甚至不惜把素材剪得支离破碎。她没有把朱迪思描写成为一个魅力十足、热情四射且受人尊敬的赫诺芬尼（Holofernes），就是那位在尼布甲尼撒二世①战争时期包围博舒拉（Bethulia）的将军，在诗歌中朱迪思仅仅参与了预言。作者的诗风深受惠特曼的影响，是19世纪少数女诗人当中打破传统诗歌格律与形式的女诗人之一。朱迪思的语言是松散而又富有节奏感的灵歌。她呼唤着战神作她的指引，要求拥有神示之“口中 231
剑”。她的主题实际是言语与武器的强大的“神力的降临”（引起雷鸣的力量，使坟墓中的尸体讲话的力量）！诗歌的最后一部分赞扬了朱迪思的自我意识和自我命名：“我就是朱迪思……啊！别忘记我就是朱迪思！”

朱迪思的杀戮欲望是有些可怕的。赫诺芬尼的谋杀行为是一种肉欲的疯狂。然而这些看起来又故意与门肯所反对的女性象征相反：“我不是等着亲吻你外衣褶边的从良妓女。”从这首诗歌我们大体上可以看出作家更喜欢重述《旧约》，而不是《新约》。屈服被愤怒所代替。朱迪思也成了一个充满欲望的女人，而不是忧伤的女人。这首诗的中心意象是声音本身：死去的赫诺菲尼“长大嘴巴，似乎想说什么”，但是朱迪思向活着的与死去的人们呼唤，“每个人的声音都应被释放出来”。在门肯的《朱迪思》中，战争和预言最终都成为诗的力量与人物身份的表达方式。

自我表达、自我命名与身份确定的中心位置表现在《圣经》材料中女性人物的解读上。这种解读暗示了自我表达、自我命名、身份确定与女性在大众中的角色和有关的政治定义的关系。的确，女性诗歌对《圣经》的解读大体上对于如下内容提出疑问：女性的生活是被界定为私人的还是公众的。这种界定，在19世纪持续不断的讨论中已经被世纪女性诗歌复杂化了，而且这种情况不是仅仅在《圣经》重述或者祈祷文重述中才有。在大多数的女性诗歌当中，无论是公众还是个人，争夺话语权的欲望以及为争取这种权利进行的斗争仍然很激烈。《圣经》人物立刻起到仲裁的作用。然而，《圣经》的典故和修辞本身具有大众的特点，具有公共参照和公共权威的效力。从艾玛·

① 尼布甲尼撒二世（Nebudchadnezzar II 约公元前630—前561），是位于巴比伦的伽勒底帝国最伟大的君主，他曾征服了犹大国和耶路撒冷，并在他的首都巴比伦建成著名的空中花园。——译注

拉扎罗斯公开自觉地担任公众预言者开始，直到内心诗人艾米莉·狄金森，都对《圣经》持有自相矛盾的态度，这两个例子可以说明这一点。

女性《圣经》诗歌呈现出复杂多样的观点。这些诗歌常常自相矛盾，既包含传统又向传统挑战。从某种程度来说，这大体上是美国《圣经》政治言语的特点：保守内容与自由因素相互交错在一起。激进的观点在传统的《圣经》领域内展开，而保守的观点在美国多样性和个人主义主张中产生。但是对于女性来讲，问题在于是否能够参与到《圣经》话语和美国政体中去。不
232 管她们的意图是什么，通过各种争论获得的女性话语权和社会地位建构了女性对《圣经》的解读：从莉迪亚·西戈尼犹豫言与不言，到朱莉娅·沃德·豪高唱的《战歌》；从朱迪思慷慨激昂为自我命名，到艾玛公开辩论以及到艾米莉·狄金森低调反抗。在美国相对透明的国家体制中，无论是政治、经济还是社会的，人们进行自我定位的时候，《圣经》都是必备的参考。女诗人参与《圣经》解读不仅仅是去探究她们个人的或者宗教的身份，而且探究她们在美国政治群体中所处的位置。诗歌中，女性话语权危机重重，由此成为女性诗歌中的主题，这一点也反过来影响美国女性在美国政治中的权限问题。

《战事集》中分裂的修辞

梅尔维尔的诗集《战事集》（*Battle - Pieces*）是一部很难理解的作品，但这也是意料之中的事情。事实上，要理解这部诗集，比欣赏这部诗集还要难。梅尔维尔是迫于无奈才转向诗歌创作的。梅尔维尔以惊人的速度在 19 世纪 50 年代这十年中写出了十部小说。在这十年的创作过程中，梅尔维尔试图找到一种既能符合自己的个性又能愉悦读者的写作方式，但十年的努力并没有给他带来成功。尽管梅尔维尔最开始创作的南海探险系列故事取得了一定的成功，但之后的《皮埃尔》（*Pierre*）和《骗子》（*The Confidence Man*）却逐渐滑向失败的深渊，根本没有销路。眼看自己靠创作养家糊口的希望最终落空，梅尔维尔别无选择，只得争取了一份纽约海港海关检查员（no. 75）的工作，并且开始了他的诗歌创作。梅尔维尔还自嘲似地声称，他的诗歌“因适应不受读者欢迎的状态而闻名于世”。从《战事集》（1866）到《克拉莱尔》（Clarel，1876），还有《约翰·马尔》（John Marr，1888）和《替摩里昂》（Timoleon，1891），梅尔维尔的诗歌作品从来没有像他的小说那样得到读者的重新发现和认可。

然而，梅尔维尔的《战事集》如此难以理解，并不是因为读者的鉴赏能力不够，而是梅尔维尔在创作这部诗集的时候想达到的特殊的目的使读者难

以理解这部诗集。梅尔维尔想要达到这种特殊的目的，也是当时的环境使然。梅尔维尔在创作这部诗集的时候，希望在这部诗集中探讨一个大家都关注的话题。这部诗集的诞生，伴随着大量的关于美国南北战争的诗歌和其他文体的南北战争文学作品的出现。在报纸文章、布道和演讲中，南北战争都是一个热门的话题。但梅尔维尔诗集的销路惨不忍睹。在其他有关南北战争的诗集数以千计地被读者选购时，梅尔维尔的诗集却只卖出不到 500 本。不过，这种商业失败本身就足以说明梅尔维尔诗集的分量。梅尔维尔的诗歌最大的特点就是它们抵制读者的阐释。和当时的流行文化相比，梅尔维尔的诗歌关注的不仅仅是历史本身，而是呈现出作者对于历史的解读。在梅尔维尔的诗 233
歌中，阐释是最重要的。人们对阐释有着一种迫切的渴望，甚至希望可以超越阐释的极限，超越阐释无穷无尽的陷阱。

长久以来，人们一致认为梅尔维尔的诗集《战事集》的素材来源于在南北战争时期就已经整理出版的一本叫做《反叛的记录》（*Rebellion Record*）的报纸文章汇编。这本汇编给梅尔维尔提供了素材，包括时间、地点、参战军队和对战双方在战场上采取的行动。梅尔维尔就是根据这些素材创作了他的诗集。事实上，梅尔维尔坚持小心翼翼地将每首诗中所提到的历史事件发生的时间和地点都标注出来，包括标注在标题或副标题中。但是，长期以来，很多人认为梅尔维尔创作这本诗集的目的仅仅是用诗歌的形式为读者总结式地展现南北战争这一段历史。而且，梅尔维尔选用诗歌这种形式并没有达到叙述历史这一目的。这种理解是错误的。如果我们像埃德蒙·威尔森（Edmund Wilson）① 一样把《战事集》这部诗集当做“一部由以为焦虑的、没有直接参加战争的中年作家每日靠阅读公告牌上的战事信息而创作的一部爱国主义战争编年史”的话，我们就等于把这部诗集贬低为“最空洞无物的诗集”。

但是，如果我们仅仅借助“主题”来理解这本诗集，狭义地把这本诗集当做梅尔维尔哲学观、道德观和政治观的反映，这样的理解是不全面的。当然，这本诗集中的诗歌确实反映了上述的一些问题。具体地说，例如秩序与混乱之间的冲突、法律与帝国之间的冲突、法律与邪恶的循环、政治理想主义与道德实在论以及形而上学的实在论之间的冲突，以及在人们要在一个没有定数的世界中采取行动的悲哀等。但是，如果把梅尔维尔这部诗集系统化为梅尔维尔对于奴隶制和联邦制、民主和美国的前途这些政治问题的宣言（几乎所有的评论家都是这样做的），这样做无疑贬低了修辞在这部诗集中的

① 美国作家，文论家。——译注

作用。与其说《战事集》这本诗集记录了历史或政治，还不如这本诗集记录了修辞。梅尔维尔对于根本恶的怀疑，以及他对于奴隶制、联邦制和民主的态度，这些都通过一种塑造了美国人的自我观念的语言表现了出来。并且美国人继续使用着这种语言来表现、寻找并完善他们的身份。梅尔维尔在《战事集》中所描述的美国南北战争成为美国人运用修辞确立身份过程中的语言模式的一场大迸发。一方面，这场迸发体现了修辞对于一个国家塑造并确立自己的身份起到了至关重要的作用。尤其在涉及历史任务的时候，更是如此。另一方面，这场迸发追溯了国家修辞不但没有使联邦统一在一种历史阐释之下，而是分裂了这个国家、使同胞们互相残杀这一过程。

《战事集》这本诗集必须在上述修辞的完善这个层面来进行阅读。这本诗集的名字本身就是一个双关语，暗示了破碎与分裂。这本诗集的最核心的内
234 容是通过展现战争过程和战争语言来说明语言的能力足以确定阐释范式。至于战争语言的材料，梅尔维尔是从《反叛的记录》这本书中找到的。《反叛的记录》这本书为读者提供了不同于单独阅读任何一种报纸上的报道的阅读体验。《反叛的记录》这本书所做的就是把南北双方的这种报纸、杂志上关于战争的报道，并置在这一本书里。这本汇编参考的杂志和报纸包括：《纽约世界报》（*The New York World*），《纽约时报》（*New York Times*），《波士顿抄本》（*Boston Transcript*），《费城询问者报》（*Philadelphia Enquirer*），《里士满询问者报》（*The Richmond Enquirer*），《查尔斯顿邮报》（*Charleston Courier*），《巴尔的摩太阳报》（*Baltimore Sun*）和《路易斯威尔民主报》（*Louisville Democrat*）。这只是其中的一些。这些报纸上的报道常常大相径庭。甚至连最基本的信息，例如对于战场的描述，都是从各种不同的视角出发，为不同的意识形态服务的。这本汇编还包括政治演讲和布道。亚伯拉罕·林肯和杰弗逊·戴维斯[①]两个人的演讲都出现在这本汇编中，他们演讲的主题又都是鼓舞自己的军队和人民坚守阵地，只是两位演说家代表了对战的双方。宗教人士也随着战争的开始而分成了互相对立的两派。通常在同一个教堂，对立的牧师们会进行内容截然相反的布道，鼓舞我方，诋毁敌方。并且，这本汇编的每一卷都是以诗歌汇编结尾的。诗歌汇编包括大量的关于当下热门话题的诗歌。并且兼顾南北两方，选取南方和北方那些饱含爱国主义感情、感人至深的诗歌。可以说诗歌汇编这一部分是战争颂歌的一个大荟萃。战争颂歌这一十分流行的诗歌形式和梅尔维尔自己的诗歌创作有着十分特殊的关系。

① Jefferson Davis（1808—1889），美国政治家，美国内战期间担任美国南部邦联总统（1861—1865）。——译注

我们要讨论的不仅仅是梅尔维尔的诗集《战事集》的历史材料来源于新闻报道这一问题，同时还要讨论当时的修辞和阐释范式对于经验的塑造和推动作用。梅尔维尔的长诗《多纳尔森（1862 年 2 月）》（“Donelson [February 1862]”）就直接将这一修辞问题戏剧化。这首诗模仿了前线报道的形式。诗的每个小节都采取公告牌的组织形式，如“重要信息”、“前线最新信息”、“深度分析”。报纸上头条新闻的标题形式也被借用过来，如“舰队辉煌的胜利”和“敌军全军覆没”。这种报纸报道的形式本身就表现了诗歌的战争主题，甚至比诗歌题目中提到的战争更具表现力。正如诗中暗示的，“（我们的报道员编辑了一篇战地通讯/用了他所能找到的所有的材料）”。这首诗的开篇描述了这样一个场面，“焦虑的人群”拥挤在“公告牌”旁边。作者在这里并不是单单想为读者提供一幅历史画面，而是想借这幅历史画面表现的历史事件来为这首诗提供一种有意义的诗学上的和政治上的解读。这一目的最终反映在历史材料本身。

《多纳尔森（1862 年 2 月）》的特别之处在于这首诗将报纸的材料赋予明显的诗歌形式。对于历史的叙述和阐释的问题几乎存在于这部诗集的所有诗歌当中。梅尔维尔对事前预测和事后回顾这张网尤其感兴趣。在这张网中，虽然可以事前预测，但后果却是不可知的，预测被之后发生的事实所推翻，因此，事件的含义被利益完全相悖的对战两方所曲解。有一组诗歌描述了年轻的战士昂首阔步走向注定悲惨的未来。这组诗歌包括《走进弗吉尼亚》（The Marchinto Virginia）、《虚张声势的炮弹》（Ball's Bluff）、《学生之死》（On the Slain Collegians），除了《学生上校》（The College Colonel）之外，其他诗歌里面的主人公都一去不返，战死沙场。因此，除了《学生上校》这首诗外，其他诗歌都运用这些士兵从来不曾分享的视角进行叙述。时间反讽的标志在《战事集》中反复出现，比如梅尔维尔在诗歌中巧妙地加入了如“厄运”、“凶兆”、“预言”、“命令”这些词汇，但在梅尔维尔的诗歌中，这些词汇蕴含的预测能力总是被削弱。《走进弗吉尼亚》为读者提供了一个绝好的例子来说明这种强大的、残忍的修辞上的削弱： 235

如果所有的许可与禁止，
都显得是为了正义与全局利益，
何时才能迎来欢笑与信任？
青春必须奉献它那无知的冲动——……
国家的勇士与爱国主义者们：
困惑的热情和无谓的欢乐

没有减少——
对成熟和权力的渴望，
和对命运的准备。

谁在此处预料未来之事？
什么样的心会轻视前兆
无视智者们的警告，
谴责惊奇的提前结束？……

在酒神的狂欢中，他们向命运的终点前行，
他们没有付出过重大的牺牲；
他们只有期望
对未知且神秘的战斗作出揣测。

这首诗开篇就提出了一个问题，即事件怎么样才能“显得”它们是为了“正义与全局利益”。接着，这首诗带领读者进入一个规约性词汇的迷宫：“命运”，“预言”，“前兆”，“警告”，“提前结束”，“期待”，“揣测”。在每个例子当中，无论是规约性的词语，还是描述性的词语，梅尔维尔都巧妙地排列他那些与命运有关的词语，从而揭示并证明这些与命运有关的词语的不确定性，最终击垮任何使它们显得正确的断言。“提前结束”将被“谴责”，“期待”面对的是“未知且神秘的战斗”，“国家的勇士与爱国主义者们”热衷于声称他们的行为是“对命运的准备”。但他们的宣言却运用了自相矛盾、自我否定以及扭曲的句法，比如“困惑的热情和无谓的欢乐/没有减少——”。事实上，虚无是诗集《战事集》中反复出现的意象，虚无体现在像杰克逊、莱昂、沼泽天使和那些昂首阔步走进弗吉尼亚的人物身上。《信仰的冲突》（The Conflict of Convictions）一诗的结尾强调了那种《传道书》（*Ecclesiastes*）中所表现出的特别的虚无感：“智慧和预言都是徒劳。”

《走进弗吉尼亚：马纳萨斯城首次战役结束（1861 年 7 月）》（“The March into Virginia：Ending the First Manassas［July，1861］”）这首诗中的
236 “谁在此处预料未来之事？”这句诗记录了北方军队对弗吉尼亚的初次侵略。这次侵略在南方人看来，是“敌人邪恶的铁蹄对神圣的弗吉尼亚土地的践踏……”而对于北方军队来说，进攻弗吉尼亚首次提高了北方军民的“信心，这次进攻与其说是军事行动，还不如说是一次野餐”。军人们、政客们还有他们的家眷，一边在弗吉尼亚欣赏风景，一边享受着胜利。但好景不长，在激

烈的交火之后，南方反败为胜，北方军队丢盔卸甲逃回了华盛顿（就像梅尔维尔在这首诗的最后提到的，在布尔朗打响的“第二次马纳萨斯城战役”中，战局将会逆转）。梅尔维尔诗歌中的混乱和历史中战局的混乱遥相呼应。在《战事集》中，梅尔维尔反复描述带有不确定性、混乱、逆转或事故的战争。这类诗歌包括《在炮塔中》（In the Turret）、《一神教关于监察员的战争的看法》（A Utilitarian View of the Monitor's Fight）、《希洛》（Shiloh）、《石头河战役》（Battle of Stone River）、《雪松溪的雪利敦》（Sheridan at Cedar Creek），还有《石墙杰克逊》（Stonewall Jackson）。在《石墙杰克逊》一诗中，将军被自己军队的子弹误伤而死。至少在最初的几年里，南北战争的战局一直很不稳定，这种不稳定不仅仅体现在战争结果方面，还体现在作战双方的战士和将军缺乏控制和计划。无论是士兵还是将军，都没能预见战争的发展，没能对正在进行中的战争有效地把握。梅尔维尔的诗歌正是要纪念这段战争初期混乱的历史。在这本书的最后，梅尔维尔用短小精湛的诗句纪念这场战争。同时，这些诗句的语言强化了战争的任意性。撤退成为另一种意义上的胜利，而胜利却意味着失败，因为人们只向那些“战争中选择撤退而失去生命的战士”（《保卫家乡》[On the Home Guard]）致敬。《碑文》（Inscription）一诗为那些参战者在“他们战败之处”竖立纪念碑。而《北方的坚忍》（The Fortitude of the North）一诗描述的正是“撤退”的状态。

梅尔维尔所关注的重点并不是历史的进程，而是如何阐释这些历史进程，解读出它们隐藏的含义。对于梅尔维尔来说，阐释的中心参照物就是《圣经》。当然，这并不是说《圣经》是梅尔维尔阐释历史的唯一参照，它甚至不是梅尔维尔阐释失败的唯一参照。梅尔维尔常常先为读者介绍一系列充满希望的模式，随后便证明这些充满希望的模式其实是假的。这些充满希望的模式包括文学的（尤其是密尔顿式的）、宗教的和政治历史的典故和类比。对于昂首阔步走进弗吉尼亚的侵略者来说，一种被误导了的“酒神的狂喜”这样的感情可以和他们对于自己的“重大的牺牲”的无知同时出现。但是，《圣经》（误读）阐释历史的时候处于一种相对优势的、不被质疑的地位。梅尔维尔成长在加尔文东正教的荷兰归正会氛围中，梅尔维尔很可能因此在看待美国文化的时候将《圣经》作为阐释的关键。从幼年起，《圣经》便对梅尔维尔起到了一种影响，就像一张有力的网一样，使他坚信《圣经》中的预言。《圣经》预言的阐释机制调和了梅尔维尔以及美国这个国家的历史经验。梅尔维尔十分清楚美国任务的模式，清教经过“出埃及记”式的迁徙进入美国这
片乐土，经过千禧年的大觉醒运动和改革，美国人普遍认为 19 世纪的扩张是 237
命运的安排。南北战争中的历史事件继承了美国历史象征的全部传统。因此，

美国人认为南北战争不仅仅具有人类的和现世的意义，而且还具有宇宙的、上帝特选的和神圣的意义。南北战争中的战事的意义不仅体现在彼此之间的关系上。同时，这些战事也被看做是神的安排的一部分，这些战事是上帝的旨意的实现，因此，阐释文本的力量变成了确定历史的力量。这种阐释建立在《圣经》的基础之上，从文本扩展到真实的经验，最终变成了无处不在、令人瞩目的国家修辞。

但是对梅尔维尔而言，美国南北战争的历史背景以及战争本身强调的是这种解释计划的分裂性力量，而不是它的凝聚性力量。矛盾地使用《圣经》预言，这种做法本身成了梅尔维尔诗歌的一个主题。因为这些矛盾的用法不仅互相消解对方，而且最终消解了《圣经》预言普遍的合法性。《预言》（The Portent，1859）作为这部作品集的开篇之作，对读者发出了一个不祥的警告，暗示读者这部作品集潜在的消解作用：

从柱子垂下，
缓缓摆动（就像法律一样），
绿叶上贫瘠的阴影，
仙纳度！
伤口就在王冠之上
（哦，约翰·布朗），
被刺的伤口再难愈合。

藏在帽子里的
是无人可以体会的痛苦；
未来用面纱遮住了自己的面孔，
仙纳度！
但是瀑布般的胡须显露在外
（可笑的约翰·布朗），
就像战争的流星一般。

就像在诗集《战事集》中一样，在这首诗里，《圣经》的影响虽然是含沙射影式的，但却十分具有穿透力。梅尔维尔将基督教象征学的核心概念，即耶稣基督被钉死在十字架上这一重要的时刻放置在这首诗中。所有神圣的历史都是围绕着这一刻开始展开的。这首诗描述了约翰·布朗（John Brown）从遇刺、被折磨到被处以绞刑的过程。这样的描述将其塑造成了典型的耶稣基督式的人物。尽管约翰·布朗这个人物十分重要，但是作者对于这种意义的描述却十分不确定。尽管约翰·布朗领导叛乱受到了（旧）法律的惩罚，但是他是否能算得上一个寻求救赎的殉道徒，是否标志了一种爱的（新）秩序的开始，却是不确定的。“绿叶上贫瘠的阴影”这样的诗句虽然会让读者想起《圣经》第23首赞美诗中绿色的草原和阴暗的死亡之谷，但它与赞美诗中所描述的对信仰充满信心的世界截然相反。南北战争的最后几场战役中的一场就是在仙纳度山谷打响的。这场战役十分惨烈，仙纳度山谷遭到了毁灭性的破坏，从山谷到海洋之间的部分都被一片火海所吞噬。就在这时，读者可以隐约看到布朗的脸隐藏在刽子手的帽子旁，但在更宽泛的意义上，这位殉道
士牺牲的伟大意义却像一个令人惧怕的谜团一样难以琢磨。读者还可以隐约 238
看到，布朗的胡须像流星一样划过长空，这个奇特的现象预示着仙纳度山谷被毁这一事件具有宇宙意义，但所“展示出来”的只是一个蒙着面纱的未来。

这首诗具有象征学意义，但同时又具有反预言性。即使这首诗创造了总揽全局的设计，但它同时也是以语言不可能性的名义来实现的。《战事集》中所有的诗歌都是如此。梅尔维尔仔细地给诗歌中描述的历史事件标注上确定的时间，这一做法巧妙地将诗歌的创作日期与它在战后的出版日期相对呈现在读者面前。诗人是从一个过来人的视角来描述战争，因此有了一种前瞻性。尽管爱默生用一种完全属于当时的修辞夸张的语气声称，布朗使绞刑架如十字架一般神圣，但是，梅尔维尔很清楚，布朗的死并没有给美国带来救赎。对于梅尔维尔来说，他的这种预言带来的不是调和，而是分裂。梅尔维尔关心的问题不是某个特定的预言，而是语言预知未来的能力已经被消解。梅尔维尔的诗歌与通常意义上的象征学阐释是相反的。在梅尔维尔的诗歌中，历史并没有按照预言来发展，而是预言在残酷的历史中被消解。从预言及其实现的角度来说，预言总是不能实现，未来总是极具讽刺意味。

《圣经》范式贯穿着整首诗歌，这种范式超越了所有特定的指涉，是通过事件似有形又无形、通过语言坚持本身的语言诉求愿望的、强有力的方式实现的。这本诗集中的其他诗歌也具有上述特点。当战争通过《圣经》中的象征再现的时候，这些战争所带来的历史性的灾难并没有减轻。《密西西比河之战》（The Battle for the Mississippi，1862）被写成是“驻扎在灰色的密夺(Midgol)① 的以色列人”，见证了“法老军队”淹死在尼罗河里。但实际上，

① 埃及东部边境的一个城堡，《圣经》中的《出埃及记》、《民数记》、《以西结书》和《耶利米书》都提及这个地方。历史上，以色列人曾在此击败过埃及法老军队。
——译注

这次密西西比河之战中，双方军队都在一场大火中燃为灰烬。《荒原之军》（The Armies of the Wilderness，1863—1864）这首诗运用的《圣经》象征发生在“很久很久之前”。荒原的意象取自《圣经》中的巴兰和“烟气如柱”的西乃荒原。其中巴兰指的是“该隐之城”。但是，南北战争中发生在荒原的真实的战役却十分惨烈。不仅战争的时间长久，战争过程十分痛苦，而且最终也没有哪一方取得了确定性的胜利。真实历史中的荒野就位于拉皮丹河南部，是弗吉尼亚州斯波茨尔瓦尼亚郡的一大片森林。《葛底斯堡之战》（Gettysburg，1863）是一首具有多重意义的诗歌。这首诗是为了纪念一年前南北双方在葛底斯堡的第一次交战，并且提到了林肯总统亲自题名的“英雄纪念碑”。这次胜利使联邦部队的死伤人数达到了 2.3 万人，超过部队总人数的四分之一。而南方军队的死伤和失踪的总人数达到了 2.8 万人，占李将军部队总人数的三分之一以上。可惜的是，北方的将领们总不能抓住机会乘胜追击，一举歼灭李将军的残部，赢得最后的胜利。因此，这场战争又持续了两年之久。梅尔维尔运用一些经常出现在他诗歌中的意象，如剧烈的风暴和咆哮的大海用来表现这些历史的转折点。在梅尔维尔的诗歌中，大海作为荒漠的对照，否定所有神圣的使命。那像海洋一样汹涌的部队似“三片巨浪在闪耀前
239 进，奔腾起伏/它们相互撞击，时而前进，时而后退”。海浪与风暴预示着这场战争不可能轻易地以一方胜利而告终。战争的场面变成了

> 一场
> 九月的狂风刮过沙滩，
> 狂风过后，方舟只剩残骸，
> 那些被冲入水中的不知名的船员脸色苍白——
> 人，手臂，坐骑。傍晚的夕阳
> 消失在每一张毫无生气的脸上。

梅尔维尔援引《圣经》中的意象，把北方军民比做“我们神圣事业的方舟”，而把南方比做非利士人的主神——半人半鱼的大衮。虽然在《圣经》中，这条大衮注定要败给方舟，但“方舟只剩残骸”这一意象意味着方舟也受到了致命性的破坏，破坏的程度并未因援引《圣经》中的意象而减轻。

这里起作用的是一个多象征层次的初级结构，这一结构它通过其他历史事件、通过最终指涉末世论将《旧约》、《新约》和南北战争联系起来。但是这些层次交叉起作用，它们赋予上述的类比一种宏大的结构，虽然这些不真实的类比之间相互抵触，却因历史是最不真实的类比而成为《战事集》的典

型特征。梅尔维尔对战争的描述为读者揭示了一个陷入僵局的历史。梅尔维尔不断地将这陷入僵局的历史与预言范式作比较，不断地摧毁预言范式。而且象征学意味着历史的短暂循环。象征学在所有意义上讲都是循环的。象征学充其量只是带有瑕疵的理性思辨，它唯一能做的莫过于根据结果作出预设。但是，这种根据结果而作的预设也是历史的困境与解读的困境。历史时间既不是径直向前的，也不是螺旋式上升式的。因此，现在发生的事件并不是先前历史事件的重复和发展，也不能证明历史发展方向和历史模式的正确性。就拿美国来说，美国这几百年以来，无论从世俗意义还是宗教意义上来说，确实在发展。美国人们相信自己是神的选民，来到美国这片土地上，他们也在美国这片土地上实现了千禧年的承诺。但这些变化却都是通过一系列的军事行为来实现的。因此，这些军事行为变成了一种自我否定的比喻。

这种自我否定的比喻是梅尔维尔诗歌的显著特征。《战事集》是语言自我否定的实践。这本诗集虽然没有为梅尔维尔赢得众多的读者，但是却证明了他的诗歌天赋。塞缪尔·贝克特（Samuel Beckett）晚期的散文体作品有一个特点，那就是作者不断地控制着语言的揭示能力。在《战事集》这本诗集中，梅尔维尔运用了塞缪尔·贝克特的这一语言特征，并且运用一种自我消解的语言。这种自我消解的语言表现为不连贯的词汇、不连贯的韵律和复杂的句法。同时，这种自我消解的语言主要运用同义反复、否定和矛盾修辞法这几种重要的修辞方法。梅尔维尔把用典、明喻和暗喻以及其他任何提升修辞效果的类比修辞手段转化成了“绝境的修辞”。他固执地运用几乎不可能押韵的希伯来语和印第安语如希洛（shiloh）和仙纳度（shenandoah），以及不押韵的姓氏如麦克兰（McClellan）和莱昂（Lyon），作为关键的韵脚和重叠句。这种做法强化了历史事件无法与工整的诗歌结构相调和这一事实。几乎在任何一个层面上，类比的和谐统一感都是具有迷惑性的，象征学中的时间类比是 240
最不可靠的。这样，《田纳西石河之战》（Battle of Stone River, Tennessee, 1863）一诗将南北战争和英国著名的约克派与兰卡斯特派之间的玫瑰战争作了一下比较。作战的双方都以基督的名义带着“神圣的狂热”“慷慨激昂”地作战。双方都收到“刺绣十字架”的保护。但是在这里，“刀剑交锋玷污了神圣的十字架”。《冷漠与热情》（Apathy and Enthusiasm）将美国内战与密尔顿的“天堂之战”（密尔顿结合《圣经》对英国内战进行了评价）进行比较（在北方经常有这样的比较），天堂之战降临到了美国土地。“米迦勒”[①] 与大

① Michael，《圣经》中的天使长。——译注

恶魔的对峙正发生在1860—1861年的冬天，正好以基督教日历中的四旬斋①和复活节②为标志。但是这更加强烈地“预示”着战争的失败。“莱昂”是一个预言式的人物，他“手持利剑”，将狮心王查理的十字军精神与末世论精神集于一身。最后，诗人用夸张的手法写到，“登上以色列/那里的先知和军队/向勇敢的莱昂致敬”。《荒原之军》一诗只关注这样一个问题：“时间是否已倒流?”

林肯的形象跌入了作为命运逆转的垮掉了的类比这种可怕的循环里。梅尔维尔把自己献给林肯的这首诗命名为《殉道者》(The Martyr)，并且加了这样一个副标题：“暗示了1865年4月15日这天人民的激情”，另外，这首诗在第一行就回忆说，林肯在“耶稣受难日”这天被刺杀，是一种幸运的巧合。这首诗表现了林肯因遇刺而被神化的这一基督教主题，这一主题在当时很多诗歌中都有所体现。例如在朱莉娅·沃德·豪的诗《回报》(Requittal)里，林肯是一个“死在举起的皮带之下/救了我们上千人的性命……/善良的耶稣，让鞭子抽打在/你神圣的殉难者的躯体上”。但是梅尔维尔的诗歌明显地表达了否定的意味。尽管林肯本身代表“宽容者”的形象，但是他拯救美国人民的理想并没有通过他的殉道得以实现。而且，林肯遇刺的“背后”，不只是一个杀手，而是很多“杀手”。退一步讲，这个杀人群体毁灭的是林肯许诺的用“温和平静”取代“强硬手段”的可能性。因此，正是那些充满激情哀悼林肯的人否定了林肯以基督救赎的方式拯救历史的愿望。

梅尔维尔那同时援引与缩回的修辞的复杂性在《信念的冲突》(The Conflict of Convictions)这首诗中表现得最为集中。这首诗可以说是整个诗集的一个代表，诗中一一列出了针对这首诗所讲述的事件的各种不相融合的观点。如果读者试图从诗歌中寻找出一个尽管互相对立但却相对稳定的观点，进而将诗歌理解为一个连贯的辩论，这样的尝试将会是徒劳的。诗中各种令人眼花缭乱的主张使读者难以从中分出对立的派别。同样，读者也难以确定梅尔维尔的哲学观点和政治观点。把这首诗看做是各种修辞手法的集合对理解这
241 首诗的内容更有帮助，因为这首诗正表现了描写一场战争的方式是如何影响我们对于描写这场战事的诗歌的期待的。

在星光照耀的高地
号角奏响了漫长的回忆；
嘲笑扰乱了深深的峡谷，

① Lent，也叫大斋节，基督教节日，基督徒禁食，并为复活节的忏悔作准备。——译注
② Easter，是纪念耶稣基督在十字架受刑死后复活的节日。——译注

天堂中不祥的沉默无处不在。
哦，希望，回来吧，回来吧
面对人类后来的堕落。
这些事使梦想家胆怯；
撒旦已近老年却强壮而矍铄，
自律的船长，技艺日趋老练，
拉斐尔，依旧是一个热心者；
受挫的目标，在那里基督式的殉道者脸色苍白，
金钱的奴隶们，他们会满足吗？

星光照耀的高地和深深的峡谷这样的场景使这首诗同时具有宇宙意义和末世论的意义，使这首诗既属于当下又属于历史。总的来说，在象征学中，每一个修辞的运用都呈现出多重历史真实性："号角"让读者马上想到《圣经》和基督教的末世论，同样也会使人们想起当下的战争和战争给人们带来的精神上的痛苦。但是援引这样包罗万象的模式却因其难以实现、滥用、自相矛盾和缩回而没有收到很好的效果。"梦想家"在现实面前确实会"胆怯"，不仅仅是那些将要与撒旦和拉斐尔战斗的人们。每一个词汇在这里几乎都像一个陶瓷盒子一样吞噬了自身。"天堂"不仅仅给人一种"不祥的沉默"，和"受挫的目标"一样，它们都含有矛盾修辞的意味。有一个地方让人很困惑，那就是梅尔维尔并不相信《以西结书》（Ezekiel）预言性的呼唤："回来吧，回来吧。"（《以西结书》：33 章 11 节）梅尔维尔把《圣经》中最强有力呼吁精神世界和历史的恢复的布道当做是简单的重复和诅咒，反复重申"人类后来的堕落"这一历史的倒退。号角唤起的"回忆"仅仅把历史当做一个"铁圈"——"铁质的穹顶"，正如梅尔维尔之后在诗中说的那样，这个铁质的穹顶作为美国国会大厦的象征，消解了美国特有的政治救赎的诺言。这种象征化的意象暗示着美国并不是基督精神的实践者。从象征学上来讲，美国并不是基督救赎的见证。恰恰相反，在美国，"基督式的殉道者"在"金钱的奴隶们"面前"脸色苍白"。

《信念的冲突》一诗所质疑的不仅是在预言模式中的角色分配的问题。诗中分裂的修辞暗示了预言模式本身的分裂。诗的最后一小节为美国命运作出了两种论断或阐释——一种肯定的与一种否定的，即"是"与"否"。而上帝的折中之道在两者之间起到综合作用。但是在梅尔维尔的诗歌中，这两种阐释都是通过语言片段在读者脑海中留下的回响来表现的，并没有通过任何系统的视角来表现。在本诗中，对美国按照上帝意旨创造历史的援引与其说 242

解释了历史不如说是否定了历史。——“恐怖的真实与死亡突袭/它们和信念相比都很虚无”这些诗句只表达了同义反复这一循环注定毁灭的命运——“可怜的过去/未来的奴隶，/穿过痛苦与罪恶……年复一年都将如此/正如过去年复一年都是如此一样”。在这里，预言模式被消解为矛盾修辞。符号就像“在云间佩戴上一柄利剑”，仅仅透露了“隐藏的事件”。“强劲的风”仅仅“原地打转”。在这里的确很难厘清作者积极前进的声音和悲观后退的声音。读者至多可以捕捉到作者痛苦的断言和否认。对过去的援引并不是对未来的憧憬，只是重复了不确定性：“对古老过去/隐约的怀疑/被排除了。”

这样，一个神圣的美国意象仅仅凸显了诗歌的混乱。没有任何声音可以彻底地逃离这种混乱。梅尔维尔根本无法通过否定来逃离这种象征结构。在《战事集》这本诗集激发的一系列问题中，尤其引人注目的问题就是如何确定梅尔维尔所运用的分裂的修辞中哪些代表了他自己的声音。梅尔维尔使用的象征学中的晦涩难懂的反修辞反映了战争时期的话语，并在一定程度上受到战争时期的话语的影响。有时，笼罩在他周围的战争时期的话语以一种陈词滥调的形式直接进入到他的作品之中。纵观整本诗集，这些陈词滥调的话语是效果最不明显的一种修辞。通常那些把战争贬低为美国使命的“末日之战”① 的诗歌，又夸夸其谈地宣称战争是“寻求真理的神圣事业”（如在《学生之死》一诗中）和“为人民的权利而打响的神圣之战”（如在《荒原之军》一诗中）。这样，“美国的信仰就不会消失”，“上帝就会实现命定的结局”（如在《李将军在国会大厦》［Lee at the Capitol］一诗中）。《颂歌》（A Canticle）尤其让人困惑。这首诗开篇是一个隐喻的夸张，把雄伟的景观放置在历史“衰落”的场景中。“池塘巨人”被比做恶魔的化身，在它的衬托之下，战争被美化了。从而诗歌把美国自信的预言中最为夸张的语言注入到了诗句当中：

> 一代又一代人
> 从无止的时间之河中走来，
> 在他们的来来回回之中
> 他们组建了一个稳定的国家；
> 人性逐渐发展
> 达到圆满。

---

① 原文为 Armageddon，直译为“哈米吉多顿”，《圣经》的《启示录》中正义力量和邪恶力量最后一战的地方。——译注

您，万主之主，
使注定的结局圆满；
通过奇迹，
您找到了一条光荣的道路——
您找到了一条光荣的道路；
拯救我们吧，万军之耶和华，
人类的主人。

这首战争圣歌是否表达了梅尔维尔的个人情感呢？梅尔维尔使用的语言 243
让人难以理解，他使用的每一个词汇都担负着过重的意义而几乎崩溃。梅尔维尔使用这样的语言，希望用19世纪流行的诗歌形式来装扮自己的诗歌，使自己的诗歌显得透明并接近时代的主旋律，希望这样他的诗歌可以有好一点的销路。在这里将几首诗歌作一下比较是很有意义的。在《反叛的记录》的第三卷中与《莱昂》和《虚张声势的炮弹》有关，还有一首伊丽莎白·奥克丝·史密斯（Elizbeth Oakes Smith）的《我们国家的圣歌》，其中有这样的诗句："上帝保佑我们的国家/……她像个新娘一般站在那里，/被上帝万能的手臂高举着/你多么美啊，哦，我们的土地"。《反叛的记录》第二卷中有《自由圣歌》（A Psalm of Freedom）这样一首诗："今天是我们国家的审判日/这一天让她的星星落下/死去的人听到自由号角的召唤/从坟墓中醒来"。另外还包括伍德博雷·费纳尔牧师（Rev. Woodbury Fernall）的一首诗歌——《战歌》（Battle Hymn）：

当以色列的敌人，众多的主人
经过了数年的战争
您有力的臂膀值得他们吹嘘
南方邦联的狂欢有自己的法则……

您的狂欢是战争，万能的主
技能与智慧都属于您
点燃神圣之词的火焰
将从我们的战线上闪现

《反叛的记录》第四卷里有《大西洋月刊》（*Atlantic Monthly*）的成员帕克·本杰明（Park Benjamin）的一首《感恩颂歌》（A Thanksgiving Hymn），他曾经写过一篇批评《玛迪》（*Mardi*）的文章。他文章中写到："这本书的每一页都弥漫着油灯的烟味”：

哦，战神！你的手
托起我们的军队
来保护我们的领土和权利
引导我们打赢战争……

请接受挑战，并让您的仁慈王冠
您的眼神中的神圣之光
您声振四海的威望
为我们赢得胜利与权利。

但是，认为梅尔维尔在《颂歌》里表现自己的观点是莽撞的。这首诗完整的副标题明确地提出了它的修辞框架，诗的副标题是这样的，“在那战争结束举国欢腾的时刻”，也就是说，梅尔维尔在诗歌中表达的是他人的热情，而不是自己的情感。而且，梅尔维尔也意识到热情不是一个单一的整体，而是被分裂了的。例如，在《反叛的记录》第二卷中，有一首 J. A. 瓦格纳所写的《南
244 方战歌》（Southern War Song），这首诗是这样的：

起来啊！起来啊！冒着雨，带着力量
这片乐土之子
腰佩宝剑；神圣之战
神圣的时刻，已经到来……

但是对抗强者的战争
还有待发号，
当主管对错的判官
端坐于天堂
大卫的上帝仍然用意志
引领参战的人
巨人还要去制裁
未忏悔的罪恶。

和《战事集》中的其他诗歌一样，作者在《颂歌》中倾注的精力并不是放在表达自己的观点上，而是放在那些展示观点的修辞手段上。这些声音都

不是梅尔维尔的。因此，当梅尔维尔在《多纳尔森》这首诗中用斜体写着“我们的军队在那一天撤退……驱使他们的力量是神赐的”。这样的诗句必须放在整首诗的公告牌、报纸头条和战事报道的创作形式中去理解。诗中的《圣经》典故仅表现为一种主张，与诗中所包含的许多事件有关。诗人在诗的结尾处使用了一个十分特别的“死亡名单”的意象：战死沙场的战士们的名单像“河流一样流淌到苍白的床单上”。诗歌最后诉诸“时间”，时间使“失败和胜利都成为过眼烟云”。在这首诗中体现出来的这种矛盾，在诗与诗的对比之中也有体现。《战事集》并不仅限于表达北方的观点，南方的观点也以非常类似的修辞方式充分地表达出来。《密西西比之战》一诗声称“上帝出现在适当的事件中……上帝是战斗着的人”。但《清醒中的愤怒》（The Frenzy in the Wake）一诗却描述了雪曼（Sherman）[①] 于 1865 年 2 月穿越卡罗莱纳州前行这件事。这首诗明显是从南方视角来写的。当“时间”终于报复了“每一份悲伤”的时候，人们便像“以色列看到西西拉脸色憔悴、面有血迹时”那样快乐。紧接着这首诗的下一首诗是《里士满的沦陷》（“The Fall of Richmond”）。“北方城市于 1865 年 4 月”得到了这个“消息”。而后，北方城市钟声响亮，炮声齐鸣，庆贺着里士满的失败。这失败就像巴比伦城的陷落和撒旦的战败一样。描述南北双方的诗中，相一致的不仅仅是措辞，而且还有对彼此的仇恨。在表明南方立场的诗歌中，诅咒“北方人的嘴脸”是“令人仇恨的旗帜”，把北方人叫做“非洲人——小鬼”；而体现北方立场的诗歌坚信南方是未开化的“荒野”，因此用“地狱”来称呼南方。诗歌的结尾这样写到：——“但是上帝在天堂，保佑着城镇/有武力作保障的权力就是法律——/人们赞颂上帝。”这样的结尾表明的不是信仰，而是冲突。 245

《战事集》中分裂的修辞与梅尔维尔放弃小说创作转入诗歌创作之前的最后几部散文作品十分相似，尤其是小说《骗子》。梅尔维尔早期创作的小说如《泰比》（*Typee*）、《奥穆》（*Omoo*）和《白外套》（*White - Jacket*）中，已经流露出了分裂的修辞风格。这种风格反映了当时的美国政治。《雷德伯恩》（*Redburn*）附有一本红色的、并没有起到指南作用的指南手册；《玛迪》是梅尔维尔的第一次败笔，这部作品中包含了多种对话，这些对话表现了当时的风土人情和各种政治观点。《皮埃尔》这部作品依靠离散的情节，以天堂范式作为参照物对人世进行了戏仿。所有这些作品都提出了关于修辞的承诺这一问题。分裂的修辞最终无法履行诺言，为一个完整的事件提供连贯的框架。

---

① William Tecumseh Sherman，美国内战时期北方军队将军。——译注

《骗子》写于《战事集》之前，里面的人物和情节十分零散。每一个情节和每一个人物，都是一种连续的掩饰，都表现出一种独具特色的不连贯的语言风格。在梅尔维尔的诗歌中发展了这种分裂。在《战事集》出版后长达十年的时间里，梅尔维尔创作了长诗《克拉莱尔》。在这部作品中，他赋予每一个人物不同的视角。然而，在《战事集》中，单个的、不协调的修辞片段无法被单个的人物甚至一系列的人物所控制。诗里面没有贯穿始终的人物，在抒情诗中，梅尔维尔甚至不是诗中主要的叙述者。相反，他扮演的是一个发言人的角色，这样的安排，突出了战争中各方不同的观点。

在《战事集》这部诗集中，梅尔维尔在诗歌前面写了一篇“前言”，在诗歌后面又加上了一个“补充散文”部分。他希望用这种方式使自己的诗集得到“仁慈的、救赎般的重建”，这种重建需要的仅仅是“常识和基督的仁慈”。尽管这种政治立场暴露出缺点，即潜在地减轻了奴隶制的罪与罚，但对于梅尔维尔来说表现了一种积极的态度。然而，《战事集》没有像他本人和他之后的读者所期待的那样，成为一个由连贯、统一的声音“组成的一个多元和丰富的整体”。因此，梅尔维尔建议读者读这本诗集时“不要太介意”书中的“连贯性问题，就像不自觉的沉思时人的情绪一样——在不同的时刻有着巨大的差异”。这样，就像作者所说的，《战事集》这本诗集是用戏剧化的“诗歌形式记录了南北战争中人们的激情和人们对战争的各种称号”。它记录的是“双方恶意的诋毁最终燃起了战争之火，导致血流成河”的过程。也就是说，上述这些诗歌表明了修辞不但没能通过共同的话语把整个民族融合起来，恰恰相反，分裂的修辞加速了国家的分裂。这是修辞的失败。

然而，这并不是说梅尔维尔否定了美国和美国的未来。他所质疑和警示的是关于美国命运的修辞已经逐渐变得不容异己、过于极端、过于绝对了，建立在《圣经》预言和末世论之上的修辞模式尤其危险。无论从梅尔维尔的诗集还是美国国家本身的角度来讲，用《圣经》中的修辞来解释美国命运这一做法已经遭到了自身的挑战。这种现象体现在梅尔维尔诗歌中所描述的相互矛盾的主张之中。梅尔维尔的诗集探讨了美国的修辞方式，当然也包括象征学修辞，是如何已经偏离正轨，指出只能通过修辞公共话语的术语进行严格地修正才能得到矫正。在当时的诗歌领域中，梅尔维尔的作品卓尔不群，原因就在于他的作品避开了有关阐释的争论，而每一场争论都断言接近最终真理和视角，都指向更根本的、与象征的语言本身有关的怀疑主义。他用预言的局限性来解释分裂视角的做法，使他在同时代的作家中显得非同寻常。梅尔维尔没有用他所理解的《圣经》、末世论和历史的模式来反对其他人的观点，而是表达了寻求预言模式的种种危险。他的立场是自我审视和自我限制的，他反对绝对和总括的视角，主张一种积极的怀疑主义态度。这种态度对所有的主张都加以限制，包容所有的话语，为它们提供了相互交流的平台，而不是激烈对抗的战场。

3 诗歌语言

亨利·瓦兹沃思·朗费罗论（死亡）语言

在许多方面，亨利·瓦兹沃思·朗费罗（Henry Wadsworth Longfellow，1807—1882）的文学生涯充满了矛盾。这给现在的读者留下了一个历史上的不解之谜。他的作品既被精英文化所肯定，又被广大群众所接受；他一度名声大噪，现在却无人问津；他时而热情似火，时而又踌躇满志。普通读者大都认为朗费罗是一个思想单纯、乐观豁达、容易满足的诗人。但上述事实与这一看法大相径庭。朗费罗一生追求的目标是将美国文化的多个方面融合在一起。这个目标是从论证是否存在一个统一的美国文化开始的。他一腔热情，投身到促进美国民族文学的创建这一事业中，致力于建立和开拓美国的诗歌语言。像惠特曼和爱默生以及许多其他的文学界和社会上的知名人物一样，朗费罗感到一场建立美国民族文学的革命正在召唤着自己，于是他便投入到民族文学的创作中。这种文学承认美国这个国家独特的经验并代表美国人民。在他的毕业演讲《我国本土的作家》（Our Native Writers，1825）中，他呼吁那些"和我们一样在宗教自由的氛围中成长的美国公民"拿起笔来共同创作能够表达"我们民族特点"的诗歌。为新生的美国和它的人民代言是朗费罗毕生的愿望，他的作品基本上帮他实现了这个愿望。1855 年，朗费罗的《海华沙之歌》（*The Song of Hiawatha*）与惠特曼的《草叶集》（*Leaves of Grass*）同时出版。《海华沙之歌》在前四周卖出 1 万册，在之后的 6 个月内售出 3 万册。而相比之下，惠特曼的《草叶集》第一版本销路甚是不佳，最后惠特曼只好将没有卖出去的书留做礼物送给别人。但是朗费罗的诗歌根本的基调是伤感的。如果说朗费罗成功地表达了美国作为新兴国家这一身份，那么同时他也展示了这个国家的忧虑以及这个国家为了发展需要所付出的代价。他要创作一种能够代表美国的诗歌，这一愿望表明了新兴的美国与当地土著文化之间的矛盾关系。不管怎么说，美国还是需要这样一种诗歌来确立自己的身份的。但这种诗歌对于美国后来的文化的影响很模棱两可，而且，这种诗歌在一个正在崛起的美国的经济文化中的地位也并不清晰。

在努力建构美国的民族文学的过程中，朗费罗面临着一些语言谱系方面的问题。第一个问题是民族文学该用哪种语言来创作。诺亚·韦伯斯特（Noah Webster）① 曾经说过，确定一种美式英语是一个很棘手的问题。韦伯斯特强调“一个民族的语言”是“团结一个民族的纽带”，因此他编著了一本有 *248*
关美式英语词汇的用法和拼写的字典。这本字典的出版产生了很大的政治后果。在 1783 年，他的《蓝皮拼字书》（*Blue - Backed Speller*）出售了 100 万本之多。这本书是美国确立国家身份的一种武器：作者愿意“为爱国主义事业尽微薄之力”，以求“促进美利坚合众国的繁荣富强”。韦伯斯特在《简明美语词典》（*Compendious American Dictionary*）中说，他“试图消除人们对外国权威的推崇，因为这种对外国权威的推崇迷惑了美国人的头脑，使我们被局限在幻觉中”。但恰恰是这种想法，更证明了当时在美国人头脑中确实存在这样一种崇洋媚外的思潮。实际上，韦伯斯特的字典和当时的英式英语词典差别并不大。甚至他本人也不得不承认美语至多是一种方言的变体。美语不可能彻底地创新，因为它已经继承了英式英语的传统。在韦伯斯特的《论英语》（*Dissertations on the English Language*）一书中，韦伯斯特试图否认美语对英语的依赖性，而韦伯斯特否认美语对英语的依赖性的论证，恰恰又暗示着美语确实依赖于英语：“伟大的大英帝国，虽然我们是你的后代，我们说着你的言语，但是它将不再是我们遵循的语言标准，因为英国作家的品味已经腐败变质，它的语言也将寿终正寝。”

朗费罗在处理这一复杂的语言谱系困境时，表现出非凡的语言天赋，并不亚于一个语言学家。朗费罗于 1807 年生于缅因州波特兰城，他并没像父亲和祖父那样就读于哈佛大学，而是（与霍桑一起）就读于刚刚成立的波登学院（Bowdoin College）②。在朗费罗 19 岁的时候，他赢得了波登学院当代语言专家的职位，但他不得不去欧洲学习一些现代语言。于是从 1826 年到 1829

① 美国辞典编纂者，拼写改革倡导者，政论家和编辑。——译注

② 是一所本科性质的文理学院，位于缅因州的布鲁斯维克市，于 1794 年成立。——译注

年，朗费罗在欧洲学习了西班牙语、意大利语、法语和德语。在随后的从1835年到1836年的欧洲之行中，他又学习了荷兰语、丹麦语、冰岛语、瑞士语和一些芬兰语。1835年，朗费罗终于接到了哈佛大学的邀请，接替乔治·蒂克纳（George Ticknor）成为现代语言和文学的教授。在哈佛大学的19年中，他教授罗曼语[①]，并撰写学术论文和教科书。他所撰写的教科书为美国语言学的研究与教学打下了坚实的基础。除了撰写学术论文和教科书，朗费罗还做了大量的翻译工作，即使在1854年从哈佛大学退休后，他还一直坚持从事翻译工作。

与朗费罗通晓多种语言的天赋相比，美国英语对他来说显得资源不足。在首次回到缅因的布鲁斯维克（Brunswick）时，朗费罗向他的朋友抱怨说："在世界的这个部分，人们只说英语，但即使这样，还是有人想要否定人们说英语的特权。"因此，在他看来，在建立美国文化的进程中，人们的任务不仅是要把过去植根于欧洲的多种文化融合到美国文化当中。同时，还要把美国当今的文化元素也一并包容进来。植根于欧洲的多种文化不仅仅局限于英国
249 人的文化，而且还包括自从18世纪以来的那些重要的非英语国家的文化，包括西班牙文化、法国的新教文化，还有德国文化。韦伯斯特把英式英语的学习与"外国古代语言的学习"划归在一类，并指责它们"阻碍了自己民族语言的进步"。但是，朗费罗却致力于把一个旧世界的语言和文化改造成为新世界的语言和文化，甚至在许多情况下翻译成新世界的语言和文化。

即使对于一些和朗费罗同时代的人来说，这样的改造都有些令人难以接受。亨利·詹姆斯说朗费罗的做法是一种"庞大的、低调的、容易的办法"，通过这种解决办法，"朗费罗的美国意识……实际上变成了欧洲传统的继承与延续，与欧洲传统完全保持和谐一致"。坡甚至发起了一场"针对朗费罗的战争"，他特意半带责怪地批评朗费罗的做法属于剽窃行为。但朗费罗文学作品中传承欧洲传统文化的部分在当时还是提高了他的声望，尽管这一点在之后成了朗费罗作品中的瑕疵。同时，朗费罗的作品也使他的学生和读者们领略了欧洲文化。对于朗费罗来说，欧洲文化是新生的美国形成本土文化不可或缺的基础。朗费罗选择了诗歌形式来表现这种文化的传承关系。他通过在韵律、诗节和其他形式方面的试验，展示了其熟练的艺术技巧。因此，他的读者会感到，朗费罗的诗歌满足了他们的期待，开阔了读者的视野，让读者受益匪浅。

---

① Romance languages，罗曼语族，亦称罗马语族和拉丁语族，属于印欧语系，是从意大利语族衍生出来的现代语族，主要包括从拉丁语演化而来的现代诸语言。——译注

与英国的和欧洲的文学前辈有所不同，朗费罗的作品所追寻的是一种妥协路线。这种妥协标志着新生的美国文化和欧洲文化遗产之间的紧张关系。第二个语言谱系方面的问题与第一个问题恰恰相反，但是同样是具有挑战性的。第二个问题是，如何才能使美国作家的作品成为真正意义上的美国文学。朗费罗对于这个问题的回答是要求作家在创作时要使用美国本土的素材。他在《我国本土的作家》这篇演讲中解释到，这些素材包括自然风光、行为习惯和风俗、值得描写的景色和气候等。美国的作家必须尽量使“每一个景点神圣化，使每一个地点经典化”，这样，“每一块岩石都将成为记录典故的编年史，印第安预言家的坟墓将会像古代帝王的坟墓一样神圣”。但是这个断言本身包含了对其自身的颠覆。因为事实上，美国并没有什么蕴含深刻历史意义的风景。而在英国，即使是一个小山丘，也蕴含着丰富的历史，在这山丘之上，每一块石头都蕴含着一个历史事件。英国的历史是一个集体记忆，但是，同样讲着英语的美国人却不能分享这份集体记忆。朗费罗对于“印第安先知的坟墓”的重视或许会为美国弥补历史的缺乏。但是，这段历史并不属于朗费罗和他的美国同胞。这样的一种美国历史只能通过巧取豪夺的手段来获得，这种巧取豪夺实际上是一种偷窃行为。

朗费罗备受争议的语言谱系问题解决方案包括两个层面，即语言层面和历史层面。这二者在《海华沙之歌》中得到了融合。和《草叶集》一样，《海华沙之歌》也是一种语言的试验。朗费罗的草稿笔记收集的不是印第安人的民间故事和寓言，而是印第安语种的词汇和印第安人的名字，朗费罗收集的这些材料主要源于斯库科拉夫特（Schoolcraft）[1] 和坦纳（Tanner）[2] 对印第
安部落的研究。这些名字比起神话传说和神话人物，更能为朗费罗提供诗歌 250
创作的素材。朗费罗的诗在很多层面上探索了美国语言和想象力的发展潜力，以及运用民族词汇创作民族史诗的可能性。当然，对他来说，奥杰布瓦语[3]不是母语。甚至在他写作的时候，这种语言和使用这种语言的印第安土著居民正遭受着美国政府的攻击。朗费罗的诗歌创作，正是依赖于斯库科拉夫特对于印第安人的人类学研究。当年斯库科拉夫特在苏必利尔湖担任一名政府官员并参与了这项人类学研究。这项研究是由国家组织的，并被作为驱逐印第安人计划的一部分。朗费罗把印第安词语翻译成英语的行为并不是对印第安

① Henry Rowe Schoolcraft（1793—1864），美国地理学家，民族学家。——译注

② John Tanner（1780—1847），幼年时被印第安人绑架，成年后出书记述自己在印第安部落的生活经历。——译注

③ Ojibwa，美国印第安土著人的语言。——译注

语的保护。恰恰相反，这一行为标志着印第安语将被美语所替代，进而灭绝。而将自芬兰语的四音步诗歌翻译成英语，就更谈不上保护了。客观地讲，朗费罗的诗歌为保留印第安语中的术语和地名作出了一定的贡献，但是，他的诗歌并没有把它们当做活的文化来对待，而是把它们当做一种已死的语言来对待。

《海华沙之歌》这首诗无论在写法上还是在情节上，都体现了一种已死的语言的特点。其中核心诗章《图画记事》（Picture – Writing），把海华沙为人民写作的天赋描述成他作为文化英雄事业的高潮和最后的行动。这首诗的剩余部分描述进入垂死状态的印第安社会的逐步衰败和瓦解，直到白人殖民者到来，印第安社会彻底崩溃。也就是说，在这里，写作的目的是为了纪念消亡的过去，而不是为了保留过去或将过去带入未来。因此，它不是用来连接过去与未来，而是过去的一个墓志铭。它所记录的也不是印第安文化的持续性，而是这种文化消失的过程：

> 在那些日子里，海华沙曾这样讲：
> “瞧！昔日的事物都在凋残，消亡！
> 无论是往古的伟大传统，
> ……
> 历代的伟人死后便被人遗忘，
> 贤者的遗言睿智无量，
> 听众的耳朵已不遗余响，
> 没有给后代留下榜样。
> 因此，那尚未诞生的后代，
> 只有置身在一片黑暗茫茫。
> 度过往后无声无息的时光！
> “在我们祖先的墓碑上，
> 没有涂上任何的记号和图像；
> 我们不知道坟墓里躺的是何许人，
> ……
> 于是，大家伙儿都在
> 那还没有给遗忘的墓碑上，
> 分别画上祖先的图腾
> ……
> 每一个图形都是倒置，

表示它的主人已经去世，
表示那拥有这个符号的首领，
已经躺在地下，化作灰尘。

（王科一　译）

之所以写《图画记事》这一章，是因为"昔日的事物都在凋残，消亡"。这一章并没有否定这种消亡，而是强调了这种消亡。绘画在坟墓上的符号是对已化为"灰尘"的亡者的纪念。说坟墓"还没有给遗忘"，预示的也不是人们对它的记忆，而是遗忘本身。甚至，这首诗在讲述"那尚未诞生的后代"让人们遗忘了，"只有置身在一片黑暗茫茫。/度过往后无声无息的时光"。 *251*

《海华沙之歌》仅仅是众多例子中的一个。这首诗说明，对于朗费罗来说，语言并不是可以使美国复兴的强有力的武器，也不是艺术的基础，因为语言已经死亡了。朗费罗所关注的并不是印第安人实际生活中的困境（尽管他在哈佛老校区遇到过一个印第安人）。他在乎的只是用印第安的语言和传说来为新生的美国塑造一种独特的美国文化。在他另一部同样很受欢迎的作品《新港的犹太墓地》（*The Jewish Cemetery at Newport*，1858）中，朗费罗用图画的形式赋予了希伯来文化同样的作用。一方面，这首诗赞颂了美国，因为它是遭受迫害的人民的避难所，是各族人民温暖的家园。另一方面，朗费罗所赞颂的地方是墓地。他所纪念的人是长眠在地下的犹太人，而不是接受了美国文化的犹太人。

这些希伯来人的坟墓，看上去是那么的奇特！
就在这美丽港城的街道边上，
就在那永不停息的海浪边上，
在这喧嚣与骚动旁安息……

在那厚实的帐篷下面，
隐藏的是神秘的死亡之旅。

在这几行诗中，我们可以看到，美国的港口欢迎来自五湖四海的各国移民，也可以看到港口的繁华与喧嚣。这种喧嚣反衬了希伯来人和希伯来文化的没落。《出埃及记》的故事在现实中失去了救赎的意义，演变成了希伯来的灭亡。是的，这些"名字怪异"的人们来到美国是为了逃避欧洲"无情的，盲目的迫害"，但是，当他们到达这次旅途的终点时，他们面对的却只是其他人的彻底遗忘。这首诗的结尾宣告了这样一个结局：

啊！那些曾经的过往一去不返！
呻吟的土地在艰辛与痛苦中挣扎
养活了它的子民，但已无力再恢复，
那已死的国家往日的繁荣。

艾玛·拉扎罗斯反对这样的结尾。因此，她在19世纪的后期以一种全新的美国犹太人视角来重新创作这首诗。但是朗费罗所关注的不是犹太人，而是印第安人。对于美国来说，犹太文化只是一个被他们遗忘了的过去。这是一种对美国文化内部的关键元素的奇特的重组。这种重组对于一个国家诞生
252 初期的诗人来说尤为奇特。正如在《海华沙之歌》中所说的那样，正是语言本身提供了文化消亡的重要意象：

此刻，没有任何沉默可以打断圣歌，
没有牧师用先知那庄严的语言
去诵读古老的对话……

就这样，永远带着逆反的表情，
他们解读着世界神秘的篇章，
就像一部希伯来语书，
倒过来拼读，
直到生命演变成一个死亡的传奇。

诗中所记载的是一种古老的语言和用这种语言创作的作品的消失。希伯来人的语言本身成为一个被颠倒的意象，没有了时间性。这种意象指向过去，把历史解读成一个关于死亡的传说，而不是随着时间推移而逐渐发展的过程。

这样的诗歌体现出一种文化威胁感和文化丧失感。但是，朗费罗最终所关心的是属于他自己的文化。在这些诗中，朗费罗将诗歌的语言说成是承载过去的文化的唯一一种载体。但是这就使得诗歌本身变成了一种死亡语言，就像一片毫无生机的墓地。这是一种很奇特的比喻。这一点在《挽歌》（“Elegiac Verse”）系列组诗中表现得很明显。在一定程度上，这些诗代表了朗费罗所有的诗歌创作：

希伯来人的语言中没有现在时，这是他们的高明之处；
因为当我们用语言交流一件事的时候，它已经成为了过去。

希伯来语在这里成为一种颠倒了的挽歌式语言，它代表了诗歌语言对自身的消解。

朗费罗的“翻译研究”（*translatio studii*）是他在教学和写作过程中作出的一个特殊贡献。这种研究使欧洲语言的潜力能够在美国得到开发。朗费罗本人连续 34 天每天翻译一章但丁的《神曲》，这体现了他的翻译才能。在他的诗歌中，翻译成为一个和诗歌紧密联系的形象。并且，翻译对文化生产和传播也发起了同样的挑战。

> 那古老的橡树！茂盛的树叶沙沙作响
> 用人类不理解的语言低语，
> 那声音就像浪花拍打着布满鹅卵石的海滩，
> 抑或像人群中的嘈杂；
> 这是神赐予你们的神秘礼物，
> 你们用不同的语言相互交流；
> 对于我来说，那是一种无人能教授的语言，
> 是一个消失了的民族的语言，就像一朵云彩，消失在长空。
> 很久很久以前，在你的荫庇之下，

253

> 亚伯拉罕在傍晚时分坐在那里
> 坐在马末利平原的橡树之下，
> 是那不知名的印第安信徒，艾略特，
> 他用一种被人遗忘了的语言书写他的《圣经》，
> 只有你能拯救这语言。

在《艾略特的橡树》（Eliot's Oak）这首十四行诗中，朗费罗又一次从翻译的角度提出了印第安语的问题。约翰·艾略特（John Eliot）翻译的印第安语《圣经》实际上是第一本在北美洲出版的《圣经》，出版于 1663 年。它比 1782 年出版的美语版的《圣经》早了一个世纪左右（韦伯斯特希望用纯粹的美式英语版本替换这版钦定本《圣经》）。但是，在这里，艾略特的《圣经》成为翻译失败的典型。这首十四行诗中的每一行都充斥着语言的意象，但是每一行又都体现了语言的不足之处。尽管树叶“沙沙作响”，但是其声音是“人类不理解的语言”。橡树的语言是“神秘的礼物”，可以用不同的方言说话。但是它所说的语言是“一种无人能教授的语言”。至于艾略特的翻译，尽管艾略特很尽职尽责，但是最终读者还是不能顺利理解这个译本。因此，他

的译本成了一个“失踪的民族”的标志，一座“已经死亡，并被人遗忘的语言”的纪念碑。

这首诗以“神秘的语言礼物”这一意象，似乎自信地诉求巨大的诗歌力量，一种能够阐释不同的世界、能够向自然讲述与为自然讲述的力量。实际上，朗费罗在这方面与爱默生颇为相似。《海华沙之歌》展现的自然是充满了象征，里面的每一个地方和每一个人物都具有象征意义。海华沙自己也被塑造为一个善于幻想的诗人。这首《收获季节里的月亮》（The Harvest Moon）十分全面地体现了朗费罗与爱默生相似的创作观：

> 所有的事物都是象征：
> 都是自然外部的表现，
> 就像花、水果与落叶一样。

但是，即使是在这里，代表诗歌的意象最终也是空洞的：

> 鸟儿的歌声让我们离夏天更近，
> 只有空巢留了下来，
> 还有麦田的安静。

只有在收割完毕，诗人才会有创作的灵感。而且这种灵感没有唤起活跃的鸣鸟，只是让人想到被舍弃的空巢。读到这里，读者脑海中出现的全是被否定的、空虚的、废弃的意象。

最后，朗费罗对现实和诗歌的想象力丧失了信心。这主要不是因为他怀疑自己的才能。虽然他的确在十四行诗《在人生之旅的终点》（Mezzo Cam-
254 min）中回顾了自己的诗歌创作道路，主要讲的是他的挫败感和失落感。他觉得自己那痛苦的过去就像“从高处奔腾而下的死亡瀑布”。实际上，真正限制诗歌、限制朗费罗诗歌创作的是美国自身。因为美国的价值观和目标给诗人留下的创作空间太狭小了。在他的《为诗辩护》（*Defense of Poetry*，1832）一文中，朗费罗呼唤一种民族艺术；一种可以把美国的历史和思想融入美国人的“行动之中”的艺术；一种能够表达并且帮助美国建构历史、政治和自然观的艺术。但是，他知道，他毕竟逃不出现实中的美国文化。在这个文化中，最重要的任务是“繁荣”、“经济的发展”、“利益”和“收获与追求”，总而言之，是以“实用性，脆弱的实用性，荒芜的、强健的、活力四射的实用性”为核心的。朗费罗对此反驳道，诗歌也具有实用性，它并不是“无用的”，它并不妨碍“我们履行私人和公共生活中的责任”。可是，这样为诗歌辩护，似乎没有太大的说服力，反而证明了诗歌是多么需要这种辩护。

桑塔亚纳（Santayana）很大程度上受到了朗费罗的影响，他反对文雅的诗歌，认为文雅的诗歌像“进入暮年的祖母”，是“一种没有意志力的智慧”和一种“反抗男权的女性”，与美国的“进取事业”格格不入。但是，朗费罗在桑塔亚纳之前就已经意识到了美国的高雅文化与商业文化的区别。他自己就是一个不听从父亲劝告的诗人，他的父亲曾经告诫他说：“文学生涯对于一个能养活自己的人来说是件快乐的事……但是，这个国家没有富裕到把财富分给文人。”朗费罗最终没有去做一名律师，是因为他机缘巧合地承担了一个学术要职。因此，最终他也能够在经济上独立。因为他十分机智地把书分为精装本和平装本，这样就使它们在上层、中层和下层的读者中都能同样地畅销（当然，这也得益于朗费罗娶了一位有钱的妻子）。但是，他那些畅销诗歌只是反映了诗歌在美国社会中的边缘地位，而并没能将诗歌从这一边缘地位拯救回来。正如本杰明·富兰克林在1763年所说的：“在满足生活的最基本要求后，我们应该考虑给生活润色。”

例如朗费罗的《孩子们的时辰》（The Children's Hour）这首诗，很有效地起到在“白昼与黑夜之间”安插了“一次工间休息”这样的作用。又如《夜》（Night）这首诗歌中所说的，诗歌“更好的生活”仅仅在夜晚开始。

> ……白昼的幽灵消失了
> 纠缠着亮光的人和物的鬼魂，
> 人群，喧闹，追求和逃逸，
> 那无利可图的灿烂展览，
> 那牵动心灵的悸动，
> 全都消失了。
>
> （杨德豫　译）

《畜栏里的飞马》（Pegasus in Pound）是艾米莉·狄金森很欣赏的一首诗， 255
它叙述了“诗人带翅的骏马”如何“无法承担日常的劳动”，因此被囚禁在畜栏之中，唯一的出路就是彻底从世界上消失。以此为主题的诗，朗费罗写了一首又一首，并借此提出了诗歌在美国文化界中的边缘地位这一问题。但代表诗歌的总是这样一些意象：错位，黑暗，黑夜，睡眠和死亡。就像在《候鸟》（Birds of Passage）这首诗中，“诗人的歌曲”在白天无处寻觅，只能在“夜空淡淡微光里”，在远离世俗世界的时刻才能为人感知。只有在《白昼已告终》（The Day is Done）后人们才能阅读诗歌。在《宵禁令》（Curfew）

的约束之下，在一天即将结束之时，“书读完了”，“歌声也归于寂静……一切都笼罩在睡意和遗忘之中”。对于朗费罗来说，诗歌和死亡日益成为他关注的主题，而且，似乎二者是彼此呼应的意象。

这就是诗歌在美国所遭遇的困境的写照：

噢，那已逝的诗人，虽然你还活着
在你的诗句中永生，尽管已失去生命
噢，那活着的诗人，你已经死去
虽然你还活着，但没有人记得你，
告诉我你是否，在最黑暗的逆境里，
痛苦的眼泪带着血色
从你头上的荆棘王冠迅速滑落
你的使命已完，你却不快乐？
是的，因为歌唱的天赋和能力，
具有神圣的美妙，
它可以宽慰委屈和痛苦，
不在喧街闹市的嘈杂中
不在人流的吵闹和喝彩中，
胜利和失败，深藏在我们的心中。

（杨德豫　译）

《诗人》（The Poets）这首诗歌是以语句交错排列法来开头的。它将当时的美国诗人与过去的永恒诗句的传统联系起来，但平衡却被打破了，诗歌无法脱离读者群、脱离社会而独立存在。所以，美国诗人，尽管是活着的，在这个意义上他们已经死去了。尽管诗的后六行中出现了表达肯定含义的“是的”，但是它表明的仅仅是错位和否定。它把诗歌和以喧闹嘈杂的街市为特色的美国割裂开来。诗歌“使命”的“完成”只有建立在这样一种意义上，那就是消除“使命”这个具有美国特色的词汇中所包含的政治派别的寓意，退回到内心的想象当中，诗歌最后一句的“胜利和失败”几乎难以说清。

朗费罗的诗歌致力于为美国民族文学的建设作出贡献。在这项事业中，朗费罗功不可没。但是，他对诗歌的重要性和诗歌的生存问题怀有深深的顾虑。在美国的文化遗产当中，诗歌到底占多大分量，朗费罗也没有十分的把
256 握。他的一些上乘之作中体现出诗歌是一种超越一切的艺术。它使其他艺术形式“黯然失色”。和诗歌相比，“我们清洗掉……那些生活中平淡乏味的

书”（《夜》），就像强大的“奥马赫之主”（《致流云》［To the Driving Cloud］）的“脚印”被抹去（一个典型韵脚双关语），或者像“沙上行人的脚迹”被“细浪又软又白的手儿抹去”（《潮水升，潮水落》［The Tide Rises, the Tide Falls］）一样。在附加在朗费罗最后几首之歌之后的这首《片段》（Fragments）中，朗费罗对自己所有的诗歌作品作了这样一个总结。

被遗忘的思想写出来的被遗忘的记录
疲惫劳苦的白日，
深思敏感的黑夜，
未来，现在，过去，
我所记得的，感觉到的，以及最终期望的一切
万般欢乐，惆怅，经过时
不过在这扇玻璃窗上寻到一个蒙尘的意象

（杨德豫　译）

因为诗歌的王国与日常的生活脱节，因此，对自身的存在构成了威胁。诗歌最后仅仅成了在自己建构的那片易碎的“玻璃”上一个“蒙尘的意象”。

正像许多19世纪中期的伟大作家所坚持的那样，美国文化在其最初的形成过程中，表现出了在不同领域发展的可能性。朗费罗把美国文化局限在日常活动中，从而阻碍了美国文化在其他领域发展的可能性。而相对日常生活，诗歌显得越来越不真实。尽管他的诗歌是为了创建美国文学，但在这些诗歌中，朗费罗也流露出自己对于能否创建真正意义上的美国文学有所怀疑。在《人生颂》（The Psalm of Life）这首他创作初期最受欢迎的诗作中，他这样情绪激昂地感慨道：“人生并不是一个空洞的梦。”这似乎首先是用来说服诗人自己，而且并不仅仅与诗歌创作有关。在某种程度上，这首具有挽歌情调的作品所哀悼的正是诗歌本身。在美国民族文学即将诞生之时，朗费罗哀悼文学在美国的生活方式中毫无容身之地。

埃德加·爱伦·坡：反复，女性与符号

一直以来有这样一种说法，坡的大多数评论文章都是针对朗费罗的，源于其对后者的厌恶，这是以讹传讹。实际上，这种所谓的“厌恶”有着复杂的原因。它间接反映了朗费罗代表的北方与坡代表的南方的冲突，富有与贫穷的对立，社会地位优越与被边缘化、放逐的反差。同时，它也有效地反映

了南北战争前美国人生活的巨大差距。坡总是被贴上用美语写作的法国作家的标签。经过波德莱尔（Baudelaire）的大量翻译，马拉美（Mallarme）与瓦莱里（Valery）对其的经典化，坡已然被认为是更多地融入法国而非美国的诗学传统中。然而被忽略的事实却是，早在这朵恶之花被世人公认为是推动美
257 国现代主义的动力之前，它就已然在美国本土生根发芽了。威廉·卡洛斯·威廉斯首次评价坡，称他的创作中存在“一种新的地方色彩”，“第一次伟大的尝试，拨开乌云，显露出一个地域重新被唤醒的非凡”。确实，坡所描绘的一个“反世界”（counter world），类似于“反语言”（counter language），深层次地揭示了一个被极力掩饰的社会历史世界。

在这个意义上，讽刺的意味是多重的。长久以来，美国的文学创作都没有自己的原创性，总是追随着其他民族的脚步。因而，与朗费罗一样，在许多方面，坡都努力开创着美国文学自己的传统。这个有关原创性的问题，不仅仅显示在他对抄袭的极度仇恨（众所周知的是他对朗费罗的攻击），而且也贯穿了他的整个诗学思想。更甚的是，他与同伴们一起走到了泾渭分明的分界线：一面是想象中的诗性美国，一面是展开在眼前的现实美国——一个商业的、工业的与物质的美国。倘若实施一个巨大的浪漫主义工程，通过想象来重塑经历，把现实意义与诗学意义融合在一起，那么，坡的诗歌无疑是一把尺子，标志这项工程发生在美国的不可能性。在这个意义上说，坡是一个刚愎自用的浪漫主义者。然而，不可否认的是，他的诗歌仍然进一步展现了美学与形而上学的联系。这种联系对浪漫主义来说非常基本与重要，并且，它在后者内部也不是一成不变、稳若泰山的，而是充满了不确定的、不稳定的因素。这种联系不仅仅是在抽象意义上的，还通过美国宗教文化的特殊传统表现出来。因而，坡的创作不仅仅展现了美国浪漫主义的视野，也展现了美国的宗教视角。而浪漫主义与宗教向来是相互模仿、相互影响，如同镜子两面的影像。在坡的笔下，美国本土的脉搏得到一种奇异的、常常是报复性的展示。结果就是这样一种诗歌：它具有反抗性、否定性；在诗学理论中体现出来，也具体贯穿在创作实践之中；刻意制造窥视、批判、距离与重复，同时也做到了对美国生活奇特的表现。

重复在很大程度上定义了坡的传记。这本传记回顾了坡悲剧性的生涯，像是梅尔维尔的反传奇（anti－romance）《皮埃尔》（*Pierre*）的主人公一样。在他两岁的时候，坡就被均为演员的父母所抛弃（坡的父亲其实来自一个没落的但是受人尊敬的革命家庭）。父亲遗弃了他，母亲死于肺结核。接下来，坡被弗朗西斯·爱伦（Frances Allen）和她对此持保留态度的丈夫约翰（John）所接收，但是，并没有在法律意义上被领养。因此，坡的生活最开始

充斥着出租房、频繁的搬家、酒精以及贫穷。而随之与爱伦一家的生活则布满了关于野心以及背叛的复杂沮丧的荆棘。约翰·爱伦是一个雄心勃勃的商人，拥有奴隶，最初的数年历经起伏，终于在1825年通过继承一位叔父的遗产而最终积累起家资（其中还包括拥有的奴隶以及种植园）。坡在爱伦家是以一个绅士的标准被养大的，养育方式既开明也危险。他分别在英国与里士满（Richmond）接受教育。1826年，17岁的坡进入弗吉尼亚大学（University of Virginia），与此同时，他开始酗酒、赌博、欠下债务，也因此与养父的矛盾不 258
断升级。终于，在1827年，两人大吵一场。之后，坡选择了退学从军。又通过一番活动，于1829年离开军职，进入西点军校成了教官。1829年，弗朗西斯·爱伦离世，约翰于1830年再婚，1833年也辞世。坡没有获得继承权，身无分文。但同时这种境况（尤其是在1831年遭受军事法庭审判以及最终被西点开除后），也使坡从美国式的成功中产阶级的条条框框中解放出来，从而使其得以从事自从早慧以来就真切呼唤他的、属于他自己的文学创作。在接下的无数日子里，坡总是如梅尔维尔一样无望地挣扎在用艺术养活自己的境况里。他不停地在南北方城市里为杂志贡献着契约似的劳作，带着作家的梦想，却以失望告终，不得不恼人地沦为二流编辑。如他在1845年《乌鸦》的序言里提到诗歌创作时说："不可控制的力量时时刻刻都在阻止我进行严肃的创作尝试，而如果情况容许的话，我是非常乐于写作的。"1836年，坡与时年13岁的表妹弗吉尼亚（Virginia）结为连理。后者历经5年肺结核的反复折磨于1824年辞世，年仅24岁。随之而来的是坡一系列错综复杂的恋爱关系，然却没有一桩是圆满的。终于，1849年的一个选举日，人们在巴尔的摩（Baltimore）瑞恩区（Ryan）的第四投票站街头发现坡。他躺在地上，不省人事，身上还穿着别人的衣服。4天后，坡卒于酒精中毒。26年后，他的墓前竖起了一块墓碑，虽然在场的美国文人中仅有沃尔特·惠特曼。但墓碑上镌刻的却是马拉美那著名的献给坡的诗篇。

在他身后，坡那冥顽不化的文学经理人兼第一任传记作者鲁弗斯·格里斯沃尔德对他道德败坏的指控以及伪造的信件，使得诗人一度被抹上了灰暗的色彩。这险些造成了美国身份和期许颠倒错位的寓言。正是这种错位以及放逐定义了坡的诗歌，以及他的诗歌理论。坡并不是唯一一个对诗歌形式有高度自觉的19世纪诗人，这个名单上还有狄金森、惠特曼、朗费罗，每个人都各有特色。然而，坡却是他们中的第一个。坡把诗歌的形式放在了首要位置，这在他的法国继任者们看来，是意料之中的。因为早在《创作哲学》（The Philosophy of Composition）中，坡就谈到了这个问题。其字里行间透露出这样一个信息，即诗歌创作自身具有一套固有的哲理体系，而不是处处出新。

华兹华斯也早在其“宁静的回眸”中暗示了这个观点，但是坡走得更远。他认为诗歌中的这个哲理首先是自我关照的，也就是说创作实质上仅仅关乎诗歌本身。在《诗歌原理》（Poetic Principle）中，坡批驳了他所谓的“说教诗”，论到：“没有，也不可能有，比诗歌本身更为高贵、值得尊敬的附加物。
259 只有而且仅仅只有诗歌本身，而不是别的附加物，才是最高雅与高贵的。并且应该为作诗而作诗。”

这里所说的“说教”不仅仅限于“真理”或“道德伦理”。这种误解尤其存在于波士顿圈子里，通过朗费罗的追随者的创作实践体现出来。它深深地激怒了坡。实际上，坡所指的“说教”是所有醉翁之意不在酒的诗歌身外的意义指向。艾略特、奥尔德斯·赫胥黎（Aldus Huxley）曾经戏谑评价说，法国人之所以为坡痴狂，是因为他们并不真正理解英语。虽是玩笑话，细想却也有一定道理。英语读者们在读坡的诗歌的时候，常常会感觉力不从心，找不到诗歌的意义所指。其实这就是坡众多技术上的成就中的一种，即有意通过语言结构来淡化、否定诗歌的外延意义。这种看似保留意义实则否定意义的创作在《尤娜路姆》（Ulalume）中表现得非常明显，几近炫耀。这其中，对地理风景的描写几乎成了词语风景。

阴沉沉的天空一片蒙蒙灰色，
　所有的树叶都已经焦枯凋零——
　所有的树叶都已经萎蔫凋零：
这是在夜晚，在凄凉的十月
　在我最无法追忆的那个年轮：
黑黝黝的奥博湖泊阴冷萧瑟，
　雾蒙蒙的韦尔森林肃杀凄清——
这是在奥博阴湿的山顶湖侧，
　在食尸鬼常出没的韦尔森林。

（曹明伦　译）

早期的批评家认为此处的名字纯粹是无理取闹。然而，当后来把它与文学艺术等联系起来时，人们发掘出了不一样的信息，即：诗中的奥博（Auber）可能是一位法国作曲家丹尼尔·奥博（Daniel Auber），抑或在英国有一条叫奥博的河；而诗中的韦尔（Weir）也可能指罗伯特·韦尔（Robert Weir）[①] 画着

① Robert Walter Weir（1803—1889），美国画家，以历史画作见长。——译注

薄雾笼罩的风景；而在下一节中的雅勒克山谷（mount yaanek）则指代南极洲的一座活火山瑞布斯（mt. rebus）。与雅勒克相比，瑞布斯显然不能和泰坦尼克（titanic）、沃坎尼克①押韵，像奥博（auber）与奥克托博（October）②一样。因而在诗中被替换成了雅勒克（yaanek）。确实，音决定着选词。这些名字也不是无理取闹。即使中断意义，它们也不可否认地与意义联系在一起，在无为与意义生成之间迂回盘旋。它们并不是想要完全抹杀意义，而只是要推翻外延意义与诗歌的联系。这种推翻构成了坡诗学的基础，后者关注于美在具体现实的体现以及二者的联系。

然而，败阵的意义只是坡的诗学否定众多技巧之一。他否定的还有空间。《梦境》（"Dream - land"）是无影于空间，无影于时间。《海中的城市》（"The City in the Sea"）再现了一个反世界，"和我们这里的形成巨大反差"。在这个世界里罗列了无数否定的祷文："没有任何光辉"，"没有碎浪微澜"，260
"没有膨胀显示"，"没有起伏暗示"。《梦境》中有"幽暗的山谷……我们辨不清它的形状"。《不安的山谷》（"The Valley of Unrest"）则是"无人居住"，整首诗充满了"不"、"不安"、"不平静"、"骚动不安"；除此之外，还有贝克特（beckett）所谓的"缺乏状态"，例如，"不安的"缺乏安静，"凝滞的"缺乏动态，"无名荒冢"缺乏归属。这种"缺乏状态"常见于坡的诗作中。《梦境》之中也充斥着"无底谷"、"无拘的洪流"、"不安的渴望着的大海"，以及"无尽扩散着的湖泊"。在《致乐园中的一位》（"To One in Paradise"）里，诗人的灵魂在徘徊，"无言，静止，栖惶"。这些对界限、动态的否定，在多种回潮以及对立的协助下，使得沉默成了借喻的中心，从而这些否定演变成了对语言的否定。在《十四行诗——致沉寂》（Sonnet—Silence）中仅仅是着重点出了坡诗歌中这种持续不断的牵引力，而最明显的则是以下的例子。从《艾尔·阿拉夫》（Al Aaraaf）中"惊醒的耳朵里沉默的声响"到《不安的山谷》里"一个幽静的山谷"，从周围《亡魂》（Spirits of the Dead）里"寂静的""孤独"到《伊斯拉斐尔》（Israfel）那完全定义了的让其他星星失语的诗性力量，这些都是否定的表现。

在影响力上来看，最有力的否定是关于时间的。从坡非常年轻的时候开始，他就长于对失去、怀旧和悔恨的表达。他在1827年的诗集《帖木儿以及其他》中的第一首诗就已经道出《最快乐的日子，最快乐的时刻》（"The Happiest Day, the Happiest Hour"）已经怎样的"悄然漂走"；"我年轻时代的

① 原文volcanic，意为火山的，此处为比较韵律之方便，采用音译。——译注

② 将October音译，也为了比较押韵的方便。——译注

幻象”是怎样的啊，但是现在，“啊，它们早已经离我而去”。而对这种固有的怀旧最有力的表现是在数次重复的“永不复焉”之中，形成了叠歌。坡在《创作哲学》中许多激进的声明，其中之一就是承认自己在《乌鸦》（The Raven）中多次使用“永不复焉”的原因是：他喜欢字母O和R的发音。[①]确实，坡非常喜欢音韵。但我们要注意，虽然坡说自己用“永不复焉”做成叠歌仅仅是源于对音的喜爱，但是，这个词语本身蕴含了“永远不再”的意思，也是否定的，而且这两个词语也多次出现在其他诗作中。例如：《诗节》（Stanzas，1827），《亡魂》（1827），《丽诺尔》（Lenore，1831/1843），《致乐园中的一位》（1835，3次），《十四行诗——致沉寂》（1840），《十四行诗——致赞特》（Sonnet—to Zante，1845，5次）。在《乌鸦》中，“永不复焉”充分行使了它的使命：不仅从时间上而且从语言上完成了否定。如《创作哲学》里所说的：这种叠歌使用不光是产生的“愉悦性仅仅来自人们对其同音同律和重复的感觉”，更重要的是“叠句声音之单调”在坡制造的不同语境下有着不同的意义。他写道：“换句话说，我决定通过叠句寓意之变化不断地创造出新的效果，而叠句本身却基本上保持不变。”这种变换使得词语在不同语境下有迥然的意义，让我们看到前者如何依赖后者。这样的叠歌使用可能会暗示语言的完整性，发挥每个词语的潜能。但是，从“永不复焉”的不同意义上
261 来看，它实际上导致了意义的坍塌。它周游于每个诗节之中，却从没有停泊，获得一个稳定的意义。同时，它意义的多样性也使人们无法确切地说出它的涵义，似乎每种意义都是站不住脚的。如此这般，这个短语没有了完整，只有虚无。表面上看，好像它有许多寓意，可实际上什么也没有。所有可能的寓意都被抹杀。用坡的作品常常招致的评头论足的理论用语来讲，就是：它成了一个符号，这个符号没有固定的意义，一直在漂流，从未靠岸，最终导致了毁灭。这是由于在《乌鸦》里，“永不复焉”回答了一系列接踵而来的问题，关于时光——过去、现在、将来，以及所有的希望和期许。它被冰封在无止境的黑暗里，让人摸不到头脑，直到最后，才获得解放。“而我的灵魂，会从那团在地板上漂浮的阴暗/中解脱么——永不复焉！”

凸显在《乌鸦》中“永不复焉”这种叠歌的使用问题，在许多方面确实是坡美学思想的基石。叠歌，意在重复；而重复，与抄袭有着微妙的联系。这也解释了坡对抄袭问题的沉迷。这种沉迷使他的评论文章中一直贯穿有关抄袭的主题。而所谓的“与朗费罗之战”洋洋洒洒超过60页，其中充满了指控、辩驳以及自我指控（1845）。在坡临终前未完成的匿名文章《被评论的评

① “永不复焉”，原诗所用的词是nevermore。——译注

论家》中，对自我的指控登峰造极，达到了怪异的程度。这实际上饱含了无尽的焦虑：坡对自己原创性的关注，他在美国文学中的位置，以及到底有没有可能开创美国文学的新传统（更不消说关于版权的永无止境的法律纠纷了）。而朗费罗的出现只是为这些矛盾冲突提供了一个碰撞的十字路口。冲突之一就是文学地位与社会地位的复杂关联问题。坡一直在抱怨每个人都在自己的圈子里“说悄悄话”，以至于“朗费罗先生的影响被严重地夸大，而作为没有财富与地位做垫脚石的普通个体却不被重视……朗费罗教授只不过是模仿者中的大巨人”。同时，坡也洞察到模仿与原创之间的抽象联系。坡在《旁注》（Marginalia）中仍然将话题引向朗费罗，他进行了一系列微妙复杂的区分：“模仿者并不一定就没有原创性。朗费罗先生就无疑是美国最富有开拓精神的模仿者，有着原创性，或者是说有丰富的想象力……所有伟大的诗人都曾经是罪行深重的模仿者，反之却未必，不是所有伟大的模仿者都是诗人。”

艺术创作中反复手法的运用是坡美学思想的一个核心。坡极端坚决地反对所有模仿的艺术和认为艺术是对现实的模仿这种看法。在为数众多的段落和诗篇里，坡坚持认为艺术并不是精确地再现或是重复。这种思想最初出现在坡于1842年写过的一篇评论朗费罗的文章里，后经修改被收入《诗歌原理》中。坡写到： 262

> 而正如让百合花倒映在碧湖中，或让阿玛瑞丽丝的眼睛闪耀在明镜里一样，用语言或文字再现这些形状、声音、色彩、气味和情趣，也是愉悦的一个源泉。但这种纯粹的再现还不是诗。如果一个人仅仅是用诗来再现他和世人一样感知到的那些景象、声音、气味、色彩和情趣，不管他的感情有多炽热，不管他的描写有多生动，我都得说他还不能证明他配得上诗人这个神圣的称号。远方还有一处他尚未触及的东西。我们还有一种尚未解除的焦渴，而他却没能为我们指出解渴的那泓清泉。这种焦渴属于人类的不朽。……它是飞蛾对星星的向往。它不仅是我们对人间之美的一种感悟，而且是对天国之美的一种疯狂追求。它是即将到来的美好的前兆。它是一种激情，这种激情无法从尘世的风景、声音或情感中得到满足。于是我们只有将其在创作中释放，但往往是无效的。[①]对天国壮美之预见令我们心醉神迷，正是在这种预见的启迪下，我们才

① 本段采用曹明伦的译本，但由于坡的《诗歌原理》有不同的版本，本书中选用的与曹译本选用的版本有出入，从“它是即将到来的美好的……”到“往往是无效的”在曹译本中没有体现，为译者翻译。——译注

通过时间所包容的万事万物和想象之中的种种结合，竭力要去获得一份那种壮美，尽管那种美的每一个元素也许都仅仅属于来世。

（曹明伦　译）

倘若说奥斯卡·王尔德的论调——艺术模仿自然是需要艺术和自然两者的话，那么在坡这里，他就要辩驳了，认为一个就已经足够。艺术里也许会存在重复，但这种重复却不是“真实的模仿”（或者如他在《诗歌原理》中改写成的“描写的生动”）。相反，美学上的重复会抽离于自然状况之外，展现出自然的无能为力。岂止自然，艺术自身也是无能为力的。它无力于表现“尚未解除的焦渴”与那种遥不可及但是无法遏制的“对天国之美的一种疯狂追求”。真实的影像无法触及，艺术无法将它挽留，自然无法将它捉摸。它站在了二者的对立面上，甚至可以摧毁二者，还有艺术家本人。如坡所述：“它是飞蛾对星星的向往。”它的源泉也不是完全存在于此世，也没有为我们提供“那泓清泉”。“它是一种激情，这种激情无法从尘世的风景、声音或情感中得到满足。于是我们只有将其在创作中释放，但往往是无效的。”

上述语段中开始部分的湖泊意象在坡的诗作中常常处于中心地位，作为坡美学观念的反思或迁移的一种表现。最早有《晚星》（Evening Star）、《亡魂》、《致河水》（To the River）以及《献给湖水的诗》，接下来有编入选集的《睡美人》（The Sleeper）、《罗曼司》（Romance）、《亡者之城》（The City of the Dead”）、《致海伦》（“To Helen”）、《安娜贝尔·李》（Annabel Lee）。这其中湖泊或海洋的意象是意识的反映，仿佛是诗人心灵的一面镜子。尤其是《致河水》一诗直截了当地建立了一个三角反映关系，这三角分别是：河流，望着“深深倒映着倩影”的河水的爱人，以及由于同样在水波中映出身影而与前两者产生关联的诗人。坡在这首诗中表现了令人惊异的重现与原版之间的连续性，抑或可以说是消解融合了二者的身份，模糊了它们的界线。但情况也并不总是这样。更多的时候，在坡的诗歌中，意象和原本之间的联系并不是肯定如实的反映，而是否定性的，或是变形了的，造成湖中或脑海
263 中出现的意象和力图表现的世界之间对立的局面。例如，在《睡美人》中，清醒的世界里并没有锻造出诗性的幻象，而沉睡的世界也没有改造或是拯救了现实世界。诗人站在“忘川一般”的湖泊边上，（像上面坡的散文文字描写的一样，）“百合花慵懒地倚波靠水”。“那湖就像是忘川，/ 仿佛沉浸在清醒的安眠，/ 怎么看也不肯睁开睡眼。”吟诗者、睡美人与湖泊的意象就统一在了一起，统统成为冰封的意识，了无声息、宛若长眠，“在那墓门有回声的坟茔，/ 她再不会牵强地解释那回声”。

诗里湖中的百合形象重复出现在了《梦境》中，并且周围的自然环境也是分毫不差："湖水漫无边际地扩张/ 那爱的水域孤独而沉寂/ 那凝滞的湖水沉寂而冰冷/带着缀雪的百合"。而在《献给湖水的诗》中，这种对幻象里的湖水或意识的否定性表述得到了充分的表现：

在青春岁月里，我注定了
常去这广阔世界的一角，
对那儿的爱我没法少些——
一个荒凉的湖那种孤寂
如此可爱：有黑岩石围绕，
四周的大松树耸得天高。

可是每当夜色的盖幕布
罩上那地方，像罩上万物；
每当神秘的风一边吹过
一边咕咕哝哝地哼着歌；
那时呀，那时我就会体验
那孤寂的湖带来的震颤。

但这震颤并不出于惊恐，
却是因快乐引起的抖动——
即便是宝窟金矿也难以
教我、引我说明白这感觉——
就连你的爱也无能为力。

那有害的湖水意味死亡；
如有人为其寂寞的想象
能从幽暗的湖找来安慰——
其孤独的灵魂凭那湖水
能化出一座伊甸园的人——
那湖里有同他相配的坟。

（黄杲炘　译）

坡在这种表述中到底在否定着什么？这里面充斥的都是内心的情愫，还

有诗性的幻象力量，却不是对外部世界的真实描摹，甚至一丝改造性的描述
也不存在，哪怕是与外在世界之间存在一点点的对应或是说明也没有。此诗
就处在了裂痕处，一边是内部状态与心灵，一边是外部状态与世界，而且二
者的意象没有任何的交集。仿佛坡陷入了浪漫主义的否定瞬间：想象天马行
264 空，妄想借己之力改造世界，可是一旦真正实行起来，却不得不在现实面前
妥协。这种否定静默的伫立，没有回头的路。诗人与世隔绝，影子倒映在
“有黑岩石围绕”的湖中，“耸得天高”的大松树将湖围绕。当“夜色”用
“盖幕布罩上那地方”，它便阻隔了现实。而在1849年《旁注》中，正是这种
阻隔，阻隔了自然，阻隔了现实，才使得真正的想象得以驰骋。坡写到：“艺
术”不是“仅仅模仿自然中的事物，不管它模仿得多么精确”，而应该是
“将感官透过灵魂的面纱而在自然中洞察的一切进行再创造”。这里的面纱旨
意不在于展现，而是阻隔；不在揭示，而是介入。如此一来，只有“我们在
注视着同时却半眯着眼睛”，“实际风景的真正美”才会加倍凸显。因为“无
遮蔽的感官不是看得太少，就是看得太多”。（1845）

在此诗中，想象的瞬间仍然在结构上和效果上呈现否定性特征。因为它提供的经历体验不是引人向上的“歌”而是震颤。这种震颤本身却是积极的，“并不出于惊恐，/却是因快乐引起的抖动——”坡在这里走出了一大步，趋于颠覆翻转习以为常的价值尺度以及评价标准。震颤是快乐的，正是由于它与世界对立，与实际经验对立。“即便是宝窟金矿也难以 / 教我、引我说明白这感觉—— ”这“宝窟金矿”是生活里的物质供应，常常出现在艾米莉·狄金森的诗作中，作为双关语，暗示个体被所拥有的财产所建构。而在坡这里，为了表现在语言中或接下来的“爱”里存在的某些事物，甚至是不存在的事物，“宝窟金矿”被消解掉了。而在诗歌结尾怪异的倒装，“那有害的湖水意味死亡”①，提供了恐怖同时也是肯定的意象。进入“幽暗的湖”里“同他相配的坟”，在坡看来，就是正确的归宿，终于赶上了“孤独的灵魂”“寂寞的想象”的脚步。确实，这湖水能够“化出一座伊甸园”。

坡给象征主义诗歌留下的遗产之一就是开辟内省主题，将其纳入诗学的领域。他的诗歌有浓厚的自我反思氛围，其中外部世界作为心灵内部的意象而存在。这种作为诗学处理的内省深深触动了瓦莱里，后者着重关注诗人的心灵，因为它活跃在诗歌创作和自身的建构中。然而，相较于坡，瓦莱里更为纯粹，他声称诗歌就应该关乎本身，别无其他。坡所追求的内部处理过程代表了诗歌创作过程本身，如同一面空空如也的镜子反照了另一面空镜子。

① 原文“Death was in that poisonous wave”。——译注

坡的诗作《闹鬼的宫殿》与小说《厄舍古屋的倒塌》交相辉映，具有高度的象征性。这首诗不仅是故事主人公的内省，也是叙述者、主人公孪生妹妹和坡作为诗人的内省。字里行间，诗作把人建构成一座宫殿：理性——“思想的主宰”居住其中；屋顶“黄色的旗帜，燃着荣耀的金黄”，有如毛发般；“两扇窗，晶莹明亮 ”，好似眼睛；牙齿“如珍珠和宝石般闪耀”；而嘴部就是这所“华贵的宫殿大门”。这种外化的内在性，这种对心灵的建构，被戏剧 265
性地翻转。读者在阅读时也会一步一步地跟随着进入这座宫殿。随着摒弃理性，分裂自身（这里仍然用到了有关水的意象——“恰似一湍激流”），眼睛则变成了“燃红的窗子”。而在作为“苍白的门”的嘴发出了“骇人的一串”疯狂的歇斯底里的叫喊时，语言本身也同时坍塌。

坡的这份留给象征主义的主要遗产——以自省方式呈现的心灵诗歌，一开始并没有像后来的那样强调艺术的自治与独立于审美体验。在这个意义上说，坡并不具有真正法国性。因为在他的诗作中，艺术仍然保持极度的不完整性，不仅指向自身，更是超越自身，指向它永远无法捕捉的国度。如他在《诗歌原理》中写道：“远方还有一处他尚未触及的东西”，“我们哭泣”，并非“由于过度喜悦，而是由于一种必然发生且难以忍受的悲哀，因为尚在这世间的我们此刻还无力完全而永久地把握住那些神圣的极乐狂喜，我们只能通过诗或音乐，隐隐约约地对它们瞥上一眼”。后来的象征主义或许已然把艺术作为形而上学体验的替代品，从根本上把诗歌当做是封闭而完整的物品。坡却并非如此。他的诗作里流露出与旧式形而上学体系的难以弥合的烦乱关系，这种联系不停地在笼罩在诗歌周围，虽然没有留下痕迹，但是却让人浮想联翩。如艾米莉·狄金森，坡透过现实世界的边沿翘首张望，望向那个他已经不再坚定信仰着的来世。如下坡的这些故事发生的领地就是隶属于来世生活的，亦可以说是毁灭后的生活：《催眠启示录》（Mesmeric Revelation），《莫诺斯与尤纳的对话》（The Colloquy of Monos and Una），《埃洛斯与沙弥翁的对话》（The Conversation of Eiros and Charmion），《言语的力量》（The Power of Words）。这些故事都发生在身后，并且后三个还是在世界末日之后。它们试图想象并且描绘出生死线另一边的图景。

上述的故事以及坡的诗歌，都呈现了现世与来世的躁动不安的联系，也彰显了坡的独特美国特征或模式。他于1812年接受洗礼，1825年正式皈依南方主教派教会（Southern Episcopal Church）。值得一提的是，对于新教中加尔文教派以及其衍生流派，不管是自由主义的还是复兴派，坡都没有加入（纵然他的一生见证了在大规模复兴主义推动下的加尔文派第二次大觉醒）。然而，坡的养父约翰·爱伦从小就在苏格兰加尔文教派的氛围下成长，并且一生中所处的氛围也大部分属于加尔文教。坡在英格兰上的学校要求学生早晚都要参与礼拜，大量阅读经文。这所学校所在的地区并不都笃信国教，其中就有一个著名的非国教学院，以培养出丹尼尔·笛福（Daniel Defoe）、艾萨克·瓦茨和玛丽·沃斯通克拉夫特而闻名。在1836年评论弗朗西斯·霍克斯（Frances Hawks）的《美国基督教会史全编——弗吉尼亚篇》（*Contributions to the Ecclesiastical History of the United States of America—Virginia*）时，坡支持了
266 霍克斯对南方主教派教会的辩护。“不要让极易激发的政治偏见，含沙射影，左右我们所珍惜的宗教信仰。”坡对《圣经》的引用非常广泛并且显示了对它的深刻理解，这里面包括《旁注》里对希伯来语语法的评价，以及在评论约翰·L. 斯蒂芬斯（John L. Stephens）的文章中出现的一系列希伯来词语。爱伦·泰特（Allen Tate）指出：“尽管早期接受传统教育，在基督教的浸染中成长，但在坡的写作中，这些经历、这些传统已仿佛丧失”；然而只能说，披上伪装的外衣，坡在表面上信仰，实际上正是将矛头直指这种丧失。泰特进一步评价说：“一个信仰宗教的人，其基督教信仰因为某种不为人知的原因，短路烧毁。”

提到宗教，坡实质上是与两种美国特有的宗教想象模式有着千丝万缕的联系，那就是——乌托邦式的上帝之城以及唯信仰论（antinomianism）[①]。或许在无意间，坡已然展示了这两种模式是如何相互关联与交叉的。他的作品中情景化地再现了一个绝对理想王国，它最终被现实世界否定。达到这样的绝对理想，几乎摈弃了所有现世的规范与约束。这是一个悖论，这个绝对理想王国期待被认同，在找寻与现实世界的关联，然而具有讽刺性的，这种关联却是：要达到绝对理想，就必须摒弃现实。它的这种摒弃规约与唯信仰论的实质有异曲同工之妙。坡打开的也正是一种对末世的否定暗示。对于他来说，末世的意义分崩离析，它代表着毁灭而没有重生，至多是一种周而复始的重复。这种毁灭论的倾向，在坡关于宇宙的幻想作品《我发现了》（*Eureka*）的开篇非常明显。坡重现了一个无休止的反复：“在最开始的事物原始统一状态中包含了万事万物的继发性原因，存在着它们不可避免要走向毁灭的萌芽。”

纵观宗教想象的历史，我们发现有许多探讨此世与彼世可能关系的问题。其间虽然有重叠之处，但大体上还是泾渭分明，分为以下五种。第一种可以被形容是苦行禁欲式的，即若想升入天国就必须完全放弃尘世。第二种是圣典式的，即要从尘世获得升入天国的途径。第三种是祭奠式的，即认为尘世

① 宗教上的唯信仰论，指相信只要全心全意信仰上帝，就能得到恩典，而不必恪守律法。此处以及下文的唯信仰论为在此基础上的衍生，指摒除规约。——译注

因为来自天国光辉的照耀而熠熠生辉。第四种则为尘世至上式的，认为眼前的世界只为自身存在，与所谓的天国并无瓜葛。最后一种却认为终极现实与眼前世界如此老死不相往来，以至于若想升入天国，就必须把现世的一切都牺牲甚至毁灭。这样一来，二者的联系处于完全否定的状态，所有现世的规约都被悬置否定，这也就是美国传统意义所谓的唯信仰论。

在上述模式中，坡的想象属于最后一种。他的诗作里描绘的是两个世界之间的战争，二者之间如此剑拔弩张，以至于我们看不到从此世通往彼世的康庄大道。这即为坡反艺术模仿理论的威力。模仿背叛了他所谓的从早期理 267
论作品《致 B 先生的信》(Letter to B）到后期的《旁注》中一直坚持的“一种不确定而非确定的愉悦”。坡认为，真正的艺术具有“不确定性特质”，而任何“确定性的”细化只能是“剥夺了艺术灵性的、理想主义的、内在性的本质特征”，将其降格为“有形的，可以轻易解读的概念；一种尘世之物，世俗”。尘世之物不能重现终极王国，而坡恰恰深深渴望着后者。在他眼中，这个终极王国是如此绝对真实，任何尘世的繁杂都不可能反映或是指向它。它必须为反世俗的经验所塑造，不是从世俗中来，而是公然蔑视世俗。它是一个“罗曼司”，与现实对立，而不是补充、提升或是美化现实。这就如他在《罗曼司》（1831）的诗中所写：

罗曼司总爱收拢了翅膀
磕着睡意朦胧的头歌唱，
还远在某个幽暗的湖底，
在颤动着的碧绿繁叶里；
对我而言，它曾经是一只
绚丽鹦鹉（对这鸟我很熟），
它教我念出字母一连串，
把我最早的话牙牙说出——
那时我躺在莽莽荒林中，
是长着机灵眼睛的儿童。

近来，永远是秃鹰的岁月，
飞过时发出的轰响骚乱
把高高的天庭猛烈震撼，
我没时间操心一些闲事——
不能光凝视不安宁的天。

片刻间倘轻柔些的翅膀
把其绒羽拂在我心灵上，
要我犯禁地用诗琴和韵
把那么一点时间消磨光，
我的心会感到犯了罪行，
除非它同琴弦一起震荡！

（黄杲炘　译）

诗歌表面上看是以布莱克式的人化自然模式开篇，看起来这种修辞颇为有力，但事实却并非如此。“碧绿繁叶”实际上并不存在于自然中，而是在自省的心灵里，“还远在某个幽暗的湖底”。它在富有创造力的表现下，被联想成假鸟，而非自然中的鸟儿。诗人居然是通过一只“绚丽鹦鹉”来学会了一连串“字母”。这里面的“儿童”也不是纯真的大自然的孩子，而是一个有通灵能力、出生于这个世界之外的形象。他那“机灵眼睛”已对另一个世界
268 和异度空间了然。而诗中把现实世界本身以及时间比做一只别样的鸟儿，一只活生生的秃鹰，它威胁着，“把高高的天庭猛烈震撼”，猎物就是诗人自己。在这样的威胁下，诗人无法逃离持胜利姿态的时间的躁动不安的控制，因为它正在袭击诗人所说的“禁”，以及与这个世界格格不入的“诗琴和韵”；但同时，“诗琴和韵”也在反过来对抗着这个世界。

坡的诗歌并不是救赎的艺术，它更像是反抗以及否定的。在《伊斯拉斐尔》里，真正的诗歌存在于我们这个世界之外的王国，“充满了我们崇拜的星星/所具有的一切美丽”。它与我们的世界是如此的遥远、如此的颠倒，我们的“阳光”是它世界里的“影子”。这样，它洞穿并且迷惑着我们人类的诗歌。

是啊，天堂属于你；
　　但这世界有甜酸苦辣；
　　我们的花只不过是花，
你极乐志欢的影子
　　便置我们于你的阳光下。

要是我有能力
同伊斯拉斐尔
　　把住的地方对调，

那末，难免沉寂的旋律
　　他未必能唱得那么妙，
而从我竖琴涌进天堂的
　　许是比这大胆的曲调。

（黄杲炘　译）

只有脱离了这个世界，诗歌才可以得到提升，圆满地完成它的使命。

这种风格浸染中的诗歌中最严酷的一首就是安插在《丽姬娅》中的《征服者——蠕虫》(The Conqueror—Worm)。它发生在尘世的生命在舞台上演出之时，台下的观众都是天使——“一群天使”在观看拓本的拓本。诗中的戏剧性在下面的诗行中达到高潮：

但是，看，就在那群小丑之中
　闯进了一个蠕动的怪物！
……
它扭动——扭动！真是可怕，
　小丑都变成了它的美餐，
天使们呜咽，见爬虫毒牙
　正把淋淋人血浸染。

（曹明伦　译）

肉身的腐烂成为人身的核心事实。肉身在传统的二元论阐述里最终都归于腐朽。“这是一幕叫《人》的悲剧/ 而主角是那征服者蠕虫”。在这里，坡直面一种折磨，“《人》的悲剧”在困扰着他，但是他却无法找到一条传统的解决途径。

对于坡来说，在复制“我们的”世界的同时并没有真正找到通往天朝王国的入口。他所表现的，是一场两个世界的战争，同时把二者的现实成分榨
干。仿佛是他对形而上的现实的摒弃也破坏了对眼前世界的信仰。大体上讲， 269
现实与虚幻、虚构与事实的界线在坡这里变得模糊，而且在他戏谑剧（Hoxes）和科幻小说中表现得最为明显，诗中也不逊色。这种模糊体现在梦的意象中，一切就宛如他所作的梦的诗一样是《梦中之梦》（A Dream within a Dream，各种版本总计 6 种）。同时，诗人所居住的世界仿佛也被丢失的那个绝对王国所影响，也染上了错位的特质。呈现出来的是一个被剥夺了的绝对世界，像我们的现世：这个国度不是想象中的对现世的救赎，而也是沦陷在死亡的永恒控制中。这就是一个非现实领域，一个《梦境》里冰封的、否定

的现实，它“国王……禁止/ 掀起流苏的遮盖”，这个遮盖即是棺木的眼睛。而诗中所述的是这样一个地域：

深不见底的山谷，一望无际的洪水，
断层、洞穴、巨大的森林，
各种无人知晓的形状……
山峦永远地倾覆
在没有岸的海水；
奔腾，到燃烧的苍穹；
湖水漫无边际地扩张，
那爱的水域孤独而沉寂。

这就是《海中的城市》里那个崩溃的王国，在这个王国里，“看哪！死神为自己建了一座宫殿”。那些神社与宫殿“和我们这里的形成巨大反差”，最终，它坍塌了：

可是看哪！一阵骚动起于空中！
那波浪在海上生了一丝涌动！
仿佛那些塔楼在微微下坠
已经在推开死寂的潮水——
仿佛那些尖顶已经无力地放弃
它们在朦胧天空的位置。
海水此刻放出更深的红光——
时间的呼吸只有低弱的声响——
于是此城在此地下沉，下沉，
周遭是一片异于尘世的悲鸣，
地域，从一千个宝座上升，
向着这沉沦的城市致敬。

（黄杲炘　译）

最后的意象仿佛在指涉《以赛亚书》第 14 章第 9 节：“地域为你煽动起死者；它让所有国度的国王都肃然起敬。”诗中的那些塔楼指涉巴别塔，而深思的大海则对应坡深爱的名字——冥海。然而在诗中并没有末日审判，也没有所多
270 玛与蛾摩拉罪恶之城的邪恶，有的只是自我毁灭的时间与空间的现实。

这种用永恒意象投射出来的现世的幻象使得现世仿佛地狱，无论这现世

被描绘成远为遥不可及的还是近为住在内心的（传统上永恒意象经常分为这两种）。海中的城市倒映在“忧郁悲怆的海水”中，而在《梦境》中，

湖水漫无边际地扩张，
那爱的水域孤独而沉寂
那里住着食尸鬼，——
每一处都是邪恶——
每一个角落都是抑郁——
那里，旅人遇见，恐怖，
裹尸单里的往昔记忆——……
许久不见的朋友套着白袍的躯体，
痛苦在折磨，到尘世——抑或天庭。

下沉也好，上升也罢，当内部凝固的时间——“往昔记忆”幻化成意象的时候，这个终极王国即是“痛苦”死亡。

D. H 劳伦斯（D. H Lawrence）在其驳斥坡的文评里指出，坡“决心反对一切自然规则”。确实如此，如爱伦·泰特所说，坡摒弃了“屈服于人类规范的条框”，有着“天使般的想象”，力图寻找“不经阻隔的实质”。在其作品中表现出的也是这种对规范的反叛，反映出坡站在唯信仰论与乌托邦思想的交叉点上，而他对终极王国的极度渴望演变成了对现世的鄙薄。这样的思想尤其在探讨宇宙体系的科幻小说《我发现了》之中表现明显。在其中，坡运用了乌托邦审美的整体论原则，把宇宙作为一个包罗万象的艺术品，被“上帝的规划”统辖，每个微粒都是整体的组成部分。但在《我发现了》的开篇声称的“原初的统一”也包含了“无法避免的毁灭”。亦即，正是由于对整体统一的追求才导致了最终的虚无：“在融入统一之中时，物质就会转空，陷入虚无。一切有限的认知都会认为统一等于虚无。这虚无是物质上的消解。于是我们只能想象成宇宙是‘上帝意志’的显现和创造。”如此超越有限的视角将所有现实化做梦境，抑或是说模糊了二者的疆界。因此《我发现了》开篇即申明，谨以此文“献给梦者以及那些信仰梦是唯一真实的人们”。文章的最终目的是对神性的追求。被模糊的现实与梦境的终极疆界实际上介于个体存在与神性的宇宙本身之间。因而《我发现了》以这样的幻象结篇：一切“挣扎着奔向原初的统一……没有一个灵魂比其他的卑微；也没有什么是或能够比任何一个灵魂高贵。因为在某种程度上讲，每一个灵魂都是自己的上帝，自己的创世主”，都意识到“（自身）与我
们所说的神圣之物是统一的，与上帝是统一的”。 271

这种统一即虚无的认知很好地满足了坡的强烈追求。对阶级差异的藐视，对灵魂有高低贵贱一说的反驳，无疑深深根植在坡与卑微的社会地位以及南方绅士文化所作的斗争之中。他的作品中存在一种强有力的驱动力，针对解决恶的问题，或如他自己所说“理解天理不公的隐秘”。“只有在这样的视角下，恶的存在清晰可见，但也变得更加明显，更持久。”或许上文提到的这种认知首先满足了坡对爱的诉求。然而，他在作品里有意无意地表现出这样的统一怎样有害于人类境况以及现世生活。如劳伦斯所说，“人类的麻烦就在于……总是追求完整与统一，这样就意味着他要陷入梦幻的迷狂，感觉自己正在逐渐融合在整个宇宙之中”。这种冲动，劳伦斯接下来说，是致命的，它首要指向女性，以爱的名义追求统一，这也是危险的：“（他们）过分追求……会招致某种形式的死亡。”

也有人怪诞评论说坡作品里的女性形象的塑造是在向“理想”致敬，至少在诗歌中是如此（小说里的女性人物不是被骇人地谋杀，就是被啃食或是活埋，或是断肢，因而，说她们是为“理想”致敬，实在是勉为其难）。然而，要注意的是，坡诗歌中故去的女性们实际上是否定性的，只有从诗人的理想在于否定和颠覆人类经验这个意义上说，她们的形象才是理想化的。如在《创作哲学》里，坡声称“美女之死无疑是天下最富诗意的主题”。这结论与文中探讨的整体审美紧密相关。首先，文本里所有点必须指向一个唯一的意图，由结局决定；第二，必须有一个“统一印象”；第三，这个“印象”或是“效果”应该以“美”为目标，“最强烈、最高尚同时又最纯洁的快乐存在于对美的凝神观照之中”。所有这些在逝去的女子身上得到了统一。

关于死亡女性的美学在《诗歌原理》中得到了进一步的阐释。应该说坡并不是第一个把死亡女性作为诗歌中心的诗人。这种传统要上溯到古代的游吟诗人（Troubadors）——坡叫他们“老巴兹（old Bards）”和“米尔歌者（Minnesingers）”①。那个时候，女性作为高贵的意象，不是因为死亡、因为婚姻以及社会地位而变得遥不可及。意大利的游吟诗人继任者们则进一步把女性形象置于天堂之中，借死亡将她们理想化。这种处理方式避免了肉体诱惑，
272 而且直陈了升入天堂获得神性的愿望。女性被刻画成更高的现实，对她的爱恋即为对神明之物的爱恋。可是在坡的作品中，女性虽然身已死，但却不是通往终极王国的可靠的中间人。反而她的永生性只是被具体化了的、无尽的死亡状态，并且处于一个非超验的世界，只是永远僵硬地停滞在现实世界。

① Old Bards 与 Minnesingers 以及上述中 Troubadors 均有游吟诗人的意思，为区别起见，译者将后两个按照音译。——译注

坡与传统的不同还可以从如下的对比中看出。西方传统上将爱看做是上升的天梯，如柏拉图的《会饮篇》里，记录了苏格拉底借用狄奥提玛（Diotima）的话解释美与爱的最高境界：

> 这就是参悟爱情道理的正确道路，自己走也好，由向导引着走也好。先从人世间个别的美的事物开始，逐渐提升到最高境界的美，好像升梯，逐步上进……一直到……彻悟美的本体。……请想一想，如果一个人有运气看到那美本身，那如其本然，精纯不杂的美，不是凡人皮肉色泽之类凡俗的美，而是那神圣的纯然一体的美，你想这样一个人的心情会像什么样呢？朝这境界看，以适当的方法凝视它，和它契合无间，浑然一体，你想，这对于一个凡人是一种可怜的生活么？
>
> （朱光潜　译）

《诗歌原理》即为坡的《会饮篇》。在其中，他也提到了“美感”是“一种永存于人类心灵深处的天性”。

> 它不仅是我们对人间之美的一种感悟，而且是对天国之美的一种疯狂追求。对天国壮美之预见令我们心醉神迷，正是在这种预见的启迪下，我们才通过时间所包容的万事万物和想象之中的种种结合，竭力要去获得一份那种壮美，尽管那种美的每一个元素也许都仅仅属于来世……于是我们哭泣——但并非……由于过度喜悦，而是由于一种必然发生且难以忍受的悲哀，因为尚在这世间的我们此刻还无力完全而永久地把握住那些神圣的极乐狂喜，我们只能通过诗……隐隐约约地对它们瞥上一眼……我的目的是要说明，诗的本源就是人类对超凡之美的渴望。
>
> （曹明伦　译）

如他在较早评论朗费罗的草稿中写到：诗歌的“首要元素就是对超凡美的渴求。这种美滋润心灵，依靠的不是现存的俗世之物的结合，更何况任何俗世之物的结合都制造不出这样的美”。

在此，坡描述了对超凡美的渴望，而且认为超凡美是超越于物质现实的，用他自己的话说就是“不仅仅是欣赏跟前肉眼所见的美”，而用苏格拉底的话说是“精纯不杂的美，不是凡人皮肉色泽之类凡俗的美”。在上述两点上，坡与柏拉图是一致的。然而，二者之间也存在着差别。至少我们在柏拉图的 273
《会饮篇》中可以见得现世之物与高层幻象之间的连续性“先从人世间个别的美的事物开始，逐渐提升到最高境界的美，好像升梯，逐步上进……一直到……彻悟美的本体”，而在坡这里，却并非如此。“时间所包容的万事万物”并没有给我们带来美的感受，而是“一种必然发生且难以忍受的悲哀，因为尚在这世间的我们此刻还无力完全而永久地把握住那些神圣的极乐狂喜，我们只能通过诗……隐隐约约地对它们瞥上一眼”。在这里，诗歌提供的也仍然是仓皇的几瞥，并不能囊括全部，记录着诗人们展现不出“此时此刻此地”这一终极境界的尴尬。

在这样的诗学框架下，死亡的女性形象自然而然地代表了超凡美，但这种超凡美同时也被现世经历所阻隔，以普世的方式无法触摸到，也与尘世错位。这种错位的结果就是坡那著名的恋尸狂场景：诗人并没有随着他的女主人公一同升入更高的境界，而是与她一同进入了死亡。因此，文本中的“睡美人”并不是沉浸在梦中的女人，而是一具尸体，“那封闭而镶边的穹顶”既是眼睛，又指棺木。女人的头发在死后仍然在生长着（“尤其惊异于你那长长的发丝”），而她已经降格为一具肉身，无法抵御腐烂的进攻，因为“虫豸……爬过她身边”。这些两个世界、生与死令人心悸的交叉，成了坡诗歌的特色。在《致乐园中的一位》里（威廉·卡洛斯·威廉斯称这是坡最出色的诗歌），欲望表现为占有全部的渴望（“所有的花都为我吐艳”），然而却注定因为女人的故去而无法实现（“无常——无常——无常——”）。当然了，那首著名的《乌鸦》也是关于失去的、死亡了的丽诺尔，她可能在“遥远的仙境”，然而她的阴影却时时刻刻笼罩在诗人的四周。

从上述的分析中可见，坡的理念已经远离了苏格拉底所谓的上升的幻象，同样的远离也出现在坡最著名的爱情诗《致海伦》（To Helen）和《安娜贝尔·李》中。前者中，海伦引发的灵感之旅无关乎爱人，也无关乎历史上的希腊或罗马，而关乎诗人的内在领地——经过“飘香的海上”的水路之旅回到的“故乡”。希尔达·杜利特尔曾经重写了这首诗，对比之下，更可见坡在最后一个诗节中表现的崇拜的昂贵代价：

> 看哪！壁龛似的明亮的窗户里，
> 　　我看见你站着，多像尊雕像，
> 　　一盏玛瑙的灯你拿在手上！
> 赛姬女神哪，神圣的土地
> 　　才是你家乡！
>
> （黄杲炘　译）

274 在这里，海伦首先是被物化成艺术作品：一座凝固的雕像，虽然优美，但已然死去。其次是关于坡自己的内心空间：灯代表诗人自身的内省意识——他的心灵，他的灵魂。

简而言之，这里面根本就没有女性形象；更不用说一个独立的存在个体（至多用身体部位指代海伦：她的鬈发，她典雅的脸庞）。反之，这里面有自我指涉。女人的形象坍塌幻化成诗人自己，诗人根据自己的形象制造并拥有了她。二者都超越于尘世生命，位于坡那错位的《仙境》，一个僵化的王国。这种具体化在《安娜贝尔·李》中也得到了更显著的体现。这首广为流传的歌谣是坡的诗歌中最让人毛骨悚然的。他所追求的终极王国，曾经是明镜般的湖水代表的终极内省，在本诗中则是"在海边的一个王国里"。他向往的爱之统一在诗中也演变成绝对占有："这女孩生前没有别的愿望，/爱我，被我爱是她唯一的心事。"诗中我们看见他是一个通灵的孩子，是异类，而非纯真。诗中我们也发现人类世界与天朝世界的悲惨对立，因为"我们那样相爱，连天上的六翼天使/对她和我也感到妒忌"。

天使们一点也不比我们快乐，
　　对她和我一直心存妒意，
不错！这正是人所共知的原因，
　　在这海边的王国里，
一阵寒风起自天际，在黑夜，
　　冻死了我的安娜贝尔·李。

可我俩的爱远胜于人们的爱，
　　无论是与我们的长辈相比，
　　还是与那些更聪明的人相比——
不管是飞翔在天空的天使，
　　还是游荡在海底的鬼蜮，
都永远不能把我俩的灵魂分开，
　　我和我美丽的安娜贝尔·李。

（刘象愚　译）

孩童的离经叛道的爱情遭到了人类社会的冲撞，就像是天堂与尘世冲撞、彼世与此世冲撞。这种爱被具体幻化了，就像这样一个异度世界：具体、僵硬、凝固，无止境地拥抱生死，并且是生中有死、死中有生。灵魂之间的统一被这样一个充满肢体暴力的词语——割裂所意象化。最后一个诗节宣告了爱床即为地窖，结合的爱演变成了恋尸似的占有。而所有这些都存在于水面一般的自省状态里：

> 于是，整个夜晚，我都躺在她的身边，
> 　　在我的爱——爱，我的生命，我的新娘身边，
> 在海边她的石窟里，
> 在呼啸的海边的坟墓里。
>
> （刘象愚　译）

275 世界成了坟墓。来世变为永恒的死亡。爱不是通往天朝王国或是救赎的阶梯，而只是尘世可怕的具象化的途径。

坡诗中“理想化”的女性形象演变成死亡的雕像可能会是一种夸张的说法。就坡来说，他运用极端传统的理想化女性形象是一种意图策略，意在消解暴露而不是接受僵化的性别刻板印象。这也就是说，坡也许正在鞭笞笔伐而远非制定与接纳传统的对待女性的态度。这种态度，在爱伦·泰特看来存在于南方特定的文化语境中。坡的处理是“提升了对女性的理想化程度……把女性塑造得比过去南方所推崇的纯洁女性更加严肃认真一些”。但是如果认为坡在向传统挑战的话，我们在其文章的陈述——“理想的天赋”即为“美，崇高以及神秘”之中又找不到嘲讽的迹象。不管他有何意图，是在拥抱还是在鞭笞理想化的美，他的作品中的女性形象仍然具有传统理想的印记，而诗人对其所作的艺术处理也仍然让我们捉摸不透。她们不仅仅是任性固执的小魔鬼形象（坡诗中的死亡女性形象很容易让我们联想起他实际生活里那些死于肺结核经年累月折磨的女人们：他的母亲、继母以及妻子）。坡身上体现的仍然是传统本身：理想中的女性应该处的位置以及想象之中她们应该具有的美德。他对女性的兴趣不在于肉体或是自然的存在，与此相反，他通过对女性极端的精神化处理来鞭挞关注女性肉体即存在的现象。如他在晚期的情书《致安妮》中坚持的：“何等的荣幸才会使我退缩，无法用世俗不洁的爱，来辱没你那圣洁的天性。”然而，结果却是不可避免的具象化，降格回归到肉体，而且这对纯洁的追求产生了致命的后果。不管是欣然接受还是怒而鞭笞，理想化的女性形象把坡领向了死胡同：无法提供给他切实可行的升天的阶梯或者是想象中的救赎渴望。

对女性形象的关怀对坡的美学思想有很大的影响，尤其是当其化为一种语言理论。坡的女性实质上以言语的形式存在，尤其是以海伦为代表。坡通常喜欢含有字母 l、n 以及大量元音的名字：尤拉丽（Eulalie）、丽诺尔（Lenore)、尤娜路姆（Ulalume）、安妮（Annie）、安娜贝尔·李（Annabel Lee）以及海伦（Helen）。实际上，诗人写了两首叫《致海伦》的诗，献给两个不同的女子，然而严格来说，二人都不叫海伦。第一首《致海伦》是献给简·斯坦纳德（Jane Stanard）的。她是坡儿时玩伴的母亲，于28岁死于疯癫。坡在随诗歌附写的信中将其奇怪地称为“海伦·斯坦纳德”，而信件是给另一个海伦的，原名为萨拉·海伦·惠特曼（Sara Helen Whitman）。《致安妮》是献给南希·里士满夫人（Mrs. Nancy Richmond）的。在其中，坡把死亡想象成是从“‘生’的热病”中获得拯救的手段（在令人难过的自杀未遂之后）。甚至连题为《丽姬娅》（Ligeia）的小说中，坡的丽姬娅的名字最开始作为无特殊含义的词语出现在《艾尔·阿拉夫》之中。 *276*

而安娜贝尔·李这个名字的由来则尤其复杂。坡钟爱电文密码。在为《亚历山大周报》（*Alexander's Weekly Messenger*）工作时，他就高调宣战，声称没有自己破译不了的密码。他给几个最后的真爱写过密码诗：《一个谜语》（An Enigma）和《一个情人节》（A Valentine）。每首中都拼出了不同爱人的名字。如他在笔记中解释的：“第一个字母藏于第一行，第二个字母在第二行，依此类推。”接下来就是安娜贝尔·李了。她是有颠倒字母顺序构成的名字还是电文密码？坡最喜爱的一个词语是“解析”（analytically）。在《旁注》（1846）中的一首诗中，坡评价“安娜斯塔西斯”（anastasis）时说它是肉体复活论。而在别的某处，他又称赞“阿那克里翁”诗体（anacreontic）。在《旁注》（1849年，与《安娜贝尔·李》同年）里的另一首诗中，坡声称“阿那克里翁”诗体的诗歌模式，作为“古歌的精髓”，“严格紧密地与音乐结合在一起”。或许安娜贝尔·李这个名字是由字母颠倒形成的，其中有意为向上、向后或穿越的“ana”这个前缀，有“belle”这个在法语中意为“美人”的双关，还有后缀“ly”呈现一种呼喊的状态。“Ana—belle—ly”类似于“anabeautily”，意为“上升——穿越——美”。这使人自然地联想到早期的《艾尔·阿拉夫》的开篇：“啊！尘世中没有什么可以挽留美的目光，除了那阳光（它自花朵之上反射回来）。”它指向远方，上升着，射出这个世界，去往另一个国度。如坡在文评里所述，“每一次瞥见绽放的美，我们长远而肆意地展望，捕捉到遥远缥缈的幽暗幻象”。然而在诗中，这样的行为被阻碍住了，升华自身转而成为具体的生中之死。

在这类文字游戏里，写于同年的《钟声》也在美上做了双关。如坡在赞扬“阿那克里翁”诗体的音乐性时流露暗示说，美丽动人的正是纯粹的声音，就像如下的诗行里展示的坡式诗歌语言：

他们既不是男人也不是女人——
他们既不是人类也不是野兽，
他们是幽灵——
正是他们的君王把丧钟奏鸣——
他奏鸣，奏鸣，奏鸣，奏鸣，
从钟里奏出一曲赞歌！
……
钟声悠悠荡荡，荡荡悠悠——
丧钟，丧钟——

（黄杲炘　译）

注意力被放在了词语本身。坡看重词语的声音、韵律、节奏、反复以及叠歌。这些也是坡《诗歌原理》以及其他许多文评中的主要议题。坡的这种把语言减至没有意义的声音层面的做法，招致后来对其的戏仿（尤以赫胥黎闻名）。当然这也是其与众不同的文体风格的标志，暗示了他的诗歌理论。因为这种
277 做法向注重“能指”靠近，而“能指”在当代理论中何等重要无须赘言。但同时坡的这种靠近也存在局限性。他诗中的“能指”并不真正具有独立性，没有从“所指”中解放出来从而建立起与其他“能指”的联系。即使无法获得意义，它仍然要靠“所指”来表现自身价值。因而，坡的“能指”是被阻碍的“能指”，不是自由独立的“能指”。他的言语倾向于否定一系列外指意义，关于时间、空间和形而上学等。它们可能会努力向外或是向上挣脱，但最后还是迂回着返回自身。这些“能指”不是作为生成意义的过程，而是过程的缺失和缺陷。它们是失败的而不是自由的“能指”。

这也是表明坡夹杂在两个世界之间并且对二者都予以否定的另一个证据。坡生活的世界既不存在通往终极现实的蜕变，也不存在与俗世的协商。而从语言理论的角度来讲，他使用的既不是成功的“能指”也不是有效的“所指”，他的词语最终停留在二者之间模糊的地带。正如世俗的现实与形而上的现实之间存在关系范围，“能指”与“所指”之间也存在此类关系范围：从相互控制到互为否定。而坡不明朗的关于语言的理论一直在中间徘徊。有时，他倾向于纯粹的“所指”，这个“所指”远胜于甚至是消解了“能指”。在后期的情诗《致——》就是这样的例子：

不久以前，本诗作者
醉痴骄傲于智能

坚持"言语的力量"——否认
脑海中闪现的思想
不能用言语表全：
而今，似是对这吹嘘的讽刺，
两个词——两个陌生柔软的双音节词——……
从他内心深处涌起
不像思想的思想才是真正的思想……
那可爱的名字叫文本，虽听命于你，
我却不会写，不会说，不会想。

诗中的女性又一次以名字和词语的形式出现："两个陌生柔软的双音节词——"（"——"指的是玛丽亚·路易斯·舒［Maria Louise Shew］），并且她走向了语言的末日，"我却不会写，不会说，不会想"。这里，"言语的力量"好像与语言不可分离，就像"所指"与"能指"不可分离一样，但是在爱的实践中又含混不清，无法表述。这首诗似乎像是1846年《旁注》中一篇散文的诗化注释。在那篇散文中，坡一方面探讨了如下的问题： 278

每当我对头脑中的构想感到不满时，都会诉诸笔端，试图通过它的帮助，获得必要的形式、结果和精确性。多少次，我们会听到这样的感叹：如此这般的思想怎么样都不能够用言语表述出来呀！我认为任何一种思想，倘若可以称之为思想，是没有不能用语言表述出来的……就我来讲，我还没有一种用言语表述不出的思想呢。只要我头脑里构想了它，就可以表述出来，而且要比头脑里构想的更清晰。

然而：

存在一种幻想，细腻精致，它不能称做思想，而且到目前为止，我认为用语言来表述它是绝对不可能的……幻影的幻影不断地在灵魂中浮现……在这样的时刻，清醒的世界与梦幻的世界混淆在了一起。

语言学所讲的"能指"对于"所指"来讲是必然的和固有的。而在这里，这种推断却显得躲躲闪闪、力不从心，遁入了睡与醒之间、现实与梦境之间的模糊地带，因为"所指"逃避了"能指"。坡的"幻想"是"幻影的幻影"，游走在意识和恍惚之间，游离于时间之外，不可延续。坡继而承认"尽管幻想模糊不清，用语言表述很难，但是没有完全对这种表述心灰意冷"。这也许就是坡的创作方案：一种“能指”与“所指”的拉锯战——绝对的“所指”看来似乎在逃离“能指”，而后者还在锲而不舍地企图重获前者。

这种模糊的语言过程造就了谜一般的《十四行诗——致沉寂》：

有些品质——一些混杂
它们双重生命里生发
一类统一体，起源
于物质与光，化为固体与阴暗。
双重沉寂——海水与海岸
肉体与灵魂，一个定居在荒凉之地，
近来杂草丛生；些许庄严的雅致，
些许人们记忆与悲伤的歌，
令他不再恐惧：他的名字叫“不再”。
他就是混杂的沉寂：别怕！
可是假若命运急迫（无常早至）
笼罩你于他的阴影（无名精灵，
徘徊在荒凉孤寂领地，了无人烟之际，）
那就把自己交付给上帝。

这首诗包含了坚定的二元论，虽然具体是哪二元我们不得而知。坡超越了以往的肉体对灵魂、物质对精神这样的二元对立，转而指向无形王国的内部的二元对立。“物质与光”、“固体与阴影”、“海水与海岸”的二元论首先就代
279 表了传统语言学中声音与沉默、词与意的对立。坡继而洞察了精神王国，发现了两种沉寂。第一种与肉体世界相关联“混杂的沉寂”，它是坡具有代表性的怀旧回忆中、那种“永不复焉”里逝去的事件所投射出的阴影；第二种则像是与精神世界打了个平手，是精神的灵魂，它完全脱离于具体条款的束缚。但是，这种终极体验是恐怖而具有毁灭性的。在这样一个人类和诗性都无法企及的国度里，“了无人烟”，语言变得“无名”。这孤寂的地域将灵魂笼罩在恐惧与颤抖之中。直到最后一行，模模糊糊的可以看做是向神性的积极回归：“那就把自己交付给上帝。”在这两种情况中，都涉及了同一事物的内部断裂或是迁移，显示出“所指”坍塌瓦解成“能指”。一方面，坡努力使“能指”独立于“所指”，使前者不承载意义。另一方面，他也在尝试把“所指”融入“能指”，使二者相融。然而任何一种方式造成的诗学结果都是使语言凝固在自身的形式之中。也就是说，语言既不通过语境关系获得意义，也

不遵从传统结构，经由“能指”走向“所指”，它本身更不具有完整的意义。语言本应该是意义的安身立命之地，但是却变得意义全无，沦为喧嚣的沉寂。

用纯语言表述纯语言的构想使得坡好似远离实际生活，这在诗歌中比在非诗中表现得更甚。然而，坡的这种颠覆恰恰是很实际地指向了其产生的美国特殊语境，他的否定也是很实际地指向这个世界本身。这个世界有其具体的特质，而否定模式也是产生、植根与确立在其特定文化氛围中。即使是坚持称坡是美国诗人的威廉·卡洛斯·威廉斯，也至少是部分地从反面谈起说：“假若坡生活在满是爱的世界，他的诗歌或许会有所不同。但是他在这样的世界里活着，被非现实这个无形的居住者包围着，他游荡着，苟活着，被笼罩在巨大的恐惧之下。”威廉斯坚持认为坡是美国诗人，这与波德莱尔坚持认为坡为非美国诗人如出一辙。坡在评述格里斯沃尔德的文章里为美国人辩护，反驳认为美国人“不是诗意的民族”的论断，并且引用了美国建国以来一些著名的论点。威廉斯引述道：

> 不论我们拥有何种实践天赋，决定了最初行为的都是我们民族特有的一种政治立场。即使是建国初期，我们就显示出某种实用主义的特点，连拥有纯熟艺术的祖先们都为之羞愧……我们的需求被误解为癖好。早已习惯了被迫修建铁路，而被认为不可能会写诗。

在这里，坡即使是意在为美国辩护，也不得不承认美国是重视物质与技术的险 280
恶国度。这对波德莱尔眼中坡的英雄性来说至关重要：“贪婪的世界，饥渴地追求物质，坡就从这里呼啸而飞，直冲入梦。”作为佐证，波德莱尔引述坡的《五十个问题》（Fifty Questions，其间坡自己用到了“美人们”belles 这个词语）：

> 如许多人猜想的那样，我们美人们中间流行的……可怕的狭长钱包，并非来源于巴黎，严格来说，是我们这里土生土长的……（在巴黎）女人们的钱包里只装钱。然而，美国的女士们的钱包则必须足够大，以装得下钱与主人的灵魂。

在别处，坡也有让人不悦的笔触。他在 1849 年《旁注》里写道：“罗马人崇拜他们的规范；他们的规范恰巧就像一个金币。而我们的规范只是金币的十分之一——1 美元——但我们却对之报以十倍的热情。”或者，如他在《致——》中写道：“我醒着叹气，/ 睡着做梦，直到天明/金子永远买不到真理——/蠢物倒可能。”

坡所否定的一个世界就是当代的美国。它的工业、商业正蓬勃发展，物欲横流，但却把写作以及作家抛弃在外。坡并不是像波德莱尔想象的那样对美国的辉煌无动于衷，甚至固执地抵抗。如格里斯沃尔德在其具有报复性与毁灭性的传记里写道：“你不能提到财富，但是他苍白的脸颊闪烁着嫉妒的啃噬。”人们总在争论探讨坡自身极度不确定的社会地位，以及他对南方绅士文化里摒弃和接踵而来的模棱两可的态度。这也在其敏感好斗的杂志上的战斗檄文中表现出来（他的反对剽窃的战斗常常被探讨“绅士”应该怎样、不应该怎样的话题所打断）。坡在这里也许存在反民主的倾向，和同样令他着迷的对大众的不信任。当然，新近的研究已经表明，坡在拥有奴隶的家庭里长大——爱伦家里有三个奴隶，据说其中一个或几个是属于雇佣的；一个还可能当过埃德加的保姆；另一个可能是肤色黝黑/白皙的淑女。他生活在一个蓄奴社会，其中绅士与淑女的概念建立在阶级观念上，自由的实质也是建立在屈服的基础上。长久以来，人们都在探讨《厄舍古屋的倒塌》中的启示意义，它在坡的作品中可能会是南方隐隐的宿命坚定地献身于蓄奴文化之中。而北方却不吝怒火与批判的眼光。在对朗费罗持续进行的愤怒的文化批判过程中，坡把北方的物欲主义与南方的进行类比：在评价朗费罗的《论奴隶制的诗》
281 （Poems on Slavery）时写道：

> 毫无疑问的，这是在教授群体中一件值得赞扬、本身也非常舒服的事情，即舒服地坐在图书室的椅子里，写着如何让南方人优雅地放弃所有的文字，如果南方人不肯，则要诟病他们了；可是我们只想知道，假若情况有变，要求他们也要放弃，那他们究竟愿意放弃多少。

坡背向物质世界，但有没有能力去拥抱一个形而上的世界；他怀疑而且遗弃了南方文化遗产，而对于进入北方社会又存在枷锁与不屑。这种两极化的思想使坡夹在其中，无路可退。他的艺术无疑就是这种尴尬境地的体现。他所秉持的是未经改造的二元论，但是其中二者都不稳定、相互否定。早在《十四行诗——致科学》（1829）中就体现了这种情况

> 科学啊！你这时光老人忠诚的女儿！
> 　　你用凝视的目光改变一切人事。
> 可你为何要这般折磨诗人的心儿，
> 　　兀鹰啊，难道你的翅膀是阴暗的现实？
> 他怎能爱你，又怎能把你当做智慧的代表？
> 　　你总不肯让他在高天自在翱翔，
> 也不肯让他在钻石的星空探奇寻宝，

纵然他奋力拍击无畏的翅膀。
难道你没有把月神狄安娜拖下马车？
　　把山里女神哈玛德娅赶出家园，
让她去一颗幸运的星球躲避灾厄？
　　难道你没有把水泽仙子拽出山泉，
把小精灵逐出绿色的草场，不曾
从罗望子树下驱散我夏日的梦？

（刘象愚　译）

这里的科学不是指代抽象的理论，坡把它看做是诗歌的形式。他评价格里斯沃尔德时否认了“精于算计的感观并不是与理想化处于对立状态”，而是“想象智能的最高级组织形式总明显是数理的与逻辑的”。这里的科学引发的是俗世生活的“阴暗的现实”，是“时光老人”本身，他们都处于一个追求实用性的世界，把目标降格为方式。这些“凝视的目光”被心计所扭曲，就是为了利益或是实用。如《罗曼司》里所写，现实就像是追寻猎物的鸟，把诗人吞噬，而相反，诗人却一直在“钻石的星空”里寻找“奇宝”。尽管这样，这个诗歌的异国仍然是不真实的。它是逃遁的神话，是异域风情的、逝去的“罗望子树下……夏日的梦”。如他在《梦》（“Dreams”）中所写，这“绝望忧伤的长长的梦”与“醒着的生命里冷酷的现实”对峙着。

坡的梦的意象也必然的与逐渐上升的美国的物质梦之间存在张力，就像他的王国骇人地反映了美国式乌托邦的幻想一样，在其中，启示的实现转化成对世俗的否定。处于中心地位而且让人瞠目结舌的是：坡的想象只看到王 282
国之间的断续性以及断裂性：俗世与理想世界的断裂，肉体与精神的断裂，以及“能指”与“所指”的断裂。在这之中，一个不是另一个的意象、基础或者渠道。这里没有妥协，只有相互排挤。这里的艺术也不具有救赎性。它没有为现实提供意义，或者帮助设计替代形而上的世界结构，或者找寻逝去的世界。如马拉美在其《埃德加·坡之墓》（“Tomb for Edgar Poe”）中说，坡的永恒由死亡的意象锻造。这样说也不是为时过早：

正是那命运改变了诗人，
他挑起事端，举着赤裸的剑
他的时代被恐怖追杀，没有谁
了解异声的死神正胜得得意！

对不死的仰慕也是对无尽的死亡的仰慕；但是这种永恒呈现为独特的“他的

时代”的死亡面具。我们从坡身上瞥见的是毁灭一个特定社会的内驱力。这样的社会包括一个自我拆台的南方，固执地保留毁灭性的“理想”；一个灵魂被金钱量化的北方。因此，坡的错位存在于南方和北方中，此世与彼世中，历史真实与想象虚构中，以及言语与沉寂中。他所使用的不是自主的再现现实的语言，而是标志其逃离于现实的语言。

修辞意义的北方和南方

诺亚·韦伯斯特（Noah Webster）① 试图建立一种美式英语，他的想法基于一种认识：认为北美“居住着上千万人，他们都说同一种语言”，而且期盼着“有一天，世界上有四分之一的人可以像一个大家庭里的孩子们那样相互联系、交谈”。欧洲或许就是一个多种语言混杂的通天塔，一个“许多国家聚居的大陆，他们的认识和交往由于语言的差异受到阻碍”。相比之下，我们绝不能“把自己看成是某个州的居民，而应该看成是美国人……建立一个发音优美的统一标准”。

鉴于新大陆发现之初就已经存在多种语言的状况——宾州讲德语，纽约讲荷兰语，加拿大和路易斯安那州讲法语，南部和西部讲西班牙语，还有非洲各种不同部落的语言以及美洲土著语等——令人诧异的是，这样的状况并没有导致地区意义上的语言混合或者方言土语。正如杜撰了“美国主义”一词的普林斯顿校长约翰·威瑟斯布恩（John Witherspoon）欣喜地发现：“由于
283 频繁地迁移住地，（美国人）无论在口音或措辞方面并不那么容易受地方特点的影响。在英国，地区和地区之间的方言差别之大甚至超过美国州与州的语言差别。”诺亚·韦伯斯特把这些语言学范畴的问题政治化了——“一种统一的语言关系到我们的政治和谐”——同样也关乎社会和谐：“令人担忧的是，言语的差别会导致上流阶层和普通阶层的人使用不同的语言。”他的《蓝皮拼字书》（*Speller*）、《读者》（*Reader*）和《简明美语词典》（*Dictionary*）成为19世纪广为流行的标准格式的范本，有了这些标准和大量的语法也就有了正确的言语。另外，由韦伯斯特发起的小学生拼字比赛已成为公共教育的一种惯例，这使过去一直为贵族和精英群体所使用而学校和书本教育却不予提供

① Neah Webster（1758—1843），美国辞典编纂者，课本编写作者，拼写改革倡导者，政论家和编辑，被誉为“美国学术和教育之父”。他的《蓝皮拼字书》教会了五代美国儿童怎样拼写，在美国，他的名字等同于“字典”，尤其是首版于1828年的现代《韦氏词典》。——译注

的标准言语成为美国中产阶级的普遍用语。

然而，在这种美式英语得到基本统一的语境下，19 世纪的诗歌作品中仍然存在着语言的多样性，包括一定程度的语言地区性现象。这一现象不仅反映出某些具体地域和社会环境的地方特色和风俗，同时也影响到美国传统的一般词汇，这些词汇在截然不同的意识形态框架里有着不同的地区性含义，尤其是在南北战争前后的诗歌里。我们发现不同地域对美国英语都有自己的理解，并由此生成在用法、强调和意图上的多种不同形式。

人们吃惊地发现：一种语言同时在南北方使用，但由于地域不同，所以含义大相径庭。南北方作家均奉行文雅的传统，但后者却是如此地压抑美国的维多利亚诗歌，而经济、知识、政治等因素又要求有完整统一的诗歌语言。北方注意到政治因素限制了他们与南方的贸易，例如：一家费城报纸因害怕失去南方市场而拒绝印发朗费罗反对奴隶制的诗歌。另外具有讽刺意味的是，南方作家反过来又不得不依靠北方的出版商、读者、市场和同行。南方的情况是：在占人口多数的白人中文盲率较高、可支配收入较少，加上还有相当多的黑奴，所以南方不具备文学创作和消费的条件。难怪亨利·蒂姆洛德（Henry Timrod）在抱怨该状况导致南方文学也像其他产品一样需要依赖北方时说道：“我们靠北方的黄油增加脂肪，用北方制造的工具从事每天的工作，用北方佬的教科书按照他们的原则来教育孩子，业余以看北方杂志为消遣。与此同时，对我们自己的作家却充耳不闻，一味痴迷于北方佬的诗歌和爱情 284
故事。”据此，蒂姆洛德反倒欢迎“这种可以完全切断来自北方供给和英语书籍的封锁”，因为这样一来，“我们就不得不自给，而且不再靠外来模式而自己学会评论”。蒂姆洛德和他的诗人好友保罗·汉密尔顿·海恩斯（Paul Hamilton Hayne）及威廉姆·吉尔摩·西姆斯（William Gilmore Simms）也曾试图创建一份名为《拉塞尔杂志》（*Russell's Magazine*）的南方刊物，希望它可以和诸如《大西洋月刊》（*Atlantic Monthly*）[1] 一类的北方杂志相媲美，但最终还是失败了，同样化为泡影的是他对南方文学所寄予的希望。南方还在继续着它对本地作家的那种“不屑一顾的冷漠”的态度，表现出“坚定不移的信念，即天才——至少是文学天才——一定是外来的，不会在南方的土壤里开花”。随着不同修辞领域的发展，不同地区所共用的诗歌语言习惯在应用上已显落后，甚至于普通的词语在不同语境里会有截然相反的含义，这一点尤为突出地表现为：南北方均继承了关于美国人命运和身份的神话，但同时

① 1857 年 11 月创刊。今天的《大西洋月刊》已成为美国最受尊敬的杂志，发行量达 47 万份，每期约有读者 120 万人。——译注

又都宣称自己的版本最具重要性和权威性。普通词语的各种用法也是五花八门，各不相让。反过来说，即便是互不相容的主张却奇怪地被发现都使用了相近似的表达方式，这一点突出地表现为：南北方共有一种文化传统，即将修辞与诗歌联系在一起，并且把诗歌仪式化，使之适应各种重大场合。

这种仪式化和适应各种重大场合的诗歌，在亨利·蒂姆洛德和奥立弗·温德尔·霍尔姆斯（Oliver Wendell Holmes）的作品里都显而易见，例如：鲍斯爵士（Sir Both）曾写诗纪念华盛顿诞辰。对华盛顿的热忱为美国提供了现成的偶像崇拜、英雄主义味道和历史的整体感，这一点在每个诗人的创作中都可见一斑，他们都喜欢塑造英雄诞生的场景和神圣母亲的形象：

谁会想到，当可怜的婴儿啼哭
在母亲的膝上，
一个国家从百年的沧桑中走来
像他那样的虚弱无力？　　（蒂姆洛德）

看这个民族赐予我们的英雄
他熟睡在母亲的怀抱里；
他伸出臂膀拯救我们
愿永远赐福给它黎明　　（霍尔姆斯）

如此相同的描绘——通过宗教绘画和熟悉的场景表达对国父的热爱——
285 是每个诗人用于表达各自不同感受和意图的共同结构。实际上，前辈们遗留给这个国家的传统是支离破碎的，革命给予美国的只是建国的一些仪式，如7月4日的庆祝和演说以及华盛顿诞辰纪念。然而，南方认为革命是对“自由”的认可，意味着民族自决、反抗集权和暴政，而且这一观点目前已取得美国联邦政府的认同；革命还意味着对奴隶制的合法保护；意味着以土地私有为基础的等级社会结构。北方则认为革命是把“自由”作为个人的权利而加以保障；是合法保护联邦；是反对专制制度，这一点也得到南方的认同。无论对哪一方而言，自由、革命和美国这些概念都呈现出不同的反响、指涉，甚至是不同的简单意义。

这两种存在分歧的修辞贯穿于内战时期的诗歌，就如同是修辞塑造了战争。像《战斗呼吁自由》（“Battle Cry of Freedom”）一类的流行歌曲，虽然联邦和邦联双方都唱，但目的不同、显示的内容也不同：“一个人虽然穷，但他不是奴隶”（北方）；“他们的座右铭是抵抗暴君，我们不会投降”（南方）。

诗人们的态度也不例外，无论他是精英还是普通人。

亨利·蒂姆洛德几乎就是南方话语的官方发言人。他于1828年出生在南卡罗莱纳州查尔斯顿的一个并非显贵的家庭，所受的教育包括典型南方式的非正规学校教育和在佐治亚大学为期一年的学习。此后，他还在各个不同的种植园做过家庭教师，内战期间他由于肺病的原因而没能成为一名士兵或是记者。在1859年发表了他第一本名为《诗集》（*Poems*）的书后（通过波士顿的出版商——蒂克纳和菲尔兹），蒂姆洛德以写战争诗得以成为"南方的桂冠诗人"（The Laureate of the South），其中包括一首名为《卡罗莱纳》（"Carolina"）的诗，该诗于1911年被用做南卡罗莱纳州的州歌（"这首歌应该大声唱而且只能站着唱"）。该诗展示了经过南方修辞处理过的美语用词，类似诗歌还有：他于1861年为第一次邦联大会创作了《民族起源》（"Ethnogenesis"）；《棉桃》（"The Cotton Boll"）是一首赞美棉花的颂歌，诗中描绘了纽约城被毁的幻象；《凯旋的卡门》（"Carmen Triumphale"）是为庆祝南方胜利而创作的；《颂歌》（"Ode"）是他最脍炙人口的一首诗，纪念1866年位于查尔斯顿的为邦联死难者修建的木兰花公墓的落成。

《民族起源》融会了美国意义的政治使命和宗教意义的象征性语言。蒂姆洛德宣称新诞生的南方是"上帝旨意下的""国中之国"： 286

对结果的怀疑即是对上帝的怀疑
如果上帝已命令
我们必须渡过红海
比米利安为之而欢欣的红海还要红，
那么的确需要
一位手持神棒的摩西。

这熟悉的对"主"的召唤是针对北方的，因为北方"建立起他邪恶的统治，与上帝为敌"，散布反对奴隶制的"教义而且竟敢传授/这是耶稣和保罗都禁止的"。相反，南方则是一派太平盛世，在这里"我们会为遥远国度的人们祈福/为沉寂下来的不幸世界低吟祈福"。

蒂姆洛德于1867年故去，虽然他在死后名望并未有所提高，但不能把他完全看成是有党派偏见的诗人。他的语言技巧在很大程度上与南方身份紧密相关。他在《献词》（"Dedication"）里呼唤道："美丽的撒克逊，以我爱人的信条/我的爱与你的草地相比是那么渺小。"他采取了中世纪话语的想象形式，体现代表高贵的南方骑士精神——马克·吐温称之为南方的（沃尔特）

司各特主义（他在《密西西比河上的生活》［*Life on the Mississippi*］一书中坦言道："要是没有司各特我们本该没有战争的，当然这样说一个故去的人似乎有点不恭。"）。虽然蒂姆洛德想努力改变地域语修辞，但结果往往是非但不成反倒使之更加巩固。《圣诞》（"Christmas"）一诗就好像是一种反向祈祷

和平降临拥挤的城市，
和平降临麦浪滚滚的无际田野，
和平降临大路和开满鲜花的小巷，
和平降临在席卷而下的风中。

和平降临在无际的海面
和平降临我们的避风港和宽阔的河流，
和平无处不在闪烁着耀眼的胜利之光，
和平降临每一缕清风。

在诗中，美国的"麦浪滚滚的无际田野"和"大路"被说成是"我们的"只有南方才有的"避风港"。不过他还是不免感到

在敌人面前的耻辱，因为他们
用邪恶的鼓声淹没了我们朝拜的圣歌。

一首作为《里士满的新剧院》（"New Theater at Richmond"）献词的诗也同样试图为艺术开辟一块新天地，不受政治干扰。——"一个仙女舞蹈的圆圈……圈中所有的不快/痛苦的景象和声音/都不复存在。"不过，诗的结尾还是呼唤"自由"和回忆——"每一个人/都拥有宝贵的我们为之战斗和祈祷的
287 权利"，"自由"意味着捍卫对奴隶和种植园的拥有权，而"权利"则代表南方各州拥有脱离联邦的权利。

在奥立弗·温德尔·霍尔姆斯爵士（1809—1894）的战争诗里也可以看到类似的表达。霍尔姆斯也许该算做是一位绝顶的应景诗人，他的父亲是一位坚定的反加尔文主义和教义主义分子，在东正教与唯一神教教派之间两败俱伤的争斗中被革去剑桥第一教堂牧师的职务。但即便是霍尔姆斯也无法抵制自己国家对语言表达的需求，所以，他采用蒂姆洛德的《民族起源》的写作风格创作了《致迦南：清教徒战歌》（*To Canaan*：*A Puritan War-Song*），诗句如下：

我们向南前进到迦南去
为我主而战！……
以色列的神，
他的名字叫耶和华！
到迦南去，到迦南去
主带领着我们前行，
在异教徒的堡垒前吹响
北方的号角。

诗歌在不断地描绘先辈、自由和旗帜一类的主题，并在它们之间建立系统的联系。霍尔姆斯的诗歌是新英格兰的旗帜，"同样的旗帜，由我们的祖先扛起，由我们的父辈继承"。如同蒂姆洛德一样，他也呼唤一种"父辈们使之成为自由并得到捍卫的""丰富完美的传统"，用词虽然相同，但他所说的父辈和自由以及传统却是完全不同于前者的，对霍尔姆斯而言，"专制集团"是企图"撕下自由旗帜"的南方。总之，同样的象征，同样的用词，却代表有着不同意识形态的两个美国。

霍尔姆斯的战争诗沿用了他一贯的应景体。尽管他身兼医生和诗人两种角色，但最主要的职业应该是为哈佛大学撰稿。他撰稿的对象主要是：哈佛的毕业典礼、同学聚会；某些个人、文人的生日及国庆日；俱乐部、大使馆及其他官方宴会；还有周年庆典、美国国庆等。他的听众都是宴会上的宾客或俱乐部成员。《关在房间里的鹦鹉螺》（"Chambered Nautilus"）虽然最不能代表他的诗歌特点，却是最为脍炙人口的一首诗。《星期六俱乐部》（"At the Saturday Club"）非常具有霍尔姆斯诗歌的特点，用一张私人宴会的宾客名单把文学史一一道来：朗费罗是清澈晶莹的"诗人，桂冠诗人"；霍桑"躲在面纱后/如同他笔下那个阴暗故事里的刻板教长"；爱默生则是"康科德[1]的特尔斐（Delphi）[2] ……预言家、诗人、神秘主义者、圣贤或者先知"。在霍尔姆斯看来，革命本身就像是家务事，事件是通过著名的波士顿人物——托马 288
斯·梅尔维尔（Major Thomas Melville）少校被描述出来的。他是赫尔曼·梅

① 爱默生的出生地，位于马萨诸塞州波士顿附近。——译注

② 古希腊城市，因有阿波罗神庙而著名，它在古代被视为是已知世界的中心，是天堂与大地相接的地方。——译注

尔维尔的叔叔并参与了1774年的波士顿倾茶事件（Boston Tea - Party）①，他是事件中最后一位“印第安人”；或者，革命还按照霍尔姆斯祖母的叙述而被描述成从钟楼上看到的“班克山战役”（Bunker - Hill Battle）②。

事件在霍尔姆斯看来不仅是对个人和历史的推断，而且成就了诗歌。诗歌的伟大力量就在于它作为社会属性的语言意义。如果说他的诗句涉及的主要是宴会和其他显贵们的聚会——那么，食物就是他诗歌的一个最具活力的转义，“用赞美做馅，用机智做涂抹的黄油”，然后“端上桌”并且需要用“一条面包和一个快乐小糖果来换取”；诗句的结构和隐含的主题是霍尔姆斯称为“婆罗门（Brahmin）③”的波士顿精英社会所使用的语言。霍尔姆斯的系列诗《早餐桌上的独裁者》（“Autocrat of the Breakfast Table”）登载于《大西洋月刊》，它们准确地遵循了各种语言习惯，既有那些大量阅读拉丁文以至于“所讲英文有一半是拉丁文”的家庭教师的语言习惯，也有“词汇的含义已融解为几个意思的文雅傻瓜们的”语言习惯。诗歌成为社会语言学的代表，表示性质、特征的形容词被“政治、宗教、社会、家庭等关系”所限定。一首名为《押韵的一课》（“A Rhymed Lesson”）的诗中有一部分是关于语言的，该部分把等级差别描绘成语言差别，这种差别即便是教育也不能消除：“词语导致情况；一个更为精确的尺度，/粗俗的言语，拙劣的语法，咒骂，酗酒，堕落……一句老话会证明这一格言的千真万确——/曾经的乡下人不可能说出观点一词来。”《社交聚会之歌（被一个戒酒主义者稍作改动）》（“Ode for a Social Meeting [With Slight Alterations by a Teetotaler]”）一诗讥笑戒酒一类的活动，把它们说成是语言审查：“一个微笑/皱眉，一杯酒/狂笑，一个祝酒/嘲笑和一个喝彩/冷笑，/这里所有美酒啊我们都畅饮/不管是士的宁还是威士忌，剧毒还是啤酒。”一首在宴会上献给海斯校长的诗是关于个人对头衔和地位的思考，所描绘的背景是美国对英国社会语言特征的反抗：

> 如何称呼他？很难，真的：
> 叫他是“伟大的父亲”，像印第安人那样？
> 或借个称呼？这不是一个
> 把人命名为殿下或大人的国度；

---

① 又称波士顿茶党事件。1773年发生的北美殖民地波士顿人民反对英国东印度公司垄断茶叶贸易的事件。——译注

② 发生在1775年6月17日，波士顿遭到围困之际。——译注

③ 文化和社会名流成员，尤指由旧时新英格兰家族后裔组成的社团。——译注

我们曾一度尝试用这些头衔，你知道吗，
结果却是将它们遗留在了一百年前。

陛下？我们已经受够了：
而且，这个称呼需要的是一顶皇冠；而他却戴着一顶帽子。

霍尔姆斯始终如一地坚持反映地域、阶级和时代的语言观。他的文雅语接近地方习语，而且渐变为自己发明的方言。他的宴会妙语与通篇的方言常 *289*
常只有一步之遥，如以批判加尔文教而著称的诗《执事的杰作，或漂亮马车》（"Deacon's Masterpiece，or the Wonderful One – Hoss Shay"），其中加尔文教被喻为出了故障的两轮马车。这首诗再现了新英格兰宗教传统的同时也再现了那里的习语，从"婆罗门"（文人雅士）的日常语言到十足的方言土语：

现在我来告诉你，造两轮马车时，
总有个什么地方最差劲，——
轮毂，车胎，弹簧或者车辕，
操纵台，横杆，地板，或者底梁……
毫无疑问，这就是为什么，
马车没用旧就坏掉了。

但执事发了誓（通常执事们都会这么做），
他说"我的确想"或是"我告诉你说"
他会造一辆马车跑遍小镇
跑遍乡村跑遍所有地方
这样造出的车才不会坏。

霍尔姆斯在剑桥的谈话表明，文雅语言将成为某个特定区域的自然话语形式。用他在《低头饮茶》（"Over the Teacups"）中的话说，在这样的地区"某些主题被一致同意从富裕阶级的交谈和严肃的文学里删除"。的确，文雅语言要想不显得愚蠢，那就只有作为一种地方语或近乎方言被加以使用，而不是被树立为诗歌语言的标准和主宰。他对詹姆斯·拉塞尔·洛厄尔的溢美之词也同样适用于自己，他说洛厄尔是"新英格兰自己养育的学者"，"（他）彻彻底底地了解/她的土壤，她的语言，她的人民"。

在詹姆斯·拉塞尔·洛厄尔自己的作品中，霍尔姆斯那种将文雅语地方化的戏剧式方法荡然无存，或者说是精神分裂般地瓦解了。洛厄尔之所以被收录进文学史，主要是因为他是最早书写历史的学者之一。哈佛是他出生、成长和长眠之地，综合起来讲，他曾是非常著名的《大西洋月刊》（1857—1861）和《北美评论》[①]（1880—1885）的编辑；做过哈佛大学现代语言学教授（接替朗费罗的职位）；后来还曾担任驻西班牙（1877—1880）和英格兰（1880—1885）大使。他的诗作分为文雅诗，如《朗菲尔爵士的幻想》（“The Vision of Sir Launfal”）和《批评家的寓言》（“A Fable for Critics”），以及方言诗如《比格罗外传》（*Biglow Papers*）中的诗。每一类诗都运用了独特的语言，互不交叉。关于《朗菲尔爵士的幻想》还是少说为好，因为在不连贯的结构和突兀的道德说教的反衬下诗歌极度夸张的韵律显得黯然失色。《批评家的寓言》模仿的是蒲柏，押韵的双行体和充满讽刺的妙语让人联想到霍尔姆
290 斯的《星期六俱乐部》，它们将文学史变为社会生活的记录，可以说这是继《朗菲尔爵士的幻想》矫揉造作的诗风之后朝讽刺体的一个可喜转变。不过，他的全部诗歌皆保持一个特点，即对于私人的社交圈或文学圈来说它们内含笑料。所以，所有人都会耐心等待，等待他实现其作品中的许诺。洛厄尔很早就熟悉爱默生，那时爱默生对于康科德来说还像一个乡下人，他破坏了哈佛毕业生的规矩（星期天不穿黑色外套，而穿褐色的），对他的描述也并不诙谐

> 一副美国肩膀上长着一颗希腊脑袋，脑袋的
> 一端是奥林匹斯山，与另一端掉了个……
> 那里边所有的创造都受到应有的尊重
> 因为它们也是他自身的一部分——虽然说略微有点前凸。

外行们完全可以表达自己的排斥和不满，而且常常表现得针锋相对。坡因批评朗费罗抄袭（“五分之三的天才，五分之二的胡说八道”）而受到警告。玛格里特·富勒（*Margaret Fuller*）[②] 也胆敢贬低洛厄尔，说他“是绝对地缺乏真正的诗情和诗风…… 后人们也不会记住他”，富勒因此而被嘲讽为

---

① North American Review，1815 年创刊于波士顿，被认为是 19—20 世纪最优秀的文学杂志之一，它最被作为反映本地区居民中知识分子的思想和情趣的地区性杂志。——译注

② Margaret Fuller（1810—1850），记者、评论家及女权活动家，她的《十九世纪女性》一书被认为是美国第一部重要的女性主义作品。——译注

《米兰达》（“Miranda”），

> 她的全部存在就是一个大写的我：
> 她会使用一个古老的概念，并把它变为己有，
> 通过用她女巫的音调不断重复……
> 她完全可以藐视任何看穿这种把戏的凡夫俗子，
> 当她把没有限定语的小写的我融入其中。

《寓言》（“Fable”）一诗中包含了一些饶有兴趣的见解，如：对反对英国文学的美国人的质疑：“尽管你吹嘘自己的新大陆，但却一点都不相信它；/它几乎就是用旧大陆编织而成的。”但像霍尔姆斯的作品一样，《寓言》至多也只能算做一种社会诗，霍尔姆斯称赞这首诗是“你的作品中最富机智的”，也是洛厄尔自己渴望创作的那种严肃诗歌的典范。

洛厄尔还有第二个声音，不过它并不来自于文学职业，而源于政治信仰。在《比格罗外传》里，他放弃了高雅的诗歌外套转而用方言直接写作，只有方言才能代表新英格兰的社会—政治状况。洛厄尔与玛丽亚·怀特（Maria White）的婚姻将他带入激进的加里森废奴主义者①的行列，并帮助他获得了一种充满政治激情的诗歌语言。怀特自己也是诗人，在目睹了四个孩子中三个夭折后自己也死于肺病，死时年纪尚轻。在《批评家的寓言》里，洛厄尔批评自己试图“通过把一整捆的主义和节奏绑在一起”来努力翻越帕那萨斯山（Parnassus）②。可是由于诗歌创作被政治化，他不得不在语言使用上创新。 *291*
《比格罗外传》的第一系列抨击墨西哥战争是奴隶制的延伸；第二系列描写的是美国内战。通过荷西·比格罗（Hosea Biglow）和伯德弗莱登·索文（Birdofredum Sawin）两个人物之口，洛厄尔用道地的方言表达和控制自己周围风暴般的政治语言。荷西·比格罗把军队招募官说成是“吹笛人”（“猜你会一直吹笛子直到疲惫/在你得到我之前”）。他把民族主义的召唤说成是基督徒的责任，从而表达他的抵触态度：

> 你不得不攀上天空

---

① 19世纪上半期，美国废奴主义者加里森创建了新英格兰反对奴隶制协会，并领导成立了全国性废奴主义组织——美国反对奴隶制协会。到40年代，废奴团体已达2000个，形成了声势浩大的群众运动。——译注

② 位于希腊南部，古时作为太阳神和文艺女神们的灵地。——译注

如果你想挽着上帝……
可这是基督徒的职责
会让普通人丧命

在《比格罗外传V》（*Biglow Paper V*）的第一系列中，诗人为南方自称真正拥有革命和《圣经》而作了辩护（“我们站在宪法一边，真的!”），同时借H. 比格罗（H. Biglow）之口对《参议院的辩论》（“Debate in the Senrit”）作了这样的描述：

自由的基石是奴隶制，
这一点毋庸质疑，
它就是那个——
你所称做的名字——神圣。

第二系列的第三部分假借已定居南方的伯德弗莱登·索文的一封信，对其中的南方观点进行了持续的讽刺。他关于奴隶制问题的南方观点是这样的：“一切事物对人来说，都是为了使用、服务和快乐；/难道说希腊语和希伯来语里的人指的不是白人吗?”第五部分则是对政治语言技巧的戏仿（《位居神秘决策委员会并受保护的尊贵雌鹿之演讲》“Speech of Honorable Preserved Doe in Secret Caucus”）：“一个真正的政治家应该警惕，/如果他必须有信仰，那么不要过于相信这些信仰。”同时，该部分还再现了对于美国革命历史自相矛盾的说法和修辞。托马斯·杰斐逊（Thomas Jefferson）

可能出于善意说“人生来是自由平等的”，
而后来却证明是梨树上的病枝。
它花了足足八十年有余的时间——难道你没看到吗？——
才从民众的信仰中肃清成见。

洛厄尔在《比格罗外传》组诗的一个注解——“选择北方佬的方言”里写到：

我做事是三思而后行。长期以来，我似乎看到美国文字和口语的大敌是刻意回避简朴的风格，以至于我们正面临着母语即将死亡的危险，因为它总是存在于字典和语法书而不是我们的内心。唯一的解决办法是

回到它充满活力的源泉中去，只有这样才会找到它。 292

洛厄尔只有在他的方言诗里才能够找到出路，走进鲜活的语言。就他的诗人角色而言，他至多不过是使话语富于节奏而已，他在哈佛创作的《纪念颂歌》（*Commemoration Ode*）就是一个例子。关于这首诗，人们可以说，也正如他在关于国会辩论的《比格罗外传》中所说的那样，他使用的英语是“再没有比这更迂腐更陌生的了，它最终会变成一种像僧侣们所使用的拉丁语那样的东西，它不再是表达鲜活思想的工具了”。他在致诗人灵感的《跋》（“L'Envoi”）中写道：“我抓住了除你自己以外的任何你的东西…… 你是如此的柔软善变，永远难以捕捉。”

虽然霍尔姆斯和洛厄尔表达的观点分别代表各自的地区，不过他们都认为新英格兰是美国这个民族的具体体现和定义。这种特殊地位的获得源于他们在诗歌方面做出的巨大努力，同时也和其他地区诗人的艰苦工作紧密相关。西部诗人或多或少地承认自己那处于边缘的、略带怪异的乡土风格，但他们也提出了全新意义的美国诗歌。西部的社会状况，也像后来同样具有乡土风格的新英格兰一样，受到美国内战影响并形成战后的独特局面。南方诗人则发觉自己处于一种特别的妥协境地，一方面接受北方的文雅并将其作为自己的标准，另一方面又认为北方会威胁南方本土文化而与之形成尖锐的对立。为了维护遭到美国其他地区一致反对的蓄奴制度，南方形成自己的修辞风格。它的“独特风俗”不仅造就了以奴隶为主的劳动力机制和以种植园为主的土地所有模式，而且还成就了自己独立的传统、价值观和风尚。南北战争前的文化以奴隶制为主导，这一背景使整个国家不仅出现了地域上的差别而且形成了南方特有的政治、经济和文化格局。受其影响，南方诗歌在遭到奴隶制被废除的文化浩劫之后仍然继续努力试图重获新生。

由于洛厄尔的《朗菲尔爵士》所演绎的亚瑟王传奇并不成功，于是他转而描写以新英格兰人为原型的北方农民形象，而且非常成功。关于亚瑟王的故事是南方骑士文化意象的核心，骑士通过自己的风度、荣誉和对下层奴隶实行的贵族统治来维护社会秩序。也正因为这一传统，蒂姆洛德和西德尼·兰尼尔（Sidney Lanier）的作品中使用的尽是古老的语言，不过在兰尼尔作品中，古老的语言是和在他看来非常重要的其他诗歌元素紧密联系的。首先，音乐是他的特殊才能之一；其次，社交更能反映出地区的热点问题和普遍关注的焦点。

西德尼·兰尼尔（1842—1881）虽然出生于佐治亚州的麦肯，但其祖先则在伊丽莎白女王、查里一世和查里二世时期做过宫廷乐师。他自己也是一位音乐天才，他不仅以演奏笛子为生，而且还用其延长了自己饱受病痛威胁的生命，内战期间他在监狱患上了肺结核。无论如何，兰尼尔一直期盼着一
293 种文学和学术生涯，在1857年至1860年间，他在佐治亚州的奥格尔索普大学学习德国浪漫主义。然而内战打断了他作为助教的学校生涯，战争给他带来的是健康恶化，生计不保。他努力用音乐、撰稿和教书赚来的钱进行诗歌创作，最终，他成为巴尔的摩交响乐团的首席笛子吹奏家和约翰斯·霍普金斯大学的讲师。在《英诗的知识》（*The Science of English Verses*）一书中，兰尼尔对诗歌技巧问题作了批评，他试图将英语的韵律和音乐符号连接在一起，这也一直是他在诗歌创作中所追求的目标。39岁那年，他终于完成了目标，但不幸的是，此后不久他便死于肺结核病。

兰尼尔在创作佳境时写出的语言既庄严高贵又富于音乐性，而在创作低谷时他会混淆语言和音乐、古风和庄重，他还会把自己反对贸易和工商业的那份执著与现实相混淆。他那首满怀抱负的《交响曲》（“The Symphony”）的开头也许正反映了他诗歌创作的低潮：“‘啊贸易！啊贸易！但愿你死掉！/时代需要的是心灵——’它已厌倦了头脑：/‘我们一切为了爱，’小提琴说。”兰尼尔的调子颇具古风，而且如歌一般优美，这与他所致力达到的社会—经济评论的目的不相协调。况且，力求诗歌达到这样的目的最终只能让诗人感到负担，而不能解决问题。另一个极端是，他用佐治亚居民的语言写了一首方言诗，该诗也只是发出了表达他执著追求的微弱声音而已：即通过用玉米取代棉花的方式来拯救南方经济，进行土地改革使南方从正在威胁美国精神的有害的商业化中解放出来。

除了方言诗，兰尼尔的作品大多采用中世纪的宫廷形式，沿袭了南方的文雅浪漫传奇。他早期创作的诗《比武》（“The Tournament”）是关于“心灵”与“头脑”、“爱”与“恨”之间相互激烈对抗、较量的一个寓言。另一首早期作品《农民起义》（“The Jacquerie”），以无韵体的形式讲述了一个中世纪农民暴动的故事，诗的结构和题材都来自于骑士文学。他之后创作的诗在意象、文体和韵律方面都显现出骑士文学的特点，诗风虽美，却难以持续。在兰尼尔篇幅较长且雄心勃勃的颂体诗中情况尤为如此：《沼泽颂歌》（“Hymns of the Marshes”），《格林沼泽》（“The Marshes of Glynn”），《玉米》（“Corn”），以及有贝亚德·泰勒（Bayard Taylor）介入、为在费城举行的百年庆典而创作的《大合唱》（“Cantata”）。这些长诗中最为成功、长盛不衰的可能当数《汉密斯克的复仇》（*The Revenge of Hamisch*），诗中所采用的民谣形式和古旧语言似乎表现出极端的自我批评和揭露。故事中那个疯掉的仆人将可怕的惩罚转向自己的主人，这个故事不可避免地将南方的封建特性也转向

了其自身。

兰尼尔的短诗以其诗行间的连贯和意义的集中表达达到了预期的美感，如《缺席》（“In Absence”）中的结尾部分：“交叉飞过，相互翅膀的振颤/加速了彼此的飞行。”这种语言虽然和日常用语相去甚远，但与兰尼尔所倾心建构的世界却十分匹配。同样，那些以描写景物、鲜花和南方自然风光为主的诗歌也因为具体、实在而获得成功，这种诗歌语言风格也得以确立，以《来自沙洲》（“From the Flats”）为例，其中兰尼尔把佛罗里达（他希望在那里治疗肺结核）和佐治亚进行了比较，他抱怨道： 294

倔强，乏味，呆滞而冷漠
阴郁的沙层让我的精神渐渐耗尽。
沙层淡而无味地向我诉说他们知道的一切；
他们那愚蠢的舌头，为了嘲笑我的痛苦，
一次一次地拖着长腔唱着。
他们用让我难以名状的悲痛伤我的心：
永远不变，永远不变。

兰尼尔读大学时曾在笔记本里列出今后可能从事的职业，他问自己：“音乐在世界经济里的地位是什么?”无论在技巧方面还是理论方面，兰尼尔都试图建构一个统一体系以便对经验的各个方面进行整合和联系，如音乐、诗歌、社会等。然而，他的艺术却使这项计划成为不可能，因为他的南方偏见闯入了他的诗歌语言系统并且与之无法协调。他认为诗歌词汇的内在关系等同于音乐中音符的关系，这一理论不仅在其研究著作《英诗的知识》中得到概括，而且诗人也曾说要在实践中让诗歌更具强制的音律。他确已得到的语言之美在想象之外的世界里找到了语境，尽管在想象世界中艺术与生活互为实现和完善，《西部赞歌》（“Psalm of the West”）和《百年大合唱》（“Centennial Cantata”）的结尾部分就是很好的例子：

啊音乐，我的话从时间的高峰展开：
在你巨大的信号里所有人的心，人的心注视着：
中天友好地展开翼弦犹如旗帜漫卷，
舞动着欢迎这个世界的热爱者来到这里。

然而，在兰尼尔那些较为朴实而不富想象的诗歌里，他也的确创造出了音乐性的语言，虽然本质上依然脱不了文雅，不过已经和真实世界十分接近了。《模仿鸟》（“The Mocking Bird”）所采用的商籁体（sonnet）[1] 显示了甚至是嘲弄了兰尼尔对诗歌的要求的控制与超然，这个要求即诗歌应植根于现实：

> 壮美而唯一，在一个打扮华丽的树枝上
> 在茂密的树叶上勇敢地生活着，
> 他用歌声使森林繁茂；或者吸引
> 饥饿的鹰的注意，倦怠的鸽子寂寞神伤
> 因为爱侣的走失，
> 295 所有鸟儿的热情——抚弄着小路旁矮树丛中淅淅沥沥的朝露。
> 无论鸟儿们做什么或梦到什么，这只鸟总会道出。
> 忽而他直冲而下，轻盈地
> 在草地上跳来跳去，啄食蚱蜢，高唱着飞起，
> 停落在树梢，梳妆打扮，然后再重复他的技艺。
> 真是甜美的技巧，我终于了解了其中的奥秘：
> 愚笨小虫之死是怎样成就了那边树上漂亮的莎士比亚的？

像蒂姆洛德一样，兰尼尔的创作也是在南方令人绝望的混战状况下进行的，因而他在诗歌中表达了努力求生存的主题，尽管多以异想天开的逆反方式表现。但是，这首十四行诗中揭示的问题，即诗歌的鸟儿们如何靠蚱蜢维持生存的问题，却是一个超出了南方以及紧迫的民生问题的命题。像这个时期的大多数无名作家一样，兰尼尔也总是陷于社会、政治和文化修辞的纷扰之中，这些话语混杂在他的诗歌语言里。约翰·格林利夫·惠蒂尔或许是最后一个例子，同朗费罗一样他赢得了广大读者的喝彩、崇拜和喜爱。惠蒂尔出生并大部分时间居住在马萨诸塞州北部，偶尔进城接受新闻界的采访，作为自己反奴隶制的宣传活动的一部分。他的作品具有鲜明的地方特色，直接描述新英格兰地区的风土人情，再现他们的宗教、经济和语言文化。而且，作品的思想角度总是取决于他独特的贵格会（Quaker）[2] 灵光（Inner Light）[3]。换言之，他在神学/政治/社会方面的责任很大程度上控制了诗歌的

---

① 一种由十四行组成的诗歌形式，通常有一种传统的押韵形式。——译注

② 又称公谊会或者教友派，是基督教新教的一个派别。——译注

③ 在贵格教派的教义中，被认为是人类灵魂的启蒙和引导力量的神的显示。——译注

创作。直到奴隶解放的时候，他的诗主要作为一种工具，用来宣传废奴思想。战后，惠蒂尔转向写地方性、描写性的短篇作品，还有歌谣和赞歌。在这两个阶段，他的诗歌由于在言语形式上因袭了政治或社会的时尚而失去了威力。不过，在相当一部分诗歌里他成功地顶住了压力，取得了一种既宁静庄重又自然有力的语言风格。

惠蒂尔的政治诗向人们展示了北方修辞对诸如自由、公正、美国等词的理解。《北方女孩》（“The Yankee Girl”）在被一个庄园主追求并且后者许诺不让她每天工作——“你是如此可爱和珍贵的一块宝石/不应该被繁重的工作所累和玷污”——的时候，女孩用自己的独立宣言回答道：“但（人们）知道这个北方女孩很快就会被带上（奴隶的）枷锁而不是和你一起共享自由。”在一首反映兰尼尔的《汉密斯克的复仇》的诗中，惠蒂尔公开奚落南方作家对中世纪口头传说的情有独钟，并将其作为一种尖刻的手段来揭露。（《人们的猎人》［“The Hunters of Men”］）他一再地求助于先辈们的革命传统——“这就是我们父辈热爱的土地，和他们辛苦赢得的自由吗”——尤其求助于 296
《圣经》里关于男人女人的神圣意象的寓言，可是当“上帝自己的形象被买卖/美国人被驱赶到市场，像牲畜般用于交换金子的时候”，土地和自由也被出卖了。美国的政治/宗教使命正面临着遭到背叛的危险，面临同样危险的还有美国追随神圣精神的可能性，这个神圣精神“出现在/我们父辈的面前当他们走在漫漫征途上……（它是）黑夜里的篝火，白昼里的浮云”。

虽然这首诗可能因其目的性和过分华丽的辞藻而显得不自然，但它凸显了身陷尴尬境地的美国身份认同，美国的身份认同是自由和奴隶制的混合体。在惠蒂尔看来，这意味着北方人和南方人一样都必须“知道他的自由建立于/奴隶制的黑色基础之上”。构成这个国家的基本词汇是相互矛盾的意义的折中。如那首《黑人船夫之歌》（“Song of the Negro Boatman”）所说，

> 啊，赞美和感谢！主来了
> 来解放人民；
> 弥撒把它看成是死亡的日子，
> 我们却认为这是欢庆的时刻。

然而，惠蒂尔的作品最终还是坚持恢复原有的单一、道德的语言定位。在纪念解放的《劳斯·迪欧》（“Laus Deo”）中，自由和罪恶的真实含义是确定无疑的：“解放者呼出万物宇宙/与此同时它也降灾难于死去的人和埋葬的罪恶。”

惠蒂尔的晚期作品主要以歌谣、类型诗、图画诗和赞歌为主，它们所起的作用主要是社会和宗教的而不是诗歌的。虽然他的语言呈现出散文或歌唱的属性，不过他还是能够一下子就陷入一种道地、具体、无须形象化的方言或习语里。在《群山间》（“Among the Hills”）的《序幕》（“The Prelude”）里，新英格兰的农家不是作为一种静态的道德化身，而是道德冲突的真实发生地：

> 哀怨的女人和乖戾不悦的男人，
> 邋遢，麻木，未老先衰，
> 以少有的兴趣维持着他们自己
> 单调乏味的可怜生计……
> 像精明的经济家一样支出尽可能少的
> 盐和神圣
> 以维持他们的心灵还有过冬的猪肉。

同样以这种粗犷朴素的语言，惠蒂尔写了那首反启示录的《亚伯拉罕·达文波特》（“Abraham Davenport”），亚伯拉罕·达文波特反对民众的呼声，民众们说到“这是主的伟大日子”，“他以平稳的声音慢慢打破（沉寂）……让上帝去做他的事，让我们照管自己的事”。《告诉蜜蜂》（“Telling the Bees”）则
297 通过对当地悼念习俗的记录，用其所有的严肃风格来处理个人的悲剧。在以乔纳森·爱德华兹为主角的《牧师》（“The Preacher”）中他对新英格兰过去的精神暴行作了清醒的总结，过去那一地区认为“人一无是处因为上帝即是一切”，因而人无法对抗尘世的错误。《大雪封门》是惠蒂尔最具生命力的作品，它通常被认为是作者对往昔乡村生活的一种怀旧，不过这种国内的追捧反而让这首诗为诗歌表现力立了法。如爱默生的《暴风雪》一诗，诗从暴风雪中得出了格言，诗中炉火的意象代表诗歌意识，通过诗人的想象炉火辛勤工作来对抗和辩驳毫无理性的自然，就像惠蒂尔将生火的“艺术”与“愚笨的发出尖叫的风”对立起来一样。

南北方的绅士作家们在美国语言的发展及其可能性上提供了一系列答案。在这方面，他们延续了世纪中期几位伟大诗人的事业，如狄金森和惠特曼。但是，对于诗歌听众、诗歌功能以及诗歌与周边文化和话语关系的担忧仍然存在。世纪中期的文雅诗歌远不认为诗具有神圣高贵的地位，这一时期的诗歌仍然不能确定自己在美国文化中的作用和地位。在弗·欧·马修森（F. O.

Matthiessen)① 看来，19 世纪诗歌的失败关键在于它们不能区分诗歌与修辞这两种艺术的本质，不过问题并不在于两者的杂糅而在于不能很好地掌握如何去结合他们。诗歌并非如形式主义美学所要求的那样是纯粹、自我封闭的语言，诗歌的语言必定来自于自己所处的文化语境里使用的话语。当马克·吐温倒霉地出现在《大西洋月刊》为惠蒂尔举办的晚宴上时，他批评的正是(诗人们)缺乏鲜活的方言习语（他评论道：“有趣的表达转成为一种肃杀和萧条”)。在谈话中他是这样描绘爱默生、朗费罗和霍尔姆斯的，说他们在矿工的小屋里朗诵着与矿工语言截然相反的诗歌：“对不起，朗费罗先生，如果能劳您驾暂停您的蠢话五分钟让我先把饭准备好，那样我就太荣幸了。”洛厄尔是把方言引入诗歌的先驱之一，但是大体上说，他也无法将方言贯彻到严肃的诗歌创作中去。他的诗歌创作受到语言规定的束缚，同样这些规定也阻碍了他在《大西洋月刊》上刊登梅尔维尔、梭罗和惠特曼的作品。

诗歌的挑战不仅仅是抵制或脱离其周边的话语，而是居高临下地控制它们而不被控制。然而，19 世纪中期的作家们不仅没有通过自己的想象力塑造语言，反而不是被自己运用的修辞所掌握就是与鲜活的日常习语相脱离。但无论如何，他们的努力反映了对一种可行的美国式语言的探寻，即便不能完全或经常地运用于诗歌中。 298

斯蒂芬·克莱恩：美国的经济

自 1895 年斯蒂芬·克莱恩（Stephen Crane）的诗歌问世以来，这些诗就一直令人困扰甚至反感。一方面，其含义隐晦的文字显示出真正、持久的感染力，而另一方面，人们很难详细说清这种感染力在如此极简的抽象艺术里蕴藏在哪里以及是如何产生的。或许是诗歌而不是小说给予了 H. G. 威尔斯足够的理由，让他在 1900 年的时候把克莱恩在《北美评论》（*North American Review*）的工作描述成“某种来势汹汹的否定的艺术”。这些不仅超出了对神明的亵渎，也超出了诗歌本身所采用的大写字母和无标题的新颖简约模式。从纯形式角度看，克莱恩的文本惊人地打破了传统并发明一种新的方言以应对美国的特殊情境和要求。克莱恩在写小说和新闻报道之余从事诗歌写作，显然，在听到威廉·迪安·豪厄尔斯（William Dean Howells）朗读一版艾米莉·狄金森的诗句后，克莱恩的脑海中浮现出自己的诗句，于是他拿着手稿

---

① F. O. Matthiessen（1902—1950），是美国学界具有影响的历史学家和文学评论家。——译注

出现在哈姆林·加兰（Hamlin Garland）家里，并如其所描述，他向后者保证："我连续地写出了四五行。"但写出的"诗行"，用他的话说，却无论是在韵律、音步还是诗节的定义和措辞方面，几乎完全忽略了当时的诗歌标准。像许多美国诗人一样，克莱恩十分关注美国的语言艺术能否不同于它的英国祖先，而他超越了多数诗人获得了这方面的成功。他的诗歌依赖于简洁浓缩的意象、引人注目的观点、习语的直白表达、简化的用词以及有力而朴素的比喻。像后来的诗人那样，克莱恩合理运用主要的形式技巧、分行排列等，以便表达强调、悬念和严格的并置。

克莱恩的诗歌，与散文写作相比显得相形见绌，与他的传记写作相比显得复杂难懂。虚构作品在两个方向上妨碍了对诗歌的认识。一方面，小说的特点是讨论主题和哲学问题，而诗歌往往被看成是简化了的类似版本。由此，诗常常变成了关于存在主义和英雄主义的小片段，讲的是孤独淡泊的人怎样面对冷漠异化的世界。而另一方面，和虚构文本的比较进一步加深了诗歌本身疏离超然的印象，使诗歌似乎充满玄学、抽象的想象，这些想象完全来自于克莱恩小说中的场景和情节下发生的历史事件。在上述的两种情况下，作为一种文化表征的诗歌比喻效果是失败的，因为它仍然紧紧地依赖于克莱恩小说和新闻写作的冲动。克莱恩的诗所要表达和再现的是其身边的美国文化的具体构成。他的诗歌植根于文化，以完全美国式价值观的名义写自于一段
299 历史；当克莱恩放肆地认为美国正在变得越来越背叛的时候，这种价值观正好得以体现，他之所以敢于有如此大胆的想法是因为在美国存在一种已经深入人心的传统——持异议。

克莱恩的个人经历与其简洁而强烈的艺术风格极其相似。很多的境遇已模糊不清了，但谣言就像在克莱恩活着时那样还在继续混淆事实。克莱恩生于 1871 年，是家里的第 14 个孩子（是存活下来的第 9 个），父亲生长于一个古老而显赫的革命家庭，曾做过卫斯理公会的长老、教师、作家和牧师；母亲也有着来自卫理教派教长的高贵血统。由于与妻子家之间的教派争论，他的父亲被从长老降为巡回传教士，在克莱恩 9 岁时去世。而母亲则为了支撑家庭围绕卫斯理公会和妇女的改革事业，尤其是节制问题，进行写作和演讲，与此同时，他的家在新泽西的一些地方搬来搬去。在克莱恩 20 岁时母亲也去世了。

克莱恩之后的生活越加艰难。他在学校的几年似乎主要花在了抽烟和打棒球上；先是克拉夫洛克大学（Claverock College），这是一所卫斯理公会的预备学校，那里要求学生每天研究《圣经》；然后是拉法耶特大学（Lafayette），在那里他的所有科目都不及格；最后是锡拉丘兹大学（Syracuse University），

通过家里的卫斯理公会亲属他得以录取，但这一次他又没能完成学业。与此同时，他已经开始为报纸撰稿，包括在其兄长工作的阿斯伯里·帕克通讯社（Asbury Park）承担一份定额工作。在那里，他因报道美国机械公司的低级职员游行而不慎得罪了劳资双方。他把工人描绘成“沉闷地走在街上，好像什么也不懂，呆头呆脑，一副不相干的样子……步伐和样子恰恰代表了他们的生活”；而雇主则是“当一块钱被放在眼前时，他只考虑自己的拥有权而不顾别人的权利”。结果是他不仅成功地让自己被解雇，而且还连累哥哥也遭解雇。

离开学校后的克莱恩住在纽约，没有固定住所也没有固定收入，除了给报纸写些稿件外他完成了自己的第一部小说。《玛吉》（*Maggie*）——他的处女作，描写了一个纽约贫民窟的女孩被引诱、奸污直至堕落成为街头妓女。当时为了出版这部小说克莱恩不得不自己掏腰包，可后来他却因另一部小说《红色英勇勋章》（*The Red Badge of Courage*）而一夜成名。这部小说的问世得益于哈姆林·加兰尤其是威廉·迪安·豪厄尔斯的资助。然而，与他们的提携形成反差的是警方以及种种流言蜚语，有传言说他生活放荡，酗酒、吸毒、与妓女有染。据说，克莱恩曾以堂吉诃德式的理想主义精神极力保护一个被拘捕的“歌剧合唱队的女演员”多拉·克拉克（Dora Clark），他的行为导致纽约警察局发难，不允许他继续居住在纽约市。后来的几年里，他因为
《红色英勇勋章》的名气得以成为几家不同报纸的记者：部分是西部以外的， 300
但也有各地的，只要那里有战争。1896 年，他试图到古巴报道西班牙—美国之间的战争而未果（他乘坐的船只沉没，在海上漂了三天，此番经历成为短篇小说《敞蓬船》[“The Open Boat”] 和诗《在细桅杆上漂流的人》[“A man adrifting on a slim spar”] 这两部作品的素材）。此后他去希腊采访那里的战争，打算之后再返回古巴。他的晚年时光是在英格兰的一所乡村庄园里度过的，与科拉·豪沃斯·莫菲·斯图亚特（Cora Howarth Murphy Stewatt）一起花掉他的收入，科拉曾是他在佛罗里达认识的一家妓院的老板。1900 年，克莱恩死于肺结核，当时他还不到 29 岁。

正是这种生活塑造了克莱恩的诗歌，体现出他与现实社会结构的格格不入，或者说是他对社会结构的坚决谴责。这种影响是通过形式和修辞手段在很多不同层次上实现的，这些主要的修辞手段使他的各种文本成为有机体，包括宗教、爱情、战争、艺术还有金钱和卖淫。克莱恩的批评在人们可能称其为他的荒原意象中找到了自己的雏形。这类诗通常描绘景物——荒野、高地、公路、海洋等。它们的结构典型体现了自我封闭的主体的对立，每个主体性都有自己错误的视角：

我看到一个人在追赶地平线。
而地平线则一圈一圈快速飞转。
见此情景我停下来；
开口招呼他。
“这是徒劳，”我说道，
“你永远不会——”

“你说谎——”他喊道，
然后继续跑。

这首诗，初看上去似乎是两个势不两立的观点之间的对抗。而且，它通向的选择也是同样的势不两立。一种解读是，追赶者似乎是被自己的幻觉欺骗了，但他还是拒绝来自于一个不关利害的讲话者兼叙述人的启蒙，后者的状况显然好像较为优越。然而，情况或许刚好相反。也许追赶地平线的人正是因为有了对某个理想的求索才显得高贵，没有了追求他的生活只是一场空虚，这是一种讲话者兼叙述人无法理解的虔诚。

克莱恩的许多文本都显现出具体化了的认识论或存在主义谜团。比如，这里讨论的两个主体性或者观点就具有典型性，二者相互施加压力，又没有结果。结果的缺乏构成了克莱恩的主要写作承诺之一，而且有意要将其扩大到读者。如克莱恩在一封信里所说：“如果存在任何的寓意或道理……我也不想指出来。我让读者自己去发现。”克莱恩的读者几乎总是被放在一种困难、
301 妥协的位置。作为附加的主体性，读者被要求做出决断，而这一决断在文本看来是不可能的。不过对任何一个单一主体性的惩罚是克莱恩写作目的的核心，它会强迫读者直接体验一种自我批判，这是克莱恩主要关注的问题之一。他没有把人刻画成为陷入圈套的自我；相反，他将自我描绘为潜在的陷阱。上演孤独自我的戏剧在克莱恩看来并不能最终展现存在主义的状况，其重要性在于道德、社会尤其是历史层面。

诗中描述的困境不仅仅是抽象的、认识论的或者普遍意义上的玄学的。追赶地平线的形象不仅展示了一种观点，更显现了主体性本身，使人联想到类似的意识环。封闭的圆圈以及这个爱默生式的自力更生的人让人不禁联想到爱默生的圆圈。不过这个自我证明是孤立的，呈自我禁锢式的圆形，而不是不发展的。唯我论的出现不是作为解决问题的方法，而是作为问题本身出现的。所以，克莱恩的诗不是认可或表明孤立的自我，相反是要表现其局限。

爱默生式的意识被置于合适的美国场景中。沙漠远不只是空洞、抽象或

存在主义的空间，它有了确切的文化历史定位。克莱恩的荒野既有《圣经》意义又有民族意义——从美国传统的想象意义上说，这真的是两者的交叉。《圣经》意义的影响似乎可以具有启示；美国式的启示，召唤。但独特的是，在克莱恩看来启示是混乱的。诗中所描绘的那个人的追求无论是高尚也好愚蠢也罢，都好像是一种妄想。至于说到召唤，克莱恩的世界里追求本身有着具体的内涵。它暗指世纪末美国的一种痴迷：驱使自我取得成功。这一动力作为独立的价值，在特有的一些象征里得以表现：

> 一个人看到天上的金球；
> 他向上爬想够到它，
> 并且终于如愿以偿——
> 可它成了黏土做的。
> 奇怪的是：
> 当这人返回地上
> 再看时，
> 看呐，又是个金球。
> 奇怪的事情又发生了：
> 它是金子做的。
> 当然，它是一个金球。

多种主体性在此通过人物自己的想象被和谐地统一起来，人物的想象在追逐地平线之前、之中、之后是各不相同的，同时要求读者目击每一个变化。诗中蕴涵着若干的可能性：追求金球只是幻想吗，或者因为只是幻想所以不够高 *302*
尚吗？金球的形象也许代表想象。这一形象的否定只会是世界空虚：正如华莱士·史蒂文斯后来谈到的否定性，“太阳，那个勇敢的人，不过是你所说的，走自己的路，世界是丑陋的而人是悲哀的。”然而诗所描述的追求似乎是无效的，什么都没被转变，成功是自我否定而不是想象中的富有。圆圈没有尽头，且自我封闭，追求的目的可能就是被称做镀金时代（Gilded Age）最诱人的东西，金钱。金钱不仅不代表想象的可能性，还可能使其错位和遭到背叛。

自我及其代表物——金钱是两个重要的美国制度，斯蒂芬·克莱恩在其作品中对此表示出怀疑。而另一个惯例就是宗教，它对于教长的儿子来说是再自然不过的了。克莱恩早期作品引人注目的特点是：他攻击上帝，因为上帝似乎只会惩罚和嘲弄众生。其实克莱恩的兴趣并不在于神学，他主要关心的不是上帝的本质究竟是狂暴的还是仁慈的、是属于旧约还是属于新约、是他母亲的还是父亲的、是残忍的还是怜悯的。不像艾米莉·狄金森的作品，克莱恩的作品里没有持久不变的玄学分析。他关心的是上帝的形象如何引导人的行为或者是人的行为如何利用上帝的形象。他的诗歌主要表现各种各样的宗教主张，它们建立于不同的力量结构却反过来支持后者。他坚决反对的结构之一就是：关于上帝惩罚的结构，这个结构由所有那些自称知道上帝并支持他的人所持有。克莱恩在《上帝拜访人》（“A god came to a man”）一诗中巧言善辩，他在与上帝的辩论中占了上风。出版商曾要求他把这首诗从最初的《黑色骑士》（“Black Riders”）克普兰戴伊版（Copeland and Day editon）中删掉，以备死后发表。诗中讲到，上帝创造了苹果，创造了人企图得到它的欲望，同时他又禁止人的欲望，上帝把自己置于自我取消的境地：“这有多么愚蠢？/注意，您塑造了我们的欲望/就在您创造苹果的时候……我是比上帝更伟大的上帝。”克莱恩斥责上帝，说他“把父辈的罪恶……强加在孩子头上”，“好吧，那么，我恨您，邪恶的景象”。克莱恩鄙视发怒的、“打人的”上帝，矛头直指“所有那些跑来”赞美他是“杰出上帝”的人们。

这些具有攻击性的例证并不表示信仰危机，在例证中克莱恩以马戏团的意象来表达其对神学的漠视：“我哥哥威尔告诉我不要相信地狱，因为在这之前我叔叔不停地用关于火湖和其他杂耍的故事来烦我。”克莱恩密切关注的是“上帝”一词在这些例子中的含义；在那些自称认识上帝的人的眼中世界的影像似乎是含蓄的，尤其表现为一种惩戒的方式，即“严厉的神灵”判定人要
303 用哭泣的少女做礼拜。诗中上帝的形象有时为了揭示自己，也和天使、精灵、天国之声以及如鹊或驴等动物形象一道，作为一种超出自我封闭式想象的声音或者观点而存在。或者，上帝可能被描述为一个声音“在心里低语”，一个主宰“内心想法的上帝”。但是，这样的宗教最初在克莱恩这里却是一种遭到贬损的社会话语，一件由“陌生小贩们”出售的便宜货，每个小贩

拿着小货样，说道：
“这是我的上帝的式样。
这就是我喜欢的上帝。”

克莱恩比上帝更重视罪恶，但在他看来罪恶永远都不是形而上就确定的。他的诗句坚持表现形而上世界的坍塌。

我伫立在高处，
看到脚下众多的魔鬼

跑着，跳着，
痛饮着罪恶之酒。
其中一个抬头，狞笑，
说道：“同志！兄弟！”

上上下下的都来到同一个程度，它的衡量标准不是玄学的而是道德的。而道德的罪恶恰恰是支撑自我放纵的傲慢态度的上层建筑，这也影响到了读者。当克莱恩最初的那些出版商要求他删掉亵渎的内容时，他抗议说这样会“删减掉书中所有的道德意义，也许是所有的无政府思想。我尤其要坚持的正是这种无政府思想”。无政府主义反对的是等级制度；对于克莱恩，反等级制度是一种道德立场，一个社会的而不是玄学的立场。他要维护的是责任和敏感，然而他发现几乎在所有地方这两者都遭到了背叛：

用眼神和手势
你说你神圣。
我说你撒谎；
因为我真的看到你
把外衣
从罪恶身上拿掉并放在
小孩的手上。
谎言家。

克莱恩在此表明了立场，他反对那些道貌岸然、披着神圣外衣的人，站在大多数受惩罚者一边，这里，诗人用“小孩”来代表后者，这一形象既具有基督教意义同时也具现实意义。克莱恩的小说《玛吉》反映了这种联系，玛吉已经堕落，可她“听说过上帝的恩典”，当她在街头游荡并与一位戴着丝帽、 304
穿着体面的黑色大衣的胖绅士搭讪时，后者却“身子一缩，向旁边跨了一步以保护自己的体面”。

男人们除了金钱之外还求什么？女人。这正是不同寻常的地方。从他塑造的强壮男性形象来看，他可能比任何19世纪作家都习惯于写具有深刻性别印记的诗歌；换言之，他的诗歌认识到女人（男人）的社会经验是由性别分工决定的。克莱恩的爱情诗经常而且愧悔地被从他其他作品中区分出来。不过，从任何方面讲他的诗都是真正的厄洛斯[①]（Eros）诗歌。徘徊、寻觅、追求的意象也表现对遥远至爱的爱情渴望。在克莱恩的生活中，他的爱情是失败的，可分为以下类型。首先，他年轻时爱过比自己社会地位高的女人，而且没有得到回报，这段经历体现在他的一首诗里，“黑色的恐怖，无尽的夜晚”反衬出“你和你白色的手臂/沉入遥远的末日”。他后来的感情表现为对堕落女人的侠义之心和保护意识，先前的性经历使她们不可能完全地、绝对地属于某个人——如他对科拉（Cora）的描写，爱“总是处在另一个情人的阴影下”，在“其他男人的爱情灰烬中显现”，因此，爱是一座庙宇，克莱恩的自我和心灵在那里的祭坛上献祭。

克莱恩作品中厄洛斯的形象具体化为贫穷、受辱的妇女，其中大多是妓女，这样的形象集中体现了他的核心文化信仰和批评。对妇女的剥削是克莱恩小说的关键，它暗含着作家对于自我在周围世界里占有何等位置的全面考察，这种剥削往往通过性变得更加复杂。一个标志就是双重标准：

I. 有一个男人和一个女人
都有罪。
男人将惩罚罗列
在女人的头上之后，
快乐地离开了。
II. 有一个男人和一个女人
都有罪。
男人和女人站在一起。
在她的头上，也同样在他的头上，
降下一次次的打击，
所有人都叫嚷：“傻瓜！”
III. 他有着勇敢的心。
你会和他说话吗，朋友？
哦，他死了，
你的机会来了。
让它成为你的悲痛吧
他死了
你的机会没有了；

① 希腊神话中的爱神。eros也指性爱、性欲。——译注

因为你是个懦夫。 305

在另一首诗里，一个情人没有赢得爱人的芳心就因为“男人之见，盘根错节，我的交织于其中的存在，我的生命”。他被称为“冷酷的胆小鬼”，可见这里探讨的是胆怯的社会背景。诗中提出了一系列可能的暗示。第一个人喜欢完美的双重标准，尽管接下来一行“都有罪”既指女人也指他；第二个人则完全相反，他同女人站在一起共同承受来自社会的打击；然而，在第三节里，对于牺牲的满足感和评价社会的安全感遭到了颠覆，与此同时读者的特权也遭到破坏。参与这些打击的人不是别人正是我们自己，我们就是正在叫嚷的人。在性别等级制度下，罪恶由性罪恶转移到女人的背叛上，作为读者自己值得质疑的特权这种制度接下来遭到攻击。“机会”一词，如诗中讲到的追求，“我看到一个人在追赶地平线”，不由得让人想到美国的价值观，但是，这个价值观是强行将其经济雄心壮志的含义转为道德义务。

克莱恩之所以致力于揭露社会对女性的损害，第一可能与其母亲曾从事妇女改革事业和禁酒运动有关，第二是他想复兴文学传统、对卖淫和贫民窟生活作道德反省。尤其是他死后出版的一些诗歌主要表现女性如何受剥削、欺凌以及女性所拥有的仁慈。

瓶子，瓶子，还是瓶子
在一个快乐窝里
女人们惨淡的微笑
虚假的放纵，虚假的快乐。
无数盏灯
折射出多个倾斜混乱的影像
在镜子里
灯光又返回来照着她们的脸庞。

一个地窖，还有死人般苍白的孩子。
一个女人
做着家事，那么平常，那么粗俗，
毫无风度。
一阵低语一阵沉默
或是一阵沉默一阵低语
然后是最后的沉默。

月光几乎洒满廉价的床铺。

一个小时，充满无数快乐和痛苦，
可对于地窖或快乐窝都无足轻重
因为一切皆死。

妓院一般的“快乐窝”虽表面奕奕生辉，却是地窖里死亡的对应面。反之，306 从社交“礼仪”角度看，平常而堕落的地窖也只是提供爱心服务的场所。如其他同时期女性作品那样，当克莱恩的艺术成为放大镜并将这种消费他人就是快乐的文化加以放大后，他重新找到并暴露了失语女性的微弱声音或者说是沉寂。不过，作品中所描述的牺牲却没有得到救赎。月亮所代表的现实继续统治世界，其中的上层和下层构成了社会的基本框架，而这个基本框架不再要求形而上学。

卖淫之于克莱恩就像奴隶制之于惠特曼：一个人被另一个人削弱的最极端例证；以牺牲别人为代价的一意孤行；以金钱作为表现的自私自利。不过，卖淫只是一个连续体中的一个点而已，后来的一系列文本把作为社会弊端的物质利益问题提了出来。“老女人发出呐喊/在受到卑鄙商人的蹂躏后”，这毕竟只是“金钱影响心灵”的一个例子。“以活力着色的肉体”亦不过是“成功的人……对于弱者的小小胜利/一个在金钱岸边心存感激的人”买来的“小蝴蝶结”。在这个世界里，“真正的十字架”是“用英镑、美元或法郎制造的”。友谊、天堂、战争以及咒骂都成了“叫卖他们商品”的方法。甚至童年也变成了竞争的舞台，“弱者”会被那些有能力调度机会和技能的人统治。地主与土匪对立，贫穷与富有隔着“商业的深渊”互相对立。“满载食物的马车”是对那些穷人的嘲弄。

战争题材一直萦绕着斯蒂芬·克莱恩的作品，不过就处理方法而言依然采用的是性别角度，从修辞意义讲战争反映了复杂、矛盾的价值观。克莱恩否定的不单是美国对个人自由和自我发现的许诺。在有些作品中他赞扬人自身的勇气，宁做“一个讨人厌的人”也不去“人云亦云”；宁寻“新路”也不愿“随波逐流”，即便是在“可怕的荆棘丛”里陷入绝境；宁可特立独行也不同流合污。克莱恩是十足的美国派，他不赞同屈从于社会群体或者完全与之一致。但他同时也看到，如果这种个人主义价值观不被加以限制使之担负责任的话，它将具有破坏性，无法包容侵犯和野心。构成自我基本框架的冲动，如宗教和爱情，也被个人主义价值观的贪婪所淹没，其结果就是战争。克莱恩第二部诗集里的标题诗《善意的战争》（“War is Kind”）（他还指人类的战争吗?）是写给少女、孤儿和母亲的，要求他们不要哭泣，即便这首诗会让他们不可避免地流泪：

别哭，年轻的女孩，因为战争是善意的……
沙哑的、隆隆的鼓声从军队里传出。
小小的心灵渴望着战斗，
这些人生来就是要操练和战死的。
难以言表的光荣飘荡在他们头上，
伟大啊战神，伟大啊，他的国家——
一块尸横遍野的土地。

307

克莱恩作品中随处可见的战争表现为妇女、家庭和社区的极端贫困，这是“战神”给予的惩罚，他的威力在死人身上得以体现，克莱恩版本的《共和国的战歌》（“Battle - Hymn of the Republic”）对此作了更为清晰的描述。战争的纯粹目的被暴露出来，相对目的而言战争只是手段。所暴露的并不是英雄主义的一意孤行，而是遭到摧毁的生命，是“爱子心切的母亲的眼泪/即便当邪恶的战斗疯狂进行”，是令“妇女哭泣”、“孩子逃走，四处流浪”的“血腥冲突”。如他在《共和国的战歌》中写到的，“吟颂瓦解了还有那两面派的鹰（two - faced eagle)”。价值观发生了分裂，以至于英雄主义摧毁了那个它自称要拯救的世界。

但无论如何，克莱恩都是有着他创作的渊源的。对于每次揭露，他都作出回应。只要凝视不是出于占有欲，“她的可爱”会代替“雪、冰以及滚烫的沙”。像“对光荣的坚定信念和苦苦追求”这样的“英勇行为”会让位于他人的许诺，即“更加英勇的行为”。克莱恩想象出一个沙漠里的生命，并以此表达他对一意孤行式的自私自利的批判：

沙漠中
我看见一个生命，赤裸着，那么残忍，
他，蹲在地上
手里捧着自己的心，
啃噬着。
我说道：好吃吗，朋友?
“很苦——很苦，”他答道；
“可我喜欢

就因为它苦，
因为它是我的心。”

这段文本展现出一个复杂而富争论的结构，其中所描述的基督教意义的人的堕落形象既是被召唤的又是被质疑的；而同时内在皈依的“心”（耶利米，保罗）既是一种召回又是一种重塑。从一个意义上说，克莱恩是在恢复过去基督教对人自负的怀疑以及对谦卑的欣赏。然而，克莱恩并非基督徒式的谦卑，他反对基督教在风俗和形而上学两方面存在的等级观念，而且最主要的是反对它所提倡的绝对服从权威。但是，竭力做到自我节制的思想在文本中还是可以看到的：准备迎接的苦难。

自我节制的主题通过克莱恩诗歌的形式结构得以体现。他的诗在修辞和
308 意象上都会使人联想到传统的《圣经》寓言。但这不意味着作品要含有明确的寓意、指定的玄学结构或者安全的秘密含义。这只是用来嘲弄的一种形式，正如一首诗所宣称的：“解开我的谜语……因为它是一个谎言，所以使用奚落才会批判得有力。”这样的诗句将读者带入迷惑和难以决断之中，摧毁了他或她解读的确定性。但对于艺术家来说，情况也是如此，艺术想象的问题——想象的目的、限制以及艺术家的自我约束——都在一些文本中被提到，所有文本都采用了自嘲作为形式。一首诗写道，“并排站着三只小鸟”，它们你推我、我推你，嘲笑一个正在经过的人，因为他“自认为会唱歌”。另一首诗则宣称诗人拥有“一千个舌头”，但其中“有九十九个说谎”，只剩一个“会听从我的意愿不唱高调，/可是它已在我的嘴里死了”。鸟儿们那美妙的歌声飞走了；而寄托了所有愿望的人的歌声却听来不过是“木头夹子的两片舌板”所发出的响声。在这些诗句中，互为抵消的观点确定了艺术家对诗歌目的的主张，惩戒自我是功过观点的主要特点，也是克莱恩对基督教的重要修正及其在社会道德方面所做的努力。

克莱恩在限制形象力的同时并不是要对其加以否定。但是，他要对想象的范围和文化定位加以考察。在一部戏仿朗费罗的作品中，他提醒人们生活不会因为“涉猎诗歌”而变得“崇高”，但他还是希望美国重视想象的艺术，它在这里正受到被排斥的威胁。克莱恩艺术的阴暗面通过作品中的比喻暴露出来，如他的心脏像“鲜红的粪土”；“粗劣的蘑菇/从血污中长出”，他把血污当做墨水来蘸。不过，这种阴暗面仍然是认识偏激的戏剧艺术所要重点表现的，自我，也包括读者的，会遭到攻击并且不得不面对多种解读以及那些艰难的、自我矛盾的判断。克莱恩的文本既展现了又实现了禁锢个人意识的危险，同时也断言了超越这种危险、找到其他观点的可能性和必要性。由此

看来，克莱恩的观点具有异乎寻常的社会内涵：所谓的社会内涵是指自我约束以便给他人以空间，为他人奉献。

各色修辞聚集在克莱恩笔下的一个文本中，而文本在他简洁的艺术风格内却有着不同寻常的广度：

> 上帝躺在天堂里死了；
> 天使们唱着送终的圣歌；
> 紫色的风发出呻吟，
> 天使们的翅膀滴着一滴滴
> 血
> 掉落在地上。 309
> 它，发出呻吟的它，
> 变成黑色变成浅浅的。
> 从遥远的洞穴
> 充满死亡罪恶的洞穴里
> 怪兽走了出来，欲望的折磨让它们变成了青灰色。
> 它们打斗着，
> 为这个世界而争吵着，
> 一件乐事。
> 但这是所有悲哀中的悲哀，——
> 一个女人的手臂试图挡在
> 一个熟睡男人的头上
> 保护他不被最后那只怪兽吞噬。

这首诗显然使人联想到纽约的景象：一个年轻的街头妓女在努力保护为她拉皮条的人不被殴打；克莱恩叫来警察，逮捕了这个女人。这里的女人形象把宗教启示和战争置于一种弊病的集合体中。欲望（“欲望的折磨让它们变成了青灰色”）、暴力（“它们打斗着”）和相互争斗（“为这个世界而争吵着”），所有这些都交叉、集中于这个堕落的、救赎的但也是可怜和脆弱的女人身上。这里揭示出的死亡正是被欲壑难平和暴力泛滥所毁坏的世界的最后下场。这些罪恶针对社会，而社会已被贪婪的自私所吞没，因此不再是被放逐了爱的受伤和绝望的形象。

克莱恩简化了的场景和方言习语因而具有一种典型的美国风格。它们在开阔的沙漠和孤寂的景象里召唤一种美国的社会结构，在此结构下，作为一个重要准则，个人隐私在经济和道德生活中都被授予特权。然而到了19世纪90年代，尤其在克莱恩的城市里，美国人的眼光变得越来越以自我为中心和坚信唯我论。克莱恩提出和限定的主体性在他所创造的形式结构下，坚持存在于其他观点之中或者与之对抗，最终这种主观性意味着对个性的批判，因为在他那个时期个性似乎完全变成以牺牲他人为代价的自私自利。即便如此，克莱恩的道德苛刻仍然是美国式的，他以一种既充满比喻又是历史叙述的语言来呼唤美国重拾自己尚未完成的希冀。

乔治·桑塔亚纳和哈佛形式主义

整个19世纪涌现出许多哈佛才子，朗费罗、洛厄尔以及霍尔姆斯都曾在那里有过稳固的工作，塔克曼（Tuckerman）与哈佛的关系不那么紧密，爱默生则一直与哈佛保持着不同寻常的联系。但是到了19世纪90年代，哈佛主
310 办了特别集中的诗会活动，尽管诗歌创作的成绩有些令人失望。总体上说，诗歌真正的起步发生于哈佛以外的惠特曼和狄金森，以及保罗·劳伦斯·邓巴（Paul Laurence Dunbar）和斯蒂芬·克莱恩等人身上。不过，19世纪90年代证明了哈佛是一个发祥地，从这里涌现出许多20世纪互为相反和在很多方面互为矛盾的现代主义流派。——奇怪但不罕见的是，在这些"特殊学生"即那些没有得到学位的非正式学生中，有爱·阿·罗宾森（E. A. Robinson，1891—1893）、华莱士·史蒂文斯（Wallace Stevens，1897—1900）和罗伯特·弗罗斯特（Robert Frost，1897—1899）。T. S. 艾略特在1906年至1914年间作为正式学生在哈佛攻读学士和硕士学位（他曾谢绝从伦敦返回为自己已经完成的博士论文作答辩，因而放弃了博士学位），他以自己的方式反映和修改了哈佛世纪末的审美标准。

19世纪的哈佛诗人有一个共同点，即他们都致力于传统的形式诗学，这种诗学到19世纪末时已强化并达到严格契合的程度。形式主义在乔治·桑塔亚纳（George Santayana，1863—1952）的作品中有最充分的表现，他对90年代的哈佛诗歌来说至关重要，他的影响在后来兴起的各种现代主义流派中都有体现。也许桑塔亚纳最著名的是他作为思想史研究专家的身份，然而他的博学大大抑制了作为诗人的才能。只要纵观西方文明的悠久传统，人们会发现他在诗歌方面的失败与传统有着特殊的共鸣。可问题是桑塔亚纳不仅是个糟糕的诗人，而且他的错误很容易列出一长串：行文呆板，韵脚可预测，句法牵强附会，顺序混淆，措辞做作且缺少音乐性，还有许多派生的意象和情绪。最突出的毛病当数他一方面竭力代表文雅传统，而另一方面又信誓旦旦

地蔑视它。在很多方面，他那些敏锐的评语都最先适用于他自己。但无论如何，他在诗歌方面的失败表达了他的美学关怀，为后来的诗歌准备了条件。

当人们谈到桑塔亚纳时通常会说：他喜欢憎恶。他憎恶土著人和外来移民，憎恶大众和精英，也憎恶犹太人、妇女，以及虔诚的教徒和世俗的人。正如范·维克斯·布鲁克斯（Van Wycks Brooks）① 所总结的，桑塔亚纳憎恶美国。“他厌恶美国生活的一切特质……他的微笑是对人们试图改善世界的徒劳所表示的轻蔑，这种蔑视以及仁慈折射在许多的哈佛精神里，这些精神正在使伟大的新英格兰时代的创作倾向发生逆转。”桑塔亚纳的蔑视态度无疑源自他可怕的童年经历，儿时的他遭到遗弃并被逐出家门，成年后的无家可归和被压抑的同性恋倾向使儿时的这段经历更加深刻。当母亲返回美国去抚养她第一次婚姻留下的子女时，桑塔亚纳被留下与西班牙父亲一起生活，母亲的前夫是新英格兰的一位杰出人物，直到他 8 岁时才又与母亲团聚（有 3 年时间他一直照管家务，所以他后来在《人们与地方》［*Persons and Places*］里是这样描述家的，“拥挤，紧张，凌乱还有悲伤”），桑塔亚纳生长于财富、社 311
会地位和宗教派别的边缘。1912 年母亲去世后，他满怀感激地辞去了哈佛的教授职位，返回欧洲，最后死于罗马的一个女修道院。

桑塔亚纳在 1911 年于伯克利的演讲中第一次提出“文雅传统”（genteel tradition）的概念，这也可以被看成是他对美国的挥手告别。其实，桑塔亚纳无论在美国或是任何其他地方都没有特别严格定义这一概念，而只是把它作为一个笼统的名称用来表示对有些美国文化特质的不满。但通过这一概念，他确实使关系到美国诗人乃至美国的中心问题变得引人注目：换言之，就是美国文化的割裂问题，如他在《美国诗歌的文雅传统》（“The Genteel Tradition in American Poetry”）中所述，在这种状况下，

> 美国人头脑中有一半没被实用所占据，用我的话说就是这一半仍然保持着些许平静状态，不能用搁浅来形容；它缓缓地漂在回流里，而与此同时，另一半装满发明、工业和社会机构的大脑则顺着某种如同尼亚加拉瀑布般的东西正在飞流直下……美国的意志体现于摩天大厦；而美国的智慧则显示于殖民风格的宅邸。一半头脑是美国男性的；而另一半，至少是这一半中的主要部分是属于女性的。一半是挑战、进取，另一半是文雅。

① Van Wycks Brooks（1886—1963）是美国的文学评论家，传记作家和历史学家。——译注

桑塔亚纳的性别化语言既非偶然也非无关紧要。这种语言风格再次出现，当桑塔亚纳在后来一篇有关《美国诗歌的文雅传统》的文章中写到：文雅传统是一种“诚恳和文雅的浪漫主义，它把文雅传统和福音派以及默德·穆勒们（Maud Mullers）[①] 联系在一起……一种简单、美妙、人性化的新教文学，这类文学就像一个带着老花镜仔细端详的老奶奶，她凝视着糟糕的世界还说它是那么的美和有趣”。这里，桑塔亚纳的矛头直指代表文雅传统的朗费罗，不过桑塔亚纳自己也陷入了朗费罗先前定位的烦恼（朗费罗几乎没能逃脱父亲为他设计的律师职业）：诗歌在美国没有市场，没有价值。这是一个重要的认识，桑塔亚纳的概念冲动围绕着它转动：美国情感分化变异为现实生活，而没有成为显然与其毫不相干的高尚文化。和朗费罗一样，他把这种割裂当成是一种定数接受下来，尽管这么做的时候的确带有某种报复心理。桑塔亚纳把文雅诗歌描绘成“老奶奶式”的、“美国女性”范畴的，他的描述既生动有力又充满讽刺。总之，美国诗歌对于桑塔亚纳来说是一个割裂的球体。

但是，最终令他不安的并非是这种分裂。他确实没有号召重新将美国商业和美国艺术连接起来，就像惠特曼那样，他着实为后者感到悲痛。他没有遗憾美国生活分化为商业、实用和大众文化而不是成为一种精英文化，相反
312 他为精英文化缺少活力而感到懊恼。在桑塔亚纳看来，诗歌的女性化并非由于诗歌本身的分裂，而是因为诗歌的软弱无力。他不会在意诗歌的分裂和男性化，如他在哈佛成立了专门的“冷淡者俱乐部”（Laodicean Club），这个俱乐部也折射出其他一些专门的男性俱乐部（他们的期刊《哈佛月刊》［*Harvard Monthly*］，谢绝出版特殊学生爱·阿·罗宾森的作品），并与之形成竞争。不过，桑塔亚纳会用诗歌代替代表声誉的金钱。他承认精英文化，也但愿它会在诸多方面发挥其没有发挥的作用。他的解决方法或者说倡议是要强化诗歌使其成为精英文化的、分裂的领域，他也会越来越努力达到这个目标。

桑塔亚纳于1894年推出了诗集《十四行诗及其他》（*Sonnets and Other Verses*），其中收录了前几十年里所创作的诗歌。十四行诗的第二轮创作发生于1895年，次年发表，一起发表的还有美学论文《美感》（*The Sense of Beauty*）。继1900年他的《解读诗歌与宗教》（*Interpretations of Poetry and Religion*）问世后，在新世纪里他又发表了许多散文作品，但没有诗歌。这些90年代的作品具有整体性，无论在诗歌还是美学著作中形式化获得了一种特殊的游离于其他的特权，人们也许会这样说。在第一首十四行诗里，形式本身就是普

① 惠蒂尔于1856年创作的名为《默德·穆勒》——诗中的美丽少女。——译注

通的“快乐花园”，他对它的追求和渴望就如同追求一个与世隔绝的“祭坛岛”，那里充满了仪式性、毫无用处的祈祷。

我在世间寻觅幸福花园
或祭坛岛一直找到大海和天空，
那里的轻柔音乐被看成是祈祷，
理性蒙着面纱，做着欢乐的仪式。
我暗淡的青春年华向着慈悲的高处膜拜
在那里上帝赐死亡与人们分享；
上帝之爱减轻了死的悲哀使其可以忍受，
但他深深的伤口却为惭愧的飞逝增添了欢乐。
虽然他在树上张开的手臂，
那么美丽，期待着我的拥抱，
我的罪恶在他的脸上显得那么可恶。
于是我从殉难处来到你这里，
永恒之母亲；让太阳和大海
医治我，让我留在你的庇护所。

桑塔亚纳的十四行诗倾向于重复。他喜欢保留一定的玄学空间，这一特点在这里是显而易见的，不过也只是将其作为一个诗人可以继续逗留的空荡的场景而已。这首诗之所以有趣就在于它展示了诗人的反基督教精神，而这种精神通常被与传统世界合并在一起，这个世界的主要作用对于诗人来说主要还是反映他的怀旧。“我但愿我出生在自然之日。”他在十四行诗第四首中这样抱怨道。他在第十六首十四行诗中祈求同时又否认那个既不切实际又充 313
满诱惑的奥林匹亚圣殿：

万千秀美不曾
令我魂牵梦绕心存奢望，也未曾诱我紧随不舍；
我思忖，诸神就隐于蓝色天幕后；
森林众神也因我闯入飞离了翠绿的草丛。

与桑塔亚纳典型的作品一样，《十四行诗 I》（“Sonnet I”）中基督受难与救赎分离开来，但基督教中“罪”的观念还保留着。以他的批判眼光看来，上帝之爱既不能使他超越这个充满瑕疵的世界，同时又否定任何的世俗快乐，而罪的观念也妨碍他通过上帝的怜悯来获得救赎。传统基督教理论中的这些观念之间矛盾重重。对自我和世界都走向堕落的认识妨碍桑塔亚纳对所提及的自然主义的认同，这也成为他后期散文作品的中心议题。正像他在《十四行诗XXV》中写的那样，“来到人世”对他而言是一个“大灾难”。在1887年致一位朋友的信中，他也谈到：“世上万物生长所经历的痛苦而漫长、恼人而残酷的过程仅仅是为了一刻的完美，你认为这值得吗？”尽管桑塔亚纳努力摆出某种姿态，但他玄思的高度和深度还是不够的，正如《十四行诗Ⅰ》结尾处，为“大地母亲”祈福的场景对他而言只是一个文学典故而已。

不过，文学典故在很多方面界定了桑塔亚纳的诗歌创作领域。他的第一组十四行诗中已经悄然出现了第二组十四行诗中更加连贯的被命名为“改变”（metanoia）或“心境变化”（change of heart）的特征，即他的十四行诗受意大利文艺复兴传统的影响，这些传统包括伪文艺复兴、新柏拉图主义和吟游（pseudo – Neoplatonist – troubadour – Renaissance），他在所著的《解读诗歌与宗教》（*Interpretations of Poetry and Religion*）一书中题为《一些意大利诗人的柏拉图式爱情》（“Platonic Love in Some Italian Poets”）一章中也是这样阐释的。但因为桑塔亚纳缺少任何催人上进的新柏拉图式或热情式的挚爱，同时他还拒绝柏拉图关于上升之阶的思想，所谓的意大利传统只是桑氏诗作的点缀而已，上述提法的严肃性是要大打折扣的。在《十四行诗IX》中写道：

> 诸神金光四射的府邸之上，
> 天空中硝烟腾升
> 那里，如星云，压抑激情，
> 万物之真炼就诸神的双眸就是这样。

诸神和他们之间战争的非真实性恰与他们“压抑激情”相对应。桑塔亚纳的
314 诗歌是描写爱神（Eros）却无爱情（Eros）的作品。正如他在《十四行诗XXXIX》中所问的那样，人们可能真的会问：“多么恐怖的女子？”正如桑氏本人所述，他是

> 毫不在意外面不断变换的天空，
> 那里如今，一些新生的爱神可能正在试飞，
> 或者年老的克诺纳斯被赶下台，
> 我无须谨小慎微……
>
> 《十四行诗XⅣ》

几首十四行诗暗示桑塔亚纳未公开的同性恋倾向也许可以用来解释爱情夭折的原因（如《十四行诗 XXXVI》和《十四行诗 XXXVII》）。这在《合唱》（“Chorus”）一诗中得到极为清晰的表达。《合唱》是《杂诗集》（“Various Poems”）中的一首，这部诗集并非十四行诗体，但在语言上显示出更多的灵活性。在这里，他致力于“不朽的爱恋”，并把一系列他几乎没有切身体会过的经历放到作品中：一只“羚羊”，一只“有角的公牛……正向牛群吼叫”，并以一个很美的意象结束这首诗：

画卷上的鸟儿
因你有乐音，为你而歌唱，
渐逝音符中短暂的悲伤
因你的缺席还有你的苦痛。

这一刻是富有启发性的。“画卷上的鸟儿”作为审美对象，是爱情死亡和缺失爱情而痛苦的意象与产物。桑塔亚纳把自己的“改变”描绘成一种“导致对外部事务漠然处之”的巨变，一种弃绝模式，从而“整个世界都悄然属于我而我却完全抛弃了它，并与其中的任何特定事务都毫无瓜葛”。在很多方面，他持禁欲主义二元论观点，但由于缺乏任何形而上的基础，所以虽然做了很多牺牲却没有什么回报（见《十四行诗 VI》——“爱的方式异于为肉身所累的人们”，或者《十四行诗 VII》——“我情愿忘记我是谁/脱离肉体坟墓的沉重铁链”）。对于“改变”而言，它所带来的与其说是克制不如说是压抑。而形式本身则成为“改变”的最终表现形式。艺术是

一面墙，一面连接蔚蓝天际的墙，
使我远离忧郁的群山！……
没有亵渎神明的贪婪凡人能走近
没有激情这可怕的传染源

《十四行诗 XV》

桑塔亚纳的形式主义，通过对禁欲主义逃避性的书写，如墙一样矗立来抵御激情、疾患和死亡的困扰，并逐渐变成一种有意识的美学形式。

早在桑塔亚纳之前，哈佛大学就已经拥有了一批如果观点称不上美学理论但至少也是具有形式主义倾向的诗人：不仅包括“火炉派”诗人（Firesiders），还有需要特别提及的弗雷德里克·戈达德·塔克曼（Frederick Goddard 315

Tuckerman，1821—1873）。他的十四行诗几乎可以视为预示着19世纪90年代哈佛新一代诗人们的到来。塔克曼曾经在佛蒙特州（Vermont）柏林顿市（Burlington）的圣公会霍普金主教学校（Episcopalian Bishop Hopkin's School）学习过，然后进入哈佛大学（那里琼斯·威利［Jones Very］曾短暂地做过他的指导教师），从那里毕业时已经是一名律师。不过，一笔丰厚的遗产使他没有像桑塔亚纳那样对美国思想中迥然相分的两元进行选择的困境。于是他以业余植物学家、天文学家和诗人的身份自由沉浸在文化长河中。为了这些追求，他如隐士一般生活在马萨诸塞州的格林菲尔德（Greenfield）。在此期间，他还和丁尼生、爱默生、霍桑、朗费罗和拜伦等人有文学上的交往，并把他在19世纪60年代出版的几组十四行诗作为礼物寄给他们（爱默生在其1880年出版的集子《诗坛》［*parnassus*］中收录了几首）。塔克曼的妻子在他们结婚十年后即1857年去世，这使塔克曼陷入无尽的痛苦之中并难以自拔，他在生活上更远离社会，在艺术上更加特立独行。

塔克曼最好的作品是被艾弗·温特（Ivor Winter）称为"本世纪英语诗歌杰作"的《蟋蟀》（"The Cricket"）。塔克曼的十四行诗语言结构复杂多变，充满博物学家日记式的细节描写，也许这种结构成功之处在于其回文式的手法（double - sonnet），"星星一样的花朵，花朵一样渐渐黯淡的星星"。可以看出微小的花儿在天体中也找到了其对应物。但塔克曼的世界和桑塔亚纳的一样，已经使形而上的内容轰然坍塌。虽然他的作品中经常运用霍普金斯式的语言来为世界的组成部分命名，但把一切整合起来的超验逻各斯却没有容身之所。只有十四行诗这种形式本身能够试图达到这样的效果。

沼泽中黑黑的雪松，铁杉灰色的树枝
树木还有覆有青苔的小路，湿漉漉的，
枯叶卧在黑色油松的床第
斑驳的红色变成斑驳的白色
雨水的印痕和腐蚀的落叶，
你为何如此打动我的心，却不让
昨日的光线，夕阳渐渐黯淡的微光，
从你厚厚的叶中滤过？
是在你远离纷扰的黑暗中，
眼泪的面包变为生命的面包？
远离白昼的喧嚣，你的枝丫下
新的感伤平静地跳动，爱情和誓言

于你灰色的阴影中活力四射，远胜
所有可爱的灯光和玫瑰？

塔克曼通过音律和格律把一些不易觉察的实验手法带入形式严谨的十四行诗中，但并非意味着他在这方面取得了突破。正如这里所示，他的诗歌多数都指向孤独的自我：他们是关于孤独的诗歌，以自我封闭为其诗歌形式。*316* 这里自然的作用只是作为“远离纷扰”的内在精神的意象和反衬，正如弥漫的清新之气，过于甜腻则趋于衰竭。这里有神圣语言的回声，虽然被以问题待之，但最终拒绝了它所带来的变化：“眼泪的面包变为生命的面包?”诗歌要谈及的核心是内省式的悲伤，“远胜/所有可爱的灯光与玫瑰”，自然、灯光与玫瑰是外部世界的表征；在“远离白昼的喧嚣”的内在空间里，悲伤如十四行诗本身的格律一样“跳动”，这也构成了十四行诗自身的一个意象。

最被看好的哈佛大学形式主义诗人是特兰布尔·斯蒂克尼（Trumbull Stickney，1874—1904）。在19世纪90年代他和桑塔亚纳的“冷淡者俱乐部”过从密切，这段时期在其诗人生涯中占有很大的比重，直至1904年脑瘤夺去了他的生命为止。斯蒂克尼的诗风介于19世纪和20世纪之间。和桑塔亚纳一样，斯蒂克尼身上既有欧洲传统，也有美国传统。他的父亲是一位古典文学教授，在不同城市的大学授课。不断搬迁之余，他的父亲亲自教授他知识。他们曾生活过的城市包括他的出生地日内瓦以及佛罗伦萨、伦敦、尼斯、巴黎和纽约。斯蒂克尼于1891年进入哈佛大学学习，开始为《哈佛月刊》撰稿并兼任编辑工作，而围绕这一杂志形成的诗人圈也成为他的社交圈：桑塔亚纳，罗伯特·莫斯·洛维特（Robert Moss Lovett），威廉·沃恩·穆迪（William Vaughn Moody），还有亨利·卡伯特·洛奇（Henry Cabot Lodge）和亨利· 亚当斯（Henry Adams）等。从古典文学系毕业后，他又去了巴黎索邦大学（Sorbonne）深造，成为首位在此获得博士学位的美国人。他把在鲁卡市（Lu Cca）的一个图书馆里偶然发现的一位15世纪威尼斯驻罗马大使的信件用拉丁文编辑整理出来，以此作为他的一篇小论文。他的长篇论文《希腊诗歌句法研究》（“Les Sentences dans la poésie grecque”）以希腊诗歌中的格言和警句作为研究对象。1903年他返回哈佛大学教授希腊文，次年卒于那里，时年30岁。

斯蒂克尼的诗集包括《戏剧诗集》（*Dramatic Verses*）（这个集子出版于1902年，是他生前唯一出版的诗集）和1905年去世后出版的《诗集》（*Poems*），此外，还有一些颂歌和其他零散作品。他的哈佛形式主义思想也许在十四行诗中表现最为明显，如他的《来自希腊的十四行诗》（*Sonnets From*

Greece)，这是他由欧洲返美前在希腊停留三个月的收获。古典主义无论在主题上还是在其倾向性上，都弥漫于斯蒂克尼的作品。戏剧诗是由“卢克莱修”① 讲述；由“卡吕普索”向奥德修斯讲述。《释梦者》（“Oneiropolos”）是印第安文化与希腊文化之间的对话，而他对这两种文化都深有研究。《在过
317 去》（“In the Past”）仿佛没有具体指明斯提克斯河②，但却引发人们对一种内在停滞状态的思考。

一潭慵懒的湖水横卧
寂寥无声的天幕下，
那里清晨从未来临
夜晚也不曾隐退……

时光在空气中凝固
即将到来的永恒感
深踞孤独舟子的心灵：
那个舟子就是我。

而《记忆女神》（“Mnemosyne”）这首为19世纪读者特别关注的作品，却以记忆中“阳光普照的温暖夏日”来对抗当下秋日中“寒冷”、“空虚”、“孤独”、“黑暗”的“现世”。但这并非个人的怀旧情结，而是一种编年史式的工作。古代社会于斯蒂克尼而言是一种文化视野，而他自己所生活的世界却好像已经失掉了这种视野。

像《歌曲》（“Song”）这样的诗歌，个中也有保留，“一只杜鹃在我的脑中唱道：‘还没有’”，这表明斯蒂克尼对抒情音乐和结构的重视。这首诗马上成为一个既注重形式又富于变化的文本。但一种茫然的感觉却从来不曾离他而去。他的诗作《希腊花园》（“An Athenian Garden”）几乎可以代表他所有的作品：

被烧毁的满是灰尘的花园说道：
我的叶子是回声，而你的大地

---

① Lucretius（公元前99—前55），古罗马杰出的诗人，唯物主义哲学家。《物性论》是其唯一流传下来的著作。——译注

② River Styx，古代希腊神话中的冥河。死者的灵魂由此被载往冥府。——译注

则充斥着逝者的足迹。

但当他写到希腊具体的地方时，怀旧之情就和当时具体的事情结合在一起，使他的希腊十四行诗有一个清晰的落脚点。他的关于“埃琉西斯”① 的十四行诗，重访了这个“有千年历史进程/ 环抱埃琉西斯湾”的地方，使我们得以见识希腊历史进程中自然界的活力与神圣：

那时，应答轮唱的连祈文
模糊地穿过厅堂飘散开去，
天已破晓，白日突然来临
得墨忒耳微笑着把面包赐予众生。
人们如波浪涌出朝日的海洋，
世代恭顺的他们，献上
众神欣享的神圣谷物。

自然界的厅堂本身就是向应答轮唱仪式开放的。过去的仪式丰富了当下的经历。神秘主义色彩穿越了世俗的界限，并最终以“神圣谷物”的形式出现。由于对未来世界有这种直接的传统认识，所以斯蒂克尼反对被他斥为条顿式的“乡巴佬作风”，即“形而上的抽象化，使世界充满奇怪的价值观，并试图解释各种不智的假想”（在一篇 1895 年 2 月为《哈佛月刊》而撰写的关于赫拉克里特的文章中）。

回顾斯蒂克尼的作品，会发现他和桑塔亚纳相似，早期作品中也暗含着 318
日后成为艾略特、庞德和休姆之间浪漫主义和古典主义之争的内容。斯蒂克尼认为自己的诗是“自我约束的复苏”，是有具体限定的诗歌，与华兹华斯的诗歌恰好相对立，并把华兹华斯的诗歌世界描述为一个模糊力场。这种限定性最终被认定为审美形式本身。斯蒂克尼关于“埃琉西斯”的十四行诗中使用的“应答连祈文”意象则有自我指涉性。十四行诗《苏尼昂》（“Sunium”）把整个山与云的场景都转化为艺术对象，像竖琴演奏那样：

这些就是爱琴海竖琴的琴弦
横跨天空与海洋，光芒耀目

① Eleusis，雅典附近的一个小城，古希腊的农业庆典起源于此，后传入雅典，以酒神狄俄尼索斯为主要崇拜对象。——译注

> 白色茫茫间狂风掷出
> 白云与星辰，引来雨露与火焰。
> 他们的琴声为配合音律的变幻
> 变得勉强和含混，但新生的音乐中
> 他们成熟自信的回答远播
> 大海岛屿上群山消失的地方。
> 他们多么勇敢，从石场的暗处
> 雪中的蓝天升起，欣赏和忍受
> 苏尼昂的优美旋律与孤独！
> 他们不应再退回到大地。
> 以金手指弹弄他们的太阳
> 同样也以金手指将之慢慢消耗。

这里所表现的是正在逐步走近艺术殿堂的希腊世界，但这种转换不过是失落的过去的一个余象而已。世俗竖琴的“琴声”在“当下”与使“成熟自信的回答远播的”“新生的音乐”相比，只能以“勉强和含混”的面目出现。这里，竖琴和音乐的意象使诗歌本身成为自己的意象，而诗的组成部分也独立于时间的运动之外，而非囿于其中。它自身的壮美也在其自我申明的时刻消解了。

形式化始于斯蒂克尼，意即一个封闭的世界，并依照古典主义原则来约束自身的构成。而桑塔亚纳则把这些动机作为其要表述的美学思想。桑塔亚纳的论文《美感》（*The Sense of Beauty*）针对艺术“对象”越发图式化、空间化、整体化及趋于静止的特征，使用很大篇幅来讨论“形式”，并最终把其界定为对称与统一。美是“积极、复杂、客观化的价值”，而形式则是“多维的统一”。通过对称，“各相关部分合力形成统一而又简单的个体”。在他的理论著作《解读诗歌与宗教》（*Interpretations of Poetry and Religion*）中，他反复重申道：“人的理性与想象力需要达到某种统一性。”而诗歌是一种手段，那里
319

> 手段是到达完美的条件，因为完美要求秩序具有普遍适用性，不仅要求整体在我们面前有一个形状，而且各部分也要有对应的形状，各部分彼此合作，正如整体也要和更广阔宇宙中的其他部分协作一样。

与新世纪现代主义高潮时期一样，桑塔亚纳对统一性和整体性的强调也

对浪漫主义提出了挑战。对桑塔亚纳而言，美主要表现为形式，“只有当我们引入形式的时候我们才能看到美”。只有“幻象，一种适合浪漫主义者情怀的东西，才能赋予万物以神秘主义的魅力”。从这种并非令人满意且有浪漫主义之嫌的观点看来，希腊式的完美给人一种过度的感觉，但任何艺术品“如果还存在不确定性，那么它就是一个败笔……没有表现出来的情感不会使任何事物具有美感”。浪漫主义不过是一种“松弛而略显无助的精神状态”、“审美无能的例证”而已。

桑塔亚纳所言完美形态统一体从根本上来说具有非历史性（ahistorical）和非时间性（atemporal）的意蕴，这又一次预示着现代主义的到来。桑塔亚纳在其作品《美感》中谈道，对称必须通过“瞬间”的专注促使“我们取得认识上的统一”。历史本身无非是“不确定材料”的集合体而已，并且只有“像诗歌一样”，强调“美、权利和形式的自足性，使人类生活的不确定性在其中得以表述时”才真正具有价值。与反浪漫主义者一样，他也沉浸于“关注那些不变的而非不可恢复的事物”。这种形式上的非历史主义也见于他对惠特曼的抨击。诚然，桑塔亚纳认为惠特曼是一个背离美国优雅传统的诗人，但这种背叛对于桑氏而言更是一种逃避，标志其美学思想的失败。依桑氏观点，惠特曼代表着一种“分裂的态度”，他的想象力也仅是一种“被动地接受各种感观刺激的感觉中枢而已”，其中，“不包含任何具有建设性的因素”，只是留给人们一个“慵懒、散漫的认知而已”，“一切”于惠特曼“都是一个流动但无结构规范的整体的一时悸动罢了”。桑氏在惠特曼身上只能看到“情感……缺乏内在结构”，这和惠特曼缺乏把时间顺序引入整体的兴趣有直接关系。如桑氏抱怨的那样，惠特曼没有提供“整体的视野，缺乏对整个社会现实的把握”，而桑氏却倾向于这样一种精神状态，即“不会轻易区分进程中行为的前后阶段；不会简单按照时间顺序来安排认识过程的相关因素，而是把他们并列在一起组成一个永远真实的客体”。

桑塔亚纳文章中出现的结构，与其诗作一样，也把形式与历史和时空对立起来，并且与自然分离，而成为一个独特而有选择性的世界。在一首名为 320
《艺术的力量》（“The Power of Art”）的十四行诗中，他把“依赖于变化而存在”的自然美与艺术作品相对比。自然美景“在发生时即被颠覆/命定时刻毫无暂缓可寻”。尽管我们也许不会引入“我们的作品……生活中变化的光芒”，

愿我们的双手使时光不朽
那时生活甜美，从无尽沉寂中挽救

那不应消逝的神圣过去。

桑氏的《美感》解释道，十四行诗这种形式通过格律与各部分间的相互关系达到和谐，虽实际上尚有较大差距，但已成为与古典文学统一性最相似的现代文学形式。这种统一性是“艺术的力量”要探讨的问题。桑氏并不认为艺术是自然暂时性的持久附庸，为此他责备莎士比亚没有表现出“经验的碎片，却使其形成一个完美的画卷，宇宙在其中也成为一个整体”。这里艺术与自然不断变化的美景是对立的。艺术不朽的“时间性”把“生活变化的微光”转化为失落的“神圣过去”的组合体，而自然也被他置于一个献给“永恒整体”的宏大艺术中。

在某种程度上，桑氏的美学思想越来越显示出其对艺术追求的宏伟心愿。作为材料的统一体，它独立于时间之外，代表了一种整合的文化，与后辈艾略特一样，桑氏也把这种文化标为传统。这种传统形成了一个非时间的语境，个体艺术家在其中一定要“规诫”自己，而惠特曼却是个例外。桑氏声称艺术是一个独立的领域，自控而又绝对，最终构建出一个明显的意象来对抗桑塔亚纳认为是商业化的、粗鄙而又节节胜利的世界——一个赋予艺术和他很小空间的世界。在此过程中，艺术来源于并反映现实世界。桑氏思想中包含的超然性、封闭性和自足性在效果上却恰恰再现了他所要反对的这种高雅的不相关性。如他以形式虚构的方式纳入诗歌领域的宗教一样，诗歌的文化地位比假日“休闲”要高一点，而艺术家们则依次如“厨师、理发师和花匠”一样行使自己的节日功能。他最为得意的文章《唯物主义和唯心主义》（“*Materialism and Idealism*”）中，他再一次使用对他很重要的性别化的语言讲述道：“文明是什么？如陶瓷浴缸一样？文明人意味着有城市背景，受过良好训练，忠于精心建立起来的机制……（但）美国学者害羞如女子；他们以水彩来描绘自然；而敏锐的男性眼睛把世界看成一幅移动的图画——快速、剧烈而粗俗。”

321 桑塔亚纳美学观点本身就是美国思想分裂的产物和反映，而这种分裂又为他所诟病。虽然戴着美学自足的面具，他对艺术的认知还是由社会因素决定的。渴望“如希腊城邦或英国上层社会那样……完美的人类制度”，桑氏实际要面对的却是“一种新型的美国人……未经训练、爱出风头的世界孤儿”所带来的“物质财富的焦虑”，“犹太人、爱尔兰人、德国人、意大利人，不管他们是什么人……他们并非来此建立一个神圣同盟，却只是为了能够在这片土地上不受限制地发达起来”。不仅惠特曼的写作，他所言及的民主，也是“一组没有结构的意象”，使“一切天才或美德所具有的非凡特性”堕化为

“物质发展”，并且极端厌恶“所有人之间事实上的平等”。这样一来传统就被降格到附庸风雅、女性化的边缘地位，只是“学术上的奢侈品，适于取悦女性”，既缺少权威性又没有气势。

桑塔亚纳的作品所要传达的信息是，形式主义这枚硬币的另一面正是金钱。越是严格要求诗歌形式的自构性、自治性和绝对性，相反地，就越发表明诗歌在反映一种商业文化，一种不予文化优先权的文化形式。桑氏最好的作品来源于这种文化冲突表面化带来的冲击。其作品中，最具可读性的是那些结构不如十四行诗紧凑的颂歌，公开反对“这个忙碌的国度”，敌视“内在欢乐……在某个波斯/玫瑰园中”的行径（《颂歌I》）。《颂歌II》中写道：

我的心灵反抗我的时代，
奢谈自由却是财富的奴隶，
并且，每日在卑贱的重负下辛劳，
还夸耀明日的辉煌。

没有中午休息或午夜守望的空间，
无法享受天空下呼吸的纯净快乐！
可怜的他们，收获很多的财产，
以使自己快乐。

《颂歌III》干脆把哥伦布说成流氓：

他给了这个世界另一个世界，破坏
被带给那些无瑕，热爱河流的国家，
用黄灿灿的金子诅咒西班牙，使安第斯山脉
成为圣彼得的封邑。

在荒凉的北部，节俭的萨克逊
种植了玉米，并躬身
与上帝结约，坚守德行
使自己的财富倍增。

你给我们留下了什么冒险经历，妄为的哥伦布？ 322
为你的兄弟留下了什么荣誉，勇敢的麦哲伦？

每日里，富人的子弟们为了消遣
而盘踞在这个星球上。

特兰布尔·斯蒂克尼也写过一首反对哥伦布的十四行诗，说他“粗鲁而贪婪地驶向喧嚣的海洋/在飓风来临前直航/入追逐物质的夕阳”。斯蒂克尼倾向于认为这种背叛文化、追求金钱利益会导致一种天启式（apocalyptic）的毁灭，这个世界将会“如沙尘一样在我们面前消逝”。桑塔亚纳也以天启式的沙尘意象和对旧世界几近灵知式的否定结束了他的《新世界颂》（“Ode to the New World”），充满了对某个遥远的、无人的、沉静自如世界的渴望：

直到宽容的地球，被榨干变得荒芜
才在最后的冬季毁掉所有的牧场
众神也把他们的目光投向某个遥远
而明亮的星空。

在桑塔亚纳前后，一群现代主义作家在哈佛大学出现，他们都不得不面对桑氏作品反映出的形式与文化问题。爱德华·阿林顿·罗宾森（Edward Arlington Robinson）19世纪90年代出版的首部诗集虽未引起太多关注，但却给形式主义注入了一些自然语言和一种戏剧化元素，也就是说要使时间性和历史性更具焦点地位。罗伯特·弗罗斯特早在哈佛大学的时候就对桑氏颇为不屑，并终生如此——“桑塔亚纳，”他说道，“是我精神的敌人”——（他）发现了自然语言本身的形式力量和复杂的表达方式。华莱士·史蒂文斯和艾略特都反对桑塔亚纳把艺术和宗教合而为一的做法：史蒂文斯最终放弃形而上的玄思空间，而艾略特最终却转而拥抱它。当时，艾略特特意发展了一套美学观点，其中的独立、秩序和统一等思想在很多方面和桑塔亚纳的观点很类似，甚至他还为形式化的诗歌语言和自然的诗歌语言找到了新的契合点。对桑氏而言，通过反对其所属的文化世界来维护诗歌艺术的做法却带给形式致命的伤害，在设法挽救他的美学思想的时候，桑塔亚纳在把它具体化时也
323 最终埋葬了它。

4 多重身份

地方色彩诗歌

美国内战后的诗歌作品是否也和散文作品一样出现了地方特色呢？其实，诗歌这种文学体裁很少表达与地方色彩关系密切的现实主义内容。散文作品中有具体详尽的叙述与心理描写，在诗歌中则表现为人物和场景的程式化和对叙事的民谣化处理——对话、代表性的言论和方言等形式则可有可无。这种文类上的区分使动机与事件明晰化，而这在小说特征及对其的讨论中却可能被隐藏起来。如果我们通过诗歌表现内容来思考，就会发现美国内战后文化中的“地方色彩”概念及其内涵呈现出独特的意蕴。

“地域主义”（Regionalism）概念对于19世纪末期呈现多元化趋势的文学而言显得越发不合时宜。但对这种文学多样化的界定与对美国从整体进行界定一样具有挑战性。“地域”（region）这个词本身在美国内战后也经历了意义上的不断改变，而这是建立在对新近获得的民族身份的认识基础上。但地理因素只是美国文化发展过程中一系列刚刚凸现或显示出新特征的诸多方面之一。这些不仅包含对不同区域的新感知，也包含对语言尤其是涉及宗教、种族和民族的方言的关注——这与新移民的大量涌入和黑人自由地位的获得息息相关——同时也包含一种涉及性别内容的对自我的新认识。

具有地方色彩的文学作品主要着眼于差异性，但同时服务于由内战带来巩固政权的现实需要。这可以看成是一些相互关联的社会运动的错综复合体：

人口上，由乡村到城市的迁移；政治上，由地方到重组后集权化的联邦政府
324 的改革；经济上，由农业到工业的转型；相伴而来的工业革命，使新的通信工具和交通设施到达边远地区成为可能；美国内战本身也使各个群体进入既相互交流又充满矛盾冲突的状态。总的格局可以被解读成一个使美国生活越发一体化的努力，但同时也导致早期社区形式的分化与解体。这样，“地域”文学就与美国这个在内战后走向中央集权化的国家，矛盾地联系在一起，而这种集权化特征在冲击旧的社区观念的同时却没有提供一个可以加强人民团结的新的替代物。地域文学作品的大量出现就如一种新鲜而短命的自白权利，用以挖掘细微而又不相干的差别，而在政治和社会层面上没有任何意义可言，对整个国家也构不成任何威胁。它似乎也和正在消失的美国原生态世界所导致的失落感紧密相关。读这些作品可以看出，地域写作的突出特征表现为怀旧情绪，或为一种回顾式的忏悔，或对它所记录的社会形态的批评。

但地方色彩的诗歌有更加宽广的语境。它既没有在多元化进程中找寻它的文化构成的有机因子，而恰恰相反，它剔出了已经大获全胜的联邦文化；也没有对已经被社会碎片化取而代之的融洽团结充满怀旧式的向往。实际上，战后文学表明对围绕美国身份及其内部构件方面从全新的认知和概念上进行了探索。几乎自其肇始，美国身份的界定就极具争议性。它是单向的还是多元的？两种选择殖民时代就业已存在。19 世纪为这些有争议的界定提供了一个更加复杂的竞争舞台。内战后地方色彩文学相异于 19 世纪大部分时期，它以新的方式和新的所指，代表了一种多元身份倾向。这可以被视为预示着或者显示出多年后 20 世纪才出现的多元主义这种新的认知方式。

在地方主义作品表现内容中，多元主义并非简单地标示着多元社会各单元的相互关系，而是被置于个人经历和自我建构的框架内。地方文学的多元性特征暗示着一种多元结构，不仅存在于不同群体之间，同时也存在于个人思想的深处。身份渐渐开始包含几种不同关系的多重交互。文学文本不仅包含地理，也是民族、种族、宗教、社会经济和性别等诸多身份特征相互交叉、竞争、冲突与合作的力场。各种身份特征没有一种必须要先于他者，也没有任何一种具有绝对的确定性和排他性。与使用一个核心概念对自我进行本质
325 性界定的做法相反，这些文本——通常以一种暂时的、非直接的和不完整的形式出现——探究并坚持一系列独特的自我界定模式，并把身份作为多重属性（multiple affiliations）相互交流的表述。多重性和冲突性不仅存在于社会群体内部和社会群体之间，也在个人身上得到关注与申张。这种情况不仅是，或者恰恰是，相对于中心而处于边缘地位作家的新的表述形式，而且也是对中心与边缘观念的一种挑战。多元主义本身超越了内战前对地区的关注，使

个人身份成为多元背景下多样性、矛盾性和协商性的交流平台。

地方文学已经被践行者们视为文学多元性的表现形式。但多样性与统一性之间具体的平衡关系和方向问题还是不确定的。威廉·迪安·豪厄尔斯（William Dean Howells）在其论文《美国文学中心》（"American Literary Centers"）中，称赞在"去中心的文学语境下"更加"关注我们去中心化的生活方式"的多个文学中心并存的现象。但豪厄尔斯是真的赞同文学多样性，还是对单一民族意识的一种更为充分的表达，就不得而知了。他也曾写道："一旦这个国家随着和平的到来开始感受到各有机部分的活力，那么它也会开始用各种不同的声音来说话。"

类似的不确定性观点也反映在爱德华·埃格尔斯顿（Edward Eggleston）1892 出版的《胡西尔校长》（*The Hoosier Schoolmaster*）的"前言"中："从地域角度描绘生活的方式是使我们的文学民族化的唯一可行的途径。"在这些讨论中，多样化主要还是从地理上即地域化的角度为大家所理解接受。但问题仍然存在：地域性是构建民族意识的途径吗？还是它也有自己的要求，并重新界定了这种民族意识？这个问题也被哈姆林·加兰（Hamlin Garland）提出，但没有给出答案。在《艺术中的地方色彩》（"Local Color in Art"）（一篇在 1893 年芝加哥万国博览会首次宣读的论文）中，他注意到"相似性不能取悦也不能永远激励和满足读者，而差异性却能很好地做到这一点"。但他为差异性的辩护仍然服务于他的美国文学观，即"必须是民族性的，（虽然）要成为民族性的必须要处理那些与我们的土地和气候相关的特有情况"。这些早期强调多样性的讨论远未揭示这个概念所正在经历的转变。

诗人当中，詹姆斯·惠特科姆·赖利（James Whitcomb Riley，1849—1916）是较好地把饱含地方色彩的地域诗歌所反映出的对失落过去的怀念进行具体化的一位。赖利是诗歌领域里与托马斯·纳尔逊·佩奇（Thomas Nelson Page）和乔尔·钱德勒·哈里斯（Joel Chandler Harris）等南方散文作家相互呼应的人物，他们都以方言形式来描绘幸福的奴隶在幸福的种植园生活劳作的情形，而种植园最终却被不可理喻的内战无情地打破了。赖利的诗歌已经被收录成 11 卷本，或多或少有些偏于公式化流俗，但所有的作品在他活 *326*
着时都很流行。1849 生于印第安纳州格林威治村的赖利，做过诸如标牌喷漆工、房屋油工、《圣经》销售员、旅行药品商人、律师等职业，但最终选择了诗歌创作。1875 年，他成为自己家乡报纸的编辑，开始了记者生涯，其间诗歌被证明是他取得财富和声誉的最佳途径。

赖利的作品面向普通人，对此他曾说过："阐释普通人的生活是我的责任。"这样一来，他的诗歌，如果不是非个性化（impersonal），那么就是特别注重非个人化（unindividuated）。他是社区的代言人，同时也是社区普普通通的一分子。如哈里特·门罗（Harriet Monroe）在《诗歌》（*Poetry*）杂志发表的悼念性文章中所言："他讲述了一个部族的故事。"这表现在他把流行于民间的具有想象特质的民谣元素和迷信成分融入他的诗歌，表现最为突出的是他的名诗《小孤儿安妮》（"Little Orphant Annie"），其中有"妖怪会来抓你/如果你不小心"的诗行。这首诗声言一种对社会习俗的认同与服从：服从宗教信仰（如果小男孩忘记祈祷，"妖怪会来抓"他），服从家庭权威（小女孩由于模仿取笑"老人"而被妖怪抓走）。

作为怀旧诗歌的一种表征，儿童的意象贯穿赖利的诗歌作品。他作品的很大部分被归为儿童文学，其余则是成年人对儿童时期的记忆——"伤逝我已去的青年时代，"如马克·吐温所言，"我的文字无法达到同样的效果。"但儿童形象也可以被视为正在告别逝去时代的美国的一个抽象概括。赖利经常光顾的场景并非是孤独的、华兹华斯式的通过个人记忆重新建构的场所。相反，他们是拥挤的社会聚集场所。在赖利最喜爱的《旧游泳池》（"The Old Swimmin' - Hole"）一诗中，"我们赤脚的足印"叠合在一起，而诗人则以一个集体的"我们"的声音来讲话。游泳池如一面镜子，不是为了个人的意识而是为了复合的身份——整个社会的集体反思与悔伤。

"逝去的快乐已经成为过去"，赖利还在怀念什么呢？首先，新技术、新的交通和通讯设施给乡村生活带来了威胁。在《旧游泳池》一诗中，"铁路桥现在穿越了那个地方/旧跳台在那里沉没，被遗忘"。赖利所做的主要是在新的国家框架内回应一种对地域的新感知。建国之初，这个国家的地域区分就存在威胁国家统一的因素。每一部分甚至继承了殖民时代独立的司法系统。华盛顿在其《告别演说》（Farewell Address）中说过，新结成的联盟要面对的最大危险，在于"地域上的分歧：北方与南方之间；大西洋沿岸和西部地区之间；图谋不轨的人也许会设法使人们相信真的存在不同地区自己的利益和观念"。各个地方如分立的国家一样被谈及：本杰明·富兰克林在其《自传》
327 （*Autobiography*）中称费城为他的"新国家"，而霍桑在一个世纪后也谈到："我们有如此多的国土以致我们根本没有国家可言……所有的一切都会淡漠，唯有每个人出生成长的各州例外。"

但是，如果说地域分野强调美国构成的地方特征，那么它同时也提供了一个可供选择的民族视野，即各个组成部分都声称自己代表了整个国家。每个地区都认为自己是可以表征美国这个整体的。伴随美国内战，这种国家各地区所具有的泛指性和优先性的观念随之削弱了。赖利的诗歌《古老的印第安纳州》（"Old Indiany"）以讽刺的笔触回顾了以往各地区对优先性的要求：

古老的印第安纳州，我们当然知道
是最早的，最好的，也是人口最众的。
全部四十四个州中：——
她事事领先，那是确定的！
任何方面都是最佳，正如
广为人知的那样；你可以打赌
她是人口最多的，因为她不会承认
她曾有过或者以后会人口减少！

部分对整体诉求的失败导致各个地域仅仅作为部分而存在，赖利的方言创作就是在这种背景下出现的。詹姆斯·拉塞尔·洛厄尔（James Russell Lowell）的《比格罗外传》（*Biglow Papers*）把北方方言作为争取自由的美国革命话语的表征。赖利的方言，相反，给人的感觉却是古怪不同。但它也和高雅作品关系紧密。赖利，如洛厄尔一样，把他的作品分成方言作品和标准高雅英语作品两类，并如他反复重申的那样，以新英格兰诗人尤其是朗费罗为榜样。对于这位“品性高洁的人物”，赖利在他几首致朗费罗的诗歌中的一首写道：“世界在倾听，因其魅力而获得安静与抚慰/ 这魅力也笼罩并吸引着我们。”赖利在放弃了早期表现精英文化的企图后，他的方言创作在很多方面也探索了当时一些较为高雅的问题，如诗歌的地位等。对赖利而言，无论是用方言创作还是以高雅英语创作，诗歌都能够起到给读者带来平静与抚慰的效果。如其在劝导一个青年诗人时说的：“让他们充满阳光、甜美并洁净无瑕；或者即使是婉转动人的悲剧故事，最终也要给读者留下希望的空间。”赖利用方言写就的诗篇略多于以滑稽方式书写的高雅诗篇。它从未真正确立起明确的身份特征，也未试图创造一种能够在国内引起共鸣的诗歌语言。

由妇女创作的地方色彩作品标示着一个比赖利面对的还要复杂的身份难题。近来的讨论已经涉及地域写作和妇女写作之间的联系，并强调很多地方色彩作品实际上是由妇女创作的。但把地方色彩界定为妇女写作传统的企图，在众多由男性作家创作的题材广泛的地方色彩作品面前是不堪一击的。如果不仅仅是乡村背景，城市背景也可以作为这种文学形式的广泛场景被接受下来，那么这种情况就更加明显。斯蒂芬·克莱恩（Stephen Crane）的后期诗作强烈地表现了这种城市地方主义。爱德华·阿林顿·罗宾森的作品也满足 328
女性地方传统的很多标准，因为这种传统和社会边缘化群体的视角关系密切。罗宾森的蒂尔伯里镇，举止怪异的居民突然间豁然开朗，同样也强调了经济、社会和心理等方面的错置感。罗宾森和其他的地方色彩作家（无论男女）一样，沿着赖利未能前行的方向，探索把地方化的地点和人物作为复杂的事物对待。

女性地方色彩写作的真正功绩在于使人们开始认识到个人身份是多元的而非一元的。身份渐渐地不再被认为是单一的和表现性的，而是包含或者协调多种因素。这种观点并非要使地域因素附属于性别因素，而是要发现两者之间协调的程度如何。地域成为界定由于性别意识而更加复杂的自我概念的众多因素中的一员，这种情况和身份因素中和社会—经济地位一起愈发引人瞩目。实际上，经济地位问题在几个方面左右着地方色彩文学的发展。它所描绘的主体经常处于弱势经济地位——无论生活在乡村、村镇还是城市。同时，这种体裁的读者、市场，经常包括那些想要享用正在消失的地方特色的上层社会成员、城镇居民和其他有闲阶层。对于所处的经济语境，地方特色倾向于美国传统文化内部的物质欲望批判，而非充盈自我意识的阶级结构批评。

地方色彩作为地域、性别和经济身份间复杂的结合体，在女诗人露西·拉卡姆（Lucy Larcom）、爱丽丝·凯里（Alice Cary）和菲比·凯里，或者罗斯·特里·库克（Rose Terry Cooke）（她更因小说而著名）等人的作品中都可以找到痕迹。这也可以扩展到艾玛·拉扎罗斯（Emma Lazarus），因为她把身份问题推向宗教—民族视野，还可以扩展到弗朗西斯·爱伦·哈珀（Frances Harper），因为她把种族问题也加入到考虑的范畴。在露西·拉卡姆（1824—1893）的作品中，她的家乡马萨诸塞州的海洋、陆地、城镇景象以女性意象的形式得到表达。诗歌《灯塔》（“The Light - Houses”）把灯塔描写为“两个苍白的姐妹，茕茕孑立”。她们“绵长而无助的光线”预示着“尚不自知的寡妇们”哀悼逝去的水手的场面。她们也表达出坚定的、对家庭幸福的希望，使“男人们的炉边快乐”更加鲜活。拉卡姆最著名的诗《缝鞋的汉娜》（“Hannah Binding Shoes”）重述了一个忠诚的新英格兰妇女20年等待丈夫从海上归来的故事。

在拉卡姆的一些文本中，地域处于中心位置；在另外一些文本中则是性别位于中心。拉卡姆在诗歌《他们说》（“They Said”）和《阿贝拉女士》（“Lady Arbella”）中再次涉及清教徒抵达美洲大陆时的场景。但她的侧重点在于抵达美国，因为它挑战了清教徒的妇女观念并使她们在沉默与忍耐中获
329 得英雄式的地位。在《比佛利的黑尔小姐》（“Mistress Hale of Beverly”）中，

她从黑尔夫人的视角，重述了“逐巫案”[①] 期间一个战胜巫术指控的故事。《复折的屋顶》（“A Gambrel Roof”）使新英格兰建筑风格中（复折）这个特征成为妻子用以反对（和对付）上校丈夫要求其停止举办舞会的场所。《好人格兰塞尔的房子》（“Goody Grunsell's House”）把房子和新英格兰背景“置于一个海岬的陡坡/ 面向灰色的海洋”，以此为意象来烘托一位历经挫折的妇女，她在愁苦地勉强度日时，一点点地“烧掉她头顶的房子”。

她的很多作品指涉历史变化，这是由拉卡姆的个人经历决定的。父亲去世后，她变成了一个“洛厄尔女孩”，11 岁至 21 岁间在洛厄尔·米尔斯实验工厂工作，这家工厂使女孩们有机会离开家去工作，同时它还保有家庭框架的特征。拉卡姆在由米尔斯支持的《洛厄尔通讯》（*Lowell Offering*）上发表她的诗作，这种情况一直持续着，即使争取去西部在伊利诺伊州谋求教职努力失败其间也如此。她返回东部后，在惠顿女子学院（Wheaton Female Seminary）做了 9 年教师。最终她在波士顿成为一名编辑和作家，这使她能够从繁重的教学任务中解脱出来。她还和约翰·格林利夫·惠蒂尔（John Greenleaf Whittier）一起编撰了多部文学选集，这是一种在文学多样化时期日益流行的文学形式。

拉卡姆的生活游离于东部和西部对美国的认知之间，也得益于妇女在教育和就业方面的新的机遇。她终身未嫁，曾写过这样的诗作，如《未婚》（“Unwedded”）、《学校女教师》（“The School－Mistress”）和《一个忠诚女人的拒绝》（“A Loyal Woman' No”）等。这些诗歌在典型的北方语境下（忠诚的女人拒绝可怜她的南方男人），反映出单身女人的自我界定及地位问题。《学校女教师》结尾宣称她很“高兴能自食其力”。其他的诗歌作品认识到婚姻地位和婚姻本身在经济方面对家庭可能起到的作用。《相处》（“Getting Along”）一诗中男人为钱而结婚，夫妻双方相处得甚是尴尬，都有严重的异化经历。《她的选择》（“Her Choice”）一诗中，女人选择了来自同一阶层的一个农夫，而不是嫁给“城里长大的卷毛，鄙视田间劳作的人”，对她而言，那是一个自我毁灭式的幻想。

和拉卡姆相似，爱丽丝·凯里（1820—1871）和菲比·凯里（1824—1871）也都游弋于地理、性别和经济观念之间。出生于俄亥俄州的辛辛那提市，凯里姐妹 1850 年搬到纽约市一起生活，她们共同写诗和散文，并主持每

---

① witchcraft accusation，发生于 17 世纪的新英格兰地区，传言有人在运用巫术，对于虔诚的清教徒而言这是不可忍受的，所以他们开始审判这些“所谓”的巫师，有多人被判刑或被处死。——译注

周一次的文学沙龙。两姐妹都写了一些回忆她们西部家乡的作品，常常包含
330 民谣成分，以不动声色的笔触揭露了边境妇女经历的坚难。在爱丽丝·凯里的《西部乡村》（“The Western Country”）中，小木屋“如鸟巢般散落于/广袤草原的绿草间”，但“手指粗糙纤细”的劳动妇女“疲倦的双手”这一意象则有损对自由的向往。《致富》一诗中，男人和女人过着分居的日子，男人在农庄劳动积聚财富，女人则想念被迫分离的家人们，他们正在煤坑和磨房艰苦工作。《洗衣女工》（“The Washerwoman”）描绘了贫穷村庄里一个穷困妇女劳累的一生。

爱丽丝·凯里的作品暗示着女性诗歌写作传统在地方色彩方面的延伸，而菲比·凯里则经常进入一个更加尖锐、讽刺的领域。她的作品通过反讽的手法使地方色彩和高雅写作之间达到几近相互代替相互转换的程度。坡、华兹华斯、戈德史密斯（《当美丽的女子们》［“When Lovely Women”］）都成为她讽刺的对象，对朗费罗尤甚。菲比·凯里的戏仿作品带有鲜明的性别转换内容。《安娜贝尔·李》变成了《塞缪尔·布朗》，而坡笔下美丽的死亡少女意象成为阶级之间斗争的表征：

> 当时我是一个孩子，他也是一个孩子，
> 生活在城北的某个地方……
> 这就是为什么，很久以前……
> 一个女孩从马车中走出来，
> 向我的帅哥塞缪尔·布朗求婚；
> 并把他关在一所宅子里，
> 就在城南的一条街道上。

华兹华斯的《露西》变成了《雅各布》：

> 一块鹅卵石，伴着大石头
> 在泥浆中若隐若现，
> 和人一样美丽只有当它
> 栖居在同类的身旁。

至于朗费罗，他的关于诗歌的忧郁诗作被彻底地带回到现实中来。当“一天结束的时候”，各种食物代替了诗歌成为人们获得舒适和抚慰的方式。《生命礼赞》（“The Psalm of Life”）变成对妻子的粗声粗气的颂歌：《年轻女子内心

对老处女的话》：

不要用闲适的语言告诉我
婚姻只是一场虚幻的梦
因为单身的女子已经死去
事情和表面看起来不一样……

享乐与悲伤不是
我们注定的结局与方式
但行动起来，使每个明天
都更加接近婚礼的佳期。

这些女诗人的作品中，地域既非要代表美国传统的整体或核心，也非要决定个人的身份。即使新英格兰地区，如豪厄尔斯所述，也已不再是“由自身构成的一个国家”，而是成了异于过去身份的一个地区 。如果高雅诗歌极具概括性，并以自己为美国整体代言自居（这也是当时狭义的界定方式），那么地方色彩作品从各种因素的混合体的特定视角进行言说。地域身份，与刚刚获得关注的性别身份一起，被认为是不完整的，但两者都带有深层的社会与经济内涵。 331

地方色彩作品出现在美国文化、民族和社会构成日益复杂的时期。世纪末期，民族来源成为美国社会多样化的关键意象。美国身份是单一还是多元的问题在民族性或者民族血统方面经常被提及。这对于19世纪末期来说并不是完全陌生的。民族多样化从殖民地时期开始就是美国人口构成的重要特征。早期定居者不仅包括英格兰人，还有苏格兰人、苏格兰—爱尔兰人、德国人、荷兰人和瑞典人，此外，还有通过暴力引入的非洲人和美洲土著人，同时，西班牙人和法国人也因边境的不断变化而入籍。这种人口多元结构的形成和复杂的地域变化同时发生并关系复杂紧密。移民抵达后首先聚居在大的地理范围内（英国人在新英格兰和弗吉尼亚地区；荷兰人和瑞典人在哈德逊与特拉华河谷地区；德国人在宾夕法尼亚地区；挪威人在威斯康星和明尼苏达地区；非洲人在南部等）。然而早期确立并占据统治地位的文化模式是英国式的：表现在语言、法律、宗教、社会结构等诸多方面。这些继续统治着（虽然不是没有冲突）所有其他族群和后来者。约翰·杰伊（John Jay）在《联邦党报2》（*Federalist* 2）中把美国人表述为“一个联合的民族，来源于共同的祖先，讲共同的语言，信奉同样的宗教，服从政府同样的规章制度，举止和习惯方面都极其类似……” 以此来为居于主导地位的英国标准与规范辩护。

这些美国身份单一论的提法在19世纪大部分时间都很盛行。它们也由于历史发展的变化采取了不同的形式——尤其是贯穿世纪始终的移民浪潮。单一论的第一种形式，或者说模式，可以称之为吸纳式单一论（inclusive singularity）。这种模式在各民族认同居于主导地位的英国文化的基础上对其予以接受。约翰·昆西·亚当斯在其1818年致一位德国男爵的信中暗示了这种想法，声称欢迎移民们“调整自我以适应这个国家的特点、道德观念、政治思
332 想和地貌特征”，这也意味着“脱去欧洲的皮肤，并永远弃之不用”。华盛顿主张“我们的公民越是相似……我们国家长治久安的可能就越大”，杰斐逊也称赞“完全同质的举止、德行和习惯”，他们都在为这种吸纳模式助阵。

身份单一性的另一种表现形式是排他性单一论（exclusive singularity），认为美国在文化上是英国式的，但不再假定各个族群能够或者应该被吸纳入这一文化模式之中。作为对到达美国的移民类型的改变（天主教，非北欧）和新的经济状况的回应，排他性单一论在19世纪50年代和90年代的美国本土主义运动中得到了表达。由于土地不再如以前一样容易获得，新移民聚集在城市中，为工业发展提供了必要的劳动力，但也带来了异国的习俗、新的社会结构和对资源的竞争。排他性单一论最终导致20世纪20年代出台的限制性移民法规。

单一性思想的第三种形式暗含于混合性或大熔炉概念中。这里，美国人口的多元性被予以承认，不再提倡认同英国标准，而是希望如克雷夫科尔（Crevecoeur）在其《信件》（*Letters*）中所言，“所有民族的人们融合成一个新的民族”，即“这个美国新人”。爱默生在1845年批评美国本土党人的日记中，也作了相似的预测：“这个大陆作为所有民族的避难所，所有欧洲民族，非洲人和波利尼西亚人的……能量，将会建设一个新的国家，一种新的文学形式。”多元和单一的界限，在复合单一论的框架下，仍然只是个逻辑而非历史的选择。美国新人更倾向于模仿独特的、原初的英国传统。

最后，存在着多重身份的可能性，而这种多元性被认为是美国性格的核心部分。这种观点下的美国饱含包容性和差异性，促进了个人自由与表述，而这反过来又被认定为美国最起码的向往对象，是美国政体的根脉。这种多重身份的观念自美国政治传统之初就以积极的方式时隐时现，即使对美国持单一论或者一元论观念的人也认为，即使他们反对，多元力量自美洲历险初期就一直存在。这样，麦迪逊（Madison）在《联邦党报10》中（*Federalist 10*）使各利益群体之间的制衡成为美国共和体制下民主的基础。本杰明·富兰克林也为党派利益辩解，称其为民主政府的必要成分：“哪里有自由，哪里

就存在这样的意愿；也许他们能够帮助维持它。通过不同情感的相互碰撞，真理的火花就产生了，从而获得了政治光明。”这种视角下的美国可以被归纳为一个复杂的多元体，由不同人口、利益集团和地域构成，都由于新移民的 333
到来发生变化。弗雷德里克·杰克逊·特纳（Frederic Jackson Turner）世纪末的史学思想因其美国边境理论而著名，但边境本身只是特纳更高层面的美国多样化思想在地域表现的一部分而已，作为“有效增进发展与原创性的多样性而存在”。

19 世纪期间，多元主义作为美国社会、文化和政治生活的主导力量的思想出现于哈佛大学的乔赛亚·罗伊斯（Josiah Royce）和威廉·詹姆斯（William James）的哲学思想中。他们的学生贺拉斯·凯伦（Horace Kallen）创造了“文化多元主义”来表示“统一体中的多样性，人类所能达到的和谐状态”。凯伦的观点还有些模糊，很多场合采用了遗传模式，使族群概念成为身份的基础，这样美国就被想象为一个“各民族的民主体制”。但这低估了美国语境下各少数族裔主动寻求同化的努力（除了显见的种族颜色区分），也低估了可渗透的民族界限之间的沟通与互动。确实，议会本身也通过否决 1818 年爱尔兰人提出在西部获得一块土地的要求，否定了地域和民族之间的相互对位的倾向。

地方色彩文学和其他一些美国人认为，用以界定自我和社会地位的要素一样，多元文化是民族属性的依归。与地域一样，19 世纪地方色彩文学中的民族身份不是排他性或决定性的，并且在这些族群身份之间没有什么特定的联系。相反，地方色彩暗示一种多元个人主义理念，这和 20 世纪末期美国对民族性问题的讨论有些类似。很多变量对身份问题都有自己的贡献，从而使多元主义的概念远离族群定义，而倾向于个人自身内部所经历的多样性，使其能够在多重身份之间相互协调。宗教、民族来源和地理、种族、性别身份等都提供了个人可以参与其中的关系条件，即使在他们已融入美国模式的情况下也是如此。这种自发参与多重属性的行为本身可以被认为是美国文化特有的样式，正如最近的“多元个人主义”概念所提示的那样。威廉·詹姆斯的“多元主义是独立忠诚的相交点”的论断暗示了 19 世纪多元身份概念的一种格局。

19 世纪地方色彩诗人中没有任何一位取得马克·吐温的视野和地位，其小说，由于在地域、方言和种族之间相互交叉，和地域文学保留了紧密的联系。但多重身份的复杂交合也出现在诗人弗朗西斯·爱伦·哈珀（Frances
Harper）的作品中，其中民族与种族、性别、经济以及地域等的自我界定同时 334
出现。他们的交汇经常引发争议，带来痛苦，如她曾指责美国，认为其习俗和态度可能导致这些身份相互冲突甚至彼此排斥。哈珀的《克洛伊姨妈》（Aunt Chloe）系列组诗，从一个获得解放的黑人妇女的声音和视角，表现了这样的汇合与对抗。植根于美国南部，追寻内战前到重建时期的历史进程，系列组诗适应但同时也颠覆了怀旧的战后种植园文学。

组诗中的第一首，《克洛伊姨妈》记录了奴隶们在白人奴隶主卖掉他们的子女、拆散他们的家庭、背叛他们又滥施暴力的情况下，孤立无援、苦闷，而又万分愤慨的状态。诗歌以接近方言的习语形式，通过限制性视角和平实的语言，取得了预期的效果。《释放》是对战争和解放的长篇叙述，通过奴隶和奴隶主对北方军队向南方挺进所持的相反观点而演绎出来。位于诗歌中心的是黑人和白人对解放的反应导致的冲突：

当年迈的女主人听到这个消息，
她呻吟着几乎说不出话来；
当她不能再拥有她的仆人们，
她的心几乎碎了。

壮观的一幕，我们的人民纷纷
走出去，去迎接胜利的大军……
多年的痛苦与分离后，
我们终于挣脱了身上的枷锁。

《克洛伊姨妈的政治》（“Aunt Chloe's Politics”）和《学会读书》（“Learning to Read”）被置于战后场景。前一首诗是对买选票这种政治腐败行为的批评，由一位意识到自己被排除在这种特权之外的妇女讲述。后一首诗反思读书识字对于黑人奴隶及被解放的男人/女人在政治和文化上的意义。“北方佬们”（Rebs），和他们之前的奴隶主一样，设法阻止黑人“学习”获得知识。但尽管有他们的阻挠和人们对黑人老太太试图学习的嘲笑，克洛伊姨妈还是克服障碍学会了读书：

（人们）说努力没有用处
噢！克洛伊，一切都为时过晚；
已近六十岁的我，
没有时间用于等待。

所以我买了一副眼镜，
并马上投入学习中，
从未停止直到我能够阅读
那些赞歌与圣书。 335

这首诗是一种奴隶声言书，在黑人宗教和突破阻碍的语境下，表现黑人们努力在诺亚·韦伯斯特（Noah Webster）眼中的美国扫盲文化运动中找到自己的位置。在《克洛伊姨妈》系列的最后一首诗《团聚》（“The Reunion”）中，克洛伊最终和组诗第一首诗中被卖掉的儿子们团聚（白人女主人的儿子则在内战中被杀掉了）。

在这些文本中，克洛伊姨妈的声音折射出美国英语正在向黑人方言迈进。但方言在这里不是和赖利的作品那样，被奇异地表现出来，也没有被赋予普世性或代表性的地位。相反，和其他语言一样，它是作为值得关注的多样化表达方式中的一种而存在。哈珀的作品对吸纳多样声音的美国话语很有吸引力。哈珀语言的复杂性，她处于对立社区之间的位置所带来的张力，对于保罗·劳伦斯·邓巴（Paul Laurence Dunbar）而言，构成了他诗歌创作的核心成分。

地方色彩无疑对于多元美国身份的文学表述是不充分的，因其不仅包含地区特征，还包含民族性、性别和对美国生活中经济地位的新感知。地方色彩诗歌在表达方面，经常是部分的、迟疑的和有限的。然而，19 世纪晚期的地方色彩诗歌可以被看做是为美国身份内部概念的多样性提供了表达方式，这些概念存在于每个个体内部并彼此竞争。

跨语言创作的保罗·劳伦斯·邓巴

自 19 世纪 90 年代出版作品以来，保罗·劳伦斯·邓巴（Paul Laurence Dunbar）的诗歌就被认为由两个独立的部分构成：方言诗歌和与之相对的标准英语诗歌。他最初的几部诗集，《橡树与常青藤》（*Oak and Ivy*，1893）、《主与次》（*Majors and Minors*，1895）、《平凡生活抒情集》（*Lyrics of Lowly Life*，1896）在不同篇章中表现出两种语言类型中特定的一种。这种区分持续影响邓巴在美国诗人中的地位。每种语言都提出了邓巴作品中诗人声音的可靠性问题，甚至提出他是否真的具有一个诗人的声音的问题。但这从文化诗学角度再现了一个困境：非裔美国人（African - Americans）的双重身份，如威廉·杜波伊斯所述，“是两个灵魂，两种思想，两种不可调和的努力，两种处于战争状态的理想……”这给非裔的身份带来了挑战。杜波伊斯所说的

“双重意识”在邓巴的作品中以特定语言的形式出现。邓巴的作品中，他身份的不同层面并没有简单地彼此竞争。相反，邓巴的诗歌探讨了他们的相互关系，最终导致一种诗歌表达的复杂形式。

邓巴标准英语诗歌的价值一直为人们所低估。以传统诗歌形式写就，正
336 值现代主义革新开始遗弃这些传统的时候，邓巴的这些诗歌被斥为文学的派生物，“优雅、一点点修饰……充斥常规定式并模仿他人”。但关于其文学价值的怀疑，和他作为黑人诗人代言黑人社区的可靠性这一问题紧密相联。他的方言诗歌从开始就使标准英语作品黯然失色。这些作品看起来提供了一个更可靠的黑人声音。然而，方言作品也提出了他们自己的一系列问题，涉及美学控制和身份表述，并且很难把他们置于盎格鲁—美国文学经典的范畴内。邓巴的两种语言取得了相反的效果。它们之中的任何一种都不能轻易归入现存文学种类中，因其缺乏一个统领式的核心和统一性，它们的双重在场已经威胁要打破邓巴作为诗人的声音，而不是成为容纳丰富跨文化内容的载体。

邓巴的两种语言模式从某种程度而言是不连贯的，这也证实邓巴在美国艺术生活、社会生活和政治生活中地位不连贯这一痛苦事实——这种不连贯性和邓巴对自己作为艺术家的自我定位紧密相关。但是，虽然邓巴的语言变化多端，他们并不构成简单对立。相反，他们标示了两者都最终找到属于自己位置的跨文化语境。邓巴的诗学不仅在标准英语诗歌和方言诗歌之间，而且在诗歌本身内部，也都存在着两种声音，每种声音都是他复杂非裔美国人身份的表达。每种都涉及并包含他者的成分。并且，正是跨越差别每种都将另一种映衬出来。认为两者处于完全对立状态的想法最终会损害对任何一种诗歌的诠释，也对把邓巴的诗歌看成一个整体不利。

对邓巴的作品从两种语言完全分裂角度进行阐释的模式始于威廉·迪安·豪厄尔斯，所造成的后果对邓巴而言是复杂而间接的。豪厄尔斯突破当时对黑人年轻作家的阻力把邓巴介绍到文学圈。邓巴1872年出生于俄亥俄州的德顿市，其父母都是肯德基州的奴隶——虽然他的父亲已经通过地下交通网逃到了加拿大，后来在内战期间服役于第55马萨诸塞团。他由他的母亲（母亲自学）教会读书并从母亲那里获得方言和标准英语的双重传统。作为高中时班里唯一的黑人，邓巴是一名优秀学生。然而，毕业后他能找到的工作只能是做电梯服务生。他设法出版了早期的几本诗集，并获得足够支持，从而使他在华盛顿国会图书馆谋得一个职位。经过多年的追求，他终于在1898年娶了作家爱丽丝·穆尔（Alice Moore）为妻，不过她的家庭不认同这门婚姻，因为邓巴“黝黑的皮肤和涉及黑人剧团演出和音乐喜剧的职业”。这门婚
337 姻，随着他的健康一起恶化，最终于1902年以分居告终。邓巴1906年死于

肺结核，时年33岁。

威廉·迪安·豪厄尔斯在《哈伯斯周刊》（*Harper's Weekly*）上对《主与次》的评论，及随后为《平凡生活抒情集》所作的导言，对邓巴赢得全国性的读者群具有重要的作用。但豪厄尔斯也建立了从文体差异角度阐释邓巴作品的范例，强调邓巴的标准英语诗歌和方言作品之间的区别，在标准英语作品中他没有看到多少价值，而他对方言作品的界定也是很狭窄的。豪厄尔斯在他的标准英文诗歌中，“除了作者作为黑奴的脸孔以外”，没有找到什么值得“特别关注”的地方。是方言作品通过展示“两个种族之间的性情差异”才“使他与众不同，无论现在还是将来”。黑人的性情被进一步限定为：“食欲与情感，偶有超越其上的提升，这就是这个种族的范围。他在作品中表现出对黑人身上存在的缺陷的精巧讽刺……邓巴先生为我们的文学注入的正是这样的一种幽默气质。”根据豪厄尔斯的观点，邓巴，通过方言创作，在为他的人民代言。但这限定他只能谈“食欲与情感”。他“讽刺精巧”，但他所讽刺的合适对象却是“黑人身上存在的缺陷”。最后，邓巴最重要的贡献是“幽默”，很好的写作技巧，但不是一个很高的文学评价，这一评价也彻底忽略了邓巴作品的严肃性与深度。

豪厄尔斯没有直接指出的是邓巴是否真的拥有一种语言的困境，与拉尔夫·埃利森（Ralph Ellison）不为人们“看到”的情况类似，他的无声境况也要等到以后才显现出来。詹姆斯·拉塞尔·洛厄尔（James Russell Lowell）可以在《比格罗外传》（*Biglow Papers*）中使用方言作为另一种可选的诗歌语言，而不是和他的哈佛英语进行竞争。方言和标准英语都持续表达出一种植根于新英格兰剑桥村的扬基身份，并最终声言其作为美国身份的普遍性和合理性。对邓巴而言，方言被认为是用来表达一种种族身份，与已确立的文学语言处于对立状态。这种方言在美国文化生活中处于边缘地位，甚至从属地位，并且不能代表整个美国身份。一方面，豪厄尔斯否认了邓巴美国标准英语诗人的地位。另一方面，他也否认了方言可以在任何普遍性或严肃性层面代表美国文化的地位。

邓巴在稍后短暂的一生中感受到了豪厄尔斯评论的严重后果。尤其是他在认为自己被锁定为一个方言诗人之后。他对詹姆斯·韦尔登·约翰逊说过：“我最初并不是一个方言诗人。我只是觉得即使不比其他熟悉的人写得更好，我也能写出不错的方言诗歌；这样做，我还可以获得人们的认可。这种认可我已经得到，但是现在他们只想让我用方言进行创作。”他在方言创作方面得 *338*
到的认可使他的标准英语作品被静音。如果他用标准英语创作，他会被指责放弃自己建立在黑人历史和文化基础上的创作源泉，而沦为一个同化论者或者逃避主义者。但黑人方言被降格为有限的文学工具。而方言，也由于其顺应白人的期望和定型化偏见，本身又是历史附属和压迫的产物，引起了人们的怀疑。方言起源于黑人被运往美国和遭受奴役过程中其非洲部族语言被压迫和遭到遗忘的状态下。到达美国之后，各黑人部族只能使用处于主导地位的英语进行交流，而对这种语言他们也没有太多运用的权利。禁止黑人识字的法令和受奴役的境况本身，使习得标准英文成为不可能之事。方言，从这个角度而言，标志着一种文化剥夺。

从文学的角度看，方言在很多方面被滥用了。19 世纪末期，它已经被诸如乔尔·钱德勒·哈里斯（Joel Chandler Harris）等地方主义者滥用，他们从对逝去的种植园生活向往角度，来表现黑人方言和口头传说，因而进一步加强了定型化偏见。黑人体裁这样被并入一个美化白人南方文化的价值结构。种植园文学的各种定型化偏见，通过黑人剧团的演出①，被广泛地传播与修正。这样，邓巴在求助黑人文化遗产的同时，不得不和早已异化于黑人视角并被滥用的各种版本进行斗争。这种调和的立场导致以后的非裔美国作家，如詹姆斯·韦尔登·约翰逊和斯特林·布朗（Sterling Browning）等，对邓巴的方言诗歌持批判态度。约翰逊认为邓巴“以传统的方言形式进行写作”，这样就“为他的（白人）读者所操控……只表述黑人生活中为他的读者乐于接受的方面”。

邓巴最好的作品并没有设法超越这种语言的困境，而是使其成为他诗作的讨论内容，并在很多方面取得了成功。邓巴针对他的不同读者群进行创作以加强他们之间的相互认可。他通过调整视角和把话语变为自我意识的表述等手法，重新启用了一些定型化意象。他采用从黑人到白人和从白人到黑人的模式，从两个方向采用和变换文类形式。他使用了大量非洲文化和非裔美国文化共通的表现手法，如面具、黑人宗教模式、黑人圣歌、传教和歌曲等。这些跨文化交流既发生在他的方言诗歌中，也发生在标准英语诗歌中，而两种诗歌形式分野本身也由对立和对照走向相互指涉、相互转换。值得关注的是，从母亲那里学会方言自己却从未在南方生活过的邓巴，致力于把方言作
339 为表达自我意识的文学技巧。他处理方言的方式与手工艺人相似，他把德语作为外语进行写作练习以提高他的写作技巧，同样，也使用爱尔兰方言，以及詹姆斯·惠特科姆·赖利的胡西尔（Hoosier）方言等。这样，批评他的作品没有精确表达口语方言就没有谈到点子上。对他而言，重要的是从破坏性的滥用中解救方言，以此来恢复珍贵又夹杂着痛苦的非裔美国人历史。正如

① Minstrel shows，19 世纪起源于美国，常由白人扮演黑人演唱黑人歌曲。——译注

他写给诗人爱丽丝·穆尔的求爱信中所言：

> 我想知道是否你相信有必要来挽救由我们非裔美国人先辈创造的，却给乔尔·钱德勒·哈里斯、托马斯·纳尔逊·佩奇（Thomas Nelson Page）、鲁斯·麦克恩雷·斯图尔特（Ruth McEnery Stuart）及其他人带来声名的奇异的老故事和歌曲；或者你是否和别人一样，认为我们应忽视过去和所有与它相关的重要文学资源。

邓巴在此认识到奴隶经历已经被白人怀旧情绪和种族主义所贬斥和操控，使用它有其危险性。但是，他和杜波伊斯一样，把这种经历看做非裔美国历史意识的核心部分，是文化表达和救赎的丰富而必要的媒质。他所面临的挑战是如何动摇定型化偏见并试图运用他的遗产为他的身份建构及创作服务。

《我们戴着面具》（“We Wear the Mask”）直接表述出邓巴面临的复杂而尴尬的境地，没有涉及诗歌语言方面困扰他的问题：

> 我们戴着写满欢笑与谎言的面具，
> 隐藏起我们的面颊与双眸——
> 这是我们为人类罪愆付出的代价；
> 破碎心灵在滴血，我们却微笑依旧
> 嘴角万千嫣然浮现
>
> 为何世人都自恃聪明，
> 细数我们全部泪水和叹息？
> 不，让他们只能看到我们
> 戴着面具的模样。
>
> 我们虽然微笑，可是，伟大的主啊，
> 受难心灵深处却正对您呼号不息。
> 我们歌唱，但脚下的泥土
> 卑鄙恶毒，绵延数里；
> 让世人继续做黄粱美梦吧，
> 我们戴着面具。

这里，面具是一个复杂而又带有反省性质的事物。它的首要功能是隐藏，通过采用那些由白人社会期待并投射出的特征达到这一点，因而它表现出一定的同谋关系。但这种表达行为却具有很强的说服力。谈及面具本身已经是暴
340 露出其隐藏性，并把这种共谋关系昭告天下。和杜波伊斯使用面纱意象一样，认可文化身份的表达方式是解放它的第一步。并且面具本身具有很深的文化蕴涵，因其是非洲宗教和审美的特定客体。它在这里的出现不仅标示着服从白人社会的种种定型化偏见，而且也是对非裔美国人独特文化表达方式的阐释。这样，面具意象马上具有既含蓄又揭示的特征。它阻止外来者看进来，但对里面的人则暗示着一个秘密的世界，并对其神秘性既指出又加以掩饰。这种既排除又吸纳的复杂对立性恰恰通过这首诗所使用的语言而被激活。它很高雅的标准英语（及其微妙）在某种程度上就是最终的面具：既隐藏又表露邓巴的非裔美国人身份。这首诗运用的语言处于观看的世界和带着面具的世界的交汇点上，马上掩饰但又表明"正在滴血的破碎心灵"、"眼泪与叹息"。

这里的标准英语并非仅仅服从或者强调根据白人社会标准牺牲身份这一事实。实际上，邓巴把它作为强有力的标准化工具来探析既顺从又反抗的样态。面具这种意象，同时也作为语言的意象，证实了非洲文化形式在一个压制他们的社会环境下持续存在的状态，为他们的文化表达既提供了意象又提供了工具。于是，这首诗达到了启动双重文化相互协商的效果：非裔美国人身份从属于并且作为美国身份而存在。

但这种情况也适用于他用方言创作的诗歌。邓巴的种植园诗歌尤其令读者困惑，他们担心这些诗歌背叛了邓巴致力于非裔美国人自我表述的决心，而与白人眼中的非裔文化表达构成一种同谋关系。但是邓巴在这些诗歌中根据自己的诗歌和文化动机来恢复黑人历史。这些诗歌一个重要的特征是他们的形式构成：他们几乎全部以戏剧独白的形式写就。邓巴对这种形式精致而纯熟的处理手法预示了现代主义者如庞德和艾略特的到来，他们对其进行了发展。通过使用戏剧独白这种表达形式，并使人物置身于确定的历史时空之中，邓巴能够控制和重构那些已经对黑人定型了的偏见。

在有限的几篇诗作中，如《废弃的种植园》（"The Deserted Plantation"）和《种植园的圣诞节》（"Chrismus on the Plantation"），邓巴直接投射了一个忠诚的奴隶形象，他对主人和种植园忠心耿耿。即使在这类作品中，邓巴也不是在表现而是再现诸多黑人意象：其一是奴隶展现给主人的面具，还有植根于黑人历史和经验内的奴隶形象。邓巴这里使他的黑人代言人以白人认为他们应该采取方式行动，是对一种意象的模仿，是他对黑人们自己可能采取
341 的行动的再现。并且他的种植园诗歌关注黑人而不是白人的南部经历，如果不是对白人权威的霸权性提出质疑，则可以视为质疑内战前南方白人文化。

邓巴完全没有逃避奴隶制这一事实。他对种植园描述必须置于一个困难的社会历史语境下。怎样才能与奴隶制和解，在世纪末南方重建失败的语境下，越发变成一个紧迫的问题。正在加剧的种族主义、政治排斥、经济上的新奴役正在使黑人解放带来的希望和承诺落空。一种要把奴隶历史置之脑后的渴望与不得不面对和理解它对非裔美国人社区生活影响的必要性结合起来。邓巴，又一次和杜波伊斯一样，没有在奴隶制的毁灭性力量面前退缩。同时，他也强调黑人博爱、坚忍、精神财富在奴隶制摧残人性的反常状态下的重要作用。诗歌《黑皮肤小孩》（“Little Brown Baby”）就在对自己没有任何权利的痛苦认知和人性之爱的伟大力量之间找到了精确的平衡点：

> 目光炯炯的黑皮肤小孩，
> 到你爸爸身边坐在他腿上。
> 你在做什么，先生——是糕点吗？
> 看那个还在——你和我一样脏……
>
> 现在回到你的枕边——休息一下吧；
> 希望你永远拥有安适与明朗的天空；
> 希望你一直是我怀抱里的婴孩——
> 目光炯炯的黑皮肤小孩。

这首诗没有提供任何高雅的情怀，但却在人性尊严和社会无力感的悲剧冲突中显示出力量和张力，正如一个奴隶父亲无论多么渴望，也永远不能对他的奴隶孩子保证有“安适与明朗的天空”。

方言诗歌以适合特定个人言语行为的戏剧独白形式允许邓巴去深入探究怀旧情结而不是去重述它。一些诗歌，如《老屋》（“The Old Cabin”），明确研究记忆如何传递同时又扭曲过去。大多数方言诗歌的结构都极为复杂，其中的言语行为采用否定或奴态意象来达到充满辩争、颠覆性、争议性的效果，使这种话语外的（白人）旁观者处于不利的位置。以《时光标记》（“Signs of the Times”）为例，它并没有把感恩节大餐表现为奴隶满足食欲这种定型化偏见，而是描绘成一种庆祝仪式；这首诗还有更深一步的反讽层面，和弗雷德里克·道格拉斯询问7月4日的意义一样，邓巴也对感恩节提出了自己的疑
问：这些美国节日对奴隶意味着什么？同时，这里也隐含复仇的预言： 342

> 火鸡火鸡，四处欢啼，

闲散舒适地栖居，
继续你的歌咏吟唱吧，火鸡先生，
因为大限已经指日可待。

火鸡对感恩节的茫然不知成为整个南方社会制度的一种表征。主人，火鸡的拥有者，却被置于火鸡的位置：不能把握时代脉搏和他即将来临的末日。

在对奴隶历史进行再演绎和再开发的另一尝试中，诗歌《责任》（“Accountability”）使用了种植园文学（plantation-literature）中偷鸡的奴隶这一定型化意象，但它被嵌入一个精巧的命题中，使所有的行为都具有了相对性：

人们生而有异，
没有两人完全相同；
我们不能控制自己的好恶，
如果我们很坏，不要责怪我们；
如果我们很好，也无须炫耀；
因为你会说那不是我们的本色，
我们选择特定的方式
那是我们不懈追求的目标。

这种话语介于引用和对一个境况的反讽式运用之间，目的是来推翻它自己的预设前提。这里奴隶已经掌握了复杂的道德命题，并把他自己的行为置于自己所处的状况来进行言说，这也正是邓巴的戏剧独白形式要努力取得的效果。

方言诗歌深入研究了非裔美国人身份问题。但标准英语诗歌也达到了同样的效果。邓巴的作品引人注目的地方在于两种诗歌之间意旨的持续性。邓巴所做的是把明显相互矛盾的双重身份转换成一种跨越话语界限的模式。方言诗歌中占主导地位的黑人身份问题也是标准英语诗歌创作的重要源泉。如果非裔美国人身份是双重的，那么标准英语和方言一样也是邓巴的遗产，也是其文化身份的一个载体。邓巴企图开创性地确立盎格鲁—美国传统与非洲—美国传统之间的联系，并使他们能够富有成果地进行互动，无论是批评式的还是赞同式的，而不是仅仅把两者对立起来或使之毫不相干。他取得这样的成果不是通过抑此扬彼，不是通过民族同化或者极端分离主义，也不是企图把他们归入到一个话语之中。相反，他所做的是跨越这两种语言，并使
343 两者成为其既富有争议又相互补充的文本的组成部分。

很多邓巴最为人所知的诗歌，如《我们戴着面具》，实际上是由标准英语

写成，并以对非裔美国经历的强烈表现为特征。以黑人为主体的标准英语作品也是邓巴公众诗歌（public verses）如《埃塞俄比亚颂》（“Ode to Ethiopia”）、《弗雷德里克·道格拉斯》（“Frederick Douglass”）、《哈里特·比彻·斯托》（“Harriet Beacher Stowe”）等的重要表现特色。但这些作品往往在诗歌媒质的个性化和可控性方面不是很成功。当它们被认定为是对白人种族主义概念做出的有争议回答时，它们的结构就更加复杂了。但这些诗作也经常采用近于高雅的19世纪修辞手法。不过，邓巴在其他的例子中成功地再造了欧洲—美国这一模式。他在使用文艺复兴范例上尤其如此，通过方言或者非裔美国人材料再次演绎他们传统的盎格鲁—欧洲的普遍文学形式。

文艺复兴抒情诗实际上为邓巴的盎格鲁—美国诗学思想提供了更好的表达方式，远远胜于一直为人们所强调的浪漫主义传统。在他早期的诗歌实验中，有情歌小曲这样精巧的抒情样式。尤其引人关注的是，邓巴以非洲材料，对在形式上明显有些简单的歌曲进行了超越。他的《致弹竖琴的女士》（“To a Lady Playing the Harp”）称颂了一个“眼神忧郁的黑肤女巫师/黑色长发柔顺飘逸”。这种非裔美国人材料的插入经常挑战白人传统所认定的等级制度。《我的格兰德古堡女士》（“My Lady of Castle Grand”）中，贵妇“手儿白皙细腻”，而身体和心灵却是冷酷的，与充满爱心的洗碟女仆形成鲜明对比。《冬日》（“A Winter's Day”）使白雪成为一个“冰冷的大幕，深具欺骗性”，并试图窒息肥沃大地上的“执拗的黑色”。在《歌曲》（“Song”）中，原型化的恋爱抒情诗——“我心我自知/ 我手执子手”歌咏的对象是“我的非洲少女”。正是从这个文本中邓巴为他的首部诗集取了名字——《橡树与常青藤》，以一个相互交织的意象延伸到这首诗歌本身存在的传统：“不要把橡树和常青藤分隔开来，/ 也不要把黝黑的少女与他的情郎分离。”

这种穿越黑人素材而回溯到盎格鲁—美国材料的过程也可以被颠覆。奴隶歌曲《分离》（“Parted”）把被卖给“河下游”带来的痛苦以方言形式对“我的女主人”倾诉：

> 微风拂过海湾
> 我的主母，我的主母；
> 这船将把我带往远方，
> 我的主母，我的主母；
> 老主人已将我卖给下游的人；
> 他们告诉我没有看起来那样糟，
> 我的主母，我的主母。

这里彬彬有礼的申诉所表征的等级制度既被颠覆也被转化为一种萦回有力的
344 吟唱，使人倍感亲切。

跨话语的复杂性为其他诗歌提供了一个有高度自我意识技巧的结构。《玉米之歌》（“A Corn Song”）将主人的语言和视角与奴隶的工作歌曲对置，并在两者之间游移。主人认为玉米之歌证实了他的优越地位，好像歌唱是为了取悦于他，但歌曲的叠句却从悲伤和坚忍中积聚力量，这和主人的理解恰好相反：

从田园归来的人们吟唱的玉米之歌
轻慢地飘过天际
他梦一般的思绪沉浸在歌的旋律里

我们种植玉米
清晨就要动身；
现在日已偏西
一天宣告结束。

杰出诗作《拼字比赛》（“The Spellin' Bee”）使诗歌写作的方言和蜜蜂之间的嬉戏成为进入标准英语的序幕，诺亚·韦伯斯特（Noah Webster）把这确立为美国文化吸收仪式的中心环节（韦伯斯特的《蓝皮拼字书》成为邓巴的“拼字比赛”的奖励）。

更为重要的是，双声（bivocalism）一直是邓巴诗歌创作中自我指涉性诗歌谈论的主题。这些作品由方言和标准英语两者构成，并且两种语言都相互指涉。这些诗歌主要被阐述为发出邓巴对方言所持的矛盾心理和他被限定用方言创作与为方言所限的失望情绪，所以失望的声音在其中多有所流露。但语言那时是邓巴不得不面对的社会与政治阻碍的比喻，而不是原因，尤其是在世纪末获得自由的黑人能够找到他们在文化中的应许之地的希望落空后的语境下。《诗人》（“The Poet”）最常为人们引述以表达邓巴对限制他的方言的矛盾心理，却能够引导我们看到他的黑人声音的更深厚的根基：

他歌咏生命，平静而甜美，
间或奏起深邃的音符。
某个咫尺天涯的最高处，
他发出吸引世人的韵律。

他歌唱爱情，大地也为之年轻，
而爱情本身也是他的专长。
但哀哉，这个世界，转而称赞
语言破碎者的呓语。

常被引用的“语言破碎者的呓语”诗句被置于这个文本之中，来戏剧化方言被一个持贬斥态度的读者群体接受和赞誉的方式，而非邓巴本身对其的态度。345 为了反抗这样的贬斥，诗人强调他对自己作为艺术家的自我定义：他的甜美歌曲“发出了令世界瞩目的节拍”。

歌曲成为邓巴与他多重传统关系的核心转喻，对他的整个艺术生涯也是如此。歌曲意象不仅标示他精巧的韵律结构，也是黑人经历中音乐为其文化表征的充分回响。邓巴的抒情诗总是很接近歌曲，无论是民谣、小夜曲、催眠曲、儿歌、挽歌、赞歌还是爱情歌曲，都具有邓巴独有的文艺复兴式特色。这种音乐成分对于邓巴使用圣歌传统而言，具有特殊的社会历史意义。圣歌对邓巴而言是变幻而又多层面的意象。他们使其对宗教持有复杂甚至有时是怀疑的立场，而当时强烈信仰的表达对于同时代的黑人更常见，因而也更需要加以批判。《种植园的旋律》（“A Plantation Melody”）和《一首圣歌》（“A Spiritual”）用方言的形式写就，接近于对圣歌的再创造，这和用标准英语写成的各种各样的赞美是一样的。其他一些渴望“回家”的方言叠句再次重申了圣歌传统的另一个层面，即作为对存在奴役的世界的控诉。但在《哲学》（“Philosophy”）中，说话者已经“思考传教士问题”并批评他清净无为的建议。在《红海》（“Mare Rubrum”）中，圣歌被帕特里克十四行诗的精巧结构改造一新：

满怀信念，我驻足生命的红海里，
等待亘古不变的真言响起
多年前以色列人曾有幸聆听……
为何眼前的汹汹海水还是波澜不惊？——
摇摆的信念由于希望的推延而崩溃？
难道上帝没有安坐在往日的宝座上？

摩西分开红海海水的核心场景在圣歌中被再次谈及。和圣歌一样，历史中的救赎和神圣的文字不断出现。但这里，历史纷乱对这种文字的连续性的打破与挑战是显而易见的，因而诗人踯躅于怀疑和挣扎的信仰之间。由于处于神圣历史的虚空中，所以神圣历史也未能给最近的当下带来救赎。

在邓巴运用圣歌的过程中，标准英语和方言之间的界限不再分明。邓巴因圣歌本身的调和性，所以在那些审视美国文化种族双重性的诗歌中，在两种语言中都使用了圣歌材料。邓巴对美国黑人文化的发展表现出一种敏锐的
346 历史感，突出依照白人标准发展起来并转而反对之的黑人宗教形式。他反复利用黑人奴隶教义和白人对它的阐释之间的差异。他表现非裔美国人宗教生活内部的张力，因其回应并且反对白人的宗教价值观念。这样一来这些诗歌便再造了圣歌的异质来源，不仅包含基督教也包含非洲因素，如梦的意象暗示了非洲传统中的灵魂游荡说。一些诗歌讨论舞蹈和音乐方面的命题，其中建立在非洲信仰基础上的韵律崇拜被看成与教堂的礼仪相悖。《迪肯·琼斯的苦闷》（“Deacon Jones' Grievance”）中的教堂领导人（无论何种肤色）对教堂音乐和舞蹈表达了不满：“为什么，它玷污了圣者的名字/以此无耻的世俗行为。”《安吉丽娜》（“Angelina”）警告要远离胡闹：“如果你认为你得到宗教并想保持它，/你最好接受暗示并彻底消失。”这样的张力最终通过韵律崇拜得以解决，黑人和一些白人宗教群体采用了这种影响强烈并对两种语言都有效的方式。

《内战前的布道》（“An Ante - Bellum Sermon”）是表现邓巴历史感的一个好例子，通过令人惊异的言语行为达到这种效果。这首诗回忆并重新加工奴隶圣歌和黑人布道传统。以方言写成，它在相互对话的对立话语内部对《圣经》进行了精细的注释，直接对奴隶信教者和他们的白人主人讲话，而白人们则设法控制黑人对《圣经》内容的信仰和理解。诗的布道形式进一步引发了美国黑人宗教历史内部涉及布道士的复杂问题，而它的诗歌形式则肯定了它与圣歌的联系。和很多圣歌一样，《内战前的布道》也把摩西和《出埃及记》置入自己的文本里：

> 我们把这个作为我们的题目
> 我们会逐一解说；
> “上帝呼叫说：‘摩西！摩西！’”
> 那人说道：“我在这里。”

布道士将“解释”他所讲述的主题，即进行评注。他提供的解读从《圣经》历史中的《出埃及记》（“Exodus”）到《加百列最后的号角》（“Gabriel's Last Trumpet”），与圣歌相似，通过救赎这一信息，把相似的事件联合起来。上帝无尽的拯救力量被认为闪耀于每个历史过程中，当然包括当下的奴隶历史。但布道士必须既要说出同时又要掩藏这种指涉，并使他的话语适合复杂的听众类型。

他必须要在把他的信息传递给奴隶信徒的同时，还要防范出席布道的白人监察人，他们在场是为了保证没有这样的拯救思想的布道内容被宣讲出来。 347

结果就导致意义的多样性，并且每层意思都针对《内战前的布道》的不同听众群体。对于奴隶听众，通过强调过去与现在之间的连续性及对比，带有明显的召唤自由的意味："上帝会帮助他的孩子们/你们总是可以信赖他。"对于另外的（白人）听众（传统上讲，黑人教堂集会通常被监控以防止颠覆性信息的传播），布道士则很快否认他刚刚声言的内容：

> 但是听我说，基督徒兄弟们，
> 事情往往出乎人们的预料，
> 现在，上帝为以色列做了这些，
> 他的方式也从没有改变过，
> 他对以色列的热爱，
> 不仅给予了这个民族；
> 现在不要跑去告诉主人们
> 我在传授不满的讯息……
>
> 所以你能看出上帝的意旨，
> 自从世界诞生之日起，
> 他所赋予的无上自由
> 应当属天下所有人，
> 但我觉得有必要，
> 停下再次重申，
> 我谈论的我们的自由
> 是《圣经》讲述的内容。

《内战前的布道》中的布道士意象也引发了邓巴对自身处境的矛盾思考，使他在短暂一生临近生命终点时道出："我是一个黑皮肤的白人。"邓巴的事业深为需要赞助人支持所困扰，同时，疾病、婚姻破裂和寻找诗歌以外的表达方式如歌剧剧本、歌曲、小品文等的挫败也给他很大的压力。历史地讲，邓巴在世纪末被困于过去的奴隶制传统和对未来平等融入美国政治、经济和文化生活的向往之间，而这种向往却越来越为《吉姆·克劳法令》（Jim Crow restrictions）所出卖。和他所刻画的布道士一样，邓巴在某种程度上不得不挑战他的表达方式，以适应一个对黑人持敌对和敌视态度的权利结构。但在另一方面，邓巴也暴露并挑战了要求如此调整的权利结构，并在其权利等级内坚持着自己的思想表达。

邓巴的诗歌立足于这个由不同观众和语言意义构成的复杂统一体内。《内战前的布道》通过方言这种工具表现了这些复杂、多样并相互渗透的话语结构。以标准英语写成的诗歌，如《同情》（“Sympathy”），也取得了同样的效
348 果。这是邓巴使用黑人意象和黑人歌曲传统诗韵中的一首，它获得19世纪美国诗歌很少能达到的抒情美和韵律美。在诗中，伸张与归附、服从常规和创造性的运用语言等对立的力量相互交织，并常有阵痛相随：

我知道笼中的鸟儿为什么拍打翅膀
直到无情的鸟笼已是点点腥红；
因为他必须飞回他的家
那样他可以欣然地在枝间摇摆；
累累伤痕处，疼痛阵阵袭来
猛烈的刺痛使他们再次悸动——
我知道他为什么拍打他的翅膀！

我知道笼中的鸟儿为什么歌唱，噢，
因为他翅膀淤青，胸膛亦疼痛难耐，——
因为他打破鸟笼就可以重获自由；
那不是欢快或欣喜的颂歌，
而是他发自内心深处的祈祷，
是他投向天际的声声控诉——
我知道笼中的鸟儿为什么歌唱！

邓巴以笼中鸟和拍击歌声双重意象为非裔美国人的经历代言。鸟笼指代美国本身，因其阻止并限制黑人公民，同时也指称标准英语，由于它在某种程度上限制诗人的表述。但他在这里使标准英语成为自己文学表达的工具，战胜了那些意欲否定他作为黑人和美国人的声音的人。面对约束与背叛，回想没有愈合却又开裂的历史伤口，他以非裔美国人蔑视和祈祷的传统演奏他的歌曲。以这种方式他既反抗（对黑人）静音，又坚持他的经历是美国身份和文化的组成部分。

邓巴在面对死亡时写就的《偿还》（“Compensation”）中，他的背叛感、困难感和责任感同时展现：

因为我爱得如此深
因为我爱得如此久，
上帝以他无尽的怜悯
赠与我歌唱的天赋。

因为我爱得如此徒劳，
歌声竟也呜咽刺耳，
主啊，出于仁慈之心
赐予我死亡的福泽。

个人的背叛在这里也是文化困境的一种表征。这首诗在抒情诗的简约中加入了冲突，但也在邓巴的两种身份之间加入了紧密的联系。宗教祈祷中的歌曲 349
意象，悄悄地把这首诗置于非裔美国人经历的传统中。它的标准英语则痛苦地表达出邓巴对自己文化生活的失败感，但几乎是与它自身相对，也传送并动人地表现出他论战的一生。邓巴在这方面的局限感变成了他的诗歌艺术的组成部分。他根据自己的想法为自己谋求一种美国语言，但其他人否认他的这种要求。这样一来，他的语言就代表了他所具有的文化力量，不过，这是通过检验而不是仅仅再现文化身份之间的冲突来实现的。它们变成了揭发和控诉的平台，反抗同时也协调邓巴的双重美国经历。他最成功的诗篇在承诺与背叛、排斥与转变之间获得了精巧而又痛苦的平衡，其中两种语言相互交织：敌对并相互指涉，相互对抗，互为构成因子。

艾玛·拉扎罗斯：美国—犹太人的典型

艾玛·拉扎罗斯（Emma Lazarus，1849—1887）是最早在美国提倡民族声音尤其是作为美国人的民族声音的诗人之一。为了这一目的，她使用极具象征性的语言。自清教徒登上新大陆时起，这种言语便被公认为是确定美国民族身份的基石。然而，在使用这样的语言时，拉扎罗斯必须完全重建其基础词汇及其用法，同样惊人的是，她也重建了那种独特的犹太人信念。于是，清教徒的预像论（Puritan Biblical typology）表现在她的美国身份和犹太身份的相互转化上，这两种身份相互交融使得转化成为可能，而它们又彼此相悖，使得转化成为必然。这种相互转化最终集中表现为奇特的、富于变幻的基督意象，这成为她诗歌创造的中心。

《新巨像》（“The New Colossus”）的创作是为自由女神像基座的修建募集

资金，这首诗仍然被认为是诗人最具影响力、最成功的诗作。诗中，拉扎罗斯运用了一系列的语言技巧来展示错综复杂的多重身份，这些技巧后来持续出现在她的作品中。诗中的女性主体（female gendering）可以追溯到诗人早期的创作中，以《回声》为代表，诗人向世人宣告她的声音是女性的声音，不得不接受禁锢，不可创作史诗或谈论某些大众话题，如“世间最强大的斗士和……危险、受伤以及斗争的胜利”。相反，作为“刚刚诞生的、拥有女性灵魂的”诗人，她仅能充当本性属于隐秘空间几乎是家庭空间的回声。这类
350 似于爱默生的想象诗学，却无法否认诗中的语言充满辩护性，也无法掩饰美国女性诗人被限制在好像仅属于她们的私人领域这一事实：“请不要轻视这些回声，它们属于/ 拥有寂寞和歌声的恋爱中的人。”

《新巨像》中塑造的女性形象成为民族身份的有力象征。拉扎罗斯重新启用了她早期诗作中所摒弃的话语形式，在创作这首诗时她坚定地立足于此。利用矛盾修饰法，她强化了一种独特的女性力量：

> 不像那无耻的古希腊的青铜巨人，
> 叉腿横跨征服的陆地；在这海水
> 冲洗的日落重门，将矗立起一位
> 手持火炬的伟大女性，火焰是被
> 囚禁着的闪电，流放者们的母亲
> 就是她的姓名。手中欢迎全世界
> 光临的灯塔闪亮着，她温情俯瞰
> 以天为桥的港口与环绕它的双城；
> “旧世界，给你传说中的虚荣！”她抿嘴
> 呼喊。“送给我，你受穷受累的人们，
> 你那拥挤着渴望呼吸自由的大众，
> 所有遗弃在你海滩上的悲惨众生，
> 给我，这些风浪中颠簸的无家之人，
> 我在黄金时代的门口高举我的明灯！”

（沅湘译）

伟大的/女性、囚禁的/闪电、母亲/流放者们、温和的眼神/俯瞰、呼喊/抿嘴：每一对矛盾都展现了女性谦恭中蕴含的无限力量，和女神像一样，充当了一座桥梁，将异邦变成本土，将被驱逐的人变成不可或缺的社会成分，将弱者变为强者。诗人也被投射为热情好客的女主人和来自异乡的避难者。

这种被女性化了的归化美国人意象，进一步展现了拉扎罗斯对犹太人身份所特有的信念。不可思议的是，女神像的各种表象都与《圣经》中底波拉[①]（一位颇受许多19世纪女作家喜爱的人物）相像。底波拉不是流亡者之母，而是以色列之母，以其预言能力辅助巴拉克[②]大军，巴拉克在希伯来语中的意思是闪电；她也被命名为拉比多之妻，意即：火把的女人（《士师记》第四章）。这部《圣经》次经是由另一批犹太人整理的，使用的是希伯来语，而拉扎罗斯在19世纪80年代才开始学习这种语言。结尾处的"明灯"形象再一次重申了犹太意识，一如拉扎罗斯的其他诗作，如《选择》（"The Choice"）、《礼物》（"Gifts"）、《光的盛宴》（"The Feast of Lights"）以及《流放中》（"In Exile"）。

诗中开篇处的青铜巨人的形象更具有启示性。拉扎罗斯蓄意使得她的"新巨像"与古时的异教中太阳神像即罗德岛巨像[③]相峙而立；与女神像的宏大谦恭截然不同，那是个男性气概十足、充满征服欲而且豪华壮丽的神像，它属于希腊。拉扎罗斯自童年时期开始便不断翻译海涅的作品，并支持海涅 351
的看法，即与希腊文化相对立的是希伯来文化。于是，诗中的希腊巨像代表了欧洲，不言自明地，与之相对的美国则应该属于希伯来。美国如同避难所一般收容了犹太人（以及众多其他民族），并为他们做了很多，而在欧洲，这样"悲惨的人"遭遇到的是遗弃；拉扎罗斯自别人的话中引用了"悲惨的人"以示其非个人的看法。与希腊—欧洲相对立，美国本身便是具有希伯来特征的地方，其历史与希伯来模式很是接近。

因此，拉扎罗斯的美国背景与她的犹太背景就结合起来。而这却不是来自异族的强行施加。清教徒们自身所作所为与此相比丝毫不逊。作为犹太人，拉扎罗斯为自己找到了独特的门径并融入清教徒的言语中，按照《圣经》的预像论，将美国视为上帝应清教徒们的渴求和呼唤所赐予他们的以色列，一个"应许之地"。事实上，在这种复杂的言语传统中，拉扎罗斯采用的手法很清新独特，并非一成不变。正如预像论中描绘的上帝的选民横渡海洋来到天国一样，清教徒的历险旅程目的也是为了追求信仰自由，将乐土迦南视为痛苦众生的庇护所，用《诗篇》（The Psalmist）（9：9）的原文则是"受压迫人

① Deborah，《圣经》里的女先知，曾帮助以色列人战败迦南王的大将西西拉。——译注

② Barak，古以色列将军，在女先知底波拉的帮助下打败了西西拉所率的迦南人军队，见《圣经》第四章《士师记》。——译注

③ Colossus of Rhodes，位于爱琴海东南部的罗德岛上，是世界七大奇观中最为神秘的一个。——译注

们的避难所”。可见，这种言语既适用于避难所，也适用于上帝的选民，特殊神宠论（particularist）和宇宙神论（universalist）的观点在此交融。如果清教徒是上帝特别选定的，其他民族也应当如此，而美国则是每一个将它视为避难所的人们的“应许之地”。

从这些意义出发，美国人是希伯来人的现代版。拉扎罗斯认为投身于美国也就等同于为最强大的犹太祖先做贡献，后来“文化多元性”的首创者贺拉斯·凯伦也认同这一观点。诗人无可抗拒地将自己和族人看成《出埃及记》中以色列的清教徒，同样她也坚信上帝对避难所做出的应允。由此我们可以看出拉扎罗斯采用各种手法成功地强化了犹太传统和美国传统，并将其协调一致；而至于二者之间复杂而很不确定的关系，我们则可以通过构成预像论的核心基督的形象来体会，这也是本诗竭力刻画的形象。

1908年，伊斯雷尔·赞格威尔（Israel Zangwill）在他的剧作《大熔炉》（*The Melting Pot*）中提到他从女神像的“送给我你那些疲惫的、贫穷的人们”中听到了《福音书》的内容（《马太福音》II：28）；他写道：“当我注视自由女神像时，我仿佛听到了美国的呐喊声：‘到我这里来吧，你们这些劳苦的负担沉重的人们，我会让你们好好休憩。’”这种回声和其他有关《圣经》的观点一起在拉扎罗斯的十四行诗《1492年》（“1492”）中得到重申，这首诗几乎与《新巨像》同时诞生。诗中，“1492年”拥有“两张面孔”，这一年中，
352 西班牙的犹太人遭到驱逐，而美洲，再次被女性化地称为“处女地”和神秘的未来避难所，也是在这一年被发现的。将两者联系起来就会有效地说明发现美洲是犹太的历史事件。而在这里，避难所的那扇“迎着夕阳的大门”敞开怀抱说：“嗨，所有疲惫的人们，进到这里来吧。”在她38岁那年辞世前不久，拉扎罗斯创作了散文诗《出埃及记（1492年8月3日）》（“The Exodus [August 3，1492]”），明确地表明她将犹太人移民至美国视为“出埃及记”，诗中也明确了在别处出现的基督的形象。诗歌开篇是“西班牙的中午”，假想西班牙驱逐了被当时所有国度拒绝的“风尘仆仆的朝圣者们”；这也如预言般“向那些绝望的流放者低语”，所以在特定的历史时刻，一群“揭开世界面纱的热那亚人”驾船“开启了迎着夕阳的金色大门并为后人留下了自由的土地”。在这群流放者之中有位同样经受痛苦的年轻人，他有着“基督一般的面容”，“用言语宽慰着父亲、兄弟、少女、妻子”，而在他的胸膛里却是“一颗破碎的心”。

显然，拉扎罗斯再次借用了预像论，正是这种做法使得很多民族团体成为真正的美国人。对于他们来说，美国的声音与基督的声音融合在一起。要想成功地将预像论用于她的独特的信念、传统和需求，拉扎罗斯不得不努力

修正、反复审视甚至是驳斥清教徒传统中的基本信条。通过象征，她找到了内在的犹太人身份，并以此成就了她的美国人身份。但是犹太人在《圣经》中的经历若被用于充当预像论的基石的话，那么它必定将被归结为其中的组成部分。对于在美国的清教徒来说，情况尤其如此：预像论证实了《圣经》历史是美国的建国模式。但要维护这一模式则必须成为依附于此的历史。于是，历史变成了符号，预言了基督教的变革，而后者的发生又使得预言成真。

就此而言，实现便意味着破除。古老的希伯来人绝不允许任何有违自身模式的历史进程的出现。这种意旨从《旧约》传到《新约》，从希伯来文字转化成基督徒的信念。这种变迁本身就是救赎过程的范式。事实上，认为犹太历史具有任何其他意义而非这种符号似的、象征的变革，都是一种罪过。对于犹太人来说，要确保这种模式具有可信性就必须抛却遥远的过去。在其后的历史过程中，他们被认为是反抗者、真正的叛徒。犹太教拒绝成为符号，也拒绝放弃自身历史事实而转变成基督教的预言，同时它也拒绝被纳入神圣的救赎式天启模式。总之，作为基督教的基础，犹太教参与了这一神圣的历史；但是因为拒绝被基督教改变，它被认为是提供反证的、变节的、有罪的。 *353*

断言犹太人有着持久的、确定的、自主的历史生活，则会从根本上动摇基督教的神圣历史。诸多历史提法相互矛盾，争执不休；而这些说法反过来涉及的是人们的精神信念和真正的救赎的可能性。这种矛盾在拉扎罗斯后期的所有作品中占据了中心位置。像《1492 年》里描述的对历史的发掘那样，这一年也是拉扎罗斯对自身进行反思的关键时期，标志着她由受奴役、受禁锢的传统诗歌创作者转变为拥有极大感染力的辩手。1849 年出生于曼哈顿一个富足显赫的家庭，兼有葡萄牙和德裔犹太血统，拉扎罗斯从儿时起便精通多种语言，擅长写作。18 岁时她的第一部包含诗歌和翻译作品的著作便已出版。这部由她的父亲付资印刷的诗集，一方面限定了拉扎罗斯的女子风范，使得她终身无法公开宣读自己的作品（均由其他人代劳），而在另一方面则激发了她对文学的狂热。在她的社交文学圈子中有多位精英人物，包括人类学家、编辑埃德蒙·C. 斯特德曼（Edmund C. Stedmen），《世纪杂志》的编辑理查德·吉尔德（Richard Gilder），这个杂志刊登了她的多部散文作品，纳撒尼尔·霍桑的女儿罗斯·霍桑（Rose Hawthorne），狄金森的代理人温特沃斯·希金森，占据最核心位置的则是爱默生，他们于 1864 年在朱莉娅·沃德·豪的兄弟塞缪尔举办的宴会上结识后，她送来了诗歌和作品集，而他则主动提出担任“你的教授，你被要求出席一学期所有的课程”。爱默生在编辑《酒神》时将拉扎罗斯的诗歌排除在外，这成为她早期文学生涯中最悲痛的事。在信中，拉扎罗斯直接指责他：“您对我的赞扬已经受到了多位英美最杰出的批评家们的肯定，让我感觉自己在一番努力后已经赢得作为美国诗人而被所有诗集收录的资格；但是我发现给我最多鼓励来实现美丽梦想的人也给了我绝对的蔑视。”

随后，拉扎罗斯的经历出乎人们的意料，并为她的转变奠定了基础，转变后的她成了历史主义者。19 世纪 80 年代初期俄国犹太人为逃避屠杀而大批
354 涌入美国的事件加速了拉扎罗斯的转变；拉扎罗斯已经意识到了她的犹太身份，而这发生在这些屠杀之前。《在新港的犹太教堂里》（“In the Jewish Synagogue at Newport”）是拉扎罗斯的早期作品之一，是对朗费罗的《新港的犹太墓地》（“Jewish Cemetery at Newport”）的回应，后者声称犹太民族是“已逝的民族再也无法崛起”，拉扎罗斯试图反驳并指出，即使无法完全复兴，犹太民族至少依然在上帝的庇佑下存在：“神圣的圣地依然庄严，但是……在燃烧的灌木旁必须要脱下鞋子。”纵观 19 世纪 70 年代，她的拉比（rabbi）①加斯塔弗·格赛尔（Gustav Gottheil）极力鼓励她为新版的祈祷书创作（虽然不情愿，她还是将几部德文版本的中世纪犹太诗篇翻译成英文）。更为关键的是，在他的带领下，拉扎罗斯接触到了新兴的德国和德国犹太编年史，即新的《犹太知识》（*Wissenschaft des Judentums*）。最终，他陪同这位优雅高贵的年轻女士来到沃德岛，亲眼目睹刚刚涌入的大批移民。

拉扎罗斯在新兴的历史研究中发现了武器，用于对抗她在第一批战斗檄文中描述过的“谋杀、强暴、纵火，（使）数十万个家庭因此而被迫流浪乞生”的破坏力量。当时，拉扎罗斯的对手是 M. 拉戈金（Mme. Ragozin）：他是普特南多卷本《国家的故事》（*The Story of the Nations*）的合著者，东方协会成员，巴黎民族协会成员，伦敦维多利亚学院成员。他曾在题为《俄国犹太人和异教徒》（“Russian Jews and Gentiles”）的文章中为大屠杀辩护，认为那是俄国社会对待外来的、不安分的、异教犹太人的恰当方式。对此，拉扎罗斯撰写了《俄国基督教对抗现代犹太教》（“Russian Christianity v. s. Modern Judaism”），这个题目本身就批驳了拉戈金将所有犹太人定格为“那些追随耶稣却将他钉死在十字架上的人”的划分标准。她断言犹太人的历史依然存在，事实上是“所有文明民族中最悠久的”。这样以历史学家的态度来看待犹太历史本身就是“知识”运动的创举，年青的海涅是这项运动的最初倡导者之一。在《世上的正义》（“The World's Justice”）和《礼物》（“The Gifts”）等诗作中，拉扎罗斯以这次运动为中心，将以色列与消逝已久的国家如埃及、亚述、希腊和罗马对立起来。同时，在散文诗中，她也开始回顾在《犹太问题》

① 希伯来语，犹太教师或牧师。——译注

(“The Jewish Problem”)里写到的“自《圣经》出现后，普通读者都认为已经终结的”犹太历史。她向异教徒也向犹太人宣传自己的历史民族观；在《希伯来书》(“*Epistle to the Hebrews*”)中，她写道：“要相信对犹太历史的研究是聪慧的犹太人热爱本民族的必要且唯一的途径。”

无论是德国还是犹太新编年史都成为拉扎罗斯重写预像论的重要依据。她的任务不仅要在历史中也要在美国为犹太人找到立足之地。然而她所坚持的犹太历史挑战了美国预像论构建中为希伯来设定的位置，因此她所致力研究的编年史既使她得以融入美国社会，也将她标志为与众不同，她需要一种 *355*
独特的言语方式来表达这两种内在的驱动力，必须做到既要掌控预像论言语模式，同时还抵制其对历史的抹煞；必须把犹太人置于兼有远古与现代、既是符号又是历史、既是定型同时又反对这种定型的语域中。

为了达到这一目的，诗人采用的策略是实现希腊文明与希伯来文明的对比，如在《新巨像》中她刻画了“无耻的古希腊青铜巨人”。希腊/希伯来模式出现在她诸多诗作中，前者被展现为古老的、已逝的文化，与生机勃勃的希伯来文化形成鲜明对比。这些诗作总会着力描绘马加比家族(Maccabees)，他们领导了公元前2世纪的犹太人反抗希腊帝国统治的斗争。对于以《旧约》为基础却为后来居上的《新约》所废除的预像论，拉扎罗斯用全新的模式来替换；她将《旧约》中的言语用于《新约》，并将两者分别替换为希腊和希伯来，由此，她更改了界定犹太地位的各种势力构成，将失去生命力的文字变成充满生机的文化。

拉扎罗斯在诠释预像论时最惊人、最具有创新意味的尝试体现在对基督形象的刻画上。在她后期的所有诗作中，基督都被塑造成犹太历史中的核心人物，为此她不惜引借刚刚盛行却颇具争议的对犹太历史文本中耶稣的研究为自己的依据。起初，莱辛(Lessing)在1778年出版了赫尔曼·赖马卢斯(Herman Reimarus)创作的《耶稣和他的圣徒们的使命》(*The Aims of Jesus and his Disciples*)，这本书对耶稣生平做出历史性重建；这一话题吸引了大批德国和德国—犹太历史学家，诸多犹太学者都参与研究，包括摩西·门德尔松(Moses Mendelssohn)、海因里希·格雷茨(Heinrich Graetz)和亚伯拉罕·盖格(Abraham Geiger)，以及基督教学者大卫·斯特劳斯(David Strauss)和撰写《耶稣传》(*Life of Jesus*, 1863)的欧内斯特·勒南(Earnest Renan)。拉扎罗斯为《美国犹太人》(*The American Hebrew*)写过一篇题为《M. 勒南和犹太人》(“M. Renan and the Jews”)的文章，称赞勒南的犹太主义观点是先知的信念，“在历史中作出了重大贡献，(并)在未来也会如此”。这种信念宣告基督教是犹太教为了适应印度—欧洲情况转变而来的产物。她还在《希伯来书》中特别提到当代著名艺术家马克·安托可斯基（Mark Antokolsky）在《瞧，这个人!》（*Ecce Homo*）中为基督塑造的形象：身着古代犹太服装，拥有诸多犹太民族的体貌特征，旁分卷发，戴着居家帽。

拉扎罗斯可能不是第一个，但她肯定属于第一批用历史术语在文学作品中重新描绘耶稣的人。20 世纪犹太文学中耶稣的形象尤为重要。拉扎罗斯不仅宣称耶稣是犹太人，是犹太历史中的角色，她还借助基督来确立犹太民族的地位；犹太民族拥有悠久的历史，自身便是基督的族群。因此，在《红色
356 公鸡的啼鸣》（“The Crowing of the Red Cock”）中，她问道：

> 哪里是希伯来的祖籍?
> 基督的族人正饱尝苦涩；
> 人类的儿子得到的是伤害和禁忌，
> 找不到可以安息之所。
> 酒杯里盛满苦汁，肉体上泪痕点点，
> 他的激情延续了一千年。

耶稣的犹太身份使得犹太人成为“基督的族人”，在被称做是延续“激情”的历史中，扮演了“人类的儿子”这一角色来代表他们。《流泪谷》（“The Valley of Baca”）描述了一位头顶“荆棘王冠”的“青年”，同样展示的是犹太民族在历史中的功绩。在《最高牺牲》（“The Supreme Sacrifice”）中，以色列承受了“人类的责难”长达2000 年之久。“温顺地低垂着头”并且承认“他们即将灭亡”。《布拉格的拉希》（“Raschi in Prague”）被“塑造成基督的形象”，在《拉希之死》（“The Death of Raschi”）中，这位伟大的拉比在被基督教徒杀害后的“第三天”从坟墓中复活，“恢复了生命”，人们相信这意味着“通晓上帝为每个时代的/雅各布的后人布下的每个奇迹”。

此时，拉扎罗斯所做的是重新分配预像论构成中的各种势力成分，她诠释预像论的角度与众不同，扭转了其原有的方向、信念甚至是赎罪的历史过程和模式。犹太人与基督被结合起来目的是摆脱众人心目中既定的角色，并将其置于理想的中枢地位，凭借这一地位来启示世人。他们并非启示的媒介，而是主体。那崇高而神圣的一刻在他们持续的民族性中被保留下来，而没有被抹煞。在《世上的正义》中，拉扎罗斯将基督称为“受难的残存者”、“迷失的残存者”，是先知人物的延续，确立了而不是动摇了犹太人的先知地位和神佑的历史。

与此同时，基督教的种种言论遭遇到严厉的质疑。基督教徒们并非基督的

子民，相反纵观历史他们是基督的子民的迫害者。被钉死在十字架上的人变成了刽子手，而那些长期以来被指控为刽子手的人变成了受害者，背叛基督的不是别人，正是基督徒。当翻译一部描绘在黑死病肆虐时期基督教徒们大肆摧残德国犹太人的戏剧时，拉扎罗斯在其结尾处让犹太殉道者向“残忍的基督”呼救，痛斥基督徒为“谋杀儿童的人”。无独有偶，她在《红色公鸡的啼鸣》结尾处问道：“当基督徒犯下的忤逆先人和亲族/的滔天罪行被公布于世时……违背了基督教的律法和神爱世人的教诲/这个污点需要多少海水才能洗刷掉?” 357

显然，拉扎罗斯对预像论的重写是一种申辩，这也成为她后来创作的主要模式。申辩被广泛应用在编年史类的论证中，强调耶稣与犹太民族有着不可分割的历史联系，这不同于保林（Pauline）的神学观点，后者极力否认这一点。拉扎罗斯十分清楚尽管她竭力希望能够得到主流文化的接受与认可，但她的所作所为完全违背主流文化，无法与之兼容。我们可以在她的非闪族语作品中看到这一点，包括《红盘的守护者》（“The Guardian of the Red Disk”），两首为完成海涅发起的研究而作的有关迫害犹太人的歌谣，位于榜首的应属《书信》（“Epistle”），在注释中她曾有所解释，她重新写信给保罗斯（Paulus），这位犹太信徒后来转变成天主教徒，在神坛中担任要职，并积极支持天主教对塞维利亚（Seville）[①] 犹太人的迫害。这个故事是她在格雷茨编辑的多卷本《犹太史》（*History of the Jews*）（1853—1875）中偶然看到的。诗人系统地回顾了基督教宣扬的基督的使命，并将其与犹太历史视角下对这一使命的解读相对照。她借用格雷茨的话：“基督教作为一种新的启示，背离了自己，并在某种意义上完成并提升了犹太教，在其中（在基督教历史中）哪里还能找得到真理与确定性?”

拉扎罗斯申辩的目的是维护历史中犹太人的地位，然而她的处境十分复杂。她所推崇的基督形象可以为她作为犹太人在美国文化中争得一席之地，但若她重写预像论，那么她自身也会被重写。基督是历史的核心，是万像的最终，与基督教不无二致，却被附以犹太身份，难免有些怪异。就这一点而言，拉扎罗斯的改写是立不住脚的。在其他许多方面，她的作品体现了却并没有解决多重身份之间的矛盾。事实上，拉扎罗斯建造的不是一种而是两种预像论。与受难的牺牲者形象并立的是截然相反的坚毅、觉醒的英雄的犹太形象。根据乔治·艾略特所述，巴勒斯坦建国，犹太文明复苏，使得拉扎罗斯的观点终于实现统一。刚刚出现的犹太复国主义成为她创作的风格。在《犹太问题》中，她宣称“除此之外所有的解决犹太问题的意见都不过是暂时

① 西班牙一城市。——译注

的推诿”，在《希伯来书》中，她又多次呼唤“重要时刻”的早日到来，强调“先知预告”了“复兴主义的重现”。

对犹太复国主义的狂热也被记载在她的诗作中，如《犹太的旗帜》（“The Banner of the Jew”）、《光的盛宴》（“The Feast of Lights”）等。后者称马加比的反抗唤起了以色列的“觉醒”并“在今天回顾/辉煌的马加比的愤
358 怒”，“凯歌唱到心中升起火焰，/ 马加比的精神催动新生”。

最具有感召力的当是《新以西结》（“The New Ezekiel”[①]），将两千年沉眠于坟墓的历史美誉为民族再生的预征：

是的，先知，上帝曾说。再度
告诉风，到这里来，重新呼吸，
即使他们会历经荼毒
白骨一片，血肉不见，
但是灵魂不会死去，这个词宣告
哪里有白骨，哪里就立有武士！
我打开你的坟墓，我的子民，上帝说，
我将保证你们在自己的土地上繁衍生息。

这几乎就是希伯来的诗歌，在其中历史和《圣经》文本都成为民族的声音，借用先知的“话”，统一了而非分离了“肉体”与“灵魂”、历史与模式。

然而问题依然存在，那就是在她脑海中的那个地方到底在哪里，是美国？还是巴勒斯坦？因为拉扎罗斯并没有放弃美国是上帝应许之地的说法。事实上，在《书信》中，她十分谨慎地申明，犹太复国主义进程并没有包括美国犹太人，她向读者保证：“一个美国犹太人，共和旗帜下的自由公民，没有丝毫必要将自己的梦想依托于其他什么国度的建立。”犹太复国主义要解决的只不过是东欧犹太人的问题，因为“整体而言他们的殖民化在美国没有可能”。她希求创建一个自由的犹太国家，但那绝对不包括美国犹太人，因为“哪里让我们拥有自由，哪里就是我们的家”。

对于拉扎罗斯来说，这两个上帝应允之地互为补充，而非对峙。但是，与此有关的诸多言论使得她在作品中用词左右矛盾，甚至引人困惑。《流亡中》（“In Exile”）庆祝俄国难民们逃亡旅程的是德克萨斯，而非巴勒斯坦。在那里，

---

① Ezekiel，以西结，公元前6世纪的以色列先知，作《旧约》中的《以西结书》。——译注

他们享受到了“自由拥戴摩西所带来的律法”，并“在普遍适宜的空气中畅饮”。但是使难民“通过德克萨斯与埃及联系起来”，拉扎罗斯没有明确说明这是一次流放，还是“再出埃及”。《新年》（“The New Year”）告诉我们：

> 随着水流一分为二，流亡者也分散开去，
> 一股流向家的方向，寻求远古的根基，
> 一股奔向太阳，带着新的想往，新的希望，
> 每条路都可以传播真理，宣扬律法。

两条水流，两个归宿，但是无论怎样，诗中描述的旅程是“先知预言”的实现。从俄国的“大平原”来到美国的“山脊”（地理上有点混乱）。诗中的语言是摩西向法老祈求时的语言，将美国作为避难所，而代表形象便是“新巨像”： 359

> 你从广袤的大草原来到白雪覆顶的山岭，
> 历经千辛万苦，不畏狂风暴雨中的汹涌巨浪
> 为的是自由地宣扬主、崇拜主，
> 无比强大，可惩罚可拯救。

拉扎罗斯本人和她所处的美国都是她言语矛盾的根源。她很坚定地表明自己的理想是参与美国社会文化同时保留鲜明的民族身份。在《书信》中，她写道：“保留自身的个性的同时能够恰当地尊重其他人的权利是一个理想社会的前提，但是为此而要否决所有的个性特征，便愚蠢地扭曲了这一真理。”在作品中，她曾提出美国文化各种力量应在什么程度上吸纳、容忍甚至鼓励民族特性的问题。在这个国家里，民族性必然意味着既不同又相同，同一而又分离。即使《新巨像》也含有申辩的意味，断言并确认了美国欢迎那些历经苦难的人们。但是，在创作的同时，东欧的移民群体却在美国遭遇到严酷的本土主义排斥——这个问题拉扎罗斯在《书信》中坦言承认了。而且，只有在1924年的限制移民法案结束了大规模移民的趋势后，在面临新一轮由希特勒驱动的迫害时，这首诗才于1945年被镌刻在自由女神像的入口处。两种传统文化精致地交织在这首诗中，融合了避难所与上帝的选择、宇宙神教和民族主义，却在移民的政治历史中依然矛盾。

拉扎罗斯本人不是移民，而是通过使用本民族语言来表达犹太民族观点的美国人。在她的创作生涯中，既有犹太读者，也有美国读者；她坚决反对那篇有关勒南的散文中写到的“整体腐朽的仪式，盛宴与斋戒、牺牲、供奉

和空洞的祷告”，要建立一个理性的有历史意义的民族身份，按照先知的指示保持并创建“统一的信仰”。结果就导致一个美国文化和犹太文化既相互交融又相互排斥的话语场。在采用不同言语方式进行书写时，拉扎罗斯承受了重大的压力。一方面，她将美国赞美为“可以消融所有民族和信仰的差异，共同崇拜更高尚的世界主义精神的地方”；而另一方面，在《书信》中，她呼吁解决“犹太问题”，实现民族振兴，此时她迫不及待地补充说明：“这里指的并非美国犹太人，他们没有肤色和个性的区别，既非犹太人，也非异教徒。”
360 显然，拉扎罗斯已经转变成一位宇宙神论者，她使用的是保罗的语言，却具有高度的象征意味，将所有的形象都归一成基督。她曾写道：“但是现在所有这些都要抛弃……新人诞生了……那既非希腊人，也非犹太人，既非犹太的，也无所谓非犹太的。但是基督替代了一切，无处不在。”（《哥罗西书》3：8—11）预像论的逻辑性使得拉扎罗斯在这个时刻消弭犹太人和希腊人之间的界限，并将其合而为一。但是，本质上这种做法属于基督教，因而不能突出她独特地兼有美国和希伯来双重身份这一事实。在这里需要澄清一点，迄今仍未有人将艾玛·拉扎罗斯的作品收集汇总。当1887年她因癌症过世时，她的妹妹安妮·拉扎罗斯获得了她所有作品的版权。1926年，伯纳德·里查兹（Bernard Richards）曾提出要为拉扎罗斯编辑一部合集时遭到拒绝。安妮已经皈依了天主教，在写给里查兹的信中，她述说了自己的感觉：

> 就技巧而言，艾玛的政治—宗教诗作和她的其他所有作品一样出色，但是那些不过是情感激荡之际的一时之作，其主题的正确性在今天看来难免让人质疑……而且，我认为以她的名望，现今的趋势过分强调了她创作中的希伯来成分，致使这些作品成了宗派宣传的手段。对此我极力反对，因为我认为这不过是姐姐成长过程中的一个阶段……不幸的是，因为她的逝去，却注定被误解为她的最终想法。

总体而言，拉扎罗斯试图用预像论来支持犹太教和基督教对于《圣经》历史的解读，两者的根基虽然相同却彼此不相容。这样，她的诗学思想看起来半似疑虑，半似预言；在一首诗《致卡门·西尔瓦》（“To Carmen Sylva”）中，拉扎罗斯将自己置身于先知的灵魂中，揭示了她创作的目的既是“为了
361 诗人大卫”，也是“为了被牺牲掉的——他的兄弟基督”。

5 沃尔特·惠特曼：诗人的职责

诗人总统

沃尔特·惠特曼汪洋恣肆，磅礴大气，解读他的作品似乎注定是断片式的。惠特曼的作品若即若离，捉摸不定，逾越常规且又恰当中肯地反映美国文化，诗人的作品就这样不断陷入互为矛盾的境地。诗人既是孤寂的歌手，又是政治记者；既是自我王国的独裁者，又是民主诗人；身为裹伤者，却不乏浪漫的自我；不但是激进的同性恋者，同时又是美国传统的捍卫者。这些特点都耳熟能详，不胜枚举。

这些相互对立的性格特点从根本上分割了他的自我意识与社会活动。事实上，所有这些都载入了他的作品，他相当重要的任务就是协调与转化这些纷繁复杂的责任。这一转化的任务不仅在惠特曼的诗学中占中心地位，也是诗人美国观念的中心。他义无返顾地在诗篇中创造具有民主个性的语言，为无限美好的美国社会开辟道路。在此意义上，他的诗歌基本上是政治性的，尤其致力于共和传统。在这种价值取向上，自由不仅仅意味着个人的独立自主及自我抉择，同时也包括公民美德：为了共同的利益，与其他公民一道致力于政治独立。惠特曼试图拓展他的政治思想，进而通过接受和转换表现在诗歌声音中的政治模式而特别加以建构。通过这种声音，他同每一位普通读者交流，努力希望去唤醒每个人在美国政体与未来中的位置和责任。这种声音进而在更广阔的形象多样性中占据了自己的位置，成为惠特曼主要的诗歌技巧。惠特曼把比喻、意象、描写、叙述等有机地结合在诗中，构成多层次的意义与经验，精巧绝伦，前呼 *362*

后应，竟使美国也成为一首伟大的诗篇。

然而必须指出，惠特曼绝没有宣称已经完成这项伟大的事业。诗人对于自己及现存社会的态度是极具批判性的。他所赞扬的远非于此，诗人思索着自己面对的美国，雄浑磅礴的诗行总透露出深刻的批评与怀疑之情。这种怀疑并非表面上偶尔表现出的反常或情绪低落，而是弥漫于惠特曼诗作始终。它促使惠特曼形成自我形象及美国形象，并推动两者交汇融合。惠特曼的“自我”代表的不是沾沾自喜般的自鸣得意，而是一种自我承诺的希望，并力求通过诗歌实现这一承诺。既如此，惠特曼诗歌中的美国不是业已实现的现实，而只是一个美国的希望，一个没有实现的美国，他的诗歌试图避免绝望。因此，诗歌在赞扬自我的同时，也是在赞扬一个尚未实现的国家。但已经开始或者说迎接一种尚未实现的自我与社会的行为方式。惠特曼所赞扬的正是这种吸引力与可能性，而非既有的现实。

构成美国希望的关键形象体现在惠特曼的“自我”（Myself）中。自我首先出现在惠特曼式的多重形象比喻中，其功能与意义纷繁芜杂，难于解读。惠特曼强调通过各种各样的自我命名，使自我具有丰富的形象。（“自我”可表示“我自己”，或“真正的我”，或“现实的我”或“灵魂”等），诗人不断做着解释。但是其多重性都暗含于惠特曼所宣称的权威角色中。的确，寻求“自我”的权威性或其典型性及代表性的基础对于惠特曼来说也马上成了问题，他开始着手解决这一问题。惠特曼全部事业的重中之重在于，权威性并不来源于自传，（并且许多读者已经深有感触，即便惠特曼的名字出现在《自我之歌》（“Song of Myself”）的第498行，也很难从中了解诗人本人。）它也并非来源于野心勃勃的最高自我，抑或是具有创造性的诗人或独裁者，更非是美国的宣传员。“自我”是一种代表，一种榜样，一种类型，一种典型，
363 从诗中走出，并且深入到美国历史、政治哲学和文化中。

也许自我的第一个最直接的代表性角色就是意指自我解读和品味诗歌。自我并非在任何单独意义上指惠特曼本人，其一开始就具有多重指涉意义，代表我们每个人，包括作为诗人的惠特曼及读者。诗歌激起读者参与欲望，并强有力地证明这一点。惠特曼反复强调，这首诗歌是一次旅程，是诗人开始并进行的一种转变经历（但从未结束），这样就引起甚至激起“我自己”去行使他/她自己的权利。

> 对于我们来说，最伟大的诗人能以作品激发读者凭借想象力及自省力去创作诗歌。最伟大的诗人……诗作寓意深远；一切意义并非浅显易懂，而是寓意深刻，耐人寻味；值得读者推敲把玩，回味无穷。

诗歌作为自我建构的“过程”贯穿惠特曼的批评始终。但自我在更广泛的意义上和更复杂的层面上都具有代表性——惠特曼用独特的美国方式抒写独特的美国自己。不言而喻，诗歌的旅程在许多层面上反映美国，并且通过游览美国而代表美国，记载美国的多样性。力求为美国解说的意识具体化为拟人修辞，贯穿全诗，一气呵成，且又并非一成不变，固守陈规。这点在《草叶集》（*Leaves of Grass*）中的标题“我听见美国在歌唱”（“I Hear America Singing”）上显而易见，但同时也暗示出卓越的修辞技巧，例如目录法[①]。在这些方面，惠特曼的“我”不仅代表作为个人甚或诗人的惠特曼自己，而且也代表拟人化的美国。“我”可以说包括着多种多样的美国体验，至少在一个修辞层面上，“我”就是美国（而不仅仅是惠特曼）在说话。诗人自己没有狂妄自大地吞没他的世界，而是仿佛通过选择，用自我代表美国。

这种赋予美国人格化的冲动开始于1855年的序言中，此时目录法成为美国拟人化修辞技巧，扩展到地理、社会、历史以及政治布局之中。

> 作为它们的一个诗人要同这整个民族相称才行……他体现它的地理和自然生活以及湖泊与河流……他也从东到西跨越于它们之间，并且反映着它们之间的一切……进入它体内的由娴熟的东西以及过去和今天的事件的本质——有气候和农矿产品的巨大多样性——土著的红种部落——进入新的港湾或在岩石海滨靠岸的久历风雨的船只——北部或南部的第一批殖民地……1776年的傲慢的反抗，战争，和平以及宪法的制订……不断地孕育着的新州——每年12月召开的国会，准时从各个区域和最远的地方前来报到的议员。[②] *364*

这里惠特曼不仅代表美国，而且用组织完美的拟人方法代表美国自己的地理、革命时期及当前的历史，还有各种居民和事业。

惠特曼这样运用拟人修辞并非仅仅是他的杜撰或强加。诗人更致力于特殊的文化氛围和政治环境中。即像在这首目录诗中“准时从各个区域和最远的地方前来报到的”国会议员一样，惠特曼希望在他的文本里以及代言人身上体现出美国悠久深远的历史全貌。惠特曼诗中的代言人，便是政治代表的

① Catalogue：惠特曼著名的“编目式”的写作方法（catalogue device），将一连串的事物一一加以列举。——译注

② 惠特曼著，楚图南、李野光译：《草叶集》，北京：人民文学出版社，1997年，第1077—1078页。

化身。因此，代言人来自于早期作为政治新闻工作者的诗人自己以及他的特殊党派联盟或计划，但又远远超越于此，并且在诗歌中反映和重塑广泛的政治代表结构，正如在内战后期演化的那样。惠特曼的诗人，（或称其代言人，或自我）已经激发并转换成杰克逊时代美国社会（Jacksonian America）中的代表与人民之间独特的关系和角色，而这一点在安德鲁·杰克逊（Andrew Jackson）任总统时期就已成为重点。

惠特曼的政治生涯在他的自传里可圈可点，因为这对于他涉足诗界至关重要。诗人1819年生于纽约长岛，做过学徒，陆续做过排字工人、乡村教师、建筑工人、小商人。在进入诗界之前惠特曼的主要精力都投入在民主政治刊物上，曾先后担任过编辑、评论家、作家。从19世纪40年代到19世纪50年代，他从激进的民主主义中心逐渐走向边缘，最终与民主党决裂，离开政界，开始诗歌生涯。诗人于1844年担任《布鲁克林每日鹰报》（*Brooklyn Daily Eagle*）编辑，结果于1848年被免职，显然是由于他对于在西南部和西部新增领土扩展奴隶制所进行的论战。《布鲁克林每日鹰报》的所有者凡·安登（Van Anden）对保守的民主党派的南方利益实行妥协政策，而惠特曼却反对这种“守旧者”的保守主义，同情巴恩波宁（Barnburning）反对奴隶制度的扩张的运动，与自由土地党（Free－Soil）一同支持《韦慕特但书》（the Wilmot Proviso）①，坚持新领土奴隶自由。这些更加激进的政治主张促使惠特
365 曼试图在1848年创立一份自由土地党的报纸——布鲁克林《自由民》（*Freeman*），（由于布鲁克林大火烧毁办公楼以及自由土地党的解体无果而终），但它已经超越出版报纸的局限而走向党派间政治竞争。1841年7月，诗人在纽约市公园发表政治演说；1846年诗人积极活动帮助巴恩波宁人塞拉斯·赖特（Silas Wright）竞选纽约行政长官候选人；1848年诗人作为代表前往布法罗（Buffalo）参加新成立的自由土地党大会，这标志着惠特曼与民主党的彻底决裂。

在某种程度上，奴隶制是制约惠特曼并且完全制约美国政治道路的关键所在。但在奴隶制问题上，惠特曼在何时又激进到何种程度呢？另一方面，战后惠特曼从未冒险尝试过更激进的废奴主义运动。（一篇《布鲁克林每日鹰报》的社论指责道：“废奴主义者的邪恶罪行干扰了南方各州的奴隶制度。”）像林肯一样，惠特曼无法干预南方已经建立的奴隶制体制，因为他受制于宪法的承诺，包括对于保证各州权利的条款。惠特曼支持领土扩张，在奴隶制

① 是一个由众议院一再拥护而在参议院遭到阻挡的例子。韦慕特但书试图在经由美墨战争所获得的领土上禁止奴隶制度。——译注

扩张问题上保持他的政治立场，肯定奴隶制是内战前领土扩张的结果。在这一点上他有别于爱默生，因为后者曾经写到“墨西哥会毒害我们”。南北双方都把命运紧紧系在最近获得的领土的状况上，双方达成协议（无论是否正确），如果领土不能扩张，南方独有的体制就不能保持下去。在奴隶制问题上的生死较量从未停止过。在立法史上，对蓄奴制限制可追溯到《西北地域法令》（The Northweast Ordinance）、《密苏里妥协案》（the Missouri Compromise）、《韦慕特但书》、《1850 年妥协方案》（the Compromise of 1850）、《堪萨斯—内布达斯加法案》（the Kansas – Nebraska Bill）等。国家不断扩张以形成并控制其政治、经济、文化方面的性格，由此而带来的压力使每一条法案在局部利益之间都有它的立法策略。惠特曼对共和主义本质的认识促使他形成对奴隶制问题的发展态度。换言之，他认为奴隶制暗示美国政治性格的关键性质。他首先提出奴隶制约束白人劳工和自由劳力。正如南方，北方也有广泛的激进态度和利益，而惠特曼在这点上与他们不谋而合。他反对奴隶劳动，认为这是对盎格鲁—美国白人劳动机会的一种威胁。而在更广泛的意义上，他遵从美国共和主义，反对南方非共和的贵族体系。诗人曾经在一篇文章中写道，对于领土身份的斗争是在“白人劳工的伟大身躯”抗拒“几千富有贵族的利益”以及“南方贵族奴隶主”之间进行的。惠特曼并没有在他的任何期刊文章、手稿尤其没有在诗歌中表达过他的自由劳动思想，一个经过高度 366
赞美的词汇，种族——正如大卫·威尔莫特（David Wilmot）所提出的一样。在蓄奴制扩张问题上，《韦慕特但书》激起为期十年之久的立法骚乱。但是威尔莫特号召：“我要为自由的白人劳工保全一片干净的国土……在那里可以让与我同一种族和肤色的勤劳子孙生活下去，不至于蒙受自由的劳工因与黑人奴隶制相混合而受到的那种耻辱。”这在某种程度上体现出威尔莫特的激进思想，而惠特曼没有这样做。如果说惠特曼的文章更加同情劳工而非奴隶，但他仍视蓄奴制为极大罪恶，是非美国式的，并与他心中的美国背道而驰。

因此，在《布鲁克林每日鹰报》的一篇社论《美国工人与奴隶制度》（American Workingman vs. Slavery）中，他似乎对奴隶困境关心甚少，而认为奴隶制是对“可敬可爱的劳动工人”的一种攻击，是一种对“所有劳动者和自由劳动本身的尊严与独立的破坏力量”。在另一篇文章中，惠特曼的确宣称，对于黑人，“在非洲与在美国命运相差无几”。但在此处他又补充道：“美国不养奴隶，美国历史在正义、法律、道德方面拒绝奴隶存在。”在一篇名为《奴隶贩子与奴隶贸易》（“Slavers and the Slave Trade”）的文章中，他称奴隶贸易为“一种最卑劣无耻的赚钱方式”，“对人性的极大侮辱”，如果宪法限制对现存的管理（南方）各州的蓄奴法律进行干涉，那么就要坚决反对奴隶制扩张到新领土上。因为“奴隶制与土地其他体制不符”。1856 年，惠特曼出版小册子《第十八任总统！》（“The 18th Presidency!”），诗人此时满腔愤慨地说在奴隶制扩张政策问题上，“总统的宝座意味污秽和鲜血，国会大道上充满血腥”。这都是“反对自由人民、支持奴隶主的表现”。诚然，惠特曼没有特意为受压迫的奴隶伸张正义的意图，不过是认为奴隶制本身是“我们时代最卑劣的暴行”，与“政府的所有主要意图”背道而驰。对奴隶制悄然退让就等于令人惊骇地承认“奴隶制与自由等同”。

因此，惠特曼对奴隶制度的反对，超越了对奴隶体制的论争，并不仅仅基于狭义的白人劳工利益，更是基于他最深刻、最本质、最不朽的政治主张：奴隶制度是非美国的，反共和体制的。他对奴隶制的谴责，是基于对美国文化的深刻理解，而这种理解反过来塑造了他的政治历史并最终影响他的诗歌生涯。惠特曼在早期手稿中曾写过：“美国共和体制为了什么?”文章中使用
367 的社会契约式的语言表明诗人对卢梭（Rousseau）思想的深刻研究：

> 你了解，世界也非常了解，南部联邦及政府的买卖是为了什么，它们的确切意义是什么。这就是我们终极契约的意义以及直接目的。当消除各州至高无上的特权后，（并且总会蔑视他们的条款和精神）奴隶就会脱开脚镣；无论他们的胸脯是黑是白，都不会再因戴着尖铁项圈而血迹斑斑；每个人皆可自由地生活，免受溃疡的折磨；每一个自豪的富于同情心的灵魂都会见证他的同伴在暴行中感到惭愧羞辱。

尽管很不幸的是美国宪法保护各州的主权，惠特曼认为奴隶制“侮辱美国法律的条款和精神”。民主敏感性要求每一个“充满同情心的灵魂”感受到他与黑人奴隶的相似与情谊。诗人接着说，奴隶制度，“是非民主的极端，是非美国精神的罪魁”，它创立一个“由非奴隶主构成的可憎的劣等阶级”。

对于惠特曼来说，奴隶体制与美国基本原则完全不符。在革命的热潮中，在杰斐逊统治的共和主义时代（Jeffersonian republicanism），这一原则得到重新肯定，并在杰克逊时代得到维护和发展。这一原则即是：权力不能通过等级、独裁以及稳固的社会经济政治结构被少数社会精英阶级占为己有，去统治下等阶级的人。惠特曼在 1856 年《真正的美国性格》（“the True American Character”）注释中，比较了“对工人宽容友好的”雇主和“奴隶的严酷主人”以及“可耻的差别”并评论说：

> 我觉得所有现存的引进的封建礼仪：例如不分场合脱帽随处可见，大批

> 随行人员陪同先生阁下比比皆是，所有这些以及其类似原则与美国格格不入，并与王室贵族所言所行如出一辙。

对于惠特曼来说，奴隶制度是陈旧的欧洲封建秩序存在于新世界的最后的丑陋遗迹。

与报纸的文章相比，惠特曼的诗歌写于不同时期，采用不同的技巧，但表达并阐明了诗人早期的新闻意图。《草叶集》展示了栩栩如生的奴隶形象，强调人与人之间的本质关系——人类的平等与自由：在《自我之歌》中逃跑的奴隶，“我给他一间由我的住屋进去的屋子”，并且“我让他在桌旁紧靠我坐着”进餐（第10段），或是诗人自己作为被追捕的奴隶形象，“猛狗的咬，使我退缩，死亡与绝望抓住了我”（第33段）。在《我歌唱带电的肉体》（“I Sing the Body Electric”）中，诗人具有极大的颠覆性和革命性，他把拍卖的情景化为对自己的批评：“我帮助了拍卖者，这龌龊的家伙半点也不懂得做他的买卖”。在这里，诗人展示的是黑人的激进人格，在自我的纯洁之中，存在着 368
全人类身上所拥有的一切意志、身体和感觉。

在道德层面上，奴隶制不仅是旧有封建压迫制度的可怕残余，而且特别在美国也正充当着政治体制。为了反对这种旧世界的压迫，惠特曼义无反顾地指责他反复强调的（从《联邦党报》到林肯等许多人也这样强调）“美国政府是民治、民用、民享的‘试验’”。在人民主权产生时，惠特曼的写作一度弥漫着强烈的兴奋气息。美国独立革命将统治者的权力设想为不是继承统治阶级的高贵地位或贵族头衔，而是行使人民大众自我管理权力，将权力赋予从属于公众权威的官员。它在社会含义上是反对等级制的，设立了代表制的政府。就像托克维尔对美国民主的叙述不赞同联邦杰出人物统治论一样，惠特曼的诗歌如同对革命夺权奇迹的宣言：权力不集中在君主那里，继而君主对普通人的权利做出让步，而是在人民自己手中，政府只是执行权力的代表。

从政治出身、教育背景以及党政结盟方面看，惠特曼首先是一名杰克逊民主党人士（Jacksonian Democrat），因为这一传统履行杰斐逊的共和主义主张及承诺。这种共和制美国政治理论和实践成为重新明确声明公众力量、一度促使其走向制度化的基础。（随着奴隶制愈演愈烈，确实没有考虑妇女的政治权利），这条共和主义美国政治路线以杰斐逊1800年打败联邦党为标志，在安德鲁·杰克逊任总统时期表现得最为明显。在代表结构问题上，杰克逊一直反对约翰·昆西·亚当斯。尽管杰克逊赢得公众选举后没有通过选举团，于1824年败给亚当斯，但他却强烈反对亚当斯一直坚持的少数政治精英领导论。（在 1825 年亚当斯向国会的首次致辞中劝诫议员“不要被我们的选民意志所麻痹”。）1828 年杰克逊当选美国总统，在第一年度国情咨文（1829 年 12 月 8 日）中，他以美国政府体系“试验”为名义号召公民直接选举总统以及副总统：“人民有权选举他们的首席行政官……经验证明，执行人民意愿的官员越多，那么人民的意愿就越容易落空。”杰克逊继而提出一系列改革措施
369 来加强大众主权原则，增强代表对选民的依靠：限制总统和广义上公职的任期：换届选举；直接竞选参议院；法官竞选制；撤销对于担任公职和（白人男性）选举权的财产要求；新的选举提名法；新的地区选举程序；通过教育支持选民权利，指导议员代表。

杰克逊的政治主张主要以重组政党结构、攻击中央银行而著称。并且杰克逊广泛使用惠特曼的政论文章。但这些主张通过清晰的图景使得议员政府结构初露端倪，确定更广泛全民选举并使选出的官员代表选民利益。杰克逊把总统职权建立于代表美国全体人民利益之上，并以此为唯一之职责。的确，正是杰克逊在美国历史上第一次正式提出“美国总统是美国人民的直接代表”。

无论是惠特曼的政治生涯还是艺术成就，都深深打下了政治代表的自由共和主义烙印。这不仅影响到他对美国的看法，也影响到他的诗学，尤其是他作为诗人的这一角色。惠特曼在 1847 年 4 月 20 日民主党的《布鲁克林每日鹰报》中曾问道：

> 当本应是属于上帝派到地球上的具有灵魂和理性思维的每一个人的政治权利掌控在大大小小的暴徒手中时，多少岁月已匆匆流过……在我们中，身体的全部表面上，政治扩展到太阳上，空气中，每个人都对自己的权利深有感触，身体力行，这是何等的畅快淋漓？

当惠特曼转向诗歌，诗人提供了“自我”这样一个政治形象。政治报人向诗人角色的转变恰恰使代表结构理想化。也即是，惠特曼通过《草叶集》，尤其是《自我之歌》表达了他接受政治领导权转变的立场。

正是在这种意义上，《自我之歌》开篇三句写道：

> 我赞美我自己，歌唱我自己，
> 我所讲的一切，将对你们也一样适合，
> 因为属于我的每一个原子，也同样属于你。
>
> （楚图南　译）

“赞美”暗示一个假日，尤其是公共的或国家的纪念日，并且惠特曼开篇语“我所讲的一切，将对你们也一样适合”并非强人所难，而是愿意承担，或愿意接纳；这并不偶然，“承担”就是在人民掌握政权后顺理成章的所作所为。这如同表明诗人在报人生涯中书写领袖一样。 370

诗人在诗中响亮地引用政治术语。其中显而易见的词是“自由”，诗人直抒胸臆地表达共和主义言论以及局部利益冲突。惠特曼把它（也）作为一个诗歌术语，在《美国初级读本》（*The American Primer*）中，惠特曼把“真正的语法”定义为“执行法律精神的所有人的自由”。并号召美国作家“在词语使用上大胆自由”。在 1855 年《序言》中，“诗人是自由的呼声和讲解人。他们是若干时代以来最能与这个伟大概念相称的人。伟大诗人们所采取的态度是鼓舞奴隶们，恐吓专制君主”。惠特曼在《自我之歌》第 24 段中自称：“一个宇宙……粗暴，肥壮，多欲……任何人贬损别人也就是贬损我。”诗人使用革命般的共和主义团结人民，反对奴隶制与暴政。在《第十八任总统》中，诗人指出：“35 万奴隶主镇压美国举行的轰轰烈烈的运动是徒劳的，因为自由已经在美国国土上生根发芽。”在惠特曼写给爱默生的信中，他号召“美国诗人和文学家正从旧传统中自由地走出来，就像我们的政治已经走出来一样”。①

惠特曼关键性的转变发生在 1848 年。诗人以国王郡（Kings County）代表身份参加在布法罗（Buffalo）举行的轰轰烈烈的自由土地党大会（Free - Soil Convention）并做精彩发言，这在当时起了巨大的政治影响。乔舒亚·莱维特（Joshua Leavitt）宣称“自由党没有消亡，而是转型了”。也许最引人注目的是惠特曼称《草叶集》为“语言试验”，这为美国平民政府改变了一个重要词汇：从一直使用该词指称政府中的试验，尤其是“一个拓展的共和国试验”的《联邦党报》（*Federalist Papers*），到杰斐逊在第一次就职演说中鼓励“真正的爱国者”不要抛弃政府已证明的“成功试验”，再到林肯于 1838 年在斯普林菲尔德讲堂（the Lyceum at Springfield）演讲中的回忆：“起初共和国是一个悬而未决的试验，事实证明它非常成功……在令人羡慕的世界面前进行，证明这一提议的真实性，迄今为止它是最好的；也就是说，一个民族管理自己的能力。”

惠特曼使用这一术语正是出于此政治内涵。在评论中，诗人号召全国“要努力争取实现广大自由”，“把大门敞开，把民主自由试验推向顶峰”：并 371

① 惠特曼著，楚图南、李野光译：《草叶集》，北京：人民文学出版社，1997 年，第 1108 页。

补充说“把自由推广到社会容许的最大范围内”。在《民主展望》（*Democratic Vistas*）中，诗人把美国描述成“一个不断尝试新试验”的国家，特别是“选举新代表”如“普通人……是至关重要的。在美国，每一个普通人都是主人，都是指挥者，他们善于挖掘个人身上的优点加以利用”。

惠特曼的诗歌无不弥漫着这些政治主张。在《过去历程的回顾》（“A Backward Glance”）中，诗人写道：“不管怎么说，我把《草叶集》和它的理论看做试验性的——就如同在最深的意义上我对我们美利坚共和政体本身及其理论的看法一样。”[①] 在1876年《序言》结论中诗人明了清晰地阐释了它从政治领域到诗歌生涯的转变，这是从美国革命事业的“新试验”转到“我的诗歌试验”。

惠特曼对美国试验的敏感基于他对民主表象从政治到诗学的双重结构认识上：议员既高于他所代表的阶层，但同时又受制于这一阶层；他既属于政府，又受政府管理；既高于人民，又属于人民；既是独立的行动者，又是代理人；既是君主，又是臣民；既是委任统治者，用埃德蒙·伯克（Edmund Burke[②]）的话说又是托管人。不再是国民，而是公民，所以人民才是最高权力的所在，而非专制君主。并且议员必须既反映人民意愿，又领导人民。

惠特曼对政治理论研究的严肃性与深刻性淋漓尽致地表现在他的散文中。例如在评论《新光与旧光》（“New Light and Old”）中：“除了他们自己，人民要由抽象权力统治，这是不容置疑的信念，在今天，在美国这个国家仍然有效……人类必须是自己的主人，而不是向总统和立法机构寻求帮助。”在一篇题名为《民族（及未定）》[③] 的文章中，惠特曼解释到：“共和主义理论并非意味着政府是生命之源，力量之本，真正的源头在人民那里，而联邦政府以及州政府只不过是人民意愿代表。”在1855年《序言》中，惠特曼写道：“别的国家通过他们的代表来显示自己……但是合众国的天才表现得最好最突出的不在行政和立法方面，也不在大使或作家，高等学校或教堂、客厅，乃至它的报纸或发明家……而是常常最突出地表现在普通人民中间。”[④] 在惠特曼看来共和制是建立于分权的政治机构。它能有效深入人民当中，并非游离

---

① 惠特曼著，楚图南、李野光译：《草叶集》，北京：人民文学出版社，1997年，第1154页。

② Edmund Burke（1729—1797），英国政治家、作家、演说家、政治理论家和哲学家。——译注

③ 原文为 Nationality（And Yet）。——译注

④ 惠特曼著，楚图南、李野光译：《草叶集》，北京：人民文学出版社，1997年，第1076页。

人民之外，或者毋宁说，它既在人民之中又在人民之外。议员在这里代表着普通人，不仅仅因为他们是代表，而且因为他们也属于人民。 372

T. S. 艾略特（T. S. Eliot①）在《沃尔特·惠特曼评论》中写到，"丁尼生（Tennyson②）拥护王室，而惠特曼支持总统。"但惠特曼式的总统与其说是英国的君主不如说是共和国的代表，而惠特曼的诗人所特别理想化的也正是总统的职责，就如同诗人自己所扮演的政治角色。面对菲尔莫尔（Fillmore③）、皮尔斯（Pierce④），布坎南（Buchanan⑤）的连连失败，惠特曼迫切感到需要履行自己作为诗人的职责。他以自由民主代表的双重结构为名义，愤怒地将"完全来自于人民的统治者"与"现任的政府官员"进行对比，（惠特曼在1855年《序言》中写道："那种是总统对他们而不是他们对总统表示的尊敬。"）他在《未完成的笔记》（"Notes Left Over"）中写道："我们选总统、国会议员，不是希望他们为我们当家作主，而是为了在悬而未决、争论不休的问题和措施上他们能真切表达大多数人的意愿。"

惠特曼把共和主义领导结构当作他的诗歌结构，这样的结构是人民的公仆而非君主，从人民中来，为人民服务，表达人民意愿。他的评论文章散播各处，从政治尤其是总统的职责方面表达他不断发展的理想抱负。他思索着说："我有时脑海中不禁会出现这样的场面，国家到处都是无所事事的人，而我深思熟虑期待能为他们提供总统、国会议员和政府官员的候选人名单。"在他的报文中，他写道："有一种奇特的同情心……产生于报纸编辑的脑海中，他爱人民，并愿意为人民服务……也许没有一个官员能像他这样集杰出品质于一身。"在《英雄总统》（"Hero Presidents"）中，诗人评论到："他仅是可怜的立法者……已经忘记人类被赋予想象的权力"，并提醒到：在过去"比起领导人与立法者，诗人、牧师和士兵对人类思维更有影响力"。这些诗歌形象最终在《草叶集》第一版《序言》中一吐为快："在世界各国中，其血管充满着新的素质的合众国最需要诗人……他们的总统还不如他们的诗人那样能

---

① Thomas Stearns Eliot（1888—1965），英国诗人、评论家、剧作家，其作品在20世纪乃至今日的文学史上影响极为深远。1948年，60岁的艾略特迎来了他一生中最大的荣誉——诺贝尔文学奖。——译注

② Alfred Tennyson（1809—1892），英国19世纪的著名诗人，在世时就获得了极高的声誉。他深受维多利亚女王的赏识，于1850年获得了桂冠诗人的称号。——译注

③ Millard Fillmore（1800—1874），1850年至1853年任美国总统。——译注

④ Franklin Pierce（1804—1869），1853年至1857年任美国总统。——译注

⑤ James Buchanan（1791—1868），1857年至1861年任美国总统。——译注

成为共同的公断人。”①

与惠特曼交往最为亲密的总统便是林肯。但这种关系是复杂的，不仅在于惠特曼精确预言林肯会当选，不仅在于林肯实际上（最终）向惠特曼让步。在《第十八任总统》中惠特曼召唤“救世主总统”，他“能充分实现每个人的权力，人人都包括在内，没有谁会被排除在外”。在许多特定方面，惠特曼
373 与林肯的政治主张一致，尤其是在反对奴隶制扩展到新领土这一方面，当时宪法以国家名义禁止干涉南方已建立的奴隶制体制。但两人更加吻合的政治主张是基于彼此深信不疑的美国共和主义政府试验。惠特曼的政治信仰是从杰克逊过渡到林肯（跨越党派联系）并赞同林肯的自治共和主义传统和体制。（与林肯一样，）惠特曼认为“联邦”经常妨碍“解放”，而两种立场都衍生于对自治原则的忠诚，它赋予人民参加与代表的平等权力，其矛头直指惠特曼口诛笔伐的社会等级制度。对于惠特曼，就如对于林肯，《独立宣言》保证并实现了这种参与的平等权利。

这两位作家在语言修辞实践方面皆有所长。惠特曼赞扬林肯语言委婉，是在巧妙地表白真情，使人想到惠特曼自己的修辞风格。林肯的散文如同惠特曼的散文一样洪亮有力、气势磅礴，而这一点部分在于共和传统的修辞再现。如同惠特曼的《第十八任总统》，林肯于19世纪50年代后期严厉斥责奴隶制扩张，“胆大妄为，公开宣传奴隶制强于自由”，然而，“我们的政府职能是保护自由……在这片土地上，在这个国家里，奴隶制绝对是黑人的罪恶，同时也是白人的罪恶”。在奥尔顿（Alton②）林肯与道格拉斯（Douglas③）的辩论中，他把反对奴隶制者与奴隶主的冲突称为

> 永远的斗争……从抗争开始……一边是人类共有的权利，一边是国王的神授权利……无论它是以怎样的形式存在，是国王想欺压臣民，窃取劳动人民果实，抑或一个民族为奴役另一个民族而辩解，它同样是残暴的原则。

在面对英国对战争结果的争议时，林肯坚决地说：“内战在本质上是人民的战

① 惠特曼著，楚图南、李野光译：《草叶集》，北京：人民文学出版社，1997年，第1079页。

② 美国伊利诺斯州西南部一城市，在密苏里州圣路易斯以北密西西比河的陡岸上。——译注

③ Stephen Arnold Douglas（1813—1861），民主党人，林肯的竞选对手。——译注

争……是为了保护政府的形式与内容，以便提高人类生存条件……是要解除人类枷锁，提供生存的机会。”林肯在1861年7月4日对国会发表特别演说中提醒道：“我们的公众政府经常被称做一个试验”，“一个民享、民治的政府”。但是南方诸州脱离联邦所引发的危机使这一试验结果渺茫。就如同“政 374
府过于强大就必然无法给予人民自由，过于弱小而又自身难保”。

惠特曼在《第十八任总统》这本小册子中就这些问题论述了他的政治理论，开头几句如下：

> 美国独立前，国家的等级体制如下，第一等级是国王，第二等级是贵族与绅士，第三等级是广大的……劳动人民。这些州的政府理论不承认第一、第二等级，而事实上，在旧体制中被列为第三等级的在美国意味着实际上也就是广大人民。

但是这种共和制体系为“恭顺的”公众所背叛，并允许自己在“多数情况下，处于国王与世袭贵族的管理之下”。

多数情况下，总统腐败堕落，以统治利益为名，压迫人民为实。因此“人民的委托人就是叛徒”。为了反对这一倒退的贵族权力，惠特曼指出“合格的技工和年轻人”的“纯洁的优越性”，他们才是真正的人选。在这点上，诗人在《第十八任总统》中呼唤“救世主总统”，名为林肯提名，实为自己提名。他在结语中号召的“复制并传播我的声音”，将这本小册子发展成为战斗文学。激烈的长篇演说不可能隐藏惠特曼的自我描述。“只要是精明能干的，具有英雄气概的，无所不知、无所不晓，拥有强健体魄的中年铁匠或船夫都可走向总统之位，他会身着整洁的工作服，身上、胸前、袖口皆是棕黄色。”那并不是字面上的总统，而是诗人总统，也就是惠特曼自己。他总结说：“我要为自己提名，我深信这是人民急不可待、呼之欲出的真实理想。”

惠特曼在手稿中对爱默生颇具“绅士风度”感到不满，认为他逃避“美国的巨大动荡以及美国的众声喧哗、现实的商业与政治和热情洋溢的群众”，并批评追随他的人“凡事只要对他们不利，就指手画脚，说三道四”。在《未完成的笔记》中，诗人形容爱默生为“精选的，特级的，（与其余的人区别）旧世界土地和文学的规划”，然而对我们“却不是真正的规划，而是规划的死亡”。在美国，“独特而优秀的平民居住在我们的广阔国土上……这是一个伟
大的、团结的、真正的民族（PEOPLE）……由每一个英勇的个人组成”。但 375
惠特曼自己的诗歌主张无不反映并渗透着爱默生的思想。提及“诗人忠于职守”，爱默生在《论诗人》（“The Poet”）中说：“诗人要成为代理人，它站在

凡人中，却代表完人，他告知我们的并非是自己的财富，而是公共财富。”完人与凡人的区别不在于天性，而在于认识，更重要的是参与公共财富。在后来的《代表人物》中，爱默生宣称“伟人”（Great men）并非一种“社会等级”，而是“美德承诺”——这种“承诺”号召所有人，但注定是“领导者”响应。爱默生浩繁的双关语把“我们也包括在内”。爱默生继续写道：“至于我们所称呼的大众及普通人是不存在的，没有普通人，只有坚信人人皆有天赋，才会有真正的艺术。”与惠特曼一样，爱默生使用共和主义民主语言，“而且选民决定代表的投票，因此代表不仅仅是代表，也是参与者。英雄识英雄。他了解选民，才会属于选民。”

如同惠特曼，爱默生所倡导的代表最终转化为普通人，而他们再去把其他人转化。在这一点上，惠特曼并非直接宣扬集体声音的公众舆论，而是提供了代表公众的、转变为个人化的声音。惠特曼既不是一个普通人，也不是加诸自身的权威人士，相反，他既存在于普通人之中，又高于普通人，他是一个“粗人”（the roughs）与领导人两者兼而有之、合二为一的完美结合。正是这种双重性，这种既在人民之间又高于人民的特殊位置，使他转化为自由共和主义代表典范。在引导每个人在逐渐形成的政治中实现自己梦想的过程中，他既代表人民，又领导人民；既为人民表达意愿，又号召人民为自己宣言。在1855年《序言》中，惠特曼写道：“一道目光接一道目光，一种听觉接一种听觉，一个声音接一个声音，永远对人类与事务之间的协调惊诧不已。与这些相适应的不仅有那些假定能代表其余的人的委员们，而且同样有那些其余的人本身中的至善至美。”[①] 惠特曼用《圣经》般优美的语言向他所代表的人民昭示：诗人呼吁“另一道目光”、“另一种声音”来声言尚未实现的“完美”。这种立场意味着，从这个世界上将会产生出一个更好的世界。但诗人从未否定过这个现存的世界，虽然他含蓄地批评这个世界需要改造。但这个世界也没有超越一般状态；这个世界的代表仍然在“其余的人”当中，
376 在这个普通世界的普通人当中。在社会所必须面对又需转化的体系之中，代表是普通人民的声音，也是“另一种声音”。

形象的力量

惠特曼的自我代表美国政治传统的转型。尽管政治关怀贯穿《草叶集》

① 惠特曼著，楚图南、李野光译：《草叶集》，北京：人民文学出版社，1997年，第1083页。

思想始终，但也仅仅构成其中一个层次的重要涵义。惠特曼的艺术中心就在于他诗歌作品的多维度、多层次解读。早期有评论说惠特曼诗作如同“废纸篓”，好像所有闯进脑中、进入视线的事物都可成为诗歌素材。然而看似不加选择的盲目诗风其实有着精雕细琢的结构底蕴。（诗人不厌其烦地反复修改足以证明这一点。）惠特曼的诗学根基在于，他能够使相互联系的形象相映成趣、美轮美奂、气势磅礴、相得益彰。他的诗歌可从任意角度品读欣赏，但切记过犹不及，否则就会陷入他在《美国俚语》（“Slang in America”）中所称的“枯燥的字面主义”（bald literalism）中。针对这种字面主义，惠特曼反对“间接”，因为能力“无限表达自身，在最高阶层产生诗人和诗歌”。作为诗人的代表，惠特曼教给读者领略这种无限表达的魅力。作为对他/她承诺的代表，诗人并非是普通人。他把自己置于美国人民之中，美国人民面前，为人民服务，并集天赋于一身，多角度、多侧面地诠释世界。他把每一种角度都运用到这种形象的力量中，是实现诗歌意识与民主参与的终极象征。

《自我之歌》第6段中，草不仅代表《草叶集》题目，而且代表着惠特曼诗歌的形式和方法。

> 一个孩子说：草是什么呢？他两手满满地摘了一把送给我；
> 我如何回答这个孩子呢，我知道的并不比他多。
>
> 我猜想它必是我的意象的旗帜，由代表希望的碧绿色的物质所织成。
>
> 或者我猜想它是神的手巾，
> 一种故意抛下的芳香的赠礼和纪念品，
> 在某一角落上或者还记着所有者的名字，所以我们可以看见并且认识，并说是谁的呢？……
>
> 或者我猜想它是一种统一的象形文字， 377
> 它的意思乃是，在宽广的地方和狭窄的地方都一样发芽，
> 在黑人或白人中一样地生长，
> 开纳克人，塔卡河人，[1] 国会议员，贫苦人民，我给予他们的完

① 开纳克人（Kanuok），加拿大人之别称；塔卡河人（Tuckahoe），弗吉尼亚人之别称。——译注

全一样，我完全一样地对待他们。

现在，它对于我，好像是坟墓的未曾修剪的美丽的头发。[①]

对于惠特曼来说，要确切说出“草”为何物是不可能的。根据诗人的诗歌承诺，“草”并非具有唯一永恒的意义。诗人提供了一系列形象，这些形象很可能是无限的，这些形象进一步不断引申出一系列新的形象。“草”不是惠特曼浪漫“意象”的“旗帜”，或“上帝的手帕”般变化的清教思想标志，其自身形象通过一件引起人性欲的“芳香的礼物和纪念品”表达出来，或一种民主主义的“统一的象形文字……在黑人或白人中间一样生长”，或“坟墓上没有修剪过的美丽的头发”。“草”是这些形象中的每一个，而每一个形象又代表另一个，并非统一结构，而是复数概念。其中心便是产生这些以及其他无限形象的源源不断的能量。这里的形式是未完待续的清单——一组形象转化——标志着诗人诗作的中心技巧：一个形象抛砖引玉般引出另一个形象，连绵不断，络绎不绝。

“坟墓上没有修剪过的美丽的头发”，这是惠特曼致力塑造精雕细琢的形象，诗人是以特别的方式继续塑造的：

卷曲的草哟！我愿意待你以柔情，
你或者是从青年人的胸脯上生长出来的，
假使我知道他们，我会很爱他们，
或者你是从老年人、从很快就离开了母亲怀抱的婴儿身上生长出来的，
而在这方面你便是母亲的怀抱。

这片草叶颜色暗黑，不会是从年老的母亲的白头上长出来的……
比老年人的无色的胡子还要暗黑。

啊，我终于看出这么多说着话的舌头了，
我看出他们所以是出于口腔不是没有原因的。

（楚图南　译）

① 惠特曼著，楚图南、李野光译：《草叶集》，北京：人民文学出版社，1997年，第66—67页。

一方面，惠特曼继续描写的是坟上的草，但是当诗人提到“卷曲的草”时，他意指他会以一种复杂的比喻方式这样去做。草叶自然地从“青年人胸脯上生长出来”，或者“从老年人，从很快就离开了母亲怀抱的婴儿身上生长出来的”。在这意义上，坟墓自然成了“母亲的怀抱”，草从这里生长出来。这种母亲般神话似的微妙之处暗示在卷曲的头发中，有一种混乱的几乎是怪诞的生理现实。如果“草”在惠特曼诗歌中被描述成“这么多说话的舌头”，因此是自己诗中之叶的形象，它非但没有失去草叶基本的形象涵义，又同时具 378
有生理上的特点，所埋葬的腐烂的“嘴唇”上“淡红色的上腭”。

在这首诗里，惠特曼使身体、生理意义上的生与死、繁殖与腐烂等成为诗歌涵义的基础。这是纵贯他全部诗歌的另外一个层次的形象，与其说是自然或最初涵义的“字面”意义，不如说是多层诗意中的一层，在此身体成为诗歌的场所和形象。

惠特曼的诗歌从一开始对性爱的处理就成为争论的焦点。内战爆发后，诗人前往华盛顿地区，在陆军军需官办公室兼职，并志愿作为裹伤者为伤员送去关爱。但因《草叶集》1855 年版、1856 年版和 1860 年版中出现的“猥亵言辞”，诗人于 1865 年被内政部革职。（诗人第一次中风偏瘫后被司法部长办公室雇佣直到 1873—1874 年离开华盛顿前往卡姆登[①]。）对诗人这种吹毛求疵的进攻于 1882 年再度出现，当时《草叶集》（当时是 1881 年的第七版）被预防罪恶协会（Society for the Prevention of Vice）起诉在波士顿遭禁。1882 年，爱默生与惠特曼在波士顿共同散步时，爱默生向他提出了谨慎意见，要他删去遭到反对的内容，而惠特曼的反应却是置之不理。事实上诗人早在 1856 年《致爱默生》（“Letter to Emerson”）中就表达过“性爱的神圣”，他宣称：

> 对于美国诗人来说，如果要提出问题的话，那就是他们会不会在诗中歌颂自然即万物之母的爱欲的永恒的正当性，或者他们会不会继续胡说性爱生来就是淫猥的，并且充当一个懦弱而抱怨的自甘贬损的时髦诗人。这个问题在诗歌中是很重要的，因为一个国家的所有其余的表现只不过是它的伟大诗篇的边饰而已。[②]

① Camden，美国阿肯色州南部的一座城市，位于小石城西南偏南。是一个制造业和交通运输业的中心。——译注

② 惠特曼著，楚图南、李野光译：《草叶集》，北京：人民文学出版社，1997 年，第 1110 页。

拒绝“性爱生来就是淫猥的错觉”，惠特曼主张，性爱是美国文学的丰富源泉，存在于“一个国家所有其余的伟大诗篇中”。

这种身体及性爱生活在第 5 段的出色想象中具有决定性意义，极富于挑战性：

> 我相信你，我的灵魂，但我绝不使别人向你屈尊，
> 你也不应该对别人自低身份。
>
> 和我在草上优游吧，松开你的嗓子，
> 我不需要言语、或者歌唱、或者音乐，不要那些俗套或一番演说，即使是最好的我也不需要
> 379 我只喜欢安静，喜欢你的有调节的声音的低吟。
>
> 我记得有一次我们如何躺在明澈的夏天的清晨，
> 你如何将你的头，压住我的大腿，柔和地在我身上转动，
> 并撕开我胸前的汗衣，将你的舌头伸进我裸露着的心，
> 直到你触动了我的胡子，直到你握住了我的双足。
>
> 立刻一种无以伦比的安宁与知识，迅速地在我的周围兴起和展开，
> 因此我知道上帝的手便是我自己的诺言，
> 上帝的精神便是我自己的弟兄，
> 而一切出生的人也都是我的弟兄，一切女人都是我的姊妹和我所爱的人，
> 而造化的骨架便是爱，
> 无穷无尽的是僵枯地飘落在田地里的树叶子。
>
> （楚图南　译）

《自我之歌》第 6 段表现了惠特曼连续形象外延的基本技巧，即在一个链条上一个形象引申出另一个形象。而第 5 段是其诗歌又一基本表现技巧，即梦境。在这里，多种形象并非接连出现，而是互相叠置，具有高度集中性，克服形象发散性。这些梦境远非描写性的目录，而是一种与众不同的写作模式。《自我之歌》就是往返于这两种方法之间。例如在第 2 段 28 个入浴者的梦境与第 8 段的目录技巧相对比，同时又兼有两种形象的结合倾向。后期的挽歌《永久摇荡着的摇篮里》（“Out of the Cradle”）或《当紫丁香最近在庭园中开放

的时候》（“When Lilacs Last in the Dooryard Bloom'd”）中互相叠置的三合一意象倾向于目录技巧，而在《回答者之歌》（“Song of the Answerer”）或《在蓝色的安大略湖畔》（“By Blue Ontario's Shore”）的高歌吟诵则倾向于梦境技巧。

在第5段中，惠特曼展示了神秘的、建立在古代传统背景下的性经历。上帝之爱的意象体现在性爱之中，这与神秘主义本身一样古老幽远。《雅歌》（“Song of Songs”）[1]（当然是回应《自我之歌》的标题）是反映爱情、性欲和精神、人性和神性的丰富源泉。通过中世纪早期的预言家如克莱尔沃克斯的圣·伯纳德（St. Bernard of Clairvaux）得以传承，到中世纪后期由阿维拉的圣·特里萨（St. Teresa of Avila）等人发展到巅峰。身体成为通往精神王国之桥，性爱成为灵魂的愉快历险。但是惠特曼并非遵从这一传统，而且重铸了这一传统。他并不是简单地超越肉体的性爱，将之融入神秘主义传统抹杀自我、与神一体的意象中，这种传统把性爱上升为精神领域从而否定其肉体体验。但他也没有把这一传统转换为字面意义上的同性恋，从而使精神仅仅成为肉体的意象。性欲与欣喜若狂的宗教经验互相映衬、彼此反射，为自我 380
与世界开启交流之门。

事实上，惠特曼利用性爱形象的力量代表各种各样惊险的经历，如性爱的、宗教的、唯美的及社会的，因此，揭示这首诗的意义几乎需要描绘出惠特曼每一个比喻领域中的每一个主题。

> 我相信你，我的灵魂，但我绝不使别人向你屈尊，
> 你也不应该对别人自低身份。

勿庸置疑，灵魂使人想起肉体，肉体在等级上屈从于灵魂，然而，这绝对是说不通的。在惠特曼看来，肉体与灵魂皆无优先权，两者既不互补，亦不能抵消。然而这种（对立的）形而上学的阅读并不能穷尽这首诗的意义。其语言意蕴丰富、极富开放性。灵魂以及肉体可以作为自我的不同方面或领域，因为它们进而成为性爱实际上也是广泛的社会活动的基础和形象。或以社会角度分析，灵魂的其他部分可以是多方面的：究竟惠特曼用灵魂的“另一方面”言指何事，意指何人，仍是耐人寻味的难解之谜。

在第5段结束时，惠特曼写到了社会幻想，“一切出生的人也都是我的弟兄，一切女人都是我的姊妹和我所爱的人”。但社会不会放弃宗教，每一个皆

---

① 《雅歌》是《旧约全书》中的一章，又称 Song of Solomon。——译注

为另一个的意象和扩展。诗人在魔咒般的最后一段，将宗教经历重置在一个情深意重的社会感情中，也即是宗教感情中。“上帝的精神便是我自己的弟兄。”“手”及“上帝的精神”浓缩成“我自己”的形象，超越了或者毋宁说穿越了惠特曼的独特人格，一直到达他所代表的一切，并将它们融入他所想象的经验中，以此（重要的是通过这首诗）最终实现“一切出生的人也都是我的弟兄”。

自我始终与集体、宗教和政治息息相关。并且这也不否定直接的和个人的自我。个人传记构成意义的另一层面，诗中另一个进行着的事件也即另一个持久的、难以忘怀的、非排除在外的形象层面。第5段中的性爱描写回到神秘传统，但也直接指向惠特曼，以一种不可抗拒的自传动力所驱使，但这
381 种动力从未满足过。惠特曼生前，人们对《草叶集》的争论只是集中在其异性恋的意象上。但诗中同性恋倾向从那时起也越来越受到关注。尽管诗人小心谨慎、尽量公平，但与女性形象相比，诗人更加关注对男性进行详细描述。在内战期间，诗人作为裹伤者，他的《菖蒲诗》（Calamus poems）中写道：“今天决定不再歌唱，要唱只唱对男人的依恋。”通过各种传记的暗示与联系（特别是在19世纪60年代末与彼得·多伊尔在一起时）反映出他同性恋的事实。第5段中形象的铜版画似乎尤其需要自传性参考，一些极为重要的性爱描写也许在最初就表现了惠特曼自己的同性恋倾向。尽管诗人的同性恋事实昭然若揭，但无确凿史料。诗人拒绝称其作品有同性恋倾向。然而他对约翰·阿丁顿·西蒙兹（John Addington Symonds）莫名其妙宣称自己已然是6个孩子的父亲（诗人如同父母般呵护的孩子是他亲生的吗？）并非仅仅是忸怩的回答。性爱无可厚非是中心话题，并且无疑暗示第5段“将你的头，压住我的大腿”（“Head athwart my hips”）但这并非是诗歌全部意义，也并非是个人式的或传记式的。

这首诗事实上既是自传式的，又非自传式的。或者可以说，在形象方面是自传式的。在《草叶集》中，各种形象是自传式的，它们巧妙交织，功能各异。诗人在开篇诗中写道：“可连我自己也常常觉得我很少或并不了解我真正的生活，／我只想从这里找出能为我自己所用的一些些暗示，一些零散而模糊的，可供追踪的谋略和线索。”（《当我阅读那本书》，“When I Read the Book”）[①] 诗歌把自传充分转换为典范的传记。在《过去历程的回顾》（“A Backward Glance O’er Travel’d Roads”）中，惠特曼回忆说，《草叶集》“自始

① 惠特曼著，楚图南、李野光译：《草叶集》，北京：人民文学出版社，1997年，第22页。

至终是一种尝试，想把一个人，一个个人，（19 世纪下半叶在美国的我自己），坦白地、完满地、真实地记录下来”。[①] 诚然，诗人自己“个性”是这个关键问题的最佳答案：“我怎样才能最好地表现我自己的特殊的时代和环境、美国、民主呢?”爱默生在《论诗人》（“The Poet”）中评论到：他的诗歌是“巨大密码中的自传”。在《民主展望》中，惠特曼称之为“个人化”（personalism），完全融入到政治机构中。在 1855 年《序言》中诗人写道：“就像它与下面那片浩渺的海水相吻合那样，它也与那上下一片相吻合。”[②]

第5段“而造化的骨架便是爱”，诸多感情，溢于言表。伊洛斯[③]是自我、诗歌和社会中的连结—扩展的能量，“骨架”（kelson）是与支撑船的龙骨的木材相重叠的主要意象。惠特曼之爱既是个人的，又是社会的，既是宗教的，又是性爱的。“骨架”的意象还包括另外一个维度、另外一个形象层次连续而显要地贯穿诗的始终。这首诗清晰明了，不断思索诗歌标准、行为和过程。诗既是艺术的，又是政治、精神或性爱的表达。互相重叠、环环相扣的“骨架”不言而喻反映出诗人精湛的形象外延和重叠技巧以及互相交织、错落有致的多重意义。这种诗歌的自我表现还出现在第 5 段中“僵枯飘落的树叶子”。这些无疑是自然及高度性爱化的自体性行为（autoerotic）和生殖器崇拜（phallic）的反映。同时惠特曼自己诗化的叶子不断展开，化为性爱的创造力。身体和诗歌互相塑造，正如在 1855 年《序言》中惠特曼承诺：“那时你的身体本身就会成为一首伟大的诗，不仅在它的言语上，而且在它的嘴上和脸上的无声线条中，在你的眼睫毛之间和你身体的每个动作和关节之中，都有了最丰富的流畅。”[④] 相应地，在第 24 段中，“自然之爱”承载着广袤的宇宙，诗歌的及性欲的力量，诗歌的创造力如性高潮般喷涌而溢，“我不能看见的某种东西高举起它的色具，一片汪洋的透明液汁喷泼遍天上。”（男性）性欲代表惠特曼的诗歌本身。（阳性能容纳女性多少是个问题）。或正如诗人所写《转动着的大地之歌》（“A Song of the Rolling Earth”），“人类的肉体便是语言，这便是千言万语，（在最美的诗歌中快乐肉体再现）”。诗人、个人、社会及自然代表“冲动，冲动，冲动，永远是世界的生殖的冲动”。在第 5 段中，“草”、“嗓子”、“声音”及“舌头”、“叶子”等形象皆同样指涉诗歌的 382

---

① 惠特曼著，楚图南、李野光译：《草叶集》，北京：人民文学出版社，1997 年，第 1170 页。

② 同上，第 1077 页。

③ Eros，希腊神话中的爱神，阿佛洛狄忒之子。——译注

④ 同①，第 1082 页。

视角及创造力。也如第 6 段结尾部分“一切都向前和向外发展”。这是诗歌发展的真实写照。第 5 段揭示出美妙的幻觉，不仅是性欲、社会及宗教表现，也可以看做诗人整个诗歌事业的源头形象，其他诗歌可为证明。这是想象经验的首创，以多重意象捕捉现实，并回应层层意义。

诗歌综合了多种经历，也包括诗歌本身，每一种经历都反映某一特别领域，同时也指向（而非取消）其他的多重意义及形象。这是完美的惠特曼式的意象。正是他的伟大诗学和美国信念才会产生无穷无尽、交映生辉的形象联系并得以持续发展。（尽管不言而喻，诗人的多疑与异议使这种联系有时无
383 法维持，而是被引入歧途。）

在这方面，惠特曼是要实现爱默生对诗歌的定义“制造韵律的论证”（meter－making argument）。惠特曼在《民主展望》中称其为“制造意象的功能”或“制造意象的工作”。正如惠特曼所领会的，爱默生指出诗歌由形象而非韵律构成，“它们的类比、玄妙、精巧的移动，间接……这是制造意象的功能，是处理材料的创造和竞争，几乎是杰出的成就”。在 1855 年《序言》中诗人写道：“诗的特性并不在于韵脚或形式的均匀或对事务的抽象的表白。”韵律学是体现诗歌精神的另一形象，是“看不见的土地”。两位诗人皆认为诗是想象创作中的形象语言而非预先规定的刻板形式。惠特曼在诗歌试验中极其激进地践行了这一主张，抛弃格律以及押韵。尽管惠特曼考虑到词与词之间的复杂关系，但绝对与传统诗歌形式背道而驰。诗人激进的诗歌试验——他不断宣称诗是“语言试验”——促使读者意识到诗歌的原始魅力：通过联想及想象，重现形象、衍生意义。基于此诗人构建了美轮美奂的诗歌王国——首首诗歌洋洋洒洒，源源不绝，寓意深远，蔚为大观。

但是这种语言试验从未与惠特曼所见的美国政治及社会试验脱节。作为自我表达形式，诗歌充分描述了它所涉及的世界、社会及政治。在 1855 年《序言》中惠特曼把传统诗歌比喻成“盛装打扮的审视，我们骨子里却讨厌它，我们也不欢迎它”。在《新诗》（“New Poetry”）注释中诗人写道：“押韵及抑扬格规则”只是不断重复“海外封建主义及阶级观念的礼节”。这一诗歌革命与技术、科学、工业、通讯等其他革命息息相关。“草原缪斯”必须“要使自己理解整个民族的规模……理解现代、繁忙的 19 世纪（如同伟大庄严的诗歌，仅仅不同于）蒸汽船、铁路、工厂、电报、滚筒印刷机……理解实干工人的尊严及英雄主义”。诗歌也成为英雄般的劳动工人，就像电报或报纸一样，是带电的（一个惠特曼式的强有力的词来表达这种精力的汇聚）。在诗歌的方法、主题、变动不居的韵律、节奏和比喻中，所有因素彼此关联并相互转换（尽管分歧必然存在）。

在形象技巧层面上，惠特曼拥有自己独具特色的诗歌术语。关键词为“转化”（transfigured）、“半透明”（translucent）、“透明”（transparent）、“生长” 384
（transpired）及诗人最具表现力的表达方式“转化”。“我是肉体的诗人，也是灵魂的诗人……我使快乐在我身上生根并使之增大，我把痛苦译成一种新的语言。”（第21段）各类表示“转换”（trans-）的词标志惠特曼在不同层次的形象转换方面的关键之举——一种比喻转换成另一种。他写道：“通过我而发出的被禁止的呼声；性的和肉欲的呼声，原来隐在幕后现被我所揭露的呼声，被我明朗化的纯洁化了的淫亵的呼声……我自己的横陈的身体，或它的任何一部分，你是我的半透明的模型。”（第24段）。在第5段中，他说他自己的和其他的社区是透明的：“我记得有一次我们如何躺在明澈的夏天的清晨。”在第6段中，青草“是从青年人胸脯上生长出来的”并且诗人希望“翻译关于死去青年男女的暗示”。

爱默生在《代表人物》中写道：“每个物质有其神圣的一面，通过人类翻译到精神及其他必要的领域。”这里“翻译”的传统宗教涵义为从一个世界向另一个世界的直接传递。惠特曼延续了这一涵义并将其横向扩展、纵向延伸，使得物质/精神进一步转化，多重意象交织成惠特曼编织的共鸣之网。在《民主展望》中，他说诗人的“力量（艺术家的感觉中最可宝贵的）要自己处理”。因此，出生在“摇篮里”的孩童——诗人是“用心地窥想，凝视，猜想它们的心意”。肉体与灵魂，快乐与痛苦，天堂与地狱，惠特曼将“转化成一种新的语言”（第21段）。《回答者之歌》几乎提供了一种术语，它称诗人为“把每种语言都翻译为自己的，然后赐给人们，并且每个人都在翻译他人，每个人也在翻译自己”。

与“翻译”、“透明”、“生长”、“处理”（transaction）紧密相连的便是“合拍”（tally）。这在悼念林肯总统的挽歌《当紫丁香最近在庭园中开放的时候》中表现得淋漓尽致，而在别处作为一个关键术语，作为想象的相关性将诗歌活动理论化。诗人在第25段中写道：“我的知识是我的身体活着的部分，它和万物的意义符合一致。”在《新诗》注解中诗人写道：“优秀的诗歌（即深邃的诗以区别肤浅的诗）是与诗人自己完全合拍的。”在《民主展望》中写道：“现在的文学，需要与自然合拍并表现自然。”在这里

> 自然，从总体上考虑，与审美、情感及宗教问题息息相关……全世界，其地质史，宇宙……自然的良知、事物的感觉、肉体的健康——很清楚，这些必须要积累、融合，人类如果彻底理解了这些，就会拥有道 385
> 德及精神上的良知……书面语及口语力量……正符合生命及性格，比暗

示和迫使更能表达它。

合拍是通过形象的延伸来调整和放大经验的每个领域，是暗示而非穷尽。

如同“翻译”和“合拍”，还有其他术语如“照应”（echoes）、“暗示”（hints）、“提示”（clues）、“间接”（indirections）、“暗喻”（indications）、“引线”（threads）、“漂流”（drift）、“清单”（list）等。在《宇宙》（Kosmos）中，惠特曼把这一切融入诗人形象中

它在考虑了身体之后发现那所有的器官和部分都是好的，
它，根据地球以及他或她的身体的原理，通过精细的类推而了解所有别的原理，
一个城市，一首诗以及这些州的重大政治活动的原理。

（楚图南　译）

这精雕细琢的形象或许有助于理解惠特曼的文本修订方案。诗人晚年重新安排、编辑、修订《草叶集》反映了诗人的创作意图，他希望诗歌形象更加丰富凝练，喻意更为深远厚重。这次修正非但没有削弱诗歌表现力，而且更好地平衡了诗歌在更大的复杂性中所承载的各种力量。

尽管《草叶集》形象众多，却并非均衡分配。诗篇韵律婉转回旋，形象复杂多变，寓意深远凝练。《自我之歌》第2段汇聚众多形象。

我自己呼出的气息，
回声，水声，切切细语，爱根草，合欢树，枝杈和藤蔓，
我的呼气和吸气，我的心的跳动，血液和空气在我的肺里的流动……
我吐出来散步在旋风里的文字的声音，
几次轻吻，几次拥抱，手臂的接触……
健康之感，正午时候心情的激动，由床上起来为迎接太阳而发出的我的歌声。

（楚图南　译）

这些诗行同时代表或表达着许多互不相同但彼此交织的层面：性（例如“轻吻”、“拥抱”、“手臂的接触”），成为宇宙性的甚至神话般的事件。（例如“由床上起来为迎接太阳而发出的我的歌声”。）诗歌自我表达力强，把身体形

象描写成“我自己呼出的气息”。惠特曼同时描写了他的身体与诗歌的要素及功能：它的语言穿过空气的生命散播于大地，它的呼吸来到世界并通过诗歌的呼吸和灵感返回诗人身体中。这种呼吸般呼出吸回互相对应的诗句在《自我之歌》中反复出现，既构成一种意象，又兼有运动倾向：“这一切都向内注入我心，我则向外吸取这一切”（第15段）；“邪恶推动我，改邪归正推动我”（第22段）；“是向心和离心的人群中的一分子”（第43段）。这些意象总是同时既在描述诗歌又在描述诗人自己。在第2段，他诗歌的语言听起来就像“回声”通过身体/诗歌大量喷出的词语，“拍打着”身体/诗歌的节奏，然后形象地载入预言的“风”中。 386

第1段诗歌直陈形象的力量，更具传记色彩。第1段从许多方面来看是一首生日之歌，标示着惠特曼的家系及诗人神秘地弃政从诗的时刻：

> 我的舌，我的血液中的每个原子，都是由这泥土这空气构成，
> 我在这里生长，我的父母在这里生长，他们的父母也同样在这里生长，
> 我现在是三十七岁了，身体完全健康，
> 希望继续不停地唱下去直到死亡……
>
> （楚图南　译）

惠特曼诗歌的“舌”，仿佛直接产生于美国的大地和空气，身体及诗（身体如诗）皆是国家，家庭史也反映公众生活。的确，惠特曼的家庭是对美国革命传统的继承。（惠特曼的兄弟一个名为托马斯·杰斐逊，一个名为乔治·华盛顿，一个名为安德鲁·杰克逊。）他的父亲是劳工党成员，认识托马斯·潘恩（Thomas Paine①）以及埃利亚斯·希克斯（Elias Hicks②），并且崇尚弗朗西斯·赖特（Frances Wright③）。埃利亚斯·希克斯参加过激进的政治及宗教运动，惠特曼听过他的演讲。作为一个贵格派教徒，（惠特曼家庭有贵格派祖先血统）他坚信天下生灵皆为平等，人人都可通过从心中直接感受“上帝之光”而接近上帝。因此，这是一个激进的基督教团体，它肯定个人价值，鼓励人

① Thomas Paine（1737—1809），18世纪美国革命期间的一位革命家和思想宣传家。作品有《常识》、《美国危机》等。——译注

② Elias Hicks（1748—1830），美国早期废奴主义者，基督教贵格会（Quaker）开明派教士。——译注

③ Frances Wright（1795—1852），著名女权主义活动家。——译注

人参与政治。

个人传记、宗教传统和国家形象相互交织，从而使人回想起清教徒传记。《自我之歌》重铸美国精神的自我反省传统，按照清教规范的要求，在第5段转向经验转换。这些传记与国家历史、《圣经》叙述相交融，形成国家传记。
387 （尽管在这种情况下，典范期待着代表，正如科顿·马瑟）代表约翰·温思罗普（John Winthrop[1]）作为美国的尼赫迈亚（Nehemiah[2]），而并非为他们自己。个人典范的产生并非仅仅是个人品行的见证，而且是国家命运的保证。在这方面，它们的意义展现在公共层面上，他们的个人史以上帝之名代表公众生活。古代以色列提供了经典之例：个人领导与人格性的国家相互交织，国家历史以传记体出现，从出生到少年到成熟，并且不断投射成初生、女儿、妻子及上帝任性的情人。这种以传记形式描写想象集体的技巧在《圣经》中已初露端倪，直接用于描写美国建国的叙述中，然后又出现在惠特曼诗歌中。在第1段及整部《草叶集》中，个人叙述代表着公众和国家的叙述。这种《圣经》典范的观念（The notion of Biblical type，惠特曼具有说服力的一种术语，运用印刷、比喻以及《圣经》渊源）把《新约》与《旧约》的形象与个人形象紧密联系起来，构成诗人代表性技巧的另一层面。

惠特曼在1857年6月笔记中称《草叶集》的使命是“构建新的《圣经》”。他也意指在个人历程中体现集体生活的代表性自我类型。但如果说《圣经》是惠特曼创作的原型，诗人却决不以此为原版。在诗人笔下，《圣经》模式几乎经历了彻底转型。

> 我曾经听过谈话者的谈话，谈到了终与始，
> 但是我并不谈论终与始。
>
> 从前没有过像现在这样多的起始，
> 也没有像现在这样多的青春和年岁，
> 将来也不会有像现在这样多的完美，
> 也不会比现在更多的地狱或天堂。
>
> 冲动，冲动，冲动，
> 永远是世界的生殖的冲动！

---

① John Winthrop（1587—1649），17世纪初登陆新大陆的清教徒领袖。——译注

② Nehemiah，公元前5世纪犹太领导人和朱迪亚地区的统治者。——译注

相反而相等的东西从朦胧中产生出来，永远是物质，永远在增加，永远是性的活动，
永远是一致的结合，永远有区分，永远是生命的滋生。
这用不着详为解释，博学的人和愚昧的人都感觉到确是如此……

我的灵魂是明澈而香甜的，非我灵魂的一切也是明澈而香甜的。
一者缺则二者俱缺，不可见的东西由可见的东西证明
等到它变为不可见的东西的时候，那就轮到它又被别的东西所证明……

我的每一种感官和属性都是可爱的，任何热情而洁净的人的感官和属性也是可爱的， 388
没有一寸，没有一寸中的任何一分是坏的，也没有任何一部分比其余的对我较为陌生。

我已很满足，——我看，我跳舞，我欢笑，我歌唱；
紧抱着我那和我相爱的同寝者，通夜睡在我的身边。

（楚图南　译）

很长时间以来，人们认为《圣经》始终是惠特曼诗歌试验的主要源泉，它的押韵、排比、重复成为惠特曼基本的诗歌结构单位。在这里惠特曼可能在考虑以一种特定的方式实现转换的目的。约翰或许谈论“终与始”，但保罗在《罗马书》（Romans I）中谈论的是“明智与愚蠢、天堂与无神论的对抗”，“看不见的事物通过创造出的事物清晰可见……”“情欲的不洁”，“诽谤他们的肉体”，因此而“卑劣”；接着极力谴责同性恋行为。这与《自我之歌》第3段不谋而合，但第3段并未谈论“终与始”也没有“天堂与地狱”，而是宣布“每一种感官”都“热情而洁净”，否认“一丝一点的卑劣”。惠特曼特别赞美“世界的生殖的冲动”，“永远的性的活动”，尤其是“紧抱着我那和我相爱的同寝者”。然而惠特曼也提及“不可见的东西”由“可见的东西证明”和“博学的人与愚昧的人”。惠特曼也用《圣经》的韵律来谈及这些。这并非是割裂而是一种转化。以新的形式大胆阐释古老的教义，这标志着惠特曼从世俗宗教观转而拥抱作为精神经验的世界。

惠特曼并没有在《自我之歌》或《草叶集》通篇使用形象转化和回声技

巧（resonance）。有时诗句倒向单一的表现层面，没有通过多重形象更充分地发挥。目录技巧徘徊在扁平的历史或描述名册与抒情转换之间，尽管明显的叙述诗行能够成为诗化的自我描述。很明显不是每个目录都服从于统一的形象转化。然而甚至在第33段中，诗人“闲游时所猜想的”，穿过他所书写的许许多多的美国土地、民族、政治（“穿过办公室和公共会堂”）。本段表现出《圣经》神话色彩（“步行在古代犹太的小山上，美丽而温和的上帝在我的身旁”）和历史动力。这里诗人是“被追赶着的奴隶，猛狗的咬，使我退缩”。但与此同时诗人“来到了战场，参加”战争，并投射为一名英勇的领袖，这也是诗人的自画像。这段同时也包括诗人对诗歌创作技巧的思考，即
389 使描述性的语言也经常出现这样的句子：“我飞着一种流动的吞没一切的灵魂的飞翔，我任意拿取一切物质和非物质的东西。”

在第8段中，诗中早期的目录激发读者去阐释其中素材的转换，诗歌的教育功能在为自治政府塑造全体公民方面发挥了革命性作用。

幼小者睡在他的摇篮里，
我掀起帐纱看了好一会，并轻轻地用我的手挥开了苍蝇。
儿童和红面颊的女孩走向路旁，爬上林木丛生的小山，
我从山顶上窥望他们。

自杀者的肢体躺卧在寝室里血污的地上，
我亲见那披着湿发的死尸，我看到手枪掉在什么地方。

马路上的坎坷、车辆的轮胎、鞋底上的淤泥、闲游者的谈话、
沉重的马车、马车夫和他表示疑问的大拇指、马蹄走在花岗岩上得得的声响，
雪车叮当的铃声、大声的说笑、雪球的投击，
大众表示欢迎的呼喊、被激怒的暴徒的愤怒，
蒙着帘幕的担架的颤动，里面是被送往医院的一个病人，
仇人的相遇、突然的咒骂、打击和跌倒，
激动的群众、带着星章飞快地跑到群众中心去的警察，
无知的顽石接受和送出的无数的回声。
中暑或癫痫患者因为过饱或在半饥饿时发出的可怕的呻吟，
忽然感到阵痛赶忙回家去生孩子的妇人的可怕的叫喊，
始终在这里颤动着生存着或已被埋葬了的人的言辞、被礼节遏

止住的号泣，
罪犯的逮捕、玩忽、淫邪的勾引、接受、噘着嘴唇的拒绝，
我注意到这一切，或是这一切的反映于回声
——我来到了我又离去了。

（楚图南 译）

在读者眼前，记者式的报道转换成惠特曼诗歌的元素。出生、性、死亡；社会中的各色人等及其杂乱无章，还有社会的约束及其秩序。美国生活成为各种声音的绚丽展示，并带有语言及诗歌暗示。

“闲游者的谈话”，“疑问的大拇指”、“叮当声”、“大声的说笑”、“欢呼声”、“呻吟声”、“惊呼声”、“讨价还价声”、“赞同声”、“噘着嘴唇拒绝声”——世界翻版为诗的声音。惠特曼的诗本身就是“闲游者的谈话”，就像“无动于衷的顽石接受和送出的无数的回声”。诗人自己也是“生存或被埋没的言词……始终在这里颤动着”的工具。而他自己的诗歌就像民主社会中熙 390
熙攘攘的人群，平衡“被礼节遏止住的号泣”，并且规定“他们的外表和回声”。

诗歌的自我描述因此与个人、性爱、宗教、国家以及政治秩序结合在一起。使全诗意象丰满而又协调平衡。此外，诗人在第15段中呈现出从妓女到总统一系列民主的美国市民形象。同时（也）[①] 反映出诗人个人史的特色——热爱歌剧、做过木匠、喜欢游荡、疯子般的兄弟，印刷工人的职业、新奥尔良（New Orleans）奴隶市场里的所见所闻、他的记者生涯。“神枪手站好姿势，拿起枪来瞄准”也是诗人自我形象，就如同“印刷工人”（印刷贯穿惠特曼诗歌的始终）和“指挥家”，他“为乐队打拍子，全体演奏者都听从他的指挥”。个人的经历与社会形象交相呼应，形成诗歌形象本身。

惠特曼在诗中对暴力描写毫不避讳。如第8段中描写了群众暴力、犯罪、通奸。惠特曼既坚信又忧虑，不和谐的因素可以“被礼节遏制住”，可以列入他的思考范围。各种不同层面上的经验可以互相补充、反射、延伸，在诗歌和社会中流动。在《自我之歌》结尾处，这种假定的协调达到顶峰，聚集了惠特曼各种极端的形象模式，直接反映出诗人后期娴熟的“挽歌”技巧。

我也一点没有被驯服，我也是不可解说的，
我在世界的屋脊上发出我的粗野的呼声。

---

① 括号为原文所加。——译注

白天的最后的步履为我停留，
它把我的形象投掷在其他一切形象的后面，如同它们一样的确实，把我丢在黑影里的野地上，
它诱劝我走近雾霭和黑暗。

我如空气一样地离去了，我对着将逝的太阳摇晃着我的白发，
我把我的血肉大量抛进涡流之中，包在像花边一样的破布中漂流着。

（楚图南　译）

在最后的第52段（像《圣经》的篇章，一年中每周都读一段）诗人将宇宙描述为云朵—蒸气和/或彗星（“我如空气一样地离去了，我对着将逝的太阳摇晃着我的白发，我把我的血肉大量抛进涡流之中，包在像花边一样的破布中漂流着”），或带着一种性高潮般的暗示（例如在第24段中，“你是我丰富的血液！你那乳色的流质，是我生命的白色的液浆”）。

并且它投射出诗人意图“在世界的屋脊上发出我的粗野的呼声”。“漂流”也是惠特曼早期使用的一个精巧形象，而诗人的核心术语“翻译”，呈现
391 出一个崭新的面庞。“我也一点没有被驯服，我也是不可解说的。”然而置于一部宏大的乐曲之中，每个因素也都是特别的、难以翻译的、不能简化的。结尾几行重申了惠特曼诗歌力量来自于常见的草，然而他把草这个意象用得更加前卫并催人奋进，以草的形象点明要旨：“在一处错过了，还可以到别处去寻觅。”

惠特曼在《自我之歌》中首次强烈表达出对美国的看法。诗歌展现出各种各样同时并存的生活经历，创造了层出不穷的联想形象。诗歌以一个热切经历的形象过程而结束，在这个过程中诗歌总体上接纳了读者，并寻求将读者转化。但惠特曼也意识到这伟大诗篇所面临的艰难险阻。有时各种经验彼此矛盾、混淆不清或是互相取代。这不仅是由于语言及其排列不当的问题，这是美国的问题。在诗人看来，美国的每个方面都要互相映衬，彼此交错：呈现出版图扩展、经济发展、技术进步、文化道德创新的百花齐放的繁荣景象。但诗人表示他深知在1855年这不易实现：第一，美国自身就是矛盾统一体，因为她还保留奴隶制；第二，他越来越感到，不同领域难以保持协调平衡。正如《草叶集》在追求过程中所面临的破坏力，因为这些威胁诗人的形象模式无法实现。

《草叶集》目录技巧在集中和发散方面步履维艰。但这不仅是形式问题，同样是在美国不平衡的竞争因素、方向和责任环境下的社会政治问题。《我歌唱带电的肉体》在直面违反美国中心政治主张的奴隶制时唱出英勇无畏的战斗之歌。根据惠特曼在1848年为新奥尔良的《新月报》（*Crescent*）工作三个月的经历（诗人唯一去的南部腹地），根据他这三个月紧缩开支、节俭度日的情况，诗中"肉体"必然是政治性的，使诗人"坚定诚实"。"电"是惠特曼极其复杂的相互联系中的一个对立面，它立刻使读者联想到性爱诱惑、精神外延、形象关联、科学能量。在第6段他心醉神迷地宣称"一切都是一个行列，宇宙便是用整齐完美的步伐前进的一个行列"。但是我们接着在第7段读到：

> 一个男人的肉体在拍卖，
> （因为在战前我常到奴隶市场去看这样的买卖，）
>
> 我帮助了拍卖者，这龌龊的家伙半点也不懂得做他的买卖。
>
> 绅士们看着这个奇迹，
> 无论投标者所出的价钱是多少，对于它总是不够高…… 392
>
> 在这头上，是能够战胜一切的脑子，
> 在它里面和下面是英雄的本质……
>
> 这不仅仅是一个男子，这是孩子们的父亲，而这些孩子们将来自己又要做父亲，
> 靠着他，人口众多的国家和富庶的共和国可以发轫，
> 靠着他，不可计算的不朽的生命，有着不可计算的形体和快乐。
>
> （楚图南 译）

通过使用拍卖这样的语言，惠特曼将人转变为物质的、经济的商品，使语言成为具有无限价值的宣言。他把这一成就建立在创造"奇迹"的个人宗教传统与道德尊严上，并意识到每一个政府的公民都会为"人口众多的国家和富庶的共和国"而努力奋斗。这里"富庶"是个微妙的词。诗人并非意指，而且激烈反对的是将经济尺度作为体现美国价值的唯一标准，而不仅仅是在奴隶制方面。自我的转变，"合拍"这个关键词或是对"无数"的清点，标

志着他个人对共和国生活的极力维护。对于这样计算出的价值，不仅仅是经济的增长和个人财产的减少，而是对奴隶的人格否定视而不见。诗人先前在诗中提出："男人或女人的肉体的美是难以形容的，肉体本身是难以形容的。"第7段精妙的修辞倒置中，诗人成功地把肮脏卑鄙的奴隶拍卖场面用于揭示个人、每一个具有"英雄本质"的人无法计算的价值。

《海流集》（"Sea－Drift"）在社会政治寓意上虽不及《我歌唱带电的肉体》明显，但同样直面毁灭性的黑暗力量。在《永久摇荡着的摇篮里》，惠特曼以梦境的方式提供了一系列强有力的形象叠置，但以一种紧张的反作用力（counter－pull）来对抗威胁分散和拆解这种形象图式的爆发力。诗歌本身精妙绝伦、形象多样、层出不穷。第6段中运用了广泛的形象序列，而第5段的形象序列较为集中，正如《永久摇荡着的摇篮里》一样。

从永久摇荡着的摇篮里，
从反舌鸟的歌喉——如簧的音乐中，
从清秋九月的夜半，
在荒漠的沙洲和远处的田野上，那里有一个孩子从床上爬起来，光头赤脚，孤独地漫游着，
393 下自遍澈地面的清光，
上自动摇着如同活人一样的神秘的暗影，
从长满了荆棘和乌莓的土地上，
从曾对我唱过歌的一只小鸟的记忆中，
从我对你的记忆，你，我的悲哀的弟兄哟！从我所听到的一阵阵抑扬的歌声中，
从迟迟升起好像饱和着眼泪的黄色的半轮明月里，
从浓雾中那刚开始的表示企慕和热爱的歌声中，
从我心中不断发生的千万种的反应里，
从这引起来的无数的言语中，
从比什么都更强烈更精美的言词中，
从现在他们唤起的这再现的景象中，
如同一群鸟，呢喃着，向上升起，或是从头上飞过，
在一切匆匆的避开我之前，
一个成人，但从这些眼泪看，也是一个孩子，诞生了，
我把自己投在沙滩上，面对着海浪，
我，这悲哀和欢乐的歌手，现在和未来的接合者，

领会到一切的暗示并对它们加以利用，同时又疾速地超越了它们，我
唱着一支回忆的歌。

（楚图南 译）

本诗开篇诗人一气呵成，主语谓语在最后“我唱着一支回忆的歌”了然点明。语法上的暗示是这个“我”将是这“悲哀和欢乐的歌手，现在和未来的接合者”，然而此时接合并非封闭，而是通过“领会到一切的暗示并对它们加以利用，同时疾速超越它们”而加以建构。作为惠特曼形象术语的“暗示”将同时被“利用”和“超越”。经历紧密联接，无穷无尽；形象多喻，形散神聚，其功能与形象集中，异曲同工。意象彼此交错，内容多层指涉，语法有机联接，经历互相反衬。

正如惠特曼的挽歌一样，这首诗集中反映诗人的典型意象：大海、鸟儿、诗人、孩子以及成人。第一个长句实现了一系列在语法上摇摆不定的意象之间的联系或割裂，几乎每一个短语都对应许多不同的主语。介词的应用实现了句法的神奇效果。从“摇荡的摇篮里”（大海里）走出来的是孩子，在出生后苏醒的那一刻，但同时是诗人的记忆，也就是这首诗中的歌；并且鸟儿“如簧的音乐”及吟唱，既是诗人歌声的形象，也是孩子苏醒的形象。是孩子、鸟儿、歌声（鸟儿的及诗人的）以及记忆或走在“荒漠的沙洲”或走在“远处的田野上”或走在“神秘的暗影里”（暗影是众多意象中非常典型的一种）。巧妙运用“上升及下落”描述诗歌、大海、记忆、鸟儿及婉转歌喉，都 394
“呢喃着，向上升起，或是从头上飞过”。都“唤起在这再现的景象中”。一切“匆匆的避开我”，柔弱而又迅速的形象之链紧张而又流畅，节奏明快，意味深远。

这些纷繁复杂、彼此交错的形象在诗中构成互为矛盾对立的框架，呈现出生殖与不育、开始与结束、出生与死亡。此诗 1859 年最初题名为《海之词》（“The Word out of the Sea”），就隐喻出“此词更加强烈，更有喻意”。那个词便是篇尾的死亡。即便现在诗歌中也呈现出死亡的画面，“从亚拉巴马来的两只小鸟”幸福欢快地到来却换来诀别的痛苦深渊。它们所来之处明确地增添了本诗国家分裂的政治喻意。

形影成双，
和风吹向北方，和风吹向南方，
白昼来了，黑夜来了……

后来突然之间，
她大概是被杀害了，她的伴侣也不知道，
有一天上午，雌鸟不复在巢中孵卵，
下午也没有回来，第二天也没有回来，
以后也再没看见她的形影。

（楚图南　译）

南方或北方，白昼或黑夜，很难在美国里融为一体，合而为一。但是政治分裂在诗中产生。雄鸟存活下来成为“孤独的歌唱者”，孩子看到这种分离和无可挽回的损失，现在成为诗人。

是呀，我的兄弟哟，我知道你，
别人也许不懂得，但我却珍视你所唱的每一个音调，
因为我曾不只一次，在朦胧的黑夜中溜到海滩上，
屏息着，避着月光，将我自己隐蔽在阴影里，
现在回想起那模糊的景象、那回声，还有各种各类的声音和情景，
巨浪的白色手臂永不疲倦地挥动着，
我，一个赤脚的孩子，海风吹拂着我的头发，
听了很久很久。

我听是为了记忆，为了唱歌，我现在谱出这歌声，
按照你的辞意，我的兄弟呦。

（楚图南　译）

“我的兄弟”将孩子与鸟儿、诗人与孩子、诗人与读者联系在一起。这一段凝
395 练集中地反映出惠特曼诗学词语“形状”、“回声”、“声音”，由于孩子现在是诗人，“谱出这歌声”，（既是音乐的又是诗歌的）——诗歌力求达到的形象转化在此刻得以实现。

然而这追忆的时刻建立于分离之中。诗歌、记忆及传记的形象并非产生于成熟与完成，而是缺场和失去。“巨浪的白色手臂永不疲倦地挥动着”是溺水的写照（回忆“沉睡者”），诗人所谱出的歌声成为一种否定。

我再也不逃避了，这余音的震荡，

这失恋的哀歌和呼声，将不会从我心中消逝，
我也不再能够仍是那天晚上以前的心神宁静的孩子了，
那晚上在黄昏的月光照着的海上，
那使者在我心中激动起灵火和心中的甜蜜的狂热，
一种不可知的欲望，我的命运。

（楚图南　译）

如同李尔的（及坡的手法）叠句“再也不”形成紧张气氛。作为诗歌的歌唱者，诗人所吟唱的是否定的。“这失恋的哀歌和呼声”，将“不会从我心中消逝”。歌声产生于“一种不可知的欲望”，产生于缺少，产生于失去。结尾形成咏叹调，表现海之外的词“那个强烈而美妙的字”，“低声说出这美妙的字，死/还是死，死，死，死”。

在《民主展望》中，惠特曼曾预言“美国未来会诞生许多诗人。他们会创作出有关死亡的不朽诗篇”。在惠特曼形象转换的宏伟想象中，死亡占有绝对重要的地位：

美国需要，世界也需要这样伟大诗人的诞生。他们把人类理性的肉体时空联系和符合在一起。而自然与人若即若离，时而包围，时而逗弄，时而融在其中，时而疏远在外，最终宇宙与人类和谐共处，平静而又安详…… 诚然这种普遍的倦怠无聊、怯懦畏缩、恐惧死亡的心态，这些卑鄙可耻的看法，不会永远笼罩着未来社会……会有伟大的文人横空出世，尤其是诗人来为死亡谱写篇章。

死亡参与进惠特曼式的合拍中，然而，它具有许多艺术效果。正如《永久摇荡着的摇篮里》中运用“甜蜜的地狱”、“不可知的欲望”这样的矛盾修辞法，死亡是永恒欲望中浪漫主义想象的源泉。这是自然缺憾的原因，也是对其做出的回答，甚至通过对自然丰富的否定使想象为自身及其产物留有余地。
在这点上，死亡与否定是“自然”的“巨大多重投射”中形象换位与多喻性 *396*
的标志。诗歌创造性要求接受移位、改变、差异、缺失，并且一种形象既由他者产生，又可代替他者。正如爱默生“圆周结构”（circles），惠特曼的形象是通过“移位”在“舍弃”中前进的，它们“并非是固定的而是变化的”。

1860 年出版的《海流集》常被解读为继 1855 年版《草叶集》达到高峰与自信后的跌落，全诗弥漫着怀疑与消沉的情绪。但死亡从一开始就是惠特曼的中心形象。在《自我之歌》中，诗人将死亡置于典型形象的中心位置，

使之成为诗歌中无尽解读经验的关键之处，并且得到不断的重新解读。在《永久摇荡着的摇篮里》中，死亡不是诗歌灵魂中衰败与失去的异己标志，而是最初就铭刻在惠特曼诗歌宏伟蓝图中，并成为其铭文。

这并非意旨死亡仅仅融入到完整与统一重构之中。惠特曼的“死亡”没有固定的范围，没有合理的结构，没有超验的空间。凭借感觉能够判断分离与否定的伟大力量。然而分离与否定衍生于形象转化中，立刻成为废止与生产的链条：生产与废止密不可分。在惠特曼看来，形象力量的代价在于放弃永恒，拥抱差异。就像时间自身的生产性（在《自我之歌》第23段惠特曼宣布“我绝对接受时间”）是繁殖的形象一样，其他方面者则不予考虑。这是理解诗人诗歌观点的关键，也是理解他的历史观的关键。这紧密联系着诗人的民主观念，他感到美国是一个在多元世界中由多重参与者彼此不同的无尽个性组成的空间。美国事业与政体中的形象的多意性对于惠特曼不断宣扬的“美国是最伟大的诗篇”至关重要。美国，正如同一首诗，而且的确就是一首诗，一定能够由它的多元化形象解读。惠特曼的诗歌致力于将美国人植入这种形象力量的遗产之中。

然而也存在较为隐晦的一面。惠特曼并非试图在诗歌中否认分离与混乱，也并非试图把它们重新融入到单一的整体中。但是即便在他的形象塑造过程中，其过程也依赖移位（displacements）作为其部分的生成力量。分离的移位不会生成内部对应的形象链，而是试图推翻它们。一种萦绕心头、挥之不去的感觉油然而生，各层次的经验非但没有彼此呼应与暗示，反而彼此颠覆。
397 个体处在分立的地位上，却未能结合在一起。

> 过去和现在凋萎了——我曾经充满了它们，又倾空了它们，
> 现在又要去装满将来的最近一层……
>
> 我自相矛盾吗？
> 很好，我就是自相矛盾吧，
> （我辽阔广大，我包罗万象。）
>
> （楚图南　译）

惠特曼诗歌充满了过去和现在，同时又倾空了它们。这也许是为了装满将来的最近一层的一种必要准备——也许只是一张白纸的意象。但这依然是惠特曼的问题，实际上也是美国的问题，是否诗人所极力宣称代表美国的“自相矛盾”的确成为他诗学反映和感受的大众生活基础呢？是否美国之歌能够海

纳百川般“包容”它的多义性及互为矛盾的能量，抑或是被它们推翻呢？

词汇自由共和国中的怀疑与异议？

惠特曼是孤独的民主歌手和诗人，这广为人知。但惠特曼同时也是怀疑论者，这一点恐怕并非人所共知。然而怀疑论始终困扰着诗人，这种感觉并非偶然而是深深地弥漫在他整个的美国诗歌中。如诗作《当我与生命之海一起退潮时》（“As I Ebb'd with the Ocean of Life”），海边碎片并非记载着暂时的消沉，而是诗人不断书写的与世界分离的威胁。这种分离力量的压力最终没有融入自我之中，或者吸收与吞并这个世界。惠特曼的诗歌几乎提供了技术认识怀疑论（technical epistemological skepticism）。例如，在他的自传诗《有个天天向前走的孩子》（“There Was a Child Went Forth”）中，诗人写道：

> 那些白天黑夜的怀疑，那些奇怪的猜测和设想，
> 猜测那现象是否属实，或者全是些斑点和闪光，
> 那些大街上熙熙攘攘的男女，它们不是些闪光和斑点又是什么？
>
> （楚图南　译）

这种怀疑的分离时刻与诗歌整体功能的宣言形影不离、紧密相联，诗篇开门见山点出：“有一个天天向前走的孩子/他只要观看某一个东西，他就变成了那个东西。”在此后诗篇中，诗人把永远失去与分离难聚视为创作的源泉，正如在《永久摇荡着的摇篮里》鸟儿在虚空与死亡的巨大挑战面前痛失所爱。《永久摇荡着的摇篮里》结尾句“低声说出这美妙的‘死’字，说了又说，死，死，死，死，”正是诗人蔑视自己建构的死亡形象、追求卓越与整体的见证。《当紫丁香最近在庭园中开放的时候》明显是一个分离的文本，其中心意旨显然是以个人及社会历史的角度面对死亡、失败、瓦解。的确，《当紫丁香最近在庭园中开放的时候》强调指出惠特曼对于世界分离的疑虑并不仅仅是他个人的幻想，也不能仅仅融入整体的自我之中。随着19世纪50年代美国共有的国家生活遭到破坏，它们不再与他的文化相关。 398

惠特曼似乎将分离力量抛之脑后，而热情洋溢地谱写了如《自我之歌》这样的非凡颂歌。这首诗歌雄浑响亮，充满豪情。正如哈洛德·布鲁姆

(Harold Bloom[1]) 所感叹的一样，惠特曼为一切唱出了赞歌，我们耳朵都听出了茧子。然而无论是诗歌形式结构还是修辞框架，无时无刻不充满乐观喜悦之情。目录法在肯定的同时也反映出惠特曼对于整体想象的局限。多数读者认为惠特曼用目录法来统一他的各种各样不同材料，即使不是如此，也是要把美国的不同因素统一起来。而诗人如同诗歌和国家的公分母，他试图将多样性融入他的文本中。他似乎是坚信，(即使不能完全实现) 诗歌想象具有统筹能力，进而也表明美国的民主事业接受多样性、具有海纳百川的气魄。

但是一种游离在想象力与诗歌统筹力之间的辐射力量伴随着目录产生了。它们没有自行其是，而是努力引出多样性——这种努力也显示出张力。事实上它们（和总体上惠特曼的诗学）挑战和质疑诸多不同材料之间相互联系的可能性与联系模式。这些确实成为评价惠特曼各项事业的关键因素。在1855年到1860年之间，惠特曼诗歌生涯如日中天（除了在1858年在报社工作写诗数量减少和《海流集》引起疑虑外），内战期间，诗人在华盛顿及附近忙于政府工作，并成为士兵的裹伤者。最后诗人在新泽西的卡姆登（Camden, New Jersey）辞职并生活在那里，在1873年遭受中风后于1892年去世。1866年，道格拉斯·奥康纳（Douglas O'Connor）在书中称惠特曼为"伟大的灰色诗人"（The Good Gray Poet），目的是为惠特曼被指控淫猥而被华盛顿印第安人事务局（Washington Indian Bureau）解职一事平反。这一称呼却成为惠特曼
399 背叛自己的诗歌首创精神及桀骜不逊性格的标志，因为从内战时期出版的《桴鼓集》（*Drum Taps*）开始直到去世为止，诗人始终与出版社、社会以及政治体制妥协退让。

惠特曼积极修改诗作成为争论的焦点，然而，背叛与衰败更加坚定诗人不断修订的决心，他重新来到印刷机前不停地修改。《草叶集》历经1855年版、1856年版、1860年版、1867年版、1871年版、1876年版、1882年版以及1891年—1892年临终版，每一版本都被解读为惠特曼的诗歌、性以及思想纯洁性的不断腐化过程。这些修订往往被视为诗人抛弃早期的激进主义、削弱诗歌表现力的标志。更有甚者认为诗人在不断试图隐藏其同性恋倾向，并

---

① Harold Bloom（1930— ），当代美国著名文学教授、批评家，曾执教于耶鲁大学、纽约大学和哈佛大学等知名高校。主要研究领域包括诗歌批评、理论批评和宗教批评三大方面。他以其独特的理论建构和批评实践被誉为"西方传统中最有天赋、最有原创性和最有煽动性的一位文学批评家"。代表作还有《误读之图》、《西方正典》、《解构与批评》等。——译注

且诗人通过对性爱重新审视来模糊或删减有关明显章节。然而如若诗人果真有此意图，很明显这绝非明智之举，笨拙之极而留下等量齐观的内容，并且拒绝做出任何妥协与让步来防止因被指控猥亵而于1882年遭到的诉讼。也有观点认为诗人重新审视性爱最终是为了激烈反对美国主导文化，是诗人对美国社会规则时而遵从时而背弃的若即若离关系的真实写照。因此对惠特曼研究的争论又浮出水面。修订历史成为自我诗人与民主诗人相抗衡的形象。这个社会或公众人物被认为隐没了真实的、自省的、独立的自我，而纯粹的诗歌成为预言和雄辩的献祭品。

对于美国的意识形态和宣传活动，惠特曼既抗拒又接受，并且力图把反常之事及不同之物融入诗歌统一体中。诗歌统一性形成诗人血气方刚的自我，但同时又荒谬地丧失差别，最终吞噬了世界，形成帝国主义自我。个人及公共两败俱伤，妄自尊大的自我衍变成妄自尊大的民族主义，试图从这种共谋中拯救和捍卫惠特曼，使他置身于美国意识形态的对立面或外部，来反对美国的意识形态。

但事实上，惠特曼既处于美国的意识形态之中，又对它进行批判。诗人围绕美国价值体系进行批评，并非是排斥拒绝，而是批评美国自我矛盾之处。惠特曼性格中的激进与协同相抵触，并非确定他对美国持有异议。个体既非简单地反抗社会制度，亦非由其吞噬，作为其集体的机械代言人。相反，惠 400
特曼希望在由独特的个人组成的政体之内建构完全独特的个人。建立起独特个人之间既互相尊重又团结一致的关系是惠特曼的热切期望，也是最大忧虑，这以不同方式分别代表诗人的诗歌创作和美国社会。

就惠特曼的诗歌事业而言，他对美国的信念体现在形象联系上，然而诗人通过与这些形象有关的诘问、语气及怀疑主义表达对美国的异议。每一件事情都可能有转化为形象吗？诗人的见解与其他人达成一致了吗？甚或其本身系统而严密吗？惠特曼不厌其烦地宣称美国是一首诗：“这些州就是最宏伟的诗”（《在蓝色的安大略湖畔》）“美利坚合众国本身就是最伟大的诗篇”（1855版《序言》）。诗人的诗歌颂美国的多样性：正如惠特曼的诗，美国是一个不断衍生出形象的文本，从“深厚的底蕴［到］[①] 崇高的思想”。诗人写道：“美国的今天是一种带有适合于人类灵魂的伟大性和无限性的宇宙与动力特征的诗，在过去是从来不可能的。”（《过去历程的回顾》）在丰富的合拍过程中，诗人意识到“根据合拍原则，政治……宗教形式、社会学、文学、教师、学校、服饰等等皆为不可分割的统一整体”。诗人追问道：“这种情况下

① 方括号为原文所加。——译注

我们怎能保持不变、分离、自相矛盾呢?”尽管惠特曼急切渴望找出答案，但这远非仅仅用优美的修辞便可回答的。答案与惠特曼诗学的、哲学的及政治的立场息息相关。

在这一层面上，惠特曼试将纷繁众多的材料归纳为一个问题所体现出的极端主义精神却暗示了浪漫的主观主义精神。诗人早年在《长岛民主报》(*Long Island Democrat*) 做编辑时所写的《落日》（“Sun - Down”）中描绘了这样一个场景，即人人带着形状不同的“眼镜”凝视一座庙宇。在他的哲学笔记中，诗人沉思着：“透过镜中之脸可察看人间百态，看到自然的物体、过程、状态，并通过反射、鉴别、发展、验证可察看人类精神……人类之魂居于中心，而整个宇宙围绕于它，满足其所需，并为之服务。”惠特曼完全认识到浪漫主义者的发现，因此脑海中完全反映并呈现出自然的轮廓。在《过去历程的回顾》中，诗人称这是一种康德式的发现（a Kantian discovery），“人
401 类的感情、道德和美学在本性上并没有发生根本的变化，它们作为过去的写照仍有不可估量的价值，我愿意最大限度地承认这些看法，充分明白它们从形式到思想的伟大壮丽之处。”

浪漫主义通过发现意识的创造力而建构自己的世界，然而也付出了沉痛的代价，即它揭示出这样一个观点：世界若失去了创造力，将会土崩瓦解、坍塌消逝。意识的力量也界定了它的局限。浪漫主义的自信本身更是一种威胁。惠特曼用洪亮的声音呐喊，这不仅反映出巨大的能量，也反映出焦虑，以及略带绝望的诗歌《一只默默坚韧的蜘蛛》（“Noiseless Spider”）。在那里他的灵魂

> 周围为无限的空间的海洋所隔绝，
> 你不断地在冥想、冒险、探索，寻觅地区以便将这些海洋连接起来，
> 直到你放出的游丝挂住了什么地方。
>
> （楚图南　译）

《一只默默坚韧的蜘蛛》暗示出灵魂的寻觅是一种徒劳；地区不会把海洋连接起来，脆弱的游丝哪里也不会挂上。没有灵魂的交流，世界本身将会一片虚空，迅速瓦解。

《自我之歌》是建立在浪漫主义自我反省之上的“宇宙间的一切永远从四面八方向我汇集”。（第20段）其公然前提在于“一个世界，而且对我来说是最广大的一个世界，是可知的，那世界便是我自己”。惠特曼深知这一点，因为诗人就是折射镜，无论它遇到什么，都是自我的写照。（“在一切人身上我

看出了我自己。”）他所提供的，并不仅仅是描述，而是力求通过自我之眼进行图像转换。诗人的任务就是积极地阐释，这首先表现为他自己的阐释能力：“一切都为我书写下了，我必须理解其中的意义。”（第 20 段）诗人不仅在颇富生气的修辞上而且在自我表达方式上都消除了不同材料间的张力。《海流集》中《当我与生命之海一起退潮时》体现了浪漫主义事业中的颠覆因素——对自我及其修辞也许不足以将世界统一的疑虑。这些疑虑并非是一种莫名其妙、突如其来的反常，而是持续的冲突：

当我与生命之海一起退潮时，
当我行走在熟悉的海岸上，
当我漫步于细浪不停地拍击你巴门诺克的地方，
那嘶哑的咝咝叫的水波刷刷涌来的地方，
那暴躁的老母亲不停地为她的遇难者哭泣的地方，
我在秋日的傍晚沉思着，向南凝望，
被这个我引以自豪和为之吟咏的带电的自我所吸住， 402
被那些在脚底的电线中流动的精灵所俘虏……
那谷壳、稻秆、碎木片、野草，以及大海吃剩的东西……
就在那里，那时候，巴门诺克，当我想起往昔关于相似之物的思想，
你这鱼形的岛啊，你把这些呈献在我眼前，
当我走向我所熟悉的海岸，
当我漫步着，让那带电的自我搜寻表现的字眼。

（楚图南 译）

该诗重现了惠特曼许多幻想转化的关键术语，暴露了主观主义幻想的薄弱基础，使得其对世界的憧憬遭到质疑。当诗人“沉思着”散步时，“往昔关于相似之物的思想”失去了踪影，“带电的自我搜寻表现的字眼”，找不到解读世界的迹象，却看到解读的失败。这种分裂感体现在海滩碎片式的形象中，这是一种否定式的照应，然而这一照应使思索之环更加紧密地围绕于自身，反映零散的记忆碎片。“字眼”及“带电的”本身就体现反转化，正如同惠特曼海水自身的比喻一样。惠特曼的诗风难以捉摸，但尤其突出重复使用响音词积聚丰富的内涵。词汇纵横交错，在形象的运用中创造深度及回响。“带电的自我”唤起《我歌唱带电的肉体》中意义的密集交错，激发读者的联想。“字眼”形象则吸收古代清教主义源泉，惠特曼以多种方式使之为我所用。并

且诗人最初就赋予其诗歌事业以宗教内涵，作为代表世界及历史神圣意义与目的的标志。诚然对于曾作为印刷工人的惠特曼，“字眼”再现的恰恰是他出版的标志。在《当我与生命之海一起退潮时》这些标志成为“脚底电线中流动的精灵”，一个诗歌常用的双关语，揭示而且反映出诗人想象世界国中的深不可测、动荡不定的矛盾。诗人自省的诗学意象体现在“水波”、海声以及嘶哑的呲呲声等诗歌形象上。

海水本身不断成为诗人形象转化的手段，更不必说强烈的性欲。在《从被抑制的疼痛的河流》（“From Pint - up Aching Rivers”）诗篇中，可以看到诗人“自己的洪亮的声音歌唱阳物”。这首诗还包括惠特曼的一个关于“清单”（list）的双关语。诗句“为我自己，或者为你或任何人，展开一张神圣的清单”，引出诗人诗歌中一系列互为不同却彼此呼应的各个层面。《本能的我》（“Spontaneous Me”）含有海员的意义，“清单”在这里蕴涵着横木和水淋淋的落锤：“那些美丽的湿淋淋的碎片，一件又一件被忽略的事物，当我偶尔把它们唤起或想起它们的时候。”在《我歌唱带电的肉体》中，“清单”化为诗
403 歌般的呼唤，“听，数着”。

在《当我与生命之海一起退潮时》，相互关联的“图表”从倾听着的、灭绝的世界中分开，诗歌力量揭开面纱，成为缺场的魔咒，声音不在，形象不在：

> 当我走向我不熟悉的岸边，
> 当我谛听着哀歌，那些遇难的男人和女人的声音，
> 当我吸入那迎面扑来的摸不着的微风，
> 当那如此神秘的海洋向我滚来，渐渐迫近，
> 我也至多只意味着一点点漂来的东西，
> 一小撮可以收集的沙子和败叶残梗，
> 收集着，将我自己与沙子和漂流物合在一起，成为它们的一部分。
>
> 啊！失败，受挫，几乎屈身到地，
> 我对自己感到压抑，悔不该大胆出声，
> 如今才明白，在那些招致报应的胡说八道中，
> 我从来丝毫没想到自己的身份，
> 只想到在我所有那些傲慢的诗歌前，真正的我仍站在那里没有触及，没有说明，根本没有接近，
> 他退得远远的，以赞讽参半的手势和鞠躬把我嘲弄，

对我所写的每个字都报以一阵阵哄笑和冷冷的讽刺，
默默地指着这些歌，然后又指指下面的沙子。
我发觉我没有真正懂得什么，连一样东西也不懂，而且谁也不能，
在这里，当着大海的面，大自然趁机突袭我，刺我，
只因我曾大胆地开口歌吟。

（楚图南　译）

本诗公开承认，它不是反映一致，而是否定。这些现在是“我不熟悉的”海岸，萦绕着“遇难”男女的声音。自我与世界并非前后一致，彼此也无法接近。在别处意味着形象的“回声”——在《自我之歌》第18段表达了“嘹亮的回声”和“暗示”——在这里仅仅是一种声音的反复回荡，它表达自己而并非这个世界。然而若这个世界不存在，自己又将消失，“未曾触及”，由大海唤起的惠特曼式的性爱将濒临失败，遭到“刺痛”而非以“多情的海潮向我冲击”（第22段），亦非28个青年人在海边洗澡时飞沫拍击的性爱场景（第11段）。诗句“真正的我……未被触及，无言以告”与其说是个人的超自然形象，不如说是个人与诗歌的一致的可能性丧失了。（“无言以告”对应话语的崩溃。）作为诗歌形象的个人或其他联系，现在是“退得远远的，以赞讽参半的手势和鞠躬把我嘲弄”。

本诗丰润的结构似乎是以一种消除疑虑的方式，唤起一系列惠特曼式的形
象：“讽刺”或“赞讽参半的手势”使人联想起《永久摇荡着的摇篮里》反舌 404
鸟的歌喉。“胡说八道”消解了《自我之歌》中“闲游者的谈话”（第8段）。“压抑”（oppress'd）暗示出惠特曼压印（impression，第13段）或是印刷体“挤压”（press，第33段）之类词汇的整个链条。不断重现的“漂流”意象证明诗人善于在诗歌形象中运用响音词。例如诗人在《不要向我关门》（“Shut Not Your Doors”）中写到“书中的文字不算什么，它的倾向才是一切”；在《各行各业的歌》（“A Song of Occupations”）中写到“苹果形的地球和上面的我们，它们的趋向确实有不平凡之处”；在《自我之歌》的迅猛收笔处，诗人预言般离去，就如彗星在“镶有花边的布片”上“漂流”（第52段）；在《当我与生命之海一起退潮时》初稿开篇中诗人积极地暗示：“伟大的海流啊，你与海浪一起影响着我，我多么希望像你们那样去影响他人啊！”但这只会在诗歌结尾暗示一种恢复。在那里“超越几许思绪的片断彼此矛盾”似乎表明诗人与社会重获联系。“无论你是谁，我们在你脚边的漂流物中躺着”几乎表明诗人与世界成为彼此的信徒，而漂流成为诗化的轮廓，并且反映出崩溃与迷惘。

在诗歌的主要进程中，“自我压抑”的感觉似乎超越了“影响他人”之力。“我也至多只移位这一点点漂来的东西”，揭露出浪漫主义诗歌幻想的脆弱性，如大海般漂流不定、随波逐流。它以自身为中心，而自身在转变的时刻十分脆弱。惠特曼所写既是诗歌幻想的作用，又是其局限性。他“眼光从南天落回地面”，置诗歌于全部视野之内。但如同任何浪漫主义视野转换的本质一样，视点可能转移，正如在这里以前的形象逐渐融入到孤立与唯我主义中。“我发觉我没有真正懂得什么，连一样东西也不懂，而且谁也不能。”诗中“融合”并非指世界像主人般吞没了诗人，而是诗人融入“沙子和漂流物”中。

惠特曼的《海流集》可与爱默生的晚期散文《经验》（“Experience”）相媲美，文中想象的转化之力被简化为“玻璃监狱”（prison of glass）。然而这种简化已经暗含在《论自然》的“透明的眼球”中了（惠特曼在1851年的演讲中曾引用过），爱默生以此暗示想象的不确定性。“每一小时，每一次改变，都对应和证明一种心境。”然而在某种意义上，眼睛所见只是事物的映
405 像，“如同自然般美丽”。怀疑主义者的主观性萦绕于浪漫主义诗歌想象中。

这种怀疑主义在1860年所写的一首诗《当我与生命之海一起退潮时》爆发出来，（并且惠特曼的眼光“从南天”落回地上）。诗人所关切的知识上的审美与认识论问题也同样具有社会、文化及政治指涉。存在于自我与世界、自我与自我、自我与他者之间的怀疑分歧；存在于自我指涉的主观性之间的张力；在多样性中建立共同体的问题以及与之相对的分裂力量，使内战爆发具有一种政治必然性。但惠特曼的危机感远远超越联邦面临分裂的紧迫性。他的诗作常常被理解为一面镜子，反映联邦制与各州权力之间的紧张状态，惠特曼的联邦主义试图通过诗歌的吸收力量得以实现。这种分裂的危机显然使美国的离心力量骤然膨胀，但美国的文化分裂远远超出当时特殊的联邦政治，并在内战后联邦重建时也长期持续。林肯在他的第一次就职演说时谈到“脱离联邦的本质即是无政府主义”。然而，惠特曼逐渐感到这些无政府主义的力量以及他们所具有的分化公民的潜在危害，总是呈现在美国多元化的伟大事业和复杂的自由传统基础之上。

据说惠特曼《民主展望》（1871）的开篇与约翰·斯图尔特·米尔（John Stuart Mill①）的散文《论自由》（“On Liberty”）有关。诗人写到米尔认为一

① John Stuart Mill（1806—1873），英国思想家、哲学家、经济学家、哲学心理学家，实证主义和功利主义代表人物，经济学的古典学派的最后代表人物，也是心理化学理论的创始人，是被公认有史以来智商最高者之一。——译注

个“真正的伟大民族”“首先要具有多样化性格，其次要能以无穷无尽甚至相互矛盾的方针政策表现和扩展人性”。诗人赞美这些“多样性及自由性”原则是“新世界政治和进步的伟大教训”。这些原则证实诗人对美国自由主义的洞察力来源于革命及宪法的有关论述。在这些论述中，多元利益是自由共和主义的关键，同时也需要协调和指导。《联邦党报》（*Federalist*）第10章提出新政府应该“吸收更广大的多样化的党派以及利益团体”，以便使“更多党派提供更大的安全性，防止任何党派因数量上占优势而压迫其他党派”。这种相互竞争的个人和党派利益所形成的制衡力量，将在公共机构中通过多元化声音及共同参与形成积极的优势。麦迪逊（Madison①）在《联邦党报》第51章中写到：“以野心来抵消野心，个人利益必须与地区的宪法权利相联系。”

根据杰斐逊传统，防止个体及利益公开竞争而使社会分裂的因素，要参与到公共生活中，这样可以界定和捍卫自治。杰斐逊的民主构想是在公众参与中实现私人利益与公共利益的和谐共存，在其中个人努力通过服务于政治团体而得以实现。同时，个人自由的最佳保证就是参与到政治进程中。正如 406
19世纪40年代托克维尔写到：“政治自由是……容易失去的，稍纵即逝。”如果“个人主义”威胁“削弱公共生活效力”，美国人“已经通过自由的机构与造成人们分裂的平等倾向做斗争”。无论地方性或是全国性选举及立法程序会为“集体中所有成员提供一致行动的机会，并且使他们不断感受到彼此的独立性”。这些机会“将个人利益与公共利益紧密连接”，使政治自由弥补由个人主义民主所滋生的“孤立”与“自私”。“当集体成员被迫参与政治事情后，他们必将跳出自我利益的狭隘圈子。”

在大众生活中，人们会为了集体利益而牺牲个人利益，这种公民或共和制的美德可以追溯到清教徒及美国《圣经》传统。约翰·温思罗普在《阿拉贝拉》（*Arabella*）上发表的《论基督的博爱》（“Christian Charity”）中号召当时和将来的人们：

> 人人都需要他人，因此人人皆有可能如兄弟般紧密团结：人人皆生而平等，人人无高低贵贱之分，无财富多寡之别，人人皆应为造物主增光添彩，为人类谋福造益。

行政权威所强加的集体标准可能对清教徒生活中的个人自主权产生深远影响。清教主义进一步提供舞台以平衡公私利益。个人的精神性是清教主义的最终

① James Madison（1751—1836），美国第四任总统，被称为“美国宪法之父”。——译注

义务，然而其在集体生活中也贡献于公共利益——而这种公利与私利相互确认在惠特曼《自我之歌》中得以重写。

强调个人自主权的政治及《圣经》传统不断影响到自我管理的集体生活，进而进入经济个人主义传统，并从清教事业的一开始就体现在合资公司中。1776 年亚当·斯密（Adam Smith）出版《国富论》（*The Wealth of Nations*）是其重要标志。从 19 世纪开始，多样化的、不受约束的通过自我努力创造财富的模式得到人们的认可。此外，公共参与的政治传统也预示着以赛亚·伯林（Isaiah Berlin①）所谓消极的自由为基础的政府权威，而这种消极自由却得到
407 诗人的鼎力支持。惠特曼在有关报章中对于消极自由进行了明确表达，即“政府的至高权力归根结底实质”是“人人的权利不受任何侵犯……这一规则，只要合理解释和应用，足以形成政府必要的出发点；不需制定更多的法律以防止个人或团体侵犯别人的权利”（1847 年 7 月 26 日）。民主政府的任务就是保护个人不受干涉，进而使国家为所有人的自由发展打开方便之门：“在每一个现代国家，总会有这样一个阶级渴望自由地对待人性，给予它信心，并通过其本性和冲动的适当自由，为其提供发展的机会”（1846 年 3 月 21 日）。惠特曼在《布鲁克林每日鹰报》中以杰斐逊的流行观点来总结他对个人权利及自由的认识：“最好的政府就是管得最少的政府。”

但正如惠特曼所担心的一样，一个人人都谨慎小心、彼此防范的国家怎样建立起共同利益呢？这一点并不完全明朗。根据美国观念，尤其根据惠特曼对美国观念的理解，个人主义正是在这种多样性背景中产生，但是它们多种多样的冲动经常呈现不确定的关系。在整个 19 世纪，价值观的冲突加剧。随着自由意志主义政治甚或自由市场经济的发展，个人奋斗的公共和社会框架在政治和宗教传统中面临与日俱增的压力。

存在于个人的自由独立和社会公共生活之间的潜在分裂，在惠特曼形象转换中喷涌而出。在这一事业中，诗人尝试着将各种不同的美国经验联系在一起。个人及社会、经济及文化、诗歌及科学等各种领域彼此统一、互为补充。但当惠特曼阐述这些彼此相关的形象时，分裂便产生了。在许多方面，诗人美国诗学不是表达自己对美国的满足，而恰恰是对它的异议。事实上，诗人所构想及呼唤的美国是一种批评而非对于现行状态的肯定。而这也未能导致它抛弃美国的承诺或是他的自由共和主义立场。现时的政治及总统在许多方面未能充分履行职责，这促使他成为诗人，以履行自己的职责。但转而

① Isaiah Berlin（1909—1997），英国哲学家和政治思想史家，20 世纪最著名的自由主义知识分子之一。——译注

进行诗歌创作对他而言是一种社会—政治承诺。他在一封信中写到，他选择“离开政治……出于自我信仰、大众、真正代表新世界的原则”。这并非是抛弃公共责任，而是一种领导者的形象。它将使惠特曼献身于“这些州的预言 408
文学”的创作中，并且文学“将成为……美国民主最可信、最有价值的支持及表达”。然而惠特曼的诗歌记录了这项事业的艰难。美国民主急需支持。诗人致力于美国形象转换的紧迫感是对美国当前政治局势感到沮丧的一种表达。

惠特曼早期诗作《图画》（“Pictures”）在这点上具有启发性。本质上说是一个目录（但很清楚刻画的内容如同在一个房子里，这是诗人内心的真实写照），其修辞由暗示彼此之间各种特征一致的名单组成。这一形象从个人的家族史到惠特曼宣称的“历史碎片”（a historic piece）：

> 还有历史碎片——你看，弗吉尼亚的托马斯·杰斐逊
> 坐在那里读卢梭，读瑞士，
> 并且起草《独立宣言》，编纂美国法律；
> 还有新英格兰又高又瘦的拉尔夫·沃尔多·爱默生
> 在讲坛上做讲演，
> 还有我的国会正在国会大厦开会——
> 两个议院同时出席。

美国政治传统植根于卢梭的社会契约论，由杰斐逊翻译到美国创建时期的自由文献中，并由爱默生这样的自立的理论家所继承，在美国政府的国会中得以成功实现。但此前及此后段落缺乏自信：

> 还有，在一群人中，一个反叛的奴隶，蜷缩在那里，
> 你看，手铐，脚镣，血迹斑斑的牛皮鞭
> ……
> 还有，看那两艘战船在互相致敌——……
> 还有，在那弗吉尼亚詹姆斯河平坦的河岸上坐落着农场主的庄园：
> 还有一个老黑人，双目失明，帽上挂个告示牌，
> 哼呜着小曲，卑微地坐在街角里乞讨……

这首诗歌并置的几个因素是否彼此一致尚存疑议，从某种意义上来讲，目录

的修辞并未给予解决。卢梭—杰斐逊式的社会契约、平等、自治传统，如何与“农场主的庄园”上一边是与被捕奴隶有关的“手铐，脚镣，血迹斑斑的牛皮鞭”、一边是双目失明沿街乞讨的黑人形象相契合？至少可以说，将这样一些形象混合进一首诗中，是很难令读者完全明晰的。在诗歌中，同性恋倾
409 向及自我形象刻画紧随其后，但这种出其不意的插入未能充分做出解释：“还有曼那哈塔[①]的年轻人，这值得赞美的粗犷豪放（我深爱的人——让其他人歌唱他们的至爱——我要为我所深爱的他唱上一千年！）”这“曼那哈塔”的“值得赞美的粗犷豪放”，也不可避免地唤起惠特曼自身，正如这诗行暗示着同性恋的表白。对于惠特曼，“爱情”一如既往表现的是社会情欲而非个人情愫。但无论是社会或个人，爱情能实现其粘附功能吗？它能把伤口及分歧接合得天衣无缝吗？这一问题在诗歌结尾处令人不安地重现出来：

> 但在这里（你好好看看），看看这里美国的生殖选择，一个标准尺寸的男人或女人——一个自然淳朴，训练有素的男人或女人。
>
> （美国生殖选择留下了城市的精密技巧，商业和农业的回报，版图的扩张，文学及艺术的成就，所有外部成功的壮观。享受着孕育标准尺寸的人，或是一个个标准尺寸的男人或女人，不可征服，简单淳朴；）
>
> ——这些皆是悬挂在我圆形房里的图片，——像这样的图片，我还有很多——它们只是很小。

惠特曼括号内冗长的评论包含一系列互有分歧的典型经验领域，暗示出一些形象（及国家）的相关性。但它们真正彼此相关吗？“地理的版图”（惠特曼支持帝国主义扩张政策[②]）能确认“城市的精密技巧”吗？惠特曼的同性恋自白在激烈反对这种行为的社会中能占有一席之地吗？这种诗人致力于抛开一切的情欲幻象真正能包含所有争议分歧吗？尤其是当“选择”及美国之歌如此强调“生殖器崇拜”（phallic）时，男性形象能够代替、代表、转化为女性形象吗？“商业的回报”能够在一定程度上与文学及艺术成就相一致吗？并且诗人脑海中房里“图片”的幻象地位能超越他的主观性吗？

---

① 土著美国人对 Manhattan（曼哈顿）的称呼。——译注

② Manifest Destiny，一种以宣扬扩张必要或仁爱友好为幌子的帝国主义侵略政策。——译注

惠特曼诗中这些彼此相悖的形象恰恰反映出美国社会结构中的裂缝。惠特曼深知这一点，而《民主展望》就是要将之揭露。金钱尤其拒绝惠特曼殚精竭虑所渴望的转化。一方面，惠特曼根据自我设想表明美国必然走向繁荣。诗人坚持说：“毫无疑问，（美国）势必会走向物质繁荣，会超越所有先例，成为世界强国。”但是美国的承诺必须超越物质的发展与获取来实现，甚至超越自由权利，因为这些权利构成和支撑经济占有和首创精神。《民主展望》的 410
写作基于这一动机：“警告与告诫政治及商业读者……反对建立自由政治体制的流行错觉……具有普遍的好秩序、丰富的物质、工业等（这些皆为理想的，弥足珍贵的优势，）决定并且服务于我们民主实验的丰硕成果。”

惠特曼本质上拥护振奋人心的对个人独立和无尽机遇的自由承诺。在其中，“政治及其他一切政府秘而不宣的目标……不仅仅是统治及镇压暴动等，而且是发展、培育、鼓励所有仁慈和勇敢出现的可能性，以及对隐藏在所有性格中的独立、骄傲和自尊的渴望。”但是诗人看到自由政府及经济最终将通过“真正伟大的宗教、道德、文学及美学结果”表现出来，“并走向史无前例的帝国”。所有“世界现实的辉煌”都将通过“心志成就永恒的帝国大厦”。仅在那时“他们才达到实利主义的巅峰，已知的及未知的预言”。

然而，这种形象转化并非显而易见。相反，自从 19 世纪 70 年代开始，展现在惠特曼面前的景象是美国生活的“空虚”（hollowness），淹没在商业的“腐化”之中，而商业“忙乱的光芒”会“吞没一切”。“理性、科学、肉体、收入、农场、商品等人声鼎沸，成就非凡。”美国“硕大无比，越发完备的身躯已经丧失了灵魂”。尽管“各州物质进步空前绝后，但社会却变得萎靡腐烂、粗糙不堪、笃信迷信、腐败堕落”。“财富像统一浇铸的模具，到处腐蚀一代代人”，“并且彻头彻尾控制美国生活”。不但没有产生救赎般的转化，我们正面临着可怕的倒转：“我们的现代文明进步，也成为一种徒劳。传说已成为现实，我们正走在通往毁灭的穷途末路上。”

物质经济及生活其他方面的削弱是抵制惠特曼伟大事业的关键环节。在美国自由主义的基本建构中存在一种分裂的危险。在个人自我保护空间里——惠特曼在《民主展望》中所定义的“独立”是“除个人自由外不受所有法律和义务限制的自由”——因此在“我们身上滋生”出“潜在骄傲、竞争、种族隔离、固执、放任”。这种分裂威胁从政治、社会、经济领域扩展到 411
惠特曼的想象事业中。诗人致力于挖掘个人创造力，通过诗歌证明、激发、唤醒他们，这很可能使每个他/她在独立的世界里产生唯我论思想。如果每个个体以想象的消极自由来以自己的方式解读世界，什么能作为彼此参与和集体利益的保障呢？然而惠特曼不遗余力地抗拒等级制度和独裁权力所强加的秩序及一致。他的民主承诺禁止任何“不惜一切代价获取权威和……凝聚力”的行径，因为这些是以“秩序、安全、等级”为基础一直贯穿于“政治史”的。

惠特曼的伟大诗歌不断回应这些进退两难的窘境。有时诗歌对这些彼此矛盾、互不和谐的因素闭口不谈，而是力求以和谐的方式整合它们。甚至有时分歧清晰可辨。有时惠特曼极富悲切惨怛之情，像预言者耶利米①一样，呼唤国家回到以前的状态，以理所当然的美国名义来指责美国现状。很少有悬而未决的时刻，至多是模棱两可的转化或决断。最后，分歧被找到并表达出来，在尊崇中没有逃避，甚至充满希望。《永久摇荡着的摇篮里》及《当紫丁香最近在庭园中开放的时候》就是这样两首诗。

《横渡布鲁克林渡口》（“Crossing Brooklyn Ferry”）是惠特曼整合的代表作品之一。在这里，惠特曼以诗歌方式致力于物质和技术转化的思想得以强烈表达。他坚持表示河流代表工商业：“从此岸到彼岸，数不清的过渡的人群呀……把你们的火苗高高燃起吧，铸造厂的烟囱！入夜时把黑影抛下！”然而这里显示出惠特曼式的浪漫主义幻想。

> 在我下面的浪潮哟，我面对面地看着你呀！
> 西边的云——那里已经升起了半小时的太阳——我也面对面地看着你呀。
> ……
> 在每天所有时间里，从万物中得来我的无形的粮食，
> 单纯的、紧凑的、完美地结合起来的组织，我自己分崩离析了，每个人都分崩离析了，但仍为组织的一部分，
> 过去的相似处和未来的相似处，
> 光荣，如同念珠一样贯穿在我的最微小的视听上，在大街上的散步，在河上的过渡，
> 河流是这么湍急，和我一起向远方游去，
> 那跟随着我而来的别人，我与他们之间的联系，
> 别人的真实，别人的生命、爱情、视觉和听闻。

412 （楚图南　译）

① 此处原文为“in the mode of prophetic Jeremiad…”，“jeremiad”意为“悲惨的故事”且一般不大写，估计此处为“Jeremiah”（《圣经》中的预言者耶利米）之误印。——译注

本诗以非凡有力、精神焕发的自我形象打开全篇。诗人乘船，极目远眺，看见“在我下面的浪潮哟……我面对面地看着你呀”。这种开篇的反思形象，具有浪漫主义的色彩，将周围世界中的一情一景都融入作者视野范围中，以此为中心，周围世界的力量与景象都汇集在一起。“光荣，如同念珠一样贯穿在我的最微小的视听上”，是城市的灯火与河流相映成趣时诗人想象中出现的绝妙形象。然而诗人既不愿将这一想象过程孤立起来，又不愿将之占有。诗人并非冷眼旁观，而是融入其中，“我自己分崩离析了”并且“每个人都分崩离析了，但仍为组织的一部分”。连贯的诗行，嵌入“湍急的河流”，把自己与他人、过去与将来融入惠特曼赞美的“爱情”中。

精神焕发的自我作为每个人的经验的焦点，在下一诗节中神明化，“看着美丽的离心光带在阳光照耀的水上环绕着我的头”。光环环绕着一个发光的形体，这是在开篇的“面对面”中所隐含的一个宗教化的形体。惠特曼的诗歌从头至尾反映美国宗教传统的多样转化。诗人不断使用宗教术语为自己的诗歌事业服务，对美国承诺有更深刻认识，其中包括宗教方面，而这一方面交替被称为道德、精神、预言及灵魂。诗人在《民主展望》中写到：“民主的核心是宗教因素。”最高的“从过去中崛起的特别突出的阶段”是“高贵纯洁，令人肃然起敬的宗教民主”。但惠特曼的宗教观有自己的独特之处。《从巴曼诺克开始》（“Starting from Paumanok”）宣称：“我也……开始创立了一种宗教……我说整个地球，所有天上的星星，都是为着信仰的缘故。”后面继续写到：

> 我说，任何人都还完全不够虔诚，
> 任何人都还敬慕或崇拜得不够，
> 人还没有开始想到他自己是如何神圣，未来是如何的确定。
>
> （楚图南　译）

惠特曼的宗教观具有他所崇拜的伊莱亚斯·希克斯（Elias Hicks）所具有的强烈的个人主义色彩，受他自己的贵格派背景影响，他称之为神秘的、激进的“灵光”。基于此，人人皆有神性。惠特曼也意识到激进的个人主义宗教极不稳定：思想狭隘、反对律法、过于世俗。当实施“真正的贵格派”的“内在情感灵魂的神圣法则严格地，也许是强制地实施”时，结果可能是“不合礼仪、逾越常规的疯狂行为”。

《横渡布鲁克林渡口》体现了惠特曼为遏制这些不合人意的方向所做的最富预言性的努力。这首诗严厉反对先验，预想这个世界的满足与完美并不在 413

于另外一个世界，而是在于尘世生活的理想化、神圣化："繁荣，城市……扩展，也许最为神圣。"确是如此，不是聚焦于当时社会中的任何状态，而是将自身投射到渡轮要穿越的未来中，其本身成为惠特曼本人的诗学声音。"美国，"他在《民主展望》开头写道，"认为她的辩护和成功（为谁，至今，敢于宣称成功?）的价值几乎都在未来。"关于未来可能失败的任何焦虑只表现在《横渡布鲁克林渡口》第6段中，这里"落下黑暗的阴影"。

黑暗的阴影不单是落到你的身上，
黑暗也将它的阴影投落在我的身上，
我曾经做过的最好的事看来还是空虚和可疑的，
我曾经以为这些是我的伟大的理想，实际上它们不是贫乏得很么?
知道什么是恶的人也不单单是你，
我也是深知什么是恶的人，
我也曾接过古老的矛盾之结，
我曾经饶舌、觍颜、怨恨、说谎、偷盗、嫉妒
我曾有过奸诈、愤怒、色欲、不敢告人的色情渴望。

（楚图南　译）

变化的幻象可以归纳为"空白"，它总是潜在的，隐藏在黑暗中。正如在《当我与生命之海一起退潮时》中，惠特曼用一种威胁社会诗学整合的性爱罪孽和个人自白来说明，他对诗歌事业的信心已经瓦解。这里的"矛盾之结"就硬性地阻碍了诗歌前面一部分所借喻的"结"（ties）。

但第6段在整首诗中相当的自我封闭。《横渡布鲁克林渡口》中最重要的还是惠特曼的双重承诺——既专心致力于被奉为神圣的个别"自我"，又献身于一种爱的社会。惠特曼把时间与比喻结构结合，实现了"过去的比喻和将来的比喻"的先期承诺，穿过渡口"恰如"别人不断地通过没有终端的未来一样：

恰如你们眺望到这河流和天空时所感觉到的
我也曾如此感觉过。
恰如你们之中任何人都是活着的人群中的一个，
我也曾是人群中的一个……
恰如你们此时凭栏站立，而又在随着急流匆匆

前进，我也曾站立过匆匆前进。

（楚图南 译）

惠特曼精心地建立了一个“你”的形象来配合自我的形象，用一种致词式称呼的修辞来扮演那种从自我到他人、从现在到未来的过渡。这种“你”的安置方法在惠特曼的论述和有关惠特曼的论述中都是至关重要的。那么惠特曼是不是一个强硬的修辞家，用比喻和类比千篇一律地将自我强加于别人之上呢？或者惠特曼构建了一个语言的空间，在这其中尽管一定会坚持自己的意 414
见，也会提供一种别人同样坚持自己意见的模式，而语言成为一个每个人都可以自我表现和交流的舞台？在《横渡布鲁克林渡口》中，惠特曼的幻想是民主大众之间都可以建立自由的私人关系。以其当前的平衡作为描绘惠特曼自身诗学立场和方法的形象。

想想吧，你们读者们，我也许在冥冥中正在注视着你呢！
河流上的栏杆哟，坚强地支持着那些懒散地凭倚着你而又随着匆匆的流水匆匆前进的人吧；
向前飞呀，海鸟哟：从侧面飞，或者在高空中绕着大圈儿回旋……
灿烂的光带哟，在阳光照耀的水中，从我的头上
或任何人的头上散开吧！
快来吧，从下面港口驶来的船舶哟！向上或
向下驶去吧，白帆的双桅船、划子、驳船哟！
飘扬吧，各国的国旗呀！在日落时也要及时地降落呀！
铸造厂的烟囱哟，将你的火烧得更高吧！在日暮时投出黑影吧！把红光和黄光投在屋顶上吧！
你现在或从今以后的外貌表现了你是什么，
你这不可缺少的皮囊哟，继续包封着灵魂吧，
为我，在我的身体的周围。为你，在你身体的周围，带着我们最神圣的芳馨。
繁荣吧，城市——带着你们的货物，带着你们的产品，广大而富裕的河流，
扩张吧，你们也许是比一切更为崇高的存在，
保持你的地位吧．你是比一切更为持久的物体。
最后我们怀着自由的感觉接受你们，并且今后将没有餍足……

我们不测度你们，——我们爱你们——在你们身上也有着完美，
你们为着永恒贡献出你们的部分。
伟大的或渺小的，为着灵魂贡献出了你们的部分。

（楚图南　译）

广泛的列举和集中的修辞组成了一首绵延不绝的乐曲。然而，铸造厂浓烟滚滚的烟囱所唤起的巨大物质财富潜在的腐蚀性却成为一个万花筒。“城市”和河流上的“货物”要扩展为“精神”的外延。政治的旗帜在光环的意象重现中伴随着理想化的个体迎风飘扬，“灿烂的光带”这时直接扩展到“任何人头上”，与爱默生的海鸟的“回旋”的意象形成了共鸣。性爱，从惠特曼诗歌里一直传达的性爱维度来看，在身体的“最神圣的芳馨”中作为社会交流和诗学活力的双重意象表达出来。（“最后我们怀着自由的感觉接受你……并且没有餍足”，比较诗中前一部分惠特曼所写到的联系，“它们使我现在与
415 你融合在一起，并将我的意思倾注给你”。）确实，整个这段（也）作为惠特曼诗歌事业的自我描述，因为那个“我”和“你”在文本交换中互相面对与表达（“将你读作我”）；最重要的是，河流的意象，同时变得紧迫并懒散、有序并舒适、忙碌并安闲，通过“匆匆的流水”连接水域和陆地。

在《横渡布鲁克林渡口》中，商业、精神性、性爱和政治得到了多角度的相互展示，以时间本身的包罗万象作为写作的媒介，表现为“匆匆的流水”。惠特曼进一步证实了对时间过程的信奉，甚至是对死亡的信奉，好像它本身是一系列形象的移位，“永恒的转变和前进哟”，正如他在《自我之歌》第49段或《民主展望》中的“贯穿时间的无休止的演替”。逝去的时光中经验的区别和人们之间的不同得以承认，但这些经验之间和人们之间，通过那个有力的称呼“你”，在“爱”进一步投射的未来中，将所有“为着永恒贡献出的部分”联系起来。

然而，对渡口的赞美并没有最终地或者完全地解决那些通过华丽的文辞而巧妙处理的分歧。在如《睡眠的人们》（“The Sleepers”）这样一首诗中，这些分歧一样重现 。这些诗文以一种令人困惑的方式开篇。这“幻象”中的“我”无法渗入自己的主观世界，而且“我神志迷惑，忘记了自己，错乱，矛盾，/屏息，凝视，俯身和停息”。诗歌在它的“目录”里包括了不协调的、疏离的成分：尸体、醉鬼、手淫者、“受伤裂开”的身体、疯子、罪犯、杀人犯、被杀者、唯利是图者等。在这些迥异的人物趋向互相调和的同时，这首诗也残存着深深的犹豫和自我怀疑。这些幻觉的意象更多地被“比做”，只在夜晚和睡眠的“昏暗的光线里”。在这里，这些不同点与其说是得到处理不如

说是被抹杀。这里诗人抚慰的手并没有触到，也没有停留在那些时睡时醒的人身上。“美丽的沉没了的游泳家”，这仿佛是在暗示如果不是对基督的牺牲，就是一种补偿，但至多是一种含糊不清的补偿。这个游泳家可以视为美国自身的一个伟大的、神话般的人物，但他的努力“受到挫折，遭到撞击，他受伤了”，而且最终也在冒险活动中被击败在“激荡着的漩涡”中。在这里惠特曼不断借助爱默生的扩展环形结构（the circles of Emersonian expansion），（正如在《横渡布鲁克林渡口》中海鸥“悠缓迂回的飞行，然后渐渐地侧着身子向南方飞去”）来代表最后的伤口“在回转着的漩涡中”。这首诗并没有从这种死亡中恢复。充其量只是提供了诗歌反复出现的梦境：“啊，爱和盛夏哟，你们在梦中，且在我们心里……风和雨在黑夜中融合，船舶在梦中前进。”这里的“融合”，正如在《当我与生命之海一起退潮时》中一样，是指失去意义，而不是获得意义。而且调和的明显不过是梦境，一个诗歌中的幻象。 *416*

在某种意义上，诗歌中的幻象总体上处于不一致的状况。和19世纪其他诗人一样，惠特曼的任务不仅包括找到一种诗歌语言与模式，以此匹配新兴美国的国家特性，而且要为诗歌在蒸蒸日上的美国文化中找到一席之地。这也曾经是像朗费罗这样的诗人面临的挑战。朗费罗的诗反映了诗歌要在美国获得真正地位的焦虑与渴望。沃尔特·惠特曼敢于付出更多的努力。他宣称诗歌是美国文化的一个完整部分，对诗歌面临被移位的威胁做出反应——其实是宣称诗歌是那一事业的终极表达和结果。惠特曼提出了一个美国的诗歌诠释，而且还是一个诗歌的杰作。当他称美国是一首伟大的诗时，此二者都是他的意图。

惠特曼的诗歌成就最终集中到组织一整套诗歌语言的意图上。惠特曼在他的散文创作中时不时地着手处理着美国文化语言的问题，从他未出版的《语句漫游》（*Rambles with Words*）的笔记，到《美国初级读本》，或者关于“美国俚语”问题的《十一月的树枝》（*November Boughs*）。惠特曼拒绝了“沙龙里的礼仪”，在那里“侍者们安静、顺从地站在椅子后面，弯着总得弯着的腰”，惠特曼在《美国初级读本》中代表了“美国人民的胃口，在通俗的言语和写作中，那些不加修饰的自由、粗糙、直接、生动的绰号、感叹、咒骂、轻蔑之词、反抗……我喜欢灵活的、持久的、尖锐的词句。我喜欢把他们用在自己的作品中，我喜欢在报纸上、法庭上、辩论中、国会上看到或听到这样的话”。作为一个诗人，惠特曼代表了一种生机勃勃的、正在蔓延扩张的、民主的语言，他致力于构建这样一种语言，并通过这种语言向人们宣讲。但这也意味着要在一种自由中解决分歧，甚至是潜在的暴力，这种自由使每个人都摆脱束缚，并使人们互相对抗。承认了美国精神中的“自愿的标准和自助”，在“利己主义或大众金钱及物质目标”之外，惠特曼提倡诗歌的嬗变应“在一个巨大的、不确定的、精神上的、情感的力量之中”。

惠特曼希望构建的诗歌语言又必须要承认冲突和分歧，甚至是诗歌本身的移位，潜在于美国自由个体的发展之中。然而，对此惠特曼一直深信不疑。他做了也许最为感人的承诺，一方面在《当紫丁香最近在庭园中开放的时候》中，另一方面在他的一组菖蒲诗中：那些从最公开到最隐私的表达。语言在两者中，不是处于华而不实的、混合的修辞中，而是处于分离和遗失中。这些诗没有恢复这种遗失使之充满。相反，它们秉持了历史和自身无法复原的
417 东西。

《当紫丁香最近在庭园中开放的时候》是写给林肯的挽歌，（“啊，在西天的陨落的强大的星星哟！”）引进了一种视觉形象的相互作用——星星、小鸟、丁香枝、诗人，总统。它们一直没有转变为一个单独的意象。它们彼此悲伤地相对。而且，在《永久摇荡着的摇篮里》，是死亡推动了这首歌：

在大泽中僻静的深处，
一只隐藏着的羞怯的小鸟唱着一支歌。

这只孤独的鸫鸟，
它像隐士般藏起来，避开人的住处，
独自唱着一支歌。

唱着咽喉啼血的歌
唱着免除死亡的生命之歌，（因为，亲爱的兄弟，我很知道，
假使你不能歌唱，你一定就会死亡。）
……
（并不是献给你，仅仅献给你一个人，
我将花枝献给一切的棺木，
因为你，如同晨光一样的清新，啊，你神志清明而神圣的死哟！
我要为你唱一首赞歌……）

（楚图南　译）

像歌曲一样充溢的丰富的自我（“瓦尔特，你藏在心头的东西不少，那么为什么你不把它拿出来呢？”《自我之歌》第25段），现在已经空了，不可思议地反映在诗中：“假使你不能歌唱，你一定就会死亡。”这个歌者是孤独的、与

世隔绝的。他的歌与世隔绝。但是，正如在《永久摇荡着的摇篮里》一样，死亡作为永远的断层也呈现在时间和历史之中。这首诗，没有否认死亡，而是致力于此："啊，你神志清明而神圣的死哟！"总统的死亡既无法弥补，又不合情理。但诗歌的声音，准确地说是在分离的隔绝中、在灾难中冒险前进，来表达公众的悲伤。在珍视缺失中，诗人衡量了缺失的范围；他发现在历史进程和公共话语中，分离本身是一个不可避免的因素。

《当紫丁香最近在庭园中开放的时候》以更多的复杂性和共鸣重写了惠特曼最重要的诗学术语。在第 8 段里，诗人称呼那陨落的星星，回忆他如何

当我沉默地在薄明的黑夜之中走过……
当夜深了，我看见在西方天边远处，你是如何地充满了悲哀，
当我在高地上，站在薄明的凉夜的微风之中，
当我看着你渐渐逝去，并消失在夜的黑暗之中的时候，
我的灵魂也在苦痛消失中向下沉没了，跟你悲伤的星星一样完结，
在黑夜中陨落，并永远消失了。

（楚图南　译） 418

这里的"薄明的凉夜"并没有坚持战胜黑暗进入光明，而是几乎有着矛盾修辞法的力量。这是一个不可思议的抵制转化的意象，暗示了修辞与修辞之间无法从一个水平转化到另一个水平的不连贯性。矛盾修辞法的模式继续着。诗人看到的是悲伤的充实感。在高地上，他自己的灵魂"在苦痛失意中向下沉没了"。而且他称呼不在那里的东西：星星"消失了"。不像《睡眠的人们》，任何统一消除差异的问题都搁置了下来。星星"消失在夜的黑暗之中"。这种缺失是无法缓和的、是终极的。

但是缺失的时间最终也是前进历史中的一个瞬间。画眉鸟也许在孤独地歌唱，但挽歌也是公众的仪式——这里，事实上体现在抬着林肯棺木穿越国家到春田[1]的坟墓去的悼念的行列里。诗人的声音伴随着"棺木经过（美国的）大街小巷"，在"长长的蜿蜒的队列"中也表达了作者的声音（第 6 段）。虽然是歌唱个人的情感，这个声音中加入了

整夜唱着挽歌，无数的人发出雄壮而庄严的声音，

① 原文 Springfield，又译斯普林菲尔德，美国马萨诸塞州主要城市之一。——译注

所有的挽歌的悲悼声都倾泻到棺木的周围。

（楚图南　译）

几乎在自己文学生涯的比喻中，面对着总统的逝世，诗人接受了作为代表的角色，如果首先代表的是死亡本身。

这首诗在剩下的章节里，在歌手的孤独和内战时期美国幻想的历史之间继续行进。第二部分穿过了“图画”——回忆了惠特曼以前的心灵诗歌——但在这里是关于美国的土地、生活和工作的作品。第15段重游了战场。连接幻想的和历史的、个别的诗人和“无数人的声音”，是一种“节拍”的活动。“我的心的声音应和着这只小鸟的歌声”；这场战役打开了“心灵的节拍”。

经过了这些景象，经过了黑夜，
经过握过又松开了我手的同伴的手，
也经过了隐藏着的小鸟的歌声，那和我的灵魂合拍的歌声，
胜利的歌声，死之消逝的歌声，永远变化而多样的歌声……

我要停止我对你的歌唱了……
我要把这一切都保留下，不让它随着黑夜消逝
这歌声，这灰褐色的小鸟的神奇的歌声，
这合拍的歌声，我的心的深处的回应，
还有这满怀着悲愁的，发光的，沉落的星星，
419 听见小鸟的召唤而紧跟着我手的我的同伴，
是的，我的同伴，我夹在他们中间，我要永留着
对他们的记忆，为了我敬爱的死者，
为了那个在我的一生中和我的国土中的最美好、最智慧的灵魂，
正是为了他的缘故。

（楚图南　译）

诗人走在哀悼者们前面和中间，代表着他们，把他们的声音通过他的记录传达出来。这首歌是大众的，而大众本身也是通过这首歌形成的。这并不是把缺失完全转化为获得，互相隔绝转化为同道中人，差异转化为统一。惠特曼的转化，像林肯一样，在很多方面是在“小心的指挥下”（《这就是那个人的遗骸》［“This Dust was Once the Man”］）。“面容”还是“满怀着悲愁的”。但是惠特曼致力于时间的推移，那个“永远变化而多样的歌声”，与其缺失是分

不开的：让这首歌和美国也成为“死之消逝的歌声”。被缺失聚集在一起，诗人把这个国家看做“抓住我手的人们”，在“回忆”的最后祭典中（也许是回忆林肯自己的就职演说中所指出的“神秘的记忆纽带”）。最后的音符是爱的音符：不是作为所有物，而是对于代表国家的“我敬爱的死者”的依恋；对于还在活着的人，每一个都是单独的又都联系在一起，处于缺失之中却又通过这个代表性的意象联系在一起。

这首诗，像许多关于内战和惠特曼在战时作为裹伤者的诗一样，是犹豫的和不平静的。惠特曼的意象作为欢腾的好战者和苦难的辩护者，我认为是没有理由的，虽然在他的作品里的确有这样的时候。尤其是，在他对“钱店”和“无尽的利益”吞没了美国人追求幸福的每一个意义感到愤怒。在他看来需要最激进的动乱，“吞没着那个全体”（《黎明时的旗帜之歌》［“Song of the Banner at Daybreak”］）。他的战争图景最常出现一种破碎的、不连贯的特质，好像看见了《野营地忽明忽暗的火焰》［By the bivouac's Fitful Flame］。就在不久之后鼓声变得“空洞而粗嗄”（《已经完成任务的精灵》［“Spirit Whose Work is Done”］）而且敲鼓者变成了“裹伤者”：“我曾经被唤醒和激怒了，想敲起警报，号召无情的战争，/但随即我的手指不听使唤，我的脑袋低垂。”（《裹伤者》［“Wound - Dresser”］）虽然他曾经“怂恿你和我一起前进”，他承认这样做“一点也不知道何处是目的地”。（《伙伴哟，当我的头躺在你膝上的时候》［“As I Lay with My Head”］）惠特曼在《民主展望》中，将自己的和美国的个人完整性的自由幻想概述为公共义务的基础：

> 我认为政府的责任，从今以后，在开化的国度不只是压制，也不只是强权，不是优越的人、天生的英雄和种族领袖的统治……比最高独裁的统治还要高，为的是训练各个等级的人们，在个人身上开始并在个人身上结束，来统治他们自己……关于绝对精神，它是每个个别人都有的所有物，是超验的东西……那个，在那种程度上，把所有的生物放在一个共同的层面上，完全不顾文化水平、道德、地位或任何高高低低的标准——都像习惯一样的合拍，在这个另外的方面，通过民主的制度，人们、国家，作为一个鲜活身份共同的统一体，提供各自分开的和完整意义上的自由。 420

在他的一生中，从内战前到内战后的时期，惠特曼看到了“绝对精神”和实现“鲜活身份共同的统一体”之间的平衡或多或少的受到了政治的、社会的和经济的力量的不断威胁。他在他的诗歌事业中提出的或是尝试的，是要

“训练人们”，像他在这里说的一样，对每一个社会成员的充分了解，甚至要保持对每个人作为“单独的和完整的自由对象”的尊重。他的诗既是这个训练的一个意象，也是一个练习，尽量使独立的自我与社会事业“像习惯一样的合拍”。

在他的诗《一个预言家的声音在尸体上空升起》（“Over the Carnage Rose Prophetic a Voice”）中，惠特曼号召他的读者、他的国家：“友爱终将解决自由的问题。”但是，像美国本身一样，惠特曼既没有最终实现这个极具风险的任务，也没有最终解决社会潜在的矛盾。它使个体总是成为社会失败的潜在因素，即使它也形成了社会基础。自由之子已经宣称：“自卫、自爱的原则，将最大程度上地使整体和每个个体都获益。”惠特曼想要用公共利益平衡美国的自我赞美，也许不可避免地要承受自由主义本身的双重信奉所带来的压力。

再没有比1860年的菖蒲诗更能表现这种压力的了。这组诗也许最能促使人们提出惠特曼作为一个诗人所使用的同性恋题材问题。在这些诗里他暗示他会“去诉说我白天黑夜的秘密”，

> 那个我为之发言的人的灵魂，在伙伴们中间作乐，
> 在这里我独行踽踽，远离世界的喧腾，
> 在这里迎合着，听着芳香的言语。
>
> 《在人迹罕至的小径间》（“In Path Untrodden”）
>
> （楚图南　译）

采取他的画眉在《当紫丁香最近在庭园中开放的时候》退回到孤独中的态度，惠特曼在他的菖蒲诗中好像是在避开了哀悼林肯的公众声音。他“远离世界
421 的喧腾”，在社会边缘上（“在水池边缘的草木里面”），这意味着性爱方面（“下决心什么也不唱，只唱男人们彼此依恋的歌”）。贯穿了《草叶集》的性爱是一个多重的形象：自传体的、诗学的和社会的。然而惠特曼的性爱形象在很大程度上是生殖崇拜的。在他的散文写作中，惠特曼不断地主张两性平等，正如他在1855年的《序言》中写到的“女性与男性间完美的平等”。但在他的诗里，女性的形象被表现得模糊而矛盾。从某种程度上说，他对女人的想象范围好像还是很有限的，基本上停留在母性的基础上，像《我歌唱带电的肉体》中的“一个女人的肉体在拍卖”，（“她是要产生母亲的母亲”）。女人在他的作品中总是没有男人那么色情，女人在某种程度上被看做工具，例如在那首令人惊奇的诗歌《一个女人等着我》（“A Woman Waits for Me”）中，“我倾出原料来生产适合美国的儿女……我不敢退却，直到我将体内积累

了那么久的东西好好储存。”① 无论他的思想意识如何，使用什么修辞种类，惠特曼的创造性范例本质上是情欲亢进的，“被幽闭的自我的河流” 的爆炸性的爆发。人们争论的与其说是惠特曼本人具有同性恋倾向，不如说他是以此代表超越自身的经验，代表超越性别界限的别人。

所以惠特曼的菖蒲诗几乎好像是从更大的形象方案中退却了。它们好像都处于身体内部，一个私人的空间，使惠特曼远离公众的关注，而且尤其易受个人主义威胁和主观自我封闭的伤害。像《关于对外表的极端怀疑》（“Of the Terrible Doubt of Appearance”）这样的诗，使个人主义和怀疑论成为它清晰的标题：

关于对外表的极端怀疑，
关于那毕竟可疑的事，即我们大概受骗了，
大概信赖与希望毕竟只是推测，
大概坟墓那边的实际仅仅是个美丽的传说，
大概我所感知的东西，动物、植物、人、山岳，波光粼粼的江河。
白天黑夜的天空，色彩、密度、形态。这些大概
仅仅是（它们无疑就是）幻象，而真实的东西还有待认识，
（它们往往从自身中跳出，好像要迷惑我，嘲弄我似的！
我时常觉得我一点也不认识、任何别人也不认识它们，）
大概从我今天的观点看到它们的是它们形似的表象
（无疑它们的确只是形似），从而彻底改变了的
观点看来又可能证明（当然它们会）一点也不
是、或者无论如何不是如它们所表现的那样；
对于这些以及类似的问题，我的相爱者和亲爱
的朋友们巧妙地回答了， 422
当我所爱的他与我一起旅行或者握着我的手坐了好一会的时候，
当那微妙的捉摸不着的空气，非言词与理智所能抓得住的感觉，
包围着我们、渗透着我们的时候，
那时我就充满了从未说过也难以言喻的智慧，
我沉默，我别无所求，

① 惠特曼著，楚图南、李野光译：《草叶集》，北京：人民文学出版社，1997 年，第 173 页。

我不能回答关于外表的问题，也不能回答关于
坟墓那边的本体的问题，
但是我漠不关心地行止起坐，我感到满足，
他握着我的手时便完全满足了我。

（楚图南　译）

这首诗在表现认识论的怀疑上几乎是技术性的。我们看到的都溶解在“色彩、密度、形态”中，只有“外表”、“幻象”。这个世界正好像是在瓦解，“非言词与理智所能抓得住的感觉，包围着我们、渗透着我们”，而在表象之外，什么是真正的“真实”，这“还有待认识”。这个认识论的怀疑在既揭露又限制我们经验的浪漫主义主观性上是其审美的必然结果：一切似乎是“我今天的观点…… 可能证明（当然它们会）一点也不是、或者无论如何本是如它们所表现的那样”。“不是”这个词的重复，接着上一行的“零”，表现了惠特曼是怎样地考虑到危险的存在：满怀疑虑地将世界的虚无简化为“只有幻象”。诗人的怀疑也没有仅仅集中于看起来是超越确定知识的问题。惠特曼承认在“坟墓那边的本体”的问题和抓住日常感觉的不确定性之间有一种特殊的类似，好像这两者都同样是信念的问题。

但是这首诗并没有试图解决或消除哲学意义上对表象的极端怀疑。相反，它转向了“相爱者”和“亲爱的朋友”来“巧妙地回答”它怀疑论的疑虑。惠特曼在他的怀疑论中，最终诉诸的不是抽象的认识论，而是社会团体。当“非言词与理智所能抓得住的感觉，包围着我们、渗透着我们的时候”，惠特曼通过与他分享这个世界和语言的人们来回应：他的爱人和朋友们，他的社团和他的读者。他对失望的回应，可以说就是约定。从某种程度上说这等于承认局限性。从其他意义上说也需要这样。怀疑主义的危机也是孤立的危机，其补救办法，或许其任务就是重获一种社会意义。然而，这也不是用认识论的确定性回答怀疑主义的问题。惠特曼在诗的结尾还坚持：“我不能回答关于外表的问题，也不能回答关于坟墓那边的本体的问题。”而且，他也没有回
423 答。“那时我就充满了从未说过也难以言喻的智慧，我沉默，我别无所求。”

这行回应了惠特曼明显的多重身份，与他那些合拍（tallying）、计算（counting）、说明（accounting）的中心比喻紧密联系。这些是他修辞的多重形象方案中的核心意象。然而在某些神化的瞬间，它们也成为无法衡量的意象：就像在《我歌唱带电的肉体》中从奴隶到圣人的转化“难以形容”，或是在《自我之歌》的结尾赞美独特的自我“不可解说”。在这里，“难以言喻”标志着一个特殊的转变——转变为独特的自我，但却只在与同伴的关系

中定义自我。在《当紫丁香最近在庭园中开放的时候》中，诗人从“紧握着我手的我的同伴”，转向“我的同伴，我夹在他们中间”。所以这里也转向了“当我所爱的他……握着我的手”。同性恋在这里成为犯罪、顽抗的形象，但也是承诺，最终成为社会的转变。同性恋由此产生了一致和抵抗的问题，由此惠特曼投入社会世界，并且促使其转变。也许他并没有将个人的性取向作为所有人的范例，而是宣称自我意识不能完全转变，这种意识穿越差异和距离指涉其他意识，但却进入了相互承诺的社会话语中。

《自我之歌》第5段提出了“造化的骨架便是爱”作为基本的意象。在这里，而且在惠特曼的作品中，爱，作为团体的象征——不是作为整体，而是作为自主的个人之间的承诺。“那不只是那一半的隔绝的个人主义”，他在《民主展望》中写道，而是“另一半，爱的黏着性，它融入、捆绑、聚集”。惠特曼式的爱成为了一种民众美德的形式，在一本革命性的小册子里被形容成是“这个令人钟爱的、慈善的感情（来源自）① 形成社会联系的每个施舍”。在1855年的《序言》里，惠特曼进行了“自我否认”，通过限制自己，把每个个人交托给别人。这种怀疑主义的危机，正如孤立的危机，导致对主观性既不肯定也不否定，但承认自我处在一个普通的世界里。美国的事业，就像是诗人所经历的一样，不只是个人的事业，而且也是社会的事业。怎样在不同的个人中创造一种共同利益，这是惠特曼也是美国所面临的挑战。将激进的、神圣的个人献给任何集体或者外部权威意味着背叛了它本来的宗旨。但是只建立起自我，合并一切或者排除一切，起码能做到这点。

这也适用于惠特曼本人。《草叶集》归根到底是惠特曼的自我表现。在其中，惠特曼并没有为每个人说话，而是假设每个人都像他那样说话，别人的话被他的声音吞没了。文本本身也不仅仅是一个不同声音在此相遇的中立空 424
间。惠特曼不是普通人，而是普通人的代表，是转化了的普通人。这首诗是一个人的范例，他本人，用自己的声音说话，为自己说话，这招致——实际上是鼓动——每个人同样接受任务：也就是说，对于其他自我而言，每个人都为了自我、作为自我。

这首诗的语言在这一事业中有着很多方面的特权。形象的多重与移位过程，没有瓦解到任何单一的、强加的意义或言语，而是强调和表达了多重的个人化意义。每一个意义都有其自己的要求和主张，但同时也向其他的意义让步或是向其他意义转化。这就涉及到差异和联系、主张和限制的相互作用，这种相互作用表达了个人主张、主观性和生产性，并将之与其他的生产性联

① 此处原文为“［originating］”，方括号为原文所加。——译注

系在一起。在这方面，这首诗不但作为个人实现的意象，惠特曼在此承诺了一个自由、民主的社会；而且也是一个自由、民主的舞台。正如惠特曼自己所说，这首诗代表他自己参加的政体、他所做的贡献，就像要求所有人为了实现自由民主的特有前提一样。因为语言，自从希腊民主的古老模式伊始，就是公众参与的舞台。惠特曼眼中的美国就是要扩大这种参与的可能性，在这里理想化的每个人都被号召献身于共同的政体，以确切地保护和表达他的自主权和完整性。因此，在语言的空间中，诗歌既表现为意象又表现为参与，是一个栩栩如生的集会或者论坛，它恰恰成为公民参与共同事业的共和国基础。同时诗人可能会作为一个代表，站在其他人的前方，他这样做是为了引导他们向前进入到那种话语之中，为由独特个体组成的共同体建立、提供一个舞台。这个计划并没有指向这个世界之外，或者是超越时间以达到某种统一。而是在几代人之内，不超出时间的移位，向前指向远方，从开始的自我到没有尽头的终点，但总是无法实现，又总是充满魅力、极其诱人。惠特曼据此确定，普通的和历史的世界“在你的靴底下”，无法批判或超越，在这里《自我之歌》中的代表性的“我”总是停下来“等着你”。

当惠特曼表达了个人的差异并没有淹没在分立的自我形成的联盟中，而是存在于每个自我的召唤中时，他获得了最可信的、最有力的声音。惠特曼的诗着力于树立一个“我”代表和指引“你”，在演说诗中，尽可能采用拟
425 人的呼格，只向别人表达自己，最终呼吁每个人同负责任、共尽义务。他扮演了一个诗学上的杰斐逊式的人物，号召个人参与公共生活，直面美国创建民主政体的失败。《草叶集》没有建立起自我的无限意义，却唤醒了每个自我在与其他个人的公共关系中的意义。这代表着每一个人和整个的社会共同体
426 进一步转化的可能。

6 艾米莉·狄金森：想象的威力

女性人物：在美国的个性批评中

艾米莉·狄金森好像在许多方面都与沃尔特·惠特曼迥然不同。惠特曼交际广泛，性格豪爽，这与狄金森的封闭、内敛和自我克制形成了极为鲜明的对比。不过，狄金森的作品与惠特曼的作品一样，都连续遭遇文化力量与挑战，虽然从根本上她与惠特曼在文化立场上是有区别的。

从更宽泛的文化角度看，由于其隐私似乎无法触及，狄金森的定位变得复杂起来。作为一个女人，也是一个诗人，狄金森似乎是一个孤立难解的人物。传记描述她与世隔绝，这阻断了她与周围世界的直接交往。她的作品像是用一种瞬间而且明显矛盾的表达方式在原地画了一个圈。甚至连词句都是断片式的，被特殊意义的破折号隔离开，破折号成了取代停顿标点的综合媒介。所有这些都几乎激发了狄金森的一种隐秘的和自主的意象，如果还有一个暂时的、碎片式的世界。

但是狄金森的作品仍然反映和展现了文化的力量和文化挑战。她的作品极为隐晦，并且她一直拒绝在公众场合现身以及不允许出版她的作品，的确暗示她对历史的反抗。不过，从另一种意义上说，狄金森的作品也展现了文化转折时期的景象，处于发生在她身边的许多深刻转型的历史舞台之中，并担当了舞台中的角色。这种明显的私人和公共问题的矛盾本身也是一个文化的矛盾。狄金森在这方面取得了很大成就——而且还有转变——一种发展的19 世纪的女性写作，在其中这种私人和公共的张力隐约放大。随后，19 世纪

美国女性的这种变动不居的、动态的状况在其他戏剧性的和动态的变化中取
427 得了自己的位置。这些变化包括宗教传统和世俗化力量之间的对立、艺术和艺术家的地位转变，以及通过复杂的知识、社会和经济发展而出现的对自我所下的各种定义。根据美国的历史记录，狄金森可以说是反映了身份危机的戏剧性，其中不同文化渊源和文化意念如果不是公开冲突，就是处在起伏多变的关系中。在这种背景下，狄金森的诗可被视做一个碰撞与冲突的动力和约束的战场。形象与形象之间碰撞，自我与自我之间碰撞，权利与权利之间碰撞。这些冲突不仅仅是富有个性的别具风格。它们代表了一种文化的分歧，其组成部分经常处于剧烈冲突之中。

在狄金森的作品中，这些文化转变和张力直接使身份问题具体化，她对此甚为关注。这样的问题是多重的。包括她作为女性的身份；作为诗人的身份；她的宗教身份，广义上被定义为包括玄学的疑虑和关注。与许多20世纪的阐释相反，这些疑虑和关注仍然是一种她永远无法完全摆脱的潜在力量。最后还有在变化着的自我定义中她作为美国人的身份，因为这些已经特定地在发展中的美国逐渐形成。

在狄金森的诗歌中，这些身份中的每一个都形成了复杂的而且经常是相互冲突的关系，无论是在单个文本中还是在不同的诗歌之间。性别和艺术的结构处于玄学和社会/历史关注的关系和张力之中。并不是所有狄金森的诗都把这些结构汇集在一起，或者以同种方式加以处理。有时性别是主要的结构，有时是艺术，有时是玄学。历史几乎总是以附带的方式加以运用，而且经常是通过惊人的无处不在的简洁意象。不过，最有力的诗歌因接触与碰撞而形成的狄金森式的多种身份方式交织在一起。

结果就产生了结构极为紧凑的文本。一首诗或者一组诗会提出很多不同层次的形象体系。这些引起或者保证了不同形象层次复杂而精心的安排。文本似乎是建立起了一些精巧的隐喻性的类比，使人想起文艺复兴时期的玄学派诗歌的纵横交错的形象层次。不同层次的经验好像是彼此的比喻或者意象，在一个组织结构中互相代表。但是，对狄金森语言的细致研究常常可以看出，各个形象层次之间并不完全相关。一个可以称为形象滑移（figural slippage）或者错误搭配（mismatch）的过程，反而出现了。另一方面，狄金森的诗好像是要建立一种能使多重层次的形象彼此相关的结构。她把不同的形象收集
428 在她的文本里，好像是在保证各种形象能够互相关联。但相反，这些形象通过矛盾的或对立的表现彼此碰撞，在一些方面恰恰质疑了或者破坏了它们完整的相关性。这种系统的、紧凑的甚至非常华丽的对应承诺被阻碍了。事实上我们体验到的只是一种防止如此组合的阻力。形象的联系成了形象的滑移。

狄金森为抵制或战胜她同时也在提议的类比形象的文本策略找到了很多表达法。有不和谐的意象系统；倾斜的句式和整齐匀称的关系；个别词的多重意义和用法，每种意义和用法都作为几种可能意义之间的冲突点；一系列不和谐的陈述或修辞方式，包括孩子的（男孩的或女孩的）、妻子的、情人的、小人物的（微不足道的人物的）、狂喜的、怀疑论者的、殉教者的和死者的。所以读她的作品就变成一种严峻的文本挑战。确实，研究一首诗歌的时间越长，诗歌就变得越难懂、越晦涩。无论是个别的文本或者是文本之间的关系都不能归纳为一个单一的立场或解释。就像很多读者所注意到的一样，狄金森的作品里好像有一种双重的特性或者目的相反的活动，狄金森似乎是要说出又好像要收回；要主张又要放弃；要渴望又要谢绝；要提供又要收回；要宣称又要否认；要防御又要攻击；要得到又要失去；要定义又要避开定义。无论诗歌要采取何种立场，最终还是要揭示：为什么狄金森的诗经常需要回读。抑或是鲁莽对抗的相对力量或责任，好像是要求独特的选择和牺牲，经常是痛苦的，而且几乎总是要付出很高的代价。

然而，这种文本的多样性和矛盾性，并不是像有时人们所声称的那样，具有超然的不确定性或者是广泛的歧义性。这导致了对她得失攸关的个人力量与文化力量的相互对峙。也不是像有人所主张的那样，即狄金森在一种顺从或救赎的诗歌中，最大限度地综合了她对立的身份，自身在其中通常是作为分解和释放场所的艺术对象。狄金森的诗不是转化和变形，无论是通过艺术、超验、浪漫情节还是开放的和不确定的可能性。更准确的说，狄金森的诗是引起争论的。尽管一些文本确实提供了狂喜满足的时刻，这些诗歌保持着与很多其他诗歌对立的张力。她那些最伟大的诗作常常把势不两立的立场对立在一起，不是稳定地从一极转到另一极。狄金森作品里这些对立的立场绝不仅仅是她变化的情绪或态度的断片，而是狄金森一直没有完成的批评的环节。对于文化主张的怀疑，对文化矛盾的敏感，狄金森的作品充满了探索与揭露、挑战与论争。对立的可能性以或大或小的暴力方式相互斗争，每一 429
个想象出的解释最终都不能得到满意的评价。

文化角色和文化定义间的剧烈冲突在几个领域发生了。这些领域中最重要的就是性别。狄金森的作品到处体现了性别结构，她在一个互相冲突的主张、角色和预想的舞台上揭示了这一结构。在狄金森的作品中，性别结构最终不仅暗示出了女性自我的定义，而且暗示出美国整体上的定义，这既体现在作品隐藏的性别中，也体现在作品的基本价值里。诗歌提出了一系列广泛的直接或间接性别化或女性化的比喻。这其中有：女性的叙说者、演员或者人物；性别的遭遇或意象；家庭的意象；女性化的文类联想，例如素描簿、相册、纪念品、信件；比例和大小的处理，尤其是她所使用的一些意指小的和微型的词；女性身体或服装的意象；对文学和宗教传统的女性角度；还有修辞手法，这些手法在她的处理下呈现出性别的特征，例如称呼的方式，同样重要的还有自我呈现的方式。这最后一方面深深根植于自我掩盖和自我隐藏，唤起了19世纪女性写作的那种谦卑。在狄金森的作品中，谦卑扩展到表里不一的、诱陷的和具有威胁性的全面修辞之中。从某种意义上来说，谦卑成为狄金森主要的比喻。隐藏和被隐藏是她生活和作品的中心。但是谦卑同时也是狄金森极其复杂的一个比喻。这既承认也挑战了女性的自我定义。在她的作品里，不同的主张与放弃成为狄金森面对、挪用并挑战她周围文化范例的模式。

狄金森隐藏的自我表现不可避免地开始于她的传记。艾米莉·狄金森1830年生于马萨诸塞州的阿默斯特镇（Amherst）的一个社会地位和政治地位都很显赫的律师和公务员家庭。她的祖父曾建立了阿默斯特学会（Amherst Academy）和阿默斯特学院（Amherst College）①，它们一直都是该市的主要文化机构。然而，他在破产后失去了他的家庭和作为财务主管的职位。她的父亲为了挽回损失努力奋斗，成为一名成功的律师和大学的财务主管，并重新拥有了自己的家园。他的女儿即出生于此，后来隐居于此。他在很多社会事务中都很活跃，致力于使阿默斯特融入处于转变之中的美国不断扩展的交流和贸易网络中。19世纪50年代，他活跃于政治领域中，任马萨诸塞州参议员，后来又成为美国国会众议员。狄金森本人也是在阿默斯特学会和玛丽·莱昂（Mary Lyon）② 新创办的曼荷莲学会（Mount Holyoke Academy）接受教
430 育的——她是个热心的福音派信徒，也是美国女性教育的一个最有力的改革者之一，这种教育对于变化着的女性角色和身份有许多牵连而引发论争。狄金森一年后不知何种原因被召回家里。最终，她开始表现出奇怪的举止。起初，她不出父亲的领地，后来甚至连家门都不出了。她开始在另外一个房间或者隔着一个屏风与来客交谈；在大量的通信中拒绝在信封上写地址；只穿白色的衣服；把她写的数以千计的诗歌藏在楼上梳妆台的抽屉里而拒绝发表。

把狄金森隐居生活的原因说成是恋爱失败已被证实是没有道理的。狄金森同样未婚居家的妹妹拉维尼亚（Lavinia），还有她的嫂子苏珊·吉尔伯特·

① 阿默斯特学院是位于美国马萨诸塞州阿默斯特市的一所私立大学，建于1821年，最初专招男生，自1975年以来男女兼招，它是该州第三个最古老的学院。——译注

② Mary Lyon（1797—1849），美国女教育家，19世纪美国妇女教育运动的先锋。她创建了曼荷莲学会，其前身是曼荷莲女子学院。——译注

狄金森（Susan Gilbert Dickinson）都否认了这样的解释。一颗破碎的心是无论如何都无法解释狄金森会成为一个重要的诗人。她终身未婚的事实不能被看做是古怪的个性。结婚生子确实被看做是19世纪女性“真正的女性风尚”的理想范例。然而，统计学家指出，单身女性的比例在19世纪处于上升趋势。到1830年为止，仅在马萨诸塞州就有13%的女性没有结婚；到1870年，这个数字上升到18%：美国有史以来的最高点。未婚在美国女作家中是尤为普遍的，那些女作家大部分，尽管不是绝对，是在婚前或婚后开始写作的——常常是在没有经济上的困难（或者说是在有财力保障）的时候。

就狄金森自己而言，经济上的需要不足为患。她拒绝结婚显然主要是因为她隐居的背景，因为这种未婚隐居生活不仅保护了她的身份而且使她的身份复杂化了。有人认为狄金森的隐居生活是一种反对结婚生子的性别角色，使自己获得自主的写诗自由的“策略”，这是夸大了狄金森坚强的一面。有人把她的隐居生活描述成与生俱来的对于挫折、焦虑和疯狂的逃避，把她仅仅看成一个受害者，这又夸大了她柔弱的一面。狄金森的自我封闭的确使她在一定程度上完全支配了自己的世界。但也正是她的极端退隐使她感觉到那些无法控制的力量对她有多大的威胁。在她的文本和生活中，内在的暴力，用华莱士·史蒂文斯（Wallace Stevens）的话说，反映出了外在的暴力。

狄金森与性别角色的关系是值得怀疑的和矛盾的。然而她在隐居生活中抵制一些性别上的标准，例如婚姻和母性；履行了其他的标准，例如忠诚的女儿、局限于家庭空间和避免公开场合露面等。她的行为构成了标准化的女性典范的统一体。但是，从展示一致性的程度上讲，狄金森极力沿袭传统， *431*
以便以一种挑剔的甚至可怕的方式使传统的标准显著起来。狄金森是极为谦卑的。当然她谦卑的外表并没有履行维护（预期上的或实际上的）丈夫荣誉的规定功能。她的隐居生活是一种带有爆发性依从的极其矛盾的行为：在极力迎合众所期待的文化规范的幌子下进行着反抗。它敏锐记录了社会规范在她身上所留下的深深印迹和对社会规范同样强烈的反抗。狄金森遭到了她所处的文化氛围的限制。她的隐退并没有超脱文化的限制，反倒显现了文化烙印。然而在显现的过程中，在以戏剧性夸大（和症候式）风尚中，她所处的社会文化需要她遵循惯例，但是，她也在反抗这些规范，这是一种通过写作而发挥创造性的反抗。

向艺术语言的层面上的继续前进是一个重要的步骤。它把语言本身的角色暴露于她所致力的正在形成的文化结构中。而且它研究了19世纪文化规范下的艺术主张。但是，狄金森的艺术并没有对她所经历过的性别冲突提供一种解脱、超越或解决方法。相反，她的诗歌成为了解剖、展示、上演和揭露这些冲突的场景。而且，她对性别冲突的处理暗示了比狭义的性别角色更多的东西。性别在狄金森的诗歌里是一个关键的视角，但不仅仅是关于女性的传统。男性行为传统和普遍的文化价值观在这些诗歌中被同样的揭示出来。

谦卑在狄金森的作品中成为一个竞争的场面，在性别角色或者可能性之间竞争，在它们间的相互关系或矛盾中竞争，在更广阔的层级和文化范式的范围内竞争。在谦卑的外表下，她仔细分析了不同的性别角色，而狄金森展现的这些角色并不像人们通常认为的那样相互认可，而是最终扩展到超出了狭义的社会范例，来暗指了广义的宗教、经济和文化秩序：

我原以为只有最俭朴的需求——
比如说，只要满足，和天堂——
不超过收入，和能力相等——
生活和我，可以保持平衡——

既然那后一项包括前一项
我的祈祷只规定成这样
也就足够，我只求一项——
432 神的恩惠就会给我一双—

于是，我就这样，祈祷——
伟大的神啊，请你给我
一个天堂，不必有你的那样大，
只要大到，能够容我——

（江枫　译）

在这里谦卑成了挑战。这首诗非但不遵守女性赋闲的社会角色，还使女性角色本身成了一个越界的基地。它采用宗教角色来揭示对社会角色的安排。她所称的那个最小限度地“最俭朴的需求”马上成为一种任何令人满意的“满足”，然后进入“天堂”。经济上的意象“收入”可以将她的“需求”定位为世俗的或超俗的，因为经济上的修辞本身，特别是在美国传统中，也是一个神学上的应用。这是狄金森诗中反复使用的修辞歧义手法。在这首诗里，这个手法从神的欲望转而指向了人的欲望。确实，尽管通过狄金森特有的句式上的含混，诗中的“祈祷”与其说是遵循传统的祈愿形式，不如说是一种与传统的竞争。原来诗人不是在请求一份未来世界的谦卑，而是要在这个未来世界上过一种独立的“生活”。这个世界像她设想的那样，会包括“生活和我”，包括天堂上有的东西，却选用世俗的话来说。所以这个谦卑的要求便成了一个断然的要求，要求个人的独立和与天堂的满足相抗衡并能取代它的尘世的满足：“伟大的神啊，请你给我/一个天堂，不必有你的那样大，/只要大到，能够容我。”

但不幸的是，含混是两者都玩的游戏：

耶和华的脸上漾起微笑——
小天使们，向一旁避过——
严肃的圣徒偷偷溜出来看我——
也露出了嬉笑的酒窝——

我拼出全力，离开那里——
我把祈祷，抛在一边——
火气全消的年岁把它捡起——
至高的裁判也挤了挤眼——

头脑简单以致如此——
这样的故事，它信以为实——
“无论你祈求什么——
全都可以给你”——

但是我，已变得机灵——
以怀疑的眼色打量天庭——
像孩子，被骗过一次——
就推论，全都是骗子—— 433

（江枫　译）

这首诗里的人物呈现了很多不同的定义。她是一个在男性权威下谦卑的女人；孩子一样的向上帝祈求，所以对像父母般的圣父孝顺有加；而且经济上脆弱，被拥有财政大权的他操纵。狄金森的文本具有这样层次多样性的特点。一方面，这反映了社会内部关系的权威结构，包括家庭的、宗教的和经济秩序的结构。另一方面，她拒绝顺从这些结构，或者至少是揭露和抗议它们，抗议那些拥护这些结构的根本主张。那个男性化的、富有的上帝并没有慈悲地保护、赐予、救赎这个祈求的人。非但没有履行诺言，上帝嘲弄地将它作为虚假的诺言。这是一种抑制的力量，而不是给与；或者，通过抑制，他建立起了他的权威。

狄金森的回应是失去天真而进入一种成人的状态。她不再相信他人，也不再天真幼稚，现在她至少可以认识到欺骗是什么了。这种认知或者怀疑扩展到诗歌建立起的各个层面：男性的、神的和经济的。它适合去质疑每一个仁慈呵护像孩子一样天真的女性的主张，这些女性虽然付出了依赖的代价，但也至少得到了保护和衣食无忧作为回报。而这首诗却坚持否定这种认知。这绝不是需要和解的体系，而是一个赤裸裸的权力结构，它最终植根于否定作为支配手段的欲望。从某种程度上说，她可以返回这个骗局。就像她在另一首诗里说的那样："害羞的天堂，你小小的情人/也躲着你。"而且她也可以否认：那神圣的、男性的、经济的善行只是一个"传说"（Tale），这个传说在她自己诗歌的"诚实的"虚构里，可以揭露和攻击——只要是在她自己的"最俭朴的需求"的面具下。

《我原以为只有最俭朴的需求》（"I Meant to Have But Modest Need"）提供几种性别排列，通过男性特征把家庭、宗教和经济生活中的各种权威，与女性不仅孩子气也让人冲动的谦卑相比较。因此它暗示了性别排列，远远不只代表固定的等级和一贯的结构，相反，它们是由不协调的、常常相互冲突的主张或立场组成。狄金森的诗让这样的等级制度变得显著。不过还有，狄金森质疑了等级制度服务于它所声称的功能这一假设：保护和充分服务于在社会存在的链条上的每一个参与者。等级制度作为一个分配利益和好处的慈悲秩序被否定了。远远不是把它当作为每一个成员提供的辩解，只要在不同的角色和程度上，狄金森把这当作一个竞争和支配的场所。而且在这个社会
434 链条里暗含的也是经济和神学的等级制度，每个秩序都对应一个固定的权威分配。狄金森的诗中反复谈到这个稳定状态：经济的对家族的、家族的对神圣的、男性的对女性的，而且尤其是在这些结构中竞争的性别地位，这些结构主张公正地或慈悲地对待这种稳定状态。

这种即使在认可性别角色时也在反抗的谦卑，使狄金森不仅确定了关于上帝和/或父亲也确定了关于丈夫/情人的形象。正如她在自己的诗里所写，在一组《妻子》诗中她写道：

这世界对于我来说更加庄重——
自从我嫁给他——
一种适合灵魂的谦卑——

又产生了另一个名字——

狄金森的爱和婚姻的形象是她作品中讨论最多的问题之一，从她的“老师/主人”（Master）信件开始——这是三封写给一个不知名的人的充满激情的情书——让批评家们忙着研究很多年。但狄金森爱的意象是最难解释的。对于我来说，把狄金森的诗作为一段浪漫主义故事或者是所谓的感伤宗教抑或是爱情类型学，在其中她失去了自我或是从属于代替上帝或者父亲的情人，这些都是非常错误的。尽管狄金森的作品中确有浪漫元素或者结构，却是极其凌乱和复杂的。狄金森也许可以归为感伤传统，但感伤传统却不包括她。对于文本更为确切的是探讨狄金森的一种矛盾情绪，她同时既在追求又在避开一个形象，她渴望这种形象的力量，同时又害怕它会将自己吞没。例如，在第493首诗中，狄金森接受的、拒绝的、得到的和放弃的（又为什么放弃）在诗歌的进行中变得越来越复杂：

怀疑，如果是公平的，确实——
戴上那完美的珠宝，
男人对女人的约束——
抓住她的灵魂，尽管——
一个更完美的人证明的是——
在里面是一个更加圣洁的礼物——
对于宽宏大量，那个选定——
如此朴实的一个女王——
感谢的心情，如此真实——
把梦看作太过美丽，为了证明的形体——
或者摆出姿势，为了补偿——

“怀疑，如果是公平的”：狄金森在这里用了一个美丽和正义问题的双关语。带着“那完美的珠宝”可以代表一种不公平的征服，一种在产生了“另一个 435
名字”时抹杀她自己的名字的“谦卑”。（“珠宝”有性纯洁的暗示，而“产生”则暗示了负担和生育。）随着诗歌的继续，她到底是不是戴着“更加圣洁的礼物”已经很难确定了。因为，这是“在里面”，一个内心的“朴实”的“宽宏大量”，而不是一个事实的、外在的情境。是不是狄金森谈到的内心里的婚姻可能比现实和物质世界中的婚姻更加真实？或者这是一个根本没有婚姻的比喻，是对那个“太过美丽，为了证明的形体”的抗拒？这些在狄金森的作品中经常出现，她好像带走一个又使另一个出现。

在这首诗中，正如在狄金森的作品中经常出现的一样，一系列广泛的问题交叉在一个狭窄的罗盘上，但她的作品里把这些交叉点表现得互相暗含。这里，具体形象、肉欲存在（“形体”、“姿势”）的问题与同样起作用的内心状态相对立，因为他们依次构成了性别、宗教、所有权还有艺术的问题。珠宝、抓住、礼物、朴实、宽宏大量等词创造一个词汇支架，暗示珠宝既被授予新娘，也使她被征服而从属于她的新郎。或者整个婚姻的比喻可以指向宗教、精神而非物质和社会；或者是美学的比喻，但绝没有被诗歌的矛盾情绪所破坏。

在每个领域里，出现的都是一个欲望和防卫、追逐和逃跑、祈祷和辟邪的多重结构，这一结构特点通过许多主题表现出来。这个矛盾的结构也可以应用于狄金森与男性作家建立的文学传统之间的整个关系，这些作家提出了作者身份和表现的含糊模式，包括对女性的表现。在她的性别差异中，狄金森不能只简单地盗用或者认同文学传统，她仍然希望有自己的主张，转向诗学资源。她的文学愿望再次展现了关于美学自治和他治在社会、经济和神学层面上的分布，这些层面狄金森必须同样既要解决又要缓解。

狄金森的作品对抗了男性权威，但并不一定是在希望提出自己主张的意义上。仿佛是她的性别阻止她得到一个渴望的男性位置，低估了她的作品如此质疑权力结构的程度。抱怨女性的排外性暗示男性模式的包含性会成为解决方法。然而，狄金森的作品指向了在19世纪文化中男性所呈现的独立、自主和个人权力的观念问题。从性别角度出发对狄金森和男性人物关系的解读无论如何都会由于执意的、经常是令人心力交瘁的性别滑移而显得错综复杂。
436 在许多诗中，女性的形象体系——不论是说话者、意象、品质、立场还是行为者——都与男性的形象体系相交叉。比如，在另一首《妻子》诗中，“妻子”和“女人”被比做“沙皇”①。

我是“妻子”，我已经完成了——
另一种状态——
我是沙皇，现在我是女人——
这样更安稳——

① Czar，俄语是царь，是俄罗斯皇帝1546年到1917年的称呼。第一位沙皇是伊凡四世。1721年彼得大帝改名皇帝。但直到1917年为止，俄国的统治者一直都称力沙皇。——译注

狄金森在这里暗示了一整套的引用理论。她诗中的词句同时成为她的但又不是她的。她调用了一种社会语言而不是全用她自己的，把可接受的用法和意义引进她的文本里，在这些文本里她可以使其更复杂。这里她故意混淆了位置和对权力的要求。这里是一个女性身份的矛盾体，既获得一个完整的作为“妻子”的状态，又在从属于丈夫时失去这种状态。这是成为沙皇又不做沙皇，在这里男性头衔同时坚持卓越又对她否定这种卓越。对女性来说，自主的渴望深受性别联系的烦扰。狄金森的诗提出了在传统的社会结构中男性形象如何完全代表女性以及女性角色如何实现的问题。

诗中出现的性别滑移使得女性与男性的关系进一步复杂化，这是由于人们不清楚狄金森最著名的爱情诗是否是写给男人的。这公然出现在一首诗的两个版本里：“去找他吧，/快乐的信”或者“去找她吧，/快乐的信”。狄金森对性的兴趣似乎有些不成熟。在情感的强烈程度上，没有什么能和她写给后来成为她嫂子的挚友苏珊·吉尔伯特·狄金森的那些热烈的信件和诗相比。也许萦绕于狄金森诗中的性爱鬼魂既是女人也是男人。但这并不是说比起严格的阿默斯特式的独身生活，狄金森会选择一种“波士顿”式的女同性恋婚姻。狄金森的双性恋诗歌和结构上更明显的异性恋诗歌一样弥漫着放弃和反抗。虽然可以察觉到她对“主人”和“姐妹”想象的差异，但在这两种情况下狄金森都酷爱逃避。在《盛夏的某一天》（“There Came a Day at Summer's Full”）里没有明显的性别取向，当“个人对个人就是封锁的教堂”时；但无论每个人是什么性别，诗里描绘了他们对结合的逃避。在《他们把我们拆散得很远》（“They put Us far apart”）和《我不能和你一起活着》（“I cannot live with you”）中，无论对于哪个性别，爱都是一种分离的状态。在狄金森的性观念中，无论性观念是如何构造的还是用什么样的意识构造的，性的结合是一个要丢弃的强烈渴望。像狄金森著名的《因为我不能停步等候死神》（“Because I could not stop for Death”）中反向修辞一样，狄金森的诗中总是分不清死神是求爱，还是求爱是死神。即使她“可以使他满足”，他邀请她“完整” *437*
意味着她以失去独立身份为代价的结合，所以“我的音节造反了”。正如很多读者注意到的，性爱和死亡，结合和消抹，都通过狄金森的感受密切联系在一起。

好像留下了一个反叛的自我，孤立、封闭、自立。狄金森的作品，在反抗的自我中，不仅具体提到了爱默生的作品，而且还提到了对美国文化至关重要的自主和个人主义的整体关系。但是狄金森的诗歌提出了一个极其有疑问的自我。狄金森的放弃诗学仍旧延伸到了对统一和自立的处理上。几乎任何一个文本都声称自我的力量、完整性和充分性，同时也质疑、揭露和颠覆了这些主张。从封闭到无限、从放弃到实现或超越的转换，都是非常难以预料的、折衷的也经常是受阻的。这方面狄金森提供了一个爱默生也曾表达过的对美国自我观念的批评，这种批评实际上也广泛存在于她的文化中。她进一步把这种批评建立在美国自我思想意识没有承认而只是假定的性别观念基础上。

了解到狄金森回归自我是掌握权力，通过限制达到扩张，通过外敛达到内心驰骋，通过紧缩生活圈达到内心领地的无限延展，这是十分诱人的。在很多诗里，狄金森确实是这样做的。这个牺牲/转化的模式是她自己以必要的方式想要实现的。但是出现的最多的经常是失败，或者至少是对任何这种转化的严格限制。当

> 灵魂选择了她自己的社会
> 然后——关上门

（而且她也用双关语和选举政治做到了这点：她的是一个“来自一个充足国度”的“多数派”）这种行动可以宣告她的独立。但是狄金森也发现她自己是一个监狱，像“她注意力的阀门”，死一般的关闭，“像石头”。如果“监狱成为朋友”，这样做不是通过扩展的变形，而更是因为它的“狭窄的轮回”交换了“希望——用一些更被动的东西”。在这首诗中的“自由”远非实现，而是“像梦一样远离了”。如果“通向自己的灵魂/是一个皇室的朋友”，它也是“最苦恼的间谍/一个敌人可能派出来的”。自我的“空间”是“鬼神出没的”，令人恐惧的自我封闭，在多重的自我分裂中，而不是统一中，隐藏着“我们自己背后的自己”。“意识，察觉到/邻居和太阳”是灵魂的捕捉，“宣判——一只猎犬加入进来/它自己的身份”。

狄金森在这样的文本里调用了一种变化的力量，然而，这个力量失败了。
438 但我们掉进了她的陷阱。我们把“放弃”看成“美德”而不是“歹毒刻薄”，忽视了句法上的含混，那些含混让我们无法权衡在这首诗里得到了什么，放弃了什么。正是我们坚持的爱默生式的/美国式的范例诱使我们把那个独立自主的自我，看做是理想的和可达到的，即使以很高的代价，使我们无视狄金森诗中所提出的烦扰的分裂。狄金森自主的隔绝也不是由于性别的限制。她的性别可以允许一个自我意识形态批判的位置，使其与社会的、文化的或者宗教的责任分离：这些责任在其他的方面由身份组成，这个身份一方面限制，另一方面又将自我扩展出自身的界限。自我满足的负担，像狄金森展示的那样，可能是决定性的。

狄金森在 1850 年读了爱默生的《随笔：第二集》（*Essays*：*Second Series*，1844），爱默生在他的自立意象中使用了具体的性别语言。在《论自立》中他敦促一个“真正的男人不属于其他时间或地点，而是在事物的中心”。“每个真正的男人都是一项事业，一个国家，一个时代；需要无限的空间、数量和时间来完全实现他的设计。”在狄金森进而采用的圆圈意象中，爱默生主张：

> 人的生命是一个自己展开的圆圈，从一个极小的圆环，在各方面冲出崭新的更大的圆圈，而且没有尽头……这个圆心拒绝受禁锢；在它最初和最狭隘的脉动中，圆心已经以一种巨大的力量向外趋近，而且达到一个广大的无限数目的广阔空间……人的本能向非个人的和无限制的东西强加上去。

然后他又说道：“唯一的罪恶就是限制。”

爱默生自立的性别趋向不是偶然的。正如乔伊斯·阿普尔比（Joyce Appleby）[1] 评论的那样，美国意识形态中的自由个人是男性：

> 很明显自由的英雄是男性。自由主义依靠性别差异来保存它理想类型的纯净就不那么明显。依赖，缺少志向，依恋地点或人物——这些品质从不可剥夺的男性载体上剥落下来，赋予了女性……这允许了那些不动感情的、自我完善的、野心勃勃的、自由独立的男人成为普遍认同的英雄。

在爱默生的作品里，“真正的男人”才是事物的核心；“人的生命”是“在各方面冲出”。如果“唯一的罪恶就是限制”，这就尤其是女性的罪恶：社会风俗、宗教责难和法律规则的角度来说都是这样。爱默生可以想象他的“真正的男人”是“在事物的中心”，不受所有社会、历史和个人关系的限制，在 19 世纪没有一个“真正的”女人可以这样。狄金森也不例外。不像呼吁“避开父亲和母亲”的爱默生的自立，狄金森尽管孤单，也一直深深地融入到家庭生活和个人的友谊网络之中，也融入到烹饪、烘焙、缝补等家务之中。在 439
一封经常被引用的信中，她可以祈求“上帝让我远离那些家务吧”，但结果，上帝当然没有这样做。然而狄金森的作品也有助于恢复爱默生自我观念中的

① Joyce Appleby（1929— ），美国加州大学的历史学教授，著有《历史的真相》（*Telling the Truth about History*）。——译注

暗示，后来美国自我模式的发展使这种暗示变得模糊不明。爱默生仍旧将“原来的自我”定义为以“普遍的依靠”为基础，而且如果他力劝我们“带着事业待在家里”，他这样做是通过把“自我存在”称为“至高的事业”。爱默生的自我圆圈毕竟有超出自身的超验所指，有着各种不同的暗示和比喻。它可以为自己要求一种超验的身份，这对狄金森来说一直都非常复杂，或者说狄金森的作品使这种复杂更加明显。爱默生式的自主自我的自由观念，不仅仅与女性的社会现实和社会角色形成对比，这种观念可能与世界的基本条件和社会的基本需要背道而驰。

狄金森的自我诗歌，尤其是她对爱默生式的圆圈意象的使用，对自我的性别产生了奇特的作用。在自我退却和自我诠释的诗中常常出现明确的女性性别，例如：

> 我感觉我精神分裂了——
> 好像我的大脑已经裂开了——
> 我想要一个裂缝一个裂缝的把它缝合——
> 但是总不能完全对上。

自我的圆圈裂开，变成了一个无法缝合的零碎意象。在“失去全部，阻止了我/失去次要的东西”中，家务“工作”的意象被置于接近灾难的上下文中：

> 如果没有什么比得上世界
> 从一个链环上脱落——
> 或是太阳从凝望中永远消逝——
> 也就不再有什么能使我——
> 好奇地将前额
> 从工作中仰起。

（张芸　译）

退回到封闭的世界会封闭这样的“更大的”裂隙，就像“世界/从链环上脱落，/或是太阳消逝”，但这也同样记录了放弃更广阔世界的代价，它的破坏性可能就从这种退回而来。狄金森把诗缝合成小册子本身即把她的家政与诗学艺术联系起来。确实，破折号同时调解又分裂她句式的流畅，暗示了她正
440 在把她的话缝合起来，然而这样做也使这些言语破裂的持续威胁戏剧化了。

狄金森的“圆周”意象记录了在无限扩展的明显普遍性掩盖下不可思议

的性别取向。在一首《病危时是一缕头发》（“Crisis is a Hair”）的诗中，圆周是诗人以女性化的姿态为死者或活人“整理头发”时的一种恐慌的意象：

立即让一个推力，
或者原子作用力
或者一个循环的犹豫，
在圆周里

它，可以摇晃那只手，
那手正在整理头发，
那保护永远的手，
从这里呈现——

圆周标志着俗世的自我和臆想的无限之间的界限，担当着他们之间不确定也不稳定的联系。定义这个自我，它与一个既充满诱惑又极富威胁的（男性）“永远”一起，位于悬而未决的冲突之中。

时间感觉起来如此宽裕，如果它不是
为了一个来世——
我害怕这个圆周
把我的有限吸引到——

他的排除中。

时间世界之内的依恋威胁着对扮演男性角色的永恒忠贞，尽管那种依恋是圆周，那种恐惧更强烈——失去时间或永恒——在诗歌有意的含糊表达中仍然是一个问题。性别取向的问题重现出来。“圆周”在另一首诗里是“你这个敬畏的新娘”，在诗中“每一个神圣的骑士都拥有，/这些骑士敢于觊觎你”。扩张的冒险活动与男性的探险和征服联合，使狄金森本人的所有值得怀疑。

我看不见路，天空被缝合了——
我感到了那些柱子封闭了——
地球保留了她的半球
我触到了宇宙——

它滑回去，而且我孤单一人——
是球体上的一个斑点——
出去站在圆周上——
441 超过钟声的斜面边缘——

爱默生在他关于“圆周结构”（“Circles”）的随笔中，也谈及“使我们注意到这个（作为同心圆的自然的）表面的混乱不是固定的，而是滑动的”。他也令人困惑地提到“突然从中心冲到边缘”。相反地，狄金森勇于历险，就像在她的诗《在圆周外围》（“Out upon Circumference”），或者她在其他相似的诗中写的，她会“超出推算，/关于嫉妒，或者关于男人——”出去到“圆周之中”。但是这两个诗人似乎是处于一种反比例之中：在爱默生的理论中怀疑主义是零星的，在狄金森的诗中，是断断续续的信心。《我看不见路》（“I Saw No Way”）把圆周的历险与狄金森更具灾变的意象联系起来。爱默生的圆圈成为严格的半球，在这里天空在女性化的缝合开口的意象中被“缝合”。地球的半球翻转过来，宇宙滑动了。这个自我“单独”只不过是“球体上的一个斑点”，它孤独的自我定义形成甚至表现它对于自己不能包容的浩瀚宇宙的反抗。

其他爱默生的自立意象在狄金森这里经历了相似的扰动。“那只眼睛”是爱默生的“第一个圆圈”（《圆周结构》），通过它“普遍存在的涌流在循环”（《论自然》），在狄金森的诗中成为了令人不安的自我反映。诗歌《像看向垃圾的眼睛》（“Like Eyes that Looked Wastes”）已经被诠释成姊妹篇的文本，在其中狄金森注视着另一个女人的眼睛。但是这也暗示着某个人窥视着自己可怕的镜像，而且在那里找到了一个孤独的和唯我论的荒原：“空白的——和不变的荒野——夜晚使它多样化 。”爱默生的“自然世界……作为一个同心圆的系统”来自于“灵魂永恒的产生”（《圆周结构》），在狄金森这里转化成轮子的另外一侧：

我的更严格的服务
我赶紧索求
填满这可怕的真空
你的生活遗留下来的——

我担心自然带着我的车轮

当她的停止运转——
当她已经放下了手中的工作
我的工作刚刚开始。

我奋力厌烦大脑和骨头——
去烦恼去厌倦
勇敢的闪光的随从——
阻碍的生命力

对于得到的一些无趣的安慰
那些放弃头脑的人
他们认识这缕头发——
而且忘记了黎明的颜色—— 442

痛苦不会减缓——
黑暗牢固地支持，
当我以前所有计策
要确认午夜——

没有理智的药物可以——
代替死亡
自然是不是唯一的药剂
治愈人类的疾病——

有意思的是狄金森用了一个术语——“服务”——这经常用来指示（女性化的）忘我的奉献，这里用来指自我奉献。她的当务之急就是回应反对“可怕的真空”，将其比喻成死亡带来的损失（或将损失比喻成死亡）。爱默生式的自然圆圈已经停止运转，她自己的“轮子”与其说是环绕自然界的“轮子”不如说是时断时续的和对立的。在她自己的“圆圈”里，她找到的不是无限，而是特别的狄金森式的时间中断，这种中断指示的不是永恒，而是断片的、疏离的分裂。

在这首诗中，退回到自我是对超出自我控制世界的一个痛苦的响应。这正如狄金森的放弃经常得到的评价一样，是一种“策略”。但这策略并不成功。“痛苦不会减缓”。这个策略与其说是驱散黑暗不如说是确认黑暗。至于

"意识"，它没有提出超出世俗环境的自由、独立或者自我定义。狄金森的自我没有超出个人的局限和忧患而进入爱默生的普遍存在。相反，她却质疑了这种可能性。

狄金森的自我诗歌有时候传达一种机智的自我权力和自治意识，只借助于自身，而没有任何需要或依靠。但是这些诗也表现出了这种美国的、浪漫主义的或是自由的自我定义与通过自我之外的关系和责任所定义、所制约的自我之间的冲突：正如在这里戏剧化为女性对死者的照料。这种有条件的自我的意义毫无疑问部分地反映了狄金森作为女性的孤傲，从自我满足的自由范例，连同追求这种范例的自由。这些并没有扩展她作为一个 19 世纪的女人的自由。但她也质疑了这种范例。她意识到它潜在的唯我论观点，并且怀疑其能力，将其称为"存在的疾病"——那种疾病如此严重以至于死亡已经成了它唯一的出路，也是对死亡唯一的悖论性的蔑视。狄金森的诗挑战了美国的自立模式，它不仅是男性的，而且还是不完整、不真实的经验，而且易受哲学的攻击。她的自我诗歌的力量并不在于实现美国式的自我梦想的程度，
443 而在于对这种模式的挑战，她揭示了这种模式的裂隙。

历史的标记

艾米莉·狄金森的诗歌是一部宗教想象的诗歌。这并不是宣称狄金森是一个正统的宗教诗人。相反，她的作品提出了对传统玄学新颖而有力的批评，其批评方式使人想起与她时代很近的弗里德里希·尼采（Friedrich Nietzsche）[①]。然而，仿佛她已经轻松习惯于一种后基督教的启蒙思想，在神圣的秩序和意义中，用艺术和她自己思想的力量来替代信念。因此，解读狄金森的诗歌既是历史上的年代错误，也是不真实的。历史学家强调历史机构、阐释学和感受力如何继续构成 19 世纪的生活，尤其是女性的生活。随着时间的推移，宗教规范也许不断减少，但也绝不是完全消失。至于宣称狄金森脱离基督教传统，其许多最为本质的结构调换为美学经验与活动，她的作品恰恰探讨了这些调换是多么成问题的。她质疑了艺术实际上以何种程度作为形象为信念服务，而且相反地，揭示出了宗教设想如何坚持甚至超越具体教条，连续对社会和美学理念施加压力。

---

① Friedrich Nietzsche（1844—1900），德国哲学家，论断基督教强调的来世说使它的信徒们不能很好地处理现世的生活。他坚持认为理想化的人类、超人哲学能够创造性地引导情感而不被它们所压制。——译注

狄金森在宗教立场上并不是一个坚定的无信仰者。她不算虔诚，但她也不算世俗。她攻击宗教主张，而这些主张一直控制她，她从未完全摆脱。狄金森既反对又需要宗教信念。大多数有狄金森式宗教需要的作家通过一些转化结构回归了信仰，比如 T. S. 艾略特就是如此。大多数有狄金森式宗教怀疑的作家都放弃了他们的宗教信念，或者通过可替换的方式或秩序加以转换，无论多么具有私人性、临时性或唯美性。狄金森以一种堪比神秘宗教热情的力量，非同寻常地保持着一种不变的宗教危机状态。在一种持续的反张力中，她宣称要否认一种神圣秩序的原因，反复在她的诗歌中复述。从这个意义上说，狄金森的作品没有具体表现为探索之作，而是参与了无尽的争论，这个争论永远没有结论。不同立场互相挑战、长期冲突，而各方最终都发现不够标准。在这场争论中，宗教问题直面宗教答案，然而并没有充分解决这些问题。结果是一个没有上帝仍会感到不满而有她的父辈们作为上帝也同样感到不满的世界。

狄金森反对上帝的争论在一定程度上是通过性别建构的。她对于上帝的立场可能从未和爱默生的立场完全一致，只是因为性别差异。爱默生的自我
不是像一开始可能出现的那样仅仅是自我封闭和自我依靠的。当爱默生欢呼 444
自我的无限性时，不管怎样解释，他是含蓄地把它与上帝联系起来。爱默生的自我延伸到本身之外，成为上帝的形象。“灵魂和圣灵的关系如此纯洁以至于寻求帮助是亵渎的”，他在《论自立》里这样写到。爱默生“安坐家中”因为那个“至高的缘由”与他同坐，他的自我存在也是“归因于”神圣。爱默生圆圈的“中心”还是上帝，不被任何“圆周”束缚，而且它的“海浪……流向”他。这个神圣的中心不仅定义了自我，它还把自我和周围世界的关系建立为“永恒圆周世代”，这个世代的“中心生活包括了所有的圆圈”。重要的是，自我和神性作为相互的反映，使自我能够把周围世界阐释成自我的反映。正如爱默生用使徒保罗的话（Pauline language）所陈述的：“我们知道上帝是，在我身上；所有的东西都在他的庇护下。”

在狄金森如爱默生宣称的那样主张自我无限性的诗歌中，她倾向于像爱默生一样把自己放在与某种神圣准则的关系之中。于是她的自我封闭并不是限制性的而是包罗万象的。“灵魂的优越的瞬间”伴随着“不朽的/巨大物质的……永恒的显露”出现。但是狄金森用神性定义自己的身份还是很困难的。即使这首关于“优越的瞬间”的明显狂喜的诗也承认：“这个死亡的废除是罕见的。”她也不能用爱默生的方式直接宣称代表上帝。由于性别的原因，她对于上帝的看法最终还是很古怪的。有几首有趣的、让人安心的诗宣称如何“灵魂有客/很少出门”，尤其是“当人中之王/正来拜访”。但是灵魂和君主

的关系并不是简单的同一。更确切地说，这是女主人与来客的关系——或者说，是“主人”与“他自己”而不是被拜访的“她自己”的关系。这个出乎意料的性别转换使女诗人用她或他主导的力量直接接近或确认身份的主张复杂化了。相似的复杂化混入了“灵魂应该永远是微微开启的/如果天堂询问的话”。不仅是这个有条件的“如果”，还是在性别上和涵义上对“主人”和“客人”出乎意料的分布，以及一个迂回的句式，使读者很难确认这次拜访是否发生过。

一首讨论很多的诗，“一个圆柱形的自我/怎样去充分依赖”，同样在句式含混中结束，包括语法中的数、先行词、序列，这样就使原来好像是神圣自我身份的强大宣言极其复杂化了：

满足我们——因为一群人
我们自己——和正直——
而且那个聚会——并不遥远
445 距离最远的灵魂——上帝——

这个单数的自我指的是复数的人，但人群中包括谁又不包括谁仍然是个难以捉摸的问题。这是以“并不遥远的”上帝为基础的内心的“正直”，还是宣称上帝作为“最远的灵魂”并不包括在内？简洁优雅的意象，把自我转化成石柱，让人想起狄金森的自立诗歌常常涉及诱骗、太平间的窒息和拥挤的孤独，这让人想起塞缪尔·贝克特（Samuel Beckett）[①] 对封闭的自我极度痛苦的剖析。

狄金森的《妻子》诗常常重新设定相似的问题，关于一个女人可以以何种程度将自己和上帝视为一体，或者通过何种关系。“我的——凭借白色竞选的权利！”诗人心醉神迷地宣称。但即使在这里，她自己的也是“猩红色监狱里的标志”，以沉痛的代价换来与众不同的自我。白色的灵性通过将身体的痛苦意象暗示为监狱，来抵抗猩红色的受难。这个“标记”，在任何情况下，标志着那个妻子与她象征的力量分离。这个“标记”的困扰，在其本身和肉体上都是很重要的。就像狄金森在其他地方写的一样，她也许“被赋予了称号”，但只是把她从力量的根源和场所移除，结果使她自己落入附庸的地位：

① Samuel Beckett（1906—1989），英国戏剧家、小说家、诗人，荒诞派戏剧的杰出代表，其代表作《等待戈多》是荒诞派戏剧的经典之作。——译注

神圣的称号，是我的！
妻子，没有印记！
重要的身份，授予我——
卡瓦利皇后！
皇室的，只是没有皇冠！
订了婚，却没有喜悦
这是上帝对妇女的馈赠——①
当你，拥有，从深红色到深红色——
从金黄色，到金黄色——
出生、嫁人、死去——
在一天——
三重胜利，
“我的丈夫”，女人说——
敲击着旋律——
“这”就是道路吗？

如果爱默生是这首诗的作者，他可能会写：“神圣的称号，是我的！”然后就停在那里。但狄金森不能直接宣称这个神圣的称号。她只能把她自己定位为：“妻子，没有印记！”这里的标记是性爱的、肉体的标记：没有标记就是性接触的“订了婚，却没有喜悦”。这个神圣的头衔要求（或者允许）超越现世条件：今世的死亡就是来世的诞生——“死亡”的时候就“出生”了。这个交换的双重结合能力包含在“嫁人”的双关中，正如订婚了却也被 446
支配了。但在任何一种情况下，女人只是某种作为“丈夫”的神圣意象而不是神圣权力本身的妻子。她的称号是次要的。

在狄金森宣称的称号中——诗学的、宗教的领域，和/或在狄金森的诗文结构中起到了惊人作用的经济意义的领域——极其重要的是可能在一个标记系统及其阐释一致性的承诺中完全阐释她的世界。这个世界也许抵制阐释，建立起来的规范在事实上也许不能证明是可靠的或正确的，这些确实出现在艾米莉·狄金森身上。但是对于狄金森来说，不像后来的诗人华莱士·史蒂文斯（人们经常把他比做狄金森），这种前景是恐怖的，最终也是无法接受的。就像早期的狄金森评论家所认识到的，她坚持在一个继承下来的形象表现系统中创作。其久远的美国清教徒时期的起源——主张对终极事物在自然、

① 前七行为刘守兰译文。——译注

历史和作为标记和典范的自我中进行形象编码——特别能够在内战前阿默斯特的正统生活习惯中感受得到。但是形象结构在更加自由的波士顿同样保留下来了。形象或类型学的推动在19世纪没有简单地消亡。更准确的说，它经历的转变不仅用类比的魔鬼标志美国浪漫主义，还有详尽的历史文化。美国的大事件继续被理解为一个普世性救赎剧里的若干瞬间，即使这种救赎越来越被认定为具有历史性而非永恒。狄金森的诗反复在这种符号系统及其形象结构和超验所指中运行。用她的话说，时间应该代表永恒；甚至世俗的经验，或者毋宁说是涉及损失和死亡的时候，应该在超验的结构中找到理想化的意义。在某种情绪下，她的诗只是宣称了这种理想化；使她的诗成为一个“复合的幻象……那提供的确定的/还有那不确定的……倒退的时间/还有向前，朝向上帝”。

然而，狄金森继承形象系统的困难，总体上阻止了她享有这一系统的承诺。这不仅进入她的宗教期待，也进入了她的审美期待。读狄金森的诗歌时将其看做是从有限到无限、从痛苦到欢乐、从受难到救赎还有从死亡到诗中的不朽，从根本上讲是把宗教的结构复制和转化到了艺术的范围。但是这些转换的基础结构，不论在宗教上还是在艺术上，在她看来都存在误区。她的诗歌反复而又痛苦地证明了她的疑虑，这种疑虑阻碍她把她的世界看做具有任何救赎意义的标记。一连串转义后会产生某种救赎的涵义，她因而拒绝这时分门别类，它对此进行了追踪。然而，这并没有使形象体系变得可有可无。在一个个文本里，她又一次回到了形象的前提和承诺中；又一次发现它们是
447 欠缺的；又一次发现它们是必要的。

狄金森关于超验的转换结构的顾虑是反复出现、连贯一致的。她的作品事实上提供了一种持续的、有力的批评，不仅是宗教方面，而且也是基督教结构移位到世俗的、审美的模式上——然而这里，由于失去了宗教基础，又一次回到了她批评过的宗教或玄学前提。关于玄学的形式，她最初的反对是认识论上的。对于来世，没有确定的证据：

> “天堂”对我来说，有不同的标记——
> 有时，我认为中午
> 只是那个地方的象征——
> 然后黎明时，又一次，
>
> 一个有力的表情环绕世界周围，
> 而且迁到山里——

如果应该像那样就有一种敬畏之情
在悄悄接近了无知——……

我们想，它自己更漂亮——
但我们自己应该怎么样
崇拜一个更高层次的恩典——
我们的眼睛还看不到的恩典——

像在另外一首诗中一样——“这些是自然的小旅店的招牌”——狄金森秘密地打开了相似的文本。但她以犹豫告终了。“‘天堂’对我来说有不同的标记”，暗示到达超验天国的多重道路，但最终无法看见：“我们的眼睛还看不到。”如果往回读，甚至在过度自信的诗歌开头，怀疑便开始出现。“中午/只是一个象征”，也许已经将其描述为她创造的而不是感受到的标志。那个“有力的表情”也许毕竟仅仅是她自己的。那种神圣的符号语言的“敬畏”悄悄接近，或是被从“无知”里偷走。至于她自己最终的“更高层次的恩典”，从未直接证实过。它们也使“标志”可能打开的景象变得模糊。如果它们的力量超出自身，而它们自身又保持着是唯一经过直接证实的证据，他们更多的含义则远非直接的或者确定的。

但认识论上的怀疑本身并不真正足以令狄金森不安。在此之外，而且更加紧迫的，是玄学的和价值论的问题。作为救赎的来世，就像尼采后来宣称的一样，只不过是这个世界的对立意象。它由这个世界的否定方面构成。天堂建构的与我们在这个世界里发现的痛苦和危险相反。关于这点狄金森可能有点轻率和滑稽，正如在她的天堂意象中“天空中美丽的教室”，在这里总是“星期天”，没有“例外”。“伊甸园”是一个有“新鞋子”的地方。“天堂是 448
一个地方，一片天空，还是一棵树？”她以简化的方式提问。但是她极其严肃地批评将来世作为现世的否定这一主张，她对此持续不变的玄学批评堪与尼采相比。每一种超验的价值建构都反对而且否定现世的条件。“死神要买的东西/是空间”，也就是无限，而不是我们实际上有限的生命；“从境况中逃离”，也就是否定意外、偶然性和现世存在的限制条件；“而且一个名字”，也就是不朽的身份。

这个玄学天堂和物质世界之间的对立，使天堂不仅成为尘世的对立面也成为它的对手。尘世和天堂、现世和来世、时间和永恒，意图形成一种彼此互补而且实际上相互救赎的关系。但是这种玄学结构从另一种意义来讲使它们处于矛盾中。那种冲突的痛苦渗透到了这个世界的每个部分里，直到宗教好像不是通过一个天堂的承诺完结世间的生活，而是更想要为了终极的东西放弃现有的东西。从狄金森在1850年冬天所写的很有启发的信件中可以看出她对当时风行阿莫斯特的宗教热情和宗教觉醒压力的反应。她对变迁的反抗表现在这种独特的选择上。“义务的道路，”她写道（她列举的义务是特别具有女性色彩的：“温顺，加耐心，加服从”），“看起来确实非常丑，而且我想去的地方更加亲切。”“基督正把大家叫到这里，我所有的同伴都已经响应……只有我站在这里反抗。”然而，她的反抗充满了冲突，也有对自己的反抗：“我也是那些迟疑的坏人之一，而且我也潜逃了，停顿又思虑，思虑又停顿，做着工作，却不知为何而做——当然不是为了**这个**短暂的世界，更加确定也不是为了天堂。”这个短暂世界与天堂对垒：这种对立诱使狄金森试图找到某一条从此到彼的道路（也正是在这封信里，她把自己说成是《圣经》约伯记[①]中的撒旦[②]，“来回”在这个世界上漂泊，但这是一个艺术的意象，把她自己的作品说成是现世的东西。）还有更早时候，有一封写自曼荷莲（Mount Holyoke）的信，尽管她抵制玛丽·莱昂所强烈呼吁的变迁，她仍在信中写道：“我并不快乐，而且我后悔上学期，有一个极好的机会，我没有奉献自己而成为一名基督徒。但是现在太晚了，我朋友这样告诉我，我受到伤害的理智对我这样耳语，但我很难放弃这个世界。”得到天堂就是要放弃现世，这是狄金森作品里一贯坚持的放弃的修辞。在更早写给阿拜亚·鲁特（Abiah Root）的信中，她
449 写道：“我觉得我还没有跟上帝言归于好……我对上帝和他的承诺完全有信心，而且虽然我不知何故，我觉得在我的情感生活中现世占有最主要的位置。我确实觉得我可以为基督放弃一切，即使要我去死。”天堂要求放弃尘世。正如尼采所言，重视一个世界，就是贬低另一个世界。为了得到来世狄金森必须“放弃”这个世界。宗教并没有补偿经验，但却需要经验的擦抹。

这种在狄金森的宗教经验中固有的不连贯，使她和宗教的关系进一步复杂化。放弃颠覆了道德、世俗经验与类比所依赖的不朽之间的基础和可能性。因为它切断了经验和救赎之间的联系，或者是埋下了矛盾的互相反对的祸根。在这点上没有比死亡更明显、更急迫的了。死亡是狄金森无止境地探究的黑洞，这个主题，她已经至少在三首诗里运用，“即使一个预兆的推力也不

① 一般认为，“约伯记”可能是《圣经》中最古老的一卷，但成书的准确时间不详。——译注

② 基督教的地狱之王名撒旦（Satan），又称“魔鬼”（devil）。撒旦不是一个具体人名，而泛指鬼王，或专与上帝为敌者。撒旦作为地狱之王，并不是正义的化身，而是邪恶和受惩罚的代表。——译注

能，/在上面留下凹痕。”死亡表达狄金森两种极端的、严峻的、矛盾的可能性：自我的完全消解，或者在不朽的自我身份中最终赦免。狄金森绝望的——即带着期盼的绝望——渴望后者对我来说是不可否认的。在自己的传统宗教冥想的变奏中，她毫无畏惧地直面死亡：通过成百上千的诗和无数的通常是写给只是从报纸上讣告中了解到的送葬者的吊唁信。诠释死亡描绘出了她的很多诗学成就。

她在昨夜死去
那是一个普通的夜晚
除了弥留的她，这使我们
对于世界的感受变得不同。

我们注意到琐碎的细节——
那些以前被忽视的事物
在我们思想的辉煌灵光下
凸现，露出本来面目。

死亡是狄金森的特殊文本，通过它自然“凸现”。这个文本意象通过狄金森多次试图对死亡进行解码而持续：“读（它的）句子”，那里“没有征兆”，然而却即将来临。狄金森的道德诠释的仪式同时是基督教的、女性的、诗学的。她接受了照料将死者的角色，在她的时代那还是居家女性的任务，生命垂危的人还很少住进医院。在诗歌创作中，通过一层又一层的渴望和恐惧、谦恭与反叛性的退却，她也创作了自己。 450

其他人可以存在
而她必须结束
她令人嫉妒
如此几乎是不朽的——

这里不朽的既不是狄金森禁不住徘徊在其边界的来世，也不是她的信念；而是一个来世的有竞争力的“嫉妒”，它如此贪婪而无情地将其主张强加于她自己的现世主张。尘世和天堂并不是互补的，而是互相抵触的。然而狄金森在她的反叛中一直与自己处于冲突之中。她通过关于死亡的文本继续等待着，正如她接着写的，等待着死亡的“通知”：

我们等待而她死去——
时间短促——
我们的灵魂紧贴在一起，交谈
那个通知最终还是来了。

她提起，又忘记——
像一根柔弱的芦苇
伸向水中，几乎没有挣扎——
满足地，死了。

消极地记录下来的是语言本身的擦抹（“她提起，又忘记——”），和生命“芦苇”的断裂——也许是写作手法上的一个双关语。最后留给她的是那些对现在失去了灵魂的尸体进行终极的、女性的照料，她自己的精神注视着无尽的困惑：

我们，我们整理她的头发——
扶正她的头——
然后，人们感到莫大的轻松
信念恢复常态。

狄金森的艺术是传统的，同时又是分裂的。死亡一直是一个她无法转化的既绝对确定又绝对不确定的问题。正如她在另一首诗里写的那样，寻求尘世的擦除和“重生”之间某种“双重的”或者“平行的”“意义”，她渴望了解“丰满的圆周”。在这种努力下，信念并没有被放弃，也没有被接受。正如在《她在昨夜死去》（“The Last Night that She Lived”）中，所有留下的是“信念”不能“恢复常态”的“莫大的轻松”，然而又必须恢复常态。

狄金森的诗独具特色，它们围绕这样的阐释活动而构思。正如在这里，她的中心经常是试图阐释，以及阐释的脆弱性。但是死亡，尽管在个人的末世论意义上有些急迫，在更广泛的阐释结构中占据了位置，涉及公共的、
451 宗教的和历史的涵义。这些源于《圣经》，《圣经》的注释形成了进一步形象阐释的基础。狄金森关于《圣经》的诗是她最为一贯的文本。这些诗在她不断发动的攻讦与恳求、挑战与渴望的斗争中占有重要位置——这些斗争在形式上彼此往往可以互换，然而在她对宗教传统和权威的处理中，性别提供了一个中心的和爆炸性的，而且是一个微妙和复杂的因素。狄金森把《圣经》

看作“衰退的男人写的过时书籍”的观点，不可避免地是由她是一个女人的事实构成的。

然而，狄金森并没有将《圣经》里的女性人物特别加以戏剧化，而是在阐释结构和宗教对抗中给自己配上了女性的声音。她，像诗歌《约旦略偏东》（“A Little East of Jordan”）中的雅各[①]，与《圣经》宗旨明显对抗，而且事实上是在反对上帝本人。有时她表示要把伊甸园或者乐园重新定义为一个人类经验的场所。当然她拒绝把地狱诅咒和惩罚当作是复仇和非正义。就是这个意义上的非正义、这种意义上的上帝对人类的不公平，特别唤醒了她。摩西[②]作为一个特别的悲哀人物出现：

我总觉得哪里错了
摩西做的事——
让他看见迦南——
却进不去——

在许多文本中，狄金森反复把上帝作为一个男性形象：父亲或者丈夫，在家里作为权威发号施令，同时掌握着经济命脉。在这特别的《圣经》重读过程中，性别问题也走了进来：上帝似乎把“一种逗弄的游戏，就像一个男孩对付比他弱的男孩，以证明他的能力一样”强加于摩西。但最终的声明被概括为：“奈布山[③]上的老人！尽管这么迟，我的正义为你流血。”狄金森以普遍意义上和道德上的权威说出了她的指责。然而，她可能是从一个女性的批判角度上说的，但她作为一个女人声称自己具有这种判断的力量，本身又与在她经验范围内形成的宗教的特定假设和等级秩序发生了冲突。

狄金森的《圣经》诗歌，无论怎样挑战上流社会的虔诚，也一直与宗教文本保持对话性。她没有放弃《圣经》，但是却对抗性地使用它，或者说，对抗其特有的用法。正如其他的女作家，诗歌成为一种诠释《圣经》的形式，在其中抗议的同时也表明了依恋。对于《圣经》的引用提供了挑战的机会。她引用，然后质疑，《新约》为呵护爱提供保证，就像在《我原以为只有最俭朴的需求》这首诗里一样，她拒绝接受《马太福音》第7章第7、8节的承诺：“无论你祈求什么——全都可以给你。”她通过为《旧约》里的人物辩护 452

① Jacob，《圣经·创世纪》中以撒之子，以色列人的祖先，又名以色列。——译注

② Moses，以色列人的伟大先知和法律制定者。他带领犹太人逃离埃及。——译注

③ Nebo，摩西升天之地。——译注

来反对上帝的力量。但在这方面，她和《旧约》里那些人物一样，首先把争辩和指责作为与上帝交流的方式。狄金森不断阐释《圣经》里与她自己最迫切需要相关的人物：包括她对完全揭示承诺的失望。

在狄金森的作品中，赞美诗要比《圣经》的影响更为深入，尤其是艾萨克·瓦茨所写的广为流传、极富影响的《圣歌、赞美诗和灵歌》（*Psalms, Hymns, and Spiritual Songs*）。瓦茨的赞美诗为狄金森的诗歌形式提供了基础。她的诗律，除了少数的例外，都是建立在赞美诗般的普通、短小和长韵律基础之上。但狄金森不仅仅是适应了来自赞美诗的韵律学。她不断地改写赞美诗的语言——意象、修辞手法和从瓦茨那里学来的比喻。事实上，她把特定的赞美诗重新写进了自己的作品里。狄金森对赞美诗的利用超出了戏仿和反讽的水平。正如在她的其他敏感性的宗教领域里一样，戏仿和真实表现为互为前提、相互覆盖。狄金森对赞美诗的颠覆也正是在宣称与它们的联系，把它们推到另一个宗教冲突的舞台上，而且最终提出了关于权力及语言和修辞主张的普遍问题。

狄金森的赞美诗改写作品包括“慢点，我的灵魂，去喂养自己/用他稀有的途径”，这是改写瓦茨的“站起来，我的灵魂，摆脱掉恐惧，/戴上你福音的盔甲”。“天堂离心灵那么遥远”呼应了瓦茨的“在心灵隐秘的寂静里，/我找到了我的天堂和我的上帝”。“到天堂的路是平坦的。/而且还是稀有的一条”，来自瓦茨的“通向死亡的道路是宽广的”，奥斯汀·狄金森称之为“朴素的印刷中足够让人沮丧的”而且唱起来“骇人听闻”。很典型，狄金森扭曲和复杂化了瓦茨的意图，但同时在这种框架中继续运作，常常颠覆她自己所颠覆的东西，证明自己的连续的主张。瓦茨的

> 信念是最明显的证据
> 关于我们看不到的东西；
> 冲破肉体和感觉的云层，
> 停留于天堂之光中。

在狄金森的诗里变得模棱两可：

> 信念是没有桥墩的桥
> 支撑我们看到的东西
> 直到我们看不到的景象——

对眼睛来说太微弱了…… 453

它加入了，在面纱下面
对于什么，我们可以假定
那座桥梁不再是
对于我们遥远的、犹豫不决的脚
一个首要的必需品。

在狄金森的文本（像瓦茨的文本一样以希伯来书第二章为基础）中，那个引导从有形到无形的“没有桥墩的桥”也许就是没有桥墩的，但也许是没有合适的支撑。瓦茨的“冲破肉体和感觉的云层”的来世，对狄金森来说是“我们看不到的景象”，“对眼睛来说太微弱了”。但是，这种狄金森式的“反赞美诗”，最终折回自己犹豫不决的脚。如果信念没有洞穿那个肉体和感觉的“面纱”，这毕竟区分了信念与知识。相信就是不知道；这就是因为人不知道的事才会被号召相信。而狄金森恰恰响应了这种号召。信念的“桥梁”，在这里远远不是被简单地拆除，而是作为一个“必需品”加以利用。但是什么是必需的？“面纱”的意象是关键性的。狄金森最深层的阐释动力驱使她进行形象解读，在这些解读中经历的事件会产生进一步的重要性，作为某种深层意义的标记。因为在赞美诗里，这个世界上的东西都是作为桥梁而接近超出肉体和感觉的东西。这个“面纱”在狄金森的诗里反复出现，一个肉体的、身体的意象，立刻成为障碍和一个超出它的精神世界的标记。这个“面纱”，也就是作为形象表达本身的一个狄金森式的形象：标记是如何在尘世中指向自身之外的，或者没有做到。

狄金森对赞美诗的处理只是她处于文化转型期的一个例子，在转型中主张被接受为对真理的表达之前，只是被看成是一种修辞形象。语言不是指向外在的精神范畴，而是指向自身。在对瓦茨的韵律和形象结构的应用中，狄金森探索和揭示了赞美诗的修辞本身如何构造它们仅仅要表达的神圣经历。把注意力重新集中到语言结构本身，作为塑造经验和经验阐释，而不是指称宗教上的真理。但对狄金森来说，这个认知是令人惊恐的。她对形象转换的失败十分矛盾，这使意义又重新回到语言结构中。危险的是世界的连贯性，其阐释传统上依赖表示自身之外的世俗和语言经验的力量。她的诗在两个可能性之间痛苦而危险地保持着平衡：仍然在形象转换的结构中发挥作用，但同时也对它们提出质疑： 454

我想，活着就是天赐的福——
对于敢于尝试的人——
超出我认为
我的嘴可以证实的范畴——

我想我以前破碎的心
可以放宽，直到对我来说
其他人，像一小段海岸
出现在海面上——……

没有麻木的警报，以免造成差异——
花朵上没有小妖精——
没有忧惧的耳朵的惊跳，
没有破产，没有厄运——

但是太阳的确定性——
心里的仲夏——
坚定的南方，在灵魂上——
她的极地时间，错后了——

狄金森在这里呼应了瓦茨的赞美诗“有一个纯洁快乐的地方”，她从别处引用了（“我们能不能只爬上摩西站过的地方”就是从那里引用的）。这首赞美诗同样提到了一个“地方”，那里“无尽的白昼排斥了夜晚”，而且那里

永远是春天，
和永不枯萎的花：
死亡，像一个很窄的海，分开
这个天堂般的国度和我们的国度。

在狄金森的诗里，海不是用来穿越的，但是“其他的”海岸“很小”。然而，它也代表了她对无限白昼的渴望（“太阳的确定性”），永远的春天和永不枯萎的花朵（“花朵上没有小妖精”），还有一个没有“极地时间”的“差异”、改变和损失的统一体。对“幻象”的呼声事实上很难否认：

那个幻象，徘徊了很久——
所以变得似乎可能
我把虚构看做是真的——
那真实的却好像是虚构的——

梦境是多么慷慨——
它可以变得多么丰富——
如果我的生命只是一个错误，
就在你那里改正吧

这里，狄金森使赞美诗的韵律和意象与她自己句法混淆的反风格（counter-style）相交叉。她使“虚构”与“真实”很难辨别。这时，即使费力弄 455
懂了语法和先行词，“丰富的”“其他的”世界也是作为梦境出现的，这是带着巨大痛苦和不断期望的退让。这首诗是一篇近乎揭露玄学“错误”的祈祷文，同时呼唤她刚刚否认的信念。这些问题形式化、教条。狄金森的“虚构”观念暗含在她自己的作品中、作品建构的修辞力量中，而不是要表达她既揭露又主张的一种真正“丰富”的“梦境”。“虚构”在这里是一种痛苦的让步，而不是华而不实的自由，也不是代替超越了这个“小妖精”、“厄运”、“破产”的现实世界的世界。狄金森无论怎样在修辞方面下功夫，她还是有疑虑的，这点她在诗歌开头就说出来了。“生活”在“极大的幸福”（bliss）中，将会是生活在“超出我想象的范围”，“我的嘴要去证实”中。不是在她的诗学形象范围之内，而是通过并且超过它们，进入那个“其他的”世界，而这个世界仅仅是预示。

狄金森在这里唤起的形象信念是文化的和集体性的，正如《圣经》和赞美诗一样。狄金森从范例的范围内谈起，虽然经历了挑战和转变，仍然在她周围很有说服力。这个集体性和历史性的框架也许在看起来最不可能的地方却是最具洞察力的：即在狄金森的受难诗（poems of suffering）里。怎样阅读事件的标志以便把它们解释成救赎的形象恰恰是基督教自然神学（Christian theodicy）的事业，它的核心象征就是十字架上的基督。正如托马斯·坎佩斯（Thomas à Kempis）在《效法基督》（*On the Imitation of Christ*）——一本狄金森拥有并仔细阅读的神秘书籍——中坚持的，只有通过基督的受难，我们才能在荣耀中与他一起复活。

对狄金森来说，最急迫的但也最顽强的形象转化就是连接受难与救赎，并把前者转化到后者。她的诗着魔似的衡量得与失，但常常——尽管经常以模糊的方式——甚至算不出个结果。她一次次地尝试，重新展现一种从受难到生命意义的艰苦跨越，又一次次地失败。有时她的转变确实成功了，揭示出了她创作依循的范例。例如，“欢乐有益于痛苦，/有益于释放”，极大地概括和实现了使痛苦成为拯救基础的基本自然神学模式。“痛苦的神圣，”她写道，“像天堂的神圣/要付出肉体的代价才能得到”。她在一首只有两行的诗里总结道：“最好的收获，一定要经过损失的考验，/才能成其为收获。”

但在许多情况下，天平会失去应有的平衡。得到和失去之间的关系细察起来越来越复杂。即使“相反的事物诱使”，这并不是准许“丑陋的人们”
456 “考虑”的恩典。“命定的”人也许“尊敬日出，/ 带着不同的欣喜”，但是这并没有减缓命运的来临。诗人可能因为鸟儿的失踪而更“了解”“空荡巢穴的高度”，但是这个“对比的证明”没有留住那只鸟儿。有时，得到，而不是挽回损失，只是加强了损失：好像看见“太阳”只是制造了一个“更新的荒野”，或者被“拒绝喝水”使“水……更急迫”但什么也没做——或者可以说是恶化了——“该死的嘴唇”。这样的文本展开了作为拒绝或是放弃方式的狄金森式的迂回手法，揭示出浪漫主义式的敬畏和富有牺牲精神的形而上学[1]传统之间的连续性。可能是“我们相对的看见”，用我们有的东西来衡量我们没有的东西。但这并没有保证我们看到的是更真实的。相反它可能被扭曲了。“也许它对我们很和善/苦恼和损失”，她接着在诗中询问道。但最终这个对比是否在认识论上或是基督教救世神学上起了作用还很不明显：受难和损失是否会成为救赎的基础——或者确实就是拯救。

这些关于受难和释罪的基督教自然神学问题不只是狄金森个人的问题。它们属于她更广阔的社会。奇怪的是诗中关于狄金森痛苦的最私人的地方也正是涉及文化最多的。因为受难的问题在基督教的体制里本质上是历史的问题。试图对最使人畏惧的、暴力的历史事件找到救赎的反应，在狄金森的文本里已是通行的做法。狄金森不只是因为巧合的好奇心而开始集中写作，她一半以上的诗歌都是在美国内战期间写成的。内战在未被人知的时候就已经到达了大屠杀的程度，新技术和全面战争的新战略为此提供了可能，同时从意识形态上看对美国民族主张和自我身份认同构成重大威胁。内战使狄金森更加需要自己对变迁进行阐释，确切来说以便把一个因地区冲突和意识形态斗争而支离破碎的美国重新组合到一起。狄金森作为与世隔绝的、幽闭在房间里的意象，在很大程度上被曲解了，意象本身也被性别化了。她父亲当过阿默斯特学院的财务管理人和阿默斯特市民领袖。1838 年他被选为马萨诸塞

① 原文 metaphysics，可以指形而上学，玄学，纯粹哲学，宇宙哲学。——译注

州常设法院（the General Court）的成员（在那里他认识了赫尔曼·梅尔维尔的岳父、法官莱缪尔·肖，狄金森在与上帝的争吵中也对他念念不忘："朱庇特主神，选择你的辩护律师，/我聘用肖。"）1842—1843 年间他作为辉格党的代表两次被选为马萨诸塞州参议员，1852 年被选进国会。许多狄金森的朋友都是有影响力的和政治上活跃的记者和编辑。 457

她的书信中多次提到战争，诗中也有为数众多的战争意象。并不是所有这些都直接谈到历史事件。政治和宗教环境下的战争意象之间有一种连贯性，使它们在她的写作中无法完全分开。她的历史世界也是如此。在北方普遍看来，战争是实行启示录式的惩罚和报应，据此国家的奴隶制罪恶得以审判和清洗。战争见证了难以置信的有组织的大规模传教活动。这是遍及全国的热衷于在教堂中的结果。正如狄金森写给那时正在南方做第一个黑人团团长的托马斯·温特沃斯·希金森的信中写的一样，"我相信你会超越战争的限制，尽管不能为我们的军队祈祷——教堂里才提供祈祷的服务，我祈祷的时候带上你的份。"斗争的语言风格本身和圣战及宗教戏剧的语言形成共鸣。狄金森的父亲将它放在了 1855 年出版的请愿书中："在全能的上帝的帮助下，我们迄今献给自由的每一寸土地，今后都不该被奴隶制推进的步伐所污染。"甚至极力克制的林肯，也在战争期间斋戒日和感恩节举行公众宗教仪式的某一天将联邦的胜利说成"给至高上帝的高雅礼物，上帝因我们的罪恶在愤怒中惩罚我们时，仍对我们产生怜悯"。

狄金森在一封信中把她自己对战争的贡献说成不是女性对士兵的物质支持，而是在艺术方面："想到那些士兵，我今年不该过冬天，因为我不会织毯子，不会做靴子。我想最好略过这个季节，应该向上帝递交一个'请愿书'，当枫叶变色的时候。"但她的"请愿书"是非常模棱两可的。战争对她来说好像既是巨大的苦恼，又是爱。"让我们更好地爱，孩子们，这是我们要做的最重要的事。"她写给诺克罗斯（Norcross）[①] 的外甥们的信以告知阿默斯特的弗雷泽·斯特恩斯（Frazer Stearns）的死亡结尾。在她给诺克罗斯外甥们的下一封信里她评论道："我希望更清楚，世界上的苦痛。我希望人们能确信苦痛有可爱的一面。"1864 年她又给那些外甥写信："悲伤比以前更加随处可见，不是少数几个人的财产，因为战争开始了；而且如果别人的苦痛对自己有帮助，现在可能是许多的药物。"这些关系在狄金森的一首写弗雷泽·斯特恩斯的战争挽歌里聚合在一起："活着觉得可耻，/当如此勇敢的男人死去了。"

---

① 美国乔治亚州一城市。——译注

代价高昂，付得庄严——
我们是否配有这样一种——
必须堆积生命像堆积货币——
458 才可能换取的东西？

我们是否值得享有这种珍宝——
我们曾经等待，当生命
正为了我们，在战争
恐怖的酒杯中，消融？

我想，那死去的人——
活着，也许会享盛名——
那些无名的保卫者
却体现着神圣——

（江枫　译）

公共事务与狄金森的最私人的关切交叉着。作为一个边缘女性，她对战争的参与是远离前线的（虽然两者在“战争恐怖的酒杯”这个意象上——奇怪地结合在一起，以家庭生活的方式想象战壕），她的地位本身不会导致与意识形态的距离，正如无数其他的女性热心者所表明的那样。但对狄金森来说，作为战争牺牲假定的受益者，整个事业遭受了这种交换带来的总体怀疑。她暗示“我们曾经等待”不能“值得享有”，因为生命“珍宝”的损毁。至于死者自己，他们是光荣的，但就他们自己的权利而言，几乎与历史要求他们的牺牲相反。

也许最显著也最出人意料的特点就是狄金森使用经济的意象来衡量牺牲及其报偿：“价格”、“付讫”、“钱……积累”、“值得”。这个经济的意象首先证明了狄金森对于她周围的美国商业文化惊人的镇静；其次证明了她意识到这种文化与其他奠基性的美国价值观之间的关系。她对得与失的全面衡量含蓄而又明显地采用经济学用语：“财富”可以教育“贫穷”；“补助金”定义了“限额”；而“财产”使“贫穷”成为可能。这个私人的和审美的衡量也是历史的和神学的。在另一首战争挽歌里，当胜利失去价值的时候，狄金森看到了“迟来的胜利”，她问道：

是上帝过分吝啬？……①
上帝恪守他对麻雀的训示——
谁缺乏爱，就会饿死——

狄金森通过牺牲和怜悯的话语所表达的救赎历史，给出了上帝的经济学一个标准的神学理念，它很吝啬，是经济学上一种成问题的曲意表达方式。

对玄学价值观而言，经济作为意象使用是一种回溯到狄金森所熟知的美国清教祖先的修辞。在一组诗中，她追求她称之为“美好的契约方式”的东西，以法律事务的话语承认以神/人关系为基础的清教观念，而且充满了报偿 459
的商业标记。因此狄金森适时地把上帝表现成一个拒绝满足她需求的“强有力的商人”；作为“死亡的拍卖商”，他“第一次，第二次，成交!② /甚至在十字架上都在喊着”。上帝是一个“夜贼！银行家！圣父!”；一个骗子；一个“财政部”。“‘有钱人’买”进“天堂”，“乐园”是一个人可以“在伊甸园里拥有的”“选择”。他的经济力量也暗指了上帝是一个男性形象。这样的诗常常包含着性别转换，在这种转换中女性被降低到仅有商业价值的地步。但这无论如何不能排除——相反，它强调了——这种修辞的宗教历史。在狄金森的语境和表达中，权威的问题是一个相互包含的形而上的和社会的秩序。她的“讨价还价”和“在报春花银行的‘股份’”是付给了神圣的还是人类的“君主”，都无从而知。当她把“我自己给他/然后带走他自己，作为薪水”，这个交换，不管是社会的还是宗教的，都是被高度性别化的和很令人疑问的。

但这正是狄金森想要的。上帝的经济学修辞也许总是不稳定的。没有让物质的东西从属于神圣的东西，而是冒险将它们颠覆。毕竟类比的语言也许不会向任何一边转化。这就是狄金森无情利用的风险。代表精神财富的经济形象在19世纪感伤的宗教中达到了最终的崩溃，在这种宗教里，身后世界几乎被表现成一个维多利亚时代资产阶级国内奢华生活的缩影。但潜伏在美国宗教修辞悠久传统中的具体化威胁，本身与美国繁荣昌盛的物质幻想紧密地联系在一起。狄金森独特的诗歌世界包含着这些不同神学、历史和经济领域之间的关系。经济是一个形象——她称之为“我们的奇想”，意图达到审美的和妄想的感觉——为了协调世俗的和天堂的交换。狄金森的困难在于她坚持

① 江枫译。——译注

② 原文是Going，going，gone，是拍卖成交时的吆喝，语终而木槌敲下，买家可以以最后的成交价格买走拍卖品。——译注

在这些已有的文化类比中创作，然而她感受到它们的矛盾、裂痕和失败带来的折磨。她的困难是，她根据可以使用的符码不断解读自己的世界，而且她的努力却总是失败。

因此，她的诗总是成为承诺与废除相互冲突的舞台，穿越了文化投资的整个联合体：在救赎历史、物质财富和个人满足中：

成功的滋味最甜——
从未成功者认为。
有急切的渴求，
460 才能品出蜜的甘美。

今日执拿大旗的
衮衮诸公队列里
没有人能像他那样真切
道出胜利的真谛——

他，战败，垂死——
失聪的耳边突然响起
遥远的凯歌旋律
极端痛苦而清晰。

（江枫　译）

这首诗没有将消极的经历转化为积极的经历，尽管如此一来产生了这样的结构。也许有急切的渴求才能品出蜜的甘美，但这并不是宣称这种渴求被提出或缓解了。报偿仍然和花费分离；满足并没有回答渴求它的缺乏。

这个失败的平衡是在诗中以普通的话语形成的。但是狄金森选择军事意象去详细描述它是很引人注目的。虽然这首诗追溯到了内战爆发前的1859年，挑衅的和攻击的语言在战争前的几年里越来越强烈了。而胜利和失败的意象绝不会排除军事战争。相反地，这首诗唤起了个人的和精神的经验，同样还有历史的经验，努力将受难解释成延伸到所有这些有意义、有根据的结构层面。诗中一个更深层次的美国意识潜伏在开篇词“成功”里。这个至高的美国价值观，也许是所有其他价值观的主要尺度，被赋予了类似于清教徒祖先的特权，用他们尘世事业的观念作为精神选择的标记，处于19世纪进化的企业家承诺的修辞之中。在自我和成功的权衡中，狄金森可能想要使用一个战争的场景和男性的性别（“他”），某种特定为男性的东西，在这里是“认为”。这首诗后面的那首诗以“野心”开头。但无论如何，这里没有成功去弥补失败；只有毫无意义的垂死，得到的绝对失败被“认为”是成功。这种救赎的失败，在狄金森的作品中，正如在这首诗中一样，“极端痛苦”，一种对立主张之间的痛苦争论。事件的阻力——个人的、历史的、精神上的——在一个赋予它们意义的连贯结构之中加以阐释，是一种她既不能否认又不能接受的情境。

语言与身体

狄金森的诗歌大约有三分之一涉及或者专注于诗歌本身。她的诗是一种
高度自觉与自省的艺术，有浪漫主义和崇高的神学含义，有诗歌和语言的地 461
位问题，还有作为意义结构的符号系统。然而她的作品挑战了很多20世纪文学理论的假设，这些理论认为诗歌语言本质上是自我指称和自我封闭的，使艺术作品成为其自身的首要主题。而她的作品却表现了诗学在语言上的反映、更广泛的玄学结构与历史理解之间的本质联系。在狄金森的作品里，审美的自我反映注入了神学的和历史的领域。语言、玄学和历史的交叉划定了狄金森的诗学领域。她的作品使所谓的语言玄学清晰可见，并对其进行自省式的检视。这种语言玄学即是当语言结构深深嵌入西方文化规范与文化环境的历史中所表现出的玄学含义。还有她作为诗人的身份，与其他的自我定义观念一样不稳定，充满冲突与矛盾。这些冲突与矛盾，以其特有的语言含义，通过具体形象，在她的作品中得到了强有力的结合。

身体，更确切的说是具体形象（embodiment）的问题，处于狄金森诗歌的中心或交叉点上。在具体形象中，身份问题不断在多个层面建构她的作品，使其集中于所有的多重矛盾之中。首先，她作为女性的身份十分矛盾，既有存在于一个女性身体上的意义，又有女性气质作为一种身体形象的意义。对于物质的和世俗的具体形象，她宗教身份的广泛玄学背景进一步使她处于传统的漫长矛盾历史中。她在美国身份条件之内的具体形象将她的所有物、财产和所有权的自我——与它们同她性别地位的复杂关系联系在一起。最后，就一个文本和语言的具体形象的可能性或渴望而言，她的诗人身份是高度矛盾的。

这些不同又交叉的身份，在它们竞争与碰撞的相互关系中，压缩到身体的紧张关系中：

我害怕拥有一个身体，
我害怕拥有一个灵魂，
深刻的、不稳定的财产，
拥有，但是不能选择。

双重财产，随便传承
给一个没有疑心的继承人
在不灭瞬间的公爵
上帝，为一个边境。

艾米莉·狄金森几乎不承认读过沃尔特·惠特曼的作品，只是勉强承认别人
462 告诉她“他名声不好”。但是这首诗好像是回应惠特曼的诗：“我是肉体的诗人，也是灵魂的诗人……我使快乐在我身上生根并使之增大，我把痛苦译成一种新的语言。”（《自我之歌》第21段）[①] 惠特曼在这里宣称，也许带着咄咄逼人的气势，他的意图是把连续的诗学转化包含到经验的每个方面——肉体和灵魂，物质和文化，自我和世界。相反，狄金森更强调冲突与分裂。在痛苦的矛盾意识和它们之间的剧烈冲突之中，她呼唤经验的多样性。

在这首诗中，正如在狄金森的诗中常常出现的一样，形象的关系是多重的，而且当它们证明在相互关系中不稳定的时候，也是越发不能重合的。在狄金森的结构中最有特点的形象滑移过程中，最初看起来是结构上的对应却变得不搭配。拥有肉体和/或者肉体（的恐惧）——重要的是这里灵魂并没有特权，狄金森并不是更喜欢没有肉体的灵魂——最初是玄学或宗教的主题。但是经济上的语言有了发展：财产、所有物、地产。同时，经济的结构变得越来越性别化。限制继承（entailment）是一种明确的男性继承形式；“继承人”和“公爵”都是明确的男性继承人。不过，“继承”当然也是一个哲学术语，从诗人的玄学开端延伸开来，在对上帝的最终指称中清楚地重新开始。

这首诗因此引入了三个层面：玄学的层面、经济的层面和性别的层面。而且，在隐喻的转换或者类比的常见结构中，我们期望这三个层面能够被引入一种互相表现的关系中。但是这种相互关联或传递并没有出现。比如说，这首诗的结尾是特别的。它奇特地冲出被定义为无限的上帝的空间意象，事实上，被说成是脱离或超越了肉体。空间的定义，表面上是试图定位上帝或

① 惠特曼著，楚图南、李野光译：《草叶集》，北京：人民文学出版社，1997年，第89页。——译注

定位与上帝相关的说话者，至少是以隐喻的形式，实际上只不过是错位，或归于混乱。因此，正如狄金森经常所为，结尾指出了至少两个矛盾的方向。上帝作为一个边界在一种意义上预示着安慰，生活形成于或参照于边界或界限的原则。从另一种意义上讲，边界作为上帝或者上帝作为边界，可能成为一种具有威胁性的束缚——无法逃避、受到限制、遭受禁锢。一种美国式的用法进入了这里。在美国语境中，边界只获得了无限的意义和扩展的可能性；在欧洲，它已经意味着一个确定不变的界限。这首诗展现了两方面的意义。第二，限制的可能性打消了诗歌开头处对拥有身体和灵魂的恐惧，这是一种只与监禁或者定义这些问题相连的恐惧。 463

于是，词语之间的犹豫，以“不稳定的”财产的意思在整个文本中延续，强加（“不能选择”）给一个毫无准备的人（“没有疑心的”）。然而，这种犹豫的语言也伴随着出现，本身可能是由丰富的表达组成的。财产也是“深刻的”。在这个意义上，它的脆弱（正如“不稳定的”）可能是珍贵的。“没有疑心”也许暗示了一些不劳而获的东西，因此在谦卑中更感恩赐，或者出乎意料。这个双重的可能性特别集中到这行诗：“在不灭瞬间的公爵”。这个“公爵”的头衔可能是狄金森自己名字的一个文字游戏，一个她自己高贵的标志。“不灭”恰恰暗示了那个作为珍贵遗产的财富可以赋予的不朽、超验或者高尚。但是，这个“不灭”只持续了一瞬间，而“公爵”的头衔也超出了狄金森的性别，且与美国的社会结构和继承法背道而驰。确实，她唤起的整个财富结构在两方面都没有应用到自身：作为女人和作为美国人。

这首诗事实上包含了丰富的经济术语，这些术语扮演了重要的角色。“财产”是一个哲学和物质的双关语；但诗中暗示的财富结构超越了自我的所有权，这是尤其在美国强调它们之间固有关系的另外一个双关语。值得注意的是，有几首诗明显地围绕经济意象展开。一方面，狄金森通过世界上的“信件”呈现了股票市场的“进进退退”。另一方面，通过“钱”、一个“伯爵的身份”和“收入”，她又一次将她的自己“所有物”等同为“我”带着“我可以拥有的财产”。这首诗使人们想到这样的问题，即一个自我在多大程度上能在上帝之下真正拥有自我；一个女人在与男人的关系中在多大程度上能真正拥有她自己；以及美国身份在多大程度上通过所有权、所有物和继承而建立起来。

狄金森，在这里和在别处一样，通过使意象之间彼此的不一致来表现她的意象。经济的、宗教的和性别的术语都互相矛盾。这首诗几乎压缩了狄金森总体上的宗教继承立场，包括身体和灵魂的等级，或者灵魂与身体的对抗。也就是说，关于她自己对这个传统的继承她备受折磨。性别当然在这里扮演了角色。她害怕和渴望继承的身体和灵魂是一个不能继承公爵头衔的女人的身体和灵魂。生就一个女人的身体是要被排除到社会权力资源之外的。它也是被不稳定地置于玄学传统中；如果没有被排除，那么在精神权力的等级之内，在与代表男性的精神和理性相对的，将女性长期与身体和情感联系在一
464 起的思维方式之下，女性也是处于从属地位的。

但是讨论她具体化的财产通常要受到死亡倾向的影响，这是狄金森永远面对的边界，或是由上帝界定，或是由虚无限定。与更普通的用法相反，这里的“财产”不是不朽的而是必定会消亡的。但是占有必定消亡的财产也是一种诞生。“双重的财产”实际上只是名词“财产”和“所有物”唤起的自我。这个自我是严格意义上的自我，人的自我占有，一个作为人自己的自我。但是这个作为身体和灵魂的双重财产确实在狄金森的自我中是不稳定的。恐惧，或者矛盾心理，在拥有带有灵魂的身体中，和几个世纪的玄学等级或怀疑形成共鸣，据此体现在物质和世俗的世界中，以某种方式威胁，如果不是背叛，定义为可理解的或精神的或永恒的本质。

采用这首诗的比喻，狄金森的地位大体上可以称为“双重的财产”，双重的也确实是矛盾的。它同时宣称了她在她继承的传统中的占有和剥夺。这首诗表达狄金森论争的声音，被困在矛盾的幻象中，每一个都是极具批判性的，既不能解决它们的矛盾也不能安于任何一个相互斗争的主张。而且，作为狄金森作品的特色，各个层次不重合，以起到相反的作用。作为公爵继承就不是作为女人继承。上帝被欢迎，但也被作为边界避开。宣告崇高或者宗教的不朽，但不一定是作为彼此一致的形象，只是一瞬间的逃避；似乎由语言的建构所产生，仿佛“不灭”通过词汇的抽象组合而形成。

在这首诗中，在性别、宗教、历史还有艺术的层面，狄金森聚合同时也分裂她的多重身份。因为《我害怕拥有一个身体》（“I am afraid to own a Body”）也提出了一个更深层次的、审美层面的形象结构。狄金森在这里一方面躲避但另一方面又渴望的身体和灵魂也可以表明她的文学继承性，这体现在她的语言中。她希望继承一种珍贵的（男性的）遗产；她害怕继承一笔珍贵的财产。上帝是一个曾经开启可能性或者渴望的庄严的边界，上帝是一个压抑的界限。正是如此，语言是积极的表现；而且语言是背叛、障碍和限制。

这种体现她自己写作的意象在很多诗中间接或直接地表现出来。它与性别和基督教形而上的二元论有一种特殊的联系，这些进而又与她的诗歌理念、她的诗学和她含蓄的语言理论交织在一起。也就是说，具体化的形象，标志她的语言理论深深植根于她关注的其他主要领域：性别、玄学和历史。这些
465 特定的语言学特征阐明并且澄清了性别、玄学和历史之间的相互联系与区别。而且它点明了在一个自己既不喜欢又无法抵挡的历史转折期狄金森在文化界

的准确定位。

从某种角度讲，语言具像化（embodiment）与狄金森的浪漫主义诗学尤其是与崇高有很深的联系。贯通于狄金森艺术的一支强劲脉流便是一条狄氏独有的未能企及而且无法企及的暗河。形于外的远不及形所未显的，可见的远少于未见的，有限的远低于无尽的。这种等级结构，在许多方面仍然依归传统，从语言和意义角度来看，则是必然的结果。它独享沉默，钟情沉默，然而却狐疑语言的具像化——通过语言的具像化，语言本身就成了一种居于中心地位的、人们传统上使用的表意符号。相比之下，沉默则是与具像化相对的一种形式：用传统的话来讲，它便是蕴涵的生命，用浪漫主义的话来说，它便是崇高的想象。

这种独用沉默与浪漫主义的崇高相吻合。狄金森在文字表达上和个人经历上都拒绝被人完全参透，这可能表明她恪守称之为“俭朴的盛宴”、“寒酸的奢侈”的信条。根据浪漫主义想象的原则要求，崇高的无限性超越并拒斥有限的具像化。诗是不可穷尽的，它经常被延宕，是可以不断开掘“可能意义”的居所。浪漫主义想象这一体系崇尚意义无涯，想象是无尽无穷的，意义是永远不可企及的，与常理或阅历相左便成了诗歌创造性的根基。它是狄金森作品中一股强劲的力量。在她的作品中，企及到了客体就等于浪漫的终结，浪漫主义作品通常如此。不过，狄金森的诗则进一步彰显了浪漫主义想象与更为传统的形而上学体系之间的复杂关系。浪漫主义想象继续独享未能践行的崇高，它超越意义实现的具体化或具像化，这包括语言上的具像化，在方法上与终极所指为超验的、非现世的、永恒的王国，强调灵魂超越肉体的西方形而上学等级论与二元论是相通的。不过，浪漫主义的特权并非指其神圣的或信条似的无穷无尽性，而是指其在想象上所具有的持续动力和潜力。于是，艺术作品便成为一种肯定自己具有持续产出能力的符号，它承诺永远不能被完全填满，而是一直保持开放状态，仍然可能具有更大的创造性空间。

狄金森的诗歌也使人想起而且也佐证了浪漫主义所具有的崇高，例如，在方式上她的诗使人想起惠特曼的诗。不过，她的情况是，含有各种可能性的艺术想象与自我的各个方面一样，由于性别和形而上的顾虑而受到抑制。她在浪漫主义文学的独特地位有助于表明继续支持浪漫主义标准是正确的，也有助于揭示它们内部固有的矛盾。

她的作品揭示出崇高的各种不同呈现形式间错综复杂的关系。狄金森非 466
常清楚，浪漫主义在语言表达上主张有宗教的印迹，也清楚它在使问题复杂化方面所起的效果。而且她意识到在提出此主张时妇女面临的窘境，意识到在艺术、性别和经济方面对自我进行界定时的局促紧张。她在自己的作品中将这些问题进行了特殊组织安排，推动着它们的矛盾朝着公开化方向发展。反过来，她的文化处境和它的各种矛盾渗入到她的语言观念中：

用灵魂去拥有艺术
去娱悦人的灵魂
沉默做伙伴
喜庆不断

没有装修的场地
对一个人
占有它便是永久的地产
或是永不衰减的矿藏

这首诗与《我害怕拥有一个身体》在语言背景上有许多共同之处，同样用简练的语言将自我的种种问题与物主身份联系在一起，并且将它们与艺术进一步的关系清楚地表达出来。在“占用”中发话人要“拥有”的“财产”被明确地划定为是内在的东西，实际上就是划定它与一个将自我界定为既具有统一性又具有内在性的“整体”的关联性——传统上，统一性和内在性是形而上学等级内部两个更细化的术语。于是，这种二元性的等级结构使真正的艺术，实际上就是真理本身，和沉默耦合成的内涵符号与语言躯壳进行对抗。真正拥有的艺术就是“沉默”，是在“灵魂”中的沉默，而且是没有躯壳的。它这“没有装修的场地”是一种不着饰物的手法，或者说是语言除赘术（disembodiment）。于是，这首诗便在价值不菲的意义领地上将自我与物主身份联系在一起，而且将真正的艺术与未言之语联系起来，这与将语言作为躯壳大肆鼓噪恰好相反。

于是，语言除赘术有了多种价值：艺术终极，精神自我，永久财产，沉默。所有这些全部囊括在结尾的意象——一个复杂的双关语“永不衰减的矿藏”中了。这个双关语在拥有之物与珍贵之物间划上了等号，与自我本身划上了等号，不过它是以内在的形式实现的；内敛进入它自身，无论在意义上还是在语言上都不向外传达。“mine”这个词上的双关将这首诗置于一大堆相互有关联的文本中，每个这样的文本都要透过“mine”这个意象来操纵喻指关系。《是小小的我》就是拿掉“pearls”和“brooches”也无妨，因为她（他?）没有必要用它们来表示“prince of mines”。在“一些作品为了不朽——/更重要的部分要，因为时间——”中，不朽被视为“声誉”“花不尽的……钱币”。这首诗的结尾是：一个人的——钱币，一个人的——矿藏。在这些诗中，追求物质占有和响应宗教召唤似乎决定了诗歌的修辞选择。不过，每首这样的诗也有含混之处：在性别上（如果《是小小的我》一诗中的“这些矿藏”是一位男性“王子”的话，它们又怎么可以牵强附会弄到狄金森身上呢?）或者在句法上（在《一些作品》（“One”）一诗中“One”究竟表示的是哪个?） 467

追根溯源，这些含混出自意象系统本身。狄金森很有特点，在使用具体意象表示大量的抽象事物时，明显具有不确定性。这种做法虽然很传统，但总暗伏危险，具体意象的光环会遮蔽它要代表的抽象事物。纵观狄金森作品，超越时间的永恒是一个厚重的形而上学体系，但它并不可靠。她怀疑它的真理性，对它的价值也拿不准。而且，对于这位诗人来说，将沉默置于语言之上这种等级性选择实乃妥协之举：

揭示美会使美衰减
声明魅力就使魅力受损
一个音节——水更少的海洋
它是这样的符号——
我愿苦寻这种词
失败了，但愉悦
一种得到遗产的狂喜
高兴觅到内省的富矿——

这首诗巧妙地阐明了崇高的浪漫性：企盼的目的失败了——抑或失败就是目的呢？企及就意味着背离。不过，在此处这首诗特意从语言学角度阐明了这种浪漫主义文学的模式。无法企及就是超越语言，用语言无法表述、表达、讲述和声明，在此只能“自惭形秽”、“相形见绌”。那么，这种与它的形而上学意义上的盟友相一致的不可表述性，就被视为内在的、无实体的自我：内省的富矿。从占有和继承角度看，和其他的诗一样，所表达的被视为“遗产”。很清楚，在此有价值的内部术语已经语言学化了，成了语言的符号，也成了诗歌的符号，而这便是这首诗显而易见的主题。而此处的失败则是成功之举，似有悖常理，但只是词的失败，诗歌沉默不语而已。终极意义只能被内敛的语言挤压成（未）被称为靠着它自己也否定的语言意象的东西——用“音节——水更少的海洋”来表达。这真是一则悖论。语言所能做的就是充当这样的一种“符号”，它连接其言语与必然而且有必要超越言语的“狂喜”。

狄金森在此遵循着历史悠久的等级分类体系，它们继续起作用并奠定了狄金森的语言理论。在她所住的新英格兰地区，对语言环境的讨论传布很广，如霍勒斯·布施奈尔（Horace Bushnell）的《论语言性质与思维和灵魂的关系》（*Dissertation on the Nature of Language as Related to Thought and Spirit*）就回顾了自乔纳森·爱德华兹以来对语言的神学关注，狄金森可能就是通过这
468 种途径了解到它们的。从当代——而且包括古代的符号学理论来看，发出声音的词是代表它们之前和之上所指意义的能指。这种在能指和所指间进行的区分重申了存在着一个构成完整的形而上学等级秩序，它反过来暗示语言具有特定的形而上学：

外在的——源自内在的
衍生它的幅度——
它是公爵，还是小矮人，
要由位于中心的情况来定——

精美——永不改变的轴
为车轮定方向
尽管辐条——转动——更是明显
而且扬起尘土——此时……

内在的——画出外在的——
没有把的画笔——
它的画出炉了——精当神奇
犹如心灵的烙印——

在精美的——大画布上——
一副面颊——或许一架眉梁——
这颗星的全部秘密——在湖里——
是不想让眼睛知道的。

在这首诗里，正如在西方形而上学传统中的原则那样，内在的决定外在的，而外在的服务于并回指内在的。用符号学理论来讲，作为能指的外在之物使内在之物成为所指，而所指决定了能指的“幅度”和意义，决定它是公爵还是小矮人。在这首诗中狄金森遵循了整个传统的分配体系。所指的意义是“内在

的"、"中心的"、"永不变的轴"——内隐、不变、独特；而所指是"外在的"，是一个在"尘土"中转动的"轮子"。将尘土与肉体联想在一起，这在狄金森的作品中反复出现，在本诗最后一个诗节则体现在"脸颊"作为绘出"心灵的烙印"的"画布"这个意象上。综观这种喻指系统，这一能指的理想作用不仅要居其次，而且最终要消隐。理想的能指在它指向所指即能指的真正功能在通过自我消抹来传达意义时，应该变得明晰起来。不过，这些术语早已由圣·奥古斯丁（St. Augustine）全面阐发出来，在他提出的纯然、永恒而且统一的精神层面上他将所指等同于圣父了。反过来，所指是语言化身，具有世俗性、多重性和物质性。当神谕化为肉身，在语言中清晰地表现为化身并且具体化的肉体意象就在道成肉身（Incarnation）的教义中鲜明起来并且成为其中心，于是它通过堕入语言躯壳的方式将世俗生活与超验的真理联系在一起了。 469

然而，在狄金森的这首诗中，内在之物与外在之物孰高孰低还没有完全绝对建立起来。毕竟洞悉"心灵的烙印"的唯一办法要通过画出的"画"，在本诗中是靠着等同于它的那种内在的、无形的（"没有把"）源头的东西来取得的：精当无比——/犹如心灵的烙印。该诗的结尾处同样含混不明。在"湖"中映出的是——"这颗星的全部秘密"——这座"湖"是现今世界对柏拉图古远的超自然世界的复制版。这一结尾滑向了超自然的启示式和洞察式甚至是僭越性的神秘语言。眼睛获得了超越它们"不想知道"的知识。在这首诗的意象结构中，语言和世界中映出的"内在之物"和"星星"差不多出卖了超验的秘密，露出了物质性的意义、语言和时间。不过，也就是在这里，知识、认识和诗都达到了目的。狄金森对语言和意义这一意象的神学意蕴把握在许多诗中都有证可循，就像关于它她用词含混不明一样有据可考。她始终将内在之物与外在之物对立起来，就像将灵魂与肉体、沉默与语言对立起来一样。"言语是情感的一个记号/而沉默是一个——"这首诗将一个的下文转到"在里面"上：最完美的交流/ 是杳无声息。在这里狄金森引用了《彼得前书》[1]（Ⅰ Peter1：8）第一章第八节作为她的权威证据，很令人信服："瞧，使徒说道，/可是却看不到。"在第976首诗中，"灵魂和尘土"有一则关于死亡的"对话"，在此诗中尘土分解了，而灵魂只是脱下了它的"肉体的外衣"。第664首诗中的"这个肉体短暂的一幕——被移向"和"原子"从"肉体的名单"中放出来是在重述它，探索的是"灵魂意识"的分解。"形体"也分解了。最为有名的是，狄金森在诗中将"圣谕"变成"肉体"时直接用语言来展示道成肉身了。

---

① 《圣经·新约》中的第21章。——译注

不过，如果狄金森在诗中重建了一种语言的形而上学结构，她同时也将它变得复杂起来。因为她对她应该效忠什么并未拿准。她的诗也具有对自己赋予语言何种功能含混不清的特点。用符号学理论的话来讲，就是她搞不清该看重的是所指意义，还是体现它的能指，而且也搞不清它们之间的关系。“变成肉体的圣谕很少”，可能引发人们将超验的圣谕当作“变为肉体栖居我们中间”这样的所指，但它的结尾却含有对她自己“挚爱的哲理”动情的赞颂。当狄金森告诫诗人要“讲出所有真理但讲得要委婉”时，不仅从它的抽象角度讲让真理带
470 上了她的晦涩不清，就连用来表达它的比喻也晦涩不清了：“成功在于迂回。”

从它的基本构架上看，艾米莉·狄金森的符号理论是很传统的。不过，它是陷于危机中的一种传统。狄金森在语言结构和意蕴上不能抛弃她的形而上学传统。不过，对她来说，它不再起多大作用。在某些诗中，她希望负载超验意义，语言就可以作为它的符号成功地传达意义。这样一来，死亡就不会像它经常表现得那样成为令人恐惧的与现世割离。借助于“基本的符号”，“没有新的地方”和“永恒之处”就会清楚明白了。

然而，更常出现的情况是，她那让语言表示它本身以外的东西这样的愿望让种种疑惑与矛盾给束缚住了。如果语言是一个代表“音节——水更少的海洋”这样的“符号”，它仍然与这个超验沉默相去甚远，而且对它造成危害：“揭示美会使美衰减。”她同样写到：“如果我说我多么高兴/我不应该如此高兴。”不过，不能“创造这种力量/ 也不能将它变成圣言”也就成了“新的困境”的“一个标记”。

在狄金森的作品中，使语言表达变为从属于内在的、居于首位的所指意义的外在的、居于次位的行为这一传统结构遇到了许多问题。它陷在了对超验实在的疑惑中；陷在了对她那由时间和语言构成的又互相对立的直观世界如何效忠上；也陷在了怀疑语言的传统主张自相矛盾、存在着问题这种态度上。对于这种困境的一种反应就是试图重新定义符号系统以便在意义和表达、所指和能指之间建立起一种新型关系。这就要在天和地、形而上的超验和世俗的经验、灵魂和肉体间重构关系。相应地，她在某些诗中试图坚持认为具像化是积极可取的，而且是必要的，认为“肉体”是永远矗立的“庙宇”。

半开着——放心的——诱人的——
它从不出卖
严肃诚实
请求栖身之所保密的灵魂

她可能试图将具像化的说法颠覆过来，把地位关系去掉并且将价值互相联系起来：

我听到，好像我没有耳朵
直到一个至上的词
鲜活地一路朝我走来
我便知道我听见了……

我想，好像我自己走出来
离开我的肉体但还在里面
直到万能的主发现了我
把我的灵魂归位。 471

于是精神变成尘土
“老朋友，你知道我，”
时间走出来告诉了这条消息
还遇见了永生。

内在的变成了外在的，自我变成了灵魂，精神和尘土成为彼此相互转化的意象，而且时间和永生似乎一直进行着交流。在此，能指似乎在其所指上完全达到了目的，没有因为它而牺牲什么。

不过，即使在本文中，狄金森和以往一样醉心于通过协调而成为一体的地方，连贯性有被替代的危险。“肉体”仅仅在未被转化的情况下同时又从居于外的适当位置进行有悖于常理的返回时才存于“里面”。在恢复到原有状态时，肉体又“走出来”，外显出来，被置于外面。与此形成对比的是，某种真实的、脱离了肉体的“我自己”重新获得了“灵魂”的地位。灵魂没有接纳尘土，相反，却抛弃了它。

这首诗在语言上清楚地表明了它在结构上的形而上学，“至上的词”推断为“我自己”、“内心”、“灵魂”和“永生”。“肉体”仍然“在外面”，和“尘土”与“时间”为伴，与表现“没有耳朵”的未被唤醒的尘世听觉密切相连。这是“至上的词”为了达到诗歌的效果而使用一个宗教象征还是为了达到宗教的目标而使用诗歌象征的一个例子。（在任何一种情况下这首诗都和

《约翰福音》[1] 的道相符：道就是神……生命在他里头，这生命就是人的光［《约翰福音》I：I－4］。）也就是，即使这是一首关于诗歌的诗，它对于语言的观念和美的信奉——至少关于崇高而言——仍然是承继更早的等级秩序，遵循更老的标准的。但是这一传统反对将超验价值重新安置成语言秩序。浪漫主义的崇高可能丢弃，但它也擅用形而上学体系。一方面，它的意义建构，它的目标指向任何能指之外；另一方面，它们也打破了所指的稳定性。不过，这是要确保所指对于能指、灵魂对于肉体、永生对于时间的优越性和先在性，与此同时，是在试图将物质性、尘世性和语言性的经验建成为义域。

在某种方式上狄金森抵制着完全浪漫式的美学，而在另外的方式上则将它展露出来。浪漫主义想象式的崇高将它自己创造的无穷能力提升到极致，甚至不惜采取替换手段，让辞格相续衍生。但狄金森绝不能完全接受尘世化、替换式的过程，以及它因损失和消亡而付出的代价。她绝不会像惠特曼那样说：“噢：明智而神圣的死亡。”这也适用于想象力的各种生成情况，在它们
472 的替换顺序上是适用的。正如在“没有耳朵”这个意象中那样，她认识到想象的过程就是要靠否定。“至上的词”可能将尘世的“耳朵”变形，不过仅仅是将它变为虚无而已。

论及她的诗学，狄金森处在变幻不定的风口浪尖上。她拒绝给予诗歌独立美学这样的地位，如果这样做她可以舒舒服服地在上面一躺，用语言秩序代替终极秩序就行了。然而，她也拒绝将具有优势地位的永恒和超验的区域当作意义的所在。狄金森陷在了所指与能指之间，陷在了它们的形而上学史和形而上学主张之间的不一致上：

精神绵延——但以什么形式——
下面，肉体开了口，
可当精神装备好——
却独在一旁，它绝不谈——
小提琴拉的音乐
不是自己飘出来的
不过是左手和右手扶在琴上，然而
扶动本身——不成曲子——
精神隐于肉体中
像潮汐孕于大海

① 《圣经·新约》中的第4章。——译注

它使水动起来，分开
各自一个会是什么样子？
那个知道吗——现在——或者说停下了吗——
这个是在为那个而做
在双方商定的日子又开始
拥有每一个未来？
本能驱使征服难啃的骨头
坚决要求这样的回答——
它可能是大祸
还是洪福
传闻这扇大门关得很严
在我的大脑未被播种之前
甚至预示性的东西助力强推
也不能在此有一丝作用——

这首诗试图小心谨慎地从语言角度并借助语言重新思考精神与肉体间的关系。一方面，它接受了精神高于肉体，所指高于能指。另一方面，它发现这一区分和判定是无法想象的。当精神进行“装备”时，依赖于它又从属于它的肉体开了口。但反过来也是对的。“精神绵延——但以什么形式？”没有某种形式，没有某种具像化，精神本身就无以栖泊。

于是，这首诗通过一系列的象征继续着，每一个象征试图保证精神——所指高于肉体——能指，但每一个象征都使这一过程变得复杂起来。精神对 473
于肉体而言犹如意义之于语言；如音乐之于小提琴这种乐器；如潮汐之于大海。但说前面的术语先于后面的，也独立于它们之外，这是站不住脚的。如果离开了水，潮汐会怎么样呢？没有实现的方式，没有某种乐器对它加以表达，音乐会是什么样子？能指被认为是应该起决定作用的，正是我们的这些经验说明了所指依赖于能指。从经验上讲，能指是先于它们所要表达的意义的。在这首诗中这些代词把这种无法廓清的关系凸显出来：“that”，“this”，“which”，“it”是难以归类的，这使得这些被认定为具有等级差异的术语在句法上无法加以甄别。什么时候是“现在”，在“现在”这个词中“那个”确实“知道”了——或者停下了？虽然狄金森尽全力猎取知识，但知识仍然是“难啃的骨头”：狄金森总是解决不了这个基本的问题：死亡时脱离了肉体是“大祸”还是“洪福”？在父亲过世后，狄金森在一封信中道：没有了一丝肉体，我一直思考着。那会是什么样子？本诗中的词组“大脑被播种”引自

《保罗福音》："所种的是必朽坏的，复活的是不朽的。"（《哥林多前书》[1]［I Corinthians］15：42—44；参较"种的是必朽坏的"。）不过，和通常的情况一样，这个引用《圣经》的典故什么作用也没有。狄金森将本文悬在了无法知晓的选项中间，正是它们的措辞使问题一直悬而不决，没办法弄清楚。

这种无法解决的情况有其浪漫色彩。"对实质甜美的怀疑——/ 那是知道——不知道"具有它那"香香的剧痛——带着恐惧的兴奋而狂喜"。但是对狄金森来说，怀疑便意味着争论，她不可能超然物外。它使语言理论和诗歌表达复杂起来，在一首又一首诗中凸显出来。"结束，在它开始前"，展现了语言和它的干扰之间的生死争斗。世间生存用带有"标题"、"序言"和"故事"的诗篇表现出来。但是它既不能出版，也不能读，因为它是神圣的，反对用词来表达，这是"上帝的禁令"。另一首诗的开篇是：

> 一根单独的肉体螺钉
> 就能固住灵魂
> 对于我，那代表神圣
> 在我的身边是面纱

"一根单独的肉体螺钉""就能固住灵魂"，在此，灵魂"代表"能指，"神
474 圣"则作为所指。不过，自我——"我的身边"——与作为"面纱"的肉体是一致的，而且随后当本诗继续下去时，与字母也是一致的："温柔的——庄严的字母表。"在这里，诗人通过展现与千方百计要从她那里将"肉体"夺走的诸神相对抗而护住它从而把这种心情传达了出来。

在这样的一些诗中，肉体对抗着灵魂，时间对抗永生，地对抗着天，能指对抗着认为超验它们的所指。在肉体和灵魂之间没有连续性，甚至也没有连贯性，在表达工具和它们被赋予的意义之间也是这样。取而代之的便是它们之间的争斗。可是这些诗没有提出任何的调停措施；就是这样的冲突太折磨人了，那是一种肉体被固住的心情。对于一位诗人来说，这种格斗尤为痛苦。它使诗歌语言本身面临矛盾的"选择——与它自己对抗"而成了祭品，同时又使它必不可少，而且这会令人进入理解误区。对于一位女诗人而言，这种困境显得更为强烈。在"一根单独的肉体螺钉"中，狄金森将"面纱"与肉体联系在一起，在别的地方"面纱"与女性肉体有着特别的联系。"像面纱一样的限制/ 就戴在这位女士的脸上"，不仅遮住了她的身体，而且也遮住

---

① 《圣经·新约》中第7章。——译注

了对于狄金森来说无法了解的充满谜团的整个世界。在另一首诗中，浪漫式的神秘靠着它的不可参透性建立了起来，同时也面临着危险：“这位女士不敢撩起她的面纱。”在狄金森的作品中语言不仅是肉体的象征，而且也是带有性别的肉体象征。既要表达又要沉默，既要展露又要隐匿，她的这些自相矛盾的主张在由来已久的形而上学等级论中找到渊源，而且源自视男性超越女性这种精神超越肉体的性别观中，肉体与女性成了互为推定的关系。如果狄金森不会“是诗人”——她的犹豫不决全都极不谐调地贯穿在她创作的始终：

> 我也不是诗人——
> 那样更好——有这样的耳朵
> 心驰神往——不能自已——心满意足
> 有了可以表示崇敬的特许证
> 多么了不得的特权
> 如果悦耳的轰鸣
> 令我发聋振聩
> 那将是什么样的嫁妆！

在这首具有多重含义、晦暗不明的诗中，不做诗人的理由指向了四面八方。乍一看，叙述人似乎宣布不再当诗人，而是要做另一部作品的看客或读者。不过，随后发现，该诗表示的是，她拒绝当诗人就是要拒绝用语言来实现具像化。正如在浪漫主义体系中那样，将客体具体化就是出卖了客体。真正“有了这样的耳朵”说等于不再拥有它，没有了肉体就是对肉体的否定（如在《我听见》一诗中的“没有耳朵”）。“心驰神往”就是“不能自已”，就是没有道成肉身和欲望。于是，最后的，也是修辞性问题或断言将成就与失败、诗歌与悬疑在意象上同时表现为性别上的与非性别上的这些矛盾性方面展现了出来。诗人是处在宙斯或塞默勒[①]的情况下吗？她的情况是闪电“轰鸣”还是布在哗哗作响？她的“嫁妆”是买的还是“别人送的”？ 475

狄金森对当时诗歌语言的肯定与否认表明她在身份问题上存在着诸多冲突。我们知道，惠特曼和爱默生追求的自我观念与狄金森的有所不同，而且没有狄金森的宽，原因就在于她的性别。在19世纪的文化氛围中，对于一位想建立自我个性的女士来说，也就意味着将它居其次，而首先则应该是做女

① Semele，希腊神话中腓尼基王子卡德摩斯之女，与宙斯生了酒神狄俄尼索斯。在目睹宙斯施放雷电时被闪电击中而化为灰烬。——译注

儿和妻子（尽管在我看来为人之母有自身鲜明的特点）。对于有所作为，人们怀着一种矛盾心理，这就是当时总的情况，诗歌创作则有所不同，对于19世纪的女性，诗歌可以发挥性别的作用，不过这些作用很有限。这种性别地位并不明确，但它已从社会领域进入了宗教领域。对于惠特曼或爱默生而言那些可能与神等同的身份对于狄金森而言从一开始就是不可能的。只要有不同的性别关系，而且这一切意味着承认权威与从属，自我实现和自我否定共存，她的自我就不可能和他们的那样成为上帝的形象。

说肉体应该是这些相互关系和碰撞冲突的特殊交汇点，这与狄金森所处的文化传统中它的不明地位相一致。这不仅深刻表现了狄金森的创作艺术，而且还表明了她的传记特点。她的退隐行为——自己隐于自己的房里，隐于她的一身白衣中，隐于她的诗里，并且拒绝将它们发表出来，然而却把它们写出来并且收集在她的诗歌小分册中——可以看做是对既拥有肉体又拥有灵魂、既在时间和文本的世界里同时自己又将它们隐匿的一种强烈的、摇摆不定的（女性）行为，这些问题和意象在《出版》这首聚焦于肉体的诗中重构同时又分解，不过，这却使写作与出版的问题成了它的主要话题：

发表，是拍卖
人的心灵
贫困，批准
这种腐败行径

也许，只有我们，宁愿
从我们阁楼的斗室
一身洁白，去见洁白的上帝——
也不用我们的“白雪”投资——

思想，属于
给予思想的人——
就向他，体现思想的灵魂——
出售高贵的歌声——

经营，应该做——
神圣美德的商贾——
切不可使人的精神

蒙受价格的羞辱——

（江枫 译）

这首诗有一个特殊的性别问题。一方面，狄金森用“人的心灵”概括了她的声明，同时也通过使用退隐在“我们的阁楼”和着“一身洁白”，使人想起她爱穿白色服装的习惯，这样的意象将具有女性特点和传记特点的内容纳入其中。这首诗中卖淫这个意象暗示着性别问题，不过，这个意象并不仅限于表示出卖色相。它成了含有经济学语言的第二层比喻的一部分，在这个层面上出卖就是丢弃纯洁、丢弃忠贞，或者丢弃承诺。这是以形而上学象征物这样的意象表示出来的，美德与“价格”的羞辱形成对照。狄金森使人再一次想起了用经济学术语来表达神圣事物这样的美国式修辞方法，在她的作品中这是一贯的作法，这对于颠覆策略构成了威胁：不是使物质性的东西从属于神圣之物，而是冒险反其道而行之。在这里，不是将这个世界作为另一个世界的象征，也不是将物质上的成功作为精神美德的象征，经济收入成了一种出卖精神的行为。出卖“高贵的歌声”就是对它的亵渎。经济的、性别的和形而上的意象通过这首诗的肉体意象形成了关系张力，也通过本诗出版这一中心主题而得以深化。这首诗主要含混不明之处就是它自己的生产问题，或者至少是与某种私人场所不同的公共场所上的地位问题。在本诗的经济意象中，将她的作品置于众目睽睽之下，就等于进行一场可耻的拍卖；从性别意象上看，这等于卖淫，一种对一身圣洁的（性）出卖。正如狄金森所言：“与其将我的诗公之于众，不如先让我当众脱光衣服。”这与将出版等同于为了此岸世界而出卖彼岸世界（洁白的上帝）的宗教意象是一致的。所有这些都集结在肉体这个荷载沉重、冲突激烈的意象之下。出版成了具像化的比喻：它是与精神和神性等同的“思想”的“灵魂体现”。因此，这样的对等形式将拍卖、性行为和尘世欲求与可耻的出卖这一行为联系在了一起。不过，它也和这首诗本身的存在相一致，至少当我们读的这首诗进行具像化的时候是这样的。 476

在这首诗中，狄金森让通过出版实现的具像化和创作后但未公之于众的文本之间存在某种中间状态，从某种程度上证明，她这样做是在思考这些张力问题。她未出版的诗辑成小分册，此种编排形式可能就表明了这样的妥协行为，或者表明了她曾经做过这样的思索。尽管有妥协，或者确切地说，为了达到它那饶有兴味的特点，这首诗在它的召唤之间小心谨慎地保持着平衡。狄金森仍然是被分得七零八落的，而且她对于自己的每一种选择都不满意。正如在《我是无名小卒！你是谁?》（I'm Nobody！Who are you?）这首著名的诗中那样，她必须在否认肉体和用来比喻抛头露面、出版发行的承认肉体之

间找到一条妥协之路。这好像是狄金森既想为她的诗歌找到语言这样的肉体
477 之身，但又对它加以限制而无法如愿；就如她一袭白衣，却既想存于肉体之中又想无骨无肉；既想性别分明却又想无性别之分；既想存于尘世又想存于灵魂之中，从某种意义上讲这两者在此仍然彼此对立。

在《偶像的黄昏》（*Twilight of the Idols*）一书中，尼采写道："关于生命，西方各个时代的圣人都做出了类似的断言：它绝没有什么好的方面可言。"艾米莉·狄金森的想象是与她的世界相冲突的一种想象。她的作品题材广泛，描绘出对现实世界的强烈不满，而且也描绘了她对于能得到的将世界说成为充满意义、是真实存在的有序世界这些说法所表现出的强烈不满。但是，她的疑惑并非为她所独有。她在类比上出现小差误，在比喻上出现不匹配，并不表明对语言失去操控，也不仅仅是因为出现了难以预料的文字游戏。更确切地说，是它们在文本上表现了女性身份使一位美国人或一位浪漫主义者自我认证变得复杂起来或者说是使它充满矛盾这样的一种文化误区。尘世上的物质成就不是实现精神诉求，而是反其道而行之或者说是与之相左。自我实现与自我否定在较力；肉体与精神仍然紧张对峙，包括诗歌具像化与纯艺术的艺术本质间也存在着对立。

在19世纪的美国，这些冲突有特定的历史背景。此时的美国各种文化学说都在喷薄而出，彼此间冲突日甚。美国独立战争本身就代表文化紧张对峙爆发冲突这一瞬息万变的历史时刻。狄金森没有解决它们。在狄金森的作品中有缓和的时刻：献身于宗教，浪漫多情，与自然和谐共处，在审美上实现自我满足。不过，这些时刻并不长久。她的诗不是用来解决问题的。尽管她在探索，但她并没有通过诗歌也没有在诗歌中提出解决办法。相反，在很多方面程度不一地将暴力的景象展示了出来：

我的生命伫立——一杆实弹枪——
在墙角里——直到有一天——
主人经过——认了出来——
把我扛上肩——

现在我们在皇林漫游——
现在我们在捕猎雌鹿——
每当我代他发号施令——
群山便立即回声响应——

我粲然一笑，热烈的光辉
顿时照得幽谷灿烂——
就像维苏威①的面孔
让它的欢乐涌现——

一到夜晚——我们美好的一天结束——
我守护着我主人的头—— 478
这胜过深深下陷的
鸭绒枕头所得到的享受——

对于他的敌人——我就是死敌——
谁也休想再动一下——
如果人的一只黄眼把他盯上——
或者一根有力的拇指杵一下他——

虽然我比他——也许活得久
他一定比我——寿命更长——
因为我只有杀伤的本领，
却没有——去死的力量——

（蒲隆　译）

“一杆实弹枪”可能是狄金森写得最好的诗，诗最后反映的不仅是她自己的“生命”，而且还有她的文化之命，在此艺术中的文化代表有猛烈迸发暴力的危险。正如在狄金森最为精心和过于精心制作的作品中那样，复杂的意象结构从来没有最终形成彼此相通的统一体。这首诗将一个永远无法完全破解的谜团展示出来：当一位女叙述人变成一把像阴茎一样的枪，不怎么开火的枪就成了冷面杀手，有了它就必须失去原有的身份，“热烈的”愿望变得可怕，(宗教上的）虔诚（本诗也有圣诗般的韵致）堕成致命的操控，美妙的亲近让它（性关系）保持距离（叙述人婉言拒绝共用“深深下陷的鸭绒枕头”）。

这种高超的滑移使这首诗马上差不多充满了无穷的暗示，并且坚拒将其限定下来。这首诗展示了枪代替了拥有血肉之躯的人和武器，和其他诗一样，这似乎也使人觉得肉体和灵魂就老话题进行对话。不过，在这个比喻中它揭

① 位于意大利的一座著名的火山。——译注

示的却是反抗使局面混乱不堪的危险。它是在内战期间写成的，这暗示着历史上出现的暴力是它创作的背景之一。它那极为含糊的结尾似乎既害怕力量，又同样程度地希望有力量，因为责任和克制在男主人和枪之间颠倒位置，而本诗似乎最后重视的是它所蔑视的死亡这一归宿。

或许尤为重要的是，当它们“发号施令”时，这杆“实弹枪”就是狄金森诗歌的背景本身。这杆枪当然也是这个比喻的背景，是代表具像化表达的力量、危险性和脆弱性。作为负载众多的诗篇，狄金森的自我建构与她的文化建构出现了激烈的碰撞：男性的与女性的，形而上的与语言的，肉体的与精神的，历史的与修辞的。

狄金森冲突性语言不仅向外指向她自己的文化，而且向前指向了我们的文化，而且总的来说，诗歌语言的意蕴一点也没有少。在狄金森的作品中，历史、形而上学和美学这三股力量纠缠在一起，因为当具有悠久传统的用于解释世界基本框架的各种假说面临挑战、几近朽裂之时，这些力量就面临着
479 极为强大的压力。在狄金森的作品中，历史和范式、形而上学和世界是分开的。这一点从她在句法和结构、诗行和意象上的断裂就能感受得到，这些就是后来被证实的预感。狄金森的作品是其中最早直接记录下对这种诠释性结构崩解的诗歌语言产生影响的创作之一。她的诗歌夸大了语言的任务，也夸大了它的承载，提出了我们理解自己和世界所要依循的秩序规则。因此，她的作品和尼采及许多后来的20世纪作家和理论家的作品一样，清楚地摆明了语言是怎样推定的，甚至摆明了根据我们的经验当它产生某些连续性和连贯性的情况下语言是怎样推定的，也摆明了当所有这些受到严重的挑战和压力的情况下在语言上出现的后果。

狄金森的作品仍然是百家争鸣的园地。它将围绕着她的最为紧迫的未能解决的文化力量纳入进来，由此而发生了激烈的碰撞。对于狄金森的诗歌有许多切入点：心理传记、浪漫主义美学、文献学、文学理论、历史学、宗教、性别等研究方法。她的作品确实囊括了这些方法的每一种。不过，这些被囊括进去的方法同时也表明了这些各不相同领域间复杂的而且时常非常紧张的关系。在她的诗歌中，她的几种不同的身份彼此之间仍然有冲突，而且与她的文化世界也有冲突：即性别的世界，宗教的世界，物质世界，美学世界。其结果是，既有形式上的争议，又有文化上的依归：那不是超然物外的诗，
480 而是充满冲突的诗。

大事年表 1800—1910

尼尔·多兰（Neal Dolan）

美国诗歌与批评			美国事件、文本与艺术	其他事件、文本与艺术	
1800年			华盛顿特区成为美国首都。 西北部地区分为俄亥俄准州和印第安那准州。 建成国会图书馆。	英格兰颁布《史宾汉兰法案》;政府为穷人补助工资。 西班牙将路易斯安那准州割让给法国。 拿破仑军队占领意大利。	
1801年	休·亨利·布拉肯里奇(1748—1816)	《苏格兰及爱尔兰诗集》中的《苏格兰诗集》部分			
1807年	乔尔·巴洛(1754—1812)	《哥伦比亚德》	国会通过《禁运法》。 罗伯特·富尔顿设计的长为150英尺的平底蒸汽船**克勒蒙特号**在哈得逊河向上游,行进150英里,全程共用时32小时。 华盛顿·欧文与詹姆斯·波尔丁合办《**萨马根迪**》杂志。	汉弗莱·戴维爵士发现钾和钠。 华兹华斯创作《不朽的征兆》。	
1809年	菲利普·弗瑞诺(1752—1832)	《美国革命期间创作及发表的诗歌》	《断绝贸易法》废除《禁运法》;恢复与所有国家贸易关系,英、法两国除外。 华盛顿·欧文以迪德里希·尼克博克为笔名出版《纽约史》。	贝多芬创作降E大调《**第五钢琴协奏曲**》(《**皇帝协奏曲**》)。 拜伦创作《**英国诗人和苏格兰评论家**》。 拉马克发表《**动物哲学**》,论证通过努力可以影响基因对于环境的适应机制。	482
1812年	乔尔·巴洛(1754—1812)	《给俄国的乌鸦的建议》			
1813年	华盛顿·奥尔斯顿(1779—1843)	《四季精灵》	在伊利河之战中美军舰队击败一英国舰队。 印第安肖尼族酋长特库姆塞被杀。	东印度公司贸易垄断权被废除。 简·奥斯汀发表《**傲慢与偏见**》。 雪莱发表《麦布女王》。	
1815年	菲利普·弗瑞诺(1752—1832) 莉迪亚·西戈尼(1791—1865)	《有关美国事件诗集》 《散文与诗歌中的道德篇》	英美两国签订贸易协定终止两国间的歧视性关税。 罗伯特·富尔顿的第一艘蒸汽机战舰**迪摩罗各斯**下水。 安德鲁·杰克逊将军率美军在新奥尔良战役击败英军。	英军与普鲁士军队在滑铁卢战役中打败拿破仑;拿破仑退位后被流放到圣赫勒拿。 维也纳会议重新确立奥地利普鲁士君主制;德国联邦、荷兰王国及波兰王国成立。	
1817年	莫那·鲍德曼(1765—1858) 威廉·卡伦·布莱恩特(1794—1878)	《关于死亡的演讲》 《死亡随想》	美国援助黑人回归非洲的协会在弗吉尼亚里士满成立。 伊利运河开始兴建。	柯勒律治发表《文学传记》。 黑格尔发表《哲学全书》。	483

	美国诗歌与批评			美国事件、文本与艺术	其他事件、文本与艺术
	1818 年	**詹姆斯·柯克·波尔丁**(1778—1860)	《**边远地区的人**》	加拿大与美国将北纬 49 度设为边界线。 杰克逊率美军队进攻佛罗里达的西米诺尔。	简·奥斯汀匿名发表《**诺桑觉寺**》及《**劝导**》。 约翰·济慈发表《安狄米恩》,并全力投入诗歌创作。 玛丽·沃斯通克拉夫特·雪莱发表《**弗兰肯斯坦**》。 圣马丁在孟普战役中击溃西班牙保皇党军队,为智利赢得独立。 司各特发表《**密德洛西恩监狱**》及《**罗伯·罗伊**》。
484	1819 年	**约瑟夫·罗德曼·德雷克**(1795—1820)& **菲茨-格林·哈勒克**(1790—1867) **理查德·亨利·王尔德**(1789—1847)	《德雷克与哈勒克合创诗集》 《**范妮**》 《俘虏的哀伤》	**麦卡洛克诉马里兰州案**。 《亚当斯—奥尼斯条约》规定西班牙将佛罗里达割让给美国;路易斯安那购买西部边界得到同意。 威廉·埃勒利·钱宁领导人们在波士顿建唯一神教堂。	玻利瓦尔成为大哥伦比亚(即今天的哥伦比亚、委内瑞拉、厄瓜多尔、巴拿马)总统。 拜伦发表《唐璜》(第 1 章及第 2 章)。 英格兰发生彼得卢大屠杀;军队向参加议会改革演讲及反对谷物法演讲的民众开火。
	1820 年	**玛丽亚·高恩·布鲁克斯**(1794—1845)	《**一位艺术爱好者创作的〈朱迪思〉,〈以斯帖〉及其他**》	国会通过《密苏里妥协案》。 詹姆斯·门罗连任总统。 华盛顿·欧文发表《**见闻札记**》。	济慈发表诗集包括《夜莺颂》、《希腊古瓮颂》、《拉米娅》及其他诗歌。 葡萄牙摄政者被推翻;起草自由宪法。 西班牙革命运动活跃。 圣马丁率军队进入秘鲁。 司各特发表《**艾凡赫**》。 雪莱发表《解放了的普罗米修斯》。
485	1821 年	**威廉·卡伦·布莱恩特**(1794—1878) **詹姆斯·希尔浩斯**(1789—1841) **詹姆斯·盖茨·珀西瓦尔**(1795—1856)	《**诗歌**》 《**判断力:一种幻想**》 《**诗集**》	詹姆斯·费尼莫尔·库珀创作《**间谍**》。 波士顿成立第一所公立高中。 约翰·昆西·亚当斯发表《度量衡报告》。 纽约继康涅狄格及马萨诸塞州之后,废除对公民选举权的财产要求。 塞阔亚改进了印第安字母表。	危地马拉、墨西哥、秘鲁摆脱西班牙获得独立。 玻利瓦尔率军在卡拉波波战役中大败西班牙皇家部队,为委内瑞拉赢得独立。 希腊人占领特里波利斯堡,并屠杀 1 万名土耳其人;希腊独立战争开始。 迈克·法拉第发现电磁转动基本原理。 雪莱发表《阿多尼》,悼念济慈。

美国诗歌与批评			美国事件、文本与艺术	其他事件、文本与艺术
1822年	**詹姆斯·盖茨·珀西瓦尔**(1795—1856) **莉迪亚·西戈尼**(1791—1865) **卡洛斯·威尔科克斯**(1794—1827)	**《普罗米修斯》** **《美洲土著人的特征》** **《仁慈时代》**	丹马克·维乔率黑人奴隶在南卡罗莱纳州—查尔斯顿起义失败。 门罗总统建议承认新拉丁美洲共和国。 使用女工的水压驱动棉花工厂开始在马萨诸塞州生产。	巴西确保从葡萄牙手中获取独立。 希腊撰写自由宪法,并宣布独立。 海地人在全国范围内赢得控制权,并成立海地共和国。 普希金创作**《叶甫盖尼·奥涅金》**。 土耳其占领希俄斯岛并屠杀岛上大部分希腊居民;土耳其军队入侵希腊。
1823年	**萨拉·黑尔**(1788—1879)	**《埋没的天才及其他独创诗歌》**	詹姆斯·费尼莫尔·库珀发表**《拓荒者》**。 总统门罗阐释"门罗主义"。	斐迪南七世废除西班牙宪法,制定严厉的镇压措施。 危地马拉、圣萨尔瓦多、尼加拉瓜、洪都拉斯、哥斯达黎加建立中美洲联合省。 威廉·威尔伯福斯在英格兰建立联合会以废除奴隶贸易及英国在海外殖民地所实行的奴隶制度。
1824年	**卡洛斯·威尔科克斯**(1794—1827)	《品位的宗教》		
1825年	**约翰·布莱纳德**(1796—1828) **玛丽亚·高恩·布鲁克斯**(1794—1845) **威廉·卡伦·布莱恩特**(1794—1878) **菲茨-格林·哈勒克**(1790—1867) **爱德华·库特·平琦**(1802—1828)	**《诗节》** 《犹菲勒》第一章 《印第安人在祖先们的坟前》 《马可·波扎里斯》 **《诗集》**	国会批准重新安置东部印第安人到密西西比河西部居住。 克里克印第安人拒绝履行将佐治亚州的所有土地割让给美国政府的条约。 伊利运河完工。 德克萨斯允许美国公民定居。 托马斯·科尔创建哈得逊河风景画派。	沙皇尼古拉一世镇压十二月党人起义。 玻利维亚宣布独立。 葡萄牙承认巴西独立。 孟佐尼发表**《定婚》**。 普希金创作**《茨冈》**。 英国工人被允许成立工会。
1826年	**塞缪尔·伍德华斯**(1784—1842)	《旧橡木桶》	詹姆斯·费尼莫尔·库珀发表**《最后一个莫希干人》**。 参议院派代表参加巴拿马国会,但未能按时到达。	费利克斯·门德尔松创作**《莎士比亚〈仲夏夜之梦〉序曲》**。 土耳其苏丹下令屠杀在君士坦丁堡兵营的近卫军。

486

	美国诗歌与批评			美国事件、文本与艺术	其他事件、文本与艺术
487	1827年	**理查德·亨利·戴纳爵士**(1787—1879) **埃德加·爱伦·坡**(1809—1849) **莉迪亚·西戈尼**(1791—1865)	**《海盗和其他诗歌》** **《帖木儿以及其他》** **《道德篇专著者诗集》**	马萨诸塞州规定凡超过500户家庭的镇必须设立高中。 约翰·詹姆斯·奥杜邦发表**《美洲鸟类》**。 第一份黑人报纸**《自由报》**在纽约市刊发。 詹姆斯·费尼莫尔·库珀发表**《大草原》**。	格奥尔格·欧姆发表有关电流的重要研究成果。 在**《克伦威尔》**前言中,维克多·雨果号召自由创作,反对局限于文学传统。 让-巴蒂斯·柯洛展出第一部力作**《纳尔尼大桥》**。
	1828年	**乔治·摩西·霍顿**(1797—1883) **卡洛斯·威尔科克斯**(1794—1827)	《论自由与奴隶制》 《论音乐》 《奴隶制》 **在《卡洛斯·威尔科克斯残编》**中发表了《仁慈时代》第2卷至第4卷(片断)	国会通过《可憎的关税率》;北方商业经济与南方农业经济产生利益冲突。 民主党成立;安德鲁·杰克逊当选第一任民主党总统。 新泽西—帕特森爆发了有记录以来第一次纺织工人罢工。 诺亚·韦伯斯特出版**《美国英语词典》**。	柏济力阿斯发现钍元素。 《土库曼恰伊条约》结束了俄普战争。 英国撤消《检测与公司法案》。
488	1829年	**乔治·摩西·霍顿**(1797—1883) **埃德加·爱伦·坡**(1809—1849)	**《自由的希望》** **《艾尔·阿拉夫》,《贴木儿以及其他》**	安德鲁·杰克逊将政党分赃制引入国家政治。 工人党在纽约成立。	瑞士州宪法修订,遵从自由路线,将普选权、出版自由权、法律面前人人平等条款纳入宪法。 丹尼尔·奥康内尔致力于废除大不列颠与爱尔兰议会合并联盟。 俄国占领亚得里亚那堡、卡尔斯、厄尔扎拉姆,大大削弱了奥斯曼帝国的实力;签订《亚得里亚那和约》。
	1831年	**埃德加·爱伦·坡**(1809—1849) **约翰·格林利夫·惠蒂尔**(1807—1892)	**《诗集》** **《新英格兰传奇》**	最高法院支持佐治亚州重新安置切罗基人到密西西比河西岸的法令。 纳特·特纳领导绝望的黑人奴隶起义。 威廉·洛伊德·盖里森创办**《解放者》**杂志。	奥地利镇压摩德纳、巴尔马、教皇国起义,但未能根除意大利民族主义运动。 罗伯特·布朗发现细胞核。 法国发生大规模政治骚乱。 法拉第通过改变磁密度产生电流。
489	1832年	**约翰·昆西·亚当斯**(1767—1848) **约翰·格林利夫·惠蒂尔**(1807—1892)	**《德莫特·迈克摩洛,或征服爱尔兰》** **《摩尔·皮彻》**	安德鲁·杰克逊连任美国总统。 塞勒斯·麦考密克发明收割机。 塞缪尔.F.B.莫尔斯设计改进了的电磁电报机。 南卡罗莱那州通过《拒绝联邦法条款》,废除1828年与1832年的关税。	欧洲第一条铁路竣工。 朱塞佩·马志尼建立青年意大利党。 《改革法案》重新分配英国议员席位,旨在更加准确地反映人口数量。

美国诗歌与批评			美国事件、文本与艺术	其他事件、文本与艺术	
1833 年	帕克·本杰明（1809—1864） 玛丽亚·高恩·布鲁克斯（1794—1845） 理查德·亨利·戴纳爵士（1787—1879）	《解放者》 《犹菲勒》 《诗歌与散文创作》	废奴组织在纽约及新英格兰成立美国废奴协会。 国会通过《军队法案》，授权杰克逊总统运用军事力量实施税务征收。 杰克逊总统命令将公共基金从合众国银行分流到各州立银行。	巴尔扎克发表《欧也妮·葛朗台》。 英国《工厂法令》限制纺织厂雇用 9 岁以下童工。 门德尔松谱成《意大利交响曲》。 议会将第一笔基金拨给英格兰以促进英国公共教育事业。 大英帝国废除奴隶制。 丁尼生开始创作《悼念》（—1850 年）。	
1835 年	约瑟夫·罗德曼·德雷克（1795—1820） 莉迪亚·西戈尼（1791—1865）	《负罪仙女》 《亲岑多夫伯爵及其他诗歌》	塞缪尔·科尔特设计第一个左轮手枪。 塞米诺尔族人拒绝迁居密西西比河西岸导致塞米诺尔印第安战争爆发。 美国占领佐治亚州切罗基人的领土，那里发现黄金。	狄更斯发表第一部著作《博兹特写》。 胡安·曼努埃尔·德·罗萨斯在阿根廷实行独裁统治。 墨西哥建立强有力的中央政府。	490
1836 年	奥立弗·温德尔·霍尔姆斯爵士（1809—1894） 约翰·格林利夫·惠蒂尔（1807—1892）	《诗集》 《莫格·梅戈温》	1833 年芝加哥一块黄金地段的土地价格如今增涨 30 倍。 马丁·范布伦当选美国总统，他是第二位民主党总统。 发表《麦高菲读本》。 德克萨斯宣布独立；由圣安纳领导的墨西哥军队在阿拉莫、歌利亚对德克萨斯军队进行屠杀；德克萨斯共和国成立。	玻利维亚总统圣德克鲁斯入侵秘鲁并成立秘鲁—玻利维亚联邦。 凯普殖民地的布尔农民与牧民们摆脱英国人的统治，建立德兰士瓦—纳塔尔—奥伦治自由国家。 托马斯·卡莱尔发表《旧衣新裁》。	
1837 年	萨拉·黑尔（1788—1879） 乔治·摩西·霍顿（1797—1883） 理查德·亨利·王尔德（1789—1847）	《女士的花环》（编辑） 《一个奴隶的诗集》 《西方之国》	拉尔夫·沃尔多·爱默生发表《论美国学者》。 纳撒尼尔·霍桑发表《故事新编》。 约翰·迪瑞用钢模板发明铧式犁，改进了在硬土草原上的耕种方式。 扎迦利·泰勒率美军在奥基乔比战役中打败塞米诺尔族。	本杰明·迪斯累利当选英国议会议员。 狄更斯发表《雾都孤儿》。 巴西恢复君主直接统治。 维多利亚成为大不列颠及爱尔兰女王。	491

492

	美国诗歌与批评		美国事件、文本与艺术	其他事件、文本与艺术
1838 年	**詹姆斯·希尔浩斯**(1789—1841) **约翰·格林利夫·惠蒂尔**(1807—1892)	**《酋长之林》** **《美国废奴问题进展过程中所作》**	国会采用《限制言论自由决议案》,以对抗反蓄奴请愿书。 佐治亚州的切罗基印第安人被重新安置到印第安准州。 《个人自由法令》反对北方某些州通过的《追捕逃亡奴隶法案》;“地下运输线”建立,帮助南方黑奴逃往北方。 萨拉·格里姆克发表**《有关男女平等及妇女状况书信集》**。	英国宪章运动开始,提高工人阶级及中产阶级利益,旨在对议会进行实质性改革。 查尔斯·赖尔发表**《地质学原理》**。
1839 年	**亨利·瓦兹沃思·朗费罗**(1807—1882) **埃德加·爱伦·坡**(1809—1849) **琼斯·威利**(1813—1880)	**《夜吟》** **“朗费罗的《西方之国;浪漫传奇》”**(评论,**《伯顿绅士杂志》**,10 月) **《随笔与诗歌》**	约翰·詹姆斯·奥杜邦发表**《北美鸟类》**。 自由党在纽约的华沙召开第一届全国反奴隶制大会。	中国禁运鸦片,第一次鸦片战争爆发。 英国议会否决宪章运动者请愿书,暴乱从伯明翰开始蔓延全国。 普鲁士规定童工的日工作量不得超过 10 小时。 中美洲联邦分裂成为危地马拉、洪都拉斯、尼加拉瓜、萨尔瓦多、哥斯达黎加。
1840 年	**约翰·昆西·亚当斯**(1767—1848)	《人的需求》		
1841 年	**亨利·瓦兹沃思·朗费罗**(1807—1882) **詹姆斯·拉塞尔·洛厄尔**(1819—1891) **埃德加·爱伦·坡**(1809—1849) **莉迪亚·西戈尼**(1791—1865)	**《民谣及其他诗歌》** **《一年的生活》** **“朗费罗的《夜吟》”**(评论,**《伯顿绅士杂志》**,2 月) **《宗教诗与悼亡诗》** **《波卡洪塔斯及其他诗歌》**	威廉·亨利·哈里森就任美国总统一个月后卒;约翰·泰勒成为第一位继任美国总统之职的副总统。 詹姆斯·费尼莫尔·库珀发表**《杀鹿人》**。 由贺瑞斯·格里利刊发的**《纽约论坛》**在战前成为北部及西部地区的主要报纸。 泰勒总统因二次否决建立国家银行而遭到辉格党谴责。	英国占领香港及镇江。 法国颁布第一部保护罢工者法律。 舒曼创作**降 B 大调《第一交响曲》**和 **D 小调《第四交响曲》**。

美国诗歌与批评			美国事件、文本与艺术	其他事件、文本与艺术	
1842年	威廉·卡伦·布莱恩特(1794—1878) 亨利·瓦兹沃思·朗费罗(1807—1882) 埃德加·爱伦·坡(1809—1849)	《泉水及其他诗歌》 《论奴隶制诗集》 《论朗费罗的〈歌谣集〉》(评论,《格雷厄姆杂志》,3月) 《论朗费罗的〈民谣及其他诗歌〉》(评论,《格雷厄姆杂志》,4月)	多尔起义使新罗得岛州宪法对选举权的要求更加自由化。 约翰·弗里蒙特领导探测俄勒冈小径。 马萨诸塞州法律规定12岁以下的儿童的日工作量不得超过10小时。 《韦伯斯特—亚叙伯顿条约》结束了东北边境纠纷;美国与加拿大的边境确立,即从缅因到伍兹湖。 美军摧毁塞米诺尔族印第安人村庄、庄稼,迫使其签订和平条约,塞米诺尔人被重新安置到印第安准州。	英军打败分布在南非纳塔尔的布尔人,重获当地控制权。 英国《矿工法案》规定雇用妇女儿童做矿工属违法行为。 英国议会否决第二次宪章运动者请愿书。 丁尼生发表《诗集》,其中包括《洛克斯莱大厅》、《亚瑟王》、《尤利西斯》。	493
1843年	威廉·埃勒利·钱宁(1818—1901) 詹姆斯·盖茨·珀西瓦尔(1795—1856) 伊丽莎白·奥克丝·史密斯(1806—1893) 约翰·格林利夫·惠蒂尔(1807—1892)	《诗集》 《一日之梦及其他的诗》 《无罪孩子》 《我家抒情诗及其他诗歌》	大批移民开始通过俄勒冈小径向俄勒冈准州迁移。 埃德加·爱伦·坡发表《摩格街杀手》、《陷坑与钟摆》及《多嘴之心》。	狄更斯发表《马丁·朱述尔维特》及《圣诞颂歌》。 西班牙的埃斯帕特将军下台,伊莎贝拉二世宣布成为西班牙女王。 约翰·罗斯金发表《现代画家》(—1860年,五卷)。 门德尔松为《仲夏夜之梦》谱曲。 克尔恺郭尔鼓吹基督教存在主义。	
1844年	克里斯托弗·皮尔斯·克兰奇(1813—1892) 玛格里特·富勒(1810—1850) 弗朗西斯·肯布尔(1809—1893) 詹姆斯·拉塞尔·洛厄尔(1819—1891) 艾普斯·萨金特(1813—1880)	《诗集》 《湖边夏日》(包括诗歌) 《诗集》 《诗集》 《灯塔之光及其他诗歌》	民主党人詹姆斯·诺克斯·波尔克当选美国总统。 铁被用来制造铁轨。 国务卿约翰·考德威尔·卡尔霍恩与德克萨斯政府磋商吞并条约。	大仲马发表表《三剑客》。 多米尼加推翻海地统治,成立多米尼加共和国。 英格兰《工厂法》,规定13岁以下的童工日工作量不得超过6小时。 弗里德里希·恩格斯发表《英国工人阶级状况》。 萨克雷创作《巴利·林顿》。	494

美国诗歌与批评			美国事件、文本与艺术	其他事件、文本与艺术
1845年	**乔治·摩西·霍顿**(1797—1883)	**《黑人游吟诗人乔治·M.霍顿的诗作》**	埃德加·爱伦·坡发表**《故事集》**。 弗雷德里克·道格拉斯发表**《弗雷德里克·道格拉斯:一个黑人奴隶自己的叙述》**。 美国劳动组织工业大会在纽约市成立。 玛格里特·富勒发表**《十九世纪女性》**。 德克萨斯同意合并提案,成为美国第28个州。 美国派使团划分德克萨斯与墨西哥边境线,并洽购加利福尼亚及新墨西哥。	法国和英国反对旨在将使巴拉圭和乌拉圭成为阿根廷附属的罗沙计划。 安格尔绘成《奥维莱女伯爵》肖像。 土豆灾害引起爱尔兰大饥荒,造成至少100万人死亡,成千上万人移民美国。 瓦格纳谱写**《唐豪瑟》**。
	亨利·瓦兹沃思·朗费罗(1807—1882)	**《诗集》**		
	埃德加·爱伦·坡(1809—1849)	《乌鸦和其他诗歌选集》 《论朗费罗的〈**流浪者**〉》(评论,**《纽约镜报周刊》**,2月25日) 《‘回应无人’论模仿,剽窃及朗费罗》(**《百老汇杂志》**,3月8日) 《进一步回应无人》(**《百老汇杂志》**,3月15日) 《回应无人第三篇,论朗费罗及剽窃》(**《百老汇杂志》**,3月22日) 《回应无人终结篇,论朗费罗及剽窃》(**《百老汇杂志》**,3月29日) 《回应无人后记,论朗费罗及剽窃》(**《百老汇杂志》**,4月5日) 《论朗费罗的〈**奴隶制诗**〉、〈**夜吟**〉、〈**民谣及其他诗歌**〉及〈**流浪者**〉》(评论,**《阿里斯蒂丁》**,4月)		
	莉迪亚·西戈尼(1791—1865)	**《水手诗》**		
	威廉姆·吉尔摩·西姆斯(1806—1870)	**《集中的思想与分散的幻想》**		

495

美国诗歌与批评			美国事件、文本与艺术	其他事件、文本与艺术
1846 年	弗朗西斯·爱伦·哈珀(1825—1911) 亨利·瓦兹沃思·朗费罗(1807—1882) 莉迪亚·西戈尼(1791—1865) 约翰·格林利夫·惠蒂尔(1807—1892)	《林中树叶》 《布鲁日的钟楼及其他诗歌》 《花之声》 《自由之声》	埃德加·爱伦·坡发表《一桶酒的故事》。 赫尔曼·梅尔维尔发表第一部小说《泰比》。 墨西哥战争爆发。 国会拒绝《威尔莫特但书》。	柏辽兹创作《浮士德沉沦》。 英国政府废除《谷物法》。 陀思妥耶夫斯基发表《穷人》。 496
1847 年	拉尔夫·沃尔多·爱默生(1803—1882) 亨利·瓦兹沃思·朗费罗(1807—1882) 艾普斯·萨金特(1813—1880) 莉迪亚·西戈尼(1791—1865)	《诗集》 《伊凡吉林》 《海之歌》 《哭泣的杨柳》	赫尔曼·梅尔维尔发表《欧穆》。 美国获得加利福尼亚的全部控制权。 在布埃纳维斯特战役中美军击败墨西哥军队,占领韦拉克鲁斯,进入墨西哥城;开始与墨西哥进行和平谈判。	英国《工厂法》规定妇女及13岁—18岁儿童的日工作量不得超过10小时。 夏洛蒂·勃朗特发表《简爱》;艾米莉·勃朗特发表《呼啸山庄》;安妮·勃朗特发表《阿格尼斯·格雷》。 萨克雷发表《名利场》(—1848年)。
1848 年	约翰·昆西·亚当斯(1767—1848) 查尔斯·提摩太·布鲁克斯(1813—1883) 詹姆斯·拉塞尔·洛厄尔(1819—1891) 埃德加·爱伦·坡(1809—1849) 莉迪亚·西戈尼(1791—1865)	《诗集》(作者死后出版) 《艾奎奈克岛》 《诗集》第二集 《比格罗外传》 《朗菲尔爵士的幻想》 《批评家的寓言》 《我发现了》 《水滴》	自由土地党成立;众人参加在布法罗举行的会议。 纽约立法委员会通过第一个赋予妇女财产权的法规。 《瓜达卢佩-伊达戈尔条约》的签订标志着墨西哥战争结束。 辉格党人扎卡里·泰勒当选美国总统。 女性权力大会在纽约-塞内卡福尔斯举行。	法国二月革命促使路易·菲利普退位;王子路易·拿破仑·波拿巴当选法兰西共和国总统。 约翰·埃弗雷特·米莱斯、威廉·霍尔曼·亨特及但丁·加布里埃·罗塞蒂组织了前拉斐尔兄弟会。 卡尔·马克思与弗里德里希·恩格斯共同发表《共产党宣言》。 意大利、波希米亚、匈牙利、丹麦、石勒苏益格-荷尔施泰因州爆发自由革命。 德国各州爆发自由革命;法兰克福议会为统一的德国起草宪法。 米勒创作《扬谷者》。 维也纳爆发革命;皇帝逊位于弗兰茨·约瑟夫。 497

	美国诗歌与批评			美国事件、文本与艺术	其他事件、文本与艺术
498	1849 年	**爱丽丝·凯里**（1820—1871） & **菲比·凯里**（1824—1871） **鲁弗斯·格里斯沃尔德**（1815—1857） **亨利·瓦兹沃思·朗费罗**（1807—1882） **亨利·戴维·梭罗**（1817—1862）	**《诗集》** **《美国女诗人》**（编辑） **《海边与炉边》** **《康科德和梅里马克河上的一周》**（包括诗歌）	加利福尼亚州通过反奴隶制宪法，并申请加入联邦。 伊丽莎白·布莱克威尔成为世界上第一位获得硕士学位的女性。 鲁弗斯·格里斯沃尔德发表关于坡的诽谤文章《作者回忆录》。 赫尔曼·梅尔维尔发表**《玛地》**及**《雷德本》**。 约翰·格林利夫·惠蒂尔发表**《玛格里特·史密斯杂志上的叶子》**。	库尔贝创作**《碎石者》**及**《奥南斯的葬礼》**，成为新现实主义画派创始人。 加里波第为罗马共和国同法国战斗，后撤军。 在拉约斯·科苏特领导下率匈牙利宣布独立，但随着奥地利及俄国军队在维拉戈打败匈牙利军之后，匈牙利再次被哈普斯堡王朝统治。 罗斯金发表**《建筑的七盏明灯》**。
499	1850 年	**华盛顿·奥尔斯顿**（1779—1843） **约翰·格林利夫·惠蒂尔**（1807—1892）	**《华盛顿·奥尔斯顿艺术演说及诗集》**（小理查·亨利·戴纳编辑） **《劳动之歌》**	签订《克莱顿—布尔沃条约》。 国会通过《1850 妥协方案》。 泰勒卒；菲尔莫尔任总统。 拉尔夫·沃尔多·爱默生发表**《代表人物》**。 《追捕逃亡奴隶法》要求自由州交出逃奴。 赫尔曼·梅尔维尔发表**《白外衣》**。 纳撒尼尔·霍桑发表**《红字》**。	伊丽莎白·巴莱特·勃朗宁发表**《葡萄牙十四行诗》**。 弗雷德里克·威廉四世建议普鲁士联盟计划成立普鲁士联邦及更小的德国州的联邦。 赫伯特·斯宾塞发表**《社会统计学》**。 米勒绘成**《播种》**及**《装订者》**。 鲁道夫·克劳修斯制定第二热力学定律。
500	1851 年	**亨利·瓦兹沃思·朗费罗**（1807—1882）	**《金色传奇》**	旧金山大火毁坏 2500 幢大楼，估计损失达 1200 万美元。 马萨诸塞州通过第一部向城市居民征收税的法律，旨在支持免费图书馆。 纳撒尼尔·霍桑发表**《带七个尖角阁的房子》**。 亨利·罗·斯库科拉夫特发表**《美洲印第安人：历史、现状及前景》**。 由于受饥荒影响，从爱尔兰迁居的移民一年最高达 221,253 人。 赫尔曼·梅尔维尔发表**《白鲸》**。 苏族印第安人把爱荷华州及明尼苏达州的大部分土地割让给美国政府。	路易·拿破仑在法国发动政变。 罗斯金发表**《威尼斯的石头》**。 纳希索·洛佩斯将军领导一次失败的远征，未能脱离西班牙的统治。 澳大利亚的维多利亚成为英国的殖民地。

美国诗歌与批评			美国事件、文本与艺术	其他事件、文本与艺术	
1852 年	**爱丽丝·凯里**(1820—1871) **艾米莉·狄金森**(1830—1886) **莉迪亚·西戈尼**(1791—1865)	**《天琴星座及其他诗歌》** “情人节贺词”(**《斯普林菲尔德共和报》**,2 月 20 日) **《橄榄叶》**	民主党和辉格党接受《1850 年妥协方案》。 民主党人富兰克林·皮尔斯当选总统。 马萨诸塞州通过第一部法律,规定 8 岁—14 岁儿童每年至少上学 12 周。 哈里特·比彻·斯托发表**《汤姆叔叔的小屋》**。	进步自由党人凯沃尔当选撒丁尼亚总理。 狄更斯发表**《荒凉山庄》**。 马修·阿诺德发表**《伊特那山上的安庇多克里斯及其他诗歌》**。 乌尔基萨在阿根廷卡塞罗斯战役中大败罗萨斯。 法国公民投票,建立法兰西第二帝国,总统路易·拿破仑称帝。 英国正式承认南非共和国。 屠格涅夫发表**《猎人笔记》**。	
1853 年	**查尔斯·提摩太·布鲁克斯**(1813—1883) **威廉姆·吉尔摩·西姆斯**(1806—1870) **詹姆斯·维特菲尔德**(1822—1892) **约翰·格林利夫·惠蒂尔**(1807—1892)	**《田野与洪水之歌》** **《诗集》** **《美国及其他诗歌》** **《隐士的礼拜堂及其他诗歌》**	巴尔的摩—俄亥俄之间铁路铺设至俄亥俄河,这是第一条连结芝加哥与东部地区的铁路。 纽约中央铁路公司成立。 马修·加尔布雷斯·佩里率美国舰队开进江户湾,要求日本港口贸易通商。 美国购进亚利桑那,并以 1000 万美元从墨西哥购得现新墨西哥部分土地。	克里米亚战争爆发。 第一条通过阿尔卑斯山脉的铁路建成通车,起点为维也纳,终点至特里雅斯特。 豪斯曼重建巴黎林荫大道。 李斯特创作**《匈牙利狂想曲》**(—1854 年)。 盖斯凯尔夫人发表**《克兰弗德》**。	
1854 年	**菲比·凯里**(1824—1871) **弗朗西斯·爱伦·哈珀**(1825—1911) **朱莉娅·沃德·豪**(1819—1910) **莉迪亚·西戈尼**(1791—1865)	**《诗歌及戏仿诗文》** **《杂题诗集》** **《激情的花朵》** **《西部之家及其他诗歌》**	1.3 万中国移民进入美国,大部分人成为跨大洲铁路建设工人;中国人开始大规模移民。 马萨诸塞州移民援助会鼓励废奴移民前往堪萨斯。 《堪萨斯—内布拉斯加法案》否决《1820 年密苏里妥协案》。 针对《堪萨斯—内布拉斯加法案》,共和党成立。 亨利·大卫·梭罗发表**《瓦尔登湖》**或**《林中生活》**。	勃拉姆斯创作 D 小调**《第一钢琴协奏曲》**。 狄更斯发表**《艰难时代》**。 法国、英国与土耳其结盟,向俄国宣战。 丁尼生发表**《轻骑兵旅的冲锋》**。 南非布尔人建立奥兰治自由联邦。	501 502

美国诗歌与批评			美国事件、文本与艺术	其他事件、文本与艺术
1855年	**爱丽丝·凯里**(1820—1871) **亨利·瓦兹沃思·朗费罗**(1807—1882) **玛丽亚·怀特·洛厄尔**(1821—1853) **莉迪亚·西戈尼**(1791—1865) **沃尔特·惠特曼**(1819—1892)	**《提爱斯卡拉少女》** **《海华沙之歌》** **《玛丽亚·洛厄尔诗集》** **《孩子们的话与妈妈们的诗》** **《草叶集》**	支持自由州选民与支持蓄奴州选民之间在"流血的堪萨斯"发生武装爆乱。 塞缪尔·克尔在匹兹堡建立美国第一个炼油厂。	亚历山大二世成为俄国沙皇。 狄更斯发表**《小杜丽》**。 丁尼生发表**《莫黛》**。 屠格涅夫发表**《村居一月》**。
1856年	**沃尔特·惠特曼**(1819—1892) **约翰·格林利夫·惠蒂尔**(1807—1892)	**《草叶集》** **《全景》**	堪萨斯的支持自由州选民与支持蓄奴州选民间的冲突持续发生,直到联邦介入为止。 民主党人詹姆斯·布坎南当选总统。 拉尔夫·沃尔多·爱默生发表**《英国人的特性》**。 布坎南总统承认堪萨斯准州支持奴隶制的立法机构。 参议员萨姆纳对参议员安德鲁·巴特勒及斯蒂芬·道格拉斯的尖刻批评招致巴特勒之侄普雷斯顿·布鲁克斯在 503 参议院对其进行攻击。	英国对波斯宣战。 克利米亚战争以巴黎会议告终。 在德国杜塞尔多夫附近的尼安德特大峡谷发现史前人类的头盖骨。
1857年	**奥立弗·温德尔·霍尔姆斯爵士**(1809—1894) **朱莉娅·沃德·豪**(1819—1910)	《早餐桌上的独裁者》 **《时间箴言》**	约翰.D.李率众门徒在犹他州屠杀140名非摩门教徒。 弗雷德里克·劳·奥姆斯特德和卡尔弗特·沃克斯设计纽约的中央公园。 堪萨斯自由州立法机构选举;支持奴隶制的代表草成宪法,以在该地区推行奴隶制。 赫尔曼·梅尔维尔发表**《骗子的化装表演》**。 504 布坎南总统批准《勒孔普顿宪法》;民主党分裂。 最高法院宣布《密苏里妥协案》违宪。	波德莱尔因发表**《恶之花》**触犯公共道德而被罚款。 波德莱尔发表《埃德加·坡故事评论》,作为**《埃德加·坡不同寻常的故事》**一书的序言。 福楼拜发表**《包法利夫人》**。 墨西哥采用自由宪法;改革引起保守派与自由派间的内战。

美国诗歌与批评			美国事件、文本与艺术	其他事件、文本与艺术	
1858 年	艾米莉·狄金森（1830—1886） **奥立弗·温德尔·霍尔姆斯爵士**（1809—1894） **亨利·瓦兹沃思·朗费罗**（1807—1882）	“没人知道这朵小玫瑰”（**《斯普林菲尔德共和报》**，8 月 2 日） 《珍珠鹦鹉螺》与《执事的杰作》（发表于**《早餐桌上的独裁者》**） **《迈尔斯·司坦迪希求婚记及其他诗歌》**	加利福尼亚州—旧金山与密苏里—圣路易斯之间驿站车与邮政服务开通。 塞勒斯·韦斯特·菲尔德成功铺设第一条横跨大西洋电缆线。 《勒孔普顿宪法》在堪萨斯遭到否决。 林肯与道格拉斯进行辩论。 在纽约和宾西法尼亚州发起宗教复兴活动席卷全美。 美国同中国签订《中美和好条约》。	英国重新占领德里，镇压印度叛乱。 《中英天津条约》的签订标志着英中战争结束。	
1860 年	罗斯·特里·库克（1827—1892） 约瑟夫·罗德曼·德雷克（1795—1820）& 菲茨-格林·哈勒克(1790—1867) 亨利·蒂姆洛德（1828—1867） 弗雷德里克·戈达德·塔克曼（1821—1873） 沃尔特·惠特曼（1819—1892） 约翰·格林利夫·惠蒂尔（1807—1892）	《诗集》 《“克洛克”诗选》 《诗集》 《诗集》 《草叶集》 《家乡民谣，诗歌和抒情诗》	时至今日已铺设 30 626 英里的铁路；88 296 英里的公路；海上运载量达到 472.3 万吨；北方湖区运载量达 462 123 吨。 美国四分之一人口为城市居民；15 个主要城市中的 6 个——位于阿勒格尼以西地区，分别为芝加哥、辛辛那提、路易斯维尔、新奥尔良、旧金山、圣路易斯。 拉尔夫·沃尔多·爱默生发表**《生活准则》**。 波利快递提供密苏里州—圣约瑟夫与加州—萨克拉曼多两地间的陆地快速邮政服务业务。 共和党人林肯当选美国总统。 南卡罗莱纳州脱离联邦。	英法联军占领北京。 加里波第率其红衫军占领西西里和那不勒斯。 雅各布·布尔克哈特发表**《意大利文艺复兴时期的文化》**。 与撒丁岛合并公民投票开始在帕尔马、摩德纳、罗马涅、托斯卡纳、西西里、那不勒斯、教皇国进行。 威尔基·柯林斯发表**《白衣女子》**。	505
1861 年	艾米莉·狄金森（1830—1886）	1861 年 10 月在**《全国反蓄奴规范》**上刊发了《去吧！摩西》，这是第一首面向广大白人听众的黑人圣歌。 《我品尝从未酿造过的酒》（**《斯普林菲尔德共和报》**，4 月 4 日及 5 月 11 日）	法律规定个人收入超过 800 美元，须向联邦交 3% 的税。 阿拉巴马、阿肯色、佛罗里达、佐治亚、路易斯安那、密西西比、北卡罗莱纳、田纳西、德克萨斯、弗吉尼亚脱离联邦。	沙皇亚历山大二世解放俄国农奴。 狄更斯发表《远大前程》。	506

	美国诗歌与批评			美国事件、文本与艺术	其他事件、文本与艺术
507	1862年	**艾米莉·狄金森** (1830—1886) **奥立弗·温德尔·霍尔姆斯爵士** (1809—1894) **莉迪亚·西戈尼** (1791—1865)	《在雪花石膏室里很安全》(**《斯普林菲尔德共和报》**,3月1日) **《多调歌》** **《乌兹老人及其他诗歌》**	联邦军的**蒙尼陀号**铁甲舰与联盟军的**梅里马克号**铁甲舰首次交战。 《太平洋铁路法案》允许太平洋铁路联合会从内布拉斯加建一条铁路,以联结犹他州的中太平洋地区。 在希洛战役中尤利西斯·格兰特将军率领的联邦军迫使联盟军撤退。	雨果发表**《悲惨世界》**。 奥托·冯·俾斯麦成为普鲁士首相,寻求普鲁士领导下的德国统一。 意大利的复兴运动兼并了威尼西亚、罗马、教皇国部分领土,组成更大的意大利王国。 屠格涅夫发表**《父与子》**。
	1863年	**亨利·瓦兹沃思·朗费罗** (1807—1882)	**《路边客店的故事》**	林肯总统签署《解放奴隶宣言》。 联邦军通过第一部征兵法。 林肯总统发表**《葛底斯堡演说》**。	欧内斯特·勒南发表**《耶稣传》**。 法国占领墨西哥城;宣布奥地利大公马克西米得安为墨西哥皇帝。 马奈创作**《草地上的午餐》**。 波兰人在一月革命中起义;此次起义波及波兰、立陶宛、白俄罗斯。
508	1864年	**艾米莉·狄金森** (1830—1886) **约翰·格林利夫·惠蒂尔** (1807—1892)	《花》(**《斯普林菲尔德共和报》**,3月9日和3月12日等) 《鸟儿归来的日子》(**《鼓声》**,3月11日) 《有人保持安息日》(**《圆桌》**,3月12日) 《金光》(**《鼓声》**,2月29日);(**《斯普林菲尔德共和报》**,3月30日及4月2日) 《成功被认为最甜美》(**《布鲁克林每日联合报》**,4月2日) **《战时及其他诗歌》**	在科罗拉多的桑德·克里克发生夏延和阿拉伯霍印第安人大屠杀。 第一个浸信会教友社会联盟在波士顿成立。 格兰特将军被任命为联邦军总司令。 威廉姆·谢尔曼率军攻占亚特兰大;其军队几乎摧毁乔治亚州全境。 共和党人林肯连任总统。	安东·布鲁克纳谱成D小调**《交响曲》**及D小调**《第一弥撒曲》**。 狄更斯发表**《我们共同的朋友》**。 陀思妥耶夫斯基发表**《地下室手记》**。 约翰·亨利·纽曼发表**《我为我的一生辩论》**。 俄国平息叛乱,开始在波兰实行“俄化”计划。

美国诗歌与批评			美国事件、文本与艺术	其他事件、文本与艺术	
1865 年	**乔治·摩西·霍顿**（1797—1883） **詹姆斯·拉塞尔·洛厄尔**（1819—1891） **沃尔特·惠特曼**（1819—1892）	**《赤裸天才》** 《颂歌：诵于哈佛大学尚生与阵亡的士兵纪念大会上》 **《桴鼓集》**	27 个州批准第十三条宪法修正案，废除奴隶制度。 科罗拉多民兵镇压夏延和阿拉伯霍印第安人起义。 李将军在阿波马托克斯法院正式投降；内战结束。 林肯总统在福特剧院被约翰·威尔克斯·布斯谋杀。 谢尔曼将军率军北进，南北卡罗莱那州被夷为平地。 联合家畜公司在芝加哥成立，成为世界肉制品生产中心。	列夫·托尔斯泰发表**《战争与和平》**。 刘易斯·卡罗尔发表**《爱丽丝漫游仙境》**。 马奈展出**《奥林匹亚》**，许多批评家认为此画为猥亵之作。 秘鲁联合智利、波利维亚、厄瓜多尔共同反抗西班牙。 史文朋发表《卡利登的亚特兰大》。	
1866 年	**爱丽丝·凯里**（1820—1871） **艾米莉·狄金森**（1830—1886） **赫尔曼·梅尔维尔**（1819—1891） **沃尔特·惠特曼**（1819—1892） **约翰·格林利夫·惠蒂尔**（1807—1892）	**《民谣，抒情诗及赞美诗》** 《草丛中有个细长的家伙》（**《斯普林菲尔德共和报》**，2 月 14 日） **《战事集》** 《桴鼓集续集》 **《大雪封门：冬日牧歌》**	总统约翰逊否决《民权法案》，但国会通过此案。 国会通过给予黑人民权的第十四条宪法修正案。 总统约翰逊否决了《自由民管理局法案》，但得到国会的通过。 全国劳工联盟在巴尔的摩成立，由乔治·麦克内尔和艾拉·斯图亚特发起实施 8 小时工作日运动。 苏族印第安人在怀俄明州卡尼镇菲利普堡屠杀美军。 **大东方号**蒸汽船在英国—美国之间铺设第二条大西洋电缆。 温斯洛·荷马绘制**《前线的俘虏》**。	陀思妥耶夫斯基发表**《罪与罚》**。 孟德尔发表《遗传定律》。 史文朋发表**《诗歌与民谣》**。 《布拉格和约》要求奥地利割让威尼西亚给意大利，并允许普鲁士吞并汉诺威、黑森、拿骚、法兰克福、石勒苏益格—荷尔斯泰因。 《维也纳条约》结束奥意战争。	509
1867 年	**拉尔夫·沃尔多·爱默生**（1803—1882） **艾玛·拉扎罗斯**（1849—1887） **约翰·格林利夫·惠蒂尔**（1807—1892） **理查德·亨利·王尔德**（1789—1847）	**《五月节及其他》** **《诗歌与翻译》** **《海滩上的帐篷》** **《赫斯皮瑞》**	约翰逊总统否决三个《重建法》，但在国会通过。 国会为切罗基人、契卡索人、乔克托人、克里克人、西米诺尔人建立印第安保护区。 第一部黑人圣歌集**《美国奴隶歌谣集》**出版。 约翰总统否决《官员任期法》，但得到国会通过；此法规定总统在解聘官员前须取得参议院同意。 美国以 720 万美元价格购买阿拉斯加。	阿尔弗雷德·诺贝尔为火药申请专利。 马克思发表**《资本论》**第一卷。	510

美国诗歌与批评			美国事件、文本与艺术	其他事件、文本与艺术
1868 年 511	**菲比·凯里**（1824—1871） **朱莉娅·沃德·豪**（1819—1910） **艾达·艾萨克斯·门肯**（1835—1868）	**《信仰，希望与爱》** **《晚期抒情诗》** **《不幸》**	国会通过 8 小时工作日议案。 《薄安臣条约》鼓励华人移民至美国。 29 个州批准第十四条宪法修正案。 弹劾约翰逊总统。 共和党人尤利西斯·格兰特当选总统。	布朗宁创作**《环与书》**。 达尔文发表**《动物和植物在家养下的变异》**。 陀思妥耶夫斯基发表**《白痴》**。 日本天皇将政权交给西化派，开始现代化进程。 西班牙女王伊莎贝拉遭废黜，临时政府施行自由改革，如普选权、出版自由。 法国发现克罗麦昂人的头盖骨。 威尔基·柯林斯发表**《月亮宝石》**。
1869 年	**弗朗西斯·爱伦·哈珀**（1825—1911） **露西·拉卡姆**（1824—1893） **约翰·格林利夫·惠蒂尔**（1807—1892）	**《摩西：尼罗河的故事》** **《诗集》** **《群山间》**	第一条跨北美大陆铁路在犹他州普罗门特里竣工。 国会通过第十五条宪法修正案，赋予所有公民平等投票权，不计“种族、肤色或先前奴隶地位”。 路易莎·梅·阿尔科特发表**《小妇人》**。 全国妇女选举协会和美国妇女选举协会成立。 劳动骑士团在费城成立。	西班牙议会决定实行君主立宪。 季米特里·门捷列夫发表**《化学原理》**，提倡使用周期规则，发明元素周期表。 李斯特极大地促进抗菌技术的发展。 法国拿破仑三世重新推行议会政府。 苏伊士运河开通。
1870 年 512	**海伦·亨特·杰克逊**（1830—1885） **詹姆斯·拉塞尔·洛厄尔**（1819—1891） **约翰·格林利夫·惠蒂尔**（1807—1892）	**《诗集》** **《大教堂》** **《新英格兰民谣》**	布莱特·哈特发表**《咆哮的幸运儿及其他短篇》**。 29 个州批准第十五条宪法修正案，将选举权赋予黑人男性，但没有赋予黑人女性。 约翰·戴维森·洛克菲勒在组建俄亥俄美孚石油公司。 美国人口达到 3980 万，包括 490 万自由黑人及过去十年中涌进的 230 万移民。	俾斯麦公布艾门斯电报引起法国向普鲁士宣战。 英国规定实施义务基础教育。 在三国同盟战争中，巴拉圭沦陷，大部分男性公民阵亡。 巴黎和平革命推翻拿破仑三世；第三共和国成立。

美国诗歌与批评			美国事件、文本与艺术	其他事件、文本与艺术	
1871 年	弗朗西斯·哈珀(1825—1911) 艾玛·拉扎罗斯(1849—1887) 沃尔特·惠特曼(1819—1892) 约翰·格林利夫·惠蒂尔(1807—1892)	《诗集》 《阿德美托斯及其他诗歌》 《草叶集》 《通往印度之路》 《米丽亚姆及其他诗歌》	阿帕切族印第安人被迫迁移到亚利桑那与新墨西哥的保护区。 格兰特总统委任第一个文职人员委员会。 印第安《拨款法案》废弃了先前条约中的内容；所有印第安人受美国保护。 芝加哥大火烧毁部分商业区。 沃尔特·惠特曼发表《民主展望》。	达尔文在其发表的《人类的由来和性选择》中将进化论应用于人类。 陀思妥耶夫斯基发表《群魔》。 乔治·艾略特发表《米德尔马契：外省生活花絮》。 英国工会合法化。巴黎激进分子建立巴黎公社；被法国军队镇压，公社社员设障碍，射杀人质，烧毁土伊勒里宫。 兰波创作《醉舟》。	
1872 年	亨利·瓦兹沃思·朗费罗(1807—1882) 沃尔特·惠特曼(1819—1892) 埃拉·惠勒·威尔科克斯(1850—1919)	《三本歌集》 《基督》 《做一只能够自由飞翔的强壮小鸟》 《草叶集》 《水滴》	国会颁布《大赦令》；民权在大部分南部州得以恢复。 查尔斯·泰兹·罗素成立耶和华见证人教派。 民主和自由共和党总统候选人贺瑞斯·格里利失利于共和党总统候选人尤利西斯·格兰特。 伊德韦尔德·迈布里奇发明“动物实验镜”，成为电影放映机的创始人。 建立黄石国家公园。	卡洛尔发表《爱丽丝镜中奇遇》。 德国、奥匈帝国、俄国三国成立“三皇同盟”。 英国《投票法》第一次规定采用匿名投票法。	513
1873 年	露西·拉卡姆(1824—1893) 亨利·蒂姆洛德(1828—1867)	《童年歌谣》 《诗集》	伯利恒钢铁公司在匹兹堡成立。 国会通过《铸币法》；规定黄金为国家货币标准。 马克·吐温与查尔斯·达德利·沃纳合著《镀金时代》。	在国会中占多数席位的激进分子们建立第一个西班牙共和国。 布鲁克纳创作 D 小调《第三交响曲》。 兰波发表《在地狱的时期》。 詹姆斯·麦克斯韦尔发表《电学和磁学论》。	514
1874 年	拉尔夫·沃尔多·爱默生(1803—1882) 亨利·瓦兹沃思·朗费罗(1807—1882)	《诗坛》(编辑) 《吊鹤》	联邦武装部队镇压了去南方谋利的北方夺取阿肯色州政权的行动。 南部和西部的农民在印第安纳波利斯城成立绿背党。 全国基督教妇女戒酒联盟在克利夫兰成立。	英国《工厂法》规定周工作量为 56.5 小时。 迪斯累利连任英国首相。 巴黎首次举办印象派画展。 穆梭斯基创作《展览会的画》。	

	美国诗歌与批评			美国事件、文本与艺术	其他事件、文本与艺术
	1875 年	奥立弗·温德尔·霍尔姆斯爵士（1809—1894） 亨利·瓦兹沃思·朗费罗（1807—1882） 约翰·格林利夫·惠蒂尔（1807—1892）	《季节之歌》 《潘多拉的面具》 《榛子花开》	国会通过《民权法案》，保证黑人对公共设施享有同等权利并有权成为陪审团成员。 托马斯·伊肯创作《葛罗斯诊所》，描绘医学院课堂。 伊莱休·汤姆逊发明世界上第一台收音机。 运用冷冻货车将肉从中西部运送到东部。	查尔斯·斯图尔特·巴内尔在英国议会发动爱尔兰独立运动。 法国采用共和国宪法。 普鲁士废除宗教体制；奥地利大学不再附属于宗教。 托尔斯泰发表《安娜·卡列尼娜》。
	1876 年	拉尔夫·沃尔多·爱默生（1803—1882） 艾玛·拉扎罗斯（1849—1887） 赫尔曼·梅尔维尔（1819—1891） 沃尔特·惠特曼（1819—1892） 埃拉·惠勒·威尔科克斯（1850—1919）	《诗选》 《西班牙人：诗剧》 《克拉莱：一首诗与圣城朝拜》 《草叶集》 《秋季小溪》 《激情诗集》	亚历山大·格雷厄姆·贝尔发明电话。 民主党人蒂尔顿在总统选举中以 25 万张选票击败共和党候选人海斯；国会决定了最后的选举。 马克·吐温发表《汤姆·索亚历险记》。 在小比格霍恩之战中，苏族和夏延族印第安人杀死由乔治·阿姆斯壮·卡斯特将军率领的 264 名骑兵队成员。	马拉美发表《牧神的午后》。 塞尔维亚及黑山向奥斯曼帝国宣战。 柴可夫斯基创作《天鹅湖》。 瓦格纳的《尼伯龙根的指环》首次在伊特剧院首场剧上演。
515 516	1877 年	海伦·亨特·杰克逊（1830—1885） 西德尼·兰尼尔（1842—1881）	《无名集》（编辑） 《诗集》	选举委员会将所有有争议的选票归属海斯，使其以一票之差赢得最终选举。 南方重建时代结束；联邦军从南部撤出。 首次安装市内电话。 内兹佩尔塞族印第安人在穿越华盛顿、俄勒冈、爱达荷及蒙大纳后撤1600 英里之后，在酋长约瑟夫带领下再次被迫退入印第安保护区。	勃拉姆斯创作 D 大调《第二交响曲》。 福楼拜发表《三个故事》。 迪亚斯当选墨西哥总统，掌权至 1911 年。 罗丹展出雕塑《青铜时代》。 俄国向奥斯曼帝国宣战，开始了最后一次俄土战争。
	1878 年	艾米莉·狄金森（1830—1886） 亨利·瓦兹沃思·朗费罗（1807—1882） 约翰·格林利夫·惠蒂尔（1807—1892）	《成功被认为是最甜美》收编于《诗人们的假面舞会》 《凯拉摩丝及其他诗歌》 《爱查德的幻景》	阿尔贝特·亚伯拉罕·迈克尔逊成功地测量了光速。 自从 1858 年以来，民主党首次赢得两院的大多数席位。 工人组织与通货膨胀的支持者合并成立绿背劳工党。	哈代发表《还乡》。 《圣斯蒂凡诺和约》结束了俄土战争，在柏林议会重新修改；塞尔维亚、罗马尼亚、黑山获得独立。 左拉发表《小酒店》。

美国诗歌与批评			美国事件、文本与艺术	其他事件、文本与艺术	
1880 年	**奥立弗·温德尔·霍尔姆斯爵士**（1809—1894） **西德尼·兰尼尔**（1842—1881） **亨利·瓦兹沃思·朗费罗**（1807—1882）	**《铁门及其他诗歌》** **《英诗原理》** **《天涯海角》**	亚历山大·格雷厄姆·贝尔用光线电话发送第一份无线电信息。 约耳·钱德勒·哈里斯在**《雷姆斯大叔：他的歌曲及故事》**中使用黑人方言。 美国人口达到 5010 万，其中包括 280 万移民。 共和党人詹姆斯·阿布拉姆·加菲尔德当选总统。	迪斯累利辞职；格莱斯顿接任英国首相。 罗丹展出雕塑**《思想家》**。 柴可夫斯基创作**《一八一二序曲》**、**《意大利随想曲》**及 C 大调**《小夜曲》**。 左拉发表**《娜娜》**。	517
1881 年	**沃尔特·惠特曼**（1819—1892）	**《草叶集》**	最高法院裁定 1862 年联邦收入所得税条例符合宪法。 克拉拉·巴顿组建国家红十字会。 加菲尔德总统在首都华盛顿火车站遇刺，受伤 11 周后卒。 前黑人奴隶布克·塔里亚菲罗·华盛顿为黑人建立师范工业学院。 亨利·詹姆斯发表**《贵妇画像》**。	俄国沙皇亚历山大二世遇刺。 布尔人在莱恩斯内克和马尤巴山战役中击败英国人；英国批准德兰士瓦政府自治。 格莱斯顿有意满足爱尔兰要求，确立公平租金，稳定租期，买卖自由；帕内尔因支持恐吓佃户而入狱。	
1882 年	**艾玛·拉扎罗斯**（1849—1887） **亨利·瓦兹沃思·朗费罗**（1807—1882）	**《死亡之舞》**（收编于**《闪族之歌》**） **《在港口》**	国会通过法案禁止“不受欢迎者”入境；每个移民须交 50 美分的人头税。 因加利福尼亚发生种族暴乱，国会通过《排华法案》，宣布禁止华工入境十年。 在威斯康星阿普尔顿建成世界上第一座水电站。 爱迪生为三线电流制申请专利。	艾廷内–朱理斯·马瑞发明第一部电影。 法国实行义务教育，教育免费并世俗化。 易卜生创作**《人民公敌》**。 意大利、奥匈帝国、德国成立“三国同盟”。 科赫确认引起肺结核的细菌。 英国颁布《已婚妇女财产法》，赋予已婚妇女平分所有财产的权力。	518
1883 年	**亨利·瓦兹沃思·朗费罗**（1807—1882） **詹姆斯·惠特科姆·赖利**（1849—1916）	**《迈克尔·安吉洛》** **《旧游泳池》**	约瑟夫·普利策在四年内使**《纽约世界》**的发行量增长 12 倍。 托马斯·伊肯斯创作**《游泳池》**。 马克·吐温发表**《在密西西比河上》** 《潘德尔顿法案》引进优良的体制，取代原有的腐朽制度；文职人员委员会选用联邦公务员。	俾斯麦首先提出在德国实行健康保险及其他社会福利计划，以抢占社会主义者先机。 尼采在**《查拉图士特拉如是说》**中称上帝已死。	519

美国诗歌与批评			美国事件、文本与艺术	其他事件、文本与艺术
1884 年	**西德尼·兰尼尔**（1842—1881） **露西·拉卡姆**（1824—1893） **亨利·蒂姆洛德**（1828—1867）	**《诗歌全集》**（作者死后出版） **《诗集》** **《凯蒂》**	民主党人格罗弗·克利夫兰当选美国总统。 马克·吐温发表**《哈克贝利·费恩历险记》**。 绿背工党和反垄断组织组建人民党。 撒拉·奥恩·朱艾特发表**《乡村医生》**。 最高法院颁布条例支持受三K党迫害不能选举的黑人。	**《牛津英语词典》**第一版发行。（—1935 年） 法国设保护区，控制北越的东京湾及南越的安南。 雷诺阿创作**《浴女》**图第一部（—1887 年）。 罗丹雕刻**《加莱义民群像》**。 法国通过《贸易联盟法案》，规定工会合法化。
1886 年	**海伦·亨特·杰克逊**（1830—1885） **艾玛·拉扎罗斯**（1849—1887） **约翰·格林利夫·惠蒂尔**（1807—1892）	**《十四行诗与抒情诗》** 《新巨像》（刻于自由女神像基石的薄板上） **《圣格列高里的客人》**	在俄亥俄州哥伦比亚成立美国工人联合会；塞缪尔·冈珀斯当选主席。 印第安阿帕切族酋长杰罗尼莫投降；阿帕切印第安战争结束。 在伊利诺伊州举行工人领导大会时发生炸弹爆炸；秣市广场暴动中有 4 名工人及 7 名警察身亡。 亨利·詹姆斯发表**《波士顿人》**及**《卡萨玛西玛公主》**。 国会通过的第十条宪法修正案中规定法人为个人或公司。	亨利·穆瓦桑发现氟元素。 英国议会反对格莱斯顿提出建立爱尔兰独立立法机构的《爱尔兰自治法案》。 罗丹展出雕塑**《吻》**。 修拉绘制**《大碗岛上的一个星期日下午》**。 魏尔兰发表兰波的**《灵光集》**。
1887 年	**奥立弗·温德尔·霍尔姆斯爵士**（1809—1894） **艾玛·拉扎罗斯**（1849—1887）	**《宵禁前夕与其他诗歌》** **《巴比伦河畔》**	查尔斯·福伦·麦克基姆在罗得岛布里斯托尔设计矮房；此后木瓦风格成为居民时尚建筑。 国会通过《道斯土地专有权法案》。 国会通过《州际商务法案》；并成立州际商务委员会。 迈克尔森－莫利实验证明光是恒速的。	英国占领祖鲁兰。 法国建立印度支那联邦。 英国庆祝维多利亚女王登基 50 周年。 中国黄河水灾致使 90 多万人死亡。

520

美国诗歌与批评			美国事件、文本与艺术	其他事件、文本与艺术
1888 年	罗斯·特里·库克（1827—1892） 托马斯·纳尔逊·佩奇（1853—1922）& 阿姆斯泰特·丘吉尔·戈登（1855—1931） 沃尔特·惠特曼（1819—1892）	《诗作全集》 《战前》 《十一月的树枝》	赫尔曼·梅尔维尔发表《约翰·玛尔及其他水手》 柯达生产乔治·伊斯曼手动照相机；业余摄影开始。 共和党人本杰明·哈里森当选总统。 国会建立劳动部。	塞尚的《莱斯塔克》表现其成熟创作手法。 海因里希·赫兹证明热与光是电磁波的组成形式。 里姆斯基－科萨克夫创作《天方夜谭》。 521
1889 年	艾玛·拉扎罗斯（1849—1887）	《诗集》	堪萨斯、密歇根、北卡莱罗那、田纳西州通过反托拉斯法。 巴纳德女子学院在纽约市成立。 查尔斯·马丁·霍尔申请廉价制造铝的专利权。 马克·吐温发表《亚瑟王朝庭上的康涅狄格州美国人》。 俄克拉荷马向白人定居者开放。 辛格公司制造电动缝纫机。 威廉·肯尼迪·劳里·狄金森拍摄第一部赛璐珞胶质卷筒软片《弗列德·奥特的喷嚏》。	塞西尔·罗兹的英国南非公司在德兰士瓦北部及莫桑比克西部获取广泛的权力。 佩德罗二世退位；巴西宣布成立共和国。 高更绘制《黄色基督》及《保罗高更先生》。 丁尼生发表《过沙洲》。 凡·高绘制《星夜》。 522
1890 年	艾米莉·狄金森（1830—1886） 詹姆斯·惠特科姆·赖利（1849—1916） 约翰·格林利夫·惠蒂尔（1807—1892）	《艾米莉·狄金森诗集》（由梅布尔·卢米斯·托德与 T. W. 希金斯编辑） 《童年旋律》 《日没时分》	在翁第德尼战争中 200 名苏族印第安人遭联邦军队屠杀。 肯塔基、密西西比、南达科达州通过反托拉斯法。 威廉·迪安·豪厄尔斯发表《新财富的危机》。 雅各·奥古斯特·瑞依斯发表《另一半人是如何生活的》。 俄克拉荷马准州成立。 国会通过谢尔曼提出的《反托拉斯法案》。 国会通过《谢尔曼白银购买法案》。	威廉二世解除德国宰相俾斯麦的职务。 德彪西创作《贝加马斯克》（—1905 年），其中包括组曲《月光》。 英国实施初级义务教育。 易卜生发表《黑达·加布勒》。 克努特·哈姆生发表《饥饿》。 瑞士政府推行社会保险。

	美国诗歌与批评			美国事件、文本与艺术	其他事件、文本与艺术
	1891 年	**艾米莉·狄金森**（1830—1886） **海伦·亨特·杰克逊**（1830—1885） **赫尔曼·梅尔维尔**（1819—1891） **沃尔特·惠特曼**（1819—1892）	**《艾米莉·狄金森诗集》第二部**（由梅布尔·卢米斯·托德与 T. W. 希金斯编辑） **《诗集》**（作者死后出版） **《替摩里昂》** **《再见我的爱》**	查尔斯·艾夫斯创作**《美国变奏曲》**。 《森林保护法案》赋予总统在公共用地上建立国家公园的权力。 哈姆林·加兰发表**《大路条条》**。 向白人居民开放福克斯、波塔瓦托米、索克族印第安人割让给美国的土地。 赫尔曼·梅尔维尔创作**《比利·巴德》**；五个月后卒。 特斯拉线圈的发明使高伏高频电流的使用成为可能。	德国、奥匈帝国、意大利重新修订《三国同盟条约》。 哈代发表**《德伯家的苔丝》**。 莫奈展出《干草堆》。 奥斯卡·王尔德发表《道林格雷画像》。 爪哇发现**直立猿人**骨骼。 俄国发生大规模饥荒。
523 524	1892 年	**露西·拉卡姆**（1824—1893） **沃尔特·惠特曼**（1819—1892）	**《在美丽大门旁与其他信仰之歌》** **《草叶集》**	《排华法案》延长十年。 夏洛特·伯金斯·吉尔曼发表**《黄色墙纸》**。 民主党人格罗弗·克利夫兰当选总统。 乔尔·钱德勒·哈里斯发表**《和雷姆斯大叔在一起的夜晚》**。 人民党提倡征收累进所得税，铁路国有，建立邮政银行及自由印制银币。 卡内基钢铁公司工人举行罢工，以抗议消减工资；10 名平克顿私家侦探死亡。	格莱斯顿再次出任英国首相，并寻求爱尔兰自治法规。 丹麦颁布《健康保险法》及《养老金法》。 易卜生发表**《建筑大师》**。 克歇尔发表**《外科手术》**；成为重要的手术教科书。 鲁迪亚德·吉卜林发表**《军营歌谣集》**，包括《营房谣》、《通往曼德勒之路》。 柴可夫斯基创作**《胡桃夹子》**。
	1893 年	**保罗·劳伦斯·邓巴**（1872—1906） **夏洛特·珀金斯·吉尔曼**（1860—1935） **詹姆斯·惠特科姆·赖利**（1849—1916）	**《橡树与常青藤》** **《在我们的世界中》** **《家乡诗集》**	最高法院将《排华法案》写入宪法。 亨利·福特成功制造第一部汽油引擎。 由政府 1891 年为切罗基印第安人购买的位于堪萨斯与俄克拉荷马之间的土地现在对居住者开放。 克利夫兰总统在国会特别会议上废除了 1890 年的《谢尔曼白银购买法》。 斯蒂芬·克莱恩发表**《街头女郎梅季》**。	奔驰制造四轮小汽车。 德沃夏克创作**《第九交响曲》（《新世纪交响曲》）**。 法俄两国联盟以抗衡“三国同盟”。 格拉斯顿提议的第二部《爱尔兰自治法案》遭到英国上议院否决。 克鲁格连任南非共和国总统。 西格蒙德·弗洛伊德和约瑟夫·布洛伊尔共同发表**《癔病症状的心理机制》**。

美国诗歌与批评			美国事件、文本与艺术	其他事件、文本与艺术	
1894 年	**弗朗西斯·爱伦·哈珀** (1825—1911) **乔治·桑塔亚纳** (1863—1952)	**《阿拉巴马的殉道者及其他诗歌》** **《十四行诗及其他》**	国会通过第一部累进所得税法。 柯克西率失业大军请愿。 国会为失业人员制定公共工作计划。 梅布尔·卢米斯·托德编辑并出版了**《艾米莉·狄金森书信集》**。 美国铁路工会支持普尔曼客车公司工人罢工抵制普尔曼客车；联邦军队粉碎罢工。 宾西法尼亚罢工矿工暴动致使 11 人死亡；俄亥俄州、纽约及整个中西部地区均发生大规模罢工。 威廉·詹宁斯·拜伦为采用自由铸造版。	阿尔弗雷德·德雷福斯被诬叛国。 狄塞尔发明狄塞尔引擎。 尼古拉斯二世成为俄国最后一位沙皇。 萧伯纳创作**《武器与战士》**。 图卢兹·劳特累克创作**《在磨坊街的沙龙里》**。 土耳其开始对亚美尼亚人进行种族灭绝。	525
1895 年	**斯蒂芬·克莱恩** (1871—1900) **保罗·劳伦斯·邓巴**(1872—1906) **詹姆斯·拉塞尔·洛厄尔** (1819—1891)	**《黑色骑士》** **《主与次》** **《最后的诗集》**	伊利莎白·凯迪·斯坦顿出版**《圣经》修订版**，也称女性的《圣经》。 在**波拉克诉农民贷款和信贷公司案**中，最高法院宣布联邦征收所得税违宪。 西尔斯罗巴克公司开设小型邮政服务业务。 斯蒂芬·克莱恩发表**《红色英勇勋章》**。 最高法院支持通过禁令抵制罢工。	为争取独立古巴对西班牙宣战。 爱德华·蒙克创作**《尖叫》**。 奥古斯特和路易·拉米埃上映第一部电影**《卢名雅工厂的午休时间》**。 马可尼发明无线电收发电报装置。 伦琴发现 X 射线。 土耳其屠杀亚美尼亚人。 王尔德创作**《诚实的重要性》**。	526
1896 年	**艾米莉·狄金森** (1830—1886) **保罗·劳伦斯·邓巴**(1872—1906) **爱德华·阿林顿·罗宾森** (1869—1935)	**《艾米莉·狄金森诗集》第三部**（由梅布尔·卢米斯·托德与 T. W. 希金斯编辑） **《平凡生活抒情集》** **《湍流和前夜》**	威廉·詹宁斯·拜伦在芝加哥民主党全国代表大会上发表“金十字架”演说；民主党自由银币派和人民党联合提名他为总统候选人。 托马斯·爱迪生发明荧光检查仪和荧光灯。 在**普莱西对弗格森诉讼案**中，最高法院裁定白人与黑人使用设施时，“分离但平等”是符合宪法的；种族隔离时代开始。 共和党人威廉姆·麦金利当选总统，批准黄金标准。	英国武力镇压在罗得西亚爆发的马塔贝列族人及马绍那族人起义。 英国战胜迦南中部的阿散蒂人。 意大利签订《亚的斯亚贝巴和约》，承认埃塞俄比亚独立。 康托尔发表一部从古代到 1800 年完整的数学史。 普契尼创作歌剧**《艺术家的生涯》**。	527

	美国诗歌与批评			美国事件、文本与艺术	其他事件、文本与艺术
	1897 年	**爱德华·阿林顿·罗宾森**（1869—1935）	**《黑夜的孩子们》**	为反对《谢尔曼反托拉斯法》，18 条铁路线成立联合会。 麦金利总统否决关于移民须通过读写能力考试的议案。 波士顿建成第一条地铁。 全国货币会议批准了黄金标准。	弗洛伊德为“俄狄浦斯情结”下定义。 约瑟夫·汤姆逊发现电子。 马蒂斯绘制**《餐桌》**。 卢梭绘制**《睡着的吉卜赛人》**。 在埃法条约中两国设定索马里为边界线。
528	1898 年	**朱莉娅·沃德·豪**（1819—1910）	**《日落山脉：新旧诗合集》**	约翰·亚伯在羊的肾上腺提取肾上腺素；荷尔蒙首次在实验室被隔离出来。 通过《第一食物药品法案》。 尤金·德布斯成立社会民主党，后更名为共产党。 西班牙—美国战争开始。 杜威海军准将在纪尼拉湾海战中击溃西班牙舰队。 美军在关塔那摩湾、埃尔卡内、圣胡安击溃西班牙军队。 《巴黎和约》的签订结束西美战争；美国成为世界强国。 美国、菲律宾军队占领马尼拉。 美军占领波多黎各、关岛。 美国**缅因**号在哈瓦那港口爆炸。	反抗外国组织的“义和拳”在中国成立。 契诃夫发表**《凡尼亚舅舅》**。 玛丽·居里发现钋和镭，并创造“放射性”这一术语。 俄国产业工人成立社会民主党。 托尔斯泰发表**《什么是艺术》**。
529	1899 年	**斯蒂芬·克莱恩**（1871—1900） **亨利·蒂姆洛德**（1828—1867）	**《战争是仁慈的》** **《诗全集》**	弗兰克·诺里斯发表**《麦克提格》**。 斯科特·乔普林创作的《枫叶拉格》使拉格泰姆节奏得以流行。 国务卿海·约翰提出对中国推行“门户开放”政策，强调贸易自由。 国会批准《巴黎和约》；菲律宾人发动为期三年的反美统治起义。	布尔战争爆发。 弗洛伊德发表**《释梦》**。 西普里亚诺·卡斯特罗成功地发动政变，并成为委内瑞拉独裁者。 莫奈开始创作**《睡莲》**（—1906 年）。 邓南遮发表**《天空、海洋、大地、英雄赞》**。

美国诗歌与批评			美国事件、文本与艺术	其他事件、文本与艺术
1901 年	乔治·桑塔亚纳（1863—1952）	《加尔默山的隐士及其他诗歌》	德克萨斯州发现石油。 国会通过《普拉特修正案》；古巴沦为美国保护国。 总统麦金利遇刺身亡；西奥多·罗斯福任总统。 美国政府赋予五个文明印第安人部落公民权（切罗基人、克里克人、乔克托人、奇克索人及塞米诺尔人）。 美国结束了在菲律宾岛的军事统治。 沃特·里德发现黄热病是由病毒引起，并由蚊子传播的。	契诃夫创作《三姐妹》。 澳大利亚联邦共和国成立。 吉卜林发表《吉姆》。 维多利亚女王卒。 俄国部队占领满洲里。
1902 年	爱德华·阿林顿·罗宾森（1869—1935） 特兰布尔·斯蒂克尼（1874—1904）	《克雷格船长》 《戏剧诗集》	宾西法尼亚州 15 万矿工联合罢工，要求工资上涨 20% 及 8 小时工作日。 罗斯福总统指定委员会处理无烟煤矿工人罢工问题，包括工会被认可、8 小时工作日及工资上涨等要求。 国会同意为修建巴拿马运河拨款。 弗兰克·劳埃德·赖特建成第一座“草原式住宅”。 亨利·詹姆斯发表《鸽翼》。 马里兰州通过第一部《工人赔偿法》。 欧文·威斯特发表《弗吉尼亚人》。	《弗雷尼欣条约》结束了布尔战争。 康拉德发表《黑暗的中心》。 英格兰颁布《教育法案》，将教会学校引进国家体系。 德国、奥地利、意大利重新签订“三国同盟”，续约 6 年。 英日联盟承认中国及朝鲜独立。 吉卜林发表《正是如此的故事》。 玛丽和皮尔·居里确定镭的属性。 530
1905 年	特兰布尔·斯蒂克尼（1874—1904）	《诗集》	伊迪丝·沃顿发表《欢乐之堂》。 尤金·德布斯在芝加哥组建世界产业工人联盟。 罗斯福总统在结束俄—日战争中作用突出；被授予诺贝尔和平奖。	俄国爆发“流血星期日”事件；请愿工人遭到枪击。 阿尔伯特·爱因斯坦创立特殊的相对论，解释布朗运动学说，并提出光的光子论以说明光电效应。 弗洛伊德发表《笑话及其潜意识的关系》及《性论三篇》。 日军从俄军手中夺取旅顺口；《普茨茅斯和约》签订结束日俄战争。 马蒂斯展出《戴帽子的女人》；开创野兽派绘画。 里尔克发表《时辰的书》。 531

	美国诗歌与批评			美国事件、文本与艺术	其他事件、文本与艺术
532	1906年	**托马斯·纳尔逊·佩奇**（1853—1922）	**《波西米亚海岸》**	杰克·伦敦发表**《白风》**。 《肉品监察法案》通过。 《纯净食品与药物管理法案》通过。 最高法院裁定反托拉斯案件的证人须提供文件并作对其公司不利的证明。 美军赴古巴镇压叛乱。 厄普顿·辛克莱发表**《丛林》**。	法国最高控诉法院免除德雷福斯的职务。 俄国召开代表大会以改革法律制度。 英、法、意同意在埃塞俄比亚划定的势力范围。
533	1910年	**爱德华·阿林顿·罗宾森**（1869—1935）	**《河下游之城》**	46州中的38个州成立自然资源保护委员会。引进电动洗衣机。 《曼恩斯—埃尔金法案》加强州际贸易委员会。 查尔斯·斯坦梅茨发表《电之未来》，并警示空气污染及水污染。 特迪·罗斯福提倡"新民族主义"。	英国12.2万部电话投入使用。 爱德华·摩根·福斯特发表**《霍华德别墅》**。 日本兼并朝鲜。 康丁斯基绘制**《第一部抽象水彩画》**，著成**《艺术的精神》**。 玛丽·居里发表《放射性专论》。

参考书目

本参考书目选取自本卷两位主要作者提供的书目，它代表了作者认为特别有影响或者有意义的著作。本参考书目不包括个人作者的文集、论文或者作者个人的研究。

Appleby, Joyce. *Capitalism and a New Social Order: The Republican Vision of the 1790s.* New York: New York University Press, 1984.

Ardener, Shirley, ed. *Perceiving Women.* London: Malaby Press, 1975.

Auden, W. H. *The Dyer's Hand and Other Essays*. London: Faber and Faber, 1963.

Auerbach, Erich. *Literary Language and Its Public in Late Latin Antiquity and in the Middle Ages*. Translated by Ralph Mannheim. New York: Pantheon Books, 1965.

Barth, Frederik, ed. *Ethnic Groups and Boundaries: The Social Organization of Culture Difference.* Boston: Little, Brown and Co., 1969.

Baym, Nina. *Feminism and American Literary History*. New Brunswick: Rutgers University Press, 1992.

Bercovitch, Sacvan. *The Puritan Origins of the American Self*. New Haven: Yale University Press, 1975.

The Rites of Assent: Transformations in the Symbolic Construction of America. New York: Routledge, 1993.

Bhabha, Homi, ed. *Nation and Narration*. London: Routledge, 1990.

Bloom, Harold. *Agon: Towards a Theory of Revisionism.* New York: Oxford University Press, 1982.

Poetry and Repression: Revisionism from Blake to Stevens. New Haven: Yale University Press, 1976.

The Ringers in the Tower. Chicago: University of Chicago Press, 1971.

Bordo, Susan. *Unbearable Weight: Feminism, Western Culture, and the Body*. Berkeley: University of California Press, 1993.

Brodhead, Richard H. *Cultures of Letters: Scenes of Reading and Writing in Nineteenth-Century America.* Chicago: University of Chicago Press, 1993.

Bromwich, David. *A Choice of Inheritance*. Cambridge, Mass.: Harvard University Press, 1989.

Buell, Lawrence. *Literary Transcendentalism: Style and Vision in the American Renaissance.* Ithaca, N.Y.: Cornell University Press, 1973.

New England Literary Culture from Revolution through Renaissance. New York: Cambridge University Press, 1986.

Carton, Evan. *The Rhetoric of American Romance: Dialectic and Identity in Emerson, Dickinson, Poe, and Hawthorne.* Baltimore: Johns Hopkins University Press, 1985.

Cavell, Stanley. *Conditions Handsome and Unhandsome: The Constitution of Emersonian Perfectionism.* Chicago: University of Chicago Press, 1990.

Charvat, William. *The Profession of Authorship in America 1800–1870.* Edited by Matthew Bruccoli. Columbus: Ohio State University Press, 1968.

Coben, Stanley, and Lorman Ratner, eds. *The Development of an American Culture.* Englewood Cliffs, N.J.: Prentice-Hall, Inc. 1970.

Colacurcio, Michael. *Doctrine and Difference: Essays in the Literature of New England.* New York: Routledge, 1997.

Cott, Nancy F. *The Bonds of Womanhood: "Woman's Sphere" in New England 1780–1835.* New Haven: Yale University Press, 1977.

Davie, Donald. *Trying To Explain.* Ann Arbor: University of Michigan Press, 1979.

Degler, Carl. *At Odds: Women and the Family in America from the Revolution to the Present.* New York: Oxford University Press, 1980.

Dickson, Bruce, Jr. *Black American Writing from the Nadir: The Evolution of a Literary Tradition, 1877–1915.* Baton Rouge: Louisiana State University Press, 1989.

Douglas, Ann. *The Feminization of American Culture.* New York: Knopf, 1977.

Dowling, William C. *Poetry and Ideology in Revolutionary Connecticut.* Athens, Ga.: University of Georgia Press, 1990.

Du Bois, W. E. B. *The Souls of Black Folk.* New York: Bantam Books, 1989.

Elshtain, Jean Bethke. *Public Man, Private Woman: Women in Social and Political Thought.* Princeton: Princeton University Press, 1981.

Erkkila, Betsy. *Whitman the Political Poet.* New York: Oxford University Press, 1989.

Ferguson, Robert A. *Law and Letters in American Culture.* Cambridge, Mass.: Harvard University Press, 1984.

Fredrickson, George. *The Inner Civil War: Northern Intellectuals and the Crisis of the Union.* New York: Harper and Row, 1965.

Gates, Henry Louis, Jr. *The Signifying Monkey: A Theory of Afro-American Literary Criticism.* New York: Oxford University Press, 1988.

Gates, Henry Louis, Jr., ed. *Black Literature and Literary Theory.* New York: Methuen, 1984.

Genovese, Eugene D. *Roll, Jordan, Roll: The World the Slaves Made.* New York: Pantheon Books, 1974.

Gilbert, Sandra and Susan Gubar. *The Madwoman in the Attic: The Woman Writer and the Nineteenth-Century Literary Imagination.* New Haven: Yale University Press, 1979.

Ginzberg, Lori. *Women and the Work of Benevolence: Morality, Politics, and Class in the Nineteenth-Century United States.* New Haven: Yale University Press, 1990.

Greeley, Andrew. *Ethnicity in the United States: A Preliminary Reconnaissance.* New York: John Wiley and Sons, 1974.

Grey, Robin. *The Complicity of Imagination: The American Renaissance, Contests of Authority, and Seventeenth-Century English Culture.* New York: Cambridge University Press, 1997.

Griswold, Rufus Wilmot. *The Poets and Poetry of America, to the Middle of the Nineteenth Century*. Philadelphia: Carey and Hart, 1850.

Hagenbuchle, R., ed. *American Poetry: Between Tradition and Modernism 1865–1914*. Regensburg: F. Pustet, 1984.

Haight, Gordon. *Mrs. Sigourney, The Sweet Singer of Hartford.* New Haven: Yale University Press, 1930.

Haralson, Eric L., ed. *Encyclopedia of American Poetry: The Nineteenth Century*. Chicago: Fitzroy Dearborn Publishers, 1998. (See especially: "John Quincy Adams," by Guy Woodall; "Washington Allston," by Lorin Stein; "Joel Barlow," by Anita M. Vickers; "Manoah Bodman," by Edward Halsey Foster; "Maria Gowen Brooks," by Geofrilyn M. Walker; "William Cullen Bryant," by Paul Bray; "Christopher Pearse Cranch," by Lisa Honaker; "Richard Henry Dana," by Doreen Hunter; "Ralph Waldo Emerson," by Paul Kane; "Fitz-Greene Halleck," by Nicholas Birns; "James Gates Percival," by William Crisman; "John Pierpont," by Nicholas Birns; "Lydia Huntley Sigourney," by Patricia Crain; "William Gilmore Simms," by George C. Longest; "Henry David Thoreau," by Elizabeth Hall Witherell; "Jones Very," by Helen Deese; "John Greenleaf Whittier," by Christopher Beach; "Carlos Wilcox," by James Hazen; "Richard Henry Wilde," by Edward Tucker.)

Hartz, Louis. *The Liberal Tradition in America: An Interpretation of American Political Thought Since the Revolution.* New York: Harcourt Brace, 1955.

Hatch, Nathan. *The Democratization of American Christianity*. New Haven: Yale University Press, 1989.

Higginson, Thomas Wentworth. *Army Life in a Black Regiment*. East Lansing: Michigan State University Press, 1960.

Higham, John. *Send These To Me: Jews and Other Immigrants in Urban America*. New York: Atheneaum, 1975.

Hollander, John. *The Gazer's Spirit: Poems Speaking to Silent Works of Art.* Chicago: University of Chicago Press, 1995.

Melodious Guile: Fictive Pattern in Poetic Language. New Haven: Yale University Press, 1988.

Vision and Resonance: Two Senses of Poetic Form. New York: Oxford University Press, 1975.

Homans, Margaret. *Women Writers and Poetic Identity: Dorothy Wordsworth, Emily Brontê, and Emily Dickinson.* Princeton: Princeton University Press, 1980.

Howard, Leon. *The Connecticut Wits.* Chicago: University of Chicago Press, 1943.

Howells, William D. *Literary Friends and Acquaintance: A Personal Retrospect of American Authorship*, ed. David F. Hiatt and Edwin H. Cady. Bloomington: Indiana University Press, 1968.

Johnson, James Weldon. *Along this Way: The Autobiography of James Weldon Johnson*. New York: Viking Press, 1933.

Johnson, Linck C. *Thoreau's Complex Weave: The Writing of A Week on the Concord and Merrimack Rivers, with the Text of the First Draft*. Charlottesville: University Press of Virginia, 1986.

Juhasz, Suzanne. *Naked and Fiery Forms: Modern American Poetry by Women, a New Tradition*. New York: Harper and Row, 1976.

Kasson, John F. *Rudeness and Civility: Manners in Nineteenth-Century Urban America* New York: Hill and Wang, 1990.

Kerber, Linda. *Women of the Republic: Intellect and Ideology in Revolutionary America*. Chapel Hill, N.C.: University of North Carolina Press, 1980.

Kramer, Michael. *Imagining Language in America: From the Revolution to the Civil War*. Princeton: Princeton University Press, 1992.

Lawrence, D. H. *Studies in Classic American Literature*. New York: T. Seltzer, 1923.

Leary, Lewis. *That Rascal Freneau, a Study in Literary Failure*. New Brunswick, N.J.: Rutgers University Press, 1941.

Levine, Lawrence. *Black Culture and Black Consciousness: Afro-American Folk Thought from Slavery to Freedom*. New York: Oxford University Press, 1977.

Lowell, James Russell. *Literary Criticism of James Russell Lowell*. Edited by Herbert F. Smith. Lincoln: University of Nebraska Press, 1969.

MacPherson, C. B. *The Political Theory of Possessive Individualism: Hobbes to Locke*. Oxford: Clarendon Press, 1962.

McPherson, James. *Battle Cry of Freedom: the Civil War Era*. New York: Oxford University Press, 1988.

McWilliams, John P., Jr. *The American Epic: Transforming a Genre, 1770–1860*. Cambridge: Cambridge University Press, 1989.

Michaels, Walter Benn and Donald Pease, eds. *The American Renaissance Reconsidered*. Baltimore: Johns Hopkins University Press, 1985.

Miller, Perry. *Errand into the Wilderness*. Cambridge, Mass.: Belknap Press, 1956.

Nature's Nation. Cambridge, Mass.: Belknap Press, 1967.

Morgan, Edmund. *American Slavery, American Freedom: The Ordeal of Colonial Virginia*. New York: W. W. Norton, 1975.

Inventing the People: The Rise of Popular Sovereignty in England and America. New York: Norton, 1988.

Newlin, Claude Milton. *The Life and Writings of Hugh Henry Brackenridge*. Princeton: Princeton University Press, 1932.

Newman, William. *American Pluralism: A Study of Minority Groups and Social Theory*. New York: Harper and Row, 1973.

Norton, Mary Beth. *Liberty's Daughters: The Revolutionary Experience of American Women, 1750–1800*. Boston: Little, Brown and Company, 1980.

Onderdonk, James L. *History of American Verse (1610–1897)*. Chicago: A. C. McClurg & Co., 1901.

Ostriker, Alicia. *Stealing the Language: The Emergence of Women's Poetry in America*. Boston: Beacon Press, 1986.

Pateman, Carole. *The Disorder of Women: Democracy, Feminism, and Political Theory*. Stanford: Stanford University Press, 1989.

Pearce, Roy Harvey. *The Continuity of American Poetry*. Princeton: Princeton University Press, 1961.

Pease, Donald. *Visionary Compacts: American Renaissance Writings in Cultural Context*. Madison: University of Wisconsin Press, 1987.

Raboteau, Albert J. *Slave Religion: The "Invisible Institution" in the Antebellum South*. New York: Oxford University Press, 1978.

Ruether, Rosemary Radford and Rosemary Skinner Keller, eds. *Women and Religion in America, Vol. 1: The Nineteenth Century*. San Francisco: Harper and Row, 1981.

Ryan, Mary. *Womanhood in America: From Colonial to the Present*. New York: New View-points, 1975.

Sedgwick, Eve Kosofsky. *Between Men: English Literature and Male Homosocial Desire*. New York: Columbia University Press, 1985.

Smith-Rosenberg, Carroll. *Disorderly Conduct: Visions of Gender in Victorian America*. New York: Alfred A. Knopf, 1985.

Sobel, Mechal. *The World They Made Together: Black and White Values in Eighteenth-Century Virginia*. Princeton: Princeton University Press, 1987.

Sollors, Werner. *Beyond Ethnicity: Consent and Descent in American Culture*. New York: Oxford University Press, 1986.

Stanton, Elizabeth Cady. *The Woman's Bible*. New York: European Publishing Company, 1895.

Stuckey, Sterling. *Slave Culture: Nationalist Theory and the Foundations of Black America*. New York: Oxford University Press, 1987.

Sundquist, Eric. *To Wake the Nations: Race in the Making of American Literature*. Cambridge, Mass.: Harvard University Press, 1993.

Tocqueville, Alexis de. *Democracy in America*. Translated by George Lawrence. Edited by J. P. Mayer. New York: Doubleday, 1969.

Trachtenberg, Alan. *The Incorporation of America: Culture and Society in the Gilded Age*. New York: Hill and Wang, 1982.

Turco, Lewis Putnam. *The Life and Poetry of Manoah Bodman: Bard of the Berkshires*. Lanham, Md: University Press of America, 1999.

Turner, Frederick Jackson. *The Significance of Sections in American History*. New York: Henry Holt and Company, 1932.

Tuveson, Ernest Lee. *Redeemer Nation: The Idea of America's Millennial Role*. Chicago: University of Chicago Press, 1968.

Von Frank, Albert J. *The Sacred Game: Provincialism and Frontier Consciousness in American Literature, 1630–1860*. New York: Cambridge University Press, 1985.

Waggoner, Hyatt. *American Poets, from the Puritan to the Present*. Boston: Houghton Mifflin, 1968.

Walker, Cheryl. *The Nightingale's Burden: Women Poets and American Culture before 1900.* Bloomington: Indiana University Press, 1982.

Warren, Joyce W., ed. *The (Other) American Traditions: Nineteenth-Century Women Writers.* New Brunswick, N.J.: Rutgers University Press, 1993.

Warren, Robert Penn. *John Greenleaf Whittier's Poetry: An Appraisal and a Selection.* Minneapolis: University of Minnesota Press, 1971.

Whittier, John Greenleaf, ed. *The Literary Remains of John G. C. Brainard, with a Sketch of his Life.* Hartford: P. B. Goodsell, 1832.

Wilson, Edmund. *Patriotic Gore: Studies in the Literature of the American Civil War.* New York: Oxford University Press, 1962.

Winters, Yvor. *Maule's Curse: Seven Studies in the History of American Obscurantism: Hawthorne, Cooper, Melville, Poe, Emerson, Jones Very, Emily Dickinson, Henry James.* Norfolk, Conn.: New Directions, 1938.

Wood, Gordon. *The Creation of the American Republic, 1776–1787.* Chapel Hill: University of North Carolina Press, 1969.

Yerushalmi, Yosef Hayim. *Zakhor: Jewish History and Jewish Memory.* Seattle: University of Washington Press, 1982.

Ziff, Larzer. *Literary Democracy: The Declaration of Cultural Independence in America.* New York: The Viking Press, 1981.

Writing in the New Nation: Prose, Print, and Politics. New Haven: Yale University Press, 1991.

索 引

A

B

C

D

E

F

G

H

I

J

K

L

M

N

O

P

Q

R

S

T

U

V

W

Y

Z

译后记

作为一名从事英美文学教学的教师和英美文学的爱好者，我心中一直有一个强烈的愿望，那就是能够翻译一部英美文学方面的学术专著。当中央编译出版社的编辑把《剑桥美国文学史》第四卷的翻译任务交给我时，我感到荣幸万分，因为这正是我职业生涯中孜孜以求的一个目标。这是一项“光荣而又艰巨”的工作，其光荣在于这部学术鸿篇巨制中的一卷在我和我的同事努力下得以介绍给中国的读者，其艰巨在于该书内容的庞杂和语言的艰深是我们从来没有遇到的。也正因为如此，在历时三年多的翻译过程中，我充分体验到了翻译的艰辛与乐趣，愿望实现之后的心理慰籍。

本卷为《剑桥美国文学史》第四卷，副标题为“19 世纪诗歌 1800—1910”，出版于 2004 年。该卷主要内容分为两大部分：美国诗歌传统（1800—1855）；诗歌与公共话语（1820—1910）。第一部分主要叙述了这段历史时期美国诗歌如何从模仿和继承英国诗歌走向独立和创新的过程，撰文者芭芭拉·派克探讨了早期联邦主义诗人采用的新古典主义和讽刺诗歌的形式，以及像朗费罗、惠蒂尔这样过去名噪一时但现在依然有着影响的诗人的创作历程，尤其是他们的创新之处，同时重点关注了爱默生、梭罗等超验主义者所建立的具有鲜明风格的抒情诗形式。第二部分叙述了这段时期美国诗人所取得的成就，包括女性诗人、非裔美国诗人、坡、梅尔维尔、惠特曼和狄金森的成就。对非裔美国诗歌（圣歌）的探讨和对上述著名诗人（如梅尔维尔）原不太为人所知的诗歌创作的挖掘成为这部分叙述的突出特点之一。还应该值得一提的是，此部分的撰写者希拉·沃罗斯基将诗人及其创作置放到当时广阔的社会、思想和文化背景中考察，深刻地、令人信服地揭示了诗歌创作与变换着的时代的关系，从而让读者从一个更高的角度认识到这些诗歌的历史、社会、思想和文化价值，进而领略它们的审美价值。

在本卷即将出版之际，我首先要深深地感谢中国社会科学院外国文学研究所的陆建德教授，正是他的积极引荐使我获得了这个难得的机会。同时，我还要特别感谢中央编译出版社的苗永姝女士，是她的信任与耐心使得我能够克服重重困难完成这项艰巨的工作。

对于和我一起参加本卷翻译和校对工作的人员，刘国清、金万锋、陈彦旭、霍盛亚、刘英杰、宋世彤、仇云龙、候丹、裴云、白帆和梁庆峰，我也表示深切的谢意。没有他们的辛勤付出和热情参与，本卷是难以与广大读者见面的。

常常听到有人说“翻译是一门令人遗憾的艺术”，其遗憾之处在于译文永远无法十全十美地表达原文所表征的世界。因此，在本书即将付梓之际，我心中难免感到惴惴不安。我只能说我们尽了最大的努力，但由于时间的关系，由于水平的局限，原书语言艰深、内容广博，翻译有一定的难度，所以疏漏和错误之处不可避免，还希望学界同行和广大读者批评指正，多多包涵。

李增

2009 年 12 月于长春

The Cambridge History of American Literature, Volume 4
Edited by Sacvan Bercovitch
Originally published by the Press Syndicate of the University of Cambridge

图书在版编目（CIP）数据

剑桥美国文学史．第4卷/（美）伯科维奇主编；李增译．
—北京：中央编译出版社，2010.8
ISBN 978-7-5117-0486-3

Ⅰ.①剑…
Ⅱ.①伯…②李…
Ⅲ.①文学史—美国 ②诗歌史—美国—19世纪
Ⅳ.I712.09

中国版本图书馆CIP数据核字（2010）第146531号

剑桥美国文学史．第4卷

出版人	和 龑
责任编辑	苗永姝
责任印制	尹 珺
出版发行	中央编译出版社
地　　址	北京西单西斜街36号（100032）
电　　话	（010）66509360　66509236（总编室）　（010）66509353（编辑部） （010）66509364（发行部）　（010）66509618（读者服务部）
网　　址	www.cctpbook.com
E-mail	edit@cctpbook.com
经　　销	全国新华书店
印　　刷	北京佳信达欣艺术印刷有限公司
开　　本	787毫米×1092毫米　1/16
字　　数	654千字
印　　张	38.5
版　　次	2010年9月第1版第1次印刷
定　　价	98.00元

本社常年法律顾问：北京建元律师事务所首席顾问律师　鲁哈达
凡有印装质量问题，本社负责调换。电话：010－66509618